너는 모른다

너는 모른다

정이현 장편소설

문학동네

차례

0

*

시체가 발견된 것은 5월의 마지막 일요일이었다. 비둘깃빛 가운을 부대자루처럼 뒤집어쓴 성가대원들이 직사광선 내리쬐는 교회 뒤뜰에 줄지어 앉아 2부 예배 때 부를 찬송을 연습하는 시간, 지난밤 처음 만난 연인들이 숙취 때문에 지끈거리는 관자놀이의 통증을 애써 무시한 채 뜨겁고 어색한 두번째 섹스를 나누는 시간, 조기축구회 유니폼을 입은 이기적인 가장들이 넓적다리와 정강이 근육을 조였다 풀었다 하면서 중학교 운동장을 달리는 시간이었다.

초여름 날씨답게 한반도의 하늘은 대체로 맑고 활짝 열려 있었다. 새털구름이 가붓가붓 날아다녔고 잔잔한 북동풍이 불었다. 서울·인천·경기 지역의 기온은 섭씨 24.3도, 습도는 57퍼센트. 예년 평균치에 비해 쑥 높아진 온도였다. 지구 표면의 열기가 가파른 속도로 상승하고 있다는 것을 모르는 지구인은 별로 없었다. 주말께

비가 내릴 거라는 예보가 빗나갔지만 기상청에 걸려오는 항의전화는 많지 않았다. 직장인들이 삼단접이우산을 통근가방에 넣을까 말까 고민하지 않는 휴일이었다.

일요일 오전 열시. 회사원은 늦잠을 자고 교인은 기도를 하고 연인은 사랑을 속삭이며 누군가는 축구공을 찬다. 막 몽정을 시작한 사내아이들이 강가를 이유 없이 배회하는 것도, 강바닥을 흘러다니던 시체가 홀연히 떠오르는 것도 그다지 놀랄 만한 일은 아니었다.

표류사체의 최초 발견자인 소년은 처음에 그것이 설마 사람일 줄은 몰랐다고 진술했다. 지구대의 당직 경찰들이 현장에 도착했을 때 초등학교 6학년인 소년과 그의 친구 둘은 몹시 흥분한 상태였다. Y대교가 내려다보이는 근처 아파트단지에 사는 아이들은 특별한 용건 없이도 종종 다리 밑에 모여 함께 시간을 보내는 사이였다.

"저기 멀리서 뭔가 커다란 게 둥둥 떠가고 있었어요. 제 시력이 1.2, 1.0이거든요. 근데 딴 애들은 누가 쓰레기봉투 버린 거 같다고, 아무것도 아니라고 그랬어요. 그래도 저는 계속 이상한 거예요. 그래서 집에 갔다 왔어요. 제가요, 원래 겁이 별로 없거든요."

소년의 집에는 8배율의 소형 쌍안경이 있었다. 집까지 왕복하는 데는 자전거로 십오 분이 좀 넘게 걸렸다. 돌아와 다시 그 자리에 섰을 때, 아이는 눈가에 쌍안경 렌즈를 가져다댈 필요가 없었다. 수상한 물체는 그사이 한층 육지 가까이로 밀려와 있었다. 좌안 1.2, 우안 1.0인 육안시력이라면 물체의 정체를 충분히 파악할 수 있었다. 아이는 저도 모르게 어깻죽지를 쫙 펴고 까치발을 했다. 용감한 소년이 분명하였으나, 그 순간 제 손에 쌍안경이 들려 있다는 사실을 인지할 만한 정신은 없었다. 잠시 후 아까의 친구들이 돌아와 이름을 부를 때까지 소년은 붙박이처럼 멈춰 있었다.

"우린 자전거 타고 벌써 다리 끝까지 갔다 왔는데, 얘는 여기 그냥 이렇게 서 있더라고요. 뭘 보는지 봤더니 그, 그, 사람 몸이."

셋 중에 휴대전화기를 가진 아이는 한 명뿐이었다. 부모는 6학년 1학기가 시작될 무렵 아들에게 전화기를 사주었다. 안양 초등학생 실종사건으로 세상이 떠들썩하던 즈음이었다. 119에 전화해야 하는지 아니면 112에 전화해야 하는지를 놓고 아이들 사이에 가벼운 논쟁이 벌어졌다. 휴대전화기를 가진 아이가 부모에게 먼저 알려야 하지 않겠느냐는 의견을 내놓았으나 친구들에 의해 묵살되었다. 112에 신고를 한 뒤 십여 분 만에 지구대 소속 경찰들이 도착했다. 이어 Y경찰서 형사과의 당직 팀도 출동했으며, 검은색 감식키트를 소지한 감식요원들이 가장 늦게 현장에 왔다.

표류사체의 성별은 남성이었다. 남자는 전신 알몸 상태였다. 물에서 발견된 사체가 대개 그렇듯 시반은 보이지 않았고 시신의 외피는 한껏 팽대해져 있었다. 체내 황화수소와 삼투압작용에 의한 것이었다. 시랍화가 진행된 피부는 회백색으로 변했고 비누칠을 한 것처럼 미끌미끌했다. 손바닥과 발바닥은 비 맞은 습자지처럼 쪼글쪼글했으며, 코와 입에서는 붉은 혈성액이 침처럼 연신 흘러나왔다. 사내가 오랫동안 물 밑을 떠돌았음을 알려주는 여러 정황증거들이었다. 눈을 꼭 감고 있어서 표정은 읽을 수 없었다.

1장 시작의 시작

2월의 해는 차갑게 뜬다.

2008년 2월 24일 일요일 오전 아홉시, 김혜성은 육 인용 식탁 한 귀퉁이에 앉아 하품을 참고 있었다. 실내온도가 후덥지근하게 느껴졌다. 간밤의 숙취 탓이었다. 알코올이 분해되지 않은 채 혈관을 타고 몸 전체를 휘돌아다니는 듯했다.

그는 밥알들을 혀끝에서 천천히 굴리면서 쇠고기미역국의 국물을 깔깔한 입안으로 억지로 밀어넣었다. 국물은 뜨뜻하고 보드라웠지만 마늘양념 맛이 평소보다 조금 진하게 났다. 새엄마의 음식은 언제나 '한식가정요리대백과' 같은 제목의 책에 소개된 조리법을 찬찬히 따라 한 것 같은 맛이었다. 평균적이면서도 조심스러운 맛이 나곤 했는데 어쩐지 오늘은 미묘하게 좀 달랐다.

무디게 갈린 얼음처럼 식탁 위에는 서걱거리는 침묵이 감돌았다. 그의 아버지 김상호는, 아내 진옥영과 아침 내내 한마디도 나누지 않고 있었다. 요즘 들어 자주 있는 일이었다. 밥을 먹는 김상호의

10

동작은 사뭇 기계적이었다. 젓가락을 놀려 반찬을 집을 때나 어금니로 그것을 씹을 때도 아내나 자식들이 그 자리에 존재하지 않는 것처럼 행동했다. 그는 무엇엔가 단단히 화가 난 상태였다. 그것을 드러내려는 의도가 너무나 역력해서 도리어 그 자리에 자신이 존재하고 있다는 사실이 잊힐까 두려워하는 사람처럼 보였다.

거기에 비하면 옥영의 움직임은 느긋하고 유연했다. 그녀는 남편의 냉랭한 태도 따위는 대수롭지 않다는 듯 식구들 앞에 물잔을 놔주기도 하고 주방을 들락거리기도 하면서 안주인의 역할을 자연스레 수행했다. 자신이 끓인 국도 한 그릇을 거의 다 비웠다. 자리에서 일어나려는 순간 옥영이 갑자기 그의 이름을 불렀다.

"혜성, 혹시 이따 오후에 집에 있어?"

"글쎄, 아직 잘 모르겠는데요."

"미안한데 두시까지만 있어주면 안 될까? 유지 새끼선생님, 오늘 마침 레슨비 주는 날이라서."

혜성이 아는 바로는 유지에게는 두 명의 바이올린 선생이 있었다. 대학원생이 진행하는 오늘 수업은, 매주 한 번씩 유명 사립대 기악과 교수로부터 받는 정식 레슨에 대비한 일종의 연습과외였다. 작년부터 아이는 본격적으로 예술중학교 입시를 준비해왔다. 그는 선선히 고개를 끄덕였다. 옥영이 오늘 대전 친정에 내려간다는 건 어제 파출부 아주머니와 이야기하는 내용을 우연히 들어서 알고 있었다. 이틀 걸러 오던 아주머니에게 며칠 동안은 매일 와달라고 부탁하면서 그녀는 "목요일엔 돌아올 텐데 만약 더 늦어지면 연락드릴게요."라고 말했다.

"고마워. 바쁘면 레슨 시작하기 전에 봉투만 주고 나가도 돼."

"네."

"그리고 내일부턴 아줌마가 저녁 차려놓고 갈 거야. 먹고 싶은 거 있으면 미리 말해놓고."

"네. 참, 운전하실 거예요? 이따 눈 올지 모른다던데."

"응, 뉴스 봤어. 많이는 안 올 것 같더라. 요즘에야 뭐 일찍부터 염화칼슘 뿌리니까 다닐 만하더라고."

자분자분 대화를 주고받았지만 어딜 가는지 얼마 동안 집을 비우는지 피차 밝히지도 묻지도 않았다. 수년에 걸쳐 성립되어온 일종의 암묵적 규칙이었다. 김상호는 옆의 대화를 못 들은 척 묵묵히 식사를 계속했다. 혜성은 아버지 쪽을 힐끗 보다가 이내 시선을 거두었다. 도로가 폭설로 뒤덮여 마비되지 않는 한, 김상호는 한겨울에도 주말마다 꼬박꼬박 필드에 나가는 사람이었다. 이 시간에 집에 있는 걸로 보아 오늘의 골프 약속은 점심시간 이후에 잡혀 있는 모양이었다.

"너는,"

옥영이 손을 뻗어 딸 유지의 어깨에 얹었다.

"엄마 없다고 연습 빼먹지 말고, 약도 잘 챙겨먹고."

유지는 들었는지 못 들었는지 밥그릇에 처박은 고개를 짧게 까딱 움직였다. 아이는 아까부터 절반도 넘게 남은 밥을 숟가락으로 꾹꾹 내리누르는 시늉을 하고 있었다. 별다른 의미가 있는 것 같지도 않고 딱히 장난치는 것 같지도 않았다. 혜성은 유지의 고집스러운 턱을 바라보았다. 그는 이 아이와 처음 만나던 날을 똑똑히 기억했다.

유지가 태어난 계절은 가만히 앉아 있어도 땀이 줄줄 흘러내리는 한여름이었다. 열한 살의 혜성은 지금의 유지보다 키가 작았고, 콩을 넣어 지은 밥과 된장찌개 속의 두부를 좋아하지 않았고, 일란성 쌍둥이인 외할머니와 이모할머니, 누나 은성과 함께 화곡동에 살았다. 오래된 골목 안에는 집장사가 지은 엇비슷한 형태의 이층집들이 조르르 늘어서 있었다. 엄마는 일주일에 한 번, 아버지는 한 달에 한 번꼴로 남매를 보러 왔다.

그날, 혜성의 아버지 김상호는 골목 안 깊숙이까지 차를 가지고 들어와 집 바로 앞에 세웠다. 전에 없던 일이었다. 보통 때는 도착하기 오 분쯤 전에 미리 전화를 하면 혜성 남매가 큰길가까지 걸어나가곤 했다. 마룻바닥에 엎드려 방학숙제를 하고 있던 혜성이 현관문을 열었다. 혜성은 보름 만에 보는 아버지를 향해 구십 도 각도로 인사했다. 김상호가 텔레비전 드라마에서처럼 어린 아들의 머리통을 어색하게 쓰다듬었다. 몹시 더운 날이었음에도 긴팔 재킷 차림이었다. 지금은 남이 된 옛 사위의 갑작스런 방문에 외할머니는 적이 당황한 눈치였다. 표정관리를 못 하는 외할머니 대신 이모할머니가 커피를 내왔다. 상호는 소파 한 끝에 무릎을 꼭 붙인 채 앉아서, 얼음이 둥둥 뜬 다디단 아이스커피를 단숨에 들이켰다. 재킷은 벗지 않았다. 이모할머니가 선풍기 풍향을 손님의 허리께에 맞춰 고정시켰다.

"은성아, 아빠 오셨다."

모를 리 없건만 누나 은성은 제 방에 틀어박혀 아무 기척도 내지 않았다.

"아유, 애가 낮잠이 들었나봐. 아까부터 하품을 쩍쩍 하더라니."

이모할머니가 변명했다.

"아니, 괜찮습니다."

상호가 손사래를 쳤다. 그는 마룻바닥에 아무렇게나 펼쳐진 책으로 짐짓 시선을 돌리며 혜성에게 물었다.

"요즘 학교는 잘 다니고?"

"……지금 방학인데."

의도와는 상관없이 기어들어가는 목소리가 흘러나왔다. 상호가 "아, 그렇지"라고 탄식하듯 뇌까렸다. 짧지만 긴 정적을 깬 사람은 마룻바닥 끝에 앉아 있던 외할머니였다.

"그래. 몸은, 풀었나?"

"예, 어제."

몸을 푼다는 생소한 표현이 혜성의 귀를 불길하게 자극했다. 외할머니는 잔정 없고 무뚝뚝한 편이었으나, 자신이 경우 흐린 사람으로 보일까봐 결벽증적으로 두려워하는 성격이기도 했다. 외할머니가 혜성에게 어서 들어가 옷을 갈아입고 나오라고 명령했다. 옷을 갈아입고 가야 할 곳이 어디인지는 아무도 말해주지 않았다.

아버지를 따라 은회색 소나타에 올랐다. 그 차의 뒷자리가 아닌 조수석에 타는 것도 처음이었고, 누나 없이 아버지와 단둘이 외출하는 것도 처음이었다. 부모는 그의 네번째 생일 무렵부터 별거에 들어갔다. 정식 이혼수속을 마친 건 이듬해였다. 그후 그들 부자는 끽해야 일 년에 열댓 번쯤 얼굴을 대해왔을 뿐이다. 열한 살의 그는, 아버지라는 이름의 덩치 큰 남자를 불편해하면서도 동경했고,

동경하면서도 불편해했다.

차가 멈춘 곳은 패밀리레스토랑의 주차장이었다. 토끼 귀 모양의 머리띠를 한 여종업원이 주문을 받으러 왔다. 아버지는 그 여자가 추천하는 음식을 다 시켰다. 외할머니나 이모할머니가 여간해선 먹지 못하게 하는 콜라도 큰 컵으로 주문했다. 테이블은 곧 둥그런 접시들로 가득 찼다. 겨자소스가 뚝뚝 떨어지는 커다란 햄버거를 상호가 혜성의 앞쪽으로 밀어주었다. 조심하느라 애썼는데도 싯누런 소스가 혜성의 손가락 군데군데 묻었다. 토끼 머리띠 여자가 물티슈를 가져다주었다. 상호가 손을 뻗어 혜성의 손을 잡았다. 그러고는 찐득찐득해진 손가락 열 개를 차례로 닦아내기 시작했다. 그는 성실한 미숙련 시계수리공처럼 아주 천천히, 그리고 꼼꼼히 아들의 손가락을 문질러 닦았다. 무방비상태로 아버지의 몸과 그토록 오래 접촉해본 적이 없었기 때문에 혜성은 좀 당황했다. 왜, 그 커다랗고 두툼한 손을 홱 뿌리치고 도망가고 싶었는지 아직도 잘 모르겠다.

레스토랑에서 나와 차에 오르자마자 아버지는 담배 한 개비를 급하게 입에 물었다. 담배연기가 혜성의 콧속을 파고들었다. 혜성은 숨을 반쯤 들이마셔보았다. 한쪽 손을 핸들에 건성으로 올려놓은 사내는 조금 전 아들의 손가락을 하나하나 정성껏 닦아주던 사람과는 전혀 다른 존재로 느껴졌다. 차는 위험하지 않을 만큼의 속도로 한강을 건넜다. 혜성이 처음 가보는 동네였다. 7층짜리 건물 전체가 산부인과 병원이었다. 상호는 병원 로비를 뚜벅뚜벅 가로질렀다. 혜성은 아버지를 놓치지 않으려고 잰걸음을 놀렸다.

입원실 앞에서 아버지는 조금 망설이는 듯했다.

"잠깐만 여기 있을래?"

혜성은 복도의 일 인용 의자에서 잠자코 기다렸다. 병원 복도는 길고 좁고 적막했다. 직사각형의 방문들이 수상쩍게 꼭 닫혀 있었다. 다시 한번, 도망치고 싶다고 생각했다. 이윽고 문이 빠끔 열리고 안에서 아버지가 손짓을 했다. 들어오라는 의미 같았다. 입원실은 온돌방이었다. 혜성은 멈칫멈칫 운동화를 벗었다. 양말이 땀에 젖지 않았는지 걱정스러워서 발가락 사이에 식은땀이 났다.

여자는 흰색 이불을 덮고 있었다. 누워 있다가 상체만 비스듬히 일으킨 듯 어정쩡한 자세였다. 문밖에서 어렴풋 떠올려본 그녀가 맞았다. 작년 이맘때 남매와의 식사자리에 합석했던 그 여자. 누구나 뒤돌아볼 만한 미인은 아니었지만 화려하지 않은 이목구비가 여성스럽고 상냥하다는 인상을 주었다. 여자의 태도는 그날 먹었던 평양식 물냉면처럼 담백했다. 남매에게 잘 보이려 과장된 친근함을 가장하지 않았고, 부러 쌀쌀맞게 굴지도 않았다. 시종 과장된 제스처를 취하며 허겁지겁 소주잔을 비워댄 건 아버지였고, 극도로 새침해져서는 고깃점이 타들어가도록 젓가락도 대지 않은 건 누나였다. 동행인과의 관계를 정확히 밝히기도 전에 취해버린 아버지 대신 여자가 운전대를 잡고 남매를 데려다주었다. 그녀는 "잘 가. 다음에 또 보자"라고 친절한 스튜어디스처럼 인사했다.

그러나 눈썹이 반밖에 없는 눈앞의 여자에게선 그날의 맑은 생기를 찾아볼 수 없었다. 여자는 허여멀겠고, 이스트를 잔뜩 넣은 밀가루반죽처럼 퉁퉁 밉게 부풀어 있었다. 불과 스무 시간 전에 골반뼈가 으스러지는 산통과 싸워 살아남은 여자, 아랫도리를 찢고 한 양동이의 양수와 핏물 그리고 3킬로그램이 넘는 아기를 세상에 내놓은 여자였다. 혜성이 산모를 가까이서 대한 최초이자 마지막 경험이었다.

"와줘서 고마워."

여자가 기운 없는 미소를 지었다. 전엔 몰랐는데 웃으니 콧등 바깥쪽으로 비스듬한 세로 주름이 두 개씩 잡혔다. 뭐라고 대꾸해야 할지 몰라서 혜성은 그냥 웃어 보였다. 아버지도 따라 웃었다. 여자는 아버지에게 가그린을 가져다달라고 하더니 입안을 헹구고는 대야에 뱉어냈다. 잇몸이 다 부어서 칫솔질을 할 수 없다고 아버지가 알려주었다.

"에어컨도 못 트는데 덥겠다. 얼른 가서 아기 보여줘요."

여자가 천천히 말할 때까지 혜성은 방의 가장자리에 무릎을 꿇고 앉아 비현실적인 어지러움과 발가락 사이의 땀을 견뎠다. 부자는 방을 나와 비상계단을 통해 아래층으로 내려갔다. 신생아들이 대형 유리 쇼윈도 안에 나란히 줄 맞춰 누워 있었다. 상호는 줄의 가운데쯤에서 걸음을 멈추었다. 유지라고 이름 붙여지기 전의 유지. 강보에 폭 쌓인 아기는 믿을 수 없을 만큼 작았고 쪼글쪼글했고 빨겠다. 천년을 산 얼굴이 그럴지도 몰랐다. 아버지가 주먹으로 유리창을 톡톡 두드렸다.

"자, 오빠다. 인사해야지."

아기는 속눈썹도 깜짝하지 않았다. 혜성은 어정쩡하게 오른손바닥을 쫙 펼쳐들었다가 곧 내렸다. 거대한 힘으로부터 걷어차이는 기분이 들었다. 아기가 콧등을 찡그리나 싶더니 별안간 울음을 터뜨렸다. 간호사가 달려와 아기를 품에 안고 달랬다. 혜성은 울지 않았다.

아버지가 그날 자신을 구태여 거기 왜 데려갔는지 골똘히 생각해본 적은 없었다. 김상호라는 인간에게 무자비하도록 순수한 일면이있고, 그래서 종종 본인조차 이해 못 할 일을 태연히 행하며 살고있다는 사실을, 커가면서 자연스럽게 알게 되었다. 생명은 어디에서오는가, 궁금한 적도 있었으나 그것도 오래지 않아 저절로 해소되었다. 남자가 여자의 몸에 성기를 삽입하고 정액을 뿜어내면 그 결과로 아기가 잉태된다는 것을 알게 되었을 때 조용히 화장실로 가구토했을 뿐이다.

혜성에게 열 살부터 스무 살까지의 시간은, 요란하게 윙윙거리는자동차 엔진룸 속에서 고요히 닳아가는 타이밍벨트 같은 것이었다.배다른 동생과 그 아이의 엄마 그리고 생부와 함께 맞이하는 아침이면, 그는 자신이 아직 스무 살이라는 사실을 새삼 자각해야 했다.

일요일의 아침식사가 끝나자 모두들 각자의 공간으로 흩어졌다.김상호는 이 복층 구조의 빌라를 삼 년 전 가을에 구입했다. 실내는칠십 평이 좀 못 되었다. 아래층엔 부부 침실과 드레스룸, 식당이있고, 위층엔 비슷한 크기의 방 세 개가 붙어 있는 형태였다. 일 년에 삼백 일 이상 비어 있는 은성의 방이 가운데였고, 양 날개의 방들은 각각 혜성과 유지가 사용했다.

혜성은 제 방에 들어서자마자 습관적으로 방문을 잠갔다. 사실누나 은성만 빼면 식구들 중 누구도 노크 없이 불쑥 들어오거나 하지는 않았다. 아버지는 위층으로 오르는 계단의 첫 칸에조차 발을 엊지 않는 사람이었고, 유지 엄마가 유지 방 말고 위층의 다른 문을 여는 경우란 욕실에 새 수건을 걸어놓을 때뿐이었다. 자주 바뀌는 가정부들만이 혜성의 방을 정기적으로 방문했다. 그가 외출했다 돌아오면 세탁된 속옷들이 은은한 레몬향을 머금은 채 착착 개켜져 놓여 있었다.

혜성은 침대 매트리스에 길게 드러누웠다. 입안이 까칠까칠했다. 목울대 안쪽으로부터 신트림이 올라왔다. 작게 트림하면서 휴대전화기의 전원을 켰다. 유일한 문자메시지는 다희에게서 온 것이었다. "잘 들어갔어?" 이제라도 답장을 보낼까 하다가 그만두었다. 지난밤 술집에서 나온 뒤부터의 일들이 어슴푸레 떠올랐다. 정전된 것처럼 온통 암흑뿐인 순간도 있었으나 억지로 되살리려 애쓰고 싶지는 않았다.

서서히 목을 죄어오는 압박감 때문일지도 몰랐다. 봄학기 개강이 열흘 남짓밖에 남아 있지 않았다. 다시 삼 개월이 시작되는 것이다. 원래 계획대로라면 휴학하겠다는 의사를 아버지에게 통보했어야 했다. 하지만 그러기엔 변수가 너무 많았다. 무엇보다, 등록금 액수가 탐났다. 그는 또 한번 자신에게 졌다. 얼마 전, 공들여 만든 등록금 고지서를 내밀었을 때 아버지는 케이블TV의 골프 채널을 보는 중이었다. LPGA 결승전 녹화방송이었다. 캐스터가 뱉어내는 과장된 감탄사와 느낌표 틈새에서 혜성은 제 심장이 엇박자로 빠르게 두근거리는 소리를 들었다. 김상호가 고지서의 인쇄상태를 유심히 살피는 스타일이 아니라는 건 알고 있었지만 쉽사리 안심하기는 어려웠다. 혹시라도 바로 돈을 건네주는 대신 자신이 직접 은행 창구에 납입하겠다고 나설지도 모르는 일이었다. 그의 걱정이 무색하게도 아버지는 종이쪼가리를 훑어보는 둥 마는 둥 하더니 지갑에서 수표 몇 장을 꺼냈다.

"아무튼 도둑놈의 새끼들이야."

말투 속에 살벌한 악의는 담겨 있지 않았다. 악의는커녕 모처럼 공식적으로 비난할 수 있는 대상을 만나서 조금 기뻐하는 것 같기도 했다. 혜성은 짐짓 무심하게 "그러게 말이에요"라고 거들었다. 수표를 추리닝바지 주머니에 느슨히 접어넣으면서 감사하다고 깍듯이 인사하는 것도 잊지 않았다. 그게 누구든, 어떤 종교의 신이든, 고맙다는 말만은 진심이었다.

그 돈을 벌써 오분의 일이나 썼다. 분명히 미쳤다. 엄청나게 더럽고 끔찍하도록 기괴하게. 눈을 감았다. 피로가 차가운 바닷물처럼 밀려들었다. 이제 어쩔 도리가 없다고 그는 생각했다.

잠깐 잠들었다가 깨어났을 때 전화기 액정화면에는 '김은성'이라는 글자가 깜박이고 있었다. 혜성은 저도 모르게 콧날을 찌푸렸다. 김은성을 알게 된 지 한 달 이상 지난 사람이라면 누구도, 아침의 첫 통화 상대로 그녀를 선택하지 않을 것이다. 혜성은 그 추론에 현금 십만원을 걸 수도 있었다. 누나의 전화를 달가워하지 않는 혜성의 경우는 좀더 복잡했다. 그녀의 목소리를 들으면 설명하지 못할 짜증이 솟구쳐오르는 동시에, 그 짜증스러운 감정에 대하여 본능적인 죄책감이 밀려들곤 했다.

언젠가 혜성 휴대폰의 전화번호부를 들여다보던 다희가 고개를 갸웃거린 적이 있었다.

"김상호, 김은성, 진옥영, 강미숙? 야, 좀 이상해. 아빠, 누나, 새엄마, 친엄마, 보통은 이렇게 저장하는 거 아니야?"

혜성은 고개를 끄덕였지만 수정해야겠다는 마음은 먹지 않았다. 엄마, 아빠, 누나. 그런 유의 혀 짧은 단어들에서 배어나오는 비릿하고 달착지근한 냄새는 그를 두렵게 했다. 전화는 그칠 줄 모르고 울려댔다. 아침부터 또 뭐라고 징징대려는 걸까. 한숨을 참으며 그는 전화기를 귀로 가져갔다.

전화를 걸어온 사람은 은성이 아니었다.

"저기요, 지금, 여기 좀 얼른, 와줘야겠거든요."

남자의 목소리는 높고 빨랐다. 상당히 흥분한 듯 가쁜 숨소리가 많이 섞여 있었다.

"……근데 누구시죠?"

혜성의 미적지근한 반응에 남자는 퍽 당황하는 눈치였다.

"어, 여보세요? 제니퍼 동생 아니에요?"

제니퍼라니. 처음 듣는 이름이었지만 누나가 맞을 터였다. 그녀가 그 닉네임을 할리우드 스타에게서 따왔을 거라는 사실도 어렵잖게 짐작할 수 있었다. 제니퍼 애니스톤, 제니퍼 러브휴잇, 어쩌면 제니퍼 로페즈일지도 모른다. 그런 식의 어이없는 장난으로 그녀는 뭘 구원할 수 있으리라 믿는 걸까.

"맞는데요. 무슨 일이죠?"

"아, 그러니까, 애가 지금 좀, 많이 취했어요."

"……"

"아이 씨, 그렇게 많이 먹은 것도 아닌 거 같은데. 자기 죽을 거라면서 칼을 들고⋯⋯"

더이상 듣지 않아도 충분했다. 남자의 음성이 들려왔던 첫 순간부터 어느 정도 예상했던 바였다. 혜성은 삼 초의 간격을 두고 말했다.

"그래서요?"

"아니, 얘를 좀 어떻게 해야 될 것 같아서. 단축번호 1번을 눌렀는데 동생이라고 돼 있어서."

남자 역시 술이 덜 깬 상태였다.

"그래서 지금 어디 있는데요?"

"예?"

"칼 들고 죽겠다는 김은성씨가 지금 어디 있는데, 이렇게 전화를 거셨냐고요."

"화장실 갔어요. 여기 제니퍼네 집인데. 아, 일단 칼은 내려놓긴 했고."

처음보다 풀이 죽은 투로 남자가 대답했다. 저렇게 뭘 모르는 걸로 보아, 아직 한 달이 안 된 사이임에 분명했다. 은성은 자기 집 안에서 자기 손으로 자기 심장을 찌를 여자가 아니었다. 생명선이 끊어지기라도 할까봐서 종이칼로 손바닥의 손금을 긋는 흉내조차 못 내는 여자였다. 적어도 혜성이 아는 한은 그랬다.

"괜찮아요."

너무 시큰둥하게 들리진 않았으면 좋겠다고 생각하면서 혜성은 말을 이었다.

"가끔 그래요. 그냥 놔두고 가시면 돼요."

"어, 잠깐만요."

남자가 급하게 말을 끊었다. 그는 혜성의 충고를 끝까지 들을 만한 경황이 없어 보였다.

"야, 너 뭐 하는 거야! 하지 말랬잖아!"

남자가 전화기 저편에서 크게 고함을 쳤다. 숫제 애원에 가까운 외침이었다. 잠시 후 수화기 너머에서 작고 가느다란 여자의 비명이 들려왔다. 그러곤 전화가 툭 끊겼다. 혜성은 맥없이 전화기의 슬라이드를 닫았다. 양손을 깍지껴 공중으로 쭉 뻗어보았다. 반복해서 기지개를 켜봐도 뻣뻣해진 등줄기 근육이 풀어지지 않았다. 넓지 않은 방 안이 휑뎅그렁하게 느껴졌다.

누나의 전화는 연결되지 않았다. 전원이 꺼져 있다는 안내멘트만 들렸다. 혜성은 바닥에 아무렇게나 팽개쳐둔 코트를 집어들었다. 다른 방법이 없었다. 가끔은, 자신이 하늘에서 뚝 떨어진 존재였으면 좋겠다는 생각이 들 때가 있다. 이 세상 모든 사람들이 전부 다 타인이라면, 그렇다면 좋겠다. 그는 코트 소매에 천천히 팔을 꿰었다. 옷에서는 아무 냄새도 나지 않았다. 방을 나서기 전에 흘깃 벽시계를 보았다. 열시 오분이었다. 사방이 적막했다. 일요일 아침이 꿈처럼 깊어가고 있었다.

2장 그녀의 편식 습관

그날 새벽, 또 한번, 남자로부터 이별을 통보받았을 때 은성은 가스레인지 앞에 서 있었다.

"아무래도 시간이 좀 필요할 것 같다."

이전의 케이스들과 다른 점이라면, 이번 남자는 그 말을 그녀의 뒤통수에 대고 했다는 사실이었다. 소심한 남자는 전화로, 비겁한 남자는 문자메시지로, 그 정도 성의도 없는 남자는 연락두절이라는 형태로 자신의 뜻을 전달하곤 했다. 그렇지만 이런 식은 처음이었다. 이를테면 이건 기습공격에 해당했다. 뒤통수를 후려맞은 사람답게 은성은 잠시 숨을 멈추었다. 의지할 대상은 그뿐이었으므로 손에 들고 있던 라면봉지를 꽉 움켜쥐었다.

불과 조금 전까지만 하더라도 둘 사이에 치명적인 문제는 없었다. 은성은 그렇다고 믿었다. 남자친구 스티브는 그녀가 잠시 다니던 영어학원의 강사였다. 그는 여자 수강생들에게 인기가 많은 타입은 아니었다. 하악골이 발달한 사각형의 얼굴에 무테안경, 항상 목까지 단추를 채워 입곤 하는 무채색 남방셔츠는 그를 성실하고 선량하지만 매력 없고 지루한 예비사제처럼 보이게 했다. 은성 역시 학원을 다니는 두어 달 동안 그에게 별다른 관심을 가지지 않았었다. 당시 사귀고 있던 남자친구와 심각한 갈등에 휩싸이기 전까지는.

스티브와 밖에서 개인적으로 만나기 시작하면서 비로소 은성은, 도저히 끈을 놓지 못해 쩔쩔매던 엑스보이프렌드와의 관계를 정리할 수 있었다. 그녀가 새로운 사랑에 빠지는 전형적인 패턴이었다. 또한 그 형식은 이별의 상처로부터 스스로를 보호하는 최소한의 자기방어수단이기도 했다.

이토록 느닷없는 선언이 아니었다면 그들은 지금쯤 평화로운 시간을 보내고 있을 터였다. 스티브는 토요일 저녁까지 일했고, 일을 마친 후 피자를 사들고서 은성의 집에 왔다. 그들은 피자를 나눠 먹었고 냉장고에 남아 있던 와인과 맥주를 섞어 마셨다. 술기운이 빠르게 올라왔지만 정신을 잃을 정도로 취한 건 아니었다. 물론 그사이, 소소하고 일상적인 몇 가지 사건들은 있었다. 예를 들면, 피자를 먹던 은성이 평소처럼 야채토핑들을 포크로 긁어내자 스티브가 인상을 확 구겼다는 것.

"언제까지 그럴래? 한번 시도해봐."

"냅둬."

"버섯, 옥수수, 피망, 양파…… 다 맛있고 몸에 좋은 거야. 입에 넣고 나서 그냥 눈 꼭 감고 삼켜봐."

그가 평소와 달리 집요한 태도를 보였으므로 은성도 기분이 상했다.

"아이 정말, 오늘따라 왜 그래? 나는 뭐 할 말 없어서 가만있는 줄 알아? 나 원래 풀쪼가리 절대 안 먹는 거 알면서 일부러 오만가지 다 들어 있는 거 사온 의도가 뭐야?"

"휴우, 관두자."

그러고서 남자는 입을 닫아버렸다. 침묵은 은성이 가장 싫어하는 싸움의 기술이었다.

"웃겨, 정말. 자기가 먼저 시비 걸어놓고 왜 말을 안 해?"

"……"

"내가 우스워? 비겁하게 왜 말을 안 하는데?"

"……좀 피곤해서 그래."

"거짓말하지 마. 오빠 요즘 계속 이상했어. 혹시 학원에서 또 누구 생긴 거야? 그런 거야?"

제 분을 못 이긴 그녀가 울음을 터뜨렸다. 매력 없고 지루하지만 성실하고 선량한 남자 스티브가 그녀의 어깨를 안고서 다독거려주었다. 둘은 침대로 갔고 전희 없이 몸을 섞었다. 침대에서 남자친구가 여느 때보다 다급하고 뜨거웠기 때문에 은성의 기분이 빠르게 풀렸다. 미안하다는 말은 듣지 못했지만 너그러이 용서해주리라 생각했다. 샤워까지 다 마치고 나니 술이 다 깬 듯 말똥말똥해졌고 속이 출출해왔다. 먹다 놔둔 피자는 뻣뻣하게 식어 있었다. 은성은 라면을 끓여주겠다고 나섰다.

"하지 마. 새벽 한시 다 됐어."

스티브가 극구 말렸지만 은성은 아랑곳 않고 냄비에 물을 받았다. 자기가 귀찮을까봐 배려해주는 남자친구의 마음이 고맙다고 생각했다. 그런데, 어떻게, 이럴 수 있단 말인가. 불 위의 냄비가 쉬잇—쉬잇 비등점을 향해 치닫고 있었다.

"네 잘못 아니야. 내 문제야."

그녀를 떠나가는 남자들은 늘 엇비슷한 변명을 했다. 마지막까지 위선적으로 구는 상대방은 그러잖아도 너덜너덜해진 은성의 마음을 더 수치스럽게 만들곤 했다.

"혹시 옥수수, 피망, 양파 때문에 이러는 거야?"

누군가 지하철역 선로에 오줌을 갈기는 모습을 보기라도 한 것처럼 스티브는 황당해하는 표정을 감추지 못했다.

"그런 거 아니야."

"그럼 왜 그래? 솔직한 이유를 말해야 되지 않아?"

"……그냥 내가 좀 힘들어서 그래."

남자는 눈썹을 움찔거렸다. 끝이 날카로운 꼬챙이가 그녀의 속을 후벼팠다.

"거짓말하지 마!"

남자의 말이 거짓이 아닐 가능성에 대해서는 추호도 의심하지 않았다.

"처음엔 안 그랬잖아. 모든 게 다 좋다고 했잖아. 근데 갑자기 왜 힘들어졌는지 얘기해보라고!"

진즉부터 무서운 기세로 끓던 물은 더 견디지 못했다. 물이 넘치려는 순간 그녀는 재빨리 냄비 쪽으로 손을 뻗쳤다. 법랑 재질의 뚜껑 손잡이는 몹시 뜨거웠다. 그녀가 손가락 끝의 통점을 느끼는 찰나, 뚜껑은 요란한 소리를 내며 바닥에 나뒹굴었다. 스티브가 황급히 다가와 가스 불을 껐다. 그녀는 바닥에 스르르 주저앉았다. 두 발목만으로는 몸과 정신을 지탱할 수가 없었다.

"안 다쳤어?"

그 놀라는 목소리를 들으며 그녀는 확실히 깨달았다. 지금 자신이 참을 수 없는 건 그가 떠나려 한다는 사실이 아니었다. 은성은 스티브의 눈을 똑바로 쳐다보았다. 구식 양복 재킷의 단춧구멍처럼 가로로 길게 찢어진 눈이었다. 그가 떠나려는 진짜 이유 같은 것은 하나도 궁금하지 않았다. 두 사람이 너무 일찍 같이 잤기 때문일 수도 있고, 어떤 야채도 입에 대지 않는 그녀의 유별난 식성에 질렸을 수도 있다. 어쩌면 그에게 정말로 다른 여자가 생겼는지도 모른다. 모두 다 그녀에겐 똑같은 강도의 충격이었다.

어떤 남자를 만나도, 항상 이제야 간신히 이 사람을 만났다고 믿어왔다. 가까스로 만들어진 둘만의 성(城), 친밀하고 일정한 규칙, 토요일 저녁에서 일요일 아침으로 이어지는 기분 좋은 빈둥거림, 젓가락 두 벌, 칫솔 두 개, 서로 느슨하게 어깨를 붙이고 케이블채널의 재방송 드라마를 보던 시간들이 갈기갈기 찢어지려 하고 있었다. 빛이 없는 방에 웅크린 앙상한 여자아이였을 때부터 그녀의 생에 드리워진 불길한 기운이 두 사람을 갈라놓으려 하고 있었다.

"진짜로 괜찮아?"

스티브가 확인하듯 물었다. 그 진심 어린 걱정이 은성에게 한 줄기 희망을 주었다. 이 남자의 마음을 돌리기 위해서라면, 몰래 다가와 치마를 들치고 도망치기만 하는 운명의 신에게 저항하기 위해서라면, 무엇이든 다 할 수 있을 것 같았다. 이렇게 또다시 혼자 남겨진다고 생각하면 온몸이 떨리고 숨이 턱턱 막혀왔다. 그래서 그녀는 길고 긴 비명을 지르기 시작했다.

펄펄 끓는 냄비를 들어 마룻바닥에 패대기치고, 냉장고 속에 남은 모든 술을 목구멍에 들이붓고, 말리는 남자의 어깨를 세차게 밀친 것은 맹세코 그를 위협하려는 의도가 아니었다. 과도를 꺼내 제 손목에 가져다대고, 말리는 남자의 가슴팍을 향해 칼날을 겨눈 것도 절대로 죽거나 죽이려는 뜻이 아니었다. 그저 보여주기 위해서였다. 자신이 얼마나 상처받았는지를, 얼마나 헤어지고 싶지 않은지를, 그리고 얼마나 깊이 두려워하는지를.

격렬한 도취상태에서 시간이 어떻게 흘렀는지 그녀는 알지 못했다. 밤새 그만하라고 애원하던 스티브는 창밖이 희뿌옇게 밝아오던 무렵부터는, 제발 집에 보내달라는 말과 그러지 않으면 경찰을 부르겠다는 말만을 반복했다. 은성이 화장실에 갔다 나오자 스티브가 누군가와 전화를 하고 있었다. 경찰을 부르는 것 같았다. 급한 대로 그녀는 벽거울에 제 이마를 세게 찧었다. 장난처럼 붉은 피가 흘렀다. 그녀는 스티브의 손에 든 전화기를 빼앗아 전원을 꺼버렸다. 그것이 제 전화기라는 건 이미 눈에 들어오지도 않았다.

"미친년."

스티브가 고개를 절레절레 흔들었다.

"넌 정말 내가 본 최고의 미친년이야."

은성이 잠시 멈칫하는 사이, 남자는 현관문을 향해 후다닥 달려갔다. 코트도 벗어둔 채 줄행랑을 쳤다. 그가 떠나고 나서 조금 뒤에 초인종이 울렸다. 은성은 스티브가 돌아왔다고 생각했다. 문 앞에는 혜성이 서 있었다. 길고 비쩍 마른 몸피에 헐렁한 검정 코트를 걸친 동생은 덜 여문 겨울나무 같았다. 동생을 보자 참았던 울음이 터졌다. 핏물과 눈물이 뒤섞여 뺨 위로 하염없이 흘러내렸다. 그녀는 문간에 다시 주저앉았다.

"너무 억울해. 난 왜 이러니, 응? 왜 이러니, 정말."

혜성이 가만히 손을 내밀어 은성을 일으켜주었다.

"맞았어?"

콧물을 들이마시던 그녀가 손사래치자, 혜성은 더이상 아무것도 묻지 않았다. 성큼 실내로 들어서는 혜성을 보면서 은성은 한 걸음 뒤로 멈칫 물러섰다. 난장판이 된 집안 꼴을 동생에게만은 보이고 싶지 않았다. 은성의 원룸은 거실 겸 부엌과 침실 공간이, 얇은 미닫이문으로 나눠진 형태였다. 바닥 곳곳에 깨진 술병들과 유리 파편들이 나뒹굴고 있었다.

수건을 접어 그녀의 상처를 지혈시키는 동안에도, 전기포트를 찾아내 물을 끓이고 아직 깨지지 않은 머그잔에 따라 그녀에게 내미는 동안에도, 콜택시의 도착을 기다리며 집안을 정리하는 동안에도 혜성은 별말이 없었다. 그는 묵묵히 할일을 했다. 은성은 수건으로 이마를 누른 채 침대에 누웠다. 반쯤 열린 미닫이문 너머로 동생이 가만가만 움직이는 기척이 느껴졌다. 기이하도록 고요하고 평온한 아침이었다. 미처 날뛰었던 조금 전의 시간들이 까마득했다.

종합병원 응급실의 당직의사는 은성의 이마를 네 바늘 꿰맸다. 오른쪽 눈썹머리에서 엄지손톱만큼 위로 올라간 지점이었다. 바늘 끝이 몸 안으로 들어올 때 본능적으로 무릎뼈를 오므렸지만 날카로운 비명은 지르지 않았다. 그것은 돌이킬 수 없는 것이었다. 흉터가 남느냐는 은성의 질문에, 피로해 보이는 젊은 의사는 그럴 수도 있고 안 그럴 수도 있다고 대답했다. 그렇다면 틀림없이 흉터가 남으리라고 은성은 직감했다. 행운과 불행, 그 생의 모호한 갈림길에서 그녀를 향해 짓궂지 않은 미소를 보내준 천사가 언제 단 하나라도 있었던가.

그러나 응급실 간이침대에서 링거를 맞으면서 그녀는 자신의 확신이 틀렸음을 알았다. 혜성. 혜성이 여기 있었다. 그는 보조의자에 비스듬히 앉아 DMB 방송을 보는 중이었다. 은성은 동생의 야윈 목덜미를 물끄러미 바라보았다. 혜성이라는 예기치 못한 선물이 그녀의 삶에 존재했다.

"있잖아, 찡찡아."

그녀는 동생의 애칭을 불렀다. 세 살배기 때의 그 별명을 본인이 얼마나 진저리치게 싫어하는지 그녀는 알지 못했다. 혜성이 이어폰을 빼고 그녀 쪽으로 몸을 돌렸다.

"나 너무 억울해. 억울해서 숨을 쉴 수가 없어."

"그럼 쉬지 마."

혜성이 무뚝뚝하게 대꾸했다. 은성은 픽 웃었다. 엊저녁 이후 처음 짓는 미소였다. 동생이 다시 이어폰을 귀에 꽂았다. 그 일상적인 행동이 그녀에게 안정감을 주었다. 친부모에게 고마워하는 건 딱 하나뿐이었다. 끔찍이 안 어울릴뿐더러 모든 면에서 끔찍이 달랐던 그 두 남녀가 둘째를 가질 결심을 했다는 것.

"너희 엄마가 참 속없고 착한데 좀 대책없는 데가 있지 않냐. 그때 한참 노래를 불렀었어. 우리 은성이 나중에 외롭지 않으려면 동생 하나 만들어줘야 한다고."

그 얘기를 전해준 사람은 이모할머니였다. 은성이 막 고등학생이 되었을 무렵이니, 외할머니가 돌아가시고 이모할머니가 쓰러지기 직전, 그래도 평화롭던 화곡동 시절이었다. 외롭지 않게 동생 하나…… 그 문장을 혜성이가 없는 데서 듣기가 다행이었다. 어떤 생명이 전적으로 또다른 생명을 위하여 태어나기도 한다는 사실에 그녀는 커다란 충격을 받았다. 나를 위해, 나를 고독하지 않도록 할 사명을 띠고 이 땅에 태어난 아기! 그것이 동생 혜성이었다.

스스로 간절히 원해서 태어나는 아기는 없다. 동생의 탄생 비밀에 대해 아는 것보다 더 명확하게 은성은 자신이 어떤 경로를 통해 생명을 가지게 되었는지 알고 있었다. 아니 이 문장은 다음과 같이 수정되어야 한다. 은성은 자신이 어떤 경로를 통해 생명을 부지하게 되었는지를 알았다. 모르려야 모를 수가 없었다. 그녀가 모국어의 발음과 숨은 뜻을 인지하게 되었을 무렵부터 엄마는 반복해서 말하곤 했다.

"너 아니면 안 했을 거야, 죽어도."

그리고 또 이렇게도 말했다.

"너 아니면 안 살 거야, 절대로."

후회와 비탄, 은밀한 갈망이 불균형적으로 뒤섞여 있는 그 강렬한 어조가 은성의 조그만 심장에 와 박혔다. 물론 딸을 향한 엄마의 언어가 그것만은 아니었다. 엄마는 사랑한다고도, 미안하다고도, 고맙다고도 말했다. 때론 욕조에서 어린 남매의 등을 밀어주면서 했고, 햄버그스테이크의 두툼한 패티를 구워주면서 했고, 종아리의 모기가 문 자리에 연고를 발라주면서 했고, 넋 나간 표정을 수습하려 애쓰면서 했다. 딴 남자와 살기 위해 아이들을 친정에 데려다주던 날에도 했다. 덕분에 은성은 사랑한다는 말과 미안하다는 말과 고맙다는 말 사이에 별다른 차이가 없다는 걸 일찍부터 깨우치게 되었다. 힘없는 아이에겐 그 맹목의 형용사들을 거부할 아무런 권리가 없다는 것도.

은성은 언제나 의아하고 또 억울했다. 너 하나 때문에 내 인생행로가 뒤바뀌었다는 생색을 참아내야 할 그 어떤 실수도 자기 손으로 저지르지 않았기 때문이다. 과오는 그들의 것이었다. 한 남자가 순간적인 욕정을 참지 못한 탓이었으며, 한 여자가 제 생리주기를 제대로 파악하지 못한 탓이었다. 그녀의 부모 김상호와 강미숙은 1984년 여름에 결혼식을 올렸다. 은성은 그 삼 개월 뒤에 태어났다. 1980년대에나 2000년대에나 흔하디흔한 이야기였다. 김상호는 스물다섯 살, 지금의 은성과 같은 나이의 복학생이었고 강미숙은 스물두 살의 대학 3학년생이었다. 얼떨결에 잉태된 곶감 씨앗만한 태아를 떠맡기 위해 그들은 여러 가지를 포기해야 했다. 대학 졸업장, 대졸자의 평균임금, 더 환하고 아늑한 신혼집, 불안하고 어설프지만 밖을 향해 활짝 열려 있는 생의 활기찬 가능성들을.

특별히 엄마가 포기한 것들 리스트의 비교적 위칸에는 아름다운 웨딩드레스도 포함되어 있었다. 식장에서는 엄마 같은 신부를 위해 빅 사이즈의 웨딩드레스를 준비해두고 있었다고 한다. 그래도 엄마는 식이 진행되는 내내 숨을 한껏 들이마시고선 말끔한 표정을 짓느라 애썼을 것이다. 순백의 면사포를 쓴 그녀는 그 순간 정말로 뱃속에 아무것도 들어 있지 않노라고 자기최면을 걸었을 것이다. 그러곤 하객들이 감쪽같이 속아 넘어가주기를 간절히 바랐으리라. 그때 드레스의 배 부분을 가로지르는 우스꽝스런 장미 레이스 장식 안쪽에서 들킬까봐 덜덜 떨고 있었을 작은 아기를 생각하면, 은성은 슬픔으로 빗장뼈가 빠개질 것 같았다.

"첫 단추를 잘못 끼운 거야."

화곡동 시절, 어쩌다 저녁 밥상머리에서 엄마 얘기가 나오자 외할머니가 깊은 한숨을 내쉬었다. 잘못 끼워진 첫 단추가 바로 옆에서 젓가락질하고 있다는 데에는 전혀 신경쓰지 않는 말투였다.

"그놈의 책임감 때문에 그랬던 거 아니우."

이모할머니가 중얼거렸다. 은성은 손에 든 젓가락을 밥상 위에 사정없이 집어던졌다. 두 할머니들과 동생 혜성이 눈을 동그랗게 뜨고 그녀를 바라보았다.

"에이 씨, 반찬이 매일 이게 뭐야!"

"저, 저, 지 애비랑 똑같은 년."

외할머니가 최악의 저주를 퍼부었다. 그날 밤 은성은 방바닥에 누워 부모의 젊은 날을 상상해보았다. 같은 학교에 다녔고 같은 학교를 중퇴했다는 것만 알 뿐, 그들이 어떻게 만났는지 그녀는 몰랐다. 헤어진 부부의 연애담을 낭만적으로 재구성하여 들려줄 사람은 존재하지 않았다. 그들이 캠퍼스 어느 곳에서 부딪치며 떨리는 눈길을 주고받았는지, 언제 처음 손을 잡았고 처음으로 같이 본 영화 제목이 뭐였는지, 그때 극장 매점에서 산 것이 팝콘이었는지 전기구이오징어였는지 알 수 있다면 얼마나 좋을까. 그녀는 갈망했다. 그러면 이 푸르스름한 스노볼 같은 지구에 잘못 떨어진 이유를 조금이나마 짐작할 수 있을 텐데.

만난 지 얼마 되지도 않아 형제관계에 대해 물어오는 사람은 많았다. 지지하는 정당이나 통장 잔고에 대해 묻는 것보다 그쪽이 훨씬 더 안전하다고 믿기 때문일 것이다. 그때마다 은성은 세상에서 가장 쉬운 질문을 받았다는 목소리로 남동생이 하나 있다고 대답했다. 열네 살 어린 이복여동생의 존재를 필사적으로 숨겨야겠다고 작심한 건 아니었다. 그녀가 유지를 끔찍이 미워하는 것도 아니었다. 그저 진심으로, 그 아이를 '형제'라는 범주 안에 넣어서 생각하게 되지 않을 뿐이었다.

유지와 단둘이서 긴 얘기를 나눠본 적도 없었다. 가끔 방배동 집에 들러도 그 아이와 굳이 한 공간 안에 있을 일이 없을뿐더러, 아이 역시 살갑게 곁에 다가오려 하지 않았다. 유지는 뭐랄까, 눈동자에 감정을 드러내지 않는 아이였다. 누가 물어보는 말에만 짧게 답할 뿐 어른들의 대화에 끼어드는 법도, 먼저 입을 열어 종알대는 법도 없었다. 그런 태도가 은성을 편안하게도 불편하게도 했다. 아이는 비단 은성에게만이 아니라 누구한테나 골고루 무심했다. 혜성에게도, 아빠에게도, 심지어 제 엄마에게조차 우유를 넣은 딸기젤리처럼 말랑말랑하고 달콤한 미소를 지어 보인 적이 없을 것 같았다. 유지 앞에서 아빠와 새엄마는 각각 다른 방식으로 짝사랑에 빠진 얼간이처럼 굴었고, 그것은 은성에게 비밀스런 통쾌함을 안겨주었다.

동시에 그것은 그녀에게 돌이킬 수 없는 씁쓸함을 맛보게도 했는데, 유지의 무관심한 태도가 생래적인 것이라기보다는 환경에 기인한 것으로 느껴졌기 때문이다. 원하는 바를 얻기 위해 노력해야 하는 인생을 유지는 아예 몰랐다. 알 필요가 없게 태어났다. 날 때부터 그 아이는 부러 눈꺼풀을 깜빡여 어른의 주의를 끌 필요가 없었고, 작은 몸의 중심을 더욱 낮추며 부모의 애정을 간구할 필요가 없었다.

은성은 자신이 유지의 존재를 최초로 알게 된 시점이 언제인지를 분명하게 기억하고 있지는 않았다. 다만 돌잔칫날의 풍경만은 또렷했다. 마포 어디쯤의 대형 중국음식점이었다. 이모할머니가 은성과 혜성 남매를 음식점 앞까지 데려다주고 돌아갔다. 붉고 지저분한 카펫이 깔린 복도를 걸으면서 은성은 동생의 손을 꼭 잡았다. 그들은 커다란 방으로 안내되었다. 아주 오랜만에 보는 아빠의 형제들과 그 부인들이 거기 있었다. 난생처음 보는 어른들도 꽤 있었다. 새엄마의 친척들인 것 같았다. 새엄마는 옆 머리칼을 귀 뒤로 넘긴 짧은 단발에 단정한 감색 스커트 정장을 입었는데, 돌잔치의 안주인이 아니라 선거 개표방송을 진행하는 아나운서처럼 보였다.

이름을 알 수 없는 기름진 요리들이 차례로 나왔다. 원탁 한가운데의 회전판에 크고 둥그런 접시가 놓였다. 혜성과 비슷한 또래의 사촌 남자아이가 회전판을 몇 번이나 획획 돌리며 장난을 치다가 자기 어머니에게 손등을 맞았다. 혜성이 볶은 땅콩을 집다가 탁자 위에 흘렸다. 작은고모가 "괜찮아. 까짓 젓가락질, 너만할 땐 나도 못했는데 어른 되면 저절로 잘하게 돼"라고 위로했다. 동생이 평소 젓가락질에 서툰 아이가 아니었기 때문에 은성은 화가 났다. 뭐라고 팩 쏘아줄 말을 찾고 있는데 아기가 돌잡이를 시작했다. 어른들의 성화와는 달리 아기는 무언가를 집어올려야겠다는 의지가 전혀 없는 듯했다. 기나긴 실랑이 끝에 유지는 겨우 실뭉치를 향해 손을 뻗었다.

"어이구, 고 녀석, 장수하겠네."

누군가 큰 소리로 말했고, 그런대로 흡족하다는 듯 아빠는 바보처럼 입을 벌리며 웃었다. 겸연쩍고 행복한 웃음이었다. 몹시도 낯선 표정이었다. 은성은 두 눈을 감았다. 연회가 끝나갈 즈음 웬 초로의 여인이 남매가 앉은 테이블로 다가왔다. 키가 아주 작았고, 어깨를 세게 흔들면 바스러져버릴 것처럼 왜소한 몸피의 여인이었다. 그녀가 입은 붉그죽죽한 색깔의 차이나칼라 원피스가 치파오라는 것을 은성은 나중에 알았다.

"안 그래도 전부터 한번 꼭 보고 싶었는데……"

중국옷을 입은 여자의 입술에서 충청도 사투리가 연하게 밴 한국말이 흘러나왔기 때문에, 그리고 그 여자가 들고 있던 손지갑에서 만원짜리 지폐 몇 장을 꺼내들었기 때문에 은성은 당황했다. 여인은 먼저 혜성에게 돈을 내밀었다. 동생이 난처한 표정으로 은성을 쳐다보았다.

"어른이 주시는데, 고맙습니다, 하고 얼른 받아야지."

큰아버지가 아이의 팔꿈치를 쳤다. 혜성이 쭈뼛쭈뼛 손을 뻗었다.

"고맙습니다."

그 소리는 웅얼거림보다 더 작아서 바로 옆사람에게도 잘 들리지 않았다. 여인이 깊숙하게 고개를 끄덕였다. 다음은 은성의 차례였다. 만원짜리 두 장을 받아들려는 순간, 은성은 알았다. 여인의 기름한 눈매에서 왠지 모를 기시감이 느껴졌던 이유를. 그녀는 새엄마와 많이 닮아 있었다. 은성의 이성이 잠시 판단을 멈춘 순간, 손가락보다 손등이 먼저 돈을 툭 건드렸다. 빳빳한 새 지폐 두 장이 어리병병하게 공중에 머물다가 맥없이 카펫 위로 떨어져내렸다. 불현듯 사방이 촘촘한 침묵에 휩싸였다. 어쩌면 은성의 착각일지도 몰랐다. 누가 허리를 굽혀 그 돈을 주워올렸는지는 기억에서 휘발되어버렸다. 어떤 어른도 은성을 혼내거나 힐난하지 않았다는 사실만은 분명했다. 은성은 미안하다는 말도, 그렇지만 고의가 아니었다는 말도 입밖에 낼 기회를 놓쳤다. 분해서 견딜 수가 없었다.

다음날 아침, 은성은 처음으로 집을 나갔다. 책가방에 교과서 대신 고심 끝에 고른 옷가지 몇 벌과 양말, 치약과 칫솔, 예금통장과 막도장을 집어넣었으니, 누가 뭐래도 명백한 가출이었다. 집을 나서기 전에 책상 위에 일기장을 보란 듯 펼쳐놓았다.

더러워.

빨간색 하이테크 포인트 펜으로 한 자 한 자 또박또박 눌러쓴 글씨였다. 0.5밀리미터의 그 신경질적인 질감이 은성의 마음에 들었다. 더럽다는 주체가 누구인지 주어는 생략해놓았으나, 읽는 이라면 누구나 쉽게 짐작할 수 있으리라 생각했다. 그러나 꼭 짐작 속의 그 사람들만을 뜻하는 건 아니지. 이 세상은 원래 구역질나는 곳인걸, 쉰 밥알 찌꺼기와 먹다 남은 생선뼈가 한데 뒤섞여 썩어가는 한여름날의 쓰레기통처럼.

점심은 명동의 맥도널드에서 먹었고, 저녁은 건너뛴 채로 지하철

2호선의 맨 뒤칸에 앉아 다섯 번을 순환했다. 밤 열시 가까이 되니 객차 안에 취객들이 하나둘 늘어났다. 질 나쁜 셔츠를 입은 중늙은이 하나가 옆에 앉더니 은성의 오른쪽 무릎에 자신의 왼쪽 무릎을 지그시 밀착시켜왔다. 돼지갈비와 막걸리가 부패되기 시작하는 냄새가 은성의 영혼에 전율처럼 스며들었다.

열한시가 넘어 집에 들어서자 마루 소파에서 졸고 있던 이모할머니가 문을 열어주었다.

"늦었네. 친구네서 놀았나?"

선량하게 묻는 이모할머니도, 외할머니도, 엄마도, 아빠도, 새엄마도, 새엄마의 엄마도, 은성에게 스스럼없이 집에 놀러 갈 친구가 없다는 것을 알지 못할 것이다. 형광등을 켜자 책상 위에 펼쳐두고 간 일기장이 눈에 들어왔다. 일기장은 거기 그대로 있었다. 당당하고 외롭게. 자꾸 들여다보니 '더러워.'의 마지막 마침표가 약간 번진 것도 같았다. 일기장의 펼쳐진 각도가 아침과 비교하여 살짝 틀어진 것 같기도 했다.

"이거 누가 그랬어?"

은성은 열린 방문 밖에다 대고 날카롭게 소리쳤다.

"뭘?"

이모할머니가 눈을 끔뻑끔뻑했다.

"누가, 무슨 권리로, 왜, 남의 일기장을 보고 난리예요?"

"얘가 당최 무슨 소리야? 아, 나는 그 방 오늘 들어가지도 않았구면."

"거짓말 마. 다 똑같아. 더러워, 더러워!"

자다 깨서 나온 외할머니가 얼떨결에 은성의 등짝을 맵게 후려쳤다. 그것이 신호라도 되는 듯 은성은 숨넘어가게 울어젖혔다. 이모할머니가 홍삼 물을 데워다 먹였다. 그럴 리는 없겠지만 그때 만약 일기장을 훔쳐본 사람이 있었다면 아마도 혜성이었을 거라고 은성은 지금 생각했다. 더러움의 의미를 알아줄 지구상의 유일한 한 사람.

　은성이 남은 링거액을 다 맞는 사이, 혜성이 약국에서 약을 타왔다. 응급실 밖으로 나서는 순간 스산한 찬바람이 남매를 덮쳤다. 은성이 짧게 기침했다. 거즈를 붙인 이마가 욱신거렸다. 손님을 기다리는 택시들이 늘어서 있었다. 혜성이 제일 앞에 선 차의 뒷문을 열어주었다.

　"같이 안 갈래?"

　"응."

　혜성이 짧게 대꾸했다.

　"약 잘 챙겨먹어라."

　은성은 다시, 혼자 남겨졌다.

3장 가본 적이 있는 창밖

　서울의 2월은 풀리지 않는 저주가 영원히 지속될 것만 같은 계절이다. 봄이 머지않았는데도 바람은 종잡을 수 없이 찼다. 일요일 아침 아홉시 반. 옥영은 드레스룸에 펼쳐놓은 24인치 하드트렁크를 막 닫으려 하고 있었다. 마지막으로 조금 망설이다가 목까지 올라오는 겨울 스웨터를 가방 밖으로 뺐다. 청록색이 감도는 컬러는 얼굴을 생기 있어 보이게 했지만 두툼한 원단이 그곳에는 어울리지 않았다. 그곳의 2월은, 삶이 지루해 죽겠다는 표정을 한 여자들이 동물의 털을 무두질해 만든 코트를 휘감고서 뿌연 입김을 불며 종종걸음치는, 그런 시간이 아니었다.

　나이가 들수록 집을 비우기 전에 해야 할 일들이 늘어났다. 어젯밤엔 밑반찬 몇 가지를 만들어 냉장고에 채워놓았고, 오늘 눈뜨자마자 베란다의 식물들에게 물을 듬뿍 뿌려주었다. 아침식사를 위해 연어 몇 토막을 오븐에 굽고 미역국도 새로 끓였다. 식사를 마치고 난 그릇들은 물에 한번 대충 헹구어 식기세척기에 넣었다. 내일 아침 파출부가 출근하여 건조된 식기를 꺼낼 것이다. 내일 아침. 불과 24시간 뒤에 올 그 시간이 아득했다.

"집에 좀 다녀오려고."

남편에게 말한 건 사흘 전이었다.

"집? 어느 집?"

대전 친정을 뜻하는 걸 뻔히 알 텐데도 그는 이마에 깊은 주름을 그으며 되물었다. 기분 좋은 상태가 아님을 나타내는 일종의 신호였다. 그럴 때면 2차 성징에 접어든 소년에게 하는 것처럼 상냥하되 단호한 목소리로 차분차분 일러주어야 한다는 걸 그녀는 잘 알고 있었다.

"엄마 허리가 심하신가봐. 정밀검사를 받아봐야 될 거 같아요. 그 김에, 지난번 심장 문제도 체크하고."

"노환이지 뭐."

무성의한 대답이 서운하지는 않았다. 남편은 타인의 일에 대해 점점 더 예의상 필요한 최소한의 관심조차 보이지 않는 사람이 돼가고 있었다. 진심과 성의라는 덕목에 집착하여 괜한 간섭을 하는 것보다는 여러모로 나았다.

"언제 갈 건데?"

"글쎄, 일요일쯤."

일요일, 이라고 남편이 혼잣말로 되뇌었다.

"다음날 가면 안 되나?"

다음날은 안 되었다. 일요일이 지나기 전에 그곳에 있어야 했다. 그러고 싶었다. 그녀는 짐짓 아무렇지도 않게 대응했다.

"왜? 그날 무슨 일 있어요?"

"일요일이잖아. 고속도로도 막히고."

특별한 명분이 없을 때 대개 그렇듯 남편은 강경한 어조를 택했다.

"봐서 그러든지."

옥영은 대수롭잖다는 듯이 얼버무렸다. 둘은 그 문제에 대해 더 얘기하지 않았다. 그리고 어젯밤 귀가한 남편을 향해 내일 내려간다고 통보했다. 남편은 그녀를 삼 초간 노려보았고, 넥타이를 풀어 침대 위에 내던졌으며, 입을 꽉 닫았다. 일요일이든 월요일이든 그에겐 사실 아무 상관도 없을 것이었다. 그는 단지 자신의 의견이 묵살당한 데 대해 분노하고 있는 것뿐이었다. 옥영은 아랑곳하지 않고 계획대로 움직였다. 남편이 화가 난 상태라는 게 어쩌면 더 다행일지도 몰랐다.

레슨비가 든 봉투를 혜성의 방에 올라가 직접 전해줄까 하다가 그냥 거실 테이블 위에 놓아두었다. 혜성과는 그 정도 무언의 소통은 가능한 사이였다. 유지의 얼굴을 한번 보고 갈까 하다가 그만두었다. 어쩐지 그래서는 안 될 것 같았다. 바퀴 달린 가방을 밀고 나가는 기척이 느껴질 텐데도 남편은 서재에서 꼼짝도 하지 않았다. 옥영은 여행용 가방을 자동차 트렁크에 실었다. 운전석에 앉아 안전벨트로 몸을 꼭 조였다. 집에서 오 분만 나가면 올림픽대로였다. 무슨 일이 있어도 열한시 전까지는 공항에 도착해야 했다.

오후 열두시 삼십분 출발, OZ 711편. 일 년 만에 타는 타이베이행 비행기였다.

비행기가 천천히 하늘 속으로 스며들었다. 몸이 공중에 붕 떠서 구름의 가장자리로 진입할 때의 느낌은 언제나 그녀의 심연을 뒤흔들었다. 옥영은 눈을 감았다. 다른 세계로 간다는 실감보다 묵직한 불안감이 앞질러왔다. 그녀는 열일곱 살에 처음 타이베이 행 비행기를 탔다. '학생 고국방문단'의 일원이었다. 전국 화교학교에서 백여 명의 고등학생들이 모였다. 김포공항 출국장 앞에서 단체사진을 찍을 때 그녀는 맨 끝줄의 제일 바깥쪽에 섰다. 모든 글자가 다 한문으로 쓰인, 지나치게 비장한 플래카드를 행인들이 힐끔대며 지나가는 것 같아 얼굴이 홧홧했다. 고국 방문이라니. 아버지의 진지한 표정 앞에서 그녀는 차마 뚱한 반응을 보일 수 없었다. 그녀뿐만 아니라 몸이 아픈 둘째언니를 빼곤 모든 형제들이 그 나이 무렵에 다녀온 여행이었다. 아버지는 진정으로 그곳이 가족의 고국이라고 믿었을까? 그때껏 그 자신조차 두어 번밖에 가보지 않았던, 남쪽의 섬나라를.

아버지는 이십대 중반에 중국 본토의 산둥성을 떠나왔다. 아내와 두 살짜리 아들은 고향에 남겨둔 채였다. 고희를 며칠 남기고 숨을 거둘 때까지 그는 그곳에 돌아가지 못했다. 대만 여권으로는 며칠의 방문도 불가능했다. 폐암 선고를 받고 나서도 그는 식후 세 번 하루 세 개비씩 꼬박꼬박 말보로 레드를 피웠는데, 담배를 빨아들이는 순간 짓던 그 맛있고 간절한 표정을 본 사람이라면 누구도 말릴 엄두를 내지 못했다. 아무도 믿지 않을 일은 또 있었다. 인천과 평택, 서산을 거쳐 대전에 정착해 산 사십오 년 동안 그가 능숙하게 할 수 있는 한국어는 채 열서너 마디가 안 되었다. 일평생 가장 많이 뱉었을 인사인 "어서 오세요"조차 어눌했다. 완벽한 한국인의 발음과 비교하면 분명히 그랬다.

"큰 소리로 말하지 마라."

그것이 자식들에게 남긴 아버지의 유언이었다. 물론 그 말 역시 중국어로 했다.

"허, 노친네 참. 차라리 담배를 피우지 말라고 했어야 되는 거 아니야?"

큰언니가 눈물 고인 눈동자로 웃으며 투덜거렸지만 아버지의 딸인 이상 의당 그래야 한다는 듯 모기만한 목소리의 한국어였다. 쭉 화교학교를 다니다 대만으로 유학을 갔고 대학을 졸업하기도 전에 미국 화교와 결혼해 LA로 건너간 언니 역시 자신의 한국말 실력에 대해 미묘한 콤플렉스를 가지고 있었다. 아버지의 장례를 치르면서 영안실 관계자나 장의사 쪽 사람들과 이야기해야 할 때가 오면 언니는 꼭 옥영을 불렀다.

"위링, 우리 중에선 네가 제일 낫잖아."

그 뒤에 생략된 문장이 무엇인지 그녀는 너무도 잘 알고 있었다. 그래야 무시당하지 않아. 영정 속의 깡마른 아버지가 울 듯 말 듯 한 얼굴로 딸들을 바라보았다.

비행기는 두 시간 반 만에 타이베이 타오위안 국제공항에 착륙했다. 외국인 전용 입국심사대에서 차례를 기다리는 동안 어쩔 수 없이 가슴이 옴짝거렸다. 한국 여권을 가지게 된 뒤로 몇 번이나 겪었던 일인데도 늘 처음처럼 이런 증상이 반복되곤 했다. 입국심사관은 그녀 또래의 여자였다. 왜 왔니? 여자가 영어로 물었다. 옥영도 영어로 대답했다. 친구를 만나려고. 내 친구가 여기 살고 있어. 언제까지 머물 거니? 목요일까지 머물 거야. 나는 왕복티켓을 가지고 있어. 서울, 내 집이 있는 서울로 되돌아갈.

공항 밖에는 가는 빗방울들이 떨어지고 있었다. 서늘하면서도 후텁지근한 공기가 코끝에 확 와 닿았다. 타이베이의 냄새였다. 트렁크 손잡이가 손바닥에서 자꾸만 미끄러졌다. 택시를 타고 예약해둔 호텔 이름을 댔다. 꺼두었던 핸드폰을 켰다. 위급상황이 발생하면 가까운 재외공관에 연락하라는 내용의 문자메시지가 도착해 있었다. 대만은 한국 이동통신회사의 자동로밍 서비스 지역이었다. 인공위성 위치추적 시스템이 그녀의 움직임을 낱낱이 지켜보고 있을 것이다. 그녀는 더러운 가죽시트 깊숙이 엉덩이를 파묻었다. 일요일 대낮이었다. 자신이 왜 기어이 여기까지 왔는지 설명할 수가 없었다. 타당하다고 믿었던 이유들이 머릿속에서 깜박대다 막막히 사라졌다.

"저, 미안하지만 호텔 말고 다른 데로 가주세요."

그녀는 발작적으로 소리쳤다. 그리고 운전기사에게 중국어로 또박또박, 대만대학 앞으로 가자고 말했다. 국립대만대학은 1928년 설립되었다. 원래 명칭은 타이베이 제국대학이었다. 1945년 11월 장개석 정부가 서둘러 이름을 변경했다. MRT 신뎬센을 타고 공관역에서 내리면 대만대학 정문이 나타난다. 길 건너에는 학생들을 겨냥한 상가 골목이 조성되어 있다. 완탕이나 계란부침, 돼지고기튀김 같은 음식을 파는 난전과, 편의점, 저가 캐주얼의류 체인점, 운동화매장 들이 허술한 벽을 사이에 두고 다닥다닥 붙어 있다. 언제와도 이십 년 전에 비해 크게 달라졌다는 느낌이 들지 않는 곳이다.

아름답게 각인된 청춘의 한 시절을 그리워하며 이곳을 찾아든 중년 사내들은 추억의 실체가 이토록 소란스러운 남루였음을 깨닫고 피곤한 걸음을 조용히 돌리곤 했다.

마흔이 넘은 밍은 왜 아직도 학교 앞에 사는 걸까? 언젠가 옥영이 물은 적이 있다. 밍은 입술을 벌리지 않고 씩 웃었다.

"한국말은 아 다르고 어 다르다. 아직도 여기 사는 게 아니라, 다시 돌아온 거지."

그러곤 덧붙였다.

"싸잖아, 이 동네가."

농담인지 아닌지 쉽게 구별할 수 없었다. 옥영은 그즈음 그의 재정형편이 어떤지 자세히 알지 못했다. 그는 자주 직업을 바꾸었다. 마지막으로 보았을 당시엔 현지 여행사의 통역 겸 가이드로 일하고 있었다. 밍이 한국인을 상대로 하는 직업을 가지다니, 옥영으로선 관자놀이가 아플 정도의 큰 충격이었다. 따로 월급을 받는지, 커미션과 팁으로만 생활하는지는 묻지 못했다. 관광버스에 서서 마이크를 쥔 밍이 "왼쪽에 보이는 산이 양밍산입니다. 잠시 후면 고궁박물원에 도착하겠습니다"라고 떠들어대는 장면을 아무리 애써도 상상하기 어려웠다.

"저기, 내가 환전을 좀 많이 했었나봐."

서울로 돌아오던 날 아침, 옥영은 밤새 입속으로 연습한 말을 간신히 꺼냈다. 신한은행의 로고가 알록달록 박혀 있는 규격봉투를 그가 얼결에 받아들었다. 많이 당황했을 텐데도 그는 겉으로 티를 내지는 않았다.

"다시 안 올 거야? 다음에 쓰면 되잖아."

"받아. 얼마 되지도 않아."

"나 쓰라고 주는 거야? 진짜?"

밍이 갑자기 중국어를 사용했다. 다른 사람 없이 둘만 있을 때, 그들은 항상 한국어로 대화했다. 스무 살 때부터 그래왔다. 그건 둘 사이에 내재된 레지스탕스의 윤리강령 같은 것이었다. 어떤 외부, 어떤 타인으로부터도 분리된 둘만의 감옥, 하나의 공동체에 속해 있다는 맹목적이고 우스꽝스러운 암시. 그러나 밍의 중국어는 가차 없는 현실을 상기시켰다. 옥영은 한국어로 나직하게 말했다.

"받아라. 안 그러면 내 손이 미안하잖아."

한참 동안 바닥을 내려다보던 밍이 대꾸했다.

"바보. 너 바보구나."

높낮이 없는 한국어였다.

"그럴 땐 미안이 아니라 무안하다고 하는 거야."

그가 봉투를 그녀에게 돌려주었다. 옥영은 화를 냈다.

"기분 좋게 그냥 받으면 안 돼?"

마지막 말은 안 할걸 그랬다고 그녀는 오래 후회했다.

"밍밍, 우리가 이거밖에 안 돼?"

그때 그의 얼굴에 떠올랐던 그 먹먹한 표정을 옥영은 오래 잊지 못했다. 그녀는 봉투를 마루의 낮은 탁자 위에 가만 올려놓았다. 돈 봉투와 옥영을 남겨두고서 밍이 방으로 들어갔다. 문이 쿵, 조심성 없이 닫혔다. 이십 년 만에 처음 보는 모습이었다. 작별인사를 하지 않고 옥영은 그곳을 떠났다. 스스로 택시를 부른 다음, 트렁크를 끌고서 3층 계단을 걸어 내려왔다. 뒤에서 그가 불러주기를 간절히 바랐지만 어쩌면 그가 부를까봐 허겁지겁 도망쳤는지도 모른다. 지금부터 꼭 일 년 전의 일이었다.

연립주택 입구에 도착해서야 그가 이사했을지도 모른다는 가능성이 떠올랐다. 하드트렁크 위에 걸터앉아 밍에게 전화를 걸었다.

"웨이?"

일 년 만에 듣는 목소리였다. 옥영은 숨을 들이마셨다.

"나야."

혀끝으로 발음을 음미하며 천천히 말했다.

"나, 왔어."

밍이 아래로 내려왔다. 벙벙한 칠부바지에 낡은 티셔츠 차림이었다. 뭘 먹다 왔는지 입가가 조금 번들거렸다. 오 분 정도 화장실에 다녀온 연인을 대하는 것처럼 그가 씩 웃었다.

"공항에 나오라고 전화하지 그랬어."

"번거롭게, 왜."

그를 따라 그녀도 편안하게 활짝, 웃었다.

변한 것은 없어 보였다. 좁은 실내가 그 동안 머릿속에서 아련히 되새기던 풍경과 너무도 흡사하여 그녀는 맥이 빠졌다. 밍은 옥영의 여행가방을 신발 벗는 공간 바로 옆에 부려놓았다. 그의 침대엔 검박한 느낌의 회색 면시트가 여전히 무성의하게 덮여 있고 베개도 하나뿐이었다. TV를 보며 식사하는 중이었던 듯 거실 탁자 위에 일회용 그릇 서너 개가 어지러이 널려 있었다. 국그릇 속에는 스테인리스 숟가락이 그대로 꽂힌 채였다. 빈 조개껍데기 하나가 희멀건 국물 위에 섬처럼 떠 있었다.

"어제 한잔했구나."

"그렇지 뭐. 이럴 땐 역시 선지해장국이 최곤데, 청진동."

밍의 눈동자에 딱히 그리움이라고 명명하기만은 어려운 감정이 스쳐갔다. 한국을 떠난 화교들은 혓바닥 혹은 대뇌를 마비시킬 만큼 맵싸하고 얼큰한 맛에 대한 향수가 깊었다. 대학 시절 한국 출신들이 모이기만 하면 논산훈련소의 신참 훈련병들처럼 먹고 싶은 음식을 앞다퉈 이야기하곤 했다. 무교동 낙지볶음, 신당동 즉석떡볶이, 오장동 함흥냉면 같은 것들.

"서울에선 잘 먹지도 않았잖아."

옥영의 말에 밍이 코를 찡긋했다.

"그거야 언제라도 먹을 수 있었으니까. 나 대신 너라도 자주 가 줘라."

알잖아, 거기 있으면 일부러 찾아가진 않게 돼, 라고 옥영은 나직이 중얼거렸다.

"좀 앉아라. 천장 안 무너진다."

옥영은 그제야 제가 아직 어정쩡하게 서 있다는 걸 깨달았다. 이 집에 들어선 순간부터 나갈 때를 준비하고 있었음을. 밍이 우롱차를 따라주었다. 그들은 바닥에 나란히 앉아서 차를 마셨다. 차의 온도는 미지근했다. 가슴이 미어지도록 희미한 단맛이 입안 가득 퍼졌다. 그들은 비로소 서로를 찬찬히 바라볼 수 있었다. 밍은 어쩌면 좀 늙은 것 같았다. 미묘하게, 그랬다. 얼굴 피부는 생기 없이 푸석했고 입가의 세로주름은 조금 선명해졌다.

"똑같다, 너는."

밍이 필요 이상으로 진지한 표정을 지으며 말했다. 전에는 그 비슷한 말을 한 적이 없었다. 그것이 옥영을 서글프게 만들었다. 둘은 각자 주변 사람들의 안부를 물었다. 그녀는 어머니가 요사이 부쩍 허리 통증을 호소한다는 것과, 미국 큰언니네 부부의 차이니즈레스토랑이 경영난으로 문을 닫았다는 것, 남편의 딸이 지난 일 년간 단 한 번도 자신에게 말을 걸지 않았다는 것을 두서없이 떠들었다.

"허, 그 아가씨 고집이 상당하네. 불편하진 않고?"

"같이 살지 않으니까 크게 그렇진 않아."

"그럼 같이 사는 친구는 괜찮아? 의대에 붙었다고 했었지."

작년 이맘때 지나가듯 한 얘기를 기억하고 있었나보았다.

"글쎄, 그게……"

옥영이 어깨를 으쓱해 보였다.

"잘 모르겠어. 학콜 안 나가는 건 맞는데, 붙고 나서 안 가는 건지 아예 첨부터 거짓말을 한 건지."

그러곤 덧붙였다.

"그래도 애가 편해. 포커페이스라서. 그 집 구성원치곤 균형감각도 있고."

"너랑 닮았구나."

"응, 잘생겼어."

옥영이 장난스럽게 맞장구쳤다. 밍이 낮익은 웃음을 터뜨리며 그녀의 찻잔을 채웠다.

"한번 보고 싶네, 그 녀석."

유지의 이름은 아무도 먼저 꺼내지 않았다. 형태를 제대로 갖추지 못한 상념들이 허공을 날아다녔다. 그가 오디오를 켰다. 제목이 기억나지 않는 올드팝이 흘러나왔다. 밍이 노래를 낮게 따라 불렀다. 한때 그는 자그만 밴드의 보컬리스트였다. 인천에서 화교고등학교에 다닐 때였으므로 옥영은 그가 무대에서 노래하는 장면을 직접 보지는 못했다. 그들이 사랑에 빠지고 얼마 지나지 않았을 무렵, 그러니까 1987년의 어느 날, 사진 속에서 본 1985년의 밍은 몸에 달라붙는 청바지 차림으로 눈을 꽉 감은 채 열창하고 있었다. 사랑하는 사람이 혼신의 힘을 다하여 그녀가 모르는 무언가에 몰두해 있는 모습은 아득한 공포로 다가왔다. 주인공의 죽음이 묘사된 맨 뒷장을 조바심치며 미리 들춰본 느낌. 옥영의 막연한 예감은 그때나 지금이나 비껴가는 법이 없었다. 그뒤 십 년 동안 그들은 사랑을 지속했고, 지금은 십 년에 걸쳐 이별하는 중이었다. 드디어 마지막 페이지였다.

첫 페이지는 몇 개의 우연들이 겹치며 열렸다. 어떤 멀고먼 역사의 시작도 다 그렇듯이. 옥영이 고국의 국립대학인 대만대학에 합격했다는 소식을 전하자 아버지는 무척 기뻐했다. 옥영은 전화기 너머의 아버지가 한참 동안 아무 소리도 내지 않아서, 평소 가끔씩 말썽을 일으키던 그의 뇌혈관이 혹시 터져버린 건 아닌지 걱정해야 했다. 잠시 후 그는 헛기침을 하더니 물기 어린 느릿느릿한 목소리로 고맙다고 말했다. 대전 변두리의 식당이 비교적 호황을 누리던 시절이기는 했지만 막내딸까지 유학을 시킬 만한 살림은 분명 아니었다. 그는 형편이 고만고만한 다른 화교 가장들에 비해 교육열이

52

월등히 높은 편이었는데, 그 이유가 무엇인지는 식구들도 정확히 알지 못했다. 아버지가 여섯 식구의 호구지책이었던 식당일에 대해 언제나 조금쯤 심드렁했으며 열정적으로 두 발을 푹 담그지 않았다는 것으로 원인을 추측해볼 따름이다.

한국에 처음 오자마자 시작했던 무역업을 포함해 그뒤에 벌인 몇 가지 자잘한 사업들에 연이어 실패하고 나서, 아버지는 평택에서 중국집을 열고 있는 고향 친구를 찾아갔다. 그가 알고 지내는 중국인 사내들은 대부분 전국 각지 중국요릿집의 사장이거나 주방장이었다. 1960년대 중반의 두 해 동안 아버지는 평택에 자리한 작은 중국집에서 주방일을 하며 요리를 배웠다. 옥영은 거기서 잉태되었고, 서산에서 태어났다. 그들 가족이 첫번째 식당을 개업한 곳이었다.

자식들을 위해 종일 우울한 표정으로 햇빛 한 조각 들지 않는 좁은 주방에서 도마질을 해야 했던 그 남자가 자식들에게 바라는 것은 딱 하나뿐이었다. 집안에서 반드시 중국어를 사용하는 것. 그 단 한 가지 요구사항은 엄격하고 가혹했다. 엄희자의 만화책 『네 자매』를 빌려다보던 큰언니는 아버지에게 들켜 종아리 열 대를 맞았다. 아버지보다 열 살 어리고 유년기를 한국에서 보낸 어머니가 그나마 숨통을 틔워주었다. 엄마와 형제들은 한국어와 중국어를 뒤섞어 이야기하다가 아버지가 가게에 붙은 살림집으로 돌아오는 기척이 느껴지면 재빨리 집안 곳곳으로 흩어지곤 했다. 밥상에선 모두들 거의 아무 말도 하지 않고 밥을 먹었다.

한 사람의 내부는 몇개의 공간들로 이루어져 있을까. 아버지는 돼지목살을 숭덩숭덩 썰어넣은 김치찌개를 유독 좋아했고 화교 사내들과 모이면 어김없이 화투판을 벌였다. 한국과 일본의 축구경기가 열리면 목청껏 한국을 응원했다. 반면 틈만 나면 한국인은 믿을 수 없는 족속이라고 강조했으며 자신의 말을 고집스레 실천하기라도 하듯 어떤 한국인도 친구로 사귀지 않았다. 어쩌다 아내와 아이들의 한국 친구가 집에 찾아와도 무뚝뚝한 침묵으로 일관하곤 했다.

스무 살의 옥영과 밍이 처음으로 각자의 가족에 대해 이야기하던 날, 그들은 눈물이 맺힐 만큼 웃고 땅이 꺼져라 한숨을 쉬다가 다시 웃음보를 터뜨리는 일을 몇 시간 동안 반복했다. 둘의 아버지들이 우연이라고만 하기엔 부족하리만치 닮은꼴이었기 때문이다. 인천 차이나타운 근처에서 식당을 하는 밍의 아버지도 한글을 배울 생각이 전혀 없다고 했다. 그 역시 자주 가게 유리창 너머를 바라보며 무의식적으로 긴 한숨을 뱉어낸다고 했다.

"그래도 너희 아버지는 한국 여자랑 결혼했으니까 우리 빠바보다 훨씬 낫네."

옥영의 말에 밍이 웃음기를 거두지 않고 대답했다.

"도망갔어. 십 년 만에. 그러니 그 다음엔 어땠겠냐. 좀 예쁘장한 여자 손님만 보면 겉은 멀쩡해도 속은 죄다 시꺼먼 년들이라면서 괜히 혼자 이를 갈았다니까."

옥영은 밍의 얼굴을 빤히 쳐다보았다. 지금의 나이였다면 아마 그렇게 하지 못했을 것이다. 바람이 불지 않는 호숫가 벤치였다. 그들은 캠퍼스 한가운데 있는 그 호수를 취월호(醉月湖)라는 이름 대신 '거기'라고 불렀고, 취월호 전체가 환하게 내려다보이는 그 벤치를 '우리 자리'라고 불렀다. '거기, 우리 자리'에서 그들은 종종

해가 저무는 하늘을 함께 지켜봤다. 그날, 노란 빛깔의 해가 반쯤 저무는 중이었다. 지금 막 비밀스런 가정사를 고백한 어린 연인의 눈동자에 눈물방울 같은 건 맺혀 있지 않았다. 옥영은 밍의 손등 위에 손바닥을 가만히 포갰다. 따뜻했다. 이 손을 잡고서라면 어디라도 갈 수 있을 것 같았다. 언제까지라도.

인생에는 한들한들 부는 산들바람에 몸뚱이를 맡겨도 되는 시간이 있다. 스무 살, 스물한 살, 스물두 살…… 삶이란 조금 비스듬히 오른쪽으로 기울어진 기차에서 시속 오십 킬로미터의 속도를 견디는 일과 비슷하다는 사실을 알지 못하는 나이이기도 하다. 그때 옥영과 밍은 걷잡을 수 없는 속력으로 서로를 허겁지겁 읽어나갔다. 그들은 곧 상대에 대해 속속들이 알게 되었다. 그렇다고 믿었다. 믿지 않을 이유가 없었다. 우유 대신 서로의 털뭉치를 핥는 두 마리 새끼고양이들처럼 성탄절 꼬마전구가 둘러쳐진 울타리 안에서 서툴게 사랑에 몰두했다. 우주가 그들을 중심으로 돌고 있다고 착각한 건 아니었다. 울타리 너머의 세계에 주의를 기울이지 않았을 뿐이다. 그녀는 이제 그것이 균형의 문제였다고 생각한다. 그리고 굳이 그렇게 규정해야 안심하는 자신이 참 비겁하다고도 생각한다.

좀더 객관적으로 말하자면 그때 두 사람은 사랑에 빠지지 않기가 더 어려운 사이였다. 같은 과 같은 학번에 한국 출신 화교는 달랑 둘뿐이었다. 신입생 오리엔테이션에서 그들은 단박에 서로의 고향을 알아보았다. 아무리 감추려 애써도, 그들의 발음에선 산둥성 악센트와 한국어 악센트가 독특하게 뒤섞여 묻어났다.

국립대만대학은 대만의 고등학생들이 가장 선망하는 학교였다. 동급생들의 자부심이 하늘을 찌르는 건 당연했다. 상대적으로 손쉬운, 저희끼리의 입학고사를 치르고 들어온 화교에게 은연중에 무시하는 눈길을 보내며 구별지으려 하는 건 인간적 본능에 가까웠을 것이다. 노골적이진 않았지만 예민한 성격의 소유자라면 알아챌 만한 수준이었는데, 금요일 밤에 단체 술자리가 있으면 옥영에겐 당일 오후 늦게 전달되는 식이었다. 그러면 같은 처지의 밍은 어떻게 할지를 물을 수밖에 없었다.

"그래? 난 몰랐는데."

밍은 대수롭잖다는 듯 반문하곤 했다. 옥영에겐 늦게라도 당도한 전언을 밍은 아예 까맣게 모르고 있는 경우가 많았다. 그녀가 혹시 내가 따돌림당하는 건 아닐까 은근히 신경을 곤두세우고 있었다면, 밍은 그러거나 말거나 무관심했다. 그는 일체의 단체활동에 참가하지 않았으며 거기에 관해 누구의 눈치도 보지 않았다. 밍은 생래적으로 하나의 개인이었다. 결코 외톨이인 줄 모르는 외톨이, 빛 없는 선반 위에 따로 보관된 통조림처럼 안전하고 유일한 개체, 스스로 적막할 운명을 타고난 자. 그것이 밍이었다. 혼자 먹을 저녁밥이 담긴 검정 비닐봉지를 천천히 흔들면서 어둑한 타이베이 거리 한 모퉁이를 걸어가는 그의 뒷모습을 상상하면 영원히 옥영은 저릿한 통증에 사로잡힐 것이다.

"역시 다들 오토바이를 타고 다니는구나. 1980년대에도, 2000년대에도."

2008년의 옥영이 창밖을 바라보며 새삼스레 중얼거렸다.

"그렇지. 한국 여자들만 빼고."

"그러네 정말. 그런데 나는? 내가 한국 여잔가?"

밍이 싱긋 웃으며 대답했다.

"그렇다고 중국 여자는 아니잖아."

거리에는 여전히 가느다란 비가 내리고 있었다. 색색의 우비를 머리끝까지 덮어쓴 스쿠터 운전자들이 이차선 도로를 꾸물꾸물 달렸다. 유리창 틈에서 눅눅한 찬바람이 새어들어왔다.

"궁금한 게 있는데."

밍이 담담하게 물었다.

"너 아직도 그 생각 해?"

"뭘?"

"남태평양 어디쯤에 섬 하나 샀으면 좋겠다고 했었잖아."

"……"

"거기서, 우리끼리, 화교끼리만 살았으면 좋겠다고."

"그걸 기억하네?"

"나 말이야, 요즘 가끔 그런 생각 한다. 그래도 나쁘지 않겠다고."

밍이 약간 머뭇거리는 말투로 털어놓았다. 옥영은 고개를 떨어뜨렸다.

"밍밍."

"응?"

"나 꼭 한 번 가보고 싶은 데가 있어."

"여기서? 타이베이에서 네가 안 가본 데가 다 있나?"

"지남궁."

밍의 얼굴에서 미소가 걷혔다. 그때 옥영의 핸드백 속에서 전화벨이 울렸다. 현지 시간 오후 다섯시 삼십분, 서울 시간으로는 일요일 오후 여섯시 삼십분을 막 넘어서고 있었다.

4장 가장 잘 보이는 곳에 존재하는 것

　일요일 아침, 현관문 닫히는 소리가 들렸을 때 김상호는 입안에 약을 털어넣고 있었다. 아내는 다녀오겠다는 인사도 하지 않고 그냥 나가버렸다. 슬며시 현관을 나서기 전에 최소한의 어떤 제스처라도 취해주길 바랐던가? 그는 급격히 울적해졌다. 알약을 꿀꺽 삼키고는 담배 한 개비를 얼른 입에 물었다. 세게 한 모금 빨았다. 언젠가부터 이런 순간에는, 복수하기 위해 스스로를 학대하는 소년의 기분에 사로잡히곤 했다.

　의사를 찾아간 건 지난 화요일이었다. 이즈음 자주 그렇듯이 다분히 우발적인 행동이었다. 늦은 점심을 먹고 사무실로 돌아가는 길이었다. 액셀러레이터에 오른발을 살짝 올려놓은 채 멍하니 넋을 빼고 있다가 충분히 통과할 수 있었던 사거리 신호를 놓쳤다. 횡단보도의 금을 밟고 엉거주춤 정차해 있는데 문득 건너편 건물 2층에 '휴먼행복클리닉'이라는 간판이 눈에 들어왔다.

　휴먼행복클리닉의 대기실 내부는 치과 대기실이나 이비인후과 대기실과 별 다를 바 없었다. 만47세의 남성 환자 김상호는 곧 밀폐된 작은 공간으로 안내되었다. 감옥 독방만한 크기의 정사각형 실내에 책상과 의자뿐이었다. 그곳에 앉아 그는 꽤 긴 시간에 걸쳐 설문지를 작성했다. 가슴이 두근거린다? 전혀 그렇지 않다. 약간 그렇다. 대체로 그렇다. 매우 그렇다. 어디에다 체크를 해야 하는지 쉬 판단할 수가 없었다. 가슴이 두근거린다는 느낌이 육체의 문제인지 정신의 문제인지 알 수 없었다. 낯선 장소에서 검은색 모나미 볼펜을 손에 쥔 채 낑낑대고 있는 지금은 아무튼 왼쪽 가슴께가 약간 두근거리는 것 같았다. 한참 망설이다가 그는 두번째 답안에 동그라미를 쳤다.

비교적 쉬운 문항들도 있었다. 만사가 순조로운 것처럼 느껴진다? 두 번 생각할 것도 없이 전혀 그렇지 않다고 답했다. 무언가 잘못되었다는 느낌이 든다? 대체로 그렇다와 매우 그렇다 사이에서 그는 매우 그렇다를 택했다. 솔직해져보고 싶었다. 어쩌면 그것이 제 발로 병원을 찾아간 이유의 핵심인지도 몰랐다. 상호와 엇비슷한 연배의 남자 의사는 권태를 억지로 참고 있는 듯한 표정의 소유자였다. 의사가운 사이로 드러난 오렌지색 넥타이의 브랜드는 에르메스로 짐작됐다. 그래도 파리 날리는 병원은 아닌가보군. 그는 속으로 중얼거렸다. 상담이 진행되는 내내 의사는 한쪽 눈썹을 치켜뜨는 정도의 감정표현도 하지 않았다. 이런 새끼들이 술집에선 더 난하게 노는 법이지. 그의 속엣말을 알아들었는지 의사는 대답하기 까다로운 질문들을 연속해서 던졌다.

"잠은 언제부터 잘 못 주무셨죠?"

"글쎄요. 재작년쯤부턴가. 아니, 한 삼사 년쯤?"

"화가 나면 제어할 수 없다는 느낌을 받게 된 건요?"

"워낙에 안 그랬던 건 아닌데."

"좋아요. 그런 느낌이 심해진 건 언제부터인가요?"

상호는 잘 모르겠다고 말했다. 의사는 일종의 충동조절장애가 의심된다는 진단을 내렸다. 경미한 정도의 울증도 있는 것 같다고 했다. 병명을 듣자 마음이 한결 홀가분해졌다. 그의 고통이 적어도 엄살은 아니었음이 증명된 셈이었다. 그는 실체 없는 불안에는 도저히 설득당할 수 없는 종류의 인간이었다. 약 처방을 받고 다음 상담 날짜를 잡은 후에 상호는 그곳을 성큼성큼 빠져나왔다. 다음 약속 시간을 지킬지는 아직 결정하지 못했다.

그의 서재는 동남쪽으로 커다란 창이 뚫려 있었다. 2월의 아침 햇빛이 벌어진 커튼 사이를 느른하게 파고들었다. 방이 매캐한 담배 연기로 가득 찼지만 그는 창문을 열지 않았다. 담배 석 대를 내리 피우고 난 뒤에야 담배를 줄이라던 휴먼행복클리닉 원장의 충고가 기억났다. 아내는 이미 경부고속도로에 접어들었을 것이다. 미안하다고, 마음 편히 다녀오라고 전화를 한 통 할까라는 생각이 잠시 머리를 스쳤지만 행동에 옮기지는 않았다. 불쑥 내킨다고 해서 모두 다 실행에 옮겨서는 안 된다는 의사의 말이 꽤 그럴싸하게 들렸기 때문이다. 모든 것을 다 뒤엎어버리고 싶다는 충동과, 필사적으로 그것을 막아야 한다는 충동이 그의 내부에서 격렬히 싸우고 있었다. 알약이 효과를 발휘한 덕분인지 후자가 이겼다. 그 순간에는 어쨌든 그랬다.

거실은 고즈넉했다. 2층에서는 아무 소리도 들려오지 않았다. 상호는 가죽소파 위에 길게 드러누웠다. 홀로 맞이하는 일요일 오전의 정적은 익숙하지 않았다. 익숙하지 않은 것은 감당키 어려웠다. 할 일이 번뜩 떠오른 사람처럼 TV 리모컨을 이리저리 눌러보았다. 한 채널에서 퀴즈 프로그램이 방송되고 있었다. 일반인들이 출연하는 모양이었다. 비대한 몸집의 중년 여자의 얼굴이 화면 가득 클로즈업되었다. 목선에 찰랑이는 단발머리가 무척 안 어울렀다. 여자는 보험회사의 생활설계사였다. 보험영업을 하는 틈틈이 상식문제들을 공부해왔다고 말했다. 우승을 하게 되면 상금 절반은 시아버지 병원비로 사용하고 나머지 절반은 고등학생 딸애를 위해 사용할 거라고 했다.

어이구, 자기 몸 하나도 관리 못하는 주제에 뭐라고 씨부렁대는 거냐. 만약 곁에 아내가 있었다면 그는 분명코 그런 말을 입밖에 냈을 것이다. 그러면 옥영은 아무 대답도 하지 않았을 거였다. 기껏해야 흐음, 짧은 숨소리를 뱉기나 할 뿐 못마땅한 속내를 겉으로 표현하지 않았을 터였다. 그것이 옥영과 전처 미숙 사이의 결정적인 차이점이었다. 미숙은 그럴 때 곧바로 오만상을 확 찌푸리는 여자였다.

"왜 말을 그딴 식으로 하는 거지? 일부러 그러는 거야? 그러면 재밌는 줄 알아?"

그러면 그는 기다렸다는 듯 버럭 맞받아치곤 했다. 격한 싸움은 자주 그렇게 시작되었더랬다. 이따금 전처가 미치도록 그리워질 때가 있었다. 밍밍한 기내식을 연이어 세 끼째 받아먹고 있는 장거리

비행자가 어마어마하게 달고 맵고 신 맛을 그리워하는 것과 비슷한 이치일 것이다. 뚱뚱한 생활설계사는 어이없이 쉬운 퀴즈를 맞히지 못하고 탈락해버렸다. 그는 실소를 보냈지만 이내 찌무룩해졌다. 함께 나눌 이가 아무도 없었다. 허전함이나 무료함과는 다른 감정이었다. 다른 사내들도 휴일 오전 제 집 거실에 혼자 늘어져 있으면 이토록 불편한 기분이 들까. 알 수 없는 노릇이었다.

코트 차림의 혜성이 2층 계단에서 내려왔다.

"아침부터 어딜 가냐?"

"친구가 좀 보자고 해서요."

혜성이 또박또박 대답했다. 상호는 아들의 깍듯하고 차분한 말투가 마음에 들지 않았다. 어떤 걸 물어도 녀석은 늘 똑같았다. 모든 걸 미리 준비해두었다는 듯 당황하는 기색이라곤 찾을 수 없다.

"아까 엄마가 오후에 집에 있으라고 했잖아."

"알아요. 금방 들어올 거예요."

"늦지 않게 와라."

"네."

기다란 아들의 뒤태를 잠시 바라보다가 그는 시선을 돌렸다. 어떤 아버지나 그렇겠지만 아들이 자랄수록 복잡한 심정이 되었다. 대견한 마음과 안쓰럽고 애처로운 마음이 수시로 교차했다. 까닭 모를 부러움이 간간이 끼어들기도 했다. 남들은 혜성과 상호가 닮은 데가 거의 없는 부자지간이라고 말했다. 혜성을 보고 있으면 그 말에 동의할 것 같기도 하고 동의할 수 없을 것 같기도 했다. 아들이, 도저히 바로잡을 수 없는 제 젊은 날의 실수를 떠올리게 하는 존재인 것만은 분명했다. 그가 아들에게 무관심을 가장하는 순간이 있다면, 그건 어떻게 대해야 할지 몰라서였다. 상호는 혜성이 자신과는 다른 어른이 되기를 진심을 다해 바랐다. 녀석이라면 충분히 그럴 것이다. 한마디도 안 했는데도 제가 알아서 의대에 들어간 것만 봐도 그랬다. 아들의 의대 합격을 알게 된 날, 골프 멤버들에게 비싼 밥을 사면서 "요즘 애들은 우리 때하고는 완전히 달라. 벌써 지들 앞날에 대해서 계획이 쫙 서 있는 거지"라고 낮간지럽게 자랑한 것을 혜성은 짐작도 못할 것이다. 무슨 전공을 택하게 될지는 모르지만 휴먼행복클리닉의 원장처럼 에르메스 넥타이를 제 돈으로 살 수 있는 정도만 된다면 안심이라고 상호는 생각했다.

시간이 더디게 흘렀다. 첫번째 약속은 오후 두시 정각이었다. 김상호가 집을 나선 것은 낮 한시 십분을 막 넘어설 즈음이었다.

그가 집 밖으로 나설 때까지, 곧 들어오겠다던 혜성에게선 소식이 없었다. 상호가 조금만 더 예민한 사람이었다면 평소 허튼소리를 하는 법이 없고 제 입으로 뱉은 약속시간은 꼭 지키곤 했던 혜성에게 뭔가 불가피한 사정이 생긴 건 아닐까 한번쯤 의심했을지도 모른다. 그러나 그는 일부러 주의를 기울이거나 저절로 주의를 기울이게 되는 일들을 제외하고는 매사 건성으로 지나치는 사내였다. 자신의 일과 별 상관없는 타인의 일에 대해선 대부분 그랬으며, 그날도 특별히 다르지 않았다.

거실 소파 옆의 사이드테이블에 흰 봉투가 덩그마니 놓여 있었다. 그곳에 흘낏 시선이 머물렀을 때 상호는 혜성의 부재에 대해 잠시 떠올렸지만 곧 잊었다. 레슨시간인 두시까지는 아직 한 시간 가

까이 남아 있었고, 설사 그때까지 혜성이 돌아오지 않는다 해도 그
만이었다. 고작 아이의 레슨비였다. 그 정도는 며칠 미루어도 되는
것이다. 상호의 머릿속에서는 그런 생각들이 아주 빠르고 무의미하
게 스쳐 지나갔다.

"유지야!"

외출 준비를 마치고 나서 그는 계단참에 선 채 딸의 이름을 불렀
다. 아무 반응도 없었다. 바이올린을 연습중인 것 같지는 않았다.
새집에 이사오자마자 아이의 방에 방음벽을 설치했다. 아내의 결정
이었다. 그렇지만 유지가 켜는 바이올린 소리는 방음벽 너머로 간
간이 새어나왔다. 방음벽을 통과하고 나면 현악기 특유의 병약하고
날카로운 음색은 사라지고, 어쩐지 병병하고 둔탁하게 변한 소리가
1층 거실을 지나 현관까지 희미하게 울려퍼지곤 했다.

유지가 음악에 대해 뛰어난 재능을 가지고 있다는 사실을 알게
되었을 때 그는 별다른 감정을 내보이지 않았다. 별세계의 일로 느
껴졌기 때문이다. 그의 집안이나 아내의 집안은 아무리 봐도 예술
적인 분위기와는 거리가 멀었다. 양쪽 가계를 탈탈 털어도 예술과
관계있는 전공을 택한 이는 큰딸 은성뿐이었다. 남들은 대학을 졸
업했을 나이에 윈도 쇼핑하듯 전공을 바꾸며 몇 개의 학교를 전전
하고 있는 은성은, 한때 전문대 미대에 입학한 적이 있었다. 물론
한 학기도 지나지 않아 휴학계를 내버렸다. 충분히 예측 가능했던
상황이었으므로 상호는 별로 놀라지도 않았다. 그러고 보니 갑자기
좀 이상하다는 생각이 들었다. 은성과 혜성은 자랄 때 장난으로라
도 노래를 흥얼거린 적이 없었던 것이다. 아이들이 부르지 않은 게

아니라 그가 듣지 못한 것이었겠지만, 상호의 생각은 거기까지 미치지는 않았다.

"유지야!"

그는 다시 한번 아이의 이름을 불러보았다. 아까보다 조금 더 큰 목소리였지만 2층에서는 여전히 대답이 없었다. 낮잠이라도 든 모양이었다. 어떻게 할까 하다가 그는 그냥 나가기로 했다. 열한 살이면 잠시 혼자 있어도 큰 문제가 없을 나이였다. 곧 바이올린 선생이 초인종을 누를 테고, 혜성이 그전에 들어와 있을 확률도 높았다. 왜 꼭 아줌마도 안 오는 날을 선택해 집을 비웠는지, 또 한번 아내에게 화가 치밀었다. 그는 바닥에 두었던 골프가방을 집어들었다. 지하주차장까지는 엘리베이터를 타고 내려갔다. 실내인데도 주차장의 콘크리트 바닥에서 선뜩한 기운이 올라왔다. 감기가 오려나. 입속말로 중얼거리면서 그는 시동을 걸고 열선시트의 버튼을 눌렀다.

두시 약속은 삼성동 인터콘티넨털 호텔 로비의 커피숍이었다. 북경의 사업 파트너인 강이 서울에 들어왔다는 연락을 해온 건 지난 금요일 저녁이었다. "아버지 제사도 있고 어머니 건강도 안 좋으시고 겸사겸사 잠깐 나왔죠 뭐." 강은 믿을 만한 친구였다. 가끔 옆에서 보기에 열불이 터질 만큼이나 어리바리한 구석이 있었고 타고난 성정이 순했다. 무엇보다 우직한 의리가 있었다. 서른대여섯쯤 되었는데 중국에서 생활한 지는 벌써 칠 년째였다. 젊을 때 경찰시험에 합격했다는데 오래잖아 그만두고 중국을 오가는 보따리장사를 시작했다고 했다. 왜 경찰을 때려치웠는지 사연을 풀어놓지도 않았고 이쪽에서 묻지도 않았다. 아무리 가깝대도 일로 엮인 사이에 시시

콜콜한 개인사를 궁금해하는 건 어쩐지 좀 어색하다는 것이 김상호의 생각이었다.

약속시간보다 십 분 빨리 도착했는데도 강이 먼저 와 기다리고 있었다. 젤을 발라 이마가 훤히 드러나게 넘긴 헤어스타일이 눈에 들어왔다. 그와 처음 만났던 때에 비하면 한결 세련되어진 차림이었다. 강은 커피를, 상호는 따뜻한 녹차를 주문했다. 마흔이 넘고부터는 음료를 직접 고를 수 있는 상황에서 커피를 선택하지 않았다. 상호는 자신과 비슷한 연배의 꽤 많은 이들이 그럴 것이라고 짐작했다. 강이 지난주에 있었던 현지 클라이언트와의 만남에 대해 보고했다. 클라이언트는 한국인이 아니라 중국인이었다. 북경에서 몇 개의 음식점 체인을 일구어 돈푼깨나 만지는 인사라고 했다. 고객은 몹시 만족해한다고 했다. 현지에서 현지 고객을 대상으로 한 성공이라니. 무척 고무적인 성과였다. 그들은 이런저런 이야기를 나누다가 세시 오십분경에 헤어졌다. 강은 어머니를 만나러 가야 한다고 했다. 그는 "그렇군" 하고 대꾸했을 뿐 자신의 다음 약속에 대해서는 말하지 않았다. 이것은 서울의 비즈니스였다.

지하주차장에서 지상으로 올라오자 기상예보대로, 거리에는 싸락눈이 흩날리고 있었다. 길은 아직 미끄럽지 않았다. 강남대로로 나온 뒤 어떻게 방향을 잡을까 잠시 망설였다. 시간은 넉넉했다. 테헤란로에서 좌회전을 하여 쭉 가다보니 어느새 제일생명 사거리였다. 비쭉 솟은 벽돌색 건물은 강남 교보타워였다. 인터콘티넨틸 호텔 주차장부터, 강남 교보타워 주차장 입구까지 이십삼 분이 소요되었다. 한산한 지하 5층에 차를 세우고 그는 지하 1층으로 올라갔다.

교보문고 매장은 꽤 북적였다. 일요일인데다 새학기 시작이 얼마 남지 않았기 때문일 터였다. 연인이나 가족 단위 고객이 많았지만 누군가를 기다리는 듯 혼자 유영하는 사람들도 적지 않았다. 상호는 자연스럽게 사람들 틈에 섞였다. 인파가 가장 많이 몰려 있는 어학코너에서 중국어회화 용례집과 한자자격시험 준비용 교재를 몇 장 훑어보았다. 각 분야 베스트셀러를 판매순위별로 늘어놓은 진열대 앞에 잠시 머물기도 했다. 서점 안의 행인들은 저마다 바빴다. 슬며시 출입구를 빠져나가는 한 중년 남자는 아무도 눈여겨보지 않았다.

상호는 횡단보도를 잰걸음으로 건넜다. 한남대교 방향으로 향하는 택시를 쉽게 잡을 수 있는 길목이었다. 예상대로 택시는 금방 잡혔다. 모든 것이 순조로웠다. 남자를 만나기로 한 곳은 현대백화점 압구정점이었다. 그쪽에서 선택한 장소였다. 상호는 기꺼이 응했다. 택시기사에게 백화점 이름을 대는 대신, 그저 동호대교 사거리에 가자고 말했다. 비즈니스 미팅이 있을 때면 늘 이런 방식으로 움직이곤 했다. 몸에 밴 오랜 습관이었다. 목적지 건너편에서 차를 내렸다. 오싹한 한기가 옷깃을 파고들었다. 그는 연갈색 캐시미어 목도리를 고쳐 맸다. 싸락눈이 어깨 위에 쌓였다. 지하철역을 통해 길을 건넜다. 압구정역은 백화점 지하 2층과 곧바로 연결되어 있었다. 그러나 지하 2층은 여성 캐주얼과 구두 전문매장이었다. 혼자 지나가는 사십대의 남자는 별다른 의도 없이도 누군가의 뇌리에 각인될 가능성이 있었다. 그는 지하철역 계단을 올라 1층 정문으로 들어가는 방식을 택했다. 주의할 수 있는 만큼 주의한다고 해서 손해 볼

일은 없었다. 무심결에 남기는 흔적이 가장 치명적인 법이었다.

백화점 안은 인파로 가득했다. 세일이 한창이었고 지루한 겨울날씨가 석 달째 이어지고 있었다. 그는 행인들과 어깨를 부딪치지 않으려 애쓰면서 넓은 보폭으로 1층 매대 사이를 가로질렀다. 에스컬레이터를 타고 5층으로 올라갔다. 일요일 오후 여섯시 언저리는 백화점 식당가가 꽤나 붐비는 시간인가보았다. 아니 일요일이면 온종일 이런지도 몰랐다. 그는 성큼성큼 일식당으로 들어갔다. 테이블은 만석인 듯했다. 엉덩이를 꼭 죄는 롱스커트 차림의 웨이트리스가 다가왔다. 그녀가 상호에게 말을 건 것보다, 남자가 상호를 발견한 것이 먼저였다. 홀 왼쪽 구석의 테이블에 앉은 한 남자가 상호를 향해 오른손을 커다랗게 치켜들고 있었다. 상호도 남자와 똑같이 오른손바닥을 쫙 펴 보였다.

남자는 생각보다 훨씬 젊었다. 혈색 좋아 보이는 흰 얼굴에 작고 다부진 체격이었다. 그들은 가볍게 악수를 나누었다. 오랜만에 만나는 대학 서클 선후배나 옛 직장동료 사이쯤으로 보였을 것이다.

"뭘 좀 드셔야죠."

"예, 그래야죠."

"이 집 스시정식이 괜찮았던 것 같은데."

상호는 고개를 끄덕였고, 그들은 같은 메뉴를 이 인분 주문했다.

"눈이 내리네요."

남자의 말에 상호는 새삼 창밖으로 시선을 돌렸다. 남자 역시 같은 곳을 바라보고 있었다.

"네, 웬일로 일기예보가 들어맞네요."

"그렇군요. 그래도 올 겨울은 작년에 비하면 눈이 적은 편이지요?"

"글쎄요, 그런 것 같기도 하고…… 사실 요즘엔, 작년에 어땠고 재작년에 어땠는지 일일이 기억이 안 나요. 벌써 치매 초기는 지난 것 같으니, 거참 큰일입니다."

상호의 과장에 남자가 호쾌히 웃어주었다. 가짓수가 많지 않은 코스요리가 비교적 빠른 속도로 나왔다. 부드러운 계란찜 한 숟가락을 입안에 떠넣으며 그는 자신이 점심을 건너뛰었다는 걸 기억해냈다. 왜 배가 고프지 않았을까. 그는 아홉 시간여 만에 식탁에 앉은 자의 평균적인 식욕으로 식사했다. 밥을 먹는 동안 그들 사이의 대화는 끊기지 않고 이어졌다. "한동안 퍼터가 말썽이더니 요즘엔 드라이버가 영 안 맞아요"라고 한쪽에서 말하면, 또 한쪽에서 "저도 한참을 그랬는데 일제로 바꾸고 나니 좀 나아지데요"라고 맞받는 식이었다. 그러면 다시 한쪽에서 "역시 일본놈들이 잘 만들기는 해요"라고 대꾸했다. 간간이 침묵이 도는 순간도 있었으나 어색해지기 전에 어느 쪽에서든 먼저 새로운 화제를 찾아냈다.

"참, 일요일에 뵙자고 해서 죄송합니다."

후식으로 나온 멜론 한 조각을 삼키자마자 남자가 새삼스레 사과했다.

"실은 큰녀석이 이번에 고3이 돼요. 발레를 하지요."

상호는 허리뼈를 빳빳이 곧추세웠다. 이런 자리에서 가족 이야기를 꺼내는 경우는 드물었다.

"즈이 엄마가 운전을 못하니 별수 있나요. 평일 저녁에는 제가 꼼짝없이 오 분 대기조로 붙들려 있습니다. 허허."

따라 웃으며 상호는 남자의 표정을 유심히 살폈다. 예술고등학교에 다니는 아이가 그래도 자기 학교에서 전체 5등 안에 꼭 든다고 덧붙이는 그 얼굴에는 자긍심 외에 한 점의 티끌도 묻어 있지 않았다. 상호는 공연한 긴장을 풀었다. 하긴 대화의 내용은 아무래도 좋았다. 오늘의 중요한 목적 중 하나는 다만 서로의 얼굴을 보는 데 있었다. 말하자면, 거래를 트게 되었음을 서로에게 명확히 증명하는 것이었다. 날생선의 살점을 나누어 먹는, 공모자끼리의 첫 회식.

식당에서 일어날 때 상호는 옆자리에 놓인 쇼핑백을 집어들었다. 현대백화점의 로고가 박힌 흰색 종이봉투였다. 그가 도착하기 전에 남자가 거기 놓아둔 것이었다. 상호는 처음부터 제 것이었던 양 자연스럽게 봉투 손잡이를 팔목에 걸었다. 쇼핑백은 중간 크기였고, 스카치테이프를 가로로 길게 붙여 입구를 봉해두었다. 카운터 앞에서 남자는 신용카드를 내밀었다. 플래티넘 비자카드였다. 상호는 침을 한번 삼켰다.

"아니, 이건 제가."

남자가 가벼운 손짓으로 제지했다.

"다음에 좋은 데서 한잔 사시지요."

카드단말기에 서명할 순간을 기다리는 동안 남자는 자기 아내와 아이들이 아래층에서 쇼핑을 하고 있다고 말했다.

"한도 끝까지 카드 긁어대기 전에 빨리 가서 말려야지요."

구태여 이곳을 약속장소로 잡은 이유가 가족 쇼핑에 있다는 듯한 말투였다. 상호는 한쪽 입술 꼬리만 비쭉 올리며 웃고 싶어졌다. 그들은 다시 악수를 나누었다. 그 순간에도 피차 이름을 밝히지는 않았다. 이미 만났다 헤어지는 마당에 통성명을 한다면 그것도 꽤나 우스운 일일 것이다. 상호가 역삼동 김사장이라고 알려진 것처럼 남자도 다만 영등포 박사장이었다. 그 정보조차 사실이 아닐지도 모르지만, 그렇다 해도 철지난 1980년대식 조크처럼 무의미한 일이었다.

"그럼 잘 부탁드립니다."

남자의 손바닥은 단단했다.

"예, 연락드리겠습니다."

상호는 정중하게 대답했다. 돌아서고 나니 비로소 머리가 복잡해졌다. 물론 그 동안 백 퍼센트 믿을 만한 거래선만 만나온 건 아니었다. 백 퍼센트의 믿음은 이 바닥이 아니라 어느 필드에도 존재하지 않을 것이다. 그러나 너트와 볼트가 꽉 조여지지 않고 야릇이 어긋나는 이 느낌을 쉽게 설명하기 힘들었다. 이곳을 약속장소로 지정한 상대의 제안을 순순히 받아들인 것부터가 실수 아니었을까. 물론 룸살롱 뒷방보다는 세일이 한창인 백화점이 안전할 것이다. 붐비는 인파 속에서 익명성이 확보된다는 측면에서는 분명히 그렇다. 그러나 백화점에는 곳곳에 폐쇄회로 감시카메라들이 매달려 있었다. 만에 하나, 무슨 일이 생긴다면. 상호는 거기서 생각을 멈추었다. 에스컬레이터에 몸을 맡긴 채 땅으로 내려오는 동안 그는 찜찜한 기분을 털어내려 애썼다. 부산 한선생의 소개였다. 잘못될 리는 없었다.

모든 것이, 요즘 들어 극도로 예민해진 자신의 신경감각과 관련되어 있는 것 같았다. 그는 곧 쉰 살이 된다. 오십대 남자라니. 끔찍했다. 어떤 형태로든 삶의 모양새를 근본적으로 전환시킬 필요가 있었다. 그는 언제나 인생에 도전하며 살아왔다고 자부했다. 적어도 타협하지는 않았다. 그러나 이제, 무엇이 도전이고 무엇이 타협이란 말인가. 관자놀이가 지끈거렸다. 담배를 딱 한 모금만 간절히 빨고 싶었다. 그는 거대한 금연구역인 백화점을 서둘러 빠져나왔다. 주머니를 아무리 뒤져도 담뱃갑은 나오지 않았다.

상호는 길을 따라 좀 걸었다. 마음을 바꿔 담배는 사지 않기로 했다. 오늘 눈뜨고 나서 처음으로 가슴에 뿌듯함이 차올랐다. 변화 없는 소소한 습관들은 언젠가 인생을 송두리째 집어삼킬 것이다. 아까보다 굵어진 눈발이 어깨 위에 담담히 쌓여갔다. 백 미터가량 걷다가 택시를 잡아탔다. 눈 탓일까. 서점 안은 적당히 한산해져 있었다. 그는 베스트셀러 코너를 천천히 둘러보았다. 아무 책이나 골라 표지를 들춰보기도 했다. 그러다 네댓 권을 적당히 집어 계산을 치렀다. 서재 어딘가에 놓아두면 결국 아내가 뒤적여볼지도 몰랐다. 그는 아무리 잠이 오지 않는 밤에라도 책을 읽으며 보내는 편이 아니었다. 처세술이나 자기계발서도 한 권을 처음부터 끝까지 읽어본 기억이 까마득했다. 안내데스크에서 주차권 확인도장을 찍은 다음 주차장으로 내려갔다. 조수석에 놔둔 골프가방의 지퍼를 열고 백화점 쇼핑백과 서점 쇼핑백을 차례로 집어넣었다. 가방이 제법 묵직했다. 주차권에 찍힌 차량 입고시간은 오후 네시 이십오분, 출고시간은 오후 일곱시 사십오분이었다.

집 쪽으로 차를 몰았다. 목덜미부터 등허리까지가 찌뿌드드했다.

지난달 골프연습장에서 스윙 연습을 하다 삐끗했던 여파가 남아 있었다. 고속터미널 사거리 신호등 앞에서 유턴을 했다. 즉흥적인 결정이었다. 멀지 않은 곳에 남성전용 사우나가 있었다. 일을 마치고 집에 들어가기 싫은 밤이면 종종 들르곤 하는 데였다. 한 삼사십 분 땀을 쭉 빼고 나오면 몸뚱이가 한결 가뿐해질 것 같았다. 어떻게 할까 하다가 골프가방을 들고 들어가기로 했다. 안전도로 따지자면 자신의 소유임이 만천하에 알려진 자동차 안보다야 사우나 보관함이 나을 거라는 판단이 들었다.

사우나 수면실에서 저도 모르게 잠시 잠이 들었다. 옆 사람의 휴대전화 진동 소리에 놀라 깨어났다. 벽시계 바늘은 아홉시 이십분을 가리키고 있었다. 밖으로 나오니 눈이 그쳐 있었다. 집까지는 일 킬로미터쯤 되었다. 집 앞 골목에 다 와서야 그는 정신이 번쩍 들었다. 가방을 어딘가에 두고 온 것이다. 결코 없던 실수였다. 그는 허겁지겁 왔던 길을 거슬러갔다. 어떻게 이럴 수가 있지. 머리가 멍했다. 가방은 카운터에서 보관하고 있었다. 카운터 직원이 무심히 내미는 제 골프가방을 보는 순간 고통스러울 정도의 허탈감이 밀려왔다. 어서 집에 들어가서 휴먼행복클리닉 의사의 알약을 입안에 털어넣고 싶었다.

집 앞에서 버릇처럼 초인종을 눌렀다. 안에서는 아무런 응답도 없었다. 그제야 아내가 처가에 갔다는 사실이 상기되었다. 그는 지갑에서 카드키를 꺼내 문을 열었다. 거실은 캄캄했다. 아무도 없는 것 같았다. 그때 그는 무언가 잘못되었음을 본능적으로 직감했다. 거실의 불을 켰다. 머릿속에 떠오르는 단 하나의 반짝이는 이름, 그 이름을 힘껏 불렀다.

"유지야!"

아이는 대답하지 않았다.

그는 계단을 성큼성큼 뛰어올랐다. 조심성 없는 발소리가 낯설게 울려퍼졌다. 유지의 방은 2층 맨 오른쪽이었다. 방문은 굳게 닫혀 있었다. 손잡이를 가차없이 홱 비틀어 열었다. 방안은 어두웠다. 희미한 비누향 같은 것이 코끝에 닿았다. 그는 벽의 스위치를 올렸다. 어둠에 감금돼 있던 작은 공간이 얼떨떨하게 모습을 드러냈다. 방안은 단정히 정리되어 있었다. 아동용 침대와 책상, 옷장은 모두 한 세트였고 방 한가운데에는 스탠드형 철제 보면대가 그곳의 주인인 양 의젓하게 몸을 세우고 있었다.

아이는 거기 없었다.

5장 웃지 않는 소녀

아이는 한여름에 태어났다. 여덟번째 생일 아침, 엄마는 지난 생일들과 마찬가지로 양지머리를 참기름에 달달 볶고 시중에서 구할 수 있는 가장 고급의 미역을 사다가 국을 끓였다. 뜨거운 김이 펄펄 올라오는 뽀얀 국물에 흰 밥을 말아 아이는 천천히 먹었다. 옥영이 배추김치를 젓가락으로 잘게 찢어 딸의 밥숟갈에 얹어주었다. 아이는 별말 없이 받아먹었다. 김치를 썩 좋아하진 않았지만 그렇다고 아예 입에 대지 않는 것도 아니었다. 유지의 입맛에는 생김치보다 김치볶음밥이 더 잘 맞았다. 아이가 특별히 좋아하는 음식은 얄브스름한 튀김옷을 입힌 새우튀김과, 폭신폭신한 계란말이초밥이었다.

아침식탁에는 두 모녀뿐이었다. 고등학생이던 혜성은 여름방학에도 아침 일곱시면 책가방을 메고 집을 나서곤 했고, 상호는 중국 출장중이었다. 그 무렵 상호는 못해도 두어 달에 한 번씩, 보통은 한 달에 한 번꼴로 출장을 떠났다. 일주일이 걸릴 때도 있었고 사나흘 만에 돌아올 때도 있었다. 점심에는 대전에서 오신 외할머니와 함

76

께 중국음식점에 갔다. 외가 식구들이 모이면 단골로 가는 식당이었다. 외할머니는 카운터에 나와 앉은 늙수그레한 주인장과 시끄럽고 빠른 중국어로 안부인사를 나누었다. 끈적끈적하고 매콤달콤한 소스가 뒤범벅된 돼지고기튀김을 엄마가 앞접시에 덜어주었다. 엄마와 외할머니는 대부분 한국말을 사용했으나 가끔 중국말을 쓸 때도 있었다. 아이가 듣기에 바람직하지 않다고 생각되는 화제, 이를테면 돈이라거나 전처 소생의 남매에 관한 이야기를 입에 올릴 때 그렇다는 것을 유지는 오래 전부터 눈치채고 있었다. 아이는 땅바닥에 닿지 못하고 허공에 붕 뜬 두 발을 왈츠 박자로 흔들었다. 아무것도 모르는 척 돼지고기를 씹으면서 어른들의 대화를 경청했다. 비밀스런 사연을 속삭이기에 중국어는 지독하게 안 어울리는 언어라고 생각하면서.

옥영은 딸의 그 생일에 공식적인 파티를 열지 않았다. 쉬운 결정이 아니었음을 누구보다 잘 알았기에 아이는 엄마에게 고마워하고 있었다. 그건 왕따를 자초할 수도 있는 방식이었다. 아이들에게보다 엄마들에게 미칠 영향이 클 터였다. 아이가 다니는 사립초등학교 아이들 대부분은 생일잔치를 요란스레 치렀다. 패밀리레스토랑이나 키즈카페는 예사였고, 특급호텔의 홀을 빌리는 경우도 왕왕 있었다. 재작년 봄엔 할아버지가 장관을 지냈다는 한 남자아이의 생일파티가 양평 어딘가의 개인 별장에서 열리기도 했다. 유지와는 한마디도 한 적 없는 아이였지만, 그 아이의 엄마가 학급의 모든 애들을 다 초대했으므로 유지도 일요일의 바이올린 레슨을 건너뛴 채로 참석해야만 했다. 거기엔 아직도 천지분간 못하는 코찡찡이 꼬마 남자애들, 조숙한 체하는 계집애를 중심으로 벌써 편 가르기와 구별 짓기를 시작한 꼬마 여자애들, 그 한 발짝 뒤편에서 오늘의 상차림이 얼마짜리일까를 가늠하느라 바쁜 어른 여자들이 뒤섞여 바글댔다. 그 소란스런 틈바구니에서 아이는 그저 간절히 돌아가고 싶다고 생각했다. 조용한 방에 홀로 선 채로 평화로이 바이올린을 켜고 싶었다. 고개를 들어 저편의 엄마를 바라보았을 때 아이는 놀랐다. 다른 아줌마들 속에 섞여 있는 엄마도 어쩐지 조금 불편해 보였기 때문이다. 엄마는 어디로 돌아가고 싶은 걸까, 아이는 궁금했다.

"진짜로 괜찮겠어?"

이번 생일 며칠 전부터 엄마가 여러 번 다시 확인했다. 아이는 고집스럽게 고개를 끄덕였다.

"어차피 방학이라 다들 모이기도 힘들 거야. 그렇지? 그래, 괜찮을 거야."

마지막 문장은 마치 주문처럼 들렸는데, 아이가 아니라 스스로를 향해 하는 말 같기도 했다. 외할머니는 생일선물로 세일러복 스타일의 원피스를 사오셨다. 유지는 엄마가 시키는 대로 "세세"라고 인사했다. 할머니가 아이의 여린 어깨를 오래 끌어안았다. 점심식사가 끝나갈 즈음 엄마의 전화벨이 울렸다.

"어, 나야."

엄마가 '여보세요' 대신 그렇게 말하는 건 아빠뿐이었지만, 수화기 저편에 있는 이가 아빠가 아니라는 것을 유지는 대번에 알아챘다. 아빠와 이야기할 때 엄마의 목소리는 더 맥이 없었고, 유효기간 지난 마늘바게트처럼 건조하고 파삭파삭했다.

"정말?"

엄마가 그렇게 중얼거리면서 전화기를 들고 밖으로 나갔다. 할머니가 아이의 접시에 땅콩조림을 덜어주었다. 잠시 후 엄마는 살짝 상기된 표정으로 돌아왔다.

"친구가 왔어. 서울에."

외할머니에게 설명하는 말투가 평소보다 한 톤 높았다.

"갑자기 오게 됐나봐. 내일 급히 돌아갈 거래."

엄마가, 엄마의 엄마에게 반말로 이야기했다.

"대학 동창이로구나."

조그맣게 한마디 던지고 나서 할머니는 더는 입을 열지 않았다. 모녀 삼대는 자동차를 타고 한강을 건넜다. 납작하게 구겨진 침묵이 실내를 휘감았다. 에어컨디셔너의 차디찬 바람에 섞여 나온 희끄무레한 악취가 거기 자꾸만 고였다. 도로는 오로지 한 줄기로 쭉 뻗어 있는 것 같았다. 지루하다기보다는 조마조마해서 유지는 눈을 꼭 감고 머릿속으로 바이올린을 켰다. 숨고 싶은 순간에 아이는 때때로 그렇게 했다. 반짝반짝, 음표들이 공중에서 날개를 펴고 스며들 듯 미끄러지며 멀리 달아났다.

할머니가 먼저 정적을 깼다.

"유지야, 할머니하고 같이 대전 갈까?"

생각도 못 해본 제안이었다. 아이는 입술만 살짝 달싹였다.

"아니야, 엄마. 괜찮아. 친구 안 만나도 돼. 안 만날 거야."

왜 엄마가 극구 손사래치는지, 할머니는 왜 더 세게 주장하지 않는지 이상하기만 했다. 그렇지만 따지고 들지는 않았다. 할머니는 예정대로 강남고속버스터미널 앞에서 혼자 내렸다. 엄마는 집 쪽으로 차를 몰았다. 거역할 수 없는 햇볕이 유리창 안으로 내리쬤다. 머릿속 연주를 계속하려 했으나 영 집중이 되지 않았다. 아이는 가늘게 실눈을 뜨고, 하늘 속을 휙휙 흘러가는 구름을 멍하니 바라봤다. 집에 도착해 거실로 들어왔을 때 엄마는 문득 좋은 아이디어가 떠올랐다는 듯 딸을 향해 속삭였다.

"우리 딱 한 시간만 쉬었다가 나가자."

그 잠깐 동안에 어떤 종류의 결심이 엄마를 뒤흔들고 지나갔는지, 엄마의 마음을 바꾸어놓았는지 아이로서는 알 길이 없었다. 옥영과 유지는 정말로 딱 한 시간이 지난 뒤에 집을 나섰다. 엄마는 보통 때와 비슷해 보였지만 자세히 관찰하면 립스틱을 공들여 발랐으며 두 빰도 장밋빛 블러셔로 발그스름하게 만들었단 걸 알 수 있었다. 옥영은 유지에게 조금 전에 선물받은 세일러복 원피스를 입히고, 머리도 양 갈래로 다시 묶어주었다. 그들은 또다시 한강을 건넜다. 차는 이태원 거리의 작은 호텔로 들어갔다. 지하주차장으로 내려가는 길은 몹시 어둡고 꼬불꼬불했다. 유지는 비로소 안심했다. 전에도 여기서 엄마 친구를 만난 적이 있었다. 얼굴도, 몸도, 머리통도 테니스 공처럼 동글동글한 아줌마였다. 엄마와 대학 동창이라던 그녀는 한국말을 한마디도 못 했다. 진짜 중국인이라고 했다. 엄마는 그녀와 속사포처럼 빠른 중국어로 한참 동안 수다를 떨었다. 그러나 유지의 예상은 틀렸다. 실수로 잘못 배달된 택배상자처럼 로비 한쪽 구석의 소파에 두 무릎을 꼭 붙이고 앉아 있는 사람은 여자가 아니라 남자였다.

남자는 아빠보다 약간 키가 작고 많이 여위었다. 어딘지 허술하고 맑은 느낌을 주는 인상이었다. 호텔 로비는 한산했다. 오후 서너 시 즈음이었다. 터무니없이 낮게 맞추어놓은 실내온도 때문인지 아이의 몸이 오슬오슬 떨려왔다. 엄마와 남자는 마치 어제 헤어졌다 만난 사이처럼 담담하게 인사했다.

"맡길 데가 없어서."

엄마가 천천히 말했다. 남자가 그보다 더욱 느린 속도로 대답했다.

"그래, 그렇구나."

그의 시선이 유지의 이마, 콧날, 인중과 입술에 두서없이 머물렀다. 눈빛이 속수무책으로 흔들렸다. 남자는 어쩔 줄을 몰라하고 있었다.

"나는, 나는 왕명이야."

지금껏 유지에게 그런 식으로 첫인사를 한 어른은 없었다. 낯선 방식이었지만 싫지 않았다. 하나뿐인 사람으로 존중받는 느낌이 들었다.

"저는, 김유지인데요."

"아, 유지 목소리가 이랬구나."

남자가 한 음절 한 음절 힘주어 말하며 활짝 웃었다. 얼굴의 모든 근육이 무방비로 확 풀어지는 웃음이었다. 무수한 주름이 잡힌 채 일그러진 남자의 얼굴은 늙은 개구쟁이처럼 보였다. 유지는 마음이 놓였다.

"이 아저씨는 엄마 친구야."

옥영이 뒤늦게 끼어들었다. 엄마는 평소답지 않게 공연히 허둥거렸다. 부자연스러움을 숨기려다보니 그만큼 더 부자연스럽게 행동하고 있다는 걸 스스로도 의식하고 있는 듯했다.

"타이베이에서 좀 전에 오셨어. 그러니까, 음, 많이 피곤하실 거야."

그러곤 동의를 구하듯 남자를 바라보았다. 딱히 자기가 왜 그 말을 하고 있는지도 모르는 눈치였다. 미소를 짓고 있기는 했지만 엄마의 표정에는 어딘지 절박한 데가 있었다. 이 어색한 공기를 바꿀 수 있다면, 혹은 덜그럭거리는 내면의 동요를 감출 수 있다면 뭐든지 다 할 것처럼 보였다. 옥영은 어쩌면 자신의 즉흥적인 결정을 이미 후회하고 있는지도 몰랐다. 남자와 아이가 서로 눈동자를 맞추던 바로 그 순간부터. 남자 역시 여자의 상태를 깨달은 모양이었다.

"야, 이거 치사한데. 만나자마자 들여보내려는 거야? 나는 하나도 안 피곤하다."

왕밍이라는 이름의 그 남자는 진심을 농담에 버무려 툭 던지는 재주를 가졌다.

"그래? 그럼 우리 어딜 갈까?"

어쩐지 그래야만 할 것만 같아서 유지는 엄마의 손을 잡았다. 엄마의 손은 여전히 말랑하고 차가웠다.

"생일잔치 하러 가자. 맛있는 것도 먹고."

남자가 자기 생일을 알고 있다는 사실이 유지를 또 한번 놀라게 했다. 그들은 호텔 밖으로 나왔다. 바람 한 점 없는 오후였다. 셋은 어깨를 나란히 하고 걷지는 않았다. 한쪽 등에 작은 등산배낭을 걸쳐멘 남자가 앞장섰고, 모녀가 두어 발자국 뒤에서 따라갔다. 마주

오는 행인의 눈에는 제가끔 길을 가는 타인들로 보일 수도 있었다. 엄마와 남자는, 그들이 한가족으로 보이지 않기 위해 필사적으로 노력하는 것 같았다.

식당에서 남자는 피자와 샐러드, 스파게티 등을 잔뜩 시켰다. 아직 삭이지 못한 고기튀김이 뱃속에 그득했다. 엄마도, 남자도 음식을 먹는 둥 마는 둥 했다. 그들은 한참 동안 아무 말도 안 하다가는, 또 돌연 생각났다는 듯이 몇 마디씩을 주고받았다. 그리고 다시 짧게 침묵하는 일을 반복했다. 중국에서 왔지만 남자도 엄마처럼 한국말을 아주 잘했다. 남자 역시 진짜 중국인이 아니었다. 그렇다면 진짜 한국인도 될 수 없다는 의미였다. 갑자기 엄마의 전화기가 울렸다. 엄마는 "잠깐만"이라고 양해를 구하고는 전화기를 들고서 화장실 쪽으로 갔다. 아빠에게서 걸려온 국제전화일 거라고 유지는 짐작했다. 그때까지도 속이 메슥댔지만 아이는 피자 한 조각을 입으로 가져갔다.

"유지, 유지. 참 좋은 이름이다."

남자가 가만가만 말했다.

"내 이름은 좀 우습지? 왕명. 중국식으로 부르면 그나마 조금 낫긴 해. '밍' 이거든."

밍, 이국적인 발음이었다.

"친한 친구들은 밍밍(明明)이라고 불러. 나보다 나이 많은 선배들은 샤오밍(小明)이라고 하고, 또 나보다 어린 친구들은 라오밍(老明)이라고 하지. 비밀인데, 나도 아주 가끔은 헷갈린다. 특히 술 먹었을 때."

남자가 장난스럽게 한쪽 눈을 찡긋거렸다.

"음, 만약 네가 괜찮으면 나를 라오밍이라고 불러도 돼."

라오밍. 아이는 혀를 굴려보았다. 라오밍. 다정하고 부드러웠다.

"늙은 밍 아저씨라는 뜻이야."

남자가 덧붙였다. 아이는 조그맣게 대꾸했다.

"안 늙었는데요. ……라오밍."

방금 라오밍이라고 불린 사내가 세상에서 가장 자랑스러운 표정으로 웃었다. 라오밍이 의자 등받이에 걸쳐놓은 배낭을 열더니 작은 쇼핑백을 꺼냈다.

"유지 거야."

푸른빛이 도는 종이가방이었다.

"집에 가서 뜯어봐."

그렇게 말하면서 남자는 조금 부끄러워하는 것 같기도 했다. 유지 역시 자주 부끄러워지는 아이였기 때문에 그걸 느낄 수 있었다. 쇼핑백 안으로 네모난 상자가 만져졌다. 좀 아까 외할머니에게 했던 것처럼 아이는 "세세"라고 인사했다. 밍이 장난스레 입을 딱 벌리며 놀라는 시늉을 했다.

"엄마가 중국어를 가르쳐주시니?"

아이는 고개를 저었다. 외가 식구들을 만날 때 안부인사를 할 정도는 되었지만, 일부러 배운 게 아니라 자연스레 습득한 것이었다. 밥상에서 어른이 젓가락을 들 때까지 기다렸다 먹어야 하는 것처럼 아이는 그걸 예의와 관련된 문제로 받아들여왔다.

"내가 유지보다 더 어렸을 때 말이야. 한 예닐곱 살 즈음에, 그때

나는 한국말을 거의 못했어."

그의 목소리는 마지막 주자가 연주하는 콘트라베이스 음색처럼 낮고 불투명하게 울려 퍼졌다.

"우리 아버진 중국사람이어서 항상 중국말만 쓰게 했거든. 어머닌 한국사람이었다는데 나는 기억이 잘 안 나. 어쩌다가 누나나 형이 어머니에게서 배운 한국말을 하면 아버지한테 굉장히 혼이 났어."

그의 음성에 슬픔은 깃들어 있지 않아서, 마치 머나먼 나라에 사는 아이의 이야기를 대신 전해주는 것처럼 들렸다.

"동네에서도 한국 애들은 한국 애들끼리, 화교 애들은 화교 애들끼리만 같이 어울렸는데, 그때 유일하게 나하고 놀아주는 한국 아이가 하나 있었어. 나보다 두 살쯤 나이가 많았으니까 형이었지. 그 형이 이런저런 상황에서 쓰는 간단한 한국말 표현들을 가르쳐줬어. 누군가에게 잘못을 하면 어떻게 말해야 하고, 또 어른이 뭔가를 선물해주면 어떻게 말해야 한다고."

유지는, 미안합니다, 고맙습니다, 구구단처럼 반복해 외우는 작은 소년을 상상해보았다. 어딘가에서 알싸한 바람이 불어왔다.

"어느 날 아버지가 하시는 식당에 우연히 놀러 나가게 됐는데, 어떤 한국 손님이 내가 귀여웠던가봐. 잔돈으로 받은 동전을 내 손에 쥐여준 거야. 심장이 막 두근두근했어. 드디어 실전의 순간이 닥쳐왔으니까."

아이는 채 씹지 않은 피망조각을 꿀꺽 삼켰다.

"그 동안 연습을 많이 해서 나름대로 발음에 자신이 있었던가봐.

가게가 떠나갈 듯이 아주 큰 소리로 말한 거야. '세세' 대신에, 그 형이 가르쳐준 한국 인사말을."

아이는 저도 모르게 꿀꺽 침을 삼켰다.

"이 미친놈!"

남자가 한쪽 눈을 찡긋거리며 웃었다.

"글쎄, 그거였단다. 이 미친놈! 그날 아버지한테 얼마나 혼이 났는지 알겠지?"

어느새 엄마가 돌아와 있었다. 여름해는 길었다. 그들은 천천히 먹고, 이따금씩 웃고, 차츰차츰 날이 저무는 풍경을 유리창 너머로 함께 바라봤다.

집에 돌아와서 라오밍이 준 선물을 열어보았다. 어른 손바닥만한 직사각형 상자 속에는 향수병이 들어 있었다. 어린이용 향수였다. PETIT SEN BON. 어떻게 읽는지는 알 수 없었다. 레몬향이 어슴푸레하게 맡아졌다. 카드는 없었다. 아무 일도 일어나지 않을 것 같던 생일이 지나가고 있었다. 유지는 오래도록 궁금했다. 왜 그는 사라지고 말 것을 선물했을까. 없어진다고 해서 사라지는 것은 아니었다. 모든 순간들은 뿔뿔이 흩어져버리지만, 짧고 서툰 첫번째 연애편지가 기억의 서랍 맨 아래칸에 영원히 남아 있는 것처럼. 아이는 아직 그것을 잘 몰랐다.

6장 단 하나의 이름

　김상호는 이상한 징후 앞에서 도리어 침착해지는 인간형이 아니었다. 그는 2층의 모든 방문을 차례로 활짝 열어젖혔다. 집안은 텅 비어 있었다. 왼쪽 끝 혜성의 방을 여는 순간, 제정신이 돌아왔다. 유지만 없는 것이 아니라 혜성도 없었다. 그렇다면 둘이 같이 나간 걸지도 몰랐다. 늦은 저녁으로 피자라도 사먹으러 외출했을 터였다. 분명히 그럴 것이다. 그는 호주머니에서 전화기를 꺼냈다. 혜성의 전화번호가 어디쯤 저장되어 있는지 단숨에 찾기 어려웠다. '김혜성'도 아니고, '혜성'도 아니었다. 'ㄱ'부터 경중경중 훑어본 끝에 '아들'이라는 이름으로 저장된 번호를 발견했다. 그에게는 소음과 다를 바 없는 록음악이 사정없이 귓전을 때렸다. 혜성은 전화를 받지 않았다.

　그는 인상을 찡그렸다. 대관절 무엇이 문제일까. 요즘 들어 왜 별것도 아닌 일에 순간적으로 이렇듯 날카롭게 곤두서버리는 걸까. 아무래도 먼저 약을 먹어야겠다는 생각이 들었다. 중도 탈락한 마라토너처럼 어깨를 늘어뜨리고서 계단을 내려왔다. 지상에 막 한 발을 내디뎠을 때 전화벨이 울렸다. 그는 새삼스레 깜짝 놀랐다.

"전화하셨네요?"

아들의 목소리는 여느 때처럼 평온했다. 좋은 징조인지 나쁜 징조인지 알 수 없었다.

"어, 그래."

그는 짐짓 아무렇지 않다는 듯 말을 이었다.

"유지는? 같이 있지?"

"네?"

상호의 가장 깊숙한 내장기관 하나가 쿵, 아주 빠른 속도로 내려앉았다.

"아니요. 저 이제 들어가는 길이에요. 유지, 집에 없어요?"

상호는 전화기를 내려놓자마자 욕실로 갔다. 찬물에 한참 세수를 했다. 오 분도 되지 않아 혜성이 들어왔다.

"이상하다. 어딜 갔지?"

혜성이 혼잣말처럼 중얼거렸다. 그는 아침에 나갔다가 지금에야 귀가하는 길이라고 했다.

"일찍 들어오려고 했는데요. 갑자기 사정이 생겨서……"

혜성은 말꼬리를 흐렸다. 상호에게는 변명으로 들렸다. 그렇지만 나무랄 의지는 솟지 않았다. 이 불길한 느낌을 아무에게도 눈치채이고 싶지 않았다. 상대가 혜성이라면 더욱 그랬다. 혜성이 옥영에게 전화하려는 걸 상호가 막았다.

"걱정한다. 조금 더 기다려보자."

그가 인생의 결정적인 순간에 베푼, 퍽 드문 배려 중 하나였다. 부자는 소파에 나란히 앉았다. 유지에게는 휴대폰이 없었다. 아이엄마가 어쩌다 아이 친구 이름을 입에 올리면 상호는 건성으로 스쳐 듣곤 했다. 혜민, 지민, 정민 같은, 진짜일지도 모르고 진짜가 아닐지도 모를 이름들이 무질서하게 떠올랐다 사라졌다. 요즘 여자아이들은 뭘 하면서 놀까. 소꿉놀이? 인형놀이? 아직도 그런 것들이 존재하기는 하는 걸까. 유지가 제 또래의 소녀들과 머리를 맞댄 채 소곤대다 킥킥대다 하는 장면이 상상되지 않았다. 거실의 벽시계는 열시에 다가서고 있었다.

어느새 시계의 바늘 두 개가 숫자 12에서 포개졌다. 기다리는 것 말고 도대체 할 수 있는 일이 무어란 말인가. 혜성은 소파에 거북스럽게 등을 기대고 앉아 허위허위 흐르는 시간을 참고 참았다. 동선을 찾지 못하고 헤매는 얼치기 연극배우처럼 상호는 거실과 식당 사이를 쉼 없이 지그재그로 걸어다니고 있었다. 그런 아버지를 바라보다가 혜성은 작게 어깨를 떨었다. 하나의 예감이 문득 닥쳐왔다. 유지가 저 현관문을 스스로 열고 들어오는 모습을 상상할 수 없었던 것이다. 몸속의 모든 피가 정수리로 몰리는 기분이 들었다. 그는 아무 말도 하지 않았다.

그때까지 그들이 마냥 넋을 놓고 있었던 것만은 아니었다. 열한시가 되기 전만 해도, 그들은 아이가 바이올린 레슨선생과 함께이리라고 짐작했다.

"그놈 전화번호 몰라?"

상호가 혜성에게 다그치듯 물었다. 설마 내가 정말로 그 번호를 알고 있다고 생각하는 것일까, 혜성은 궁금했다. 그러나 "알 턱이 없잖아요"라고 쏘아붙이는 대신 얌전히 고개를 저었다.

"아마 여자일걸요."

그 말을 덧붙이자 아버지는 혜성이 예상한 것보다 훨씬 더 당황하는 듯했다. 상호가 주체할 수 없는 당혹감에 빠진 이유는 단지 성별의 문제 때문만은 아닐 터였다. 바로 그 순간부터 상황이 확 바뀌었다고, 후에 혜성은 기억했다. 암흑 속에서 더듬어대던 코끼리 발자국이 실은 코끼리의 것이 아닐지도 모른다는 두려움, 땅바닥에 남은 흔적이 공룡이나 타조의 것일지도 모른다는 불안감이 처음으로 아버지를 덮친 순간이었다. 상호는 더 지체하지 않고 전화기를 들었다. 옥영에게 거는 전화였다. 좀 전까지만 해도, 공연히 걱정 끼칠지 모른다며 혜성을 만류하던 상호였다. 잔뜩 찌푸린 표정의 아버지를 보며, 이것이야말로 김상호답다고 혜성은 생각했다. 옥영은 한참 만에 전화를 받았다.

"잤어?"

상호의 목소리는 비좁은 식도 가운데 걸린 생선가시처럼 날카로웠다. 아무 사정도 모르는 새엄마는 의아할 것이다. 상호가 왼손에서 오른손으로 수화기를 바꿔 들었다.

"혹시 유지 선생 전화번호 알아? ……아니, 오늘 왔던 그 선생…… 대학생인가 뭔가 있다며? 아, 아니야, 누가 좀 소개해달래서 그래."

유지의 부재에 대해서는 끝까지 말하지 않을 작정인가보았다. 이번엔 김상호답지 않은 행동이었다. 그때까지만 해도, 머지않아 이 사태가 해결되리라 내심 믿고 있었기 때문인지도 몰랐다. 저쪽에서 잠깐 기다리라고 한 모양이었다. 그 전화번호는 아마도 지금 통화중인 휴대전화기 안에 들어 있을 거였다. 잠시 후 상호가 열한 개의 아라비아 숫자를 크게 불렀다. 혜성은 그를 따라 제 전화기의 숫자판을 꼭꼭 누르고, 연이어 통화버튼을 눌렀다. 레슨선생의 통화연결음은 귀에 익숙한 바이올린 연주곡이었다. 집중해서 생각하면 제목을 기억해낼 수도 있었겠지만 그럴 정신은 없었다. 두 번이나 연거푸 걸었는데도 전화를 받지 않았다.

에이 씨발. 아버지가 욕지거리를 내뱉었다. 그는 담배를 몇 모금 빨다 말고 물컵에다 침을 찍 뱉었다. 새엄마가 아끼는 크리스털 잔이었다. 창밖에서는 아무 소리도 들려오지 않았다. 동네 언저리라도 뒤져보자고 제안한 건 혜성이 먼저였다.

"혹시 모르잖아요. 어디 근처에서 놀고 있는지도."

혜성 자신이 듣기에도 몹시 미심쩍어하는 말투였으나, 상호는 아들의 말이 채 끝나기도 전에 벌떡 일어섰다. 눈발이 쏟아지다 만 거리는 고요했다. 길바닥은 서걱서걱했다. 생각나는 대로 두서없이 여기저기 찾아가보았지만, 가는 데마다 문이 닫혀 있었다. 일요일 밤열시가 넘을 때까지 문을 열어두는 떡볶이가게나 팬시문구점 주인은 없었다. 어린 여자아이가 그 시간에 갈 수 있는 곳은 집 말고는 아무 데도 없었다. 틈틈이 레슨선생에게 계속 전화를 걸어보았지만 여전히 연결이 되지 않았다. 아무 소득 없이 되돌아오다가 큰길 어귀에서 경광등을 밝힌 채 천천히 순찰중인 경찰차를 보았다. 막막

한 절망이 느닷없이 치밀어올랐다. 어느새 다시 싸락눈이 내려 세상에 쌓여가고 있었다.

강남고속터미널 센트럴시티를 뒤저본다고 나갔던 김상호가 어깨를 축 늘어뜨린 채 돌아왔다. 집에서 가까운 그곳의 지리를 혜성은 손금 들여다보듯 환히 알고 있었다. 밤시간에 초등학생 여자아이 혼자 쏘다닐 만한 곳은 아니었다. 상호가 혼자 돌아왔다는 사실이 그의 헛된 걸음을 입증했다. 그것만이 단 하나의 구원이자 희망인 것처럼 연거푸 통화버튼을 눌러대던 김상호가 갑자기 전화기를 패대기치듯 거칠게 내려놓았다.

"에이 씨, 정말!"

레슨선생의 전화에서 이름 모를 바이올린곡 대신, 고객 전화기의 전원이 꺼져 있으니 나중에 걸어달라는 건조한 안내멘트가 흘러나왔던 것이다.

"……신고해야 될 것 같은데요."

'신고'라는 단어를 내뱉는 순간, 혜성은 자신이 그 단어를 본능적으로 회피하고 있었음을 깨달았다. 참을 수 있을 때까지 참았다는 걸 아무도 모를 것이었다. 그가 무엇을 겁내고 있는지 또한. 그러나 어쩔 수 없었다. 아이의 종적은 아직 묘연했고, 혜성은 이미 그 단어를 혀끝으로 밀어냈다. 혜성은 자신의 무의식이 가리키고 있는 방향, 그 복잡하고 어지러운 짐작을 향해 단호히 빗장을 질렀다. 그는 다짐하듯 다시 말했다.

"실종신고, 지금 할까요?"

상호는 대답하지 않았다. 윗 대문니로 아랫입술을 잘근잘근 씹어

댈 뿐이었다. 진갈색 눈동자가 초점 없이 흔들렸다. 김상호라는 사내가 타인 앞에서 이렇게 무방비로 넋 나간 표정을 지을 수 있다는 사실이 혜성을 두렵게 했다. 아버지는 대체 무슨 생각을 하고 있는 걸까? 그의 심중을 꿰뚫어보고 싶다는 욕구를 느끼고서 혜성은 깜짝 놀랐다. 아버지와 살게 된 후 이런 느낌은 처음이었다.

혜성은 감정을 추스르려 애썼다. 자신이라도 머릿속을 명징하게 만들 필요가 있었다. 팩트는 단순했다. 열한 살짜리 여자아이가 자정이 다 되도록 집에 돌아오지 않고 있다. 어디로 갔는지도 모르고, 누구와 함께 있는지도 모르고, 마지막으로 본 사람도 없다. 보통의 상식을 가진 보호자라면 어떻게 할까. 인터넷 검색엔진이나 114 안내원의 도움을 받아 진즉에 미아신고를 했을 것이다. 조금 더 다혈질이라면 가까운 경찰서에 직접 달려갔을 가능성도 농후했다. 아버지는 여전히 말이 없었다. 침묵이 현실을 더욱 무겁게 가라앉히는 동안에도 시간은 멈추지 않고 흘렀다. 시간은 음험한 아가리를 벌리고서 이곳의 모든 것, 공기의 파동, 가족사진이 걸려 있지 않은 단단한 벽, 불안에 떠는 두 남자의 영혼을, 모조리 꿀꺽 집어삼키려 하고 있었다.

김상호가 천천히 고개를 들었다.

"……너는 그만 올라가라."

"네?"

"바이올린 선생하고 있을 거야. 신경쓰지 말고 올라가서 자."

김상호는 아들의 눈을 비스듬히 피하며 말하였다. 목소리는 낮았지만 한마디 한마디마다 거스를 수 없을 정도로 지독한 절박함이 배어났다. 혜성은 가만히 숨을 멈추었다. 추측하지 못할 일은 세상에 많고 많았다. 망가뜨리지 말아야 하는 것, 반드시 지켜야 하는 것, 그래야만 하는 것들의 기준에 대하여 그 순간 김상호가 얼마나 힘들게 가늠하고 있었는지 혜성은 상상하지 못했다. 그때 김상호가 얼마나 처절하게 무섭고 또 외로웠는지 알았더라면 혜성은 기꺼이 우유 한 잔을 따뜻이 데워와 아버지라는 이름의 남자에게 건넸을 텐데.

"그래도 몇 군데라도 더 연락해보는 게 낫지 않을까요? 친구네 집이라든지."

혜성의 조심스러운 물음에 상호는 묵묵부답이었다. 혜성은 뒷걸음질치듯 물러났다. 하루에도 몇 번이나 오르락내리락하던 계단이 오늘따라 유난히 가파르다는 생각이 들었다. 유지의 방문은 활짝 열려 있었다. 그쪽으로 다가갔다. 주인 없는 방의 불을 끄려다 멈칫했다. 왠지 그래서는 안 될 것 같았다. 오겠지. 올 거야. 방금 아버지가 했던 말을 읊조려보았다. 마음이 진정되지 않았다. 혜성은 유지의 빈 방 앞에 오래도록 서 있었다.

유지. 흰 강보에 폭 싸여 있던 아기. 믿을 수 없을 만큼 작고 쪼글쪼글하고 빨갛던 아기.

새벽 어스름 속에서 혜성은 화들짝 깨어났다. 얕은 잠결에 아무 꿈도 꾸지 않았다. 그가 이런 시간에 일어나는 것은 드문 일이었다. 아버지가 집에 있는 일요일을 제외하고 평소에는 마음 내킬 때까지 침대에 머물렀다. 학교라는 곳에 의무적으로 갈 필요가 없게 된 일 년 전부터 쭉 그래왔다. 그는 기지개를 켜지 않고 침대를 빠져나왔다. 커튼의 벌어진 틈 사이로 보이는 창밖은 연한 먹빛이었다. 밤새

가붓가붓 흩날리던 눈은 어느새 그친 것 같았다. 혜성은 유지의 방으로 갔다. 발이 저절로 움직였다.

방문은 닫혀 있었다. 혜성은 조심스레 손잡이를 돌렸다. 제일 먼저 눈에 들어온 것은 아버지의 뒷모습이었다. 김상호는 방바닥에 엉덩이를 붙인 채 침대 매트리스에 머리를 기대고 있었다. 기역자로 구부러진 자세였다. 유지의 모습은 보이지 않았다. 방의 조명은 낮처럼 환했다. 혜성은 한참을 망설이다가 아버지의 등뼈에 손을 얹었다.

"어…… 어?"

김상호가 덫을 발견한 짐승처럼 소스라치게 놀라며 뒤돌아봤다.

"유지는요?"

어쩌면 물을 필요가 없는 질문인지도 몰랐다. 그렇지만 혜성은 참을 수가 없었다. 상호가 떼꾼한 눈을 껌뻑껌뻑했다. 흰자위가 불그스름하게 충혈되어 있었다. 몇 시간 새 아버지는 확 늙은 것처럼 보였다.

"안 왔어요?"

상호가 오른손으로 앞머리칼을 쓸어올렸다. 그 침묵의 찰나에 혜성의 무릎이 꺾였다. 혜성은 아버지 옆에 주저앉았다. 이 현실이 도무지 실감나지 않았다. 하룻밤이라는 시간이 무심히 지나버렸다. 이제 아이의 부재는 새로운 영역으로 넘어간 것이다. 이것은 사고다. 사고! 아무리 애써도 다른 표현을 찾을 수 없었다. 혜성은 두 번 생각하지도 않고 정신없이 뇌까렸다.

"신고해요. 일단. 빨리."

"……했어."

아버지가 느릿느릿 대답했다. 쇠붙이로 콘크리트 벽을 긁는 것 같은 목소리가 났다.

"언제요?"

"좀 전에."

상호가 침대 헤드를 짚고 몸을 일으켰다. 동작이 둔하고 무거웠다.

"동네를 좀더 돌아봐야겠다."

그러곤 멀뚱히 올려다보는 혜성을 향해 한마디 던졌다.

"너는 들어가서 더 자고."

"지금 어떻게 잠을 자요?"

아버지가 아들의 반문을 가로막았다.

"괜찮아. 아빠가 다 알아서 한다. 신경쓰지 마."

혜성은 할 말을 잃었다. 처음에는 어리둥절했으나 점점 기분이 더러워졌다. 그러니까 아버지는 단호하게 선을 그은 것이었다. 이 집에서 일어나는 어떤 문제도 엄밀하게 따져 너의 일이 아니므로, 더이상 개입하지 말라고 선언한 것이었다. 자신을 금 밖으로 밀어 낸 것이었다. 잔인하다. 혜성은 입술을 깨물었다. 권리 없는 자가 제아무리 걱정하고 애태운다 한들 모두 무의미한 짓이었다.

아버지는 무얼 하고 있는 건지 아래층에선 아무런 기척도 들려오지 않았다. 혜성은 침대에 누워 이리저리 몸을 뒤척이다가 다시 벌떡 일어나 인터넷에 접속했다. 연합통신사 사이트에 들어가 실시간 속보로 올라오는 간밤의 사건사고 뉴스를 샅샅이 뒤지고 있는 스스로에게 화가 났다. 그럼에도 마우스를 클릭하는 손을 멈추지 못했다. 어젯밤과 오늘 아침 사이에 전북 익산에서는 45세 여성 김모씨가 44세 동거남 안모씨의 칼에 찔려 죽었고, 강원도 홍천에서는 일가족이 탄 승합차가 눈길에 뒤집히는 교통사고가 났다. 사망 1명, 나머지 부상자들은 인근 병원으로 후송되어 치료를 받고 있다고 나와 있었다. 가족 중 누가 생과 사의 갈림길에서 외톨이가 되었는지는 보도되지 않았다. 여자 어린이와 관련된 소식은 단신기사에도 단 한 줄 들어 있지 않았다.

인터넷을 뒤져 서울 시내 대형 병원의 전화번호 리스트를 뽑았다. 응급실에 일일이 전화를 해보는 동안 날이 완전히 밝았다. 어제 오전에 누나를 데리고 갔던 병원의 이름을 보자 속 깊은 데서 무언가가 울컥 치밀어올랐다. 혜성은 발작적으로 은성의 전화번호를 눌렀다. 은성은 '여보세요'도 하지 않고 곧바로 동생의 이름을 불렀다.

"혜성아, 왜? 무슨 일 있어?"

잤는지 울었는지 헷갈릴 정도로 쉬어 꼬부라진 목소리였다.

"아니야."

혜성의 대답이 거짓말이라는 걸 은성은 대번에 알았다. 어떻게 모를 수가 있단 말인가. 이른 아침이었다. 울다 깨다 자다를 반복하며 긴 밤을 보낸 그녀로서는 몇시인지 짐작도 못할 시간이었다. 이런 시간에, 동생이 먼저, 전화를 걸어오다니! 전화든 문자메시지이든 메일이든, 하다못해 싸이월드의 쪽지라도 혜성 쪽에서 은성에게 먼저 연락을 해온 경우는 없었다. 은성이 기억하고 있는 한은 확실히 그랬다. 혜성에게 먼저 전화를 걸고 문자를 보내고 메일을 쓸 때마다 은성이 그 관계의 불균형한 측면에 대해 예민하게 곤두서 있었다는 뜻은 아니었다. 그녀는 외려 그것을 의식하지 않으려고 노력해왔다. 그러나 오랜 습관이 이렇게 깨어지고 보니 그 동안 무의식적으로 느껴왔던 떨떠름한 맛의 정체가 또렷했다. 물론 지금은 한가하게 그런 것을 따지고 있을 계제가 아니었지만 말이다.

"무슨 일 있구나? 그렇지? 얼른 말해봐, 찡찡아."

동생에게 엄청난 일이 일어난 게 틀림없었다. 그녀는 일부러 혜성의 어릴 적 별명을 불렀다. 혜성에게 처음 '찡찡이'라는 애칭을 붙였던 이모할머니는 반어법의 묘미를 이해하는 사람이었다. 혜성은 도무지 징징대지 않는 아기였다고 한다. 폭신하고 포근한 장밋빛 두 뺨으로 언제나 방글방글 미소지었다. 심각할 정도로 울지 않았기 때문에 어른들은 혹시 이 아이가 무슨 장애를 가지고 태어난 건 아닐까 하고 걱정했다. 아기가 마침내 아기다운 짜증을 부리던 순간, 어른들은 안도의 한숨을 내쉬며 사랑스런 빨간 볼 소년을 '찡찡이'라고 부르기 시작했다. 티끌만한 시름도 없던 통통한 아기, 보는 이의 가슴을 녹이는 눈웃음을 짓던 그 아기가 스물이 넘어 저토록 무뚝뚝해질 줄을 누가 상상이나 했겠는가. 동생의 그런 변화를 생각하면 입천장의 상처를 까끌까끌한 혓바닥으로 문지르는 것처럼 은성의 가슴이 아려왔다.

"혹시 유지 거기 있어?"

"유지?"

그녀는 반사적으로 소리쳤다.

"아니. 걔가 왜?"

제 딴에는 감정을 극도로 억누르며 말하였으나 그녀는 속내를 세련되게 숨기는 데 능숙하지 못했다. 혜성이 한숨을 쉬었다.

"알았어. 끊어."

"왜? 무슨 일인데? 왜 그래, 대체?"

"아니야."

동생의 음성은 잔뜩 가라앉았고 끝이 갈라져 나왔다. 그것이 은성의 불길한 추측에 확신을 심어주었다. 혜성이 아무것도 아니라고 거듭 부정하자 그녀 목소리의 데시벨도 점점 고조되어갔다.

"말해보라니까, 빨리. 유지가 어디 갔어?"

"……몰라."

"뭐야? 지네 엄마가 애 데리고 가출이라도 했단 거야?"

말을 뱉자마자 후회했다. 왜 필요 이상으로 심술궂게 지껄이곤 할까.

"그런 거 아니야. 그런 게 아니고……"

혜성이 천천히, 그리고 고통을 감추지 못한 채 말을 이었다.

"유지가, 유지가 말이야, 누나. 어저께, 집에 안 들어왔어. 없어졌어."

전화기를 내려놓고서야 은성은 자신이 계속 고개를 설레설레 흔들고 있음을 알았다. 거즈로 싸맨 이마가 쿡쿡 쑤셨다. 가슴이 마구 쿵쾅거렸다. 그녀는 설거지통에 담긴 유리컵 하나를 대충 집어들고서 수돗물을 받아 단숨에 들이켰다. 진정될 리가 없었다. 믿고 싶지 않았다. 그럴 리 없다고 도리질치고 싶었다. 그러나 아니라고 하기엔 모든 게 너무나 공교로웠다.

설마, 그 인간일까. 정말로 그 인간의 짓일까. 은성은 맥없이 몸을 떨었다. 재우의 전화번호를 누르자 결번이라는 음성안내가 흘러나왔다. 재우가 전화번호를 바꾸었다. 은성은 영하 사십 도의 냉동창고에서 꽝꽝 얼린 고깃덩어리로 호되게 뒤통수를 얻어맞은 것 같았다. 그가 마지막으로 연락해온 게 지난 성탄절 즈음이었으니 벌써 두 달 전이었다. 두 달 동안 재우의 연락처를 모르고 살아온 셈이었다. 더이상 어떤 증거가 필요하겠는가. 더 오랜 기간 연락이 끊어진 적도 있었지만, 그래도 서로의 번호는 알고 있었다. 연락하지 않는 것과 연락처를 모르는 것은 전혀 다른 차원의 이야기였다. 재우와 닿을 수 있는 방법을 미친 듯이 찾아 헤매는 내내 은성은 오른쪽 엄지손가락을 앞니로 물어뜯어댔다. 그럴 수만 있다면 제 몸에 달린 열 손가락과 발가락들을 모두 다 물어뜯어 와그작와그작 씹어 삼켜버리고 싶었다.

만약, 만약 정말로 무슨 사달이 벌어졌다면 몽땅 자신의 탓이었다. 지난번 마지막으로 봤을 때 매몰차게 대했다는 자책감이 밀려왔다. 그때 좀더 친절히 웃어주었더라면, 밥이라도 사먹였더라면, 필요하다던 사업자금의 반만이라도 구해줬더라면, 그랬다면 어떤 어처구니없는 상황도 벌어지지 않았을 터였다. 12월의 어느 날 갑작스레 눈앞에 나타난 재우는 하와이안 초콜릿 상자를 쑥 내밀었다.

"더 좋은 거 사다주고 싶었는데 미안하다."

칠 년여의 시간을 엉겨붙었다 떨어졌다 하며 보내는 동안 그에게서 미안하다는 말을 최소한 만 번은 넘게 들었을 거라고 은성은 그때 생각했다. 어쨌든 고맙다고 대답했다. 재우는 그 동안 태국과 베트남 일대를 돌아다녔다고 했다. 사업차, 라고 덧붙이는 것도 잊지 않았다. 한없이 평온한 표정으로 거짓말을 쏟아내는 버릇은 여전했다. 예전 같았으면 꼬치꼬치 캐묻기와 제풀에 화내고 자지러지기를 반복했겠지만 은성은 그러지 않았다. "으응, 그래?"라는 식으로 건성으로 대꾸하며 초콜릿을 가방 안에 집어넣었다. 스티브와의 관계가 한참 뜨겁게 달아오르던 시기였다. 진중하고 어른스런 스티브와 비교하니, 서른 다 된 나이에 천지분간 못하고 촐랑거리는 재우가 철모르는 하룻강아지처럼 느껴졌다. 새로운 남자와 열애에 빠져 있을 때면 으레 그렇듯 은성은 재우가 짜증스러웠다.

커피 한 잔을 비우기도 전에 재우는 드라이브를 하러 가자고 했다. 어디서 주워왔는지 멀끔한 중형차 한 대가 카페 문 앞에 서 있었다.

"오빠 면허 취소됐잖아?"

그녀가 알기로 재우는 음주운전 삼진아웃 시스템에 걸려 재작년엔가 면허를 취소당했었다. 급히 벌금을 내야 한다고 앓는 소리를 하던 그에게 백만원을 얻어다준 기억이 났다. 돈의 용도를 묻는 아빠를 향해 "임신해서 애를 지워야 돼"라고 톡 쏴붙였더랬다. 아빠는 쓸데없는 장난치지 말라면서 엄격한 표정을 지어 보였는데, 사실일까봐 두려워하는 티가 역력했다. 그때 그녀는 뭐라고 비아냥댔던가. 어린애 한 달 레슨비도 안 되는 돈으로 생색내지 말라고 했을 것이다. 아빠는 지갑에서 수표 한 장을 뽑아주었다. 돌아서 나가는 은성의 꼭뒤에 대고 아껴 쓰라고 소리쳤다. 씀씀이가 헤픈 딸내미가 용돈을 가불받으러 왔다는 걸 스스로에게 분명히 다짐해두는 자세였다.

"면허? 아, 다시 땄어."

대수롭잖다는 투였다. 아마 그녀가 더 따지고 들었으면, 작은아버지 혹은 막내이모부 혹은 사돈의 팔촌쯤 되는 유력인사가 도와주어 자기만 특별히 그럴 수 있었노라고 천연스레 대답했을 게 빤했다. 연말이라 서울 시내 도로가 무척 막혔다. 일산 어디쯤에서 재우는 너무도 자연스러운 동작으로 모텔 앞에 차를 세웠다. 큰 반항 없이 따라 들어간 건 혹시 그가 상처를 받을까 걱정되어서였다. 자기 쪽에서 먼저 누군가의 마음을 상하게 하는 일, 그래서 그가 자기를 미워하게 되는 일을 그녀는 극도로 못 견뎌했다. 세상에서 딱 한 남자, 아빠만 빼고는. 재우와의 잠자리는 언제나처럼 호흡이 잘 맞았다. 까무러칠 만큼 좋다거나 뭐 그런 것과는 다른 의미였다. 어릴 적부터 같은 코치 밑에서 훈련한 선수들끼리 배드민턴 단식경기를 치르는 것처럼 그들은 기계적으로 열심히 움직였다.

둘은 샤워도 하지 않고 침대에 길게 드러누웠다. 은성은 학원수업을 끝낸 스티브가 전화를 해올까봐 아까부터 계속 신경이 쓰였다. 재우가 갑자기 생각났다는 듯 말했다.

"그거 기억나니? 그때 그 프로젝트."

"무슨 소리야?"

"왜, 있잖아, 예전에 석이랑 준모랑 같이 짰던 계획."

재우는 침대에 엎드린 채 심상하게 말을 이었다. 천천히 흐르고 있던 시간이 툭 끊겨졌다. 은성은 눈가를 찡그렸다.

"갑자기 그 얘기는 왜 꺼내는데?"

"그냥. 생각나서. 너희 식구들 다 잘 있나 궁금하기도 하고."

"……"

"애도 많이 컸겠다? 아줌마는 여전히 재수없어?"

은성은 몸을 일으켜세웠다. 벌레 한 마리가 지나가는지 가슴을 가린 홑이불 아래가 스멀스멀했다. 그때 그 계획에 프로젝트라는 거창한 이름을 붙였었는지는 기억나지 않았다. 새삼 세세한 내용을 떠올리는 게 어려울 만큼 시간이 훌쩍 지났다. 그녀가 아직 고등학생이던 때였다. 재우와 또 그의 껄렁한 친구들 몇과 함께 한참 몰려다니던 시절이었다. 분명, 그들과 머리를 맞대고서 어떤 계획을 짰던 것은 사실이다. 때론 낄낄대며, 때론 진지하게. 모든 장난이 다 그렇듯이. 그렇다. 분명히 장난이었다. 더는 듣고 싶지 않았다. 은성은 재빨리 말했다.

"오빠, 나 약속 있는데 늦었어. 얼른 옷 입어."

그들은 손을 잡지 않고 모텔 복도를 걸어나왔다. 새로 시작한 사업 전망이 무척 밝지만 잠깐 자금융통에 문제가 생겼다는 얘기를, 재우는 자유로를 시속 백이십 킬로미터로 달리면서 했다.

"딱 열흘만 쓰면 되는데 말이야. 은성이 너 이천 정도 없지? 그럼, 천도 괜찮은데. 어디 빌릴 데 없을까? 오빠가 딱 은행이자 처줄 거거든."

은성은 대답하지 않았다. 그 뜬금없던 만남 이후로 재우는 연락을 해오지 않았다. 그날 그가 했던 이야기가 마음 한구석에 찜찜하게 남았지만 그냥 덮어두었다. 어차피 강재우의 입에서 쏟아져나오는 말의 95퍼센트는 뻥이거나 허풍, 아니면 그냥 한번 해보는 소리에 불과했다. 그렇다고 믿었다. 지금, 유지가 없어졌다는 소식을 듣기 전까지는.

7장 허공을 걷다

객실은 17층이었다. 창가에서 타이베이 역이 한눈에 내려다보였다. 마름모꼴에 가까운 지붕, 그리고 건물의 사방을 촘촘히 둘러싼 택시들의 모습이 미니어처 세계 속 한 장면처럼 느껴졌다. 잿빛 풍경 속에서 여전히 비가 내렸다. 떠나기 위해 당도한 사람들이 건물 안으로 밀려들어가는 모습을 무감각하게 바라보다가 옥영은 곧 커튼을 쳤다.

이른 아침 호텔 방에서 홀로 깨어날 때만큼 혼자라는 실존감에 뼈저린 순간이 있을까. 옥영은 침대에 몸을 뉘었다. 아침식사는 하지 않을 작정이었다. 식욕이 전혀 없고, 명치 부근이 무지근했다. 간밤에 잠을 설친 탓인지도 몰랐다. 어젯밤에 꾼 꿈은 서사적 맥락이 이미 사라지고 조각조각으로 잘게 흩어진 채 희미하게 남아 있었다. 그러나 무엇엔가 끊임없이 도망다니다가 소스라쳐 놀라며 잠에서 놓여나던 느낌은 전에 없이 강렬하게 그녀를 자극했다.

밍은 점심시간이 지난 뒤에나 만날 수 있을 것이다. 어제, "데리러 갈까?"라고 묻는 그에게 마음대로 하라고 대답했다.

"그런데 내일 일정이 어떻게 될지 나도 확실히 몰라. 어쩌면 공항 픽업 나갈 일이 하나 있을지도 모르거든. 회사 나가보고 전화해줄게."

밍은 아직도 여행사에서 일하고 있다고 했다. 한 직장에서 일 년을 버티지 못하던 그였다. 마흔이 넘으니 게을러진 모양이라고 밍이 그녀에게 들릴락 말락 중얼거렸다. 옥영은 이를 드러내지 않고 웃어 보였다.

"천천히 와도 괜찮아. 방에서 쉬면 돼. 여기저기 혼자 돌아다녀도 되고."

"그래. 만약 내가 많이 늦겠다 싶으면 거기 먼저 올라가 있어."

"같이 가, 거기는."

그녀는 되도록 부드러운 어조로 말했다.

"……같이 가, 거기는?"

한국어 수업시간의 수강생처럼 밍이 천천히 옥영을 따라 했다. 윤기 없는 침묵을 옥영이 먼저 깼다.

"그러고 싶어. 우리, 그러자."

밍의 귀에 단호하고 매정한 재확인으로 들렸을까. 옥영은 그러지는 않았으면 좋겠다고 생각했다. 그들은 서로의 얼굴을 마주 보지 않았다. 옥영은 지난 새벽 두시 호텔로 왔다. 밍의 집을 떠나 왜 구태여 호텔 방에 짐 풀 생각을 했는지 그녀도 대답하지 않았고 밍도 묻지 않았다. 서울에서 미리 호텔을 예약하고 왔다는 데 대해 밍은 별다른 반응을 보이지 않았다. 화를 내지도 않았고, 꼭 그래야겠느

나며 잡으려 들지도 않았다. 힐튼이라니 돈이 많나보다, 라는 식으로 비아냥대지도 않았다. 그렇게 하는 것은 본디 밍의 방식이 아니었다. 그는 콜택시 트렁크에 그녀의 짐가방을 싣고 호텔에 함께 가주었으며, 그녀가 체크인하는 것까지를 보고서 다시 택시를 타고 제 집으로 돌아갔다.

깜빡 눈을 붙이고 나니 아침 아홉시 반이 넘어서고 있었다. 대만과 서울은 한 시간의 시차가 났다. 서울은 아침 열시 반이었다. 월요일 오전, 방배동 집의 정경을 머릿속에 그려보았다. 평일에는 보통 아침을 먹지 않거나 선식으로 때우는 남편은 이미 출근을 했겠고, 가정부가 도착하여 유지에게 아침을 차려주었겠고, 유지는 깨작깨작 먹는 척을 하다 말다 했겠다. 영어학원의 셔틀버스는 열한시에 도착한다. 큰길 은행 앞까지 아이를 데리고 가 버스에 태워달라고 아줌마에게 부탁해놓았다. 수업이 끝나고 버스에서 내릴 때에도 꼭 늦지 않게 마중나가야 한다고 강조해뒀다. 유지가 영어수업을 마치고 돌아올 때까지도, 혜성은 제 방에 쥐 죽은 듯 꼼짝 않고 들어앉아 있을 터였다.

옥영은 집으로 전화를 걸었다. 아줌마와 아이와 연달아 통화를 해볼 생각이었다. 어젯밤 느닷없이 남편이 레슨선생의 연락처를 물어왔던 게 내내 마음에 걸렸다. 그녀가 예민한 반응을 보이자 남편은 급히 얼버무렸다.

"별일 아니야. 애들 바이올린 레슨 시키고 싶어하는 사람이 있는데, 뭘 좀 물어봐달라고 부탁해서 그래."

평소의 김상호는 이런 경우 친절하고 조심스럽게 부연설명을 하

106

지 않고 "아, 그럴 일이 있다니까. 나중에 얘기해"라고 버럭 신경질을 내곤 했다. 벨이 채 두 번이나 울렸을까, 저편에서 후딱 전화를 받았다. 혜성이었다.

"일찍 일어났네?"

"……네."

"목소리가 왜 그래? 어디 아프니?"

"아니에요. 괜찮아요."

"모처럼 너무 일찍 일어나서 그런가보다."

농담 삼아 던진 말에 혜성이 아무 대꾸도 하지 않았기 때문에 옥영은 조금 민망해졌다.

"아줌마 좀 바꿔줄래?"

혜성이 잠시 우물쭈물했다.

"……안 계신데요."

"무슨 소리야? 아침에 안 왔어?"

혜성의 헛기침 소리가 아주 조그맣게 들려왔다.

"왔는데, 그냥 가시라고 했어요. 아버지가."

유지를 바꿔달라고 하자, 혜성은 아이가 잠든 것 같다고 말했다. 잠들었다도 아니고, 잠든 것 같다니. 뭐라 딱 꼬집어 표현하기 힘든 부자연스러움이 옥영의 의혹을 돋우었다. 이런 대답을 하려면 의당 수화기를 잠시 내려놓은 다음 아이의 방을 열어보고 그 잠든 모습을 확인해야 하지 않는가.

"학원 갈 시간인데, 유지 혹시 어디 아픈 거야?"

"……잘 모르겠어요."

"아빠는 어디 계시고? 출근하셨어?"

"어, 아니, 그건 아니고, 잠깐 나가셨는데……"

혜성은 다른 설명을 하려고도, 선뜻 전화를 끊으려고도 하지 않았다. 이상했다. 그는 말줄임표 뒤로 몸을 숨긴 듯했다. 옥영은 혜성을 알 만큼은 안다고 생각했다. 한집에 살게 된 지 벌써 오 년이 넘었다. 외할머니가 돌아가시고 이모할머니의 건강이 급격히 나빠진 시점, 두 아이의 거취를 새로 정해야 했다. 김상호는 아이들을 집으로 데려오고 싶다는 눈치를 보였다. 옥영은 짐짓 모르는 체했으나, 남편은 아이들과의 식사자리에서 불쑥 속내를 드러냈다. 그녀와 제대로 된 상의를 하기도 전이었다. 옥영은 인상을 찌푸리는 대신 시선을 발밑으로 떨어뜨렸다.

"미친 거 아니야? 우리가 왜 거기 살아?"

은성이 빽 소리쳤다. 옥영의 예상대로였다. 식당의 얇은 칸막이 벽을 탕탕 두드려대는 듯한 그 기세에 놀랐는지 유지가 연달아 재채기를 했다. 혜성은 한마디도 하지 않았다. 처음 봤을 때부터 그런 아이였다. 남편과 전부인은 이혼하면서 친권과 양육권을 각각 나누어 가졌다. 그때 그들의 협의 대상은 꼬맹이들이었다. 그러나 시간은 고장난 메트로놈처럼 흐르고, 남매는 고등학생과 중학생이 되어버렸다. 이혼을 준비하던 젊은 부부는 너무나 바빴기 때문에, 꼬맹이들이 훌쩍 자랄 몇 해 뒤의 일에 대해서까지 미리 심사숙고할 틈이 없었다. 어른도 아이도 아닌 어중간한 존재, 그들의 껑충하고 구부정한 육체와 무감동하고 심드렁한 눈동자에 관해서도 말이다.

아이들 생모는 당시 부천 어딘가에서 대기업 프랜차이즈 제과점을 운영하고 있었다. 이혼하자마자 감행했던 재혼에는 또 실패했지만, 다시 사귀는 사람이 있다고 했다. 이혼남인지 아니면 호적 정리를 마치지 못한 유부남인지 명확지 않았던 그 남자는 여자의 사업 파트너이기도 했다. 학교 근처에서 혼자 살겠다고 강력하게 우기던 은성은 제 주장이 받아들여지지 않자 차선책으로 엄마의 집을 택했다. 혜성은 상호의 집으로 왔다. 모두의 예상을 깨고 혜성이 직접 내린 결정이었다. 옥영은 은성이 아니라 혜성이라서 진심으로 다행이라고 생각했지만, 밍 말고는 아무한테도 속마음을 털어놓지 않았다. 혜성은 전학을 했고 학원도 옮겼다. 그가 낯선 생활에 어떻게 적응해나갔는지는 옥영도 잘 몰랐다. 혜성이 도통 내색을 하지 않았기 때문이다. 굳게 닫힌 아이의 방문 너머에선 쿨쩍이며 우는 소리가 한 번도 들려오지 않았고, 학교 선생으로부터 급작스런 학부모 호출을 당할 정도의 문제도 일으키지 않았다. 함께 사는 동안, 혜성이 잘 지냈는지는 장담할 수 없으나 잘 견뎌온 것만은 확실하다고 옥영은 믿었다.

몇 번의 계절이 지나고 서로에게 서서히 익숙해져갈 무렵 옥영이 아무렇지도 않게 물어본 적이 있다. 선택의 순간에 왜 친엄마의 집으로 가지 않았느냐는 물음에 혜성은 "그냥, 공평하지 않은 것 같아서요"라고 대답했다. 옥영은 녀석이 좋아졌다. 오 년에 걸쳐 둘은 매일매일 얼굴을 봤고, 상대방의 영혼을 과도하게 침해하지 않을 만큼의 거리감각을 길러왔다. 그걸 우정의 한 형태라고 불러도 좋으리라.

그리고 이 순간, 타이베이 힐튼호텔의 트윈베드룸에서 옥영은 확

신할 수 있었다. 혜성은 지금 자신에게 어떤 신호를 보내는 중이었
다. 서울에, 집에, 무슨 일이 일어났다. 분명했다. 가정부도 돌려보
내고 출근도 못 할 만큼 김상호의 심기를 자극한 일, 혜성이 차마
입밖으로 뱉지 못하고 침묵을 통해 알려주려는 일. 머리가 멍해졌
다. 그녀가 친정에 가지 않았다는 사실을 남편이 알게 되었다는 것
말고, 다른 무슨 가능성이 있겠는가. 눈앞에 분노로 떠는 김상호의
얼굴이 어른거렸다. 옥영은 초점이 흔들리는 눈으로 호텔 방을 둘
러보았다. 그는 어디까지 알았을까? 와 있는 곳이 어디인지만은 절
대로 몰라야 했다.

옥영은 일단 결정을 내리고 나면 빠르게 행동에 옮기는 사람이었
다. 전화를 끊고 한 시간 안에 타오위안 국제공항에 도착할 수 있었
다. 그녀는 어제 아시아나항공의 왕복티켓으로 타이베이에 왔다. 예
약된 날짜는 목요일이었다. 성수기가 아니라 스케줄을 변경하는 건
크게 어렵지 않을 터였다. 그러나 인천공항으로 가는 아시아나항공
의 비행기는 매일 현지 시간 오후 세시 십분에 출발했다. 인천에 도
착하면 한국 시간으로 여섯시 반이 된다. 올림픽대로의 러시아워와
정확히 맞물린다. 공항에서 집까지 얼마가 소요될지 감을 잡기 힘
들었다. 그녀는 망설이지 않고 대한항공 부스로 갔다. 대한항공의
이륙시간은 아시아나보다 두 시간 빠른 한시 십오분이었다. 남아
있는 표를 운 좋게 구할 수 있었다. 보딩패스를 받고 짐을 부치고
보안검색대를 통과하는 동안 서서히 침착함을 되찾았다. 밍과의 마
지막 통화는 공중전화로 했다.

"꼭 가봐야 할 일이야."

그는 잘못 사용된 쉼표처럼 한 템포 멈춘 다음 "그래, 그럼 가봐야지"라고 답했다. 더 긴 대화는 나누지 않았다. 비행기가 날갯짓을 시작했을 때, 미안하다는 말을 남기지 않았다는 것을 깨달았다. 이미 타이베이 땅이 한없이 멀어져가고 있었다. 그곳에서 보내온 시간들이 스쳐 지났다. 눈가가 아려왔다. 이번이 마지막이길 바랐다. 타이베이의 어떤 연인들도 같이 가지 않는 곳, 남의 사랑을 시기하는 신이 있어 어떤 애절한 인연도 단칼에 갈라놓는다는 그곳, 지남궁에 이번에는 반드시 가려고 했었다. 밍과 손을 맞잡고 그 사원 계단을 느긋느긋 올랐다가 내려오고 싶었다. 오를 때는 하나였다가 내려올 때는 각각이 돼 있고 싶었다. 환한 대낮이어도 좋고, 어둠이 고요히 숲을 감싼 한밤이어도 좋을 거라고 생각했다. 신의 힘을 빌려서라도 이 오래된 책을 부디 평화롭게 덮고 싶었다. 그런데 아직도 때가 아닌가보았다. 아니 어쩌면 둘에게는 그런 허영조차 허락되지 않는지도 몰랐다.

비행기는 인천공항에 예정보다 십여 분 일찍 도착했다. 비행 동안 옥영은 마음의 준비를 단단히 해두었다. 남편은 한번 화가 나면 앞뒤를 재지 못하는 다혈질이었지만 치밀하고 집요한 성격은 아니었다. 과도하게 분노를 폭발시키고 나서 곧바로 후회하는 경우가 잦았고, 그럴 때면 과잉됐던 자신의 행위를 자책하느라 애초에 화를 내게 된 원인에 대해서는 더 따지지 않고 유야무야 덮는 일이 많았다. 몸뚱이를 작게 말고 버틸 때까지 버티면서 그의 분노가 최고조로 솟구쳤다 떨어지기만을 기다리면 어떻게든 되지 않을까. 그리 생각할 수밖에 없었다.

현관문은 굳게 닫혀 있었다. 카드키로 문이 열리는 소리를 듣자마자 누군가 득달같이 달려나왔다. 혜성이었다. 혜성은 옥영과 그녀의 트렁크를 번갈아 바라보았다. 혜성은 그녀가 한 번도 본 적 없는 표정을 짓고 있었다. 그 표정이 옥영의 가슴 한복판에 턱 들어와 박혔다.

"유지는?"

왜 딸의 이름을 뱉었는지 자기도 모른다. 그녀가 입을 연 것보다 혜성의 속눈썹이 파르르 떨린 것이 먼저였다. 혜성이 갑자기 울음을 터뜨렸다. 하룻밤을 꼬박 참았던 울음이었으나 옥영은 알 턱이 없었다. 현관에 오도카니 선 채로 그녀는 눈만 깜박였다. 발이 움직여지지 않았다. 온몸의 감각이 마비된 것 같았다. 옥영은 간신히 입술을 달싹였다.

"유지는?"

"……"

"우리 유지 어디 있는데?"

"저 때문이에요…… 제 잘못이에요…… 죄송해요…… 죄송해요……"

혜성이 울음에 섞어 뱉어내는 소리가 귓가에서 먹먹하게 으깨졌다. 옥영은 울지 않았다. 비명을 지르지도 않았고, 쓰러지지도 않았다. 그녀는 움직였다. 유지의 친구 집은 물론이고, 아이와 조금의 관련이라도 있는 사람들에게 다 연락을 취했다. 아이 급우들의 집에는 물론이고, 유치원 때의 학부모들, 여섯 살 무렵 보냈던 어린이 발레학원의 원장한테까지 전화를 걸었다. 그녀 쪽에서 무슨 말을 꺼내기도 전에 대부분의 사람들은 "유지 엄마, 오랜만에 어쩐 일이에요?"라는 식으로 전화를 받았다. 연락처가 바뀐 경우도 여럿이었다. 짧은 통화가 끝난 뒤에는 지체하지 않고 다음 번호를 눌렀다. 그녀는 한 톨의 힘도 허투루 낭비하지 않기 위하여 기를 쓰고 있었다. 그녀는 감각점을 마비당한 동물처럼 보였다.

옥영이 도착하고 얼마 지나지 않아 바이올린 레슨선생에게서 연락이 왔다. 혜성의 휴대폰으로였다. 옥영은 상호와 혜성이 그 선생에게 지난밤부터 오늘까지 백여 통이 넘는 전화를 해댔다는 사실은 미처 알지 못했다. 상호와 혜성이, 유지의 거취를 그 선생과 연결하여 생각하고 있었다는 것도 몰랐다. 혜성이 몇 마디 간단한 대화를 나누곤 전화기를 옥영에게 넘겼다. 새끼레슨선생은 스물대여섯쯤 된 석사과정 학생이었다. 사교적인 눈웃음을 생글거리는 타입은 아니었지만, 성실하고 진중한 면이 옥영에게 호감을 주었다. 일 년 가까이 봐오는 동안, 자기 편의에 따라 레슨시간을 바꾸는 법도 거의 없었고 아이에게 일관성 있는 태도로 대하는 것도 마음에 들었다.

"어머니, 세상에, 유지 어떡해요."

평소와 달리 숨넘어가도록 호들갑스러웠다. 그것이 옥영의 절망을 끔찍하게 환기시켰다. 옥영은 한 단어씩 또박또박 뱉으려고 애썼다. 사실 그녀는 지금 자신이 무슨 말을 하고 있는지 몰랐다. 음성이 바들바들 떨리고 있는 것도 몰랐다. 어떤 방법으로 호흡하고 있는지도 몰랐다.

"어제 유지를 언제 봤어요? 몇시에?"

"어제요?"

선생이 어리둥절해하며 반문했다.

"어제, 그러니까 일요일 말씀이신 거죠? 어머 모르셨어요? 저 어제 수업 안 했는데."

수업시간을 삼십여 분 정도 남겨두었을 때, 액정화면에 방배동 집의 번호가 떴다고 했다. 선생은 또래의 젊은 여성들처럼 휴대폰을 24시간 손에 쥐고 사는 성격이 아니었다. 친구를 만나고 있던 커피숍 안의 음악소리가 너무 컸고, 그래서 벨이 울리는 걸 듣지 못했다. 잠시 후 부재중전화가 찍혀 있는 것을 보았다. 선생은 당연히 옥영이 걸었으리라고 짐작했다. 옥영이 전에도 약속시간을 얼마 남기지 않고서 레슨을 급히 연기한 적이 있었기 때문이다. 아이가 심한 감기에 걸렸을 때 그랬고, 아이의 학교에서 단체관람하러 간 연극공연이 예정보다 늦게 끝났을 때 그랬다. 이번에도 비슷한 일인가보다 생각하며 발신버튼을 눌렀다. 그러자 유지가 전화를 받았다고 한다.

"유지가 그러더라고요. 오늘 수업 못 할 것 같다고. 무슨 일 있느냐고 물었더니, 어딜 좀 가야 된다고 했어요. ……아니요. 어딘지는 안 물어봤죠. 저는 당연히 어머님이나 가족들이랑 같이 나가는 줄 알고."

어떤 이상한 느낌도 받지 못했다고 한다.

"그냥 보통 때랑 똑같은 것 같았어요. 유지가 원래 목소리가 크고 활발하고 그런 애가 아니잖아요. 조용조용하고 얌전하고, 저랑 일 년이나 같이 했는데도 아직도 좀 부끄러워한다고 해야 하나, 그런

구석도 있고. ……예, 길지 않은 통화였어요. 그럼 다음에 언제 할까, 라고 물었더니 잘 모르겠다고 해서, 알았다고, 나중에 엄마한테 따로 전화드리겠다고 했고요."

옥영은 테이블 위에 두고 간 흰 봉투에 생각이 미쳤다. 봉투는 거기 없었다. 마룻바닥과 가구의 틈새까지 다 뒤졌지만 나오지 않았다. 옥영은 안방으로 달려갔다. 옷장과 서랍장의 손잡이들을 닥치는 대로 열어젖혔다. 누군가 일부러 뒤진 흔적은 없었다. 침대 옆 서랍장의 맨 아래칸에는 두터운 가죽 다이어리가 들어 있었다. 몇 해 전에 어디선가 사은품으로 받은 것으로, 갈피 사이사이에 몇 개의 증권회사 통장과 펀드예금통장 같은 것들이 끼워져 있었다. 통장들은 다 그대로였다.

김상호는 동이 트기 전, 사무실에 도착했다. 스무 평 남짓한 사무용 오피스텔의 실내는 희부연 새벽 공기 속에 낮게 가라앉아 있었다. 먼지들만이 소용돌이 모양으로 공중을 떠다녔다. 아내는 엊저녁 예정보다 빨리 돌아왔다. 적이 당혹스러웠다. 그로서는 조금만 더 시간을 벌고 싶다는 마음이 간절했다. 사흘, 아니 이틀이면 어떻게든 해볼 수 있을 것 같았다. 자기 앞에 닥친 일의 윤곽을 대강이나마 구체적으로 파악하고 난 뒤에 아내의 얼굴을 대하고 싶었다. 그녀에게 이 바닥 모를 처참한 불안감을 여과 없이 고스란히 맛보게 하고 싶지 않았다.

이과장과 미스 양에게는 당분간 출근하지 말라고 일러놓았다. 그들이 왜냐고 묻지 않았음에도, 집안일 때문이라고 짧게 부연해두었다. 언젠가는 알려야 할 순간이 올지 모르지만 지금은 아니었다. 지금은 문제를 복잡하게 만들 가능성이 있는 모든 일을 삼가야 했다. 그는 책상 의자에 쓰러지듯 몸을 부렸다. 목울대에서 신트림이 올라왔다. 그의 위장은 텅 비어 있었다. 물 두어 잔을 마신 것 말고는 어제부터 아무것도 입에 넣지 않았다. 공복감은 전혀 느껴지지 않았다.

상호는 생각하고 또 생각했다. 여기는 인간들의 세계였다. 인간의 논리로 설명할 수 없는 초자연적 사건 따위는 일어나지 않는다. 어떤 새끼들일까! 놈들이 그 음험하고 더러운 아가리를 쫙 벌리고서 노리는 바가 무어란 말인가. 동기는 많고 많았다. 의혹은 깊고 깊었다. 그중에서 분명히 한 가닥 실마리가 있을 것이다. 거짓이 아닌 단 하나의 진짜 실마리. 이틀째였다. 아직은 무엇도 함부로 확신하기에 일렀다. 저쪽에서 연락해올 때까지 무작정 기다리는 수밖에 없다는 사실이 그를 절망스럽게 했다. 이 거대한 공포를 어느 누구와도 온전히 나눌 수 없다는 사실, 이 지독한 죄책감을 어느 누구에게도 온전히 털어놓을 수 없다는 사실이 그의 영혼을 비탄에 젖게 만들었다.

지난밤, 아내 역시 잠깐도 잠들지 못했다. 아내는 밤늦도록 동네를 헤매고 다녔다. 상호가 전날 다녔던 동선과 크게 다르지 않았을 터였다. 부질없는 짓이라고, 그렇게 해결될 문제가 아니라고는 차마 말할 용기가 나지 않았다. 같이 가자고 해보았지만 아내는 이미 허위허위 발걸음을 떼놓고 있었다. 그녀의 귀에는 어떤 소리도 들리지 않는 듯했다. 혜성이 군말 없이 뒤를 따라나섰다. 가족들에게는 실종신고를 했다고 말했다. 실제로 신고를 해야겠다는 생각을 하지 않았던 건 아니다. 월요일 새벽녘 강을 만나 급히 의논했을 때 강은 아직 안 된다고 단칼에 충고했다.

"일단 맘 편하게 드시고 기다리세요, 조금만. 아무리 급해도 우리가 경찰에 직접 걸어들어갈 수는 없잖아요."

제삼자가 순식간에 내린 판단 앞에서 온몸에 소름이 돋았다. 아이가 사라진 것을 알게 된 지난 몇 시간 동안 어슴푸레한 형태로 그의 머릿속을 떠다니던 의심이 비로소 실체를 획득하는 순간이었다. 상상하지 않으려고 진저리치던 실체였다. 절대로 일선 파출소나 미아신고센터를 찾으면 안 된다고 강은 다시 한번 쐐기를 박았다. 요즘엔 신고가 접수되는 즉시 관할 경찰서에 실종아동 추적반이 구성된다는 거였다.

"형님 댁 숟가락 개수까지 까발려질걸요."

김상호는 숟가락에 대해 생각해보았다. 숟가락과 젓가락 들, 국자와 냄비 들, 프라이팬과 꽃병, 아내와 세 아이, 이탈리아산 체리목 책꽂이와, 서랍 네 칸이 조르르 달린 책상, 그 고풍스런 실루엣에 대하여. 강의 말이 옳았다. 이대로 무기력하게 내던져질 수는 없었다. 놈들이 원하는 바가 바로 그것일지도 몰랐다. 이 모든 게 누군가 쳐놓은 함정일지도 몰랐다.

"경찰에 있을 때 알던 놈들이 아직 거기 있으니까 제가 한번 넌지시 눈치를 볼게요. 어떻게 하는 게 가장 좋은지."

서서히 해가 떠오르고 있었다. 또다시 가없이 기나긴 하루가 시작되는 중이었다. 그는 입술을 지그시 깨물었다. 가만히 두 손 놓고 있겠다는 뜻은 결단코 아니었다. 그는 아버지였다. 아이의 몸에 콩알만한 상처라도 낸다면 놈들의 목뼈를 부러뜨릴 것이다. 만일, 만일에 그보다 더 큰 일이 생긴다면, 그렇다면, 기관단총으로 으다다다 몽땅 다 갈겨버릴 것이다.

김상호는 자신이 이제껏 살아온 인생을 세 부분으로 나누어 돌아보기를 좋아했다. 누구나 예상할 수 있는, 전형적인 기준에 의한 분류법이었다. 그 핵심에는 전처 미숙이 있었다. 강미숙과 결혼하기 전, 미숙과의 결혼생활, 그리고 미숙과 헤어진 다음. 운을 빼앗아가는 인간과 운을 가져다주는 인간이 따로 있다는 말이 맞았다. 미숙과 남남으로 갈라서고부터 천천히 사업운이 트이기 시작했다. 옥영과 새 가정을 꾸리고 나서, 특히 유지가 태어나면서부터 아주 가파르게 가속도가 붙었다. 상호는 저 혼자 마음속으로만, 유지가 복덩이라고 생각해왔다. 쭉쭉 미끄러지며 달리고 있는 곳이 살얼음판 위라는 것을 자주 잊었다. 아침에 눈 뜨면 반사적으로 양치질을 하고, 교통체증에 짜증내며 출근하고, 점심시간에 뭘 먹을지 고민하는 하루하루를 살아가다보면 누구나 그렇게 될 것이었다.

미리 조심했더라면 일을 이렇게까지 만들진 않았을 텐데. 절절한 후회가 가슴을 쳤다. 조금만 주의를 기울였다면 충분히 예상할 만한 일이었다. 사오 년 전에, 목포 신사장이라 불리던 동종업계 사내의 애인이 납치되는 사건이 있었다. 서울에 살림을 따로 내줄 정도로 죽고 못사는 사이였다는데, 여자를 데려간 놈들은 그 아파트 전세가에 육박하는 돈을 요구했다고 했다. 부산 한선생은 그 이야기를 두부전골식당에서 전해주었다.

"쪽팔리게 전셋값이 뭡니까. 이왕이면 매매가로 해야지. 새끼들, 간도 작다."

한선생이 스테인리스 국자로 전골 국물을 뜨면서 킬킬거렸다. 채식주의자인 그는 제 앞접시에 잘게 다진 고깃점이 딸려들어올까봐 조심하는 중이었다.

"그러게 말입니다. 큼지막한 걸로 좀 달고 다니지 말이야."

상호는 아마 그따위로 맞장구치며 따라 웃었을 것이다. 인간이란 얼마나 어리석은 존재인가. 그들은 세상에서 제일 치사한 놈들이 남의 약점을 이용해 제 배를 채우려는 자들이라는 데 동의했다.

"얼마나 답답했겠어. 완전히 이중고 아니야. 경찰에 제 발로 걸어가서 이 여자 좀 찾아달라고 할 수도 없고, 그 와중에 집에서 알면 또 오지게 머리 아파지는 거고."

"호호, 똥줄 좀 탔겠네요. 그래, 언놈들이 그랬답니까?"

"아이고, 좀만 대가리 굴려보면 범인 빤하거든요. 주변을 소상하게 아는 새끼인 거지. 아, 이 인간은 절대 호구다, 죽어도 신고 못 한다, 아주 가까이 있던 놈 아니면 이런 계산 안 나오잖아요. 후배라나 뭐라나, 신사장 차 운전해줬던 놈이라더만."

"마누라도 못 믿을 세상이라니까요. 그래서요?"

"그래서는 뭘. 누구 짓인지 알았는데 뭐 정석대로 가야지. 연장 잘 쓰는 애들 몇 데리고서 이쪽에서 먼저 쳤다나봐요. 아이고, 이 집 국물 시원하다."

한선생이 물수건으로 이마에 맺힌 땀을 훔쳤다.

"예, 선생님 좋아하실 줄 알았습니다. 이 집 이거 말고 비지찌개도 죽입니다."

"옛날에 우리 어머니 비지찌개가 예술이었는데."

"지금 하나 시켜볼까요?"

"아이고 아니에요. 지금은 배불러서 못 먹지. 김사장님은 다 좋은데 특히 사람이 센스가 있어."

이게 농담인지 뭔지 헛갈렸다. 다른 이가 똑같은 소리를 했다면 기분이 상했겠지만 상호는 허허 웃었다. 그는 강한 사람 앞에서는 저절로 꼬리를 내리는 성격이었다. 대여섯 살가량 나이가 많은 한 선생은 상호에게 반말과 존대를 섞어 썼다. 함께 일한 지 십 년이 넘었는데도 상호는 그를 항상 깍듯하게 대했다. 그게 편하거니와 사업에서는 워낙 은인 같은 사람이었다.

"아, 근데 여기서 반전이 있었던 거지."

한선생이 장난스럽게 눈을 찡긋했다.

"여자가 잡혀 있다는 데 구하러 가봤더니 글쎄, 자장면에 군만두 처먹으면서 시시덕대고 있더래. 그 연놈 둘이서, 속옷 바람으로."

너무도 통속적이어서 쓸쓸한 얘기였다. 그때 상호는 신사장이라는 사내를 안됐다고 생각하면서도 한편으로는 좀 비웃었다. 우리 같은 직종에 운전기사가 웬 말이며, 어디서 굴러먹다 온지 모르는 년에게 헬렐레해서 살림까지 차려주다니, 본인이 사달을 자초한 셈이었다. 정신 똑바로 차리고 살면 돼. 나만 잘하면 돼. 상호는 믿어 의심치 않았다. 인생이 그렇게 만만한 줄 알았다. 이제야 교만의 대가를 치르고 있었다. 그는 당장 현금화할 수 있는 액수가 어느 정도인지 가늠해보았다. 더러운 새끼들. 결국엔 돈이 목적일 것이다. 돈

120

으로 해결하지 못할 일은 세상에 아무것도 없었다. 그렇게라도 믿어야 이 순간을 견딜 수 있었다.

몇 개의 흐린 구름들이 하늘 속으로 흘러가고 천천히 한낮이 되어갔다. 그 동안 상호는 미리 해뒀던 약속 두 건을 취소했고 한 갑의 담배를 다 피웠으며 스팸성 문자메시지를 세 통 받았다. 강과는 연락이 닿지 않았다. 아이를 데려간 자들에게서는 아무 소식도 없었다. 혼자라서 숨이 멎을 것처럼 외로웠고 혼자라서 간신히 버틸 수 있었다. 빈 사무실에는 정적만이 감돌았다. 어떤 방해도 받지 않을 만한 공간이 있어 그래도 다행이었다.

사무실은 간소한 편이었다. 가구와 집기들은 적당히 낡았고 꼭 필요한 것들로만 갖춰놓았다. 20층짜리 업무용 오피스텔 빌딩은 강남대로의 역세권에서 살짝 비켜선 위치에 있었다. 건물 안에는 이 방과 비슷한 구조의 다른 방들이 수백 개 존재했다. 내부공간은 둘로 나뉘어져 있었다. 이과장과 미스 양이 바깥쪽 공간을 썼고, 김상호가 안쪽을 사용했다. 보증금 천만원에 월세 팔십만원. 사장을 포함해 직원 세 명이 근무하는 조그만 오퍼상에 잘 어울리는 규모였다. 남들 눈에 그렇게 보인다면 그걸로 충분했다. 문 앞에는 '케이앤케이 통상'이라고 새겨진 손바닥만한 아크릴 현판이 붙어 있었다. 앞의 케이는 자신의 성(姓) '김'에서 따왔고, 뒤의 케이는 '코리아'를 의미했다. 특별한 이유 없이 지은 이름이었다.

상호의 책상 위에는 컴퓨터 한 대와 탁상달력만이 덩그마니 놓여 있었다. 그는 언제나 주위를 깔끔하게 정돈하지는 않았지만 일부러 어지르지도 않았다. 의자만 한 단계 고급형으로 들여놨을 뿐 책상이나 캐비닛, 컴퓨터 사양도 다른 직원들과 똑같았다. 그가 염려하는 것은 언제나 타인의 이목이었다. 아홉시면 습관적으로 출근하였지만 사무실에 머무는 것에 비해 정작 이곳에서 일에 몰두하는 시간은 많지 않았다.

아침에 컴퓨터를 켜고 중요한 이메일 몇 통을 체크하고 나면 인터넷을 이리저리 떠돌아다니며 시간을 죽였다. 포털사이트의 메인 뉴스에 괜히 혀를 차고 나라의 앞날을 걱정하기도 했고, 골프 동영상을 보며 스윙 폼을 연습하기도 했다. 손님과 약속장소를 잡기 위해 '서초동 맛집' 같은 걸 검색하는 일도 잦았고, 그러다가 '김치찌개'가 맞는지 '김치찌게'가 맞는지 괜히 찾아보기도 했다. 가끔은 유흥가 탐방기를 올리는 남성 전용 게시판에서 허풍 섞인 후기를 읽으며 낄낄거렸고, 본의 아니게 요상한 성인사이트로 납치되면 컴퓨터에 악성코드라도 깔릴까봐서 서둘러 빠져나오곤 했다. 그의 본격적인 업무는 오후 다섯시 반, 직원들이 퇴근하고 난 뒤부터 시작되었다.

탁상달력은 작년 연말, 은행에서 받은 것이었다. 현명한 사람은 기회를 찾지 않고 기회를 창조한다─프랜시스 베이컨. 2008년 2월의 달력판 위에 쓰인 문장이었다. 무슨 비밀 암호문이라도 되는 양 그는 그 흘림체 글씨를 골똘히 들여다보았다. 시야가 자꾸 침침해졌다. 눈에 보이지 않는 적과 맞서고 있는 기분은 몹시 고약했다. 아내 역시 그럴 터였다. 유지의 실종을 겪고 있는 아내는 온몸의 털을 빳빳이 곤두세운 암고양이 같았다. 오늘 아침, 상호는 화장실에서 나오던 옥영이 휘청거리는 모습을 보고 얼른 다가가 그녀를 부축했다. 그러나 그녀는 상호의 손을 휙 뿌리쳤다. 미움이나 혐오가 담긴 손길이 아니었다. 그저 제삼자의 존재 자체를 버거워하는 동작이었다. 그녀는 온전한 홀로의 아픔을 감내하는 것처럼 굴고 있었다. 저러다 무슨 일이라도 벌어질까 걱정이었다. 한시바삐 해결해야 했다. 기회를 찾지 못한다면 마땅히 창조를 해서라도.

하루 스케줄을 빼꼭히 정리해두지는 않아도, 'pm 7:00' 식으로 달력에 약속시간을 적는 것이 그의 오랜 버릇이었다. 지난 일요일, 불과 이틀 전. 'pm 2:00'와 'pm 6:00'가 검은색 펜으로 휘갈겨쓰여 있었다. 여섯시, 영등포 박사장과의 첫 만남이었다. 세일이 한창인 백화점 식당가에서 약속을 잡은 다소 엉뚱한 사내였다. 딸아이가 예술고등학교에 다닌다고 했었지. 아내가 유지를 입학시키고 싶다던 학교다. 일요일 저녁이 너무도 아득하게 느껴졌다. 그는 긴 탄식을 내뱉었다. 두 번의 밤이 피투성이의 모습으로 소리 죽여 왔다 갔다. 그러고 보니 그날 사내에게서 받은 쇼핑백이 아직 골프가방 안에 들어 있었다.

골프채와 공을 수납하는 캐디백과 옷가지를 보관하는 보스턴백은 한 세트로, 미국 캘러웨이사의 제품이었다. 전국 골프숍이나 백화점 등지에서 하루에 수십 개씩 팔려나가는 흔한 모델이었다. 상호는 보스턴가방의 지퍼를 열었다. 교보문고와 현대백화점의 쇼핑봉투가 반쯤 포개진 채 누워 있었다. 그는 백화점 쇼핑백을 손에 들고서 입구에 길게 붙은 스카치테이프를 커터 칼로 뜯었다. 안에서 나온 것은 직사각형의 초록빛 종이상자였다. USB를 넣기에는 지나치게 컸다. 박스 뚜껑 한복판에 악어 모양의 로고가 익살맞게 박혀 있었다. 평소였다면 별난 놈이 다 있다며 픽 웃었을 것이다. 그러나 지금은 웃음이 나오지 않았다. 느낌이 안 좋았다. 그는 덮개를 거칠게 벗겨냈다. 거기 들었으리라고 누구나 짐작할 수 있는 물건이, 천연덕스레 거기 있었다.

목 부분에 단추 세 개가 쪽 달려 있는 긴팔 피케셔츠. 웬만한 성인 남자의 옷장 속에 한두 개씩은 개켜져 들어 있을 만한 품목이었다. 면티는 흰색이었고 105사이즈였다. 상호에게는 품이 약간 낙낙하게 맞을 터였다. 아래 덧대어진 두꺼운 도화지를 빼내고 옷을 거꾸로 들어 탁탁 털어보았다. 몇 올의 먼지가 흩날렸다. 그밖에는 아무것도 들어 있지 않았다. 그는 핏발 선 눈동자로 악어 새끼를 노려보았다. 누구의 장난인가. 누가 파놓은 미로인가. 영등포 박사장에 대해 그가 알고 있는 것은 전화번호 하나뿐이었다. 그는 손가락을 떨지 않으려 애쓰며 전화기 버튼을 눌렀다. 존재하지 않는 번호라는 안내음이 흘러나왔다. 박사장을 소개해준 이는 한선생이었다.

"고객의 사정에 의해 당분간 착신이 금지되었습니다."

한선생도 사라졌다. 눈앞이 어른어른했다. 그는 사무실 밖으로 뛰쳐나갔다. 문을 쾅 닫는 순간 케이앤케이 통상의 투명한 아크릴 명판이 아주 조금 흔들렸다.

"어떻게 됐어?"

강의 얼굴을 보자마자 그는 신음처럼 질문을 뱉어냈다. 강은 "아직도 연락 안 왔어요?"라고 되물어 그를 망연자실케 했다. 고깃집에서 강은 생등심이나 차돌박이가 아니라 굳이 물냉면을 먹겠다고 했다. 상호는 물냉면 두 그릇과 소주 한 병을 주문했다.

"알아보겠다고 했잖아?"

상호의 목소리가 어쩔 수 없이 떨려서 나왔다. 강이 주먹으로 제 머리통을 톡톡 두드렸다.

"그게요, 형님. 좀 복잡한데 말입니다. 그 어디냐 안양인가에서 얼마 전에 여자애들이 사라진 사건이 있다면서요? 그거 때문인지 요즘 경찰이 이쪽으로 아주 예민하다더라고요."

강이 미간을 양껏 찌푸리며 상호의 잔에 소주를 따랐다. 강에게 도 아이들이 있었다. 큰애는 딸이었고, 그 밑으로는 아들 쌍둥이였 다. 재작년쯤엔가 쌍둥이 애들의 돌이라는 소식에 봉투를 만들어주 었던 기억이 났다. 상호는 술을 한입에 털어넣었다. 불타는 유리조 각을 갈아 삼킨 듯 목구멍이 홧홧하게 타올랐다. 상호는 지금 자신 에게 벌어지고 있는 일들을 두서없이 이야기했다. 아이의 실종과, 박사장이라는 수상한 자 사이에 무슨 관련이 있는 건지 답답해 미 치겠다고 말했다.

"참, 혹시 한선생 연락돼?"

"부산 한선생님 말씀이세요?"

강이 의아해하는 음성으로 되물었다. 그럴 만했다. 한선생은 부 산, 강은 상해. 서울의 김상호를 중심에 놓고 느슨하게 연결돼 있는 관계일 뿐이었다. 한선생이 주로 국내의 수요자문제를 총관리한다 면, 강은 상해를 중심으로 한 공급책을 맡고 있었다. 갑자기 연락이 안 된다는 그의 말을 듣고도 강은 대수롭잖다는 반응이었다.

"전화기야 무슨 사정이 있으시겠죠. 아니면 미국이라도 가시지 않았을까요? 텍사스 아드님 댁이라든가."

한선생의 사생활은 베일에 가려져 있었다. 이혼했다는 소문을 들은 적이 있었으나 본인이 먼저 나서서 확인해준 적은 없었다. 다만 생각보다 장성한 아들이 미국 어딘가에서 뿌리내리고 살고 있다는 것은 지나가는 말처럼 한 적이 있었다. 거기가 텍사스였나. 그러나 지금 김상호에게는 그 문제에 대해 생각을 더 진전시킬 만한 여력이 없었다.

"형수님이 힘드시겠네요."

그는 애엄마가 얼마나 고통스러워하고 있는지 말했다. 자신의 고통이 얼마나 깊고 깊은지는 말하지 않았다.

"안 되겠어. 아무래도 일단 신고를 해야지."

그것은 스스로를 향한 결의처럼 들렸다.

"잠깐만요."

듣고 있던 강이 입을 열었다.

"그러니까 아이가 없어진 게 일요일. 그 박사장인가를 만난 것도 일요일. 맞지요?"

상호는 고개를 끄덕였다.

"정리해보자고요. 형님이 집을 나온 시간이 일요일 점심. 나와서 바로 저를 만나셨잖아요. 그러곤 뒤이어서 박사장을? 좋아요. 어쨌든 식구들 중에서 아이를 가장 마지막으로 본 거, 맞지요?"

김상호는 도무지 헤아리지 못할 강의 눈동자를 멀거니 바라보고 있었다.

"경찰에 신고를 한다고 쳐요. 자, 가서 뭐라 그러실 건데요? 애가 없어진 그 시간에 누구를, 왜 만나고 있었다고. 그날 하루 종일의 알리바이를 대체 어떻게."

상호는 잠자코 두번째 술잔을 입안에 부었다. 강이 소주잔에 손
도 대지 않은 채 말을 이었다.

"형님, 저도 짧지만 거기 있어봤어요. 그 바닥 어떤지 환히 알아
요. 애가 없어졌다? 그럼 경찰이 뭘 먼저 할 거 같으세요? 차라리 언
놈이 나서서 내가 데리고 있으니 모월 모일까지 얼마를 내놔라, 이
러면 쉬울지도 몰라요. 근데 아무 건더기도 없으면 해골 무지하게
복잡해지거든요. 걔들, 못 찾아요."

못 찾아요. 못 찾아요. 강의 마지막 말이 메아리처럼 귓전을 울
렸다.

"제대로 찾지도 못하면서 뭘 하는 줄 아세요? 부모만 죽어라 쫘
댄다고요. 뭐 사실 걔들도 괜히 그러는 게 아녜요. 실제로 고만한
아이가 걸려 있는 사건 결과들을 보면요, 대부분이 다 가족 내부 문
제거든요. 안 믿어지시죠? 근데 사실이에요. 부모가 개입된 경우가
허다한 게 사실이에요. 그러니 경찰은 또 거기 맞춰서 이쪽만 볶아
대고. 이놈의 세상사, 참 별의별 일 많아요."

강이 떠드는 소리가 윙윙댔다. 아무리 마셔도 취기가 오르지 않
았다. 상호는 안주 대신 아랫입술을 질겅질겅 씹었다.

8장 열세 개의 창이 달린 집

　남자는 먼저 근처 부동산중개소에 들렀다.

　진회색 폴로 스웨터 위에 검정색 패딩점퍼를 걸친 차림이었다. 이 동네에서 대낮에 정장을 입고 다니는 삼십대 남자는 근처 증권회사나 수입자동차매장의 영업사원들뿐이었다. 부동산중개사는 젊은 여자였다. 목 끝까지 블라우스 단추를 꽉 채우고 도수 높지 않은 날렵한 뿔테안경을 걸친 품이, 열정적인 커리어우먼의 분위기를 풍기고 싶어 안달하는 것처럼 느껴졌다. 그는 이런 느낌을 풍기는 또래 여자를 보면 괜스레 심사가 뒤틀리곤 했다.

　"집 좀 나온 게 있나요? 효성빌라나 삼창빌라쯤에요."

　곧바로 본론으로 들어갈 때가 있고 살짝 돌아가는 길을 택할 때가 있다. 오늘은 후자였다.

　"매매 말씀이신가요?"

　여자가 다소 깐깐하게 물어왔다. 역시 재수없는 스타일이었다.

　"그렇죠."

그는 당연한 걸 왜 묻느냐는 투로 대답했다. 여자는 처음보다는 좀 친절해진 태도로 그를 소파에 앉히고는 이런저런 매물 정보를 알려주었다. 효성에 급매물이 하나 나왔는데 로열층은 아니지만 향이나 전망이 최고라서 눈독 들이는 손님들이 많다, 당신이 말한 두 곳 외에 어디어디에도 괜찮은 매물이 있는데 투자가치로 따지면 이쪽이 훨씬 낫다, 라는 식이었다. 그는 지나가는 말처럼 물었다.

"하이밸리는 어때요?"

김유지의 가족이 사는 한 동짜리 빌라였다. 중견 건설업체에서 지은 12층 건물로, 한 층에 두 집씩 총 스물네 가구가 살았다.

"아, 거기는 규모가 작기도 하고 내부가 복층구조여서요. 장기적으로 볼 때 권해드리기가 아무래도 좀 어렵죠."

가격이 오를 가능성이 별로 없다는 뜻인 것 같았다.

"그런 거는 크게 관심 없어요. 집이 살기 편하면 되지 않나?"

남자가 심드렁하게 대꾸하자 여자는 금세 표정을 바꾸었다.

"또 워낙 세대수가 작아서 물건이 거의 나오지도 않고요."

"지금도 없어요?"

여자가 컴퓨터 앞으로 가서 등록리스트를 살펴봐주었다. 그는 창밖으로 눈을 던지면서 덧붙였다.

"초대받아서 한번 가봤는데, 호젓하니 괜찮더라고요."

하이밸리는 매매와 전세를 통틀어 부동산에 내놓은 집이 하나도 없다고 했다. 요즘에는 주변 중개소끼리 정보를 공유하기 때문에 여기 없으면 다른 데도 없을 터였다. 미리 내부를 보아두고 싶었는데 아쉬웠다.

"아이 키우기에는 그래도 이 동네 나쁘지 않죠?"

"어머, 그럼요."

여자가 반색을 했다.

"여기만한 데가 강남에 없죠. 학군이 문제가 아니라 환경 자체가 참 좋아요. 뭐랄까, 예술적이에요. 요 너머에 바로 서울프랑스학교도 있잖아요."

갑자기 수다스러워진 여자를 보면서 그는 예술적인 것과 프랑스학교가 있다는 게 무슨 상관일까 잠시 생각하다가 그만두었다.

"아이가 몇살이에요?"

허를 찌르는 질문이었다. 그는 천천히 대답했다.

"올해 열한 살이 되었습니다."

"어머, 크다. 근데 외모가 그렇게 안 보이세요. 관리 너무 잘하셨나봐."

여자가 호들갑을 떨었다. 첫인상과 달리 원래 성격이 그런 것 같았다. 그러고 보니 앞니에 분홍색 루주 찌꺼기가 묻어 있었다. 그는 반성했다. 공연한 선입견 때문에 오판했다. 오직 객관적 사실만을 믿어야 했다. 의지할 대상은 팩트뿐이었다. 주관적 감정을 개입시켜 한 인간을 판단하면 자칫 치명적인 결과로 이어질 가능성이 있었다. 위험하다는 걸 잘 알면서도 좀처럼 고치지 못하는 습성이었다. 그는 자리에서 일어섰다. 오늘은 하이밸리의 평당 추정시세를 알아본 정도로 만족해야 했다. 더 생각해본 뒤에 연락하겠다고 말하자, 여자는 이름과 전화번호를 하나 적어달라고 했다. 그는 손 가는 대로 열 개의 숫자를 아무렇게나 휘갈기고, 그 옆에 문철수라고 썼다.

그가 사용하는 스무남은 개의 이름 중 하나였다.

남자의 본명은 문영광이었다. 영화로울 영(榮)에 빛날 광(光). 빛나고 아름다운 영예. 교회 장로였던 친할아버지가 지은 이름이었다. 큰아들의 아들에게 무조건 그 이름을 붙이겠다고 일찌감치 정해두었던 노인은 그러나 큰며느리가 첫아이를 임신하기도 전에 죽었다. 대장암 말기였다. 부친의 병세가 위독해지자 결혼을 서둘렀던 장남은 연이어 딸 둘을 낳고서야 사내아이를 가지게 되었다. 그리고 선친의 유지를 받들어, 갓난아기의 출생신고서에 '문영광'이라고 적었다. 영광으로 살아야 하는 당사자로서는 좀체 납득하기 힘든 이야기였다. 그는 자신의 이름을 좋아하지 않았다. 버겁고 우스꽝스럽다고 생각했다.

미국인들은 그 이름을 제대로 발음하지 못했다. 영—코아양. 영광이 영광 아닌 것으로 부서질 때 그는 묘한 쾌감을 느꼈다. 미국에서 알게 된 사람들은 대개 그의 라스트 네임을 따 '문'이라고 불렀다. 무운. 길게 늘어지는 발음이었다. 이름에 달이 들어 있다니 'so beautiful'이라고 말한 여자도 있었다. 시애틀에서 어학연수 할 때 만났던 일본 여대생이었는데, 그녀는 나중에 기숙사에서 수면제를 과다복용한 상태로 발견되었다. 밝고 단순한 성격의 여학생이 왜 그런 선택을 했을까 모두들 의아해했지만 영광은 이유를 알고 있었다. 그가 다른 한국 남자들에게, 적국의 땅에 태극기를 꽂았으니 나는 애국자, 라고 말한 것이 그녀 귀에 들어갔기 때문이었다. 여학생은 죽지는 않았지만 랭귀지스쿨을 그만두고 오사카의 고향집으로 돌아갔다. 진심에서 한 말이 아니었다고, 그저 객기일 뿐이었다고 사과할 기회는 갖지 못했다. 기회가 있었대도 하지 못했겠지만. 그때부터 영광은 여자란 몹시도 피곤한 존재라고 여기기 시작했다.

"오빠 영어 이름, 왜 제임스 문이야?"

그렇게 물었던 건 LA에서 탐정회사의 조수로 일할 때 사귀던 한국 여자였다.

"그냥."

그는 무뚝뚝하게 대답했다. 사실이었다. 여자는 마땅히 'Honor'나 'Glory'로 했어야 하지 않느냐며 재잘댔다.

"글로리 문! 와, 좀 있어 보이는데. 난 그렇게 부를래. 글로리, 글로리."

그 여자는 그전부터 쓸데없는 걸로 자주 깐족거리는 버릇이 있었다.

"하지 마라."

"무섭게 왜 그래. 남자가 별것도 아닌 걸로."

그때 그의 보스는 이민국의 의뢰를 받은 프로젝트에 참여하고 있었다. 관광비자로 미국에 들어와 유흥업소에서 일하는 한국인들을 추적하는 작업이었다. 전문브로커가 위조한 서류로 비자를 발급받아 입국한 뒤 한인 상대 룸살롱에서 일하는 여자들. 바로 그녀 같은 여자들이었다. 그는 여자가 출근하는 모습을 담은 비디오테이프와, 대화가 녹음된 보이스리코더를 증거품으로 회사에 제출했다. 뭐든 닥치는 대로 입에 넣어야만 하던 시기가 지나고 슬슬 안정이 돼가던 때였다. 그녀를 진심으로 사랑했다면 무언가 달라졌을까. 장담할 수 없었다. 공과 사는 엄격히 구분되어야만 했다. 그런 원칙을 확고히 세워두지 않으면 뿌리부터 흔들리는 일이었다. 그후 여자가 강제추방됐는지 어땠는지는 확인하지 않았다. 정확하고 신속하게, 그리고 미련 없이. 그것만이 그의 모토였다.

2월의 서울 하늘은 꾸무럭했다. 영광은 희뿌연 스카이라인을 바라보았다. 머잖아 봄이라는 게 믿기 어려운 날씨였다. 그는 큰길까지 천천히 걸어나왔다. 허공을 가로질러 육교가 놓여 있었다. 육교 계단을 오르기 전에 크게 심호흡을 했다. 답답증은 사라지지 않았다. 육교 위에서 발을 멈추고 아래를 내려다보았다. 네모반듯하게 딱딱 정리된 강남 거리는 다 거기가 거기 같았다. 그 한복판에 서면 어쩐지 머쓱한 기분이 들곤 했다. 이곳에서 나고 자란 아이는 그렇게 느끼지 않을 것이다. 그는 품안에서 의뢰인이 건네준 아이의 사진을 꺼냈다. 여름휴가철, 고속도로 휴게소에서 찍은 모양이었다. 아이는 머리칼을 포니테일로 묶고 분홍색 반팔 티셔츠를 입고 있었다. 눈에 띌 만한 특징이 없는 얼굴이었다. 오래 들여다볼수록 이목구비가 오목조목하니 귀염성 있는 인상이었지만, 그런 식의 가치판단은 그의 역할이 아니었다. 정확하고 신속하게 그리고 미련 없이, 이제 맡은 일을 시작할 차례였다.

고객은 어젯밤 늦게 찾아왔다. 아홉시 뉴스가 거의 끝나갈 무렵이었다. 그는 입고 있던 트렁크팬티 위에 청바지를 덧입으면서 자신이 한국에 와 있다는 사실을 새삼 실감했다. 한국인들 대부분은 약속시간 같은 것을 도무지 존중할 줄 모른다.

"오후에 오시기로 한 분 맞습니까?"

평소보다 좀더 사무적인 어투를 사용했다. 당신의 무례 때문에 내가 기분이 상했다, 라는 의사를 전달하고 싶어서였다.

"삼번 출구로 나와서 십오 미터쯤 오시면 커피빈이 있습니다."

상대가 어떤 교통편으로 오는지 모르지만 전화에 대고 그렇게 말했다. 기선을 잡히는 것보다는 잡는 것이 여러모로 편했다. 숙소의 1층 로비에도 작은 커피숍이 있었지만 거기서는 한 번도 손님을 만난 적이 없었다. 그는 시내의 서비스 레지던스에 스튜디오 형태의 방 하나를 장기임대해 묵고 있었다. 넓지 않은 공간은 더블베드와 책상으로 꽉 찼다. 한구석에는 이민가방이 그대로 세워져 있었다. 그래도 메이드가 매일 간단한 청소를 해주었으며 침대 시트도 자주 갈아주었다. 공동으로 이용하는 코인 세탁방과 DVD룸이 있었고, 방에서 노트북을 쓸 수도 있었다. 영광은 현재의 생활에 만족했다. 언제든 제 발로 떠날 수 있는 곳에 머물고 있다는 느낌이 그에게 안도감을 주었다. 빼도 박도 못하고 한 곳에 꼼짝없이 붙들려 있다는 절망감만큼 끔찍한 건 또 없을 거였다.

그는 느적느적 밤거리를 걸어 커피빈에 도착했다. 테이블이 반쯤 차 있었다. 붐비지도, 한산하지도 않았다. 그가 이곳을 선호하는 이유였다. 주문대 앞으로 가며 사방을 슬쩍 둘러보았다. 온통 평온해 뵈는 얼굴들뿐이었다. 오늘의 고객은 아직 도착하지 않았다. 지푸라기라도 잡고 싶을 만치 절박한 표정을 짓는 중년 사내는 어디에도 없었다. 영광은 따뜻한 코코아를 주문했다. 그는 카페인과 알코올, 니코틴을 입에 대지 않았다. 중독이란 그에게 하룻밤에 벌거벗은 미녀 열 명을 상대해야 하는 것과 비슷한 종류의 공포였다. 뜨겁고 달짝지근한 코코아를 한 모금 막 삼켰을 때, 남자 하나가 출입문을 열고 들어왔다.

윤기 흐르는 캐시미어코트는 휴고보스나 브룩스브라더스의 제품쯤으로 보였고 구두는 발리의 전통적인 디자인이었다. 낙타색 터틀넥 스웨터를 제외하곤 몸에 걸친 것이 모두 검정색이었으며 깨끗이 손질돼 있었다. 비교적 안정된 재정상태에 보수적인 성격, 그리고 세련된 취향의 아내를 가진 전형적인 사십대 남자의 모습이었다. 탈모가 진행되고 있지 않아 제 연배보다는 몇 살 아래로 보일 만했고, 본인도 그걸 의식하고 있는 듯 꽤 신경써 자른 헤어스타일을 하고 있었다. 그러나 축 늘어진 앞머리는 겨울날씨를 감안하더라도 최소 사나흘 이상 감지 못한 걸로 보였다. 의뢰인이 지금 얼마나 경황없는 상태인지를 단적으로 나타내주는 증거였다. 남자가 이쪽을 향해 걸어오는 십 초 동안 그의 머릿속이 자동으로 돌아갔다. 적어도, 사업에 관계된 의뢰는 아니라는 확신이 들었다.

"죄송합니다. 일찍 오려고 했는데."

남자는 정말로 미안해하고 있었다. 가까이서 보니 까칠한 피부에 채 깎지 못한 검푸른 수염이 삐죽삐죽했다. 그가 괜찮다고 하려는데 남자가 먼저 말을 가로챘다.

"아내가, 애엄마가, 쓰러져서요. 병원엘 급히 갔다 왔어요."

그러곤 덧붙였다.

"지금 사는 게 말이 아닙니다. ……살아 있는 게 아니에요."

그래서는 안 됐는데, 영광은 남자의 눈동자를 보고 말았다. 젖은 눈이었다. 생살이 서서히 썩어들어가고 있는, 깊게 고통스런 포유류의 눈. 그는 쉽지 않은 일에 말려들었음을 직감했다.

없어진 아이를 찾는 것은 그의 전문분야가 아니었다. 그는 주로 기업체를 위해 일해왔다. 고유상표를 도용하는 업체를 찾아내고, 산업스파이로 의심되는 내부자를 추적하고, 가짜 교통사고를 낸 뒤 보험금을 타가려는 사기꾼을 적발하는 일. 그 일에 요구되는 최고의 덕목은 무엇보다 인내심이었다. 그는 기다리고, 기다리고, 또 기다렸다. 지독한 낚시꾼처럼 목표물을 뚫어져라 응시하며 끈질기게 기다리다보면 꿈틀 찌가 움직이는 순간이 온다. 놈이 무심코 미끼를 무는 순간, 바로 그때다.

그러나 이것은 그런 종류의 노력으로 해결되는 문제가 아니었다. 그는 우선 노트를 펼쳤다.

"이름이 뭡니까?"

"네?"

"아이 말입니다."

"아, 김, 유, 지입니다."

영광은 텅 빈 페이지의 맨 위에 그 이름을 썼다. 그 옆에 영어로 project라는 단어를 붙였다. '김유지 project'. 오른쪽으로 갈수록 글자들이 조금씩 삐뚜름해졌다. 남자가 그제야 생각났다는 듯 명함지갑을 꺼냈다. 몽블랑의 푸른색 로고가 한구석에 작게 박힌 제품이었다. '케이앤케이 통상 대표 김상호'. 하단의 사무실 주소가 강남의 오피스텔 한 칸으로 돼 있는 걸로 보아 소규모 오퍼상인 듯했다. 이 사내의 외양에서 풍겨나는 자연스럽게 여유로운 분위기와 뭔가 미묘하게 어긋나는 느낌이 들었다. 영광은 속으로 체크했다. 의뢰인의 재정상태를 파악할 것.

김상호라 불리는 사내도 맞교환한 영광의 명함을 물끄러미 들여다보고 있었다. 표정의 변화는 없었다. 영광의 명함은 단순했다. 'P. I. A—JAMES MOON'. 그 밑에 휴대전화 번호와 이메일 주소가 전부였다. 명함을 받고 나서 "그런데 피아이에이가 뭔가요?"라고 묻는 이는 열에 예닐곱 정도였다. 그러면 그는 가능한 진지한 눈빛으로 "프라이빗 인베스티게이션 어드미니스트레이터(Private Investigation Administrator)입니다"라고 대답했다. 대답을 들은 대부분은 "아, 네에"라는 반응을 보이곤 했다. 재차 "그래서 그게 뭔데요?"라고 다그쳐 묻는 사람은 그중 절반도 안 되었다. 그런 사람에게는 적당히 위엄 있는 목소리로 "어떤 범죄사건에 대해서 민간 차원의 조사를 하는 일입니다"라고 설명했다. 명함에 제 증명사진을 박아넣거나 조잡한 캐리커처를 그려넣는 동종업계 종사자들도 있었다. 한때 발을 걸쳐놓은 적 있는 각종 시시껄렁한 직함들을 주절주절 늘어놓거나, 심지어 제 이름 앞에 '명탐정'이라고 칭해놓은 경우도 있었다. 그가 경멸해 마지않는 인간형이었다. 권위는 스스로의 힘으로 만드는 거라고 영광은 굳게 믿었다.

"실종입니까? 아니면 납치?"

맞은편의 남자가 고개를 들었다. 영광은 방금 자신이 뱉은 단어가 상대에게 충격을 주었다는 사실을 깨달았다. 타인의 입을 통해 확인할 때, 현실의 고통은 더 가혹하게 일깨워지는 법이었다.

"아직, 잘 모르겠습니다."

"아무 연락도 없었군요. 어떤 식으로든."

"……네."

"좋습니다. 경찰은 뭐라던가요?"

"알리지 않았습니다. 그쪽에는."

영광은 자세를 바꾸어 앉았다.

"일을 크게 벌이고 싶지 않고, 또……"

김상호가 천천히 말을 이었다. 작지만 단호한 음성이었다.

"사정이 좀 있습니다."

아이를 잃은 부모의 특징은 물불을 가리지 않는다는 것이었다. 아이를 되찾을 수 있는, 아니 아이의 생사를 알 수 있는 실낱만한 가능성이 있다면 그들은 무엇이든 다 한다. 대부분은 먼저 거리로 뛰쳐나간다. 아이 사진이 큼지막하게 들어간 전단지를 인쇄하여 명동이나 서울역 광장 같은 곳에 뿌린다. 아이의 얼굴이 실릴 수 있는 곳이라면 우윳곽 뒷면이든 담뱃갑 뒷면이든 그저 감사한다. 단 한 명이라도, 내 새끼를 알아보고 연락해오기만을 간절히 바라고 기도한다. 그렇게 시간이 속절없이 흐른 뒤, 세간의 관심이 사라지고 경찰의 수사가 지지부진해지고 나서야 깊은 절망 속에서 다른 대책을 강구한다. 그리고 이런 곳을 찾아와야겠다는 결심을 한다. 그런데 지금 이 남자는 어떤가. 일을 거꾸로 진행시키려 하고 있다. 영광은 생각하고 있던 착수금 액수를 세 배 올려 불렀다.

이름 : 김유지

생년월일 : 1998년 8월 5일

키 : 140~141cm

몸무게 : 37~38kg

작은 여자아이 하나가 사라졌다. 일반적인 경우, 크게 두 가지 가능성으로 압축해볼 수 있었다. 소아성애자의 납치, 아니면 금전을 요구하려는 유괴. 물론 앞의 두 가능성들에 비해 높은 확률은 아니지만, 뺑소니 범죄의 희생양이 됐을 수도 있다. 인간이 사는 세상은 의외로 그다지 복잡하지 않다. 영광은 김상호로부터 건네받은 기록을 계속 읽어나갔다.

실종 혹은 납치 당시 입었던 의복과 소지품 : 모자 달린 아이보리색 반코트, 연회색 모직 원피스, 도트무늬 목도리, 분홍색 어그 부츠 착용(추정)
실종 혹은 납치 장소 : 모름
실종 혹은 납치 시간 : 2월 24일 일요일 오후 두시 전후(확실치 않음)
가족관계 : 부 김상호(만47세), 모 진옥영(만40세), 언니 김은성(만24세), 오빠 김혜성(만20세)

영광은 이 대목을 오래 들여다보았다. 선입견을 가지는 것은 옳지 않다. 일을 하면서는, 절대로 그래선 안 되었다. 그러나 이런 가계도를 보고서 의문을 품지 않는다면 그 또한 직무유기에 해당할 터였다. 바로 윗형제와 열 살 차이나는 막내라니. 아마도 위의 두 자녀는 지난 결혼에서 낳은 아이들일 것이다. '언니 김은성(만24세), 오빠 김혜성(만20세)'. 영광은 그 부분에 빨간색 펜으로 밑줄을 치고,

'이복'이라는 단어를 추가해 넣었다. 김상호의 아내이자 김유지의 생모인 진옥영이라는 여자가 초혼인지는 명확지 않았다. 어쩌면 김유지는 진옥영이 이전 결혼에서 낳은 아이일지도 모른다. 그는 또 한번 체크했다. 의뢰인의 가족 내 문제를 파악할 것.

납치든 유괴든, 이런 케이스에서는 초기대응이 가장 중요하다고 일컬어지고 있었다. 아동 실종사건이 미디어에 노출될 때면 경찰의 초기대응이 미흡했음을 질타하는 논평이 으레 따라붙곤 했다. 나름 대로 일리 있는 소리였다. 명백한 범죄의 의도를 띤 범인이 존재한 다면 대부분의 경우 '일'은 첫날 아니면 이튿날 이미 저질러진다. 실종이, 한 범죄사건의 주요 쟁점이 아니라 다만 그 결과일 때가 많다는 뜻이었다.

김유지가 실종된 지 나흘째였다. 만약 금품을 노린 자의 단순유괴라면, 그동안 협박전화 한 통 오지 않았다는 건 상식적으로 납득하기 힘들었다. 그렇다면. 그는 잠시 이맛살을 찡그렸다 폈다. 여하튼 아이 아버지에게는 유괴범으로부터 전화가 걸려올 수 있으니 언제나 식구 한 명은 반드시 집 전화기 앞에 대기하라고 일러두었다. 절망보다야 희망이 유용한 법이었다. 그는 최선을 다해볼 작정이었다. 두둑한 착수금을 받았으니 그것이 직업적 도리였다.

수사의 기본은 현장을 꼼꼼히 살피는 것에서부터 출발한다. 극심한 탈진과 탈수증세를 보이던 김상호의 아내가 병원에서 하룻밤을 보내자마자 서둘러 집으로 돌아왔다고 했다. 김상호가 집 앞 큰길까지 나와서 그를 기다렸다. 의뢰인은 어제와 똑같은 차림이었다. 양말조차 갈아신지 못했을 거라고 짐작됐다. 커피숍 조명 아래서 봤을 때보다 훨씬 초췌했다. 남자는 길 옆에 세워둔 은색 자동차로 다가갔다. 아우디A6 모델이었다.

"잠깐만 타시죠."

가죽시트는 차가웠다. 김상호가 차의 시동을 켜고 엔진을 공회전시켰다.

"동네가 참 좋습니다."

영광이 먼저 입을 열었다. 자신이 아까 점심 무렵 이곳을 다녀갔다는 사실은 말하지 않았다.

"예, 뭐 이냥저냥 살 만합니다."

"근데 길에 애들이 안 보여요. 뛰노는 애들도 없고, 걸어다니는 애들도 없고."

"그런가요. 요즘에는 학원에서들 버스 같은 것도 보내주고 그러니까."

김상호가 자신 없는 목소리로 대답했다.

"저, 문선생."

남자가 나지막하게 그를 불렀다.

"집에다가는 경찰에서 온다고 말해놨습니다."

남자는 그에게 경찰 신분을 가장하라는 요구를 하고 있었다. 말문이 막히는 부탁이었다. 양심의 문제가 아니라 실존적 측면에서 그랬다. 그것은 사칭이었으며, 법의 테두리 너머에서 얼쩡거릴 수밖에 없는 제 위치를 새삼 자각하도록 하는 것이었다.

"문선생이 일부러 말할 필요는 없어요. 그저 집사람은 그렇게 알고 있으니까, 그냥 그렇게 알도록 놔두자는 거지요."

"……쉬운 일은 아니군요."

영광은 잠시 틈을 두었다.

"제가 알고는 있어야 할 것 같습니다. 이유가 뭡니까?"

지극히 당연한 물음이었다. 실제로 그는 납득해야만 몸을 움직일 수 있는 인간이었다.

"특별한 이유는 없습니다. 그게 편할 것 같아서요. 음, 그러니까, 괜히 상황을 복잡하게 만들지 않기 위해서예요."

영광은 고개를 옆으로 돌려 의뢰인을 쳐다보았다. 이 남자야말로 상황을 복잡하게 만들고 있는 장본인이었다.

"이따 보시면 알겠지만, 집사람은 뭐랄까, 천상 여자 같은 사람입니다. 여리고 예민해요. 길이 막힌다 싶어도 딴길로 돌아갈 줄을 모르죠. 여자들이 대개 그렇잖습니까."

김상호는 영광의 눈을 마주 보지 않은 채 말을 이었다.

"어설픈 형사들 열 놈보다 문선생 하나가 낫다는 걸 이해시켜야 하는데, 아시다시피 지금은 그런 데다 에너지를 쓸 형편도 아니고."

"무슨 말씀인지 알겠습니다."

그는 김상호의 말을 거기서 끊었다. 어차피 이 사내는 깊숙한 곳의 진심을 드러낼 작정이 아니었다.

"좋습니다. 그렇게 하지요."

"이해해주셔서 고맙습니다."

"그렇지만 앞으로는,"

영광은 단호한 표정을 지었다. 이럴 때 자신의 인상이 매섭게 바뀐다는 사실을 그는 잘 알고 있었다.

"뭐든 서로 클리어하게 진행했으면 합니다. 쉽지만은 않은 길일 텐데 안 그러면 서로 더 힘들어집니다. 다른 데 신경쓰지 않도록 해주세요. 아이를, 찾아야지요."

마지막 문장에 힘을 주어 말했다. 옆자리의 남자가 천천히 고개를 끄덕여 보였다. 남자는 곧 차를 출발시켰다. 차창 밖의 거리가 흐릿했다. 빛과 어둠이 몸을 바꾸는 시간이었다. 어딘가 먼 곳에서 앰뷸런스의 사이렌 소리 같은 것이 들려왔다. 김상호 가족이 사는 빌라는 약 이백 미터 전방에 있었다. 자동차가 지하주차장 입구로 들어서자 차단기가 저절로 열렸다. 자동차 앞유리에 부착된 RF카드 때문이었다. 지하주차장은 넓고 한산한 편이었다. 차를 세우고 엘리베이터 호출버튼을 누르는 데까지는 삼사 분이 채 안 걸렸다. 엘리베이터 천장에는 돔카메라 CCTV가 설치돼 있었다.

"상당히 조용하군요."

"그런 편입니다. 워낙 세대수가 얼마 안 돼서."

"경비실은 1층에만 있습니까?"

"예."

"경비원은 뭐라던가요?"

김상호가 한숨을 내쉬었다.

"대답이야 뻔하죠. 무책임한 족속들."

방배동 서래마을 하이밸리의 경비원은 총 세 명이며, 이틀에 삼교대 형태로 한 사람씩 근무한다고 했다. 입주자들 각각이 보안카드를 가지고 다니는 시스템이었으므로 경비원의 임무가 그다지 많지는 않았다. 입주민의 택배물건을 맡아주거나 쓰레기 분리수거함을 관리하고 야간에 지하주차장을 한두 바퀴 순찰하는 것 말고는 하는 일이 전혀 없다는 게 김상호의 주장이었다.

"그러면서 관리비 꼬박꼬박 받아가고, 지들은 탱탱 놀면서 월급 타가고 말예요."

그는 진정 분통이 터지는 모양이었다.

"그날 저녁에 교대한 영감은 애 나가는 걸 못 봤다고 하더라고요. 자기가 일곱시 넘어서부터 있었는데 확실하다고."

낮시간에 근무했던 경비원과는 다음날 오전에야 연락이 닿았다. 그는 "12층 애기가 나간 거 같기는 헌데, 아니 5층 애기였나. 둘이 비슷하게 생겨서 말이쥬"라고 어물쩍거려서 김상호의 분노를 샀다.

"똑바로 기억해보라고, 안 그럼 가만 안 둔다고 하니까 조금씩 말이 바뀌더라고요. 결국엔 우리 애 나가는 거 봤대요. 오후에 우리 유지 혼자 나갔다고."

경비원의 증언은 보안업체가 확인해준 영상파일을 통해 사실로 입증되었다. 일요일 오후 세시 십오분경, 아이는 엘리베이터를 탔다. 그게 마지막이었다. 그리고 돌아오지 않았다.

복도 바닥에는 흑갈색 대리석이 깔려 있었다. 널찍한 복도를 사이에 두고 두 집이 마주 보고 있는 구조였다. 초인종을 누르지도 않았는데 문이 휙 열렸다. 가는 실루엣의 여자였다. 화장기 없는 피부와 고요한 표정 때문일까, 그녀는 슬픔에 잠긴 소년처럼 보였다.

거실은 모노톤으로 꾸며졌다. 한눈에도 고급스러워 보이는 오 인용 가죽소파세트는 단정한 검정색이었고, 그 앞에는 낮은 키의 유리 테이블이 새침하게 놓여 있었다. 한쪽 벽에는 몇 개의 선으로만 이루어진 추상화 한 점이, 그 맞은편 벽에는 대형 벽걸이 LCD TV가 걸려 있었다. 조금쯤 덜 채워진 듯 심심하면서도 간소한 인테리어가 세련됐다는 인상을 주었다. 전적으로 안주인의 취향인 것 같았다.

영광은 김상호의 아내와 정식으로 인사를 나누었다. 그는 공손하게 "안녕하십니까?"라고 했는데, 그 습관적인 인사말을 입밖에 내는 순간 좀 당황했다. 본의 아닌 실수였다. 안녕, 안녕이라니. 며칠간 제 자식의 생사도 모른 채 간신히 삶을 지탱하고 있는 여자에게 더이상 잔인할 수 없는 물음이었다.

"내가 말했지. 문형사님이야."

영광은 터져나오는 헛기침을 참았다. 이것은 명백한 약속 위반이었다. 실종된 아이의 엄마이자, 윤리감각에 치명적 문제를 지닌 사내의 아내가 방금 형사로 소개된 영광을 향해 말없이 고개를 숙였다. 핏기라고는 없는 얼굴이었다. 얇은 니트 원피스가 몸매의 굴곡을 드러냈다. 전체적으로 길쭉하고 마른 듯이 보이지만, 은근히 글래머러스한 체형이었다. 이런 여자를 데리고 이런 집에 사는 건 어떤 기분일까. 시답잖은 궁금증이 스치고 지났다. 좋을까. 아마도. 영광은 소파 한 끝에 엉덩이를 붙였다. 주스나 커피 같은 것은 아무도 내오지 않았다. 그는 먼저 몇 가지 기본사항을 확인했다. 이미 아이 아버지에게 들어서 알고 있는 것들이었다. 여자는 낮은 음성으로 비교적 차분히 진술했다. 가까이서 보니 입술이 죄 부르터 있었다.

"올해 들어선 키를 잰 적이 없지만 가을보다 조금 더 자랐어요. 한 이삼 센티쯤. 딱 맞았던 티셔츠의 소매가 짤막해졌거든요. 네, 맞아요. 그 코트랑 원피스. 두 벌 다 이번 겨울 시작할 때, 11월 말쯤에 신세계백화점에서 샀어요. 브랜드는 버버리칠드런이에요. 영수증 아직 있어요. 부츠는 미국 사는 아이 큰이모가 재작년에 선물한 건데, 그 동안 사이즈가 안 맞아서 못 신다가 올해부터 신기 시작했어요. 아이들 많이 신는 어그, 핑크색이고요."

처음 듣는 브랜드 이름들을 그는 꼼꼼히 받아적었다.

"여섯 살 때 폐렴을 심하게 앓았어요. 병원에, 성모병원 소아과요, 일주일가량 입원했었고 그뒤론 그만큼 크게 아픈 적은 없어요. 다른 애들에 비해 잔병치레가 적은 편은 아니고, 피곤하면 편도선이 부어요. 일 년에 두 번 정도 환절기에는 목감기에 걸리고요. 심하지는 않지만 아토피 증세도 약간 있어요. 지난달부터 한약을 하루 두 번씩 먹고 있어요. 한의원 이름 알려드릴까요?"

한마디 한마디가 절절했다. 여자는 아이에 관한 모든 것을 다 기억하고 있는 듯했다. 그럴 수만 있다면 제가 아는 모든 것을 고스란히 쏟아낼 태세였다. 혹여 요긴한 힌트를 빠뜨리기라도 할까봐서 여자는 한숨쉬는 순간조차 아끼고 있었다. 어쩌면 그녀는 지금 가슴속에 속수무책으로 휘몰아치는 절망의 눈보라를 피하기 위해 안간힘쓰고 있는 중인지도 몰랐다.

"머리에 가마가 두 개예요. 오른쪽 팔꿈치 뒤쪽에는 갈색 점이 있고요. 십원짜리 동전보다 조금 작을 거예요. 그리고 삼십 개월쯤에 뜨거운 물에 데었는데, 허벅지 안쪽에 보면 비스듬하게 자국이 남아 있어요. 아, 왼쪽이에요."

"왼쪽. 알겠습니다."

대화는 그런 식으로 쉼없이 이어졌다. 김상호는 팔짱을 낀 자세로 서서 잠자코 듣기만 했다. 그에게도 생소한 이야기들이 적잖은 것 같았다. 아버지들이란 대개 그렇다. 그리고 역시 남편만큼 자기 아내를 잘 모르는 사람도 없다. 김상호가 이 여인에 대해 알려준 사전정보는 일정부분 잘못되었다. 그녀는 예민할지는 몰라도 결코 여린 여자가 아니었다.

"혹시 아이가 단골로 다니는 치과는 없나요?"

영광은 일부러 심상하게 물었다. 치과 진료기록이 결정적 단서가 될 때가 많았다. 그는 여자가 알려주는 대로 병원명과 전화번호를 기록했다. 만일의 경우, 중요한 실마리가 될 것이다. 만약 이 사건이 처참한 비극으로 끝나게 된다면 말이다.

"그날, 집에 안 계셨다는 얘기를 들었습니다."

"네."

여자는 무릎 위에 겹쳐놓은 왼손과 오른손의 위치를 바꾸어 포갰다. 빠르고 무의식적인 동작이었다. 어느 손에도 반지는 끼고 있지 않았다.

"친정어머니가 편찮으시다고요?"

확인이 아닌 위로로 들릴 수는 없는 뉘앙스였다.

"예, 좀. 심하신 건 아니지만요."

"어머닐 뵈러 자주 내려가는 편인가봅니다."

여자가 잠시 사이를 뗐다가 대답했다.

"자주는 아니고, 가끔 가요."

하필이면 그녀가 며칠 예정으로 집을 비운 사이, 아이가 실종되었다. 다른 여행도 아니고 친정 방문이라면 충분히 딸애를 데리고 갈 수 있었을 것이다. 처음 들었을 때부터 그 부분이 미묘하게 마음에 걸렸다.

"그런데 예정보다 일찍 오셨어요."

여자가 고개를 짧게 까딱했다.

"갑자기 왜?"

침묵이 사방을 짓눌렀다. 여자의 말수가 별안간 줄어들었다는 걸 영광은 의식했다. 그녀 쪽에서도 마찬가지일 것이다.

"꿈이, 꿈이 안 좋았어요."

그는 재빨리 여자의 표정을 살폈다. 벌그스름하게 충혈된 눈동자에 눈물이 그렁그렁했다. 겁이 났다. 잠시 후 이 여자는 눈물로 뒤범벅된 얼굴을 유리탁자에 처박고서 어깨를 부들부들 떨어댈지도 몰랐다. 그런 순간에 어떻게 대응해야 하는지 아직도 난감하기만 했다.

"꿈 꿨어? 무슨 꿈인데?"

그녀의 남편이 다그치듯 물었다. 여자는 내용이 기억나지는 않지만 깨고 나서 기분이 가라앉는 꿈이었다고 했다. 왠지 꺼림칙한 느낌으로 전화를 걸었더니 아들의 음성이 심상치 않았고, 그래서 무슨 일인가 싶어 일찍 돌아왔다는 거였다.

"그러니까 꿈에 유지가 나온 건 아니구나?"

김상호가 실망을 감추지 못하는 목소리로 중얼거렸다. 여자는 얄따란 티슈를 한 장 뽑아 눈 언저리를 지그시 눌렀다. 울음 속으로 도망가지 않겠다는 듯이 단호한 동작이었다. 그날 밤의 꿈이 예지몽이었을 가능성에 관해 남편과 논의할 의사는 전혀 없는 것 같았다. 그러고 보니, 자신과 대화를 나누는 동안 그녀는 한 번도 남편 쪽을 바라보지 않았다. 남편에게 먼저 말을 건 적도 없었다. 지난 월요일 이후 쭉 그래왔다는 걸 알았더라면 영광은 곧바로 수첩에 '의뢰인 부부 사이를 파악할 것'이라고 쓰고 빨간색으로 밑줄그었을 것이다.

"지금 집에 다른 분들은 안 계십니까."

"애 오빠가 있습니다. 2층 제 방에요. 혹시 몰라서 제가 어디 나가지 말라고 해두었어요."

"언니도 한 명 있는 걸로 아는데?"

"있지요. 있는데, 지금은 여기 안 있고, 잠시 나가 있어요. 학교 앞에서 자취를 해요. 학교가 가까운 편이 아니라서. 또 이 동네가 교통이 참 애매하기도 하고."

김상호가 지나치게 장황히 설명했기 때문에 도리어 의구심이 들었다. 안주인을 거실에 남겨둔 채 영광은 김상호를 따라 2층 계단을 올랐다. 계단은 모두 열세 칸이었다. 방문들이 다 꼭 닫혀 있었다. 김상호가 그중 한 방을 노크했다. 안에서 잠금버튼 여는 소리가 나고, 곧이어 문이 열렸다. 김유지의 이복오빠 김혜성이었다. 언뜻 봐도 아버지는 닮지 않았다. 176센티미터인 영광보다 키가 오 센티미터 이상 더 컸고, 몸은 비쩍 말랐다. 그늘진 골짜기에서 자라난 2월의 꽃나무처럼 우울한 인상이 도드라졌다. 그렇게 보이는 것이 본인의 의지는 아닐 것이다. 소년이랄 수도 없고, 아직 청년이라 부르기도 모호한 나이. 열아홉, 스물 그 언저리의 남자아이들을 영광은 진짜 남자라고 생각하지 않았다. 그 나이의 동성을 마주 대하면 짜증스러움과 측은함이 동시에 치밀었다. 그들은 악수 대신 가벼운 목례로 수인사를 나누었다.

영광은 김상호를 돌아보았다. 당신의 아들과 단둘이만 있고 싶다는 의사표현이었다. 아버지가 조금 머뭇거리다가 문을 닫고 나갔다. 혹시 그 남자가 방문 바깥쪽에다 귀를 붙이고 서 있다 해도 놀랄 일은 아니었다. 아들은 눈을 내리깐 채 잔뜩 굳어 있었다. 영광은 먼저 그의 이름을 확인하고 주민등록번호를 물었다.

"김혜성씨, 심려가 크시겠습니다."

김혜성은 입을 꾹 다물고 더 깊이 고개를 떨어뜨렸다. '아닙니다' 라거나 '걱정해주셔서 고맙습니다' 라는 식의 의례적인 대응은, 예상했던 대로 나오지 않았다. 그가 아직 소년이라는 증거였다. 소년은 종종 위험하다. 참는 게 더 나은 한순간을 참지 못한다. 날 선 칼을 아무렇게나 휘두르고서도 제가 찌른 것이 무엇인지 모른다. 김혜성이라는 이름의 소년, 무표정한 그의 내부가 지금 아슬아슬 일렁이고 있다는 것만은 어렴풋이 감지되었다. 그것은 경험으로부터 비롯된 느낌이었다.

"힘들겠지만 잠시 협조해주시기 바랍니다."

영광은 숨을 가다듬었다.

"그날, 김유지양이 사라진 날 말입니다. 김혜성씨, 말씀해주시겠습니까. 몇시에 집을 나갔고, 누구와 만났고, 어디서 뭘 먹었는지 같은 것들을 생각나는 대로. 사소한 거라도 좋습니다."

"……누나네 집에 갔어요. 아침에."

"누나 집에는 자주 가나요? 그날은 어쩐 일로?"

"아니요. 그날 좀 다쳐서."

"그러니까, 누나가 다쳤다는 거지요?"

알아들었음에도, 영광은 일부러 확인했다. 김혜성은 주어를 생략하며 말하고 있었다. 원래 버릇인지 아니면 이야기의 핵심을 흐트러뜨리려는 의뭉스런 목적인지 판별할 필요가 있었다.

"예, 그래서 응급실에 갔어요."

"저런, 아주 심하게 다쳤나봐요."

"아주 심한 건 아닌데. 일요일이라서."

묻는 말에만 대답했으며, 말수가 적고 느렸다. 가장 나쁜 유형의 참고인이었다. 다친 부위가 어디인지를 물으니 "이마요"라고 한 다음 다시 입을 다물었다. "평소에도 그런 일이 있으면 누나가 동생한테 연락을 하나요? 부모님이 아니고?"라고 떠보자 한참 후에 나온 답이 "잘 모르겠는데요"였다. 엉뚱한 소리를 마구 늘어놓는 축보다 한결 골치 아팠다. 어쨌든 김유지가 사라진 날, 소녀의 이복오빠와 이복언니가 만났다. 유념해볼 가치가 있는 정보였다.

"그날 아버지보다 늦게 귀가했다고 하던데. 그 시간까지 누나와 있었나요?"

"……아니요. 친구 만났어요."

여자친구냐고 물으니 그렇다고 했다. 명문대 의대생이라는 학벌, 허여멀끔한 외모, 돈 많은 아버지까지 두루 갖추었으니 또래 여자애들 사이에서 인기가 꽤 많을 터였다. 세상은 공평한 곳이 아니다.

"……한 두세시쯤 만났나…… 잘 모르겠어요…… 그냥 밥 먹고 커피 마시고 얘기했는데……"

"그러고 나서 바로 집에 왔단 말이죠?"

"……예."

데이트를 하고 밤 열시 전에 귀가했다면 그다지 늦은 편은 아니었다. 영광은 김혜성에게 여자친구의 전화번호를 알려달라고 했다. 이런 말은 대수롭잖다는 듯이, 그러나 부탁이 아니라 명령의 어조로 해야 했다. 소년은 손바닥으로 책상의 나뭇결을 가만히 쓸었다. 그러곤 몇 개의 숫자들을 천천히 불러주었다. 받아적기는 했으나 그녀를 만나게 될지는 아직 미지수였다. 먼저 해야 할 일이 많았다. 김상호의 장녀이자 김유지의 이복언니인 김은성을 만나는 것이 가장 급했다. 김혜성은, 아버지와 새엄마 사이에 대해서도 역시 '잘 모른다'는 답변을 내놓았다. 요 근래 집안에 수상한 손님이 방문하거나 뭔가 이상한 낌새를 느낀 적 없느냐는 물음에 대해서도 마찬가지였다. 어느 순간, 소년이 공연히 둘러대는 게 아니라 정직한 대답을 하고 있다는 생각이 들었다. 김혜성은 이 집의 일원이되, 동그라미의 바깥 어딘가에 있는 존재였다. 자발적 선택인지 구조적 이유에서인지는 알 수 없었다.

"저기요."

영광이 방을 나서려 할 때 혜성이 그를 불렀다.

"유지를,"

너무 작은 목소리라서 영광은 그가 하는 말을 쉽게 알아듣지 못했다.

"유지를, 꼭 찾아주세요."

집 밖으로 나오자 심한 피로감이 밀려왔다. 문영광은 바람이 불어오는 방향과 반대쪽으로 몸을 틀었다.

9장 바흐, 샤콘느 라단조

  아이가 처음 가진 바이올린은 유니버설사의 유아용 팔분의 일 사이즈였다.

  그때 아이는 다섯 살이었다. 네 살에 피아노를 배웠던 게 먼저였다. 음악학원 원장이 아이의 선천적인 음감을 칭찬했고, 보다 예민한 악기가 있다면서 바이올린을 추천했다. 그 원장의 전공이 현악기였음에 분명했다. 검고 딱딱한 케이스 안에 누워 있는 나무악기를 처음 보자마자 아이는 몹시 자연스럽게 꺼내들었다. 아무도 알려주지 않았지만, 플라스틱으로 된 턱받침 부분을 제 왼쪽 턱 밑에 가져다댔다. 오른손으로 활의 손잡이를 잡고서 바이올린 줄 위를 지그재그로 움직이는 시늉을 해 보였다. 보잉 동작이었다. 그날로 피아노 레슨을 그만두고, 바이올린 레슨을 받기 시작했다. 엄마가 전해준 이야기였다. 다섯 살에 겪은 최초의 끝과 시작에 대해 아이는 또렷이 기억하지 못했다.

  그 무렵의 나날들은 아이의 머릿속에서 다른 얼굴로 깜빡거렸다.

높게 솟은 아파트들이 반사적으로 떠오른다. 외벽마다 여러 가닥의 실금이 찍찍 나 있는, 똑같이 생긴 회색 건물들. 죽 늘어서 있는 그 건물들마다엔 직사각형의 구멍이 하나씩 뚫려 있다. 어른들은 그걸 문이라고 불렀다. 문 위에는 제각각 다른 숫자들이 두 개씩 쓰여 있는데 그걸 보고서 우리 집인지 아닌지를 구별해야 했다. 아이는 11과 12가 써진 문 안에 살았다. 문을 지나 밖으로 나가야 할 때마다 아이의 심장이 격렬히 떨렸다. 만약 어른의 손을 놓친다면, 11과 12의 문을 혼자 찾아와야만 했다. 만약 11과 12라는 숫자를 잊어버린다면, 영원히 집을 찾을 수 없게 될 것이다. 영원히 집을 찾을 수 없을까봐서 아이는 늘 조마조마했다.

13층과 1층을 왕복할 때마다 승강기 출입문에 난 조그만 유리창으로 암흑이 휙휙 지나갔다. 키가 작았으므로 아이는 눈을 치켜떠야만 그것을 볼 수 있었다. 올라갈 때는 그렇게 했고 내려갈 때는 그러지 않았다. 암흑 속을 꼭 통과해야 한다면, 밑으로 뚝뚝 떨어지는 느낌보다 공중으로 붕붕 떠가는 느낌이 몇 배 더 견디기 쉬웠다. 꿈에서 아이는 자주 아래로 추락했다.

"우리 유지가 키 크려고 그러는 거야."

때론 저녁상에 올릴 야채를 볶으며, 때론 텔레비전 뉴스 화면에서 눈을 떼지 않으며 엄마는 대수롭잖게 반응했다. 아이는 꿈의 내용을 자세히 말하지 않았다. 정신없이 헤매며 날아다니던 하늘의 거무스름한 빛깔, 돌연 하늘이 푹 꺼지며 어마어마한 속도로 떨어지던 찰나에 제 몸이 그려낸 포물선 같은 것들을. 엄마는 결코 부주의하거나 무신경하지는 않았으나 가끔씩 굉장히 피로해 보이는 순

154

간이 있었고, 아이는 그럴 때 엄마를 귀찮게 해서는 안 된다는 것을 본능적으로 알았다. 엄마는 어린이놀이터에도 나가지 않았다. 대형 아파트 단지 군데군데에는 고운 모래로 바닥을 덮은 어린이놀이터가 만들어져 있었다. 어린애가 있는 아파트의 젊은 주부들은 놀이터 벤치를 아지트 삼아 삼삼오오 모이곤 했다. 눈으로는 각자의 애들이 노는 모습을 좇으며, 입으로는 쉬지 않고 이야기를 했다. 이야기가 끊기는 순간은 누군가의 딸애가 모래바닥에서 넘어졌을 때, 위아랫집의 사내애들끼리 다툼이 벌어졌을 때, 그리고 어느 무리에도 섞이지 않은 여자가 지나갈 때뿐이었다. 엄마는 그녀들과 반가운 목소리로 인사하고 사교적인 미소를 나누었지만, 모래바닥에 아이를 풀어놓지도 않았고 벤치에 앉아 수다를 떨지도 않았다.

"이 짱깨야."

그 말은 여섯 살에 입학한 영어유치원에서 처음 들었다. 같은 반 남자애 하나가 그렇게 부르고 나서 키들키들 웃었다. 아파트 놀이터를 지나다니면서 눈에 익은 얼굴이었다.

아이는 자신이 모욕당했음을 알았다. 전에 들어본 적 없는 단어였지만, 남자애가 뱉어낸 억양에 조롱의 의도가 담겨 있음을 분명히 느낄 수 있었다. 아이는 그 남자애를 노려봤다. 남자애는 키들대는 웃음을 멈추지 않았다. 그러곤 또 한번, 아까보다 더 높은 목소리로 외쳤다.

"너네 나라 가서 자장면이나 먹어라, 짱깨. 이 짱깨야."

돌림노래의 후렴구처럼 그 말을 반복했다. 아이의 가슴이 덜컥거렸다. 나는 남에게 어떤 잘못도 하지 않았는데, 왜 내가 모르는 이유로 놀림감이 돼야 하는가. 부당하고 억울한 일이었다. 다른 무기를 갖고 있지 않았기 때문에 아이는 손톱을 쳐들었다. 일종의 정당 방위였다. 불시의 습격에 남자애가 어리벙벙한 표정으로 입을 딱 벌렸다. 그애의 퉁퉁한 뺨 한쪽에 길게 손톱 자국이 났다.

다음날 아침이 밝자마자 그 아이 엄마가 유치원에 나타났다. 밤새 작성한 장문의 항의서와 함께였다. 폭력적 성향이 강한 아이와 자기 아들을 같은 공간에서 생활하게 할 수 없으므로 이 유치원을 그만두겠다는 내용이 골자였다. 유치원측은 모든 책임을 지고 선불로 받은 일 년치 회비를 전액 반환해야 하며, 일 년 회비의 백 퍼센트에 해당하는 금액을 위자료로 배상하라는 문장도 들어 있었다. 또한 이 사태의 가해자인 김유지 어린이가 '진심으로' 전체 원생들 앞에서 잘못을 빌어야 하고, 아이의 보호자는 전체 학부모회의에서 공개 사과해야 한다고도 했다. 위 사항이 지켜지지 않을 시에는 법적인 조처를 강구하겠다는 것이 결론이었다.

남자애의 엄마가 정말로 원하는 건 그 아들이 아니라 아들의 뺨을 할퀸 가해자 김유지가 그만두는 것일 터였다. 왜 그랬느냐고 다그쳐 묻는 교사에게 아이는 아무 대답도 하지 않았다. 엄마가 달려왔다. 피해아이의 보호자가 가해아이의 보호자를 경멸스런 눈빛으로 흘겨보았다. 엄마는 머리를 조아리며 계속 죄송하다고 말했다. 모두가 왜인지 물었지만, 아이는 입을 꾹 다물었다. 왠지 몰라도 그래야 할 것 같았다. 피해아이가 이미 '아무 일 없었는데 그냥'이라는 진술을 내놓은 뒤였다. 두 아이를 서로 다른 반으로 격리시키고, 가해아이의 보호자가 월말에 열릴 학부모회의에서 사과하는 내용의 중재안을 유치원 원장이 내놓았다. 아이가 전체 원생들 앞에서 '진심으로' 잘못을 빌어야 하는 상황은 일어나지 않았다. 아이의 부모는 제 딸이 그런 상황에 처하도록 순순히 보고 있을 사람들이 아니었다. 아이가 실제로 무슨 잘못을 저질렀대도 마찬가지일 것이었다. 그럴 수 있다면 아이의 부모는 감옥에서라도 아이를 쏙 빼내올 것이었다. 제 아이를 세속의 모멸감이나 죄책감으로부터 차단시켜 보호하기 위하여 가능한 모든 방법을 강구할 것이었다.

그리고 몇 개월 후, 어느 저녁 무렵이었다. 모처럼 일찍 귀가한 아빠가 거실에서 누군가와 통화를 했다. 회사 직원에게 업무에 관한 보고를 받는 전화인 듯했다.

"그래? 아이 씨, 알았어. 할 수 없지 뭐. 아무튼 골 때리는 짱깨놈들이라니까. 그래, 내일 다시 얘기하자."

그때 들었던 단어와 같은 발음이었다. 아이는 아주 조심스럽게 그게 무슨 뜻인지를 물었다. 아빠의 이마가 일그러졌다. 아이는 제가 감당할 수 없는 무언가가 입밖으로 빠져나왔음을 알았다.

"너 지금 뭐라고 했어? 옥영아! 일루 와봐! 빨리!"

아빠는 몹시 흥분한 것 같았다. 원래 알고 있던 말인지, 전에 누구에게 들었던 말이 아닌지를 계속 추궁했다. 아이가 도리질을 치자 "그런 나쁜 말은 다시 쓰면 안 돼"라고 못 박으며 놓아주었다. 여전히 찜찜한 눈빛이었다. 엄마는, 엄마는 뭘 어떻게 해야 하는지 모르는 사람처럼 보였다.

엄마가 중국사람이라는 사실이 아이의 일상에 영향을 미친 적은 없었다. 많아야 일 년에 서너 번 정도 외할머니나 이모들과 만날 때

말곤, 엄마가 중국어로 말하는 모습을 보지도 못했다. 엄마는 아이에게 한 번도 중국어로 자장가를 불러주지 않았고, 간단한 중국어 회화도 가르치지 않았다. 대신 아이가 잠들 때까지 품안에 꼭 껴안아주었고, 아이가 목감기 기운이 있다 싶으면 꿀 넣은 배즙을 정성껏 오래 달여 먹였다. 엄마의 부모가 중국이 아니라 일본에서 왔대도, 아니 그들이 파키스탄이나 인도, 아무도 이름을 외우지 못하는 어느 머나먼 나라에서 왔대도 엄마는 그렇게 했을 것이다.

하지만 엄마는 짱깨였고 엄마의 딸인 아이도 짱깨였다. 짱깨가 아닌 사람들이 그렇다고 하면 그런 거였다. 그것이 폭력이 세상을 지배하는 법칙이었다. 맞서 싸우기 위한 완벽한 준비가 돼 있지 않다면 어금니를 꽉 물고 참는 편이 더 나을지도 몰랐다. 섣부르게 주먹을 내질렀다가 제풀에 위태로이 비틀거리는 꼴을 목격당하는 건 더 치명적이었다. 시간이 흐르면서 아이는 내면의 동요를 감추는 기술을 조금씩 배워갔다. 지상의 모든 아이들이 결국 그러하듯이.

부모는 아이를 사립초등학교에 넣고자 애썼다. 아이는 집에서 꽤 먼 거리의 사립학교에 다니게 되었다. 아파트 단지에서 마주치던, 유치원의 다른 애들은 대부분 근처의 공립학교로 배정받았다. 뺨에 손톱 자국이 난 남자애는 캐나다의 친척집으로 조기유학을 떠났다. 남자애의 엄마는, 일등부터 꼴등까지 차례로 줄 세우는 대한민국 공교육을 대체 무슨 용기로 믿느냐고 전혀 궁금하지 않은 표정으로 여기저기 묻고 다녔다. 새 학교에는 유치원 때의 아이를 아는 친구가 하나도 없었다. 나쁘지 않은 일이었다. 초등학생이 되면서부터 아이는 본격적으로 바이올린 연습에 몰두했다. 1학년 가을에 나간

158

대학 주최 학생음악경연대회에서 초등학교 저학년 부문 은상을 받았다. 경험 삼아 출전시킨 대회에서 예상을 뛰어넘는 결과가 나오자 엄마를 비롯한 주위의 어른들은 한껏 고양되었다.

"다행이야, 정말. 엄마가 얼마나 감사하는지 아니? 내 딸이 나랑 달라서. 엄만 노래도 진짜 못하는데."

엄마는 행복해했고, 그 행복의 부피만큼 모녀는 분주해졌다. 아이는 명성 높은 메이저 콩쿠르에도 도전해야 했고, 국립대학 음악원 부설 어린이예비학교에도 입학해야 했고, 예술중학교 입시도 준비해야 했다. 학교에도 기악을 하는 애들이 몇 있었지만, 재능이나 실력 면에서 아이가 제일 낫다는 객관적 평가를 받았다. 다른 엄마들은 아이의 엄마를 감탄 어린 부러움의 눈초리로 바라보면서 이런저런 정보를 얻어가곤 했다. 아이의 어깨를 가만히 짚고서 "너, 바이올린을 정말로 좋아하니?"라고 묻는 이는 아무도 없었다.

2학년 가을에는 학교 강당에서 열리는 특별 연주회 무대에 섰다. 피아노와의 협주였다. 연주곡은 베토벤의 소나타 5번이었다. 피아노를 치는 여자애는 아이의 옆반이었고, 아이와 키도 생김새도 비슷했다. 머리에 떠오르는 문장을 입밖에 내놓아도 괜찮을지 거듭 고민하느라 번번이 타이밍을 놓치는 아이와 달리, 그애는 조잘조잘 재미있게 이야기하는 재주를 타고난 소녀였다. 붙임성 좋은 소녀는 같이 길을 걸을 때면 무람없이 쓰윽 팔짱을 껴와서 아이를 당황케 했다. 처음엔 팔을 낀 쪽보다 팔을 잡힌 쪽이 훨씬 더 어색하다고 생각했지만 그 자세에 점점 익숙해갔다. 둘은 연습이 없는 주말에도 서로의 집을 오가며 놀았다. 소녀는 아이에게 이효리의 댄스 동영상을 보여주었고 춤을 따라 춰 보이기도 했다. 친구는 아이의 집에 와서 고등학생인 오빠를 스치듯 보고는 "너무너무 좋겠다"는 말을 수없이 반복했는데, 그것이 아이를 의아하게 만들었다.

오빠는 아이에게 정물(靜物)과 비슷한 사람이었다. 아이가 엄마 뱃속에서 꼬물거리는 씨앗으로 잉태되기 전부터, 마루 한쪽에 오도 카니 놓여 있던 일 인용 나무의자 같은 사람. 물론 그런 것은 실제로 존재하지 않는다.

친구가 호들갑떨며 부러워하듯이 좋을 것도 없고, 그렇다고 싫을 것도 없었다. 오빠는 그냥 식구였다. 단둘이 식탁에 마주 앉아 말없이 밥을 먹어도 전혀 어색하지 않은 사이, 방금 전까지 그가 사용해 따뜻해진 변기에 걸터앉아도 역겨움이 느껴지지 않는 사이. 흔치 않게 오빠와 단둘이만 보내게 되는 저녁시간이 있었는데, 그럴 때면 둘은 소파에서 함께 텔레비전을 보았다. 평소 집에 돌아오면 제 방에 박혀 잘 나오지 않는 오빠였으니, 그건 아이를 배려해서 하는 행동임을 짐작할 수 있었다. 음식을 주문하기 전에는 항상 아이의 의견을 먼저 물어보았다.

"피자 먹을래? 치킨 먹을래?"

아이가 그때그때의 기분에 따라 "치킨"이라고 답하면 또 묻는다.

"교촌? 아니면 비비큐?"

아이의 대답에 곧바로 "오케이, 알았어"라고 응수하는 그 목소리는 딱 오빠다웠다. 특별히 다정한 구석은 없지만 덤덤해서 편안했다. 치킨이 도착하면 그는 신문지를 쫙 펼쳐 거실 유리탁자 위에 깔았다. 닭뼈를 뱉어내도록 아이 앞에 우묵한 대접을 가져다 놔주었고, 큰 컵 가득 콜라를 따라주었다. 그들은 TV에 시선을 고정시킨 상태로, 종이상자에 든 닭봉을 하나씩 천천히 꺼내먹었다. 허공에서 서로의 손이 부딪치는 일은 없었다. 오빠는 엄마아빠가 집에 있을 때보다 훨씬 자유로워 보였다. 텔레비전에서 흘러나오는 노래를 이따금 허밍으로 따라 불렀고, 개그맨들의 움직임을 눈으로 좇으며 간간이 쿡쿡거렸다. 아이 입가에 묻은 기름기를 직접 닦아주진 않았지만 티슈를 접어 건네주었고, 제 컵에 남은 콜라를 아이의 컵에 부어주기도 했다. 다른 형제는 가져본 적 없으므로 아이는 이런 것이 형제라고 생각했다. 그러다 부모가 귀가하면 오빠는 꾸벅 인사를 하고는 다시 자기 방으로 돌아갔다. 아이에게 따로 잘 자라는 인사를 건네지 않아도 그저 그러려니 했다. 내일 아침이면 다시 만날 것이기 때문이다.

아이의 발표회 때 오빠는 오지 않았다. 아빠도 오지 않았다. 급한 출장이라고 했다. 늘 일어나는 일이었으므로 섭섭한 맘은 들지 않았다. 협주를 무사히 마친 뒤에도 피아노 치는 소녀와는 계속 단짝으로 지냈다. 아이는 여전히 말수가 적었지만 그렇게 아껴뒀던 말들을 친구에게만은 아끼지 않았다.

"나 말이야, 어젯밤에 하늘을 날다가 갑자기 아래로 뚝 떨어지는 꿈을 꿨어."

"와…… 신기하다. 어젯밤에 나도 그 꿈 꿨는데."

"와…… 정말 신기하다. 그런데 왜 우리 꿈에서 못 만났지?"

아이가 말하자 여자애가 배를 잡고 웃었다.

"바보야, 당연하지. 내 꿈은 내 꿈이고, 네 꿈은 네 꿈이잖아."

"그런가……"

공연히 멋쩍어서 아이는 시선을 떨어뜨렸다. 하얀 운동화 코에 언제 묻었는지 모를 잿빛 얼룩이 어른거렸다. 소녀가 아이를 슬슬 피하기 시작한 건 그로부터 오래 지나지 않아서였다.

"미안해. 나도 이러고 싶지 않은데 어쩔 수가 없어."

여자애가 한숨을 폭 쉬며 속삭였다.

"난 지금도 네가 좋은데."

여자애는 비밀을 발설하기로 결심한 것 같았다. 번민 끝에 내린 결정은 친구에게 베푸는 마지막 우정의 선물인지도 몰랐다.

"근데 우리 엄마가 너랑 친하게 지내지 말래."

둘은 긴 복도의 끝에 서 있었다. 아이는 친구의 눈동자에 밴 가책 어린 슬픔과 은밀한 호기심의 기미를 알아차렸다. 등뒤 환하게 밝은 유리창 너머로 흰 구름들이 펄럭이며 지나갔다. 친구의 입에서 나올 말을 더 듣고 싶지 않다고 생각했다.

"너네 엄마, 세컨드라고."

아이는 영어의 기수와 서수 개념에 대해 알고 있었다. 세컨드(second)는 숫자 '2'의 서수였다. 두번째.

아빠에게도 엄마에게도 오빠에게도 그 속뜻을 묻지 않았다. 아이는 그새 그만큼은 자랐다. 포털사이트의 검색창에 세 음절을 또박또박 입력해보았다. 검색결과가 떴다. 첫 페이지를 다 훑어보기 전에 아이는 창을 닫았다. 완벽하게 이해하지는 못했지만 단어의 통용되는 의미를 파악하기에는 충분했다. 언니오빠와 나이차이가 왜 많이 나는지, 오빠는 왜 엄마를 '엄마'라고 부르지 않는지, 가끔 찾아오는 언니는 왜 자신을 향해 심술궂은 미소 한번 보내지 않는지 그 동안 가슴 속에 박혀 있던 가냘픈 물음표들이 꼿꼿이 몸을 세우고 아이를 노려보았다.

　누가 뭐라 해도 결단코 바뀌지 않는 것을 진실이라고 부를까? 알수 없었다. 세상은 진실의 외피를 둘러쓴 악의로 가득 차 있다는 것, 아이가 짐작하는 건 겨우 그뿐이었다. 타인을 겨냥한 악의는 어쩌면 입구를 단단히 동여맨 풍선 같았다. 시간이 지난다고 저절로 쪼그라들지 않았다. 뺑 터져버리는 순간을 기다리는 게 나을 수도 있었다. 아이는 바닥을 보고 걷는 때가 늘어났다. 아빠에게도 엄마에게도 오빠에게도 친구에게도 아무에게도 그런 이야기를 하지 않았다. 입술을 열면 예기치 못한 말들이 딸려나올까봐서 혀를 동그랗게 오므렸다. 밖으로 내보내지 못한 말들을 작은 어금니로 오독오독 깨물었다.

　일상은 바쁘고 또 밋밋하게 흘렀다. 바이올린 연습과 레슨, 레슨과 연습이 끝없이 반복되었다. 그사이에는 콩쿠르에 나가야 했다. 신문사와 사립대학이 공동주최하는 유서 깊은 콩쿠르에서 초등부 바이올린 부문 3등상을 받았다. 수상자 중에 가장 나이가 어렸다. 신문에 수상자 전체 명단이 실렸다. 아빠는 사무실 직원을 시켜 신문 서른 부를 사오게 했다. 그리고 깨알만한 아이 이름 위에 분홍색 형광펜으로 일일이 줄을 그었다. 그중 한 부는 표구되어 아이의 방에 걸렸다. 아이는 심사위원이었던 대학교수에게 사사하기 시작했다. 예술중학교에 합격하기 위한 본격적 준비의 일환이었다. 때때로 엄마는 아이와 한 팀을 이뤄 이인삼각 경기에 출전한 선수처럼 보였는데, 로드맵을 짜느라 분주했다. 중학교를 다니다가 유학가는 게 좋을지 아니면 여기서 예술고등학교까지 졸업하고 인맥을 쌓는 게 나을지를 놓고 자주 마음이 바뀌었다. 어디에 있든 바이올린이 없는 아이의 삶은 상상조차 하지 않는 듯했다.

아이에게는 다시 단짝친구가 생기지 않았다. 엄마는 가끔 그것을 염려했다.

"유지는 바이올린이랑 노는 게 제일 좋아?"

얼결에 "응"이라고 대답했다.

"연주할 때 맘이 제일 편하고?"

역시 그렇다고 했다. 엄마는 걱정을 거두는 눈치였다. 예술가로 타고난 영혼이라면 마땅히 그럴 수 있다고 믿었을 것이다. 친구는 없어도 괜찮다고 아이는 결심하고 있었다. 그 마음은 방패이자 과녁, 빌헬름 텔 아들의 머리 위에 놓인 사과 한 알처럼 딱딱했다.

10장 나무상자 속의 고양이

헤어숍 거울은 왜 다 이 모양이람.

대형거울 앞에 앉으면 푹 꺼진 뺨과 어둠침침한 다크서클이 그대로 노출되는 것만 같다. 숨을 데가 없다. 오싹하다. 은성은 눈동자를 슬그머니 내리깔았다. 미용사가 가윗날을 쓱싹쓱싹 움직일 때마다 새하얀 커트 보자기 위로 흑갈색 머리칼이 한줌씩 떨어져내렸다. 그녀는 십 분 전 이곳에 들어왔다. 그녀가 하는 일이 대개 그렇듯 충동적인 결정이었다. 늘 다니는 길목에 위치하고 있지만 평소 무심히 지나쳤던 헤어숍 간판이 오늘따라 어쩐 일로 제 눈에 띄었는지 그녀도 알 수 없었다. 유리문을 열자 맵싸한 파마약 냄새가 났다.

"어떻게 하시겠어요?"

코트를 벗겨주며 미용사가 물어왔다. 은성은 그제야 제가 이곳에 뭘 하러 왔는지 모른다는 사실을 깨달았다. 그러나 망설임을 들키기는 싫었다. 그녀는 짐짓 당당히 "잘라주세요"라고 말했다. 입밖으로 뱉는 순간 그 말이 몹시 절실하고 마땅한 명제처럼 느껴지기 시작했다. 그러잖아도 어깨에 닿는 치렁치렁한 머리칼이 꽤나 거추장스러웠는데 왜 여태 어쩌지 못했던 걸까. 한시바삐 확 쳐내고 싶어 미칠 지경이었다. 은성은 목둘레에 헝겊보자기를 씌우는 여자에게 다급하게 주문했다.

"짧게요. 아주 짧게 해주세요."

"이렇게 갑자기 쇼트커트를 해버리면 적응이 안 되실 수도 있어요. 일단 목선까지만 자르면 어떨까요?"

은성은 기분이 상했다. 남의 눈에 만만하게 보이고 있다는 피해의식만큼 그녀의 자존심을 강렬히 자극하는 감정도 드물었다. 가슴속에 아슬아슬하게 쌓아둔 돌무더기가 와르르 무너지려 하고 있었다. 그녀는 간신히 화를 참고서, 자신이 이 커트를 얼마나 오래 별러왔는가에 대하여 설명했다. 미용사가 고개를 끄덕였다. 이 년 넘게 길러온 머리칼이 순식간에 잘려나갔다. 은성은 곧바로 후회했다. 얼마 후, 두 귀와 목덜미를 휑하니 드러낸 여자가 앙상한 소년처럼 거울 앞에 남겨졌다.

가격은 이만오천원이다. 터무니없이 비싸다고 생각했지만 그녀는 호기롭게 돈을 지불했다. 우물쭈물했다가는 고객의 불만을 눈치챈 미용사가 상처를 받을지도 몰랐다. 거리는 아까보다 한결 추웠다. 손바닥으로 텅 빈 목덜미를 쓸어보았다. 선뜩한 감촉에 뼛속까지 저려왔다. 약속시간이 삼십 분째 지나가고 있었다. 더이상 시간을 벌 만한 곳은 없었다. 그녀는 느릿느릿 집 앞 골목으로 접어들었다. 아빠는 오늘 아침 일찍 전화했다.

"이따가 누가 좀 갈 거야."

믿을 수 없을 만큼 넋 나간 음성이었다. 아빠 입에서 '형사'라는 단어가 나왔다. 은성의 가슴이 덜컥 내려앉았다.

"뭐야? 형사가 나한테 왜 와?"

그러려던 게 아니었는데 반사적으로 날카로운 목소리가 튀어나왔다. 아빠는 잠시 침묵했다.

"……미안하다. 꼭 그래야 한다고 해서. 별거 아니야. 미안해."

그전에 아빠에게서 연거푸 미안하다는 말을 들어본 적이 있던가? 삼십 분이 흘렀는데 형사는 아직도 기다리고 있을까? 목이 말라왔다. 미장원에서 냉수 한 그릇 얻어마시지 못했다는 데 생각이 미치자 새삼 화가 치밀었다. 그러면서 머리가 마음에 안 든다는 소리조차 하지 못하다니. 병신. 나가 죽어라. 골목 어귀에 멈춰선 채 그녀는 스스로를 사정없이 책망했다. 정녕 모든 것이 뒤죽박죽이었다. 은성은 바닥에 주저앉아 목 놓아 울고 싶었다. 아니 그대로 등을 돌려 이 골목으로부터 전속력으로 달아나고 싶었다.

원룸 건물 입구에 한 사내가 서 있었다. 중키에 단단한 체격이었고, 두껍지 않은 검정 패딩점퍼를 입었다. 남자가 먼저 은성을 알아보았다.

"김은성씨? 전화를 안 받으셔서요. 여기서 기다렸습니다."

코끝이 빨갰다. 형사는 생각보다 젊었고 이목구비가 시원하게 잘생긴 인상이었다.

"아, 죄송해요. 배터리가 없었고요, 또 갑자기 급한 일이 생겨서."

은성은 제가 듣기에도 이상한 변명을 늘어놓았다. 형사가 물끄러미 그녀의 얼굴을 바라보았다.

"저, 실례가 안 된다면 얘기는 집에 올라가서 했으면 좋겠는데
요."

남자가 머뭇머뭇 말했다. 마치 사귄 지 열흘째인 여자친구의 자
취방에 진출하고 싶어하는 남자 대학생의 대사 같다고 은성은 생각
했다. 집 꼴은 엉망이었다. 너저분한 개수대엔 사흘도 더 지난 설거
짓감들이 쌓였고, 되는대로 벗어둔 옷가지들이 여기저기 널브러져
있다. 마룻바닥에는 실몽당이처럼 둥그렇게 말린 먼지뭉치가 굴러
다닐 수도 있었다. 집에 고정적으로 드나드는 남자친구가 없을 때
면 구태여 청소를 해야 할 필요성을 느끼지 못했다. 스티브와 그렇
게 헤어지자마자 유지의 소식을 들었으므로 요 며칠간은 영 경황이
없기도 했다.

"그런데요, 집이 너무 지저분해서. 요 앞에 조금만 나가면 조용한
카페가 있어요."

자취방에 오고 싶어 안달하는 남자친구에게 완곡한 거절의사를
표현하는 여자 대학생의 언어였다. 형사가 짓는 표정을 보고서 그
녀는 머쓱하게 깨달았다. 최소한의 사적인 낭만이 개입될 여지 따
위는 존재하지 않는다. '실례가 안 된다면'은 하나의 관용구일 뿐이
었다. 이 사람은 수사관이고, 어린아이 실종사건을 수사하기 위해
그 이복언니인 김은성의 집을 찾아온 것이다. 형사와 나란히 계단
을 걸어올라가면서 은성은 한숨을 삼켰다. 이 와중에 이 남자한테
잘 보이고 싶어하다니. 넌 정말 미쳤어. 은성이 아니라 혜성이었다
면 형사가 왜 경찰서로 직접 나오라고 하지 않고 여기까지 찾아왔
는지에 의문을 품었을 것이다. 그러나 그런 부분에 대해 골똘히 천

168

착하는 것은 그녀답지 않은 일이었다.

다행히 마루와 방 사이를 가리는 미닫이문이 닫힌 상태였다. 은성은 이 인용 소파 위에 지저분하게 널린 옷이며 책들을 허둥지둥 정리했다. 남자는 우뚝 선 자세로 실내를 한 바퀴 둘러보았다.

"아담하고 좋은데요. 이런 집은 얼마나 합니까?"

"네? 집값이요?"

"그냥 궁금해서요. 저도 하나 사두고 싶은 생각도 있고."

농담인지 진담인지 구별하기 힘들었다.

"잘 모르는데. 제가 주인이 아니어서요."

"그러면 김은성씨는 임대하신 건가요?"

"네, 월센데요."

이곳에 집을 구할 때, 전세로 할 수 있었음에도 아빠는 굳이 월세를 강요했다. 한 달에 한번씩 딸에게 돈봉투를 건네주는 행위를 통해 알량한 권위를 만끽하고 싶은가보았다. 혜성이 친아빠와 새엄마의 집을 택했을 때, 은성은 친엄마의 집으로 갔다. 잘못된 선택이었다는 점에서 그녀 인생의 다른 선택들과 크게 다를 바 없었다. 그 시간을 떠올리면 아직도 은성은 앞뒤가 꼭 막힌 구두를 신은 채 축축한 갯벌을 걷는 기분에 사로잡히곤 했다. 엄마 집을 나온 뒤부터 지금껏 혼자 살아왔다. 생활비 전액은 아빠에게 탔다. 매달 첫주에 그녀가 역삼동 사무실로 찾아가면 아빠는 미리 준비해둔 돈을 건네주었다. 은행 계좌에 넣어달라거나 직불카드를 만들어달라는 그녀의 요구는 번번이 거부당했다.

"이렇게라도 안 하면, 한 달에 한 번이라도 그 귀하신 얼굴을 어떻게 보겠냐."

아빠는 비아냥거리는 억양을 섞어 변명하였으나, 은성은 그럴듯
하게 들려서 더 비겁한 핑계라고 믿었다. 그는 장난으로라도 은성
에게 방배동 집으로 들어오겠느냐는 제안을 해온 적이 없었다. 물
론 그랬다 하더라도 그녀 쪽에서 콧방귀 뀌며 거부했을 테지만, 그
건 또 전혀 다른 차원의 문제였다.

"저쪽이 방인가봐요?"

"네."

"한번 볼 수 있을까요?"

"아, 방은 진짜 엉망이에요. 아까 급하게 나가느라고."

그러나 남자는 이미 미닫이문을 향해 팔을 뻗었다. 문이 허술하
게 열렸다. 남자가 날카로운 눈빛으로 방안을 일별하고는 한 구석
에 놓인 나무옷장 쪽으로 다가갔다. 별안간 손잡이를 휙 잡아당겼
다. 은성은 그때 알았다. 그는 지금 공무수행중이었다. 김은성이 혹
시 이복동생 김유지를 납치하여 제 집 어딘가에 숨겨놓지 않았는지
를, 눈으로 직접 확인하고 있는 것이다.

형사가 옷장에 걸린 외투 중 하나를 꺼내드는 것을 은성은 망연
히 보고 있었다. 아크릴과 모가 혼방된 남성용 쥐색 코트였다. 남자
는 재빠른 동작으로 코트 뒷덜미에 붙은 상표를 확인했다.

"저기요, 그거는요."

도무지 어떤 식으로 말해야 좋을지 몰랐다.

"엑스보이프렌드 거예요."

"아, 엑스보이프렌드."

"얼마 전에 헤어졌는데요. 두고 갔어요, 그 사람이."

"그렇군요. 얼마 전이라면, 언제?"

"…… 지난 일요일이요."

아이가 없어진 날이었다. 남자는 더는 묻지 않았다. 그러곤 마치 아무 일도 없었다는 듯 옷을 원래 있던 자리에 걸고서 조용히 옷장 문을 닫았다. 은성의 무릎이 휘청거렸다. 무슨 짓이냐고 소리치지 못했다. 지금 혹시 나를 의심하는 거냐고 항의하지도 못했다. 송곳니를 드러내며 클클 웃고 있는 재우의 얼굴이 번개처럼 떠올랐다 사라졌다.

"너 이천 정도 없지?"

재우가 던지고 간 그 목소리가 달팽이관 속에서 아찔하게 울려 퍼졌다.

"실례했습니다."

형사가 말했다.

"이해하실 줄 알지만, 저희 일이라는 게 이래요. 본의 아니게 이런 폐를 끼치게 되고."

마치 아무 일도 없었다는 듯 그녀도 대범하게 웃어보려 했다. 그렇지만 안면근육이 의도보다 더 많이 일그러지는 바람에 첫 수음을 하다 들켜 어쩔 줄 몰라하는 소년처럼 보였다.

"동생이 바이올린을 잘했다면서요?"

소파로 자리를 옮겨 한 형사의 첫 질문이었다.

"그런 것 같아요."

"연주를 들어보신 적이 있나요?"

"······예, 몇 번."

그건 사실이기도 하고 그렇지 않기도 했다. 유지가 바이올린 활을 드는 모습조차 제대로 본 적 없긴 했지만 방배동 집에 들렀을 때 그애 방으로부터 나는 음악소리를 들은 적은 있었다. 탁구공처럼 몇 개의 질문과 대답이 오고 갔다.

"김은성씨가 보기엔······"

남자가 불쑥 물었다.

"동생이 어디 있을 것 같아요?"

"네?"

"김유지양을 누가 데리고 있을 것 같으냐고요."

신중해야 한다고 은성은 몇 번을 되뇌었다. 안절부절못하는 속내를 절대로 들켜서는 안 된다.

"음, 이런 말 하면 그렇지만,"

그녀는 천천히 말을 골랐다.

"워낙 험한 세상이잖아요. 더구나 여자애고."

"소아성애자가 납치했을 것이다? 그렇게 추측하시는군요."

형사의 직접적인 표현을 듣자 소름이 돋았다. 자신이 굉장히 비정한 인간인 것처럼 느껴졌다.

"꼭 그렇다는 게 아니라, 그런 가능성도 있을 것 같다는 얘기예요. 아니면 길을 건너다가 뺑소니를 당하는 경우도 많다고 하던데······"

그녀는 말끝을 흐렸다.

"하긴 그럴 수도 있겠죠. 아직 어떤 협박도 없으니."

"아직도, 없나요?"

은성이 아는 한, 재우의 성격은 결코 느긋하지 않았다. 그런데 이번엔 무얼 얼마나 노리고 있기에 이렇게 잠잠하단 말인가.

"새어머니하고 사이는 어때요?"

형사가 화제를 갑작스레 돌렸다. 역시 이 사람은 자신을 향한 의심의 칼날을 거두지 않고 있음이 분명했다. 머릿속에서 여러 생각들이 마구 뒤엉켰다. 그러다 아무 말이나 툭 튀어나왔다.

"서로, 관심이 없어요."

객관적으로 보자면 역시 절반만의 진실이었다. 새엄마와는 피차 겉으로 무관심한 관계를 가장하며 지내왔다. 하지만 웬만해선 단둘이 부닥치게 되는 상황을 피하려 애쓴다는 걸 서로가 빤히 알고 있었다. 가족 안에서 몇 해 동안 대화를 나누지 않는 관계가 있을 수 있느냐고 의아해하는 이도 있을 것이다. 은성은 그래도 눈 하나 깜짝하지 않을 자신이 있었다. 그녀는 새엄마를 단 한 번도 가족이라는 카테고리 안에서 생각해본 적 없었다. 여태껏 그녀가 가족이라는 이름 안에서 사랑하고 미워하고 원망하고 그래도 끝내 사랑을 포기하지 못한 사람이라면, 혜성과 아빠, 부천 엄마, 돌아가신 외할머니와 이모할머니뿐이었다.

"음, 그럼 두 분 사이는 어떤가요? 아버지하고 새어머니, 원만한 편인가요?"

"……음, 모르겠어요. 잘은 모르지만,"

남자가 자신의 다음 말을 기다리고 있었다.

"뭐 그다지 원만하진 않은 것 같기도 하고. ……두 사람이 성격이 많이 달라요."

형사가 흥미로운 표정을 지었다.

"그러니까 우리 아빠는 뭐랄까, 굉장히 감정적인 편이거든요. 자기 감정 같은 거 숨기질 못해요. 그에 비해서 유지 엄마, 아니 새엄마는 차가운 편이에요. 타고나기를 원래 그런 것 같아요. 우리 아빠는 사실 욱하는 성격이랑 고집이 있어서 그렇지 솔직히 나쁜 사람은 아니에요. 최소한 차갑고 냉정하지는 않아요."

"새어머니는 냉정한 사람이다? 그렇게 생각하시는군요."

"아니요, 아니요."

은성은 연이어 부정했다.

"꼭 그렇다는 건 아니에요."

새엄마에 대한 악의를 겉으로 드러내는 것이 지금 자신에게 하등 도움 될 리 없다는 데에 한발 늦게 생각이 미쳤다. 어떻게든 이 사내의 주의를 다른 곳으로 분산시켜야만 했다. 강재우와, 아이는 어디에 있을까.

2월 말, 대학 캠퍼스의 오후 네시는 쌀쌀하고 을씨년스러웠다. 운동장은 녹지 않은 눈으로 질퍽질퍽했다. 혜성이 스탠드에 쭈그리고 앉아 천천히 캔커피를 마시는 동안, 똑같은 모양의 학과 점퍼를 입은 한 떼의 남학생들 말고는 아무도 그곳을 지나가지 않았다. 따듯하고 달달한 액체를 몸속으로 흘려보내면서 혜성은 다희를 기다렸다. 겨울방학 내내 다희는 평일 아침 아홉시부터 오후 여섯시까지 학교 도서관에서 공부했다. 7급 공무원 시험 준비였다. 졸업 전에 합격하는 것이 그녀의 계획이었다. 목표를 7급으로 정한 까닭은, 그게 현실적으로 적당한 꿈이기 때문이라고 했다.

"사시나 행시도 생각해봤는데 스카이 출신 아니면 그 안에서도 한계가 있대. 더군다나 나는 여자니까. 죽기 살기로 해서 합격해봤자 주변부를 맴돌다 말 텐데. 그럼 차라리 7급으로 들어가는 게 나아. 여자 평생 직업으로 그 정도면 괜찮잖아."

다희는 언제나처럼 단정적이고 단호한 투로 말했다. 내용이 무엇이든, 그 아이의 말을 듣고 있는 순간에는 그 의견이 세상에서 가장 타당한 것처럼 느껴진다. 스스로가 하는 말이 옳다고 굳게 믿고 있는 자만이 내뿜는 특유의 자신감 때문일 것이다. 그것이 혜성이 다희를 떠나지 못하는 이유인지도 몰랐다.

멀리서 다희가 걸어오는 모습이 보였다. 반코트에 미니스커트 차림이었다. 굽 높은 롱부츠를 신어서인지 조금 뒤뚱거리며 걸었다. 공부에 골몰하느라 외모에 무신경한 여학생으로 보여선 안 된다는 게 다희의 지론이었다. 미모는 경쟁력이라는 표어를 그녀는 신봉했다. 혜성은 미지근히 식은 마지막 한 모금의 커피를 급하게 털어넣었다. 가슴이 답답해져오고 있었다. 언제부턴가 다희와 얼굴을 마주할 때면 어김없이 나타나는 증상이었다.

"내가 미쳐. 또 굶었지?"

다희가 다짜고짜 소리 높여 나무랐다.

"아니야, 점심 먹었어."

혜성은 등뼈를 움츠리며 대꾸했다.

"거짓말 마. 이틀은 굶은 표정인데 뭘. 그럼 점심으로 뭐 먹었는데?"

"만둣국."

사실이었다. 가정부 아줌마가 만두를 큼직하게 빚어 국을 끓였다. 옥영은 며칠째 곡기를 끊다시피 하고 있었다. 밥은 물론, 죽에도 거의 손을 대지 않았다. 뜨끈한 국물이라도 좀 떠먹게 하면 어떨까 싶어 혜성이 가정부에게 제안한 메뉴였다. 새엄마가 평소 즐겨하는 음식이기도 했다. 어쩐 일로 순순히 식탁에 앉은 옥영은 큰 결심이라도 한 듯 숟가락을 들었다. 숟가락을 세워 만두 한 개를 조그맣게 갈라서는 입안에 넣었다. 제대로 씹지도 않은 채 꿀꺽 삼키는 모양을 혜성은 조마조마한 마음으로 바라봤다.

아침녘, 옥영과 상호 사이에 큰 충돌이 있었다. 1층 부부침실에서 일어난 말다툼이 2층 혜성의 방까지 들려왔다. 그는 발소리가 나지 않도록 계단을 조심조심 내려갔다. 굳게 닫힌 침실 문 앞에 귀를 붙이고 엿듣지 않아도 아버지의 목소리가 실내를 쩌렁쩌렁 울렸다. 아버지는 "사람이 말을 하면 제발 좀 들어라!"라고 고함쳤다.

"그러는 당신은 왜, 내 말은 하나도 안 들어주고!"

새엄마가 핏빛 가득한 음성으로 절규하고 있었다.

"내 딸이야. 내가 찾을 거야. 상관하지 마!"

혜성이 그녀와 같이 살아온 오 년 동안 그렇게 심장을 갈가리 쥐어뜯는 쇳소리는 처음 들었다. 무언가 둔탁한 물건이 바닥에 부딪치는 기척이 났다. 혜성은 저도 모르게 방문을 열고 안으로 뛰어들어갔다. 옥영이 방바닥에 반쯤 엎드린 자세로 쓰러져 있었다. 김상호가 완력으로 밀친 것 같았다. 혜성이 그녀를 부축해 일으켰다. 아버지가 주먹으로 자기 가슴을 탕탕 치더니 외투를 집어들고 나가버렸다. 현관문이 거칠게 닫혔다.

"사모님, 드실 만하세요?"

가만있었으면 좋았으련만 가정부가 옥영에게 조심스런 질문을 건넸다. 옥영은 퍼뜩 제정신을 차린 기면증 환자처럼 눈을 껌벅였다. 이윽고 사각티슈 한 장을 뽑더니 입안에 든 것을 뱉어냈다. 옥영이 떠난 식탁 한편에 혜성 혼자 남겨졌다. 간신히 만두 한 알을 다 먹자마자 바로 신트림이 올라왔다. 혜성도 조용히 숟가락을 놓았다. 다희의 짐작은 과연 틀리는 법이 없었다. 만두 한 알. 지난 이틀간 그가 섭취한 음식물이라곤 그게 다였다.

"뭐 먹으러 가자. 나도 점심 못 먹었어."

다희가 짐짓 시치미 떼며 말했다. 습관의 힘일까, 그녀가 주저없이 팔짱을 껴왔기 때문에 혜성은 약간 당황했다. 면구스러움에 가까운 감정이었다. 일요일 오후, 그렇게 헤어진 뒤에 처음 보는 자리였다. 그런데 다희는 아무 일도 없었던 것처럼 굴고 있었다.

지난 일요일. 그날을 떠올리는 것만으로도 가슴이 콱 미어졌다. 둘은 캠퍼스 언덕길을 걸어내려갔다. 헐벗은 가로수들이 양옆으로 늘어서 있었다. 벚나무였다. 4월에는 희디흰 꽃이 눈부시게 만개했고, 10월에는 불긋한 단풍이 아름다웠다. 혜성은 지난 일 년간 일주일에 두어 번씩은 꼭 이 길을 오갔다. 언덕 중턱에 있는 벤치에서 책을 읽거나, 아까처럼 운동장 스탠드에 앉아 학생들의 축구시합 따위를 구경하거나, 아니면 캠퍼스 곳곳을 하릴없이 어슬렁거리면서 다희의 수업이 끝나기를 기다렸다. 다희의 친구들이 "네 남자친구 완전 착한 거 아니야? 항상 우리 학교까지 오다니"라고 부러워하면, 다희는 고개를 빳빳이 세우며 "그러니까 내가 만나주는 거야"라는 식으로 대답한다는 걸 알고 있었다.

"지금은 예과라 시간이 많아서 그래. 얘, 사실은 미리 점수 따놓는 거야. 자기 바빠지고 나한테 소홀할 때를 대비해서."

어느 보슬비 내리던 봄날, 교문 앞에서 마주친 과 친구에게 다희는 싱긋이 웃으며 말했다. 그 옆에서 혜성은 남의 이야기를 듣는 기분으로 바닥에 뒹구는 벚꽃 잎의 무늬를 내려다보았다. 그때야말로 솔직히 털어놓기에 알맞은 순간이었노라고 이제야 그는 생각했다. 시간이 흐를수록 점점 더 아득하게 멀어져간다. 그것이 거짓말의 속성이었다.

"할 말 있다며?"

학교 앞 중국식당의 홀 한구석에 자리를 잡고 앉자마자 다희가 물어왔다. 오래 참았다는 기색을 숨기지 않았다. 혜성은 더듬더듬 유지의 행방불명에 대해 설명했다. 주관적 판단이나 감정을 싣지 않고서 사실만을 말했다. 예상대로 다희는 입을 딱 벌리고는 다물 줄을 몰랐다.

"어떡해. 어떡하니, 정말."

그녀가 두 손으로 이마를 감싸고서 주문을 외우는 것처럼 연신 중얼거렸다. 혜성은 귀를 막고 싶어졌다. 어떻게 하면 좋을지 누가 알 수 있단 말인가. 다희는 더 자세한 것들을 캐묻고 싶어하는 것 같았지만, 혜성이 일일이 대답해줄 기력이 없다는 걸 이미 눈치챈 듯했다. 제 나이답지 않은 본능적인 균형감각이었다. 열다섯 살에 처음 만났을 때부터 쭉 그랬다.

"힘들었겠다. 별일 없을 거야. 괜찮아."

오래지 않아 다희는 감정을 수습했다. 그 아이다웠다. 다희는 메뉴판을 달라고 주문했다. 언제나 자장면이나 짬뽕만을 먹던 곳에서 새삼스러웠다. 그녀는 메뉴판을 찬찬히 뒤지더니, 게살수프와 유산슬, 그리고 볶음밥을 시켰다. 제 딴에 떠올릴 수 있는, 따뜻하고 부드러운 음식인 듯했다.

"나 어저께 용돈 탔잖아. 남기더라도 일단 시켜보자."

한쪽 눈을 찡긋하며 미소지으려 애쓰는 다희의 표정을 보면서, 혜성의 내부에서 무언가가 힘없이 무너져내렸다. 언젠가부터 다희만 보면 반사적으로 심장을 무겁게 내리누르는 느낌에 사로잡히곤 했다. 그 정체 모를 힘의 실체를 오늘은 깨달을 수 있을 것도 같았다. 누군가 자신을 이토록 사랑한다는 게 혜성에게는 몹시도 무서운 일이었다.

"부탁이 있어."

그는 마침내 입을 열었다.

"혹시 경찰에서 연락이 올지도 몰라."

"나한테?"

"그래."

혜성은 일부러 군더더기 없이 빠르게 말을 이었다. 그녀의 귀에는 다소 퉁명스럽게 들릴 수도 있었다.

"만약 그렇다면, 이것저것 물어볼 거야. 뭐든 네 맘대로 대답해도 좋아. 그렇지만,"

"응."

다희가 정색을 한 채 그를 똑바로 바라보고 있었다. 영리하고 현실적인 아이였다. 그래서 안심이 되기도 했고, 그래서 불안하기도 했다.

"지난 일요일에……"

다희의 머릿속에서도 그 일요일 오후의 풍경들이 저절로 스쳐 지나가고 있을 터였다.

"우리가 밤까지 같이 있었다고 해줘."

우습고 저열한 부탁이라는 걸 나도 알아, 라고는 말하지 않았다. 미안하다고도 하지 않았다. 게살수프가 나왔다. 종업원이 테이블 가운데 놓고 간 둥근 볼을 다희가 혜성 앞쪽으로 밀어주었다.

"얼른 먹어. 식으면 맛없어."

이럴 때의 그녀는 영락없이 아주 오래 산 노파 같기도 했고, 두 살짜리 아기 같기도 했다. 수프는 너무 뭉글뭉글하고 뜨거웠다. 무슨 맛인지가 온전히 느껴지지 않았다. 둘은 묵묵히 한 그릇의 수프를 나누어 먹었다. 조금 전 들은 그 말에 대하여 다희는 한마디도 따져 묻지 않았다. 그녀는 무엇을 생각하는 것일까. 혜성은 햇빛 없는 겨울날 응달에 발가벗고 서 있는 기분이 들었다.

"겨울에도 파리가 있네."

음식 접시에 앉으려는 날벌레를 다희가 손짓으로 쫓아냈다. 일요일 오후 그렇게 헤어진 뒤에 혜성이 어디서 시간을 보냈는지 그녀는 캐물으려 하지 않았다. 너에게 그날 밤 무슨 일이 있었기에 나더러 알리바이를 대달라는 거니? 추궁하려 들지도 않았다. 혜성은 두려워졌다. 어쩌면 이 아이는 이미 모든 걸 다 알고 있을지도 몰랐다. 날이 순식간에 어두워져갔다.

　지난 토요일과 일요일 그들이 연이어 만난 건 사실이었다. 토요일 저녁엔 중학교 시절 같은 학원을 다녔던 친구들의 모임이 있었다. 다희와 친했던 소연이 파슨스에 합격하여 뉴욕으로 떠나게 되었는데 그 환송식이라고 했다. 다희만 아니었다면 굳이 참석하지 않을 자리였다. 그러나 다희는 꼭 같이 가야 한다고 주장했다.
　"나 혼자 가면 다들 네 안부 물어볼 텐데? 그리고 이런 기회에 애들이랑 자연스럽게 어울리는 것도 좋잖아. 다 착한 애들이야."
　다희의 의견을 부정할 마음은 없었다. 착하다는 말 속에는 여러 가지 의미가 포함돼 있을 것이다. 그애들은 하나같이, 타인에 대해 티끌만한 악의조차 없어 뵈는 혈색 좋고 허여멀끔한 인상을 하고 있었다. 모두들 조각케이크 위에 앙증맞게 데코레이션된 딸기 과육처럼 부드러운 목소리로 이야기했고, 고른 이를 드러내며 환히 웃었다.
　"너희들 만나니까 진짜 편하다. 이래서 옛 친구들이 좋은가봐. 우리 학교 애들은 어딘가 좀 불편해."
　"나두야. 그래도 너희 과에는 강남이 절반이라며? 우리는 완전 심해. 지난번에는 어떤 애가 우리 집 어디라는 거 알고선, 대놓고 부자라서 좋겠네, 그러더라. 비꼬는 말투로 말이야."
　그 아이는, 유치하게, 라는 후렴구를 덧붙였던 것 같다. 혜성은 맥주잔 속에 코를 박은 채 역겹다고 생각했다. 옆에 앉은 다희가 그의 무릎을 살짝 손으로 짚었다. 누구의 사촌형이 사법시험에 최종

합격했다는 말, 무슨 준비든 빨리 시작해야만 실패했을 때 그만큼 빨리 재기할 수 있다는 말, 신사동 가로수길 어느 카페의 커피와 와플세트가 맛있다는 말, 중학교만 마치고 영국으로 유학갔던 동창이 스위스 호텔학교에 진학했다는 말, 그곳의 학비가 어마어마하게 비싸다는 말. 부질없는 말과 말들이 공중을 떠다녔다.

"참, 김혜성."

마침 화제가 끊긴 순간, 누군가 혜성을 불렀다. 진호라는 이름의, 다른 대학 의대에 다니는 녀석이었다.

"너희 해부학하고 생리학, 시작했어?"

"으음."

혜성은 테이블 위에 느슨히 올려두고 있던 팔꿈치를 뗐다. 등을 천천히 벽에 기댔다. 취기가 급작스레 몰려오고 있었다.

"우린 벌써 시작해서 아주 힘들어 죽겠다. 우리 과 애들은 예과 때부터 학점 관리한다고 어찌나 열심히들 하는지. 너희 애들도 그래?"

좌중이 조용했지만 개의치 않고 진호는 혼자 말을 이었다. 혜성은 대답하지 않고 시선을 외로 돌렸다. 다희가 귀엣말로 "그만 마셔"라고 속삭였다.

"야, 너희 둘 부부 같아. 그러지 말고 빨리 결혼해. 요즘 조혼이 트렌드래."

소연이 퉁을 주듯이 하면서 화제를 돌렸다. 진호의 묘한 잘난 척을 더 듣기 싫다는 뜻일 터였다. 여자애들이 까르르 웃었다.

"하긴 졸업하자마자 결혼하는 것도 괜찮은 것 같더라. 같이 유학가기도 좋고. 우리 선배들 중에 그런 커플이 있는데……"

화제가 옮겨간 틈을 타 혜성은 자리에서 일어났다.

"뭐야? 혜성이 가려고?"

그는 대답 대신 계산서를 집어들었다. 소연이 만류했다.

"어머, 그냥 둬둬. 오늘은 내가 쏘는 거야."

"더치하자. 같이 먹었는데."

진호가 바지 뒷주머니에서 지갑을 꺼냈다. 혜성은 입술로만 웃으며 계산서를 까닥 흔들었다.

"얼마나 나왔다고. 미안. 먼저 간다."

카운터에서 계산을 치르고 있는데 다희가 따라나왔다. 얼굴이 붉으락푸르락했다.

"오기 싫은데 억지로 따라와서 화난 거야?"

"아니야. 미안. 먼저 간다."

좀 아까 했던 말을 반복하고서, 유리문을 밀치고 나와버렸다. 코트 소매에 팔을 꿰며 지상으로 난 계단을 두 칸씩 뛰어올랐다. 어디선지 희미한 오줌 지린내가 났다. 지하의 술집 입구에서 다희가 망연히 위를 올려다보고 있을지도 몰랐다. 혜성은 뒤를 돌아보지 않았다. 전화기를 끈 채 그 밤을 보냈다. 딱 한 번, 마지막 한 번이라고, 또다시 자신과 약속했다. 그렇게 일요일이 되었다.

일요일 아침 별안간 누나 집에 달려가야 하는 사태가 벌어지지 않았다면 모든 게 달라졌을까? 적어도, 새엄마의 부탁대로 오후 두 시까지는 집에 머물렀을 것이다. 유지와 함께 점심을 먹고, 선생에게 레슨비를 전해주었을 것이다. 아버지가 돌아올 때까지 유지를 혼자 두지 않았을 것이다. 절대로, 아이가 그렇게 사라지도록 놔두지 않았을 것이다. 그러나 이마에 철철 피 흘린 채 처연한 표정을 짓는 누나, 눈꺼풀을 깜빡이며 영혼의 가장 안쪽에 스스럼없이 침범하려 드는 누나를 보자, 머릿속이 텅 빈 것처럼 아무 생각도 나지 않았다. 일요일 오전 은성이 상처를 꿰매러 들어간 사이, 다희의 전화를 받았다.

"병원이야. 누나가 또 사고를 쳐서."

다희는 낮게 한숨을 쉬었다. "그럼 거기 계속 있어야 돼?"라는 물음에, 저도 모르게 "아니"라고 대꾸했다. 그것이 그 순간의 진심이었다. 다희를 만난 시간은 얼추 정오가 좀 못 되었을 것이다. 지하철역에서 얼핏 시계를 보면서, 다희와 차 한 잔 마시고 좀 서두르면 두시까지 집에 들어갈 수 있으리라 예상했던 것 같다. 늦어도 레슨이 끝나는 시간에는 맞출 수 있을 줄 알았다.

다희가 먼저 와서 기다리고 있었다. 오래 전에 도착한 듯, 미리 시켜놓은 커피잔이 거의 다 비어 있었다. 낯빛이 떠꾼했다. 다희는 화를 내지도, 짜증을 내지도 않았다. 새치름한 눈빛으로 유리창 바깥만을 바라봤다. 혜성의 가슴이 다시 갑갑해져왔다. 떨어져 있을 때는 그렇지 않은데, 그녀의 얼굴을 마주 대하고 있으면 왜 자꾸 이런지 몰랐다. 옴짝달싹 못하는 거미줄에 붙들린 것 같았다.

그들은 중학생 보습학원의 클래스메이트로 처음 만났다. 열다섯 살, 혜성이 막 김상호의 집에 옮겨심어졌을 무렵이다. 누가 말을 시킬까봐, 혹은 아무도 말을 안 시킬까봐 맨 뒷자리에 얼어붙어 있던 소년에게 다희가 먼저 다가왔다. 예쁘장하고 암팡진 얼굴과, 총명하고 또릿또릿한 성품을 가진 어른스런 소녀였다. 다희는 당시를 이렇게 회상했다. "난 첫눈에 네가 좋았거든. 근데 무서워서 접근할 수가 없었어. 어깨를 툭 치면 바로 주먹이 날아올 거 같아서." 다희의 짐작은 틀렸다. 누군가 슬쩍 건드렸다면 열다섯 살의 그는 주먹을 단단히 말아쥐는 대신 아마도 우왕, 울음을 터뜨렸을 것이다.

"화 풀어라."

스물한 살의 혜성이 말했다. 스물한 살의 다희가 눈을 흘겼다.

"미안하다는 말은 죽어도 안 하지?"

"미안해."

"난 정말 모르겠다. 넌 아니? 우리가 무슨 사이인지……"

"미안."

"우리 어디 조용한 데 가서 얘기해."

다희가 의자에서 벌떡 일어났다. 다희가 말한 조용한 곳은 제 집이었다. 그녀와, 그녀의 부모가 사는 집.

집은 비어 있었다. 부모님은 결혼기념일을 맞아 여행을 갔다고 했다. 결혼기념일 여행을 떠나는 부부라니. 혜성에겐 낯설고도 묘한 느낌을 주는 이야기였다. 신발을 벗고 마루에 올라섰지만 혜성은 어색한 기분을 감출 수 없었다. 남의 집안에 들어서야 하는 일이 생길 때마다 그는 어찌할 바를 몰라 곤혹스러운 느낌에 휩싸이곤 했다. 걸음을 몇 발짝 떼놓기도 전에 다희가 의아한 듯 물었다.

"왜 그렇게 걸어?"

"뭐가?"

"너 발뒤꿈치를 살짝 들고 걷잖아. 우리 집 마룻바닥 더러울까봐?"

"아니야. ……내가 더럽힐까봐."

소파에서는 벽에 걸린 가족사진 액자가 정면으로 마주 보였다. 단정하게 차려입은 4인 가족이 카메라를 향해 멋쩍게 미소짓고 있었다. 다희의 얼굴은 인중을 기준으로 위쪽은 아버지를, 아래쪽은 어머니를 닮았다. 유전자의 놀라운 위력을 확인하는 순간이면 왠지 으스스해진다. 다희는 그의 부모를 본 적이 없지만, 그는 다희의 부모와 이따금씩 만나왔다. 처음 인사를 한 건 중학교 졸업식 날이었다. 웬일로 부천 엄마가 꼭 참석해야겠다고 부득부득 우겼다. 김상호는 출장중이었다. 입이 안 떨어졌지만 새엄마에게 사정을 이야기했다. 옥영은 잠시 생각하더니 흔쾌히 그러라고 했다.

"아쉽네, 서울에서 제일 예쁜 꽃다발 들고 가려고 했는데"라고 말하곤 곧바로 "아, 신경쓰지 마. 농담이야. 즐겁게 잘 하고 와. 우린 아빠 오시면 주말에 같이 외식하자"고 덧붙였다. 하지만 그날, 부천 엄마는 오지 않았다. 강당의 졸업식 행사에 들어갔다 나오니 휴대폰 문자메시지가 도착해 있었다. 가게에 아주 급한 일이 생겼다, 미안하다, 졸업 축하한다, 사랑한다는 내용이 빼곡했다. 끝에는 빨간 하트 모양의 이모티콘이 두 개나 붙어 있었다. 혜성은 묵묵히 문자를 지웠다.

"짜증나. 오지 말랬는데 둘 다 왔네. 나, 아침에 엄마랑 한바탕하고 나왔거든. 얼굴 맞대고 밥 먹기도 싫어. 그러니까 너도 같이 가주라, 응?"

울상짓는 다희에게 억지로 끌려서 뷔페식 패밀리레스토랑에 따라갔다. 다희의 부모는 비교적 교양 있고 편안한 어른들이었다. 성적이나 아버지 직업 같은 건 묻지 않았고, 혜성이 새 접시를 가져올 때마다 천천히 많이 먹으라는 말만을 웃으며 했다. 까탈스러운 우리 딸과 친하게 지내려면 힘깨나 들겠다고 아버지가 농담을 건네자 다희가 매섭게 흘겨봤다. 아버지란 존재를 그렇게 대할 수도 있다는 사실이 혜성에겐 놀라웠다. 그러나 다희는 제 부모에게 제법 불만이 많았다.

"울 오빠랑 나 연년생이잖아. 고등학교 땐 아빠 월급 삼분의 이는 우리 교육비로 들어갔을걸. 나도 알아, 곧 죽어도 우리 때문에 8학군에서 버티느라고 엄마아빠 아등바등 살아온 거. 그치만 내가 원하지도 않았는데 그 대상이 되는 게 얼마나 끔찍한 줄 아니? 자식이니까 아무 대가를 안 바란다고? 웃기지 말라 그래. 그렇게 쏟아붓고 본전 생각 안 나는 사람이 어디 있어. 아, 근데 누가 나 때문에 희생하랬냐고. 왜 남의 인생에 사사건건 간섭이야!"

다희가 투덜거리는 소리를 들을 때면 혜성은 그것이 무엇으로부터 비롯된 먹이사슬인지 궁금했다. 다희에게 물었다면 뭐라고 대답했을까. "다 사유재산의 폐해야. 자기 자식을, 은행빚 내서 산 아파트처럼 생각하는 거지"라는 식의 논리든 뭐든 간에, 그가 예견한 것보다 훨씬 더 명쾌하게 딱 잘라 단언했을 것이다. 다희의 말을 듣고 있으면 이 세상이 아주 쉽고 단순한 질서로 움직이는 것처럼 느껴진다. 흰 스케치북 위에 4B연필로 반듯하게 내리그은 몇 개의 선들과, 그 사이사이에 듬성듬성 찍힌 소박한 작은 점들. 그리고 웬일인지 그 점들과 선들을 미치도록 수긍하고픈 심정이 된다. 다희는 혜

성의 무릎을 베고 누웠다. 아까는 조용한 곳에서 얘기하자더니 이제
는 그럴 마음이 아닌가보았다. 그들은 채널을 빠르게 넘기며 건성으
로 TV를 보았다. 다희는 누운 채로 비스킷을 먹었다. 봉긋한 가슴께
에 과자 부스러기들이 부주의하게 떨어져내렸다. TV가 뱉어내는 소
음 속에서 시계 초침 소리가 억눌리듯 사방으로 흩어졌다. 이상한
일요일이었다. 그러다 누가 먼저랄 것도 없이 선잠이 들었다.

잠에서 깨자마자 시간을 확인하려 했다. 그러나 그때 다희가 기
습적으로 몸을 일으켰다. 다희는 혜성이 말릴 새도 없이 그의 입술
에 제 입술을 포갰다. 먼저 몸을 뗀 것도 다희였다.

"혜성아, 나 똑바로 봐봐."

그녀가 정색을 한 채 혜성을 바라보았다. TV 화면 속에서는 조선
시대 포졸 옷을 입은 엑스트라 배우들이 하늘을 붕붕 날아다니며
싸우고 있었다.

"우리, 다시 한번만 해보자."

혜성의 입에서 헛기침이 터져나왔다. 다희의 침대는 일 인용이었
다. 둘은 모로 마주 본 채 오랫동안 누워 있었다. 커다란 돌덩이가
혜성의 가슴을 억눌렀다. 어쩔 수 없다는 기분으로 혜성은 다희에
게 키스했다. 다희가 두 팔로 그의 목을 세게 조이며 상체를 밀착시
켜왔다. 배에 다희의 살결이 닿았다. 혜성의 몸이 갑자기 고통스럽
게 부풀었다. 그녀는 적극적으로 몸을 움직였다. 혜성은 눈을 꼭 감
았다. 지금이 밤이었으면 좋겠다고 생각했다. 차라리 암흑 속이라면
좋겠다. 눈을 감고서 그는 머릿속 수만 갈래의 길들을 다 지워버리
고 오직 한 곳에만 집중하려 애썼다.

그러나 다희의 분홍색 팬티에 손가락을 뻗치는 순간 몸에서 스르르 힘이 빠져버렸다. 다희가 먼저 몸을 일으켰다. 혜성은 벽 쪽으로 고개를 돌렸다. 군데군데 낡은 도배지의 장미꽃무늬가 끝 모를 미로처럼 느껴졌다.

　"나 지금 무지 비참하거든."

　다희가 억지로 담담함을 가장하며 말했다. 목소리에서는 감출 길 없는 감정이 묻어났다.

　"내가 오늘은 꼭 알아야겠다. 이유가 뭐야?"

　이 아이에게 과연 무엇을 설명할 수 있단 말인가. 그는 아무 말도 하지 않았다. 다희가 숨을 크게 들이마시더니 뚝뚝 눈물을 흘리기 시작했다. 다희가 확인하고 싶어하는 것은 무얼까. 확인받고 싶어하는 것은 또 무얼까. 결코 손에 잡히지 않는 것, 잡으려 드는 순간 벌어진 손가락 틈으로 빠져나가버리는 것, 아마도 그런 것이리라고 혜성은 생각했다. 다희는 항상 그를 속속들이 알고 싶어했다. 콩알보다 더 작은 이야기라도 둘이 나누고 싶어했다. 세상의 모든 배타적인 관계의 연인들이 함께 하는 일들을 혜성과 나누고 싶어했다. 다희는 이 세상 다른 연인들이 공공연한 비밀처럼 함께 하는 일들 중에 섹스도 포함돼 있다고 믿는 것 같았다. 그녀의 추측은 아마도 옳을 것이다.

　"솔직히 말해봐."

　어깨를 들썩이며 울다 말고 다희가 그를 쳐다봤다. 몹시도 낯선 표정이었다.

　"……뭘?"

"설마 평생 책임지라고 할까봐서 그래?"

"……그런 게 아니야. 다희야…… 나는……"

"둘러대지 마."

다희는 냉정하게 그의 말을 끊었다.

"내가 그 정도밖에 안 돼 보여?"

"다희야……"

"넌 늘 도망치고 싶어하잖아. 가고 싶으면 가면 돼. 내가 겨우 이런 걸로 널 잡을 거 같니? 내가 겨우 그 정도로 보여?"

"그런 거 진짜 아니야. 단지 나는……"

"단지 너는, 뭐?"

다희의 눈동자는 잘 닦은 바둑알처럼 새까맸다.

"……사랑해."

태어나서 처음으로 뱉는 말이었다. 혜성은 혀를 안쪽으로 오므렸다. 제 목구멍 깊은 곳에서 역겨운 비린내가 올라오는 것만 같았다. 야전병원 침상에 누워 죽어가는 젊은 병사의 육체에서 풍기는 피냄새 같은 것. 다희가 코를 훌쩍이면서 손등으로 눈가를 쓱 닦았다. 그녀는 침대 한가운데 다시 반듯하게 누웠다. 눈을 꼭 감더니 말릴 새도 없이 팬티를 아래로 쓱 내렸다. 2월의 태양은 일찍 저물었다. 방안에는 어느새 어둠이 깃들어 있었다. 혜성은 다희의 고슬고슬한 음모들을 바라보았다. 발기는 되지 않았다. 이런 순간에는 차라리 사이코패스가 되었으면 좋겠다. 타인의 감정에 공감할 수 없도록. 타인의 마음 따위에 아무 신경 쓰이지 않도록. 그는 발치에 내팽개쳐진 이불을 끌어다 다희의 몸 위에 덮어주었다. 다희가 이불을 머리끝까지 뒤집어썼다.

"나가."

이불 속에서 그녀가 나직이 중얼거렸다.

"너, 당장 나가라고!"

시키는 대로 방을 나왔다. 뒷걸음질치는 것이 가능했다면 그렇게 했을 것이다. 거실 벽에 걸린 가족사진 쪽으로는 시선을 돌리지 않았다. 집 밖으로 나오자 참담한 안도감이 비로소 엄습했다. 스스로를 파괴하고 싶다는 욕망이 강렬하고 은밀하게 온몸을 후려쳤다. 그는 눈에 보이는 대로 PC방에 들어갔다. 게임을 하면서 어둠이 더 깊어지기만을 기다렸다. 그는 자신과의 약속을 또 한번 파기했다. 그것이 일요일, 유지가 없어지던 그날의 일이었다.

11장 좁은 문

전광판에 'arrival' 사인이 떴다. 지금 입국게이트를 통해 쏟아져 나오고 있는 여행객은 JAL기 편으로 도착한 일본인들이었다. 서울에서 이륙한 대한항공 여객기 안에는 대만인과 한국인 승객이 절반가량씩 섞여 있는 게 보통이었다. 간간이 홍콩 출신이나 일본인도 끼어 있었다. 대만인과 한국인, 일본인, 홍콩인, 그리고 본토인을, 그는 보는 즉시 구분해낼 수 있었다. 남들에게는 도저히 설명할 도리가 없는 아주 작고 미묘한 차이였다. 잠시 후 한 무더기의 한국인들이 문을 열고 나오기 시작했다. 밍은 준비해온 종이를 높이 쳐들었다.

'환영합니다. 2008 타이베이 체인&프랜차이즈 박람회 참가단'

박람회 손님들은 비교적 수월한 편에 속했다. 첫날인 오늘은 공항 픽업과 호텔 체크인을 해준 뒤 고궁박물관에 데려갔다가 저녁식사를 하면 되었고, 박람회가 시작되는 내일 아침부터는 국제무역센터가 위치한 101빌딩 앞에 내려주기만 하면 되었다. 마지막 날, 여

192

행사와 계약된 쇼핑센터 몇 군데를 들르고 나면 사박오일의 일정이 끝난다. 그는 이 일을 좋아하지 않았지만 싫어하지도 않았다. 그에게 일은 그저 일이었다.

"형님."

누군가 뒤에서 어깨를 툭 건드렸다. 다른 한인 여행사의 가이드 피터였다. 대만에 정착해 사는 대부분의 한국 화교들처럼 피터 역시 본명이 아닌 영어 이름을 사용했다. 한국어와 중국어를 자유자재로 구사하는 그들의 출신 배경을 궁금해하는 손님들이 꽤 많았다. 화교라고 곧이곧대로 밝히곤 별다른 부연을 하지 않는 밍과 달리, 피터는 제 기분 내키는 대로 이런저런 이야기들을 꾸며대곤 했다. 동창회나 계모임에서 온 중년 여성들에게는 안타깝게 헤어진 첫사랑 여인을 찾아 헤매다 타이베이 땅에 뿌리내리게 되었다 했고, 중년 남성들에게는 서울의 명문대 중문과 출신으로 유명 대기업에 다니던 중 주식투자에 실패해 여기까지 흘러들게 되었다고 했다.

"형님, 얼굴 좀 보고 삽시다. 쫌 와요, 쫌."

피터는 밉지 않게 짜증을 부렸다. 포커판에 나오라는 거였다. 한국 출신 화교 사내들 몇몇이 센트럴 근처 한국식당 뒷방에 자주 모여 판을 벌리곤 했다. 터줏대감 역할을 하는 고정 멤버들이 있고, 일주일에 한두 번씩 얼굴 도장을 찍는 축이 있었다. 피터는 후자였다. 포커를 치자는 뜻이 아니라 화교 커뮤니티에 얼굴 좀 비추고 살라는 뜻일 터였다.

"형님이 자꾸 그런 자리에 안 끼니까 말이야, 나만 중간에서 힘들어요. 왕밍 형은 수준이 안 맞아서 우리하고는 안 논다고, 그렇게 말하는 놈들도 있어요. 다들 섭섭해서 그러는 거지마는. 내가 나서서 형님은 그런 분이 아니라고 해도 씨알이 안 먹힌다고요."

아예 처음부터 완전한 이곳 시민이었던 것처럼 시침 뚝 떼고 살면 또 모를까. 한국여행사, 한국식당, 한국관광객 대상의 잡화점…… 그런 식의 고만고만한 고리들이 줄줄이 엮인 이 바닥에 터를 잡고 살려면 어느 정도의 인맥관리는 필수적이었다.

"그래, 고마워. 곧 한번 갈게."

그렇게 말하면서도 그는 자신이 그 담배연기 자욱한 방에 안방다리를 하고 앉아 카드를 돌리고 있는 장면을 결코 상상할 수 없었다. 그때 바짓주머니에서 전화벨이 울렸다. 거짓말처럼 들릴지도 모르지만 전화벨이 울리는 순간 그는 좋지 않은 일이 생겼음을 직감했다. 날카롭고도 아린 예감이었다. 밍은 숨을 깊이 들이마셨다.

"웨이."

전화기 너머에서 아아, 라고 해야 좋을지 오오, 라고 해야 좋을지 모를 작은 신음이 들려왔다. 옥영이었다. 가슴이 철렁 내려앉았다. 그녀는 말을 잇지 못했다. 흐느끼는 것 같기도 했고 숨을 멈춰버린 것 같기도 했다.

유지라는 이름.

꿈에서도 마음껏 속삭여보지 못한 그 이름을 밍은 허망하게 되뇌었다. 밍은 유지를 지금까지 두 번 보았다. 처음 본 것은 재작년 아이의 생일이다. 아이의 생일에 맞추어 일부러 서울을 방문할 의도를 품은 것은 아니었다. 그는 스스로에게 그럴 만한 자격을 부여하지 않았다.

당시 통역 아르바이트를 하던 대만 회사의 통역사로 서울에서 열리는 컨퍼런스에 참가하게 되었다. 통역은 그의 오랜 파트타임 잡이었다. 대학을 졸업한 뒤로 그는 한 번도 제대로 된 직장을 가져본적이 없었다. 대만 병역법에 따르면 40세 이전의 남자는 누구라도 의무기간을 복무해야 한다. 그러나 직장이 없는 경우는 예외였다. 이 예외조항에 기대어 마흔까지 깃털처럼 버티는 화교 사내들이 꽤 흔했다. 그들은 정식 직장에 속해 있지 않다는 사실을 증명하기 위해 넉 달에 한 번씩은 반드시 해외에 출국한 기록을 남겨야만 했다. 선호되는 곳은 가까운 홍콩이나 마카오였다. 아침 비행기로 출국하여 홍콩에서 점심을 먹고 오후 비행기로 들어오는 일을 넉 달마다 반복했다. 돈을 모으려야 모을 수 없고 안정을 찾으려야 찾을 수 없는 구조였다. 그들 중 아무나 붙들고 왜 그렇게까지 하면서 군대를 안 가려 드는지 이유를 묻는다면 십중팔구는 멍하거나 머쓱한 표정을 지으리라. 조금 더 위악적인 치는 "내가 왜 남의 나라 군대에 가야 하지?"라고 불쾌한 어조로 내뱉을지도 몰랐다.

오랜만의 서울 방문 일정이 아이 생일과 일치한다는 걸 알았을 때 그의 가슴은 두방망이질쳤다. 백화점을 돌며 아이에게 줄 첫 선물을 천천히 골랐다. 면세점에서 살 수도 있었으나 포장이 문제였다. 그는 정성껏 포장된 선물을 아이에게 주고 싶었다. 옥영에게는 서울에 도착해서야 연락했다. 서울은 그녀의 생활공간이었다. 그녀의 어깨에 티끌만큼의 부담도 짊어지우고 싶지 않았다. 옥영을 잠깐이나마 만나게 된다면 가방 맨 밑바닥에 담긴 향수병을 건네줄 수 있을까. 확신하기는 어려웠다.

바람 한 점 없는 뜨겁고 습한 날이었다. 반팔 셔츠의 겨드랑이가 땀으로 축축하게 젖었다. 서울 한복판에 있지만 꼭 타이베이 센트럴 거리를 걷는 것 같았다. 이태원의 작은 호텔 로비에서 옥영을 기다리는데 이상하게도 심장이 막무가내로 두근거렸다. 그리고 유지를 만났다. 옥영이 예고 없이 아이를 데려온 것이다. 아이는 눈동자가 영리하고 깊었다. 코끝이 동글고 귀여웠다. 배시시 미소지을 때 입술이 수줍게 벌어졌지만 시간이 더 흐르고 나면 강인하고 야무진 처녀로 자라날 것이다. 처음 보았는데도 서먹서먹한 느낌은 들지 않았다. 그는 그 동안 아이에 대해 아무것도 상상하지 않으려고 애써왔다는 사실을 깨달았다. 헤어질 때는 악수를 했다. 그는 어쩌면 조금 울 뻔했다. 울지 않기 위해 그 조그마한 손을 꼭 쥐고서 두 번 흔들었다.

"안녕히 가세요, 라오밍."

아이가 다정히 인사했다. 유지는 옥영의 손을 잡고 뒤돌아서 갔다. 달빛이 그들의 뒷모습을 저릿하게 관통했다.

아이를 두번째 본 것은 작년 그의 마흔번째 생일이었다. 전날 오후, 타오위안 국제공항에서 서울로 돌아가는 여행팀을 배웅한 뒤 청사 밖으로 나오다가 충동적으로 항공사 카운터에 걸어갔다. 비행기 안에서 "미친놈"이라고 몇 번이나 속으로 웅얼거렸다. 처음이자 마지막으로 스스로에게 주는 생일선물이라고, 그렇게 생각하기로 마음먹었다. 막상 서울에 왔으나 갈 곳도, 할 일도 마땅히 떠오르지 않았다. 밍은 시청역에서부터 세종문화회관까지 걸었고, 다시 한국

일보사까지 걸었고, 다시 안국역 방향을 향해 무작정 걸었다. 타이베이만큼이나 무표정한 행인들이 그의 곁을 비현실적으로 휙휙 스쳐 지나갔다. 뒷골목 이름 모를 밥집에서 설렁탕 한 그릇을 먹고서 종로통의 여관에 들었다. 여관방 한구석에 놓인 전화기를 바라보면서 본능적으로 옥영을 떠올렸으나 전화를 걸지는 않았다. 콜걸을 부를까 말까 잠깐 망설이다가 결국 TV의 포르노 채널을 틀어놓은 채 잠이 들었다.

다음날 아침 일찍, 아이가 다니는 학교 앞으로 갔다.

학교는 큰길가에 있었다. 노란색으로 칠한 스쿨버스들이 교문 바로 앞에 섰다. 버스가 정차할 때마다 똑같은 옷을 입은 아이들이 줄지어 내렸다. 목을 감싸는 흰색 티셔츠와 감색 조끼가 그애들의 교복인가보았다. 남자아이들은 조끼와 같은 원단의 바지를 입었고 여자아이들은 무릎 길이의 스커트를 입었다. 밍은 짧은 기도를 끝맺을 만큼의 시간 동안, 눈을 감았다 떴다. 저 멀리 기적처럼 유지의 모습이 보였다. 그날은 그의 마흔번째 생일이었다.

감색 교복은 아이의 몸을 헐렁하게 감쌌다. 그새 여윈 것인가. 아이는 어쩐지 지난번에 보았을 때보다 더 조그매진 것 같았다. 아이는 땅바닥을 보고 걸었다. 신발을 슬몃슬몃 끌면서 걷는 걸음걸이가 옥영과 닮았다. 유지야. 부르지 못한 이름이 입안에서 맴돌았다. 그때, 아까부터 그를 눈여겨보고 있던 경비원이 다가왔다.

"학부형이십니까?"

늙수그레한 경비원이 큰 소리로 물었다. 밍이 뭐라 대답하기 전에 아이들 몇이 이쪽을 쳐다보았다. 그중에 유지도 있었다. 유지가 걸음을 멈추었다. 그들은 각자의 자리에 멈춰선 채로 서로를 물끄러미 바라보았다. 서로를 한눈에 알아볼 수 있다는 데 대해 그는 진심으로 감사했다. 그가 한쪽 팔을 천천히 들어올렸다. 손에 말아쥐고 있던 신문지를 성화 봉송 주자처럼 흔들었다. 아이가 꾸벅 인사했다. 그는 아이를 향해 다가갔다. 여전히 미심쩍은 표정을 풀지 않은 경비원이 그들을 흘긋거렸다.

"잘 있었어?"

아이가 고개를 끄덕였다. 그는 무릎을 구부려 아이와 키높이를 맞추었다. 그의 갑작스런 등장에 아이는 놀란 기미가 아니었다. 아이의 눈동자가 이토록 차분했던가.

"나 기억나니?"

바보 같은 질문이었다. 아이가 다시 고개를 끄덕였다.

"교복이 예쁘네. 잘 어울린다."

아이가 살짝 미소지었다.

"아침은 먹고 왔어?"

"네."

"그렇구나. 뭐 먹었어?"

"미역국이요."

오전 아홉시의 구름이 빠른 속도로 걷히고 하늘이 맑은 모습을 드러내려는 즈음이었다. 그는 더이상 할 말이 생각나지 않았다. 하고 싶은 말과, 할 수 있는 말은 달랐다.

"저 이제 가야 되는데."

아이가 조금 쭈뼛대며 말했다.

"그래. 얼른 들어가. 공부 열심히 하고, 선생님 말씀 잘 듣고."

왜 더 근사한 한국어를 알지 못할까. 그는 자책했다. 또다른 스쿨 버스가 도착했다. 새롭고 똑같은 아이들이 우르르 쏟아졌다. 아이는 다른 아이들 틈에 섞인 채 점점이 사라졌다. 이렇게 사라지면 영원 히 찾을 수 없을 것 같았다. 그는 아이의 이름을 불러보았다.

"유지야."

아주 작은 목소리였다. 저기 멀리서, 그 이름을 가진 소녀가 남몰 래 뒤를 돌아보는 것도 같았다. 쓴웃음이 났다. 그러기를 바라다니 참으로 염치없는 인간이었다. 그는 조심스럽게 중얼거렸다.

"안녕."

그것이 마지막이 아니기를, 이제 그는 간절히 빌었다.

"금방 갈게."

옥영은 대답이 없다.

"울지 말고 있어."

"……"

"내가 금방, 금방 갈게."

나직하고 단호하게 그는 다짐했다. 한때 몹시 비겁했던 적이 있 다. 돌아보면 지금껏 비겁하기만 했다. 아무것도 선택하지 않음으로 써 아무것도 망가뜨리지 않을 수 있다고 믿었다. 덧없는 틀 안에다 인생을 통째로 헌납하지 않을 권리, 익명의 자유를 비밀스레 뽐낼 권리가 제 손에 있는 줄만 알았다. 삶은 고요했다. 그 고요한 내벽 에는 몇 개의 구멍들만이 착각처럼 남았다. 그는 길게 한숨을 쉬었 다. 숭숭 뚫린 빈칸을 이제 와서 어떻게 메울 수 있을까. 그것은 더

이상 선택의 문제가 아니었다.

다음날 아침, 밍은 타이베이 발 서울 행 첫 비행기에 몸을 실었다.

밍은 옥영의 집 근처에 처음 와보았다.

지난 십 년 동안 서울에서 만날 때면 옥영이 항상 밍이 있는 곳으로 왔다. 그건 명분을 첨언하지 않는 일종의 불문법에 속하는 것이었다. 옥영이 차를 가지고 숙소 근처에서 그를 픽업하고, 헤어질 땐 다시 그곳에 데려다주는 식이었다. 가끔씩 그녀가 본국에서 온 손님을 접대하는 예의바른 현지 주재원처럼 느껴지기도 했다. 결혼 직후부터 살던 대규모 아파트 단지에서, 방배동의 한 동짜리 빌라로 이사했다는 얘기를 들은 게 몇 해 전이었다.

"좋아?"

아무런 반응을 보이지 않는 것도 되레 이상할 것 같아 짐짓 두루뭉술하게 물어보았다.

"집이 그냥 집이지 뭐."

옥영은 대답을 얼버무렸다.

"한 동짜리라서 조용해. 서로들 뭐 하고 사는지도 별 관심 없고. 그건 편하더라."

그녀가 아파트 단지 또래 주부들의 배타적인 문화를 버거워했다는 사실을 알고 있었으므로, 그래도 다행이다 싶었다. "있잖아. 아파트 놀이터에도 이너서클이 있다. 재밌지?" 언젠가 그렇게 말하면서 옥영은 씁쓸히 웃었더랬다. "나야 이렇든 저렇든 아무 상관 없는데 애한테 미안해. 엄마가 너무 겉도니까 애도 따라서 소극적인 성격이 돼가는 것 같아서." 그때 그는 무슨 대답을 했었나. 아이가 화제에 오르면 그는 언제나 허둥거렸다. 골똘한 관심을 내비쳐도 안 될 것 같고, 무관심을 가장해도 안 될 것 같다는 모순이 그의 가슴 속에 뿌리 깊었다. 자연스레 말을 아끼게 됐다.

한국에 도착하자마자 인천공항에서 휴대폰을 대여했다. 그 번호로 옥영에게 전화를 걸었다. 벨이 채 두어 번도 울리기 전에 옥영이 황급히 전화를 받았다.

"여보세요?"

"나야."

"여보세요? 여보세요?"

"나, 서울 왔다."

그녀가 장탄식을 뱉었다.

"아아, 그래. 모르는 번호라서 난 또……"

아직도 소식이 없느냐는 질문은 할 필요가 없었다. 그녀의 숨소리가 다 설명해주었다. 나올 수 있겠느냐고 묻자 그녀는 한동안 대꾸가 없었다. 그는 마음이 조급해졌다. 그의 입장에서 지금의 끔찍한 불안감을 공유할 수 있는 유일한 한 사람은 옥영뿐이었다.

"내가 그쪽으로 갈게."

"……그래."

옥영이 알려준 곳은 커피숍이라기보다는 빵집에 가까웠다. 테이블에서 나누는 대화가 플라스틱 집게로 호두파이를 집어올리는 다른 손님의 귀에 고스란히 전달될 정도로 작은 공간이었다. 안과 밖이 서로를 투명하게 비추는 통유리 창가에 앉아서 밍은 어쩐지 섬

뜩한 기분에 휩싸였다. 평소의 옥영이라면 절대로 고르지 않을 약속장소였다.

옥영이 휘적휘적 실내로 들어섰다. 단 일주일 만에 몇 년은 더 늙어 보였다. 비쩍 야위었고, 로션조차 바르지 않은 듯한 맨얼굴이 누르뎅뎅했다. 그녀는 세간과 함께 버려진 폐가 같았다. 곧 와르르 서까래가 무너져내릴. 밍의 어깨에 머리를 묻고서 옥영은 오래 울었다. 소리없는 울음이었다. 그는 그녀의 등을 찬찬히 쓸어주었다. 흘끔거리며 지나가는 타인들로부터 보호하기 위해 유리창을 등지고 놓인 의자에 그녀를 앉혔다. 그녀를 위하여 할 수 있는 일이라곤 고작 그게 다였다. 울음이 느릿느릿 잦아들었다.

"아무것도 못 먹는구나."

긴 소매 밑으로 드러난 여윈 손목뼈를 눈으로 쓰다듬으면서 밍은 무심결에 중얼거렸다.

"나, 밥 먹어."

옥영이 갑자기 소리쳤다.

"밥을 먹어, 내가. 밥이 들어가, 여기로."

그녀가 주먹으로 제 빗장뼈를 탕탕 내리쳤다.

"……"

"그뿐인 줄 알아? 나, 화장실도 가. 화장실에 가고 싶어. 내가 사람이야? 응? 사람이야?"

"……"

"징그러워. 정말 내 몸이 너무 징그러워서 살 수가 없어."

"위링."

"난 아무것도 안 바라. 그냥 알기만 했으면 좋겠어. 누가 데리고 있는지, 우리 유지 지금 어디 있는지만이라도 제발."

아이가 어디 있는지만 알면 된다고 울부짖는 그녀의 말 속에는, 아이가 '어딘가에 있다'는 확신이 포함돼 있었다. 옥영은 아이가 살아 있다고 믿는 것이다. 불분명한 가정 아래에서는 일분일초도 견디기 어려울 것이다. 밍은 옥영의 손을 잡았다. 그녀의 체온은 차고 축축했다. 그녀에게는 자신의 체온이 그렇게 느껴질지 모른다는 생각이 들었다. 그의 온도와 그녀의 온도가 푸르스름한 섬광처럼 재결합했다.

"근데 너무 이상해."

옥영이 눈을 부릅뜬 채 중얼거렸다.

"이상한 일이 하나둘이 아니야."

"그게 무슨 말이야?"

옥영은 입을 떼려다 말고서 주위를 둘러보았다. 베이커리 안에는 테이블이 세 개뿐이었다. 그들의 테이블과 거의 붙다시피 한 옆자리에서는 대학생처럼 보이는 아가씨가 노트북을 펼쳐놓은 채 모니터를 들여다보는 중이었다. 진열대 앞에는 케이크의 포장을 기다리고 있는 중년 여자도 있었고, 초록색 에이프런을 가지런히 두른 아르바이트생도 둘이나 있었다. 평화로운 풍경이었다. 거리를 지나는 행인들은 이 쇼윈도를 들여다보며 열대어들이 한가로이 노니는 투명한 유리어항을 떠올릴지도 몰랐다. 옥영이 벌떡 일어섰다. 그는 멈칫멈칫 뒤를 따랐다.

그들은 근처 아파트 단지의 벤치에 나란히 앉았다. 3월이 막 시작되었다. 서울의 지난주 평균기온에 비해 한결 누그러진 날씨였지만, 타이베이에서 온 밍으로서는 몸이 으슬으슬 떨릴 정도로 추웠다. 옥영의 목덜미가 횅했다. 집에서 입고 있던 티셔츠 위에 대충 코트를 걸치고 나온 듯했다. 밍은 제 털실목도리를 벗어 그녀의 목 위에 칭칭 동여매주었다. 옥영이 목도리에 얼굴을 묻었다.

"아무도 안 움직여."

중국어였다. 모국어로 말하는 그녀의 목소리가 애달팠다.

"전단지를 만들어서 뿌리자고 몇 번이나 얘기했어. 근데 안 된대. 절대로."

절대로 안 된다고 한 사람은, 그녀의 남편, 유지의 아버지이리라고 짐작되었다. 그 남자의 존재를 생각하면 이상한 무력감이 가슴을 적셨다. 밍은 가만히 그녀의 무릎에 한 손을 얹었다.

"자기가 다 알아서 한대. 자기가 여기저기 죽도록 알아보고 있다고만 해. 그러면서 나더러는 무조건 기다리라는 거야. 그렇게 일주일이 지났어. 말이 돼? 난 아무것도 안 했다고. 시간이 어떻게 흘렀는지도 몰라. 얼마나 더 기다려야 되는데? 마냥 집에 처박혀서, 기도나 하면서? 우리 유지 학교 가야 돼. 새 학기란 말이야."

그녀는 몹시 흥분한 것 같았다. 언어의 차분한 질서 따위는 무시하고 머리에 떠오르는 대로 뒤죽박죽 이야기했다.

"위링."

밍도 중국어로 말했다.

"……그 사람도 나름대로 절박하게 알아보고 있을 거야."

"그러시겠지, 물론."

옥영이 냉소적으로 대답을 뱉었다.

"하지만 나는 못 믿겠어. 그 남자가 하는 말, 하는 행동, 그 남자의 숨소리, 이제는 하나도 못 믿겠어. 그날, 우리 유지를 본 사람들이 있을 거 아니야? 애가 땅으로 꺼진 게 아니라면, 어디론가 움직였을 거 아니야? 목격자들이 아이 사진 보고서 연락해올 가능성이 얼마든지 있는데 그 가능성을 다 마다하고 왜 저렇게 이상하게 구는 걸까, 응?"

"그래도 경찰이 수사하고 있다면서?"

"몰라. 경찰이라면서 한번 왔다 갔고, 전화가 두어 번 걸려오긴 했는데 그쪽도 믿음이 안 가. 애 찾을 생각은 안 하고 자꾸 딴소리만 물어봐."

"딴소리라니?"

"유지 생일이 출생신고서에 기재된 것과 일치하느냐는 둥, 남편 모르는 채무관계가 없냐는 둥."

"……"

찌르르한 감각이 등뼈를 타고 올랐다. 네가 신경을 많이 써서 예민해졌나보다, 라고 토닥여주고 싶었지만 입술이 얼어붙었는지 아무 얘기도 할 수 없었다. 중국어도 한국어도 아득하기만 했다. 그때 유지보다 서너 살 많을 것 같은 여자아이 하나가 종종걸음으로 그들이 앉은 벤치 곁을 지나갔다. 옥영의 시선이 팔랑팔랑 사라져가는 아이의 뒷모습을 하염없이 좇았다. 밍은 입을 굳게 다문 채 어깨를 웅크렸다. 비탄에 잠겨 그들은 오래 침묵했다. 아직도 환한 대낮이었다.

아내는 산 채로 한쪽 다리를 도려낸 고라니 같았다. 다리를 도려내고도 목숨이 붙어 있는 들짐승처럼 온몸을 비틀며 퍼덕였다.

김상호는 내심 그녀가 부러웠다. 마음껏 몸서리치며 괴로워할 권리, 목울음 꺽꺽거리며 아이 이름을 부르짖을 권리, 아내에게는 그런 자격이 있어 보였다. 자신은 가지지 못한 것, 감히 흉내낼 수조차 없는 것이었다.

"당신 마음 너무나 잘 알아. 그렇지만 일에는 순서가 있잖아. 조금만 더 기다려줘."

애원은 통하지 않았다.

"나 그렇게 만만한 새끼 아니야. 알잖아. 내가 그냥 손 놓고 있겠어? 제발, 내 말 좀 믿어주라. 한 번만, 딱 한 번만이야."

읍소도 먹히지 않았다. 그날 아침에도 아내는 그를 흔들어 깨웠다. 그는 얕은 잠에서 후다닥 빠져나왔다. 변한 건 아무것도 없었다. 손에 잡힐 듯 말 듯 했던 희망은 꿈속의 일이었다. 무참하고 민망해서 그는 천천히 눈을 비볐다. 전화기 곁에 앉은 채로 꼬박 밤을 지새운 걸까. 옥영의 눈동자에 피로와 불안, 도탄과 고통의 그림자가 일렁였다. 그럼에도 절망의 깊다란 구렁텅이에 빠지지 않으려는 필사적인 의지가 느껴졌다. 상호는 바닥에 아무렇게나 던져둔 바짓주머니를 뒤져 담뱃갑을 찾았다.

"내 얘기 좀 들어요."

아내가 그의 눈을 똑바로 쳐다봤다. 그녀는 또박또박 말을 이었다.

"경찰을 더이상 못 믿겠어. 그 사람들은 조그만 아이 하나 없어진 일에는 큰 관심이 없어. 하긴 그 사람들한텐 그게 당연하겠지만."

그는 손가락으로 담배를 뚝 분질렀다. 이미 입맛이 썼다.

"그래서 어쩌라고."

"딴 방법이 있을 거야. 오늘부터 같이 찾아봐요. 이대로 경찰 손에만 맡겨두었다가는 정말로 어떻게 될지 몰라."

"에이 썅, 그만하라고 했지!"

그는 버럭 고함을 질렀다.

"누군 몰라서 가만있는 거 아니잖아! 근데 왜 자꾸 쓸데없는 소리를 하니. 그래서 뭘 어떻게 하겠다는 건데? 서울역 광장에라도 서서 길 가는 사람 아무나 붙들고 물어볼래? 우리 애 못 봤느냐고?"

상호는 거친 동작으로 침대에서 일어섰다. 옥영이 그의 팔을 힘껏 붙잡았다.

"혹시 내가 모르는 뭔가가 있어?"

여자의 목소리는 면도날로 턱을 긋듯 날카로웠다. 방안의 모든 것이 잠시 움직임을 멈추었다. 오직 김상호의 눈동자만이 작게 흔들렸다.

"뭔가가 뭐야. 그런 거 없어."

그는 간신히 받아쳤다. 스스로도 어색하다고 생각했다. 아내의 손아귀에서 스르르 힘이 빠졌다. 그의 맨살에 벌겋게 손자국이 남았다. 아내가 침대 모서리에 맥없이 주저앉았다.

"경찰하고 다 상의한 거야."

그는 목소리를 확 낮추며 어설픈 화해를 시도했다.

"우리가 요란하게 굴면 유지를 데리고 있는 놈들을 자극할 수 있어."

"당신은 어째서……"

목이 메어오는지 아니면 그 단어를 입에 올리기가 괴로운 것인지 옥영은 오래 틈을 두었다.

"……유괴, 라고 확신하는 거지?"

그는 자리를 박차고 나왔다. 아내의 코앞에서 방문이 쾅 닫혔다. 그녀의 울음소리가 문밖으로 새어나오는 듯도 했지만 모르는 척 도망쳤다. 아내에게 몹시도 미안했지만 달리 어쩔 도리가 없었다. 그는 어떻게든 아내를 피하고 싶었다. 옥영 또한 자신의 죄의식을 모두 덮어씌울 상대를 간절히 필요로 하고 있었으나, 그는 그 사실을 알지 못했다.

아침해가 제대로 밝지 않은 도로는 희붐했다. 출근시간으로는 퍽 일렀다. 강남대로는 텅 비어 있었다. 상호는 가속페달을 내처 밟았다. 역삼역 사거리를 막 통과할 즈음, 엔진이 갑자기 푸들푸들 떨리는가 싶더니 RPM이 한순간에 아래로 떨어지고 곧 자동차가 멈춰섰다. 뒤따라오던 차들이 경적을 울려댔다. 시동은 다시 걸리지 않았다. 연료가 없었다. 새빨간 경고등이 오래 전부터 깜빡이며 위험신호를 보냈을 터였다. 그는 핸들 위에 황망히 얼굴을 묻었다. 무엇을 보지 못했던가. 무엇을 향하여 우둔하게 돌진해왔던가. 경적을 울리던 차들이 하나둘씩 그를 피해 지나갔다. 그는 길 한복판에 고립되었다. 사면초가였다.

오전 열시경, 문영광이 사무실로 찾아왔다. 장소는 이쪽에서 정했다. 사무실 말고 더 안전한 곳이 어디인지 상호는 알 수가 없었다.

"출근을 하시는군요."

문이 억양의 높낮이 없이 말했다. 마치 사무실에 아무도 없었다면 혼자서라도 문을 따고 들어와 유유히 커피 한잔을 마셨을 것 같은 투였다. 아니면 느린 왈츠곡이라도 흥얼거리면서 캐비닛이나 책상서랍을 뒤졌을지도 몰랐다. 어쨌든 남자를 소파에 앉혔다. 남자는 등허리를 꼿꼿이 세운 자세를 고수했다. 직원들에게 당분간 나오지 말라고 말해두었던 것이 그나마 다행이라는 생각이 들었다.

"어떻게 된 겁니까. 어제는 연락도 잘 안 되고."

"여러 가지로 좀 바빴습니다."

문이 깍듯하고 사무적으로 덧붙였다.

"그래서 제가 이렇게 뵈러 오지 않았습니까."

김상호는 자신이 약자일지도 모른다는 사실을 본능적으로 직감했다. 게임의 승부가 상대방이 쥔 패에 따라 결정된다면.

"김사장님."

"……예."

"평소에 혹시, 가방 들고 다니십니까?"

남자는 가방, 이라고 발음했다. 그는 엉겁결에 고개를 끄덕였다. 기이하게도 그 순간, 사각 서류가방이 아니라 검정색 골프가방이 머릿속에 떠올랐다.

"혹시 본인 가방 속에 뭐가 들어 있는지 아십니까?"

"예?"

"아니, 어렵게 생각하진 마시고."

상호는 물컵을 손바닥으로 감아쥐었다. 평화로이 말장난을 나눌 여력 따위는 없었다. 이 사내가 말장난을 걸어오는 것이 아니라면, 더욱 이해하기 힘들었다. 그 가방 속에서 약속했던 USB가 아니라 악어새끼가 박힌 티셔츠가 나왔다는 사실을, 이놈이 알고 있단 말인가?

"얼른 생각이 안 나시나봅니다. 많이들 그러니까요. 습관적으로 아니면 손이 허전해서 들고 다니기는 하는데, 자기 가방 안에 뭐가 들어 있는지 모르는 경우를 꽤 많이 봅니다. 이런 일을 하다보면 특히 그렇지요. 아, 그래서 저는 가방을 안 들고 다닙니다."

남자는 치아가 보이지 않도록 짧게 웃었다.

"사모님이 걱정이 많으시겠습니다."

상호는 한쪽 눈썹을 치켜올렸다.

"어제 갈마동에 갔었습니다."

대전광역시 서구 갈마2동. 아내의 친정이 있는 곳이었다. 늙은 장모와, 마흔이 훌쩍 넘도록 결혼하지 않은 처형이 그곳에 함께 살았다.

"항상 그렇게까지 하는 건 아닌데요. 확인하고 싶은 게 좀 있어서 말입니다."

"......"

"KTX를 타려다가 마음을 바꿨습니다. 기왕이면 똑같이 해보고 싶어서요. 방배동에서 출발했습니다. 댁에서 반포 인터체인지까지 아주 가깝더군요. 아, 물론 그날과는 여러 가지 조건이 다릅니다. 그날은 일요일이었고, 또 사모님 차와 제 차의 최고 속도도 다르겠지요."

"이거 봐요. 빙빙 돌리지 말고 똑바로 말해. 그래서 우리 유지가 거기 있다는 거야? 뭐야?"

"외가에는 아이 흔적은 없었습니다."

"뭐?"

가슴속에서 울컥 뜨거운 불길이 솟구쳤다. 빌어먹을. 상호는 탄식했다. 이럴 때는 어떻게 해야 하는지 알지 못했으므로 그는 소리를 지르기로 했다.

"누가 그런 쓸데없는 짓을 하라고 했소? 시키지도 않은 걸 왜."

문이 상호를 이윽히 바라보았다. 깜빡임 없는 눈동자에서는 아무런 감정도 읽히지 않았다.

"제가 꼭 시키신 일만을 하는 사람은 아니지 않습니까."

"뭐요?"

"저한테는 제 방식이 있는 겁니다."

사내의 음성은 차분했다.

"지금은 우선 가닥들을 하나씩 모으는 중입니다. 어느 정도 선명한 윤곽이 드러나 보일 때까지는."

그들의 눈길이 공중에서 부딪쳤다. 먼저 외면한 것은 상호 쪽이었다.

"……그래도 시간이 없는데."

상호의 목소리가 저절로 수그러들었다.

"하루하루 얼마나 애가 타는지 알면서…… 그런데 대전에는 왜?"

"어른도 뵐 겸 겸사겸사해서요. 적지 않은 연세인데 비교적 건강하시더군요."

옥영과 십 년 넘도록 함께 살아왔지만 상호는 대전의 장모나 처형과 친밀한 사이가 아니었다. 장모는 유지가 아기였을 무렵엔 일년에 두어 차례 딸네 집에 들러 자고 가기도 했지만, 혜성이 집에 온 뒤로는 한 번도 그렇게 하지 않았다. 어쩌다 들러도 상호가 귀가하면 후다닥 서둘러 대문을 나서는 분이었다. 가까워질 만한 기회도 별로 없었거니와 아내 쪽에서도 그런 부분에 대해 그다지 관심을 두지 않는 것 같았다. 어머니 생신이라거나 미국에 사는 큰언니 부부가 귀국했다거나 하여, 식구들이 한자리에 모일 때에도 모임장소가 대전이라면 구태여 그에게 같이 가기를 청하지 않았다. 가끔씩은 아내가 자신이 그런 자리에 참석하는 걸 별로 달가워하지 않나보다, 라는 생각이 들기도 했다.

"당신 불편하잖아요. 아무래도 언어 문제도 있고 하니까."

언젠가 생각난 김에 물어보자 아내는 그렇게 얼버무렸다. 어쨌거나 상호로서야 고마운 일이었다. 말끝마다 '우리 엄마'를 찾던 전처에 대한 기억이 남아 있어서 더욱 그랬을 것이다. 옥영은 전처 미숙과는 모든 것이 판이한 여자였다.

"아이 이모 얘기로는 외할머니께서는 아직 이번 일을 모르신다고 합니다. 사모님이 그렇게 부탁했다더군요. 정신이 없을 텐데 거기까지 신경을 쓰시고, 참 사려가 깊습니다. 아, 사모님 말입니다."

옥영의 어머니와는 인사만 했을 뿐 대화는 나누지 못했고, 같이 사는 작은언니가 동생이 일요일에 왔다가 월요일에 떠났다는 사실을 증언해주었다고 한다.

"정확한 도착시간, 출발시간은 기억하지 못했습니다. 하긴 그런 사소한 일상사들을 일일이 머리에 담아두는 사람은 흔치 않지요. 일주일이 더 지난 일이기도 하고."

남자의 말을 듣고 있자니 이상하게 가슴이 조여들었다.

"그나저나,"

문이 갑자기 화제를 돌렸다.

"그 동네도 주차난이 참 심각하더군요. 서울뿐만 아니라 요즘은 어딜 가나 자동차가 넘쳐나니까요. 아파트 단지가 오래되어서 그런 가, 주차장이 협소해서 그런가, 평일 낮인데도 빈자리 찾느라 힘 좀 들었습니다. 겨우 차를 대자마자 어디서 보고 있었는지 경비원이 허둥지둥 달려왔어요. 방문하려는 동호수를 받아적고는, 앞유리에 다 종잇장 하나를 붙여주데요. 그렇게 일일이 체크하지 않으면 근처 주택가 주민들이나 근처 사무실 직원들이 몰래 주차하고 도망가는 경우가 비일비재하답니다. 공간이 좁으니 어쩔 수 없는 일이겠지만, 이웃끼리 좀 야박한 것 같기도 하지요?"

"그야 뭐, 요즘에는 다들 그렇게 하니까."

김상호는 자신 없게 중얼거리다 말고 곧 입을 다물었다. 문이 고개를 끄덕였다.

"그렇죠. 다들 그렇게 하니까. 아, 방문차량을 따로 기록해놓는 노트가 경비실에 있더군요. 물론 김사장님 댁처럼 엄격하지는 않고 엉성한 수준입니다. 경비원들이 차종이나 차 넘버 같은 걸 대충 볼펜으로 휘갈겨놓은 거죠."

문이 점퍼 주머니에서 수첩을 꺼내 펼쳐들었다.

"사모님 자동차 넘버가 7279. 흰색 BMW 320i 맞지요? 7279. 2월 24일부터 25일까지, 또 그 앞과 뒤를 아무리 뒤져봐도 기록은 남아 있지 않습니다. 경비원들도 고개를 갸웃거렸고요. 하룻밤이나 주차를 해두었다면, 그 동네에서 눈에 안 띄기가 더 어려운 차일 텐데 말이죠."

그는 본능적으로 이 낯선 사내의 입을 막고 싶다고 생각했다. 그러나 문이 조금 더 빨랐다.

"경비원 중 한 명은 그 아파트에서만 칠 년째 근무하고 있다더군요. 801호 중국 할머니네 막내딸이 서울에서 아주 잘 산다는 얘기는 익히 들어서 알고 있다고 했습니다. 작년 봄까지는 소나타를 타고 왔는데 어느 날부터 BMW를 타고 오더라, 신랑이 사업을 크게 한다더니 정말인가보다, 라는 말도 했습니다."

상호는 대꾸 대신 흠흠 헛기침을 했다.

"사모님이 친정에 오면 비싼 차에 혹시 흠집이라도 날까봐서 자기가 특별히 경비실 앞 좋은 자리를 비워주곤 했다네요. 또 분명히 말했습니다. 지난 일요일과 월요일엔 그 차를 보지 못했다고 말이지요. 기록과 증언이 일치하는 겁니다. 그럼 사모님은 어디에다 주차를 하신 걸까요?"

어미의 문장부호를 길게 늘이면서 문은 진심으로 흥미롭다는 듯 물었다.

"그거야 차를 딴 곳에다 놨을 수도 있는 일 아니오."

왜 군색하게 둘러대고 있는지 스스로도 의아해하면서 상호는 변명을 계속했다.

"아니면 아예 안 가져갔을 수도 있는 거고."

"본인이 말씀하셨습니다. 직접 운전해서 갔다 왔다고. 방배동 빌라 경비들이 차가 드나드는 걸 목격하기도 했고요. 아, 버스터미널이나 서울역 주차장에 세워놓고 대중교통으로 다녀왔다는 추측은 가능하겠네요. 그렇다면 굳이 왜 그러셨는지가 궁금해지는군요."

타인으로부터 내가 모르는 내 식구의 행동에 대하여 전해듣는 것은 그를 불안하게 만들었다. 그 불안은 곧 불쾌감의 형태로 그를 자극했다. 더 나빠질 일이 남아 있다니! 그 어렴풋한 상상만으로도 머리통이 터져버릴 것 같았다.

"물론 이 정도만으로는 아무것도 확신할 수 없습니다만."

상호는 시선을 먼 곳으로 돌렸다.

"다만 의문을 품을 수는 있겠지요. 의문이란 고요한 수면을 흐트러뜨리는 하나의 작은 돌멩이 같은 것이니까요. 아, 정정하죠. 고요한 수면을 흐트러뜨릴 가능성이 있는, 돌멩이."

"그래서, 요점이 뭐요?"

"어떤 추론이 하나 있습니다. 여기, 에요."

문은 볼펜 꼭지로 제 관자놀이를 지그시 눌렀다.

"기초단계라서 아직은 선만 몇 개 그어져 있지만, 충분히 현실성이 있다고 생각합니다. 그래서 부탁을 좀 드릴까 합니다."

"나한테?"

"예."

탐정이 요구한 것은 아내의 휴대전화 통화내역이었다. 그런 건 당신이 알아서 해야 하는 게 아니냐고 하자, 그 남자는 목소리의 볼륨을 낮추면서 대답했다.

"제가 하면 불법이잖습니까. 개인정보니까."

문은 여전히 무표정하였으나 상호에게는 그가 씩 웃는 것처럼 느껴졌다.

"작다면 작은 부분에서 공연한 리스크를 감수할 필요는 없으니까요."

이 남자가 시키는 대로 해야 할 것이다. 아니면 '공연한 리스크'에 상응하는 대가를 지불하든지. 상호는 바지 뒷주머니에 손을 넣어 지갑을 꺼냈다. 다행히 끊어둔 수표가 몇 장 들어있었다. 돈을 건네고 나서 그가 말했다. 머뭇대는 기미를 보이지 않으려고 애썼다.

"오래 계획해서 데려갔을 거요. 그 과정에서 수상한 모습이 있었을 거고."

"유괴라고 확신하시는군요. 누가, 말씀이십니까."

"그걸 알면 내가 이러고 있겠나. 하지만 나한테, 어떤, 앙심을 품은 놈들일 수도 있고."

"앙심이라면?"

"그거야 뭐 사업을 하다보면."

그는 도무지 제가 무슨 말을 하려는지, 또 이 사내가 제 말을 알아듣기는 하는지 알 수가 없었다.

"그럼 사장님 말씀을 제가 정리해보겠습니다. 김유지는 오랫동안 별러온 누군가에 의해 납치되었을 것이다. 그는 아마도 사장님에게 원한을 품은 자일 것이다. 사업상의 원한일 가능성이 크다. 맞습니까?"

"그렇소."

"자, 그렇다면 그 원한을 품었다는 자들을 리스트업 해주셔야죠. 사장님이 제일 잘 아실 텐데."

김상호는 자신이 깊고 좁다란 동굴 안에 들어와 있다는 것을 알았다. 어디서부터 무슨 이야기를 할 수 있단 말인가! 그는 힘겹게 탐정을 배웅했다. 목구멍이 후끈거리고 가슴이 미어졌다.

　　Y대교에서 발견된 표류사체의 부검은 월요일 오후 세시로 예정되어 있었다. 서울경기지역에는 주말 동안 한 방울의 비도 내리지 않았다. 비가 내리지 않으면 사람들은 술을 덜 마시고, 술을 덜 마시면 우발적인 사고를 저지를 확률도 현저히 낮아진다. 서울시 양천구 신월동 국립과학수사연구소에 근무하는 직원들 대부분은 경험으로 이것을 알고 있었다. 주말 내내 날씨가 맑았던 만큼 월요일에 처리해야 할 변사체의 수는 적지 않았다.

　　신원미상의 표류사체가 지하 시체대기실에서 차례를 기다리는 동안 바로 앞번호의 부검이 진행되었다. 교통사고사한 19세 남성이었다. 사고가 일어나기 직전에 피해자는 250cc 오토바이를 타고 동호대교 북단을 달리는 중이었다. 토요일 새벽 네시경이었다. 뒤따라오던 승용차가 오토바이와 추돌했다. 오토바이 운전자는 충격으로 방음벽을 들이받았고 현장에서 즉사했다. 승용차 운전자는 그대로 도망쳤다. 피해자의 아버지가 입회인 자격으로 부검실에 들어왔다. 책임자인 법의학 전문의 김박사는 그에게 짧게 인사하였으나 정면으로 눈을 맞추지는 않았다. 사체가 아직 사체가 아니었던 순간, 그 마지막 순간에 대해 떠올리는 것은 부검의의 몫이 아니었다. 여기 죽은 채 누워 있는 한 사람의 꿈과 절망, 슬픔과 사랑, 잠 못 들어 뒤채던 밤의 달빛, 흰 이마에 툭 떨어지던 첫눈의 서늘한 감촉 같은 것, 웃을 때면 쏙 패며 반짝이던 왼쪽 뺨의 보조개에 대해서도 절대로 상상하지 않았다. 그것은 망자에 대한 예의가 아니었다. 비교적 잘 견디던 아버지는 아들의 두개골이 절개되는 순간 황급히 입을 막고서 문밖으로 뛰쳐나갔다. 늘 일어나는 일이었다. 부검은 삼십여 분 만에 끝났다.

부검실로 이어진 좁다란 복도 한 옆에는 유리진열장들이 늘어서 있었다. 진열장 안에 들어 있는 것은 인간의 갖가지 장기조직들이 제각각 담긴 유리병들이었다. 뇌와 간, 신장과 방광들이 무생물처럼 고요히 알코올 속을 유영했다. 또다른 병 속에선 미성숙한 상태의 태아가 아무것도 책망하지 않는 표정으로 오도카니 누워 있었다. 보건의료자격증을 소지한 보조관 둘이 복도를 따라 철제베드를 밀고 왔다. 사체의 전신은 먼저 비닐로, 그 다음은 흰 헝겊으로 겹겹이 싸맨 상태였다. 머리 부분과 발끝 부분의 헝겊매듭을 각각 두 번씩 비틀어 묶은 사체는 마치 거대한 알사탕처럼 보였다.

"아, 오늘 진짜 지친다."

법의관 윤이 중얼거렸다. 그것은 오늘 김박사의 팀에 배당된 다섯

번째 시체였다. 시체가 여섯 구를 넘어가는 날엔 퇴근 무렵이면 다들 파김치가 되었다. 오늘도 이 뒤로 두 구가 더 기다리고 있었다.

"뭐 월요일치곤 그럭저럭 괜찮네. 피메일(female)은 하나도 없고."

부검 접수표를 훑어보던 최가 말을 받았다. 오늘 사체들의 성별이 줄줄이 남성임을 두고 하는 얘기였다. 남성의 경우가 여성사체보다 여러모로 편한 것이 사실이었다. 일반적으로 남자들은 단순하게 죽고 단순하게 죽였다. 여성사체들이 대개 복잡한 히스토리를 품고 있는 것에 비하면 어쨌든 그렇다고 볼 수 있었다. 여성사체에는 산부인과와 관련된 검사들이 필수적으로 이루어져야 했다. 피해자든 가해자든 여성이 개입된 사건의 속내는 치정 문제로 얽혀 있는 일이 많다는 것이 이들의 소견이었다. 윤이 대답 대신 얕은 숨을 내쉬었다.

"물이구나."

한번 맡으면 잊을 수 없는 냄새가 있다. 물속을 표류하다 온 변사체의 냄새가 그랬다. 물비린내와 피비린내, 물비린내 속에 섞인 피비린내, 피비린내 속에 섞인 물비린내. 그 기묘하게 혼합된 악취에, 동물의 살덩이가 상온에서 부패하며 풍겨대는 냄새가 마구잡이로 스미어 공기를 흔들어놓았다. 다들 목장갑을 새로 끼었다. 목장갑을 착용하지 않으면 축축하고 미끄러운 장기들을 집어올리다가 바닥에 떨어뜨리기 십상이었다.

표류 변사체의 주요 관건은 명명백백했다. 살아서 들어갔는가 아니면 죽어서 들어갔는가. 만약 살아서 들어갔다면 두 갈래의 가능

220

성만이 존재했다. 스스로 들어갔는가 아니면 강제로 들어갔는가.

사체는 붉은 벽돌처럼 생긴 작은 베개를 벤 자세로 반듯하게 누워 부검을 기다리고 있었다. 사체가 놓인 철제침대는 알파벳 T자 모양의 아랫부분에 해당했다. 그 위로는 음식점 주방의 싱크대를 연상시키는 대형 개수대가 연결되어 있었다. 부검과정에서 나오는 시체의 핏물과 오물을 흘려보내기 위해 만들어진 세척시설이었다.

부검은 보통 흉부와 복부, 두개골의 순서로 진행되었다. 이런 경우에는 특히 폐가 중요했다. 산 채로 수장된 사람의 폐에서는 필연적으로 부글거리는 포말괴가 검출되었다. 이른바 게거품이었다. 지난 금요일 부검의 첫번째 케이스가 그랬다. 잠수교에서 자살한 오십대 여자였다. 목격자는 없었지만 한강 둔치에 구두와 유서를 남겨놓았다고 했다. 검사로부터 넘어온 차트에는 유서의 복사본이 첨부되어 있었다. 선영아 영식아 엄마가 미안하다. 여보 미안합니다. 부검실에 들어왔을 때부터 구강과 비강에서 허연 포말이 끊임없이 흘러나오고 있었다. 점액과 공기, 피와 강물이 한데 뒤섞인 거품이었다. 사람의 기도 점막에 물이 흘러들어가 허파꽈리가 터졌을 때 일어나는 일종의 화학반응이었다. 여자가 강물 안에서 한동안 살아 있었음을 입증하는 결정적 증거였다. 그 순간 표류사체는 익사체라는 새 이름을 얻는다.

법의관 최가 남자의 흉곽에 메스를 가져다댔다. 힘껏, 기다랗게 내리긋자 쉽게 몸이 열렸다.

12장 찢어진 잎사귀 사이로

옥영은 상호가 다니던 중국어학원의 강사였다. 중국을 왔다갔다 하며 무역 일을 하기 시작한지 몇 해가 흘렀지만, 그가 구사할 수 있는 중국어 단어는 거의 없었다. 대형 어학원의 기초회화반에 등록해놓고선 하루 이틀 출석하다가 번번이 그만두곤 하는 패턴이 반복됐다. 저녁반은 술 약속, 아침반은 숙취로 인한 늦잠 탓이 컸다.

동네 큰길가에 새로 생긴 조그만 어학원의 문을 열고 들어서면서도 별 기대를 하지는 않았다. 저녁 여덟시 수업의 개강 첫날, 그는 강의실에 오 분 늦게 도착했다. 안에 있던 젊은 여자 세 명이 일제히 뒤를 돌아보았다. 둘은 학생이었고, 하나는 선생이었다. 여자들은 모두 이십대 후반에서 삼십대 초반에 이르는 나이였고, 어딜 갖다놔도 인물이 빠진다는 소리는 듣지 않을 정도의 외모들이었다. 상호는 어느 때보다 열심히 학원에 나가기 시작했다. 그들은 곧 친해졌다. 수업이 끝난 뒤에는 종종 함께 커피를 마시거나 맥주를 한 잔씩 하기도 했다. 각각 대학원생, 출판사 직원인 두 여자 수강생들

222

은 그를 큰오빠라고 불렀다. 큰오빠 노릇에 충실하기 위하여 그는 회식자리마다 열심히 지갑을 열었으며 말을 많이 하는 대신 그녀들의 말을 잘 들어주었다. 특별한 의도를 품고서 일부러 그런 것은 아니었다. 당시 그는 외로웠고, 외롭다는 감정이 낯설었으며, 그래서 어쩔 줄 몰라하던 시점이었다.

옥영은 수강생들과 자주 어울리지는 않았다. 같이 한잔 하러 가자고 권하면 서너 번에 한 번꼴로 응하는 식이었다. 술자리에서도 꼿꼿이 허리를 세우고 앉았다가 오래지 않아 "죄송하지만 먼저 일어날게요"라고 말하곤 했다. 그는 그녀가 조금 재수없다고 생각했다. 그렇다고 옥영이 건방지게 굴었다는 뜻은 아니다. 그녀는 비교적 친절했고 누가 묻는 말에 반드시 잔잔한 미소 띤 표정으로 대답했다. 말하자면 그녀는 누구에게나 똑같은 온도로 웃는 여자였다. 그런 점이 그의 눈에는 사회생활의 노련한 매너라기보다는 스스로의 자존감과 품위를 지키기 위해 안간힘 쓰는 모습처럼 느껴졌다. 그녀는 이때껏 그가 본 어떤 여자들과도 달랐다. 그것이 상호를 공연히 불편하게 했다.

한 달 가까이 지난 어느 날, 역시 오 분 늦게 강의실에 도착해보니 옥영 혼자뿐이었다. 옥영은 검은색 터틀넥으로 목을 감싼 차림으로 교탁에 비스듬히 턱을 괴고 있었다.

"지영씨는 갑자기 야근이라서 결석한다고 연락이 왔어요."

그렇게 알려주면서 그녀는 마른기침을 했다. 그녀가 이렇게 작고 여위었던가, 상호는 내심 깜짝 놀랐다. 그들은 또 한 명의 여자 수강생인 미경씨를 오 분만 더 기다려보기로 했다. 왠지 어색한 공기가 실내를 휘돌았다. 상호는 교탁과 멀찌감치 떨어진 자리에 앉았다. 고개를 숙이고 교재를 들여다보는 척했다. 글자들이 머리에 들어와 박히지 않았다. 옥영이 연거푸 잔기침을 해댔다. 그녀는 몹시 피곤해 보였다.

"감기 걸렸나봐요?"

"그런가봐요."

옥영이 남의 얘기처럼 대꾸했다.

"오늘 유난히 바쁘더니 갑자기 이러네요. 정말 죽겠어요."

상호는 그녀가 지금 예의바른 미소 없이 말하고 있다는 것을 깨달았다. 그는 말없이 강의실을 나왔다. 길 건너 분식집으로 가서 김밥 두 줄을 포장해달라고 한 뒤, 그 옆의 약국에서 감기약을 샀다. "어떤 걸로 드릴까요?"라고 묻는 약사에게 "제일 비싼 걸로 주세요"라고 대답했다. 김밥이 담긴 비닐봉투와 약봉지를 보고서 옥영은 웃지 않았다. 긴 앞머리칼을 손가락으로 쓸어올리며 난감한 감정을 표현했다.

"고맙습니다. 이따 수업 끝나고 먹을게요."

"지금 드세요."

"아니에요. 얼른 진도 나가요. 미경씨는 오늘 못 오나봐요."

"그냥 지금 먹어요. 어차피 오늘 수업 하면 내일 딴사람들하고 진도도 차이 날 텐데."

"안 돼요. 학원 규정도 그렇고."

"아, 규정이야 원래 어기라고 있는 거 아닙니까."

상호가 나무젓가락을 쪼갰다.

"그런가……"

여자가 새삼스럽다는 듯 천천히 입속으로 중얼거렸다. 그러곤 그가 건네는 젓가락을 순순히 받아들었다. 그것이 시작이었다.

옥영은 그 다음달 예고 없이 학원을 그만두었다. 새로 온 중국어 기초회화반의 강사는 목구멍에서 가래 끓는 소리를 내는 오십대 남자였다. 수업시간에는 한국어 사용을 일절 금지했다. 누구에겐지 모를 부아가 치밀었다. 상호는 다시 게으른 수강생이 되었다. 한 계절이 느릿느릿 지났다. 일주일에 한 번 전처의 친정으로 아이들을 보러 갔고, 한 달에 두 번 섹스를 위해 여자를 샀으며, 이틀에 한 번 술을 마셨다. 그리고 어느 날 홀연히 걸려온 그녀의 전화를 받았다.

퇴근길 약속장소로 나가면서도 꼭 뭔가에 홀린 것 같았다. 지하철역 계단을 막 올라서는데 장미꽃 파는 노파가 옆구리를 쿡 찔렀다. 그는 못 이기는 척 꽃 한 송이를 사서 버버리코트 안주머니 깊숙이 넣었다. 여자는 학원에서보다 훨씬 더 예쁘고 성숙해 보였다. 전에 비해 뺨에 살이 쑥 내렸고 눈 화장도 짙어진 것 같았다. 깊게 파인 상의 덕분에 팽팽하게 뻗은 쇄골을 확인할 수 있었다. 술을 마시는 동안 자꾸 그리로 눈이 갔다. 그는 기분 좋게 취해갔다. 그녀는 예상보다 술이 셌다.

"근데 말입니다. 좀 섭섭했어요. 언질도 없이 관두시고."

"대만에 갔다 왔어요."

여자가 분홍 입술을 옴짝대며 말하다 말고 강하게 고개를 저었다.

"다시는 안 갈 거예요. 그래서 갔어요."

"무슨 일 있었어요?"

"사람이 자꾸 앞으로 못 가고 뒤로 가게 되는 것 같아요. 퇴행."

"아이고, 사람이 사람이니까 그럴 때도 있어야죠. 뒤로 가다가 또 정신차리고 앞으로 가면 되는 거지. 계속 앞만 보고 달리는 놈들은 진짜 인생을 하나도 몰라요."

자기 입에서 나오는 소리지만 제법 그럴듯하게 들렸다. 갑자기 인생을 몹시 잘 알게 된 기분이 들었다. 여자가 담배를 물었다. 상호는 황급히 라이터를 꺼내 불을 붙여주었다. 그녀가 연기를 내뿜으며 쿡쿡 웃었다.

"왜요?"

"그냥, 재밌어서요."

그는 제 손에 들린 라이터를 내려다보았다. '성인클럽 여왕벌'이라고 인쇄된 문구가 선명했다.

"아니, 요새는 이런 걸 길에서 막 나눠줘가지고."

그는 이마까지 벌겋게 달아오른 채 변명했다. 그녀가 재떨이에 담배를 비벼껐다. 야무진 동작이었다.

"괜찮아요. 그런 면이 좋아요."

여자가 나직이 중얼거렸다.

"어쩌면 이미 아실지도 모르지만 나, 중국사람이에요."

상호는 대꾸할 말을 잃고 잠시 멍하니 있었다. 그녀가 중국사람이라고 밝혀서가 아니었다. 그녀가 좀 전에 자신더러 '좋다'고 한 것이다.

"아, 저기 나는,"

그는 비장하게 입을 열었다.

"나는 이혼을 했어요."

여자도 한동안 가만히 있었다. 그들은 몇 잔의 술을 더 마셨고, 함박눈 쏟아지기 직전의 구름처럼 두껍게 부풀어올랐다. 상호는 품안의 장미가 생각났다. 장미 한 송이를 불쑥 내밀자 옥영은 지난번처럼 또 제 앞머리칼을 쓸어넘겼다. 당황스럽다는 표시일 터였다. 그래도 이번에는 다행히 웃음 띤 얼굴이었다. 그는 얼간이처럼 너털웃음을 터뜨렸다. 상호와 옥영의 역사를 통틀어 가장 낭만적인 하루였을 것이다. 몇 잔을 더 마신 뒤에 남자는 손을 뻗어 여자의 얼굴을 만졌다. 여자가 그대로 있었다. 용기를 내어 그는 그녀의 뺨을 쓰다듬기 시작했다. 몰캉하고 보드라웠다. 여자는 미동도 하지 않았다.

옥영이 "아이를 가진 것 같아요"라고 또박또박 말한 건 그로부터 삼 개월이 흐른 후였다. 그날 생긴 아기는 아니었다. 그날은 아니었지만 그뒤 그들은 네댓 차례에 걸쳐 동침했다. 여자가 뒤이어서 한 말은 "그런데 부담은 가지지 말아요"였다.

"너는 어떻게 된 게 결혼이 항상 뱃속의 애 때문이냐."

속마음에 관한 한 참을 성 없기로 유명한 큰형이 기어이 한마디를 뱉었다. 절대로 그것 때문이 아니라고 상호는 발끈하여 소리쳤다. 때마침 등장한 유지가 아니었더라면 옥영과 결코 결혼할 수 없었을 거라고 그는 지금도 확신하고 있었다. 김상호의 인생에 기습적으로 도착했던 그 생명. 유지.

1990년대 중반 한국에 돌아온 후 옥영은 줄곧 중국어 강사로 일했다. 다른 대안이 없었다. F2비자로는 한국에서 정식취업이 불가능했다. 귀화 신청을 하지 않은 한국 화교들은 모두 F2장기체류비자를 가지고 있었다. 오 년마다 한 번씩 반드시 갱신해야 하는 것이었다. 안정적인 측면을 포기한다면 일자리를 찾기가 어렵지는 않았다. 대만대학은 한국에서도 인정받는 명문학교였으며, 1990년대 초중반은 중국어 열풍이 가히 뜨거웠던 시대였다. 그러나 대형학원이나 대기업 사내 프로그램의 강사일이 만만한 것만은 아니었다. 그런 곳은 나름대로 엄격한 조직이었다. 매달 수강생들이 작성하는 강의평가서가 곱게 접힌 종이비행기처럼 원장실에 배달되었고, 재등록한 수강생 숫자가 갑작스레 뚝 떨어진 달엔 학원 관리부장의 책상으로 불려가 오랫동안 잔소리를 들어야 했다.

무엇보다 그녀를 못 견디게 하는 건 사람이었다. 제 쪽에서 선택할 수 없는 사람들과 얼굴을 마주 대한 채 한 시간을 보내고 나오면 꼼짝달싹할 수가 없었다. 몸 안의 모든 기를 다 빼앗겨버린 것만 같았다. 십 분 뒤 다시 강의실에 들어갈 생각을 하면 두 어깨에 단단한 쇳덩어리가 얹힌 느낌이었다. 궁여지책으로 택한 방법은 변두리 학원들을 짧게 도는 거였다. 시작하기도 끝내기도 쉬웠다. 일 년에 두어 번 이상 타이베이에 가야 하는 그녀에게는 어쩌면 안성맞춤으로 여겨지기도 했다.

몇 개월 일해 어느 정도 돈이 모이면 일을 그만두고 타이베이 행 비행기를 탔다. 타이베이에 머물다가 밍과의 관계가 삐거덕거린다 싶으면 다시 짐을 싸 서울로 돌아왔다. 그러면서 차곡차곡 나이를 먹어갔다. 삶은 언제나 아슬아슬했다. 매일 밤 여행용 트렁크가 위에 놓인 침대 매트리스에서 잠들어야 한다면 누구라도 그럴 것이다. 그곳에선 여기를 그리워하고, 여기서는 그곳을 그리워했다. 무기력한 습관이었다. 서른이 코앞이었다.

낙엽이 스산하게 바닥을 뒹굴던 어느 날이었다. 밍은 그날 오후 비행기로 서울에 왔다. 넉 달 만의 만남이었다. 옥영은 흰색 프라이드를 몰고 공항에 나갔다. 김포공항 입국장에서 그들은 다투었다. 발단은 사소했다. 밍이 걸친 황토색 홑겹 잠바가 그녀의 눈을 자극한 것이다. 스무 살 때부터 입던 옷은 너무 얇았고, 소매 끝은 날긋날긋 닳아 있었다.

"이 옷 버리랬잖아!"

옥영은 평소보다 예민하게 반응했다.

"편하고 좋은데, 왜."

밍은 평소처럼 느릿하게 대응했다.

"나는 싫어. 이젠 우리 나이도 있는데 신경 좀 써서 입으면 안 돼? 여긴 서울이야. 그렇게 입고 다니면 사람들이 속으로 얼마나 무시하는지 몰라?"

밍이 고개를 숙이곤 손에 든 여권을 만지작거렸다. 진녹색 여권 커버에는 中華民國, REPUBLIC OF CHINA라는 글자와 함께 청천백일기 문양이 동그랗게 인쇄되어 있었다. 속에서 뜨거운 것이 울컥 치밀었다.

"왜 대답을 안 해?"

와락 소리치자 그가 놀란 눈빛으로 쳐다보았다.

"여기 올 땐 이런 거는 제발 입지 마. 대번에 중국사람인 줄 알아."

"중국사람 맞잖아."

밍이 냉소적으로 말했다. 그녀가 가장 싫어하는 말투였다. 김포를 빠져나와 마포에 있는 그녀의 원룸에 다다를 때까지 그들은 한마디도 하지 않았다. 운전을 하다 흘긋 훔쳐본 밍의 옆모습은 고집스러웠고 뾰족하게 날이 서 있었다. 대학 졸업을 한 학기 남겨두고 학교를 그만두겠다고 선언했던 그때와 달라진 게 아무것도 없어 보였다. 침대에 모로 드러누워 정신없이 지난 신문을 읽는 밍을 그대로 남겨둔 채 그녀는 방을 나왔다. 터틀넥을 입고 머플러를 둘렀어도 몸이 으슬으슬했다. 마른기침을 뱉을 때마다 가슴이 텅텅 울렸다. 남자가 김밥이 담긴 비닐봉투를 쑥 내밀었을 때에야 자신이 오늘 한 끼도 먹지 못했다는 걸 깨달았다.

그전까지 남자는 그녀의 시야 밖에 있었다. 아주 오래 한 사람만을 곁에 두어온 자의 관성으로, 옥영은 제 삶이 영원히 길고 희미하게 뻗은 일직선 위에 놓여 있으리라 믿었다. 프롤로그와 에필로그가 일치하는 한 권의 책처럼.

그것은 의지가 아닌 습관의 문제였으며 또한 그 책이 얼마나 재미있는가 하는 것과는 별개의 문제였다. 처음으로 지하철을 같이 탔을 때 상호가 객차 안의 다른 사내들과 비교해 체구가 그다지 큰 편이 아니라는 걸 알고서 옥영은 잠시 멍해졌더랬다. 그녀의 머릿속에서 김상호는 항상 커다란 남자로 각인돼 있었다. 스무 살 이후로 그녀는 언제나 밍을 기준으로 이 세상을 바라봐왔던 것이다.

상호와 함께 있으면 종종 화들짝 놀라게 되었다. 섹스가 끝난 뒤 그 남자는 아무것도 걸치지 않은 채로, 심지어 사타구니를 가리려는 시늉조차 하지 않은 채로 어기적어기적 침실을 활보하곤 했다. 그는 피부색이 거무튀튀한 편이었고 퇴역 레슬러처럼 어깨가 떡 벌어진 체격이었다. 그 남자의 육체와, 육체에 아로새겨진 근육들, 육체가 만들어내는 동작들 하나하나가 한없이 낯설어서 그녀는 눈을 끔뻑였다. 여기가 어디인가 한참을 물끄러미 더듬어보았다. 상호가 싫다는 뜻이 아니었다. 그녀는 그의 단순성과 동물성에 끌렸다. TV 코미디 프로그램을 보며 낄낄거리는 천진한 표정, 씩 웃을 때 드러나는 희고 네모반듯한 치아 같은 것. 밍에게서는 절대로 발견한 적 없는 것들이기에 더 과도한 가치를 부여했는지도 몰랐다.

서로의 영혼을 샅샅이 읽어낼 의무가 없는 관계가 옥영의 숨통을 터주었다. 언제까지 좁은 야채칸에 꼭 붙어서 뭉그러져가는 애기감자 두 알처럼 살아갈 수는 없는 노릇이었다. 밍은 여전히 그 자리에 있었다. 그들은 사나흘에 한 번 길지 않은 국제통화를 했고, 이박 삼일간 각각 서울과 타이베이를 다녀가기도 했다. 밍은 낡은 황토색 잠바를 버리지 않았다. 가끔 발작적으로 그에게 알려주고 싶기도 했다. 상상할 수 있는 가장 비열하고 졸렬한 방법으로.

"나 다른 남자가 있어."

아니다.

"나 다른 남자하고 잤어."

그러나 말하지 않았다. 말없이, 고향마을 지도처럼 익숙한 그 손을 꼭 잡고 잠들었다. 그때는 그런 것이 복수라고 생각했다. 대상 없는 복수. 자고 일어나면 눈물이 고여 있을 때도 있었고 그렇지 않을 때도 있었다. 운명이 아무도 해독할 수 없는 방향으로 흘러갔으면 좋겠다고 간절히 바랐다.

임신의 징후는 뚜렷하지 않았다. 일일연속극에서처럼 냉장고 문을 열다 급작스레 구토가 치밀어올라 변기로 달려가는 상황은 벌어지지 않았다. 그저 노곤하고 종일 졸음이 쏟아졌을 뿐이다. 강의 하나가 끝나고 나면 정신이 까무룩 내려앉아서 학원 복도가 아니라 안개로 뒤덮인 밤길을 허위허위 걷는 것 같았다. 마지막 생리일로부터 한 달하고 보름이 지나던 날, 출근길에 집과 학원 중간쯤에 있는 약국에 들러 자가진단시약을 샀다. 학원이 입주해 있는 상가 1층의 공중화장실에서 테스트를 했다. 소변방울이 플라스틱 막대 속으로 스며들었다. 테스터에 두 줄이 선명하게 떴다. 옥영은 그것을 한참 동안 멀뚱히 내려다보았다. 그래봐야 일이 분도 지나지 않았을 것이다. 누군가 밖에서 문을 똑똑 두드렸다. 손에 든 것을 휴지통에 버려야 하는지, 아니면 들고 나와야 하는지 좀체 결정을 내릴 수가 없었다. 눈앞이 아득하게 흔들렸다.

토요일 아침 일찍 비행기를 탔다. 상호에게는 급한 통역일이 생겼다고 둘러댔다. 거짓말을 하려는 의도가 아니었는데 말이 먼저 툭 튀어나왔다. 그가 불쑥 "나도 갈까?"라고 물어왔기 때문이다.

"옥영씨 일하는 동안 나는 그냥 관광하면 되잖아. 그러잖아도 대만 한번 꼭 가보고 싶었거든."

제 딴엔 사뭇 조심스러운 어조였으나 쉽게 포기할 눈치가 아니었다. 그녀는 조금 날카롭게 말했다.

"주말에 아이들 보러 간다고 했잖아요."

아킬레스건을 공격당한 사람처럼 남자는 금세 풀이 죽었다. 화나면 화난 대로 좋으면 좋은 대로 순간순간 느끼는 감정들을 그는 감추지 못하고 표정에 다 드러냈다. 어린애 같았다. 그녀는 "다녀올게요"라고 차분히 인사했다.

타이베이에는 주룩주룩 비가 내리고 있었다. 익숙한 풍경이었다. 음지식물 같은 밍의 얼굴을 마주하자 아무것도 떠오르지 않았다.

"별일 없었어?"

그녀의 물음에 그는 평화로이 고개를 저었다.

"그 동안 재밌는 일이 뭐 하나라도 있었을 거 아니야."

어쩐지 절박한 심정에 사로잡혀 옥영이 채근했다. 밍은 대만의 유명한 정치인이 거액의 뇌물수수혐의로 곤란에 처했다는 소식을 단조로운 목소리로 전했다.

"아니, 그런 거 말고. 너한테 정말로 재미있었던 일, 그런 걸 말해 달라니까!"

"그런 거 없는데."

밍이 어깨를 으쓱해 보였다.

"오늘따라 너 이상하다. 점심 뭐 먹을래?"

"응?"

"식사해야지. 밥 먹으러 어디 가고 싶은데?"

"그러는 넌. 넌 뭐가 먹고 싶은데?"

"나? 난 아무거나."

"또 그런다. 왜 항상 그렇게 뒤에 숨어? 네가 진짜 먹고 싶은 거, 진짜 하고 싶은 게 뭔지를 왜 솔직하게 말하지 않는 거야?"

옥영이 짜증스레 소리치자 밍이 기막히다는 듯 피식 웃었다. 집 밖으로 나와서 그들은 주차장에 세워둔 밍의 오토바이 앞으로 갔다. 그는 노란색 비옷을 걸치고 옥영에게는 보라색 비옷을 건네주었다. 옥영은 우산을 들지 않은 손으로 우비를 받아들었다.

"안 타?"

맨들맨들한 그의 노란색 우비 곁면에 수만 개의 투명한 빗방울들이 우수수 미끄러져내렸다. 옥영은 우산대를 쥔 손에 힘을 주었다.

"나 임신했어."

깊고 무참한 정적의 시간이 지났다. 밍이 먼저 균형을 깼다.

"……그래서 안 타겠다고?"

그때 그의 표정을 보지 않는 것이 좋을 뻔했다. 어떤 한 시대, 천진했고 미욱했고 우스꽝스러웠고 막무가내였던 한 시대가 영원히 저물었다는 것을 그녀는 똑똑히 실감했다. 어쩌면 이미 오래 전에 지나와버렸는지도 몰랐다.

"부담은 갖지 마."

밍은 어떤 대답도 하지 않았다. 둔중한 고통이 서서히 심장을 눌러왔다. 옥영은 누구도, 저 자신조차, 책망하지 않겠다고 다짐했다. 달리 방법이 없었다.

진옥영의 인생에 기습적으로 도착했던 그 생명, 그것이 유지였다.

그렇게 타이베이에서 헤어진 뒤로 그들은 서로에게 전화하지 않았다. 옥영은 밍의 전화를 기다렸으나 동시에 그에게서 전화가 걸려올까봐 겁이 났다. 일은 급속도로 진행되었다. 결혼식은 대형음식점의 룸을 빌려 조촐하게 치르기로 했다.

"다 내 탓이야. 당신은 처음인데."

상호는 자책감에 넘친 나머지 옆 사람을 불편하게 만드는 표정으로 계속해서 웨딩드레스라도 입어야 한다는 의견을 고집했다.

"정말 괜찮아요. 그런 게 뭐가 중요하다고."

"그래도 사람 맘이 그게 아니지. 그 뭐냐, 면사포는 여자가 평생에 딱 한 번 쓰는 거잖아."

"……"

"하긴 뭐 한번 더 쓰는 여자도 있구나. 김지미처럼 여러 번 쓸 수도 있고 말이야."

무척 위트 있는 농담을 했다는 듯 상호가 바보처럼 입을 벌리고 웃었다. 그런 식으로 따지면 제가 '면사포'를 두번째로 쓰는 남자라는 건 까맣게 잊은 것 같았다. 옥영은 따라 웃는 대신에 다시 한번 분명히 못 박았다.

"나는 드레스도 안 입고, 면사포도 안 쓸 거예요. 가족들이랑 밥 한 끼 먹는 걸로 충분해요."

"할 수 없지 뭐. 상당히 섭섭하지만."

일주일 후면 그녀의 남편이 될 남자가 쩍 입맛을 다셨다.

"하긴 애들 생각하면 옥영씨 뜻이 맞는 거 같기도 해. 고마워."

거기서 끝내도 될 걸 그는 꼭 몇 마디 덧붙여야 직성이 풀리나보았다.

"내가 이 말은 안 하려고 했는데, 사실 처음 얘기 꺼냈을 때 우리 형이랑 누나들이 다 반대했었어. 애도 안 낳아본 처녀가 애들 엄마 노릇 어떻게 하느냐고. 세상이 아무리 변했어도 계모에 대한 나쁜 인식이 있잖아. 그래서 내가 그랬지. 그 여자는 그런 여자가 아니다, 자기 속으로 낳은 애보다 어쩌면 우리 은성이 혜성이를 더 귀하게 생각할 여자다……라고. 그렇게 말은 했어도 나라고 왜 그런 걱정이 없었겠어. 옥영씨가 이렇게 속 깊은 여잔 걸 모르고서 말이야."

상호가 그런 식으로 말할 때마다 옥영은 생래적인 거북스러움을 느꼈다. 꼭 그녀의 속내를 은근히 떠보려는 것 같았기 때문이다. 그즈음에는 이미 김상호가 안 하는 게 훨씬 좋을 말들을 툭툭 내뱉는 성격이라는 걸 눈치챘을 무렵이다. 그러나 자연스레 감지되는 위험 신호들을 옥영은 애써 외면하고 있었다. 그녀는 머나먼 극지로 자신을 휘몰아가고 싶었다. 다시는 돌아올 수 없는 곳으로.

결혼식 전날 밤, 밍의 집으로 전화를 했다. 벨이 두 번 울리더니 바로 자동응답기가 돌아갔다. 자정께 다시 했을 때도 마찬가지였다. 삐이— 소리가 울릴 동안 짧게 심호흡을 했다.

"나 결혼해. 내일이야. 너한테 얘기해야 될 것 같아서."

그게 전부였다. 더 머뭇거리지 않고 옥영은 매몰차게 수화기를 내려놓았다. 뱃속의 아이는 죽은 듯이 조용했다.

그리고 일 년이 지나 밍을 처음으로 다시 만났을 때 그는 뭐라고 했던가. "그렇게라도 해서 진짜 한국 사람이 되고 싶었어?"라고도, "그렇게 살면 인생이라는 괴물이 네가 바라는 대로 천사처럼 변할 것 같아?"라고도 비아냥대지 않았다. 아이의 생물학적 아버지가 누구냐는 어리석은 질문도 하지 않았다. 다시 십 년이 지났다. 스무 살에 처음 만나고, 이십 년이 넘었다. 각각 스무 번씩의 봄 여름 가을 겨울, 계절이 꿈틀대며 몸을 바꿀 때마다 오직 한 사람만을 떠올리는 그 희박한 확률처럼, 그들이 아직 같이 있다는 것은 거의 기적이었다.

13장 PUZZLE 250×350

조사용역대행사의 직원은 디지털카메라로 찍은 수십 장의 사진들을 압축파일로 보내왔다. 몇 번 같이 일해본 적 있는 회사였다. 대행사라는 제법 그럴싸한 간판을 내걸고 있지만 알고 보면 시시껄렁한 흥신소나 다를 바 없는 곳이다. 주요 고객은 배우자의 부정을 캐내거나 돈 떼먹고 도망간 채무자를 잡으려고 혈안이 된 치들이었고, 주요 업무는 모텔 주차장 잠복과 이동통신의 도청, 감청 등이었다. 주민등록번호만 알려주면 개인의 휴대전화 통화내역서쯤이야 고급 사각봉투에 넣어 48시간 내에 깔끔하게 대령한다. 물론 총알을 두둑이 찔러주었을 때 얘기다. 자주는 아니어도 괜한 발품이 드는 일을 처리해야 할 때는 꽤 유용했다.

진옥영의 통화내역서도 그들이 뽑아왔다. 영광은 처음에 진옥영의 남편인 김사장에게 그것을 부탁했었다. 그 뺀들뺀들하고 우둔해 보이는 남자에게 제 발가락을 똑똑히 목도하게끔 하고 싶었다. 삐뚤게 잘린 엄지발톱이 살갗을 조금씩 파고들어도 많은 사람들은 알아채지 못한다. 그들은 마치 남의 집 불구경하듯 제 발을 멀뚱멀뚱 내려다보았다. 그러다 마침내 발가락을 잘라내야 하는 절체절명의 순간이 닥쳐야만 뒤늦게 당황했다. 어쩔 줄 모르는 나머지 엉뚱한 곳으로 원망의 화살을 날리는 경우도 비일비재했다.

그런 의미에서 미리 시그널을 슬쩍 흘려보낼 필요가 있었다. 의뢰인으로 하여금 충격을 나누어 흡수하도록 하는 것이다. 영광은 이것이 제가 타인에게 베풀 수 있는 몇 안 되는 작은 배려 중 하나라고 믿었다. 그리고 사실 제대로 된 조력관계를 이루려면 의뢰인 쪽에서도 일정 분량의 책임감과 죄책감을 분담하는 것이 공평하지 않은가? 김유지 어린이의 아버지 김상호 사장은 직접 소매를 걷어붙이고 진흙판에 뛰어드는 대신, 웃돈을 부담하는 간접적인 방법을 택했다. 일단은 그 정도로 족했다.

이틀간 진옥영을 따라다닌 흥신소 직원의 사진 실력은 형편없었다. 쓸 만한 사진들은 몇 장 안 되었고 심지어 형체를 알아보지 못할 정도로 흔들린 이미지도 있었다. 줌인으로 렌즈를 당겨 피사체의 이목구비가 선명하게 드러나도록 찍은 사진은 고작 대여섯 장에 불과했으며 그나마도 대부분 두 남녀가 각각 반대편으로 고개를 돌리고 있는 컷이었다. 둘의 간격이 한참 떨어져 있어 서로 모르는 관계처럼 보일 정도였다. 아무튼 요즘 이 바닥엔 최소한의 감각조차 없는 녀석들뿐이었다. 투덜거리며 사진을 넘기다 말고 영광은 마우스를 멈추었다.

모니터 가득 한 남자의 얼굴이 클로즈업되고 있었다. 그는 얼른 김유지의 스냅사진을 꺼냈다. 김상호가 사건을 의뢰하던 첫날 건네준 것이었다. 남자와 아이는 닮았다. 아니다. 그는 표현력의 한계를 절감했다. 단순히 '닮았다'는 형용사로 정리하고 넘어가기엔 부족할 만큼 남자의 얼굴과 아이의 얼굴 사이에 기묘한 유사점이 느껴졌다.

얼굴의 윤곽, 이마, 눈썹, 눈매, 콧등, 인중, 그리고 입술. 하나씩 찬찬히 훑어보았다. 아니다. 그런 것들이 아니었다. 정체를 알 수 없는 어슴푸레한 무언가가 두 개의 얼굴 사이에 존재했다. 아주 오랫동안 둘을 번갈아 바라보다가 그는 스르르 깨달았다. 표정이었다. 눈빛이었다. 잿빛 구름들의 그림자가 고인 응달가 웅덩이처럼, 잔잔한 네 개의 눈동자 속에는 본능적인 체념 같은 것이 어려 있었다. 증거랄 수 없는 증거, 누구도 설득시키지 못할 혼자만의 증거였다.

다음날은 일요일이었다. 문영광은 한때 주일마다 장로교회의 오전 예배에 참석하여 일주일의 죄를 참회하던 소년이었으나 이제는 그렇지 않았다. 일요일에도 일을 해야 했다. 그는 방배동으로 갔다. 벌써 열 번은 오간 길이었다. 앞으로 몇 번이나 더 이 길을 오가게 될 것인가. 그는 먼저 경비실에 들러 경비원들과 이야기를 나누었다. 비교적 조용하고 눈에 띄지 않는 주민이라는 것이 김사장 가족에 대한 경비원들 모두의 촌평이었다. 파출부나 레슨선생 말고는 외부 방문객이 거의 없었으며, 가족이 모두 한 차에 타고 밖으로 나간 경우도 기억에 없다고 했다. 가족 구성원 사이에 문제가 있다는 건 분명해 보였다.

"그 집 애는 늘 엄마하고 같이 다니더니 어째 그런 일이 생겼나 몰라요. 안 그러면 일하는 아줌마가 데리고 다니든지 했지 혼자 다니는 건 못 봤어요. 걔만 특별난 게 아니라 이 동네 애들이 다 그래요. 부모들이 죄다 보자기로 꽁꽁 싸매서 다닌다니까."

아들에 대해서는 들고 나는 시간이 들쑥날쑥하며, 늘 빠른 걸음으로 경비실을 통과하는 것 외엔 다들 별로 아는 게 없다고 했다.

"그 학생 이름이 혜성이었나? 나는 몰랐네."

"그러게. 요즘에는 집집마다 택배가 엄청 오거든요. 우리가 맡아서 전해주다보니까 웬만한 이름은 다 외우는데 그러고 보니 그 집 아들 앞으로 뭐가 오는 걸 못 봤네. 교복을 안 입고 다니기에 대학에 들어갔나보다 싶었지요."

"그럼 요 며칠은 어떻습니까. 사모님이나 아들이나 어디 특별하게 외출을 하지 않던가요?"

"글쎄, 아들내미는 그저께 낮에 나갔다가 늦지 않게 들어오는 것 같았고……"

아이의 모습이 엘리베이터 CCTV에 마지막으로 포착된 시간은 오후 세시 십오분이었다. 화면 속에서 아이는 가만 서 있을 뿐 다른 특이점은 보이지 않았다. 하긴 바닥을 향해 분속 구십 미터 이상의 속도로 하강하는 네모난 상자 안에서, 발을 땅에 붙이고 서 있는 것 말고 달리 뭘 할 수 있단 말인가. 동물원을 탈출한 타조나 아프리카 코끼리라고 해도 마찬가지일 것이다. 1층에 도착하여 경비실을 통과할 때까지 아이는 혼자였다. 가방은 메지 않았으며 손에 아무것도 들고 있지 않았다. 그러나 코트 주머니가 비교적 커다란 편이고 아이의 지갑이 집에서 발견되지 않은 걸로 보아, 주머니 속에 지갑을 넣은 상태였다고 추측하는 것이 자연스럽다.

빌라 하이밸리의 공동 출입구는 좁다고도 넓다고도 말하기 애매한 골목길과 면해 있었다. 마주 오는 승용차 두 대가 접촉사고의 위험 없이 스쳐 지날 만한 폭이었다. 건물을 등지고 선 상태를 기준으로, 하이밸리가 오른쪽의 첫번째 건물이었고, 왼쪽에는 하이밸리와 비슷한 외양의 주거용 건물들이 여러 채 늘어서 있었다. 왼쪽의 끝은 15층짜리 빌딩으로 막혀 있으니 아이는 골목의 오른쪽 방향으로 걸음을 옮겼을 터였다. 물론 아이가 어디론가 가기 위해 자발적 의지로 집을 나섰다는 가정하에서 말이다.

"이 동네에 스스럼없이 놀러 갈 만한 친구는 없어요."

그것이 엄마 진옥영의 증언이었다. 김상호 일가가 이곳으로 이사 온 것은 2005년 11월이었고, 그때 김유지는 이미 집에서 십 킬로미터쯤 떨어진 대학 부속 사립초등학교에 다니고 있었다. 사건 발생 둘쨋날 진옥영은 자신이 알고 있는 아이 친구들의 집에 모두 전화를 걸어보았다고 했다. 아이가 활동하고 있는 학교 오케스트라의 단원들에게도 비상연락망을 통해 다 연락을 돌렸다는 얘기도 했다.

"그런 소리 안 했잖아?"

아내의 말을 듣고 있던 김상호가 눈을 부릅떴다.

"그럼 그 사람들은 우리 유지 없어진 거 다 알고 있다는 거 아니야. 학교 안에 다 퍼졌겠네."

진옥영이 남편을 쏘아보았다.

"지금 그걸 말이라고 해요?"

여자는 화난 목소리가 아니었다. 그녀의 어투에서는 다만 몹시 어이없는 상황에 맞서 더이상 어떤 말도 섞고 싶어하지 않는 자의 열망이 배어났다. 영광은 어젯밤 사진 속에서 본 그 여자의 모습을 떠올렸다. 비쩍 여위어 광대뼈가 도드라져 보이는 얼굴은 똑같았으나 입체감 때문일까, 현실의 그녀에게서 한층 더 애처로운 느낌이 풍겨 나왔다. 눈앞의 이 여자는 먼지로 만든 인형처럼 후ㅡ 입김을 불면 금세 바스러져버릴 것 같았다.

"아, 정말 미치겠다."

김상호가 양손을 머리칼에 파묻었다.

"그냥 찾았다고 해."

"뭐?"

"그 사람들한테 다시 전화 오거든 그러란 말이야. 뭐라도 둘러대. 알고 보니까 아빠가 데리고 여행을 갔었는데 몰랐다고 하든지."

"하아, 참 나……"

진옥영의 입술 사이로 깊은 탄식이 새어나왔다.

"내가 여기저기 떠들고 다니지 말라고 몇 번이나 얘기했니, 응?"

여자가 구원을 청하듯 영광을 바라보았다. 남의 부부싸움에 간섭할 의사 따위는 전혀 없었지만 별 도리가 없었다.

"무조건 감추기만 한다고 능사는 아닙니다."

부부가 동시에 한숨을 푹 쉬었다.

"이런 경우, 원칙적으로는 비공개로 하되 도움을 얻을 수 있는 주변에는 오픈하는 것이 정석이에요. 안 그러면 주변에서 얻을 수 있는 중요한 정보들을 자칫 놓쳐버릴 수도 있으니까요."

아내를 잡아먹을 것만 같던 김상호의 기세가 누그러들었다. 영광은 속으로 피식 웃었다. 이들의 행동양식은 너무나 전형적이었다.

어느 날 갑자기 불행한 사고가 일어났을 때, 한마음 한뜻으로 협력하고 서로를 마냥 보듬어주기만 하는 가족은 없다. 가족 구성원들은 분열하고 싸우고, 상대에게 책임을 떠넘기느라 몹시 바쁘다.

어른의 폭력에 희생당하거나 어른으로부터 버려지는 아이는 수많은 예술작품 속에 등장한다. 가해자는 정신병자, 악독한 고아원장, 아동성범죄 전과가 있는 수상한 이웃 등이다. 아동범죄의 다수가 부모에 의해 일어난다는 사실에는 대부분 침묵한다. 드물게 그런 내러티브가 만들어졌다 해도 창작자들은 피해아이를 그 부모의 입양아나 의붓아이로 설정한다. 독자나 관객을 위한 최소한의 심리적 안전판 혹은 창작자의 기만적인 자기 방어선이다.

아이가 피해자인 사건에서 괴로움을 호소하는 친부모를 동정의 눈으로 일별하고 말아서는 결코 안 되었다. 인간은 추악하다. 그 추악한 밑바닥을 절대로 간과해서는 안 된다. 김유지 케이스 역시 마찬가지였다. 만약 단순히 금품을 요구하는 납치였다면 진즉 연락이 왔어야 옳다. 돈을 요구하는 어린이 유괴사건의 경우 대개 하루 안에, 늦어도 이삼 일 안에 범인으로부터 연락이 온다. 범인들이 속전속결을 택하는 이유는 아이를 데리고 다니기가 불편하고 남의 눈에 띌 우려가 크기 때문이다. 그러나 도통 소식이 감감했다.

영광은 친모 진옥영뿐 아니라 친부 김상호도 레이더망에 올려두고 있었다. 김상호는 노골적으로 비밀을 품고 있는 사내였다. 그가 끝내 숨기려고 애쓰는 것이 무엇인지를 먼저 알아내야 했다. 아이의 실종을 아예 경찰에 신고하지도 못하는 그 심리의 배후에는 무엇이 있을까. 그것을 밝히지 않고서는 앞으로 나아가기 힘들었다.

영광은 하이밸리의 중앙현관을 나와 골목 오른편을 향해 천천히 걸음을 옮겼다. 얼마 안 가 다시 갈림길이다. 큰 길과 닿아 있는 아래쪽으로 갔을 확률이 높다. 혼자서 걷고 있는 상태였다면 말이다. 아이는 그날 어디까지 혼자였을까.

다음날인 월요일, 유지의 3학년 때 담임이 아이와 같은 반이었던 아이들 열두어 명을 학교 상담실에 불러모아주었다. 유지가 사라진 그사이 다른 아이들은 모두 한 학년씩 진급했다. 우리의 소중했던 친구 유지가 급히 유학을 가게 되었다, 그래서 특별선물로 기념책자를 만들어주기로 했다, 이분은 우리를 대신해 그 책을 만들어주실 기자 아저씨다, 라고 둘러댄 건 여선생이었다. 기자라니. 영광은 어쨌든 가장 부드러운 표정을 지으려고 노력했다.

"자, 너희들이 유지에 대해서 알고 있는 걸 다 얘기해줄래?"

여기저기서 웅성거리는 소리가 들렸다. 영광은 선생에게 밖으로 나가달라고 부탁했다. 선생이 나가자, 한눈에도 까불거리게 생긴 사내아이가 풍선껌 터뜨리듯 톡 말을 뱉었다.

"아저씨 형사죠? 걔 유괴됐다던데."

"그렇게 보이니?"

"네."

아이들이 일제히 대답했다. 아이들이 모두 그의 입술을 주시하고 있었다. 영광은 느릿느릿 입을 열었다.

"탐정이야."

"우와……"

탄성이 터져나왔다. 아까의 그 까불이 녀석이었다.

"진짜예요? 나 셜록 홈즈 아는데. 책도 읽었어요."

아이가 조금 뻐기며 아는 척을 했다. 대부분의 아이들은 반신반의하는 표정으로 눈을 깜빡이고 있었다.

그는 곧바로 후회했다. 지금 무슨 말을 한 것인가. 그러나 그가 예상한 대로 "걔가 진짜로 유괴 당했어요?"라거나 "그럼 범인을 찾아다니는 거예요?"와 같은 질문은 쏟아지지 않는다. 넘어서는 안 될 선을 자각하고 있는, 충분히 예의바르고 공손한 아이들이었다. 이런 식의 표현이 가능하다면, 스스로가 아이인 줄 잘 아는 아이들이었다.

그는 이마를 훔쳤다. 3월 초의 쌀쌀한 날씨가 무색할 만큼 후끈 달아오른 실내 공기가 짜증스러웠다. 언젠가부터 가끔 이렇게 순간적인 말실수를 저지르곤 한다. 아이들이 집에 돌아가 "오늘 학교에 탐정이 왔어요"라고 말한다면 학부모는 어떻게 받아들일 것인가. 보나마나 경찰이었다고 짐작할 것이고 개중 적극적인 학부모는 학교에 전화해 무슨 일인지 캐물을 것이다. 괜히 일을 복잡하게 만들었다는 자책감이 들었다. 그는 한숨을 삼키며 좌중을 둘러보았다. 제복이란 본디 야생적인 천진난만함을 가두는 것인가. 감색 교복을 입은 아이들은 놀라울 정도로 엇비슷해 보였다. 동그란 뺨, 뽀얀 피부, 납작납작한 이목구비. 영양상태가 좋고 구김살이라곤 없는 것 같았다.

"음, 유지에 대해 떠오르는 게 있으면 어떤 말이나 다 해도 좋아. 너희들이 해주는 얘기가 큰 도움이 될 거야."

그는 잠시 간격을 두었다가 힘주어 말을 이었다.

"그리고 너희들 친구 유지한테는 아무 일도 없어. 그거 하나는 분명하다."

여자애들 둘이 서로의 팔꿈치를 쿡쿡 찌르며 소곤대는 모습이 눈에 들어왔다. 그쪽을 쳐다보자 그중 하나가 조그맣게 중얼거렸다.

"김유지는요, 우리 반 '따'였어요."

"응?"

"왕따요."

그 옆의 소녀가 거들었다. 그것을 신호 삼아 이곳저곳에서 이야기들이 쏟아져나오기 시작했다.

"걔는 항상 혼자 놀아요."

"아니야. 혼자서도 안 놀아. 김유지는요, 항상 그냥 가만히 앉아 있어요. 바보같이."

"그리고요. 자기가 바이올린 좀 잘한다고 은근 잘난 척하는 것 같아요."

"맞아요. 대회 나간다고 수업도 막 빠져요."

"행동이 되게 느려요. 달리기도 완전 못하고요. 가방도 늦게 챙기고."

"아, 맞다. 밥도 우리 반에서 제일 꼴찌로 먹었잖아."

"그럼 도시락도 항상 혼자 먹었겠네?"

그가 겨우 끼어들었다. 아이들이 우하하 웃었다.

"도시락 안 먹고요. 급식 먹어요."

"급식 때는요, 아무 데나 돌아다니면 안 돼요. 꼭 선생님이 정해준 자리에서 먹어야 돼요."

점심시간마다 혼자서 도시락을 먹어야 했던 것은 아니라니, 그래도 다행이라는 생각이 불현듯 스쳐 지났다. "그래서 유지를 막 놀리거나 괴롭히는 아이들도 있었니?"라고 묻자 모두들 말끔한 표정으로 고개를 저었다.

"아니요."

아이들이 조가비 같은 입술을 벌리고 이구동성으로 말하였다.

"그냥 놔뒀어요. 원래 그런 애니까."

"아무도 안 건드렸어요."

쉬는 시간마다, 몇 올의 햇빛이 비춰드는 의자에 옆구리가 뜯어진 봉제인형처럼 오도카니 앉아 있는 작은 여자아이. 수첩에 김유지라는 이름을 또박또박 눌러적은 뒤 처음으로, 영광은 그 아이가 아주 가까운 존재로 느껴졌다.

담임은 별 특징 없이 생긴 수수한 여자였다. 여선생은 유지가 다른 애들과 잘 어울리지 않았다는 사실을 알고 있었다. 그녀는 어울리지 '못했다'가 아니라 '않았다'는 문장을 사용했다.

"저도 걱정했어요. 물어보는 말 외엔 여간해선 먼저 입을 안 여는 아이니까. 유지 어머니하고도 그 문제로 몇 번 상담을 하기도 했는걸요. 어머니도 고민하고 계시더라고요. 애가 원체 어릴 때부터 말이 없는 편이었는데 점점 심해지는 것 같다고."

"다른 애들 말로는, 친구도 없고 혼자서 보내는 시간이 많았다고 하던데요."

"네, 그랬어요. 그런데 어른들 눈엔 염려스럽지만 유지 스스로는 그게 문제라고 생각하지 않는 것 같았어요. 무엇보다 자기가 혼자라는 걸 별로 개의치 않는 듯이 보였거든요. 아이들이 일반적으로 왕따를 당하게 되면 나타나는 특징이 있어요. 남의 눈치를 많이 보고, 행동도 위축되고, 자존감도 낮아지고. 하지만 유지는 전혀 그렇지 않았거든요. 학습능력이나 발달사항 같은 걸 보면 지극히 정상이고 오히려 아주 우수한 편이에요. 모범생에 가깝죠."

선생은 조심스럽게 말을 이어갔다.

"음, 이건 제 생각이지만요. 아이가 다른 애들보다 조숙해서 그랬던 것 같기도 해요. 태생적으로 내성적이기도 하고요. 또 제가 겪어보니까 예술적 재능이 뛰어난 애들이 원래 굉장히 예민하고 독특하더라고요."

그러니까 그녀의 주장은 김유지가 또래보다 조숙하고 예민한 편이었다는 것. 그래서 제 또래의 다른 소녀들이 몰려다니며 노는 모습을 유치하고 어리다고 생각했을지도 모른다는 것이었다.

"학기 초부터 맘 맞는 애들끼리 딱딱 몇 명씩 그룹이 나눠져요. 어머니들끼리의 친분에 의해 나눠지기도 하고, 방과후에 같은 학원 다니는 애들끼리 그렇게 되기도 해요. 그런데 유지는 첨부터 이도 저도 아니었던 거예요. 어머니도 별로 다른 분들과 교류가 없으시고, 또 아이가 악기를 하니까 아무래도 반 친구들과 어울릴 시간도 부족했고요. 아이들 인간관계도 어른 축소판이라고 보시면 돼요. 소그룹 안에서 리더 같은 역할을 하는 아이도 있고 나름대로 내부적인 질서가 잡혀 있어요. 지들끼리 일단 한번 뭉치고 나면 나중에 바깥에서 그 틈을 비집고 들어가기가 참 어렵죠."

선생은 여자아이들의 소그룹에 몇 차례 유지를 슬쩍 밀어넣어보려는 시도를 해보았다고 한다. 리더 격인 아이를 불러서 유지를 잘 좀 챙겨주라고 일부러 부탁해보기도 했고, 메신저 '버디버디'에 유지 이름을 추가하라는 당부도 했단다.

"아니, 인터넷 메신저 같은 걸 다 합니까, 저만한 애들이?"

영광으로서는 꽤나 놀라운 이야기였다.

"그럼요. 그런 건 기본 중에 기본이에요. 1990년대 후반에 태어난 아이들은 엄마 뱃속에서부터 컴퓨터를 접했다고 보면 돼요. 인터넷은 너무나 자연스러운 일상의 한 부분인걸요."

유지 방에 컴퓨터 모니터가 있었는지 없었는지조차 기억나지 않았다. 눈여겨보지 않았던 탓이다. 뜻밖에도 운동장에는 비가 내리고 있었다. 이 비가 그치면 봄이 불쑥 닥칠 것이다. 길모퉁이마다 훈풍이 불고, 빈 나무에 꽃봉오리가 움틀 것이다. 봄. 봄이라는 낱말이 왜 이토록 생경한지 모를 일이었다. 그는 주춤대지 않고 곧바로 차를 몰았다.

진옥영이 문을 열어주었다. 집안은 적막했다. 그는 실내용 슬리퍼에 발을 꿰면서 여자의 안색을 흘긋 훔쳐봤다. 영광은 행복한 얼굴을 가려내는 데는 자신이 없었지만, 불행의 표정은 금세 알아볼 수 있었다. 불행이야말로 날것의 감정이다. 불행하다는 느낌을 완벽히 감출 수 있는 눈동자는 세상에 존재하지 않을 것이다.

"아이 방을 좀 보겠습니다."

불행한 여자가 반 발짝 앞서 계단을 올랐다. 아이의 방문은 반쯤 열린 상태였다. 반쯤 닫아두었다는 표현이 떠오른 것보다야 긍정적인 조짐이었다. 방안은 단정하게 정돈되어 있었다. 그것이 주인의 부재를 새삼 일깨웠다. 20인치 평면 모니터는 책상 위에, 본체는 책상 아래 놓여 있다. 삼성전자 제품이다. 키보드까지 전부 다 검은색으로 통일하여 깔끔하고 세련된 인상을 풍겼다. 진옥영의 취향일 것이다. 여자는 그가 묻는 대로, 작년에 백화점 가전제품 매장에서 구입했다고 대답했다. 몇월인지는 확실치 않으나 아마도 봄이었을 거라고 기억했다.

"그전엔 남편이 쓰던 걸 썼었어요. 그런데 디자인도 오래됐고, 또 학교 숙제도 점점 인터넷으로 해야 하는 게 많아진다고 해서."

그래서 새로 장만해주었다는 얘기를 흘려들으면서 그는 컴퓨터의 전원버튼을 눌렀다. 내부를 자세히 살펴보려면 전문가의 도움이 필요하다. 하지만 급한 대로 인터넷의 열어본 페이지목록이라도 살펴볼 작정이었다. 컴퓨터 윈도에는 암호가 걸려 있었다. 부모들이 어린 자녀의 인터넷 이용시간을 통제하기 위해 즐겨 사용하는 방식이었다. 영광은 키보드 위에 손가락을 올려놓은 채 여자 쪽을 바라보았다. 비밀번호를 알려달라는 제스처였다.

"잠긴 건가요?"

아이엄마가 되레 묻고 있었다.

"그러네요."

그는 좀 무기력하게 대답했다. 여자는 당황한 기색이 완연했다.

"……이상하다. 그전에는 안 그랬는데."

여자는 컴퓨터에 대해 전혀 모른다고 했다. 자신에게도 전용 노트북이 있지만 생각날 때마다 잠깐씩 인터넷에 접속하는 정도라는 것이다. 거짓말을 하는 것 같지는 않았다. 컴퓨터와 관련해서 아이에게 특별한 제재를 가한 적은 없다고 했다.

"놔둔 편이에요. 바이올린 곡도 찾아 듣고 하는 것 같아서. 숨통 좀 트라고. 연주할 땐 늘 곤두서 있어야 하니까."

여자는 딸의 침대 위에 힘없이 주저앉아서 말했다. 아이를 떠올리자 다시 목이 메어오는 모양이었다.

"그래도 아직 절제가 안 되는 나이인데, 최소한의 감시는……"

그는 말을 멈추었다. 아무래도 '감시'라는 단어는 적절한 선택이 아닌 것 같다. 부주의했다고 부모를 비난하려는 의도로 들릴 것이다. 여자가 답답해 죽겠다는 듯 한숨을 크게 몰아쉬었다.

"그런 애가 아니에요."

낮지만 공격적인 목소리였다.

"할 일을 안 한 적이 한 번도 없어요. 숙젤 안 한 적도 없고 연습을 안 한 적도 없어요. 한 번도 속 썩인 적이 없어요. 한약 먹기 싫다는 거 말고는 뭐든 한 번도 싫다는 소릴 안 했어요. 얼마나 착한데. 나한테는 정말로, 정말로…… 과분한 아이예요."

누군가 자기 자식에 대해 그런 식으로 이야기하는 걸 듣고 있으면 겨드랑이가 스멀거리곤 했다. 안수기도를 받고 완치했다는 말기암 환자의 간증을 듣는 기분과 비슷했다. 영광은 방바닥에 무릎을 꿇고 앉아서 컴퓨터 본체에 꽂힌 여러 갈래의 선들을 차례로 뽑았다. 그는 진옥영보다 반 발짝 앞서 계단을 내려와 거실 소파에 앉았다.

"유지 아버님이 하시는 일은 잘 되는 편인가요?"

"모르겠어요."

고개를 숙이고 있어 그녀의 표정은 읽을 수 없었다.

"바깥 얘기를 자주 하는 사람이 아니라서요."

그는 틈을 두지 않고 본론을 들이댔다.

"정확하게 어떤 사업을 하시는 겁니까?"

"⋯⋯무역이에요. 중국 쪽."

질문자의 기대치를 턱없이 밑돈다는 사실을 양쪽 모두 알고 있는 답변이었다. 그들은 잠시 꼼짝하지 않고 가만히 앉아 있었다. 이윽고 여자가 내키지 않는 음성으로 덧붙였다.

"이것저것, 여러 가지를 하는 것 같아요. ⋯⋯저도 잘은 모르지만."

여자가 뒷말을 얼버무렸다.

"혹시 말입니다. 의심 가는 사람은 없으십니까?"

허를 찔렸는지 여자가 눈만 껌뻑껌뻑했다.

"유지 아버님은 납치라고 확신하고 계시더군요."

원한에 의한 납치, 라는 말은 생략했다.

"모르겠어요. 아아, 정말 모르겠어요."

도무지 아는 게 없는 여자였다.

14장 악마의 트릴

인터넷에서 아이가 사용하는 닉네임은 PIZZ다.

현악기 연주기법인 피치카토(Pizzicato)의 줄임말이다. 활을 사용하지 않고 손가락으로 현을 퉁겨 연주하는 방법이다. 스트라우스 형제의 〈피치카토 폴카〉는 아이가 몹시 좋아하는 곡이다. 음악을 듣고 있으면, 맑은 봄날 푸른 하늘을 가르며 팽팽하게 빨랫줄이 뻗어 있고 작은 새 두 마리가 거기 나란히 앉아 재잘거리는 풍경이 그려졌다. 그러면 아이는 혼자서 싱긋 가만히 미소를 머금곤 했다.

"어제 왜 겜 안 들어왔어?"

"저번에 몰컴하다 들켜서 엄마 감시가 완전 심해."

쉬는 시간이면 뒷자리의 남자아이들이 저희끼리 떠드는 소리가 들려왔다. 학급의 많은 아이들이 '테일즈 런너'나 '메이플 스토리' 같은 온라인게임에 푹 빠져 지냈다. 남자애들 중 일부는 벌써 '서든 어택' 같은 밀리터리게임에 열광하기도 했다. 어린 게임 유저들에게는 어떻게 레벨 업을 할 것인가보다, 어떻게 하면 부모 몰래 게임을 더 자주, 오래 할 수 있는가가 더욱 절실한 당면과제였다.

아이도 또래들이 즐겨 하는 게임을 다운받아본 적이 있었다. 새 컴퓨터를 가지게 되고 얼마 지나지 않아서다. 어느 날 학교에서 돌아오니 방에 커다란 종이박스가 도착해 있었다.

"맘에 들어?"

그렇게 묻는 엄마를 향해 아이는 고개를 끄덕여 보였다. 다분히 즉흥적인 쇼핑이었음을 짐작하고도 남았다. 엄마에게 가끔씩 그런 순간이 찾아온다는 것을 아이는 잘 알고 있었다. 별 필요 없는 물건들을 걸신들린 사람처럼 별안간 허겁지겁 사들이는 순간. 그것은 대리석 식탁이기도 했고, 화가의 실험적인 추상화이기도 했고, 평소 절대로 입을 일 없는 백리스드레스이기도 했다. 이번에는 컴퓨터였다. 이 빌라에 이사온 첫해에는 한 계절에 한 번쯤이더니 점점 주기가 짧아지고 있다. 엄마를 실망시키고 싶지 않아 고개를 끄덕이긴 했지만 아이는 새 컴퓨터가 그다지 마음에 들지 않았다. 전에 쓰던 손때 묻은 키보드와 모니터를 어디다 치웠는지 궁금하기만 했다. 작별인사도 못했는데, 미안하게. 아이는 속으로 중얼거렸다.

아이는 새 컴퓨터와 천천히 정을 들여갔다. 쭈뼛쭈뼛, 조심조심. 언젠가부터 새 바이올린이나 새 구두에게 대해서도 그렇게 하는 것이 습관이 됐다.

레슨이 없는 어느 주말 오후, 아이는 반 아이들이 가장 많이 하는 게임 사이트에 접속해보았다. 캐릭터가 달리기 레이싱을 하는 게임이었다. 게임을 시작하기 전에 기본 캐릭터를 하나 선택해야 했다. 아이가 고른 것은 밍밍이라는 소녀였다. 밍밍이라는 이름은 지난번 생일에 만났던 그 사람을 떠올리게 했다. 자신을 라오밍, 늙은 밍 아저씨라고 부르라던 엄마의 중국인 친구. 그가 선물해준 향수를 아이는 책상서랍 맨 아래칸에 넣어두었다. 이따금 뚜껑을 열어 레몬향을 맡아보기도 했다. 엄마가 그렇게 하는 것처럼 스프레이를 손목에 가져다댔으나, 노즐을 누르는 대신 반투명한 살갗 밑으로 곧게 뻗은 실핏줄들만을 물끄러미 들여다봤다. 가늘고 흐리고 푸르스름한 그 선들을 보고 있으면 얼음장 아래 누워 잠든 실뱀을 바라보는 것처럼 왠지 슬퍼졌다.

게임 캐릭터 밍밍은 야무지게 생긴 소녀였다. 키는 작지만 몸이 가붓하고 날렵해서 아주 잘 뛸 것 같았다. 아이는 달리기를 못했다. 체육시간에 꼴찌를 하기 일쑤였다. 달리는 동안 언제나 너무 많은 생각을 하느라 그런지도 몰랐다. 아이는 주로 팔과 다리를 어떻게 움직여야 조금이라도 덜 우스워 보일까 하는 생각에 골몰했다. 그러나 밍밍은 아이와 달랐다. 밍밍은 강중강중 신나게 달렸다. 특히 점프를 잘했고, 아무리 빨리 달려도 숨차하지 않았다. 어떤 종류의 통증도 모르는 것 같았다. 아이는 무지갯빛 목도리를 밍밍의 목에 둘러주었다.

밍밍과 아이가 자주 가는 곳은 30인 달리기 방이었다. 최대 서른 명이 동시에 달리기시합을 벌일 수 있는 곳이었다. 방방마다 항상 러너들로 북적였다. 처음에는, 동시에 그토록 여러 명의 사람들이 각자의 모니터 앞에 웅크리고 앉아 키보드를 두드려대고 있다는 사실에 눈이 휘둥그레졌다. 아이는 게임의 규칙에 천천히 익숙해져갔다. 아이는 초보 수준인 노란 발바닥 렙이었다. 거기서 자주 만나는 비슷한 수준의 다른 유저들과도 자연스럽게 인사를 나누게 되었다. 그들은 오로지 게임에만 관심이 있었다.

—같은 팀 하실래요?

—티알 많이 버는 법이 뭔가요?

그런 것이 타인에게 보내는 물음표의 전부였다. 아이가 바이올린을 공부하는 열 살짜리 소녀이며, 나이 차가 많이 나는 이복남매를 가지고 있고, 학교에서 먼저 말을 걸어오는 친구가 한 명도 없는 외톨이라는 것. 아이가 속마음을 얼굴에 드러내는 법을 잘 모르며, 자주 어지럽고, 김유지라는 이름을 가졌다는 사실 같은 것에는 아무도 주의를 기울이지 않는 세계였다.

아이가 30인 달리기에서 상위권에 든 날, 누군가 아이에게 말을 걸어왔다.

—님, 추카. 넘 잘 달리네요.

아이는 기뻤다.

—고맙습니다. ^^

한참을 가만있던 상대방이 '근데 님 몇살?'이라고 물었다. 그 게임에는 초등학생 유저들이 많았다. 다른 아이들이었다면 '감사'의 초성만 따서 'ㄱㅅ'라고 대꾸했을 것이다. 아이는 '1..4살'이라고 쳤다. 손가락이 왜 그렇게 움직였는지 몰랐다. 심장이 두근두근했다.

—그럼 중1?

아이는 긍정하지 않았으나 부정도 하지 않았다. 그 사람은 자기는 서른 살의 남자라고 소개했다. 서른 살이 어떤 나이인지 아이는 쉬 감이 잡히지 않았다. 아이의 부모는 서른보다 훨씬 나이가 많았고, 아이의 오빠는 서른보다 훨씬 어렸다. 다음날부터 매일 접속할 때마다 남자가 선물로 보낸 여러 가지 아이템들이 도착해 있었다. 고양이가 그려진 운동화도 있었고, 세일러 문 같은 교복도 있었고, 천사 날개도 있었다. 아이는 곤혹스러웠다. 아이가 고맙다고 인사하자, 남자는 아무런 거리낌 없이 앞으로는 밖에서도 만나자고 했다.

　—네?

　—세이나 버디 안 해?

　세이클럽이나 메신저에서 따로 채팅을 하자는 뜻인가보았다.

　메신저에 친구 추가를 한 뒤 남자는 더욱더 친밀하게 굴었다. 사진을 보내달라고도 했고, 아무도 방문한 적 없는 아이의 세이클럽 홈페이지에 하트 이모티콘이 가득한 글을 남기기도 했다. 그럴 때 어떻게 대응해야 하는지 어디서도 가르쳐준 적이 없다. 아이가 아는 것은, 아이인 이상 함부로 어른의 감정을 상하게 해서는 안 된다는 것뿐이었다. 저쪽에서 대화를 요청해오면 예의바르게 대꾸하긴 했지만 남자에게 먼저 알은체를 하거나 말을 걸지는 않았다. 나이를 속였다는 부담도 아이를 짓눌렀다. 열네 살이 아니라는 것을 들키는 순간 거짓말쟁이라고 손가락질받을 것이다.

　여름방학이 막 시작되려는 즈음이었다. 불쾌할 정도로 대기온도가 높은 오후였다. 영어학원에 다녀온 뒤 레슨선생이 올 때까지 한 시간가량 여유가 있었다. 집안은 적막했다. 엄마는 1층 침실에 누워 있었다. 엄마는 요사이 자주 그랬다.

　"더위를 타나봐."

　침대에 나란히 누워 엄마는 작은 목소리로 속삭였다.

"자꾸 머리가 아프네. 터질 것 같아."

"……"

"유지야, 엄마 조금만 잘 테니까 이따 선생님 문 열어드려. 레슨 끝나면 깨우고."

아이는 고개를 끄덕였다. 엄마는 피로한 듯 눈을 감았다. 침실을 나가라는 소리는 없었지만 아이는 까치발을 하고서 방을 나왔다. 소리나지 않도록 주의하며 문을 꼭 닫았다. 냉장고에서 오렌지주스를 꺼내어 유리잔에 졸졸 따랐다. 잔을 들고 2층 계단을 올라갔다. 밍밍과 함께 두 판째 달렸을 때 그 남자가 게임에 들어왔다. 남자가 아주 반갑게 말을 걸어왔다.

—요즘 겜 안 했어? 왤케 보기가 힘들어?

자기는 거의 매일 달리는데도 여간해서 실력이 늘지 않아 짜증난다는 말도 했다.

—처음에 캐릭을 잘못 골랐나봐. 나도 밍밍으로 할걸. 리나는 다리만 길면 모해. 애가 당췌 점프에 소질이 없어. ㅋㅋ

—ㅋㅋ

아이도 따라 웃어 보였다. 자신이 너무 예민했는지도 모른다. 친절하고 재밌는 아저씨일 뿐인데. 그들은 버디버디로 옮겨서 계속 얘기를 나누었다. 남자는 자신이 방송국에 다니고 있다고 했다.

—누구 좋아해? 동방신기? 빅뱅? 원더걸스?

아이는 모차르트를 좋아했다. 하지만 그렇게 대답하면 안 된다는 건 알고 있었다. 아이는 남자가 늘어놓은 리스트 중에서 아무 이름이나 하나 골랐다. 어차피 남자도 아이의 취향에 대해 큰 관심은 없는 것 같았다.

　—한번 놀러 와. 놀러 오면 다 만나게 해줄게. 같이 사진도 찍구. 응, 언제 올래?

　—그런데…… 바빠서요.

　—중딩이 모가 바빠. 그땐 걍 잼께 놀면 되는 거양.

　—네.

　그리고 몇 마디 더 시답잖은 얘기를 떠들고 나서 남자가 불쑥 물었다.

　—참, 거기 털 났어?

　모니터의 글자들이 멍하니 아이를 바라보았다.

　—꼬불꼬불? 귀엽겠당. 함 보여주면 안 돼? ㅋㅋ

　남자가 또 키득댔다. 소리도 들리지 않고 얼굴도 보이지 않지만, 입술 한쪽을 찌그러뜨리며 웃고 있는 것 같았다. 아이는 고개를 숙였다. 제 손가락뼈들이 키보드 위에 얼어붙은 듯 멈춰서 있었다. 아이는 파워버튼을 눌러 컴퓨터를 껐다. 오렌지주스 때문인지 땀 때문인지 손바닥이 끈적끈적해졌다. 빈 유리잔을 들고 1층으로 내려왔다. 조심스레 침실 문을 열어봤다. 엄마는 자고 있었다. 다행이었다.

　그후로 게임 사이트에는 다시 접속하지 않았다. 밍밍과 함께 달리고 싶었지만 꾹 참았다. 자신은 원래 달리기를 좋아하지 않는다고 생각했다. 여름방학은 길었다. 엄마와 아빠는 여름 내내 아이를 사이에 두고 말했다.

　"유지야, 아빠 식사하시라고 해"라거나 "유지야, 엄마한테 베이지색 티셔츠 세탁기에 넣었는지 물어봐"라는 식이었다. 가끔 성가셨지만 크게 어렵지는 않았다. 국립대학교 음악원에서 개설한 기악영재스쿨에 합격했다. 엄마가 모처럼 환히 웃었다. 다행이었다.

끝나지 않는 여름은 지루하다. 고즈넉한 여름 볕 아래서 아이는 하루에 네 시간씩 바이올린을 켰고, 하루에 두 시간씩 영어와 수학 학원에 나갔으며, 나머지 시간에는 음악을 들었다. 똑같은 곡들을 MP3에 연속하여 다운받았다. 같은 곡이어도 연주자가 누구인지에 따라 다 다르게 들렸다. 같은 연주자의 같은 곡이어도 그가 언제 연주했는지에 따라 다 다르게 들린다는 것도 알게 됐다. 아이는 스르륵 눈을 감고서 격렬한 침묵의 세계 속으로 빠져들었다.

네이버 블로그를 기록의 용도로 사용했다. 인터넷으로 찾은 좋아하는 곡과 음악가에 대한 정보들을 블로그에 담기 시작했다. 첫번째 포스트는 모차르트에 관한 것이었다.

요하네스 크리스톰스 볼프강 아마데우스 모차르트. 1756년 1월 27일 눈 내리고 춥던 겨울날 오스트리아 령 잘츠부르크에서 태어났다. 가족들은 그를 볼프강 또는 볼피라는 애칭으로 불렀다. 다섯 살 때 그는 아버지의 친구인 궁정 오케스트라 단원 샤하트너를 대신하여 삼중주의 제2바이올린을 연주해 사람들을 놀라게 했다. 어느 날 볼프강이 자신의 바이올린과 샤하트너의 바이올린을 켜보더니 "이상해요. 이 바이올린은 내 것보다 8분의 1음 정도 낮아요"라고 말했다. 샤하트너는 웃으면서 볼프강의 바이올린을 켜보고 깜짝 놀랐다. 8분의 1음은 어른들도 알아차리기 힘들만큼 작은 차이인데 다섯 살짜리가 발견하다니.

아이는 어린 모차르트가 "이상해요"라고 말하는 부분이 마음에 들었다. 자신이라면 음의 차이를 발견했대도 입밖으로 내놓을 생각을 하지 못했을 것이다. 그러나 그런 말은 블로그 어디에도 적지 않았다. 아이의 블로그는 드넓은 해변에 깨소금처럼 흩뿌려진 자디잔 모래알 중 하나였다. 존재했지만 존재하지 않는 것과 다를 바 없었다. 필요한 자료를 검색하다가 우연찮게 들어오는 사람들 말고는 아무도 들르지 않았다. 상관없었다. 아주 가끔 자료를 스크랩하는 이들이 '감사히 퍼갈게요'라는 댓글을 달아도 아이는 아무런 응수도 하지 않았다.

여름이 흘러가는 동안 아이는 어린이전용치과에 가서 아래 어금니 두 개를 뽑았고, 엄마를 따라 대전 외가에 한 번 다녀왔다. 생일도 어김없이 찾아왔다. 이번에도 작년 생일처럼 파티를 열지 않았다. 아침식탁에서 아빠가 흰 봉투를 내밀었다. 아이는 꾸벅 고개를 숙이고 그것을 받았다. 아빠는 굳이 봉투를 열어보라고 했다. 웬일로 기분이 좋아 보였다. 봉투 안에는 십만원짜리 수표 한 장이 들어 있었다. 엄마가 눈살을 확 찌푸렸다. 어린애에게 벌써부터 현금을 건네는 게 교육상 좋지 않다는 염려에서였을 것이다.

"어쩜 당신은."

엄마의 목소리는 누가 들어도 신경질적이었다. 아빠가 만만찮게 짜증스런 표정으로 눈가에 확 주름을 잡았다.

"또 뭐?"

아이는 두 사람이 싸울까봐 조마조마했다. 괜히 내 생일 때문에. 아이의 몸이 자그맣게 오그라들었다.

"됐어요. 관둬."

엄마가 아이를 힐끗 일별하더니 말을 멈췄다. 아빠가 '치이'도 아니고 '참'도 아닌 짧은 비웃음을 내뱉었다. 오빠는 못 들은 척 밥알을 씹고 있었다. 식사는 간당간당하게 이어졌다. 아이는 2층 제 방에 돌아오자마자 볼륨을 한껏 높이고서 타르티니의 G단조 바이올린 소나타를 들었다. 그 곡의 부제는 '악마의 트릴'이었다.

1713년. 스물세 살의 젊은 작곡가 타르티니는 악상이 떠오르지 않아 괴로워하고 있다. 그러던 어느 날 꿈속에서 악마를 만난다. 악마는 타르티니에게 한 가지 제안을 해온다. 그의 영혼을 팔면 아름다운 음악을 주겠다는 것이다. 타르티니는 이 교환에 응해 제 영혼을 판다. 그러자 악마는 그가 처음 들어보는 놀랍도록 황홀한 선율을 연주한다. 꿈에서 깨어나자마자 미친 듯이 기억을 되살려 받아 적은 음악이 바로 〈악마의 트릴〉이다.

영혼이란 걸 팔면 이런 데 다다르게 될 수도 있구나. 음악 속에서 아이는 심장을 찌르는 듯한 통증을 느꼈다. 그리고 자신이라면 어떻게 했을지 한참 생각해보다가 그만두었다. 그날의 블로그 방문자는 한 명이었다.

— ....

그것이 '그'의 첫번째 리플이었다. 남긴 것은 오직 말줄임표뿐이었다. 단 하나의 단어도 없었다. 남긴 이는 Hálka. 할카? 새벽 숲의 안개 같은 발음이었다.

'그'가 또 왔다.

비탈리의 〈샤콘느〉에 대한 포스트였다. 많은 사람들이 그 곡을 세상에서 가장 슬픈 음악으로 꼽곤 했다. 아이는 그것을 야샤 하이페츠의 연주로 올려두었다. 러시아 태생의 그 남자는 20세기 최고의 바이올리니스트, 혹은 바이올린의 신이라고 불렸다.

　　—......................?

남긴 이의 이름은 역시 Hálka였다. 아이는 물음표를 오래 들여다보았다. 의문부호는 돌연하고 어리둥절한 표정으로 몸을 둥그렇게 구부리고 있었다. 그 조그만 기호가 터무니없이 돌연하고 어리둥절한 목소리로 자신을 향해 자꾸 말을 걸어오는 것만 같았다. 흰 셔츠 앞섶에 떨어진 한 방울의 잉크 얼룩이 서서히 스며들어 옷 전체를 물들여버릴 것만 같은 기분이었다. 얼룩은 검정색일까, 푸른색일까, 아니면 새빨간 핏빛인지도 모른다. 아이는 자판 위에 손을 올린 채 망설였다. 댓글을 달 것인가, 말 것인가. 댓글을 단다면 뭐라고 할 수 있을 것인가. '그'의 블로그로 건너가보았다. 아무것도 없었다. 이름 비공개, 나이 비공개, 성별 비공개, 생년월일 비공개. 아무것도 알 수 없는 사람이었다.

　　—할카님, 안녕하세요. 그런데 누구세요?

하려던 말이 그렇게 간명한 것이 아니었는데. 아이는 학원에서도 계속 제가 남긴 리플에 신경이 쓰였다. 셔틀버스를 타고 집으로 돌아오자마자 손을 씻지도 않고 컴퓨터를 켰다. 제가 남긴 리플을 지우기 위해서였다. 그러나 그사이 '그'에게서 답이 도착해 있었다.

　　—세상에서 가장 슬프다는 비탈리의 〈샤콘느〉를 하이페츠는 왜

이렇게 빠르고 격렬하게 연주했을까 궁금해하는 사람입니다. 숨 막힐 정도의 속도가 슬픔에 도움이 될까요? 그리고 제 이름은 할카가 아니라 하울카입니다.

하울카. 여전히 생경한 발음이었지만 어쩐지 할카보다 하울카 쪽이 훨씬 더 부드럽게 들렸다. '그'가 던지고 간 질문이 종일 아이를 짓눌렀다.

"라르고. 느리게. 장엄하게. 슬픔이 온몸을 감싸게."

레슨선생들은 악보를 보며 종종 그렇게 주문하곤 했다. 말하는 이도 듣는 이도 자연스러웠다. 슬픔이란 본디 느리고 천천한 감정이라고 믿어 의심치 않았다. 그런데 하이페츠는 왜 이런 방식으로 연주했을까? '그'의 말대로 숨막힐 정도로 빠른 속도가 슬픔에 도움이 될까? 슬픔에 도움이 된다는 건 무슨 뜻일까? 그걸 궁금해하는 하울카도 슬픔에 대하여 무언가를 아는 사람일까? 물음표들이 창밖의 어둠처럼 쏟아져내렸다. 자꾸만 미끄러지는 선율을 반복해 듣다가 아이는 문득 알아차렸다.

—강조하기 위해서가 아닐까요. 음표들이 빠르고 격렬하게 지상에서 사라지고 나면 맨 밑바닥엔 진짜 슬픔만 남으니까. 감출 수 없는 슬픔. 순수한 슬픔.

하울카가 아이보다 한 걸음 먼저 글을 남겼다. 아이는 답글을 타이핑했다.

— ....!

백 마디의 언어보다 문장부호 하나가 유용한 순간이 있다는 것을 아이는 알았다.

—하울카는 하늘을 나는 얼음, 이라는 뜻이에요. 아이슬란드에는 얼음을 뜻하는 단어가 많아요. 일 년에 절반은 한겨울인 곳이니까.

아이는 인터넷의 세계지도 사이트에서 아이슬란드라는 나라를 찾아보았다. 유럽 대륙을 한참 헤맨 끝에 겨우 그곳을 발견할 수 있었다. 그곳은 영국의 위쪽, 대서양 꼭대기에 외따로 떨어져 떠 있는 섬이었다. 눈으로 대충 가늠해봐도 한국과 아주 멀리, 멀리, 떨어져 있었다. 얼마나 먼지 감이 잡히지 않았다.

—아이슬란드는 지구에서 가장 북쪽에 있는 나라예요.

—거기 가보셨어요?

—아직요. 그렇지만 꼭 갈 거예요. 그래서 지금은 열심히 돈을 모으고 있답니다... ^.*

'그'가 한쪽 눈을 찡긋하며 미소지었다. 스스로에게 하늘을 나는 얼음이라는 이름을 붙인 사람.

—아, 제가 모은 아이슬란드 사진들을 보여드릴까요?

하울카가 아이를 블로그 이웃으로 초청했다. 이웃이 되자 그 동안 감춰져 있던 포스트들이 모습을 드러냈다. 아이의 블로그만큼이나 간소한 공간이었다.

—피즈님이 제 첫 이웃이에요.

카테고리는 두 개로 나누어져 있었다. 'Iceland'와 'happy'였다. 아이는 먼저 'Iceland'를 클릭했다. 외벽을 하얀색으로 칠한 작은 건물 사진이 보였다. 소박한 시골마을의 교회당 같았다. 그 밑에 '세계의 끝, 가장 북쪽의 수도 레이캬비크, 시청'이라는 캡션이 달려 있었다. 아이 또래의 소년들 예닐곱이 호숫가에 모여선 사진도 있다. 몇은 털모자를 썼고 몇은 쓰지 않았다. 털모자를 쓰지 않은 소년들의 머리칼은 옥수수염 빛깔이었다. 칭칭 감은 목도리들이 바람에 휘날렸다. 사과처럼 볼이 빨간 소년들이 웃었다. 말간 웃음이었다. 아이의 머릿속이 쨍 울렸다. 호수가 정말로 꽝꽝 얼어붙었는지는 사진상으로 확인하기 어려웠다. 하울카, 하늘을 나는 얼음이 실제로 어떻게 생겼는지 보고 싶었는데 아쉬웠다. 한국에서 아이슬란드까지 가는 방법을 정리해놓은 포스트도 있었다. '인천공항-런던 히드로 공항-아이슬란드 케플라비크 공항(총16시간, 그러나 비행시간 때문에 런던 1박)'의 식이었다. 아이는 그 밑에 '꼭 가게 되길 바랄게요'라는 리플을 달았다. 진짜, 그런 마음이었다.

'happy' 카테고리에는 한 개의 포스트뿐이었다. 사진 속에 있는 건 강아지 한 마리였다. 어디서나 볼 수 있는 평범한 말티즈가 꽃분홍색 이불 위에 멀뚱히 올라앉아 있었다. '단 하나, 나의 가족'이라는 문장이 가슴에 와 박혔다.

—강아지 이름이 해피인가봐요.

—네, 좀 웃기죠? 사람들이 다 그래요. 요즘에 누가 그런 이름을 붙이느냐고. 하지만 저는 우리 해피가 정말 행복해졌으면 해서, 그래서 그냥 해피라고 했어요. 해피라고 부를 때마다 기분이 좋아져요. 우리 해피 참 예쁘죠?

—네, 예뻐요.

—전에 살던 집 주인 할머니가 키우던 개였어요. 그런데 어느 날 그 할머니가 사라져버렸어요. 그래서 제가 데려왔어요. 얼마나 굶었는지 애가 절 보고 짖지도 못했어요. 뼈만 남아서는 힘없이 눈알만

끔뻑끔뻑했죠. 뭘 먹여야 할지 알 수가 있나요. 그래서 일단 가게로 달려가서 우유를 사왔죠.

처음엔 반만 따라주었는데 삼 초 만에 허겁지겁 다 먹어버리곤 '그'를 말끄러미 쳐다보더라고 했다. 나머지 반을 따라주자 이번에는 십 초 만에 다 먹었다고 했다. 그리고 바로 새 주인을 향해 살랑살랑 꼬리를 흔들었단다. 그 얘기를 듣고 나서 아이는 다시 강아지의 사진을 클릭해보았다. 해피가 입가에 묻은 흰 우유를 혀로 핥고 있는 풍경이 눈에 선하게 떠올랐다. 해피와 하울카. 그들을 아주 오래 전부터 알아왔던 것처럼 느껴졌다. '그'는 많은 것을 알고 있는 사람이었다. 비탈리의 〈샤콘느〉를 하이페츠의 연주가 아니라 오이스트라흐로 들어보라고 권해준 것도 하울카였다.

—오이스트라흐는 언제나 2인자 취급을 받았어요. 세상은 항상 일등만 기억하니까. 그렇지만 그의 연주를 들으면 여기가 따뜻해져요.

'그'가 '여기'라고 타이핑했다. 아이는 '그'가 지금 어디에다 손바닥을 대고 있는지 알 수 있었다. 심장이었다.

15장 존재하지 않는 오후

소년은 입을 반쯤 벌린 표정이다. 벌어진 입술들 사이로 발음이 불분명한 웃음소리가 끝없이 새어나올 것만 같다.

실종아동 : 박지홍
실종장소 : 전라북도 남원시 노암동
실종날짜 : 1991년 5월 1일
특징 : 2급 지체장애와 언어장애가 있음.

1991년이라니. 이미 까마득한 시간이었다. 1991년에 소년은 열세 살이었다. 2008년에 서른 살이 돼 있을 것이다. 열세 살 적의 사진 을 보고서 그 누가 서른 살 청년의 실물을 대번에 알아볼 수 있을 텐가. 소년 자신이 아니고서야 말이다. 만약 소년이 살아 있다면, 그렇다면 말이다. 옥영은 황급히 마우스를 클릭했다. 이번에는 여자 아이였다. 실종 당시 나이가 세 살이었다.

실종아동 : 조수연

실종장소 : 경기도 의정부시 산곡동

실종날짜 : 2001년 11월 8일

특징 : 눈썹이 짙고 왼쪽 엉덩이에 동전만한 검은 점이 있음.

얼굴형도 둥그렇고 눈도 둥그렇고 코도 둥그런 아이다. 그러나 옥영은 여자아이의 얼굴을 똑바로 쳐다볼 수가 없다. 아이의 엄마가 얼마나 아득하고 또 절박한 심정으로 왼쪽 엉덩이의 점을 기억해냈을지 그녀는 누구보다 잘 알았다. 타인의 참담이 제 것처럼 아프게 심장을 찌를 수 있다는 사실이 진저리치도록 낯설었다. 세 살이던 수연이는 지금 열 살일 것이다. 칠 년 전에 유지가 만 세 살이었던 것처럼. 칠 년 뒤에 유지는 만 열일곱 살이 된다. 여고생이 된 유지의 모습이 얼른 떠오르지 않았다. 수연이 엄마는 열 살이 된 수연이 모습을 어제 본 듯 그려낼 수 있을까. 눈의 초점이 자꾸만 흐려져 왔다. 그녀는 웹 페이지를 덮었다. 인터넷 윈도를 닫고서 탁자 위에 이마를 묻었다. 그렇지만 오 분도 지나지 않아 다시 컴퓨터를 켰다. 실종아동찾기본부의 주소와 전화번호는 홈페이지 메인 화면의 제일 아래쪽에 나와 있었다. 옥영은 천천히 그것을 받아적었다.

신호음이 딱 한 번 울리자마자 전화가 연결되었다. 그녀가 "여보세요"라고 입을 떼려는 순간 자동안내멘트가 흘러나왔다. 실종아동찾기를 원하시는 분은 1번, 실종아동을 목격하셨거나 보호하고 계신 분은 2번, 기타용무는 3번을 눌러주세요. 옥영은 멍하니 수화기를 귀에 댄 채 성우의 목소리를 반복해 들었다. 손가락을 1번 버튼 위에 올려놓고선 왜 선뜻 누르지 못하는가. 무엇이 두려운가. 옥영은 숨죽여 생각하고 또 생각했다.

아이의 학교에 실종 사실을 알렸다는 것만으로도 남편은 펄쩍 뛰었다. 결단코 남편이 두려워서 이러는 건 아니었다. 그녀는 김상호라는 남자를 웬만큼은 안다고 확신해왔다. 보통의 경우라면 그는 이런 상황에서 극도로 흥분하여 온 사방천지를 죄다 들쑤시고 다닐지언정, 어떻게든 꽁꽁 감춰두려고 애쓸 사람이 아니었다. 남편이 저토록 노출을 극구 꺼리는 이유가 무엇으로도 쉽게 설명되지 않았다. 단 하나의 가능성, 본인이 연루된 것이 아니고서야.

남편이 죽어도 말하지 못하는 그것……

옥영은 전율했다. 김상호는 아내가 자신의 사업에 대해 아무것도 모른다고 믿고 있을 터였다. 그 말은 반은 진실이었고 반은 진실이 아니었다. 김상호가 중국대륙을 통해 거래하는 것이 가짜 양주나 짝퉁 가방 따위가 아니라는 것쯤은 진즉에 익히 눈치채고 있었다. 그러나 구태여 그 품목의 이름을 일일이 파헤치려 들지는 않았다. 짐작만으로 충분했다. 모르는 게 약이라는 한국식 속담을 들먹이지 않더라도 그랬다. 남편은 무역업자였고 자신은 무역업자의 아내였다. 남편은 십 년 내내 넉넉한 생활비를 가져다주었다. 그가 그것을 어떻게 벌었는지 따지는 일은 자신의 영역이 아니라고 생각했다. 한쪽 눈을 꾹 감아왔다. 진실을 알게 되는 순간 직면해야 하는 윤리적 고뇌를 어떻게든 피해버리고만 싶었다. 어쩌면 이제야 그 죄의 대가를 받고 있는 중인지도 몰랐다.

—눌러야 할 시간이 초과되었습니다. 다시 눌러주세요. 1번……

옥영은 수화기를 내려놓았다. 수화기를 그냥 내려놓은 까닭을 밍에게도 말하지 못하리라. 이 집 밖의 누구에게도 그러하리라. 그녀는 비로소 깨달았다. 이것은 '가족'의 문제라는 것을. 원인 모를 지독하고 남루하고 축축한 냄새가 코끝에 딱 달라붙어 오후 내내 사라지지 않았다.

김상호는 오전 열한시 십분 비행기로 상해에 왔다. 귀국편은 오후 여덟시 출발이었다. 자정께에는 방배동에 도착할 수 있을 것이다. 아침에 집을 나설 때 아내에게 중국에 다녀온다는 말은 하지 않았다.

"오래 전부터 약속해둔 거라서 어쩔 수가 없는 일이야."

실은 그렇게 얘기하고 싶었다. 혼자 두고 가서 미안하다고, 곧 돌아오겠다고도 말하고 싶었다. 진심이었다. 아내는 벽을 향해 모로 누워 있었다. 구겨진 이불을 눈 위까지 덮어쓴 자세였다. 미동도 없었다. 그녀는 깨어나는 법을 잊어버린 사람 같아 보였다. 그녀가 잊은 것이 그것만은 아닐 것이다. 그녀는 먹는 법도, 웃는 법도, 숨쉬는 법조차, 모조리 망각한 듯했다. 옥영이 잠들어 있지 않다는 걸 그는 알고 있었다. 최대한 주의하여 몸을 움직여보았으나 부스럭대는 기척을 전혀 내지 않기는 어려웠다. 옷장 문고리 잡아당기는 소리를 들으면서 아내는 콧날을 와락 찡그렸을까. 아니면 혹시 눈이라도 끔뻑댔을까. 그랬으면 좋겠다고 그는 생각했다. 그건 적어도 아직 살아 있다는 증거일 테니까. 상호는 슈트 상의 안주머니 깊숙이 여권을 챙겨넣고서 집을 나왔다.

미팅은 오후 세시, 상해 시내의 모처로 예정돼 있었다. 모처가 어디인지는 그도 몰랐다. 현지 중간브로커 역을 하는 강이 점심식사 후에 그를 그곳까지 데리고 갈 것이다.

"간단하게 점심 먼저 하시죠. 의논드릴 말씀도 있고."

엊저녁 통화에서 강이 그렇게 제안했을 때 김상호는 소스라치듯 놀랐다.

"왜? 무슨 일인데?"

"아니요, 아니요, 별 대단한 건 아니고요."

예상치 못한 김상호의 반응에 강이 더 놀란 듯 손사래를 쳤다.

"저쪽 애들이, 요즘 자꾸 앓는 소리를 해서요. 올림픽 준비 때문에 분위기 살벌하다고 막 엄살을 떠네요."

결국 저희들에게 돌아갈 몫을 올려달라는 뜻이었다.

"올림픽을 거기서 하나. 북경에서 하지."

그는 농담처럼 들리기를 바라면서 툭 내뱉었다. 조금 전 너무 날카로운 반응을 보인 것 같아 민망했다. 그리고 자신이야말로 내일 강을 만나 긴히 의논해야 하는 일이 여럿이었다. 강은 믿을 만한 사람이었다. 그와 마지막으로 만났던 그 일요일에 대해 떠올리자 가슴이 욱신거렸다. 강과 만나기로 한 장소는 레디슨 호텔 1층의 라운지였다. 레디슨 호텔은 인민광장 바로 앞에 위치한 47층짜리 대형건물이었다. 46층엔가 시내 전경이 한눈에 내려다보이는 레스토랑이 있었다. 작년 이맘때 부산 한선생과 같이 상해에 왔을 때 그곳에서 와인을 곁들여 저녁을 먹었다. 일정의 마지막 날 밤이었고, 목적을 무사히 마친 것을 자축하는 자리였다. 남의 살을 먹지 않는 한선생은 채식주의자를 위한 메뉴가 따로 없다며 투덜거리다가 콩으로 만든 스테이크를 주문했더랬다. 화려한 불빛들로 번쩍이는 상해의 야경에 그가 새삼 감탄하며 와인글라스를 입으로 가져가는 순간, 한선생이 갑자기 혀를 찼다.

"난 말예요, 김사장님."

한선생의 목소리는 언제나처럼 은근했다.

"자본주의라는 게 참 저속하다 싶습니다. 여길 보면 딱 답이 나오잖아요. 이 뭣도 모르고 꼭대기로만 치솟은 빌딩들 좀 봐. 내면이 없으니까 그저 표피에만 집착하고 규모로만 압도하려는 게지. 더 끔찍한 건 뭔지 알아요?"

"그, 글쎄요."

"이렇게 괴상한 국적불명 도시 하나 지어놓고선, 지들이 대단한 거라도 이룬 줄 아는 거. 바로 그거야. 졸부가 집 한 채 사서는 신발장부터 변기까지 죄다 번쩍번쩍 황금으로 발라놓은 꼴이지. 칫, 그러면 뭘 해. 황금 변기가 푸세식인데."

그들은 그날 2차로 룸살롱에 갔으며, 술자리가 파한 뒤엔 파트너들을 데리고 각자의 호텔방으로 올라갔다. 김상호의 파트너는 패션쇼 런웨이에 서는 정식 모델이라 했고, 한선생의 파트너는 상해 명문대학에 다니는 여대생이라고 했다. 물론 믿거나 말거나였다.

"나는 길쭉하고 젖 작은 애들은 싫더라."

엘리베이터 안에서 한선생이 제 파트너의 허리에 팔을 두른 채, 그의 귀에 대고 속삭였다. 더러운 알코올 냄새가 확 풍겼다. 김상호가 클클 웃었다. 알아들었는지 못 알아들었는지 중국 여자애들이 따라 웃었다. 그 한선생과 연락이 되지 않고 있었다. 유지가 사라진 그날 이후 줄곧.

벨보이가 택시 뒷문을 열어주었다. 김상호는 차에서 내리면서 사방을 빠르게 일별했다. 오랜 버릇이었다. 거리는 분주하고 평화로웠다. 그는 호텔의 자동문 안으로 걸어들어갔다. 달팽이관 속에서 덜그럭거리는 소리가 점점 크게 들려오고 있었다. 아까 비행기가 인천공항 상공으로 날아올랐을 때부터 이때껏 계속되는 증상이었다. 로비를 가로질러 라운지카페 앞에 도착했다. 약속시간보다 십오 분쯤 빨랐다. 강은 아직 와 있지 않을 것이다. 자리를 안내해줄 웨이트리스가 보이지 않았다. 그는 입구에 홀로 선 채 강박적으로 입술 주름을 만지작거렸다. 아무 곳에나 주저앉아 차디찬 물을 벌컥벌컥 들이켜고 싶었다. 치파오 형태의 유니폼을 입은 젊은 웨이트리스가 재바른 걸음으로 다가왔다.

평일 한낮 호텔 커피숍의 풍경은 어느 나라나 엇비슷했다. 옆 테이블에선 복부비만이 시작됐다는 것 말곤 정체를 알 수 없는 중년 사내들 넷이 각각 일 인용 소파에 비스듬히 앉아 커피를 마시는 중이었다. 김상호는 냉수 한 모금을 입에 물었다. 한겨울밤 호수에 긴 살얼음을 밟은 것처럼 가슴이 찌르르했다. 그는 눈을 감고서 의자 등받이에 몸을 기댔다. 고단했다. 간간이 옆 테이블의 중국어가 들려왔다. 납기, 계약, 수주 같은 단어들이 파편처럼 귀에 박혔다. 따분하고 일상적인 비즈니스의 현장이었다. 아무래도 오늘 미팅을 취소하는 게 나았을까. 약속은 보름 전에 잠정적으로 잡힌 것이었다. 불과 며칠 뒤에 무슨 일이 일어날지 까마득히 모르고서 말이다.

274

고객이 찾는 물건은 워낙 귀한 것이었고, 그는 중국 대륙 아니 전세계를 이 잡듯 샅샅이 뒤져서라도 반드시 찾아오겠노라 호언장담을 했었다.

"백 프로는 아닌데요. 잘 하면 구해질 것도 같아요. 내달 초까지 확답을 준대요."

그 일요일에 강이 그렇게 말했을 땐 "다음달? 장난하냐. 하느님이 그때까지 마냥 기다려줄 줄 알아?"라고 투덜댔다. 그런데 그 시간이 숨막히도록 이렇게 빨리 닥쳤다. 그는 마음을 다잡았다. 약속은 지켜야 했다. 만일 이쪽에서 미팅을 갑자기 취소했다면 그 물건은 영원히 사라져버릴 것이고, 분초를 다투며 그를 기다리고 있는 고객은 크게 실망할 것이다. 무엇보다 하느님이 어디까지 기다려줄는지. 신(神)의 사업이라면 그는 자신이 없었다.

옆자리가 별안간 떠들썩해졌다. 작별인사들을 나누나보았다. 김상호는 천천히 눈을 떴다. 옆자리의 남자들이 서로 악수를 하고 홀을 지나 입구로 걸어가는 모습을 무심코 바라봤다. 그때였다. 일행들보다 반걸음 뒤처져 걷는 사내의 얼굴. 틀림없었다. 영등포 박사장이었다. USB 대신 악어 로고의 셔츠로 그를 조롱했던 남자. 김상호는 용수철처럼 튀어올랐다.

남자는 걸음이 빨랐다. 벌써 로비를 한참 가로질러 출입문 앞에 가까이 다가가 있었다. 김상호가 남자의 쥐색 코트를 몇 발짝 뒤에서 거의 따라잡으려는 찰나, 반대편에서 오던 누군가와 정면으로 맞부딪쳤다.

"어, 형님?"

강이었다. 강이 손바닥으로 이마를 짚으며 그를 쳐다보고 있었다. 미간이 좁은 얼굴에 반가움인지 황당함인지 모를 표정이 떠 있었다. 김상호는 강을 거칠게 밀치고 앞으로 나갔다. 그새 남자는 시야에서 사라져버렸다. 그가 유리문을 열고 밖으로 나서는 순간, 사내는 미리 대기하고 있던 검은 세단의 뒷자리에 올라탔다. 그는 차의 뒤꽁무니를 망연히 바라보았다.

　"미치겠네, 정말."

　뒤따라 나온 강이 어리벙벙한 듯 눈꺼풀을 껌뻑였다.

　"잡아. 얼른 저 새끼 잡아야 돼!"

　"에, 누군데요?"

　강이 물었다. 턱 말문이 막혔다. 누구라고 할 것인가. 눈앞에서 놓쳐버린 저 남자는 누구란 말인가. 상자 속에 약속했던 고객정보 대신 티셔츠를 넣어놨달 뿐 사내의 정체에 대해 밝혀진 건 아무것도 없었다. 그는 조용히 입술을 깨물었다. 저쪽에서 그저 실수였다고 나온다면 아무 할 말도 없는 것이다. 자신이 지금 여기서 숨을 쉬고 있다는 것 자체가 거대한 실수일지도 몰랐다.

　"형님, 괜찮으세요?"

　강이 그의 어깨에 손을 얹었다. 피로가 몰려들었다. 기분 탓인가. 능숙한 중국어로 차를 주문하는 강의 얼굴이 별안간 몹시도 낯설게 느껴졌다.

　강이 그를 데리고 간 곳은 레디슨 호텔 뒤편의 비즈니스급 호텔이었다. 룸 안에는 한 명의 젊은 남자가 그들을 기다리고 있었다. 호두알처럼 단단하고 작은 남자였다. 흰 시트가 정숙한 척 여며져 있는 더블베드 앞에 선 채로 그들은 수인사를 나누었다.

"잘 아시겠지만 상당히 어렵게 구했습니다."

남자가 먼저 생색을 내는 것으로 포문을 열었다. 어색한 서울 말투를 흉내내고 있었다. 대개의 북쪽 출신들이 그렇듯 본래의 억양을 숨기고픈 생각이 간절한 듯했다.

"알에치 플러스 에이비형. 확실하죠?"

강이 확인했다. 물으나마나한 질문이었다. 그러나 남자는 덜 자란 중학생처럼 또박또박 대답했다.

"분명합니다."

강이 김상호 쪽을 바라보았다. 김상호가 천천히 입을 열었다.

"정확히 몇개월 며칠?"

"여덟 달하고 반쯤 됐을 겁니다."

'쯤'이라는 접미사가 마음에 걸렸다. '정확히'라고 부연했는데도 이렇게 어물쩍 답하다니. 팔 개월이라는 것도 믿을 만한 소리가 아닐지 몰랐다. 호기롭기만 한 장담은 어정쩡한 자세보다 결과적으로 몇 배 더 사람의 진을 빼곤 했다. 김상호는 짐짓 제 팔짱을 끼며 상체를 외로 비틀었다.

"상태가 아주 깨끗해야 되는데."

"아, 만약에 사장님이 생각 없으시면."

남자가 헛기침을 하지도 않고 안색을 바꾸었다.

"안 하셔도 됩니다. 사실 이런 건 우리도 괜히 복잡하기만 하고."

예상치 못한 상황이었다. 남자의 미소 뒤에 감춰진 속내를 간파해보려고 했지만 잘 되지 않았다.

"아이구, 이거 왜 이러세요."

강이 급격히 자세를 낮추었다.

"그 귀한 걸 여기 아니면 또 어디서 구하라고."

"그럼 진행하는 걸로?"

"그럼요. 당연하죠."

"좋습니다. 그러면 저쪽은 몇개월입니까."

"아, 그게 돌쯤인가. 맞죠?"

강이 김상호의 옆구리를 찌를 기세로 물었다.

"십일 개월."

김상호는 건조하게 대답했다. 그는 세상에 태어난 지 일 년이 되어가고 있는 한 아기, 그 아기의 심장에 대하여 상상하고 있었다. 영아의 심장은 아주 조그마했다. 성인 여자가 제 엄지와 새끼손가락을 붙여서 만든 동그라미만한 크기였다. 팔딱팔딱 뛰고 있는 선명한 분홍색 심장. 한 아기의 심장을 꺼낸 자리에 또다른 아기의 심장이 무사히 안착할 수 있을까. 김상호는 새삼 눈앞이 먹먹해졌다. '그런데 어디서, 어떻게 구했습니까' 라는 질문은 목구멍 깊은 곳으로 삼켜졌다.

"그리고 금액 말씀인데요. 보통 힘든 게 아니라서 아무래도 약속한 거보다 최소 한두 장은 더 주셔야 될 것 같습니다."

영아의 심장은 부르는 게 값이었다.

그들이 호텔 밖으로 나왔을 때, 겨울도 아니고 봄도 아닌 상해의 오후 하늘에는 폭우가 쏟아지고 있었다.

김상호는 자신이 속한 직업군이 서비스업에 해당한다고 생각해왔다. 그의 고객층은, 죽음을 쉬 받아들일 수 없는 사람들로 구성되어 있었다. 그것이 스스로의 죽음이든 아니면 사랑하는 이의 죽음이든.

이를테면 심장. 심장이 멎으면 사람은 죽는다. 그 문장을 그는 아무런 윤리적 감흥 없이 발음할 수 있었다. 자신이 그렇다는 사실을 지금껏 단 한 번도 의심하지 않았다. 심장 때문에 죽는 환자들을 수없이 보아왔다. 아니, 틀렸다. 엄밀하게 말하자면, 그가 본 것은 심장 때문에 죽어가는 환자들이었다. 인간은 여러 가지 원인으로 죽어간다. 심장 때문에, 간 때문에, 폐 때문에, 신장 때문에. 죽어가고 있지만, 죽지 않기만을, 어떻게든 생을 계속 이어가기만을 간곡히 염원하는 사람들. 그런 사람들을 위해 최상의 서비스를 제공하고 그에 상응하는 대가를 받는 것이 김상호의 일이었다.

수요자는 한국에 있고, 공급처는 중국에 있었다. 그 둘을 서로 매끄럽게 연결시켜주는 것이 그의 역할이었다. 대부분의 직업인들처럼 그도 자신의 생업을 썩 좋아하지는 않았다. 누구라도 그러할 것이다. 모든 기본적 업무들이 다 법적인 테두리 밖에서 진행되므로 받게 되는 업무 스트레스의 강도가 특히 두드러졌다. 만약 이 세상의 모든 직업군을, 다만 '선'과 '악'이라는 두 가지 카테고리로 나누어야 한다면 자신이 어디에 속하게 될지 김상호는 두말할 나위 없이 잘 알고 있었다. 하지만 마냥 수치스런 행위로 치부당하기에는 억울한 것도 사실이었다.

오후 여섯시, 상해 공항 로비 한켠에 선 채 그는 전화를 걸었다.
"……준비하시면 되겠습니다."

수화기 너머에서 들려온 것은 침묵이었다. 짧고 뜨거운 정적이었다. 여자는 곧 신음처럼 깊은 한숨을 토해냈다.

"감사합니다. 정말, 정말 감사합니다."

"아닙니다. 운이 좋았어요."

그렇게 대꾸하면서 그는 깨달았다. 지금, 이 여자가 격렬하게 부러웠다. 너무나 부러워서 숨이 끊어질 것만 같았다. 그는 무기력하게 덧붙였다.

"축하합니다."

"고맙습니다. 정말, 고맙습니다."

여자가 울음을 터뜨렸다. 오래 기다린 울음이었다. 열한 달 전, 여자는 첫 아기를 낳았다. 눈동자가 새까만 사내아이였다. 아기는 2.3킬로그램의 몸무게로 태어났다. 다른 신생아들의 평균보다 1킬로그램 덜 나갔고, 선천성 심장 기형이었다.

"자세한 내용은 다시 알려드리겠습니다. 돌아가서."

그곳, 서울로 돌아갈 시간이었다. 그 매서운 시간을 다시 살아내야 했다. 어쩌면 영원히. 카키색 정복을 입은 공안들이 무표정하게 그의 곁을 스쳐 지나갔다. 그때 김상호는 푸동 국제공항을 통틀어 가장 고독한 남자였다.

젊은 부부는 사례금을 여성용 숄더백에 담아왔다. 그다지 튼튼해 뵈지 않는 지퍼가 길게 달린 황토색 나일론 가방이었다. 지퍼를 열면 달러뭉치들이 들어 있을 것이다. 김상호는 그것을 옆의 빈자리 대신 무릎 위에 올려놓았다. 묵직한 질감이 무릎뼈를 눌렀다. 종업원이 찻잔 세 개를 쟁반에 받쳐왔다. 그는 제 몫의 찻잔을 입술로 가져갔다. 시판 유자차의 인공적인 달달함이 혓바닥을 불쾌하게 휘감았다. 의뢰인과의 사이에 용무는 이미 다 처리했다. 돈도 받았으며, 그전에는 앞으로의 일정에 대해 간략한 설명도 마쳤다. 내일 의뢰인 부부가 아기와 함께 푸둥 공항에 도착하면 강이 알아서 잘 할 것이라는 말도 전했다. 그러고 나니 딱히 할 얘기가 없었다.

"아침 이른 비행기죠?"

안 해도 그만인 질문인 줄 빤연히 알면서도 침묵에 대한 강박관념이 김상호를 사로잡았다.

"예."

초식동물처럼 순하게 생긴 아이아빠가 대답했다.

"앰뷸런스가 나와 있을 겁니다."

"네. 고맙습니다, 정말."

이번에는 아이엄마였다.

"승리는 누가?"

"외할머니가 보고 계세요."

승리라는 이름의 남자아기는 오늘 병원에서 퇴원했다. 시내의 그 대학부속병원은 아이의 고향이자 집이었다. 태어난 뒤 단 한 번도 벗어나보지 못한.

아이의 병명은 선천성 좌심형성부전증후군(Hypoplastic left heart syndrome, HLHS)이었다. 온몸으로 피를 보내야 하는 왼쪽 심장과 대동맥이 형성되지 않은 상태로 세상에 나온 것이다.

"실은, 마음이 안 좋아요. 병원에다 솔직히 말을 못하고 나와서."

승리를 낳은 뒤 마찬가지로 병원을 벗어나보지 못했던 승리 엄마가 고개를 아래로 떨어뜨렸다. 병원에다가는 아마도 '두번째 수술을 포기하겠다'고 통보했을 터였다. 의료진에게 그 말은 '아이의 생명을 포기하겠다'는 것과 동의어로 들렸을 것이다.

"병동에서 다들 참 잘 해주셨는데……"

HLHS로 진단된 신생아는 적어도 생후 이십 일 안에는 반드시 수술을 받아야만 했다. 그러고도 두 번의 수술이 더 남아 있었다. 세 차례의 수술 뒤에는, 결국 열 명의 아이들 중 과연 몇명만이 건강하게 살아남을 것인가. 십분의 삼? 가혹한 확률이었다. '7'을 믿을 텐가, 아니면 '3'을 믿을 텐가. 어느 쪽도 선택할 수 없다면, 방법은 단 하나. 되도록 빨리 다른 이의 심장을 이식하는 것뿐이었다.

이들 젊은 부부가 처음 연락을 취해왔던 순간을, 김상호는 기억하고 있었다. 아이 이름이 '승리'라고 붙여졌다는 걸 알았을 때 그는 어떻게 했었나. 아마도 속으로 혼자 조금 피식댔을 것이다. 그 노골적인 욕망이 안쓰러운 만큼 우습게 느껴졌더랬다. 이제는 그렇지 않았다. 승리. 승리. 승리야. 그는 입속으로 새삼 그 작은 아기의 이름을 되뇌어보았다. 공사다망하신 신의 주의를 환기하기 위해서라면 그 정도쯤이야 아무것도 아니었다. 그는 처참하게 절망했다. 신이 기억하시기에, 유지라는 이름은 얼마나 어려운가!

그들은 곧 자리에서 일어섰다. 김상호가 승리 아빠를 향해 먼저 손을 내밀었다.

"맘 편히 가지세요. 수술 잘될 겁니다."

그는 제 입에서 뒤이어 흘러나오는 문장에 몹시도 당황했다.

"기도……할게요."

16장 자기 앞의 생

"무얼 드실래요?"

북쪽의 억양이다. 탈북자인지 조선족인지는 분간해낼 수 없다.

"……김밥하고 라면 주세요."

밍은 주문 받으러 온 중년 여인의 얼굴을 올려다보지 않은 채 대답했다.

"둘 다 종류가 많은데……"

여자가 짜증과 난감함이 섞인 목소리로 말하면서 벽을 가리켰다. 수십 가지의 메뉴들이 다닥다닥 붙어 있었다. 김밥 이름은 어림잡아 열 개는 되어 보였고, 라면도 예닐곱 종류로 나뉘어 있었다. 예기치 못한 곳에서 선택의 순간에 설 때면 별안간 주위가 고요해지는 느낌이 든다. 밍은 눈으로 더듬더듬 한국어를 읽었다. 인천에서 생애 전반기의 스무 해를 보냈음에도, 엄정하게 말하자면 한국어는 그에게 썩 능숙한 외국어 같은 것이었다. 누구나 단 하나의 모국어만을 가슴에 품을 수 있다면 분명히 그럴 것이다. 야채김밥, 김치김

밥, 치즈라면 같은 평범한 조합으로 이뤄진 단어들이 오늘따라 유난히 눈에 설었다. 밍은 가장 싼 가격의 김밥과 라면을 골랐다.

몇 푼의 돈이 문제가 아니었다. 그것은 스스로에게 하는 일종의 다짐이었다. 어디 있는지 모를 유지를 위해 할 수 있는 유일한 배려였다. 고작 이 정도밖에 하지 못하는 자신이 수치스러웠다. 종업원이 뒤늦게 생각났다는 듯 물잔을 테이블에 턱 내려놓고 갔다.

"조선족 아주마이들 없으면 한국 요식업계는 폭삭 망해버릴 거야."

별로 애석해하는 기색 없이 그런 뉴스를 전해준 사람은 타이베이에서 만난 중년 관광객이었다. 단수이에서 라운딩을 즐기고 돌아가는 길에 잠깐 타이베이에 들른 단체골프팀의 멤버였다.

"요즘 우리나라 젊은 애들이 그런 일을 해야 말이지. 개뿔도 없는 것들이 폼나는 직업들만 찾으니까 별수 있어. 중국제라도 수입해와야지."

또다른 일행이 끌끌 혀까지 차며 대꾸했다. 고급 명품숍이 늘어선 중산베이루를 달리는 미니버스 안이 곧 애국자들의 구국성토대회장으로 바뀌었다. 십 년 후에 나라가 어떤 꼴이 되려고 이러는지 모르겠다는 의견부터, 미래 한국사회의 가장 큰 문제는 농촌 총각과 동남아 여성 간의 국제결혼으로 태어난 코시안들일 거라는 예측까지 난무했다. 밍은 무엇을 했던가. 못 들은 척 다른 곳을, 아마도 차창 밖을 응시했을 것이다.

"세금 걷어가서 정신 빠진 짓들만 하니까 그래. 내가 그놈의 탈북자들 때문에 중국 못 들어가는 것 좀 보라고."

그 손님은 제 주민등록번호 뒷자리가 '125'인가 하는 숫자로 시작하는데, 하필이면 정부가 탈북자들에게 부여한 일련번호와 똑같은 바람에 엉뚱하게 자신의 중국 입국절차가 몹시 까다로워졌다며 입에 게거품을 물었더랬다.

서울보다 북녘에 고향을 두고 왔을 여인이, 밍이 주문한 음식을 기계적으로 탁자에 부려놓았다. 김밥 표면에 참기름을 발라 반들반들 윤이 났다. 그는 김밥 한 알을 입안에 밀어넣고 우걱우걱 씹어보았다. 아랫어금니와 윗어금니 사이에서, 가혹한 예감처럼 밥알들이 으스러졌다. 이제 그녀를 만나러 갈 시간이었다.

두 사람 앞에 제각각의 유리맥주잔이 놓였다. 카페의 아르바이트생은 그 사이에 한 줌의 팝콘이 담긴 작은 바구니를 가져다주었다. 밍은 먼저 옥영의 잔을 채웠다. 옥영은 텅 빈 표정으로 시선을 내려뜨리고 있었다. 제 잔을 스스로 채우면서 밍은 지금 자신이 원하는 게 무엇인지 모르겠다고 생각했다.

"집에 있을래. 오늘."

전화로 그녀가 말했을 때 밍은 "그럴래?"라고 끝을 올려 물었다. 상대방의 태도에 어쩐지 좀 섭섭하다거나 할 때 보이는 반응임을 그들 서로 모르지 않았다. 그리고 짧지 않은 침묵이 이어졌다. 밍은 그녀의 '오늘'이라는 표현을 '오늘도'라고 정정해야 옳다고 생각했다. 물론 오늘 반드시 그녀의 얼굴을 봐야만 하는 이유는 없었다. 그러나 이번 주 들어 그들은 한 번도 만나지 않았다. 그들은 실제 십 킬로미터도 되지 않는 거리에 있었는데, 마치 서울과 북극만큼 멀리 떨어져 있는 것 같았다. 그것은 뭐라고 한 마디로 설명하기 힘들만큼 미묘하게 변한 그녀의 태도 때문이었다.

길고 엄혹한 고통 속에서 겨우 하나로 포개졌던 두 영혼이 별안간 다시 갈가리 찢겨 공기 속으로 흩어질 것만 같은 예감. 밍은 불안했다. 돌아보면 그녀와의 이십 년은 조울증 환자의 비밀 일기장처럼 이런 식의 끊임없는 되풀이였다. 이런 식으로 언제까지 계속버틸 수 있을 텐가.

옥영이 먼저 나직한 한숨을 쉬었다.

"그래. 봐. 오늘."

결국 그들은 평일 한낮, 아파트 단지 상가 2층의 카페에 마주 앉았다. 아이보릿빛 꽃무늬 소파는 때가 타 꼬질꼬질했다. 옛날 국민학교 담벼락의 반공포스터들처럼 다닥다닥 붙어선 유리창 너머로 지저분한 거리 풍경이 내려다보였다. 그녀는 통 말이 없었다. 눈치 없이 쏟아져들어오는 한 줄기 햇빛에, 희미하게 이마를 찡그렸을 뿐이다.

"……힘들지?"

입밖으로 내는 찰나, 그는 자신이 실수했다는 것을 알았다. 그녀가 맥주잔을 들어 입으로 가져갔다. 며칠째 물 한 모금 마시지 못한 사람처럼, 오랫동안 쭉 들이켰다. 그러곤 메마른 목소리로 중얼거렸다.

"그럼 안 힘들 것 같아?"

"미안해. 그런 뜻이 아니야."

그녀가 하늘을 떠받치듯 두 손바닥으로 탁자를 짚고 일어섰다.

"……그만 갈게."

"그런 거 아니라니까. 좀 앉아봐."

그녀가 고개를 옆으로 돌리며 엉거주춤 자세를 고쳐 앉았다. 그녀의 옆얼굴에는, 남자의 요구에 억지로 치마를 들어올린 여자의 짜증스런 체념이 어려 있었다. 그의 가슴 속에서 뜨겁고 단단한 무언가가 천천히 치받혀올랐다. 슬픈 모욕감이었다. 밍은 간신히 입을 열었다.

"나한테…… 왜 그러니. 나한테."

왜? 여자가 밍 쪽으로 얼굴을 돌렸다. 아마도 그녀는 그것이 밍의 어법이 아니라고 생각했을지도 모른다. 여자가 아는 한 밍은 타인에게 이유를 묻는 사람이 아닐 것이다. 그녀가 옳다. 질문과 대답, 설명과 이해가 필요한 순간마다 그는 침묵했다. 사소한 말다툼 앞에서도 그랬고, 서로의 이기심에 진저리치거나 권태감으로 신물나할 때도 그랬고, 그녀가 무작정 떠날 때도 그랬다.

그녀가 아는 한 그는 어떤 문제가 있을 때 그것을 까발려 햇빛 아래 드러내느니, 진회색 방수천으로 덮어 응달의 창고에 넣어두는 것이 낫다고 믿는 사람일 것이다. 창고의 문을 밖에서 잠그곤 열쇠를 꿀꺽 삼켜버리는 것이다. 어쩌면 그것이 상대에 대한 예의라고 생각하는지도 몰랐다. 왜, 왜, 왜! 악을 쓰며 싸우지 못했다. 피 흘리지 못했다. 미친 듯이 울고 또 웃다 말고 서로의 피를 핥아먹지 못했다. 그녀가 그것을 얼마나 싫어했는지, 이제야 그는 알았다.

"그냥 나를 좀……"

옥영은 천천히 입술을 달싹였다. 어느새 밍의 눈동자가 아닌 다른 곳을 보고 있었다.

"놔둬."

밍은 깨달았다. 방금 세상에 나온 말은 애원의 문장이 아니라 통보의 문장이었다. 그들은 오랫동안 침묵했다. 들창 너머로 아까와 다른 행인들이 빠르게 지나가는 풍경이 내려다보였다. 길을 잃은 누군가가 종일 똑같은 길을 뱅뱅 맴돌고 있을지도 모르지만, 똑같은 사람이라 해도, 십 분 전과 일 분 전, 그리고 지금의 그는 결코 같은 사람이 아닐 것이다. 밍은 김이 빠져버린 맥주를 들이켰다. 지금 자신이 원하는 게 무엇인지 모르겠다고 생각했다. 여자가 말했다.

"돌아가 있어. 일단."

"타이베이에?"

"응."

그들은 여전히 싸우지 않고 대화했다. 고개를 수그리고 있던 밍이 천천히 얼굴을 들었다. 두 눈이 벌겋게 충혈돼 있었다.

"그럴 수는 없어."

밍이 어딘가에서 뺨을 한 대 후려 맞은 소년처럼 말했다.

"여기 있을 거야."

밍의 목소리가 그 작은 테이블 위에 엉겨 붙었다. 그는 입도 뻥긋하지 못했다. 자신은 역시 악을 쓰며 싸우지도 조건 없이 피 흘리지도 못하는 인간이었다. 목구멍 깊은 곳으로 삼켜진 열쇠는 이미 오래 전에 딱딱한 화석이 되었다.

"당신 일이 아니잖아."

그녀는 할 수 있는 말이 그것뿐이라는 듯 단호했다.

288

"아니, 내 일이야."

그녀의 입에서 핏, 소리가 나는 한숨이 새어나왔다. 자신이 그토록 결연하게 다짐하는 것을 그녀는 전에 본 적이 없을 터였다. 밍은 더듬거리지 않고 또 말했다.

"나는 유지를 볼 거다. 꼭."

개는 분홍빛 혀를 허공에 축 늘어뜨린 채 널브러져 있었다. 어른들은 개가 쥐약을 먹었다고 말했다. 외갓집의 좁다란 마당 한구석, 짐승의 체온이 차게 식어가는 동안 태양은 더할 나위 없이 무심하게 저물었다. 어둠이 내려앉은 뒤에도 주인 잃은 양은 밥그릇만 반짝반짝 빛났다. 은성이 기억하는 최초의 죽음이다. 그녀의 공식적인 첫번째 기억이기도 하다.

아니다. 그녀의 착각일지도 모른다. 개의 혓바닥이 정말로 선명한 분홍이었을까. 흑자줏빛이었는지도, 검푸르렀는지도 모른다. 아니면 허연 백태가 잔뜩 끼어 있었을지도 모른다. 아니다, 더 근본적인 착오가 있을 수도 있다. 외할머니와 이모할머니가 죽은 개를 마당에 방치했을 리 없으며, 더구나 여섯 살짜리 아이에게 사체를 그대로 노출시켰을 리도 없다. 그로부터 십 년 후 여고생이 된 은성이 그 이야기를 꺼냈을 때 어른들 누구도 개의 존재를 얼른 떠올리지 못했다는 사실도 의문스럽다. 그렇다. 쥐약을 먹고 절명한 명청한 개 따위는 처음부터 없었는지도 모른다. 어디선가 주워들은 타인의 경험, 텔레비전 휴먼다큐멘터리에서 휙 스치듯 목격한 일화 같은 것들이 뒤죽박죽 뒤섞여 자신의 머리통에 달라붙어 있는지도 모른다.

은성은 창가에 선 채 아랫입술을 잘근잘근 깨물었다. 그러니 부디 지금 이것도 조작된 기억이면 좋겠다. 재우 일당과 치기 어린 계획을 세우며 낄낄대던 것이 다만 상상 속 한 장면이라면 좋겠다. 벌써 몇 번이나 옛날에 쓰던 수첩과 다이어리들을 탈탈 뒤져보았다. 혹시나 재우와 끈이 닿는 누군가의 연락처가 발견될까 싶어서였다. 다이어리는 거의 매해, 1월 말까지만 기록되어 있었다. 새해의 다짐은 그즈음에서 은근슬쩍 폐기되기 일쑤였다. 지독히도 무성의하게 살아온 지난 발자취가 고스란히 여기 남아 있다. 은성은 벽을 두드리며 울고 싶었다. 인생을 만만히 여겨서 그런 게 아니었다. 커다란 악의를 품어서도 아니었다. 단 한 번도, 진심으로 생을 뭉개버리고 싶다고 생각한 적 없었다. 그저 하루하루 벅차고 버거웠을 뿐이다. 벅차고 버거운 느낌이 싫어서 숨 쉴 구멍을 찾아 뻐끔거렸을 뿐이다. 땅에 단단한 집을 짓는 대신, 허공 위에 모래성 쌓기 놀이만을 장난처럼 되풀이했을 뿐이다.

그래, 그녀는 소파에 등을 기대며 중얼거렸다. 그 사람은 내가 제일 잘 알아. 재우 역시 자신과 다르지 않은 인간이었다. 그는 장난처럼 그렇게 했을 것이다. 그게 전부일 것이다. 은성이 아는 한, 그는 죽은 개의 그림자만 봐도 질겁하며 달아나는 남자였다. 그런 재우가 그 작은 아이에게 어떤 식의 물리적 위해를 가했을 리 없다. 장난치고는 질 나쁜 장난이 분명하지만 어쨌든 아이는 무사하다. 틀림없다. 그것만이 단 하나, 은성이 믿고 있는 희망의 내용이었다.

은성은 생각을 가다듬었다. 재우의 가장 친한 친구 이름은 이석이었다. 같은 해에 태어난 이석은 서른 명 가까이 되었다. 모니터에

290

일렬로 늘어선 '이석'이라는 글자들을 보는 순간, 애국조회시간 똑같은 군청색 교복 조끼를 입은 남자고등학생들이 까만 개미떼처럼 운동장을 가득 메운 광경이 연상됐다. 타고난 맹목성이야말로 지금 그녀가 믿는 유일한 희망이었다. 그녀는 '석'의 미니홈피를 일일이 다 클릭했다. 사진이 전체공개 모드로 설정되어 있는 홈피는 많지 않았다. 방명록이 열려 있는 곳에는 다 같은 내용의 글을 남겼고, 쪽지도 남겨두었다.

─혹시 제가 아는 사람이 맞나요? 아주 급한 일이에요.

그리고 스물두번째 차례에서 '진짜 이석'을 발견했다. 뭣부터 먼저 봐야 좋을지 모를 정도로 사진들이 아주 많았다. 2005년, 2006년 무렵의 사진들 속에는 재우의 모습이 많았다. 객관적으로 한발 물러서서 바라보는 재우는 예민한 당나귀처럼 비쩍 마른 남자였다. 아무리 들여다봐도 눈빛이 선해 보이지 않았다.

석에게서는 다음날 저녁 무렵 연락이 왔다. 그녀는 다짜고짜 물었다.

"재우 어딨어?"

석은 "몰라"라고 대답했다. 은성은 막무가내로 석을 찾아갔다. 석이 일한다는 꼬치구이 체인점은 전에 다른 지역에서 몇 차례 들러본 적 있는 상호였다. 종로나 수원, 마산이나 전주, 아니면 제주 시내 언저리 어딘가, 대한민국 방방곡곡 어디 있더라도 다를 바 없는 곳이었다. 몇 해 만에 보는 석은 언뜻 알아보기 힘들 정도로 살이 붙어 있었다.

"삼촌네 가겐데 잠깐 일 도와주는 거야. 알바들 관리도 하고."

다른 아르바이트생들은 눈에 띄지도 않는데 석은 자꾸 딴소리만
했다.

"재우 지금 연락 안 돼?"

조바심을 고스란히 드러내며 은성이 묻자, 석이 말없이 담배를
피워 물었다.

"……새삼스레 그 새끼는 왜 찾는데?"

은성은 잠시 숨을 골랐다.

"그게……"

뭐라고 해야 좋을지 몰라 목이 메어왔다. 석이 고개를 살짝 돌리
고서 담배연기를 뱉었다. 예전에는 그들 중 누구도 그런 식으로 행
동하지 않았다. 손바닥 한가운데 당연한 듯 깊이 패어 있던 손금 하
나가, 어떤 단서도 남기지 않은 채 완전히 사라져버린 것 같았다.
은성의 눈물샘이 터졌다.

"어떡하면 좋아."

은성은 흐느끼기 시작했다. 목구멍이 매캐하고 혀끝이 비렸다.

"천천히 말해봐. 재우가 뭘 어쨌다고?"

"……몰라. 유지를. 우리 유지를 데려갔어."

"그게 누군데?"

"……동생. 내 동생이야."

은성은 병든 여우처럼 그르렁거리는 목소리로 울었다.

"으휴 병신새끼. 언젠간 사고칠 줄 알았어."

석이 입술을 한쪽으로 찌그러뜨리며 중얼거렸다. 은성의 가슴이
훅 내려앉았다. 석이 잠시 자리를 떴다 돌아오더니 은성 앞에 소주

병과 잔 하나를 내려놓았다.

"일단 진정해라."

아주 낮은 음성이었다.

"말해줘. 재우 지금 어디 있어?"

"몰라. 그 새끼, 도망, 갔어."

도망이라는 단어의 희극적 뉘앙스가 생경하게 귀에 와 박혔다.

"알지? 그 새끼 다단계에 빠졌던 거."

은성이 고개를 젓자 도리어 석이 놀라는 눈치였다.

"어? 너한텐 안 찾아갔던 모양이네."

은성은 입술을 깨물었다. 재우는 재작년부터 다단계 판매에 본격적으로 몰입했다고 한다.

"처음엔 그래도 괜찮았던가봐. 개가 원래 수단이 좋잖아."

어딜 좀 같이 가자는 얘길 듣고 나왔다가 얼떨결에 단체버스에 올라타 이박삼일 동안 꼼짝없이 갇힌 채로 다단계회사의 신입회원 교육을 받았던 일화를 석은 흥분된 어조로 털어놓았다.

"잘난 척은 더럽게 했지만 속사정이야 빤하지 뭐. 지가 지 물건 사고, 카드 돌리고, 여기저기서 돈 꿔대고, 뭐 대충 그렇게 버텼던 거야."

그러다 더는 버티지 못하는 순간이 왔고, 그가 어떤 선택을 했을지는 자명했다.

"그렇게 다단계로 망한 애들한테만 골라서 대출해주는 데가 따로 있다더라."

"그럼 사채 때문에 도망간 거야?"

석은 어정쩡한 동작으로 머리를 끄덕였다.

"처음에는 그랬나본데……"

그는 거기서 말을 잠시 중단하곤 은성의 눈치를 살폈다.

"그런데, 여자가, 같이 살던 여자가 사고를 친 거야."

"여자?"

은성은 제가 뱉어낸 목소리에 놀랐다. 재우가 자신이 아닌 다른 여자와 있는 모습을 한 번도 상상해보지 않았다. 어리석기 짝이 없었다. 그녀는 다른 누구보다 강재우라는 남자에 대해 잘 알고 있다고 믿었다. 그녀에게 재우라는 존재는 미처 삼켜지지 못하고 어금니에 달라붙어버린 엿조각 같았다. 자주 성가셨으며, 가끔은 심심함을 덜어주는 역할도 했고, 그보다 더 드물게는 달콤하기도 했더랬다. 너무나 익숙하고 진부해서 안전한 달콤함이었다. 손가락으로 억지로 긁어내려 해도, 혀끝을 굴려 떼어내보려 해도 꼼짝 않고 그 자리에 달라붙어 있는 파편으로만 여겨졌다.

"기집애가 첨엔 얌전히 백화점 다니는 줄 알았는데 역시 빚이 장난 아니었던 거야."

"……"

"여자고 또 얼굴도 반반하니까 맘만 먹으면 쉽게 벌 방법은 많잖아. 직장 관두고 안마소인지 그런 데 나갔는데 그러다가 딴놈이랑 눈이 맞았고……"

더 듣지 않아도 될 얘기들이었다. 성인용 케이블채널의 재연프로그램에서 오래도록 우려먹을 것 같은, 흔하디흔한 사연이었다. 술에 취한 서른 살짜리 신용불량자가 바람난 동거녀에게 린치를 가했고,

동거녀는 정신을 잃었으며, 그는 혼비백산하여 도망쳤다. 목이 졸린 동거녀가 숨이 끊어지지 않고 살아났다는 것만이 유일한 반전이었다.

"그길로 완전히 사라졌어. 아마 지가 그 여잘 죽였는지 알 거야."

은성은 뒤도 돌아보지 않고 그곳을 나왔다. 휴대전화기의 폴더를 열었다 닫았다 신경질적으로 반복하면서 걸었다. 어느샌가 지하철역이 나타났다. 몰락한 스파이의 도주로처럼 길게 이어진 계단 앞에서 발을 멈추었다. 비로소 숨이 턱 막혔다. 그녀는 팔을 쳐들어 필사적으로 택시를 잡았다. 저 밑, 끝을 알 수 없는 바닥으로 끌려 내려가지 않을 수만 있다면 무엇이든 다 할 수 있을 것 같았다. 택시기사가 행선지를 물어왔다. 뭐라고 대답해야 좋을지 알 수가 없었다.

"……방배동이요."

라디오에서는 중년의 코미디언들이 객쩍은 농담을 늘어놓고 있었다. 초로의 기사가 습관처럼 쿡쿡 따라 웃었다. 차는 그녀가 지정한 방향으로 달려갔다. 은성은 지금 막 알게 된 강재우의 진실에 대해 객관적으로 생각을 정리해보고자 애썼다. 도피 생활을 하려면 돈이 필요할 터였다. 빚도 갚아야 할 것이다. 그래서 머나먼 기억 속의 엉뚱한 장난을 현실로 끄집어냈다는 것. 얼마든지 가능한 추론이었다. 그녀는 한 손으론 전화기를 만지작거리며 또다른 손의 검지손톱을 물어뜯었다. 아빠가 보낸 형사의 얼굴을 떠올려봤다. 그에게 이 얘기를 전하는 순간 어떤 일이 벌어질까. 그러지 않아도 자신에게 의심의 눈길을 보내던 남자였다. 기습적으로 남의 집 옷장

문을 열어젖히고선 "실례했습니다"라고 덤덤하게 중얼거리던 장면이 눈에 선했다.

방배동 빌라의 카드키는 지갑 제일 안쪽에 들어 있었다. 초인종을 누르는 번잡을 떨지 않을 수 있어서 다행이었다. 유지 엄마의 얼굴과 그렇게 맞닥뜨리면 몹시 난처할 것 같았다. 아니, 무엇보다 겁이 나서 숨이 딱 멎어버릴 것만 같았다. 그녀는 도둑고양이처럼 조심조심 움직였다. 현관문 열리는 소리가 적막한 실내에 희미하게 퍼졌다.

은성이 구두를 벗고 마루에 올라선 것보다, 옥영이 황급히 뛰어나온 것이 먼저였다. 누군가 스스로 현관문을 따고 들어선 사람이 있다는 것, 유지가 돌아왔으리라는 기적적 예감. 그 기대의 찰나가 산산조각나버린 순간 옥영의 표정은 참담했다. 은성은 고개를 떨어뜨렸다. 자신이 유지가 아니라서 정말 미안하다고 생각했다.

"저…… 왔어요."

옥영이 입가의 근육을 움직거렸다. 미소를 지으려 하는 것 같았다. 얼굴을 마주한 게 몇 달 만인지 정확하지 않았다. 그 동안 그녀는 너무 말라 있었다. 홀쭉해진 뺨에 광대뼈가 도드라졌고 낯빛은 누렇게 바랬다. 늘 화사하고 당당해서 은성을 참을 수 없게 만들던 새엄마는, 그새 전혀 다른 사람이 돼 있었다.

"……왔구나."

옥영의 음성은 낮고 담담하고 창백했다. 두 눈은 벌겋게 달아올라 있었다. 그들은 현관 앞에서 한동안 묵묵히 서 있었다. 무슨 말이든 꺼내야 한다는 걸 알았으나 은성은 아무 말도 하지 못했다. 입술을 달싹일 수도 없었다. 단 하나의 단어도 떠오르지 않았다. 혜성이 조금 늦게 문가로 나왔다. 그날 병원에서 헤어진 뒤로 처음 보는 것이었다. 그녀는 이마의 상처를 손가락으로 눌러보았다. 오른쪽 눈썹머리 위쪽이었다. 의사의 예언과는 무관하게 흉터가 남을 것이었다. 틀림없이. 누구도 상상할 수 없는 가장 흉측한 모양으로.

소파에 앉자 혜성이 휴지 몇 장을 뽑아 그녀에게 건넸다. 예의 무뚝뚝한 동작이었다. 은성은 그것을 얼결에 받아들었다. 제가 줄줄 눈물을 흘리고 있다는 것을 그제야 깨달았다. 얄따란 종잇장으로 지은 것처럼 위태위태한 이 집이 금방이라도 무너져내릴 것 같아 은성은 조심스레 코를 풀었다.

옥영과 혜성 그리고 은성은 한 공간에 둘러앉았다. 누군가 실수로 틀어놓은 것만 같은 텔레비전 드라마 속의 젊은 배우들만이 한껏 목소리를 낮춘 채 대사를 뱉어내고 있었다. 그때 테이블의 전화벨이 요란스레 울렸다. 발신자의 전화번호가 드러나도록 되어 있는 작은 LCD창에 '번호표시없음'이라는 글자가 깜빡거렸다. 혜성이 번개처럼 수화기를 들었다.

"여보세요? ……여보세요?"

혜성의 표정이 이상한 긴장감으로 구겨졌다.

"누구세요? 말을 해야 할 거 아니에요…… 여보세요?"

이윽고 혜성은 허탈한 듯 수화기를 내려놓았다. 전화를 걸어온 사람은 아무 말도 하지 않았다고 했다. 작은 숨소리 하나 내지 않고 가만히 있다가는 별안간 전화를 툭 끊어버렸다고 했다. 은성은 두려움에 젖은 눈길로 동생의 얼굴을 바라봤다.

전화 속의 인간은 웃었다. 분명히 그랬다. 외마디 비명보다 짧고 돌연한 한순간, 한 음절의 파열음을 웃음소리가 아니면 달리 뭐라고 표현할 수 있겠는가. 새엄마와 누나가 이쪽을 바라보고 있었다. 그들의 눈자위에 초조와 불안의 그림자가 일렁였다. 혜성은 전화기를 내려놓았다. 눈썹조차 찡긋거리지 않으려고 애썼다.

"아무 말도 안 해요."

거짓은 아니었다. 그는 말이 없었으니까. 혜성의 귀에 남은 거라곤 쿡, 도 아니고 홍, 도 아닌 불쾌하고 희미한 흔적뿐이니까. 나이도 짐작할 수 없고, 음성도 짐작할 수 없었다. 혜성이 아는 건 그 웃음소리의 질감이 어쩐지 남성의 것으로 느껴진다는 것뿐이었다.

다시 수화기를 집어든 건 누나였다. 그녀는 한국통신의 고객센터에 전화를 걸었다. 제 번호를 숨기고 걸어온 발신인의 전화번호를 알 수 없겠냐는 문의를, 그녀는 횡설수설에 가깝게 했다. 저쪽에서 불가능하다는 대답을 하는가보았다. 누나는 그런 법이 어디 있느냐며 화를 냈다. 옥영은 그저 두 손으로 얼굴을 가리고 있었다. 요즈음 혜성이 목도하는 새엄마의 동작은 거의 그랬다. 혜성은 은성의 손에서 수화기를 뺏어 제 귀에 댔다. 여자 안내원은 어떤 경우에도 알려줄 수 없다는 요지의 말을 단조로운 목소리로 반복했다.

"경찰이 수사를 하고 있어도, 그래도, 어려운가요?"

"네, 고객님. 그런 문제는 저희가 대답드리기는 곤란하고요. 그런 경우에는 경찰 쪽에 알아보셔야 합니다."

혜성은 형사의 모습을 떠올렸다. 그 사내는 무얼 하고 있는 것일까. 이런 식의 사건, 작은 아이 하나가 지상에서 증발해버린 사건에 대하여 경찰은 사건도 아닌 걸로 치부하고 있는 것일까. 인터넷 뉴스를 검색해보면 꼭 그렇지만도 않은 것 같았다. 지난 크리스마스 무렵, 안양에서 실종된 두 명의 여자아이들을 찾기 위해 대대적인 수색작업이 벌어졌다. 관련 경찰서에서 따로 특별수사본부를 구성했다는 뉴스도 보았고, 이런저런 기사들도 셀 수 없이 많아 보였다.

안양의 소녀들을 납치, 살해한 용의자가 붙잡혔다는 속보를 혜성은 좀 전에 인터넷에서 읽었다. 소녀들의 이웃에 혼자 사는 평범한 삼십대 남자라고 했다. 유지 엄마도, 아버지도, 누나도 조금만 있으면 그 소식을 다 알게 될 터였다. 제각각의 방식으로 끔찍하게 고통받을 것이다. 혜성은 이제 어떤 결단을 내려야 할 때라고 생각했다.

"다른 방법이 필요해요."

혜성은 천천히 힘주어 말했다.

"다른 방법이 있을 거예요. 틀림없어요."

누나와 새엄마는 모두 고개를 쳐들지 않고 있었다. 그들이 의아해하고 있을지 모른다는 걸 충분히 짐작할 만했다. 그들에게 이것은 혜성답지 않은 행동일 것이다. 자기답다는 게 무얼 의미하는지 혜성도 알고 있었다. 그는 자신의 생각을 입밖에 내는 사람이 아니었다. 고요히, 살아왔다. 감정을 안으로 꾹꾹 눌러 삭이는 것과는 달랐다. 그는 다만 관찰자처럼 보이고 싶었더랬다. 담담하고 무연하게, 어떤 것에도 상처받지 않고서 눈에 보이는 것을 핏속에 기록하고 싶었다. 그것만이 스스로를 지키는 방법인 줄로만 알았다. 그러나 어떤 관찰자라도 결국은 선택 앞에 서야 한다. 끝이 뾰족한 금속

꼬챙이로 눈동자를 후벼파는 것 같았다. 혜성은 눈을 깜빡이지 않았다.

"무언가 좀 이상해요. 경찰들은 적극적으로 나서지도 않고 뭐 하나 제대로 알아보려 들지도 않고. 그쪽만 믿고 있으면 안 될 것 같아요. 세상에 바로 알릴 수 있는 방법. 그런 걸 찾아봐야 해요."

경찰이라는 발음을 하면서 본능적으로 심장이 움찔거렸지만 어쩔 수 없었다. 이젠 어쩔 수가 없는 일이었다.

새엄마의 대답은 예상 밖이었다.

"……기다려보자."

그녀의 음성은 낮았고 미세한 떨림이 느껴졌지만, 거역하기 힘든 단호함이 칼날처럼 배어 있었다.

"아빠도 생각이 있으실 거야. 그냥 놔두고 있지만은 않으실 거야."

"……"

"그러니 기다려보자. 별일 없을 거야. 그럴 거야."

마지막 말은 누군가가 들으라고 하는 것이 아니라 스스로에게 거는 간곡한 주문처럼 들렸다.

제 손톱 끝만을 한없이 내려다보고 있던 누나가 갑자기 얼굴을 들었다.

"……내가 알아."

알아듣기 힘들 만큼 작은 목소리였다.

"누가 그랬는지 안다고."

그녀의 이야기는 장황했다. 문영광은 간간이 고개를 끄덕이는 시능을 하면서 그녀의 고백을 들었다. 은성은 때론 미간을 좁혔고 때론 하늘을 향해 깊은 한숨을 뿜어냈다. 리허설에 진심으로 몰입한 서툰 연극배우 같았다. 영광은 은성이 말하고자 하는 요점이 정확히 무언지 모르겠다는 생각이 들었다. 하지만 눈앞의 이 조그만 여자가 지금 몹시 흥분해 있다는 사실만은 분명히 알 수 있었다.

"나쁜 사람은 아니에요. 정말이에요. 누구보다 제가 잘 알아요."

숨이 가쁜 걸까, 그녀는 잠시 말을 멈추었다. 그는 직업적 도리로서, 비어버린 그녀의 물잔에 제 잔의 물을 따라주었다. 그녀가 아주 조그맣게 "고맙습니다"라고 인사했다. 그 순간 그녀의 눈과 정면으로 마주쳤다. 0.5초에 지나지 않을 순간이었다. 겁에 질린 여자아이의 눈이었다. 살얼음이 깔린 호수 위를 맨발로 건너가는 아이처럼 지금 그녀의 영혼은 파들파들 떨리고 있었다. 그는 얼른 시선을 돌렸다.

"잘, 데리고 있을 거예요. 그럴 거예요. 원래 아기도 좋아하고 강아지도 좋아하는 사람이에요. 그건 정말 제가 알아요."

그녀는 몇 번이나 '정말'이라고 강조했다. 그는 처음부터 묻고 싶었던 것을 마지막으로 물었다.

"그런데 왜 갑자기 그 친구의 소행이라고 확신하시는 겁니까. 무슨 근거로?"

"그냥. 그냥 그런 생각이 들었어요."

은성의 말투는 막 한글을 깨쳐서 동화책을 읽기 시작한 꼬마처럼 어색한 데가 있었다.

"생각해보니, 예전에, 아주 예전에, 언젠지 기억은 잘 안 나지만요, 그 사람이 그렇게 말하는 걸 들은 적이 있어요."

"뭐라고 했단 건가요? 김은성씨 동생을 납치하겠다고?"

못 들을 말을 들었다는 듯 은성이 움찔 놀라는 기미가 느껴졌다.

"네, 그랬던 것 같아요. 어렴풋하지만. 아니 그랬어요. 기억나요. 아마도."

"김은성씨 말씀이 사실이라면."

"네."

"왜 아직 아무 연락도 해오지 않는 거지요? 벌써 시간이 이렇게나 지나버렸는데 말입니다. 금품을 요구하는 전화 한 통 없다는 사실이 도저히 설명되지 않습니다."

"음, 그건 아마……"

은성이 느릿느릿 눈꺼풀을 깜빡였다.

"놀라서 그럴 거예요. 자기가 벌인 일에 자기가 당황해서요. 원래 그래요. 돌이키고 싶은데 방법을 모를 수도 있잖아요. 사람이니까. 그래서 망설이고 있을 거예요. 틀림없어요."

집요하리만큼 이상한 확신에 찬 말투였다. 참으로 낙관적이고 대책없는 증언이었다. 영광은 어쩐지 견딜 수 없는 기분을 참으며 검정 모나미 볼펜으로 수사수첩에 꾹꾹 눌러적었다.

돌이키고 싶은데 방법을 모른다면.

17장 3월의 그림자

　3월의 말라비틀어진 바람이 유리창을 툭툭 때렸다. 강재우의 동
네는 성남 구시가지의 주택가였다. 한때는 아담하고 소박한 이층집
들이 늘어선, 고만고만한 계층의 주거지 역할을 충실히 했을 법한
골목이었다. 골목 안은 고요했지만 어딘지 모르게 어수선한 기운이
고여 있었다. 언제부터인가 하나둘씩 집을 허물고 원룸주택이나 다
세대주택을 신축하는 이들이 늘었을 터였고, 지하실에다 소규모 가
내공장을 만들어 운영하는 이들도 적잖을 터였다.
　김은성의 예상과는 달리, 현재 강재우에게 폭력 혐의 등의 지명
수배는 내려지지 않은 상태였다. 다만 사기 혐의로 집행유예를 받
은 전력이 있었다. 그가 재판을 받던 시기는 그가 은성에게 사업차
외국에 다녀왔다고 주장했다던 기간과 얼추 맞았다. 영광은 강재우
의 사진을 오래 들여다보았다. 마른 체형이지만 예민하거나 영민한
구석이라곤 없는 인상이었다. 이 골목엔 가내공장에서 일하는 노동
자들 수가 좀 되겠지만 그래도 들고 나는 얼굴들은 대강 빤하리라

짐작됐다. 영광은 먼저 근처 상점들을 돌며 분위기를 탐색했다. 한국인들은 정색을 하고 직접적으로 질문하는 방법에 대체로 취약했다. 권위에 약한 건지도 몰랐다. 파란대문집 장남 강재우에 대해 진지하게 묻자 대부분의 상인들은 미간을 모으며 본인이 열심히 협조하고 있다는 태도를 드러내려 들었다. 아무도 대놓고 묻지 않았으나 그들 모두 영광을 경찰이라 믿는 눈치였다.

슈퍼 여자는 고개를 갸웃댔으나 교복을 입은 그 집 딸은 그 얼굴을 안다고 했다.

"지난 토요일 저녁에 담배 사러 왔었어요."

소녀는 한참 주말 버라이어티쇼를 보는 중이었기에 대충의 시간을 기억하고 있다고 했다.

"무슨 옷을 입고 있었습니까?"

"확실히는 생각 안 나는데…… 추리닝이었던 것 같아요."

막 방에서 빠져나온 듯 편한 차림새였다고 했다. 지난 주말 여덟 시 반경, 강재우는 추리닝을 걸치고 집에서 삼십 미터 거리의 슈퍼마켓에 담배를 사러 나왔다. 집에 주기적으로 들른다는 뜻이었다. 아니면 아예 집에 머물고 있거나.

"혹시 근처에서 낯선 아이를 본 적은 없나요?"

모녀가 동시에 눈을 휘둥그렇게 떴다. 영광은 품에서 유지의 사진을 꺼내 눈앞에 디밀었다.

"없어요."

엄마 쪽이 단호히 대답했다. 딸도 도리질을 했다.

"이 동네엔 워낙 이만한 애들이 드물거든요. 초등학교 다니는 애들은 거의 안 보여요. 저만한 여자애가 하나 왔다갔다했으면 눈에 딱 띄었을 거예요."

주인여자는 영광이 고른 생수 한 병의 값을 한사코 받지 않으려 들었다. 영광은 파란 대문이 가장 잘 보이는 위치를 골라 차를 세웠다. 그의 임무는 팔 할이 기다림이었다. 목표물이 나타날 때까지 마냥 기다리고 또 기다리는 일. 업계에서는 흔히 '뻗치기'라고 불렀다. '뻗치기' 한 시간여 만에 파란 대문이 스륵 열렸다.

밖으로 나온 것은 늙은 여자였다. 제 머리 위에 이고 있는 것이 드높은 하늘이 아니라 종유동굴의 낮은 천장인 것처럼 노파는 등허리를 구부리며 걸었다. 한 발씩 내딛는 걸음마다 퍽 조심스러웠다. 서두를 필요 없는 속도로 문영광은 차에서 내렸다.

"없어요. 여기."

그가 묻기도 전에 노파가 먼저 말했다. 맥없고 성마르게 느껴지는 목소리였으나 부자연스럽지는 않았다. 아마도 채무자로 추정되는, 낯선 사람이 집까지 찾아오는 것이 희귀한 경험은 아닌 듯했다.

"그럼 어디 있습니까?"쯤이 정석일 것이었다. 조금 전처럼 은근히 경찰인 양 가장할 수도 있었다. 그러나 영광은 말했다.

"그래서 온 거 아닙니다."

왜 불쑥 그런 말이 나왔는지 몰랐다. 낡은 서까래가 주저앉듯 폭삭 속절없이 늙어버린 여자들과 마주 대하는 순간이면 왜 이다지도 불편하고 또 맘 한구석이 아려오는지 알 수 없는 노릇이었다.

"재우 친굽니다. 연락이 하도 안 되어서요."

"재우 여기 없는데."

경계의 빛이 완전히 사라진 건 아니었지만 아까보다는 한결 수긋해진 음성이었다.

"친구 누군가……"

"석이랑 다 같은 친굽니다. 재우한테 신세진 것도 많고요. 갚아야 할 게 있어서 수소문하고 있습니다."

"우리 애가 그저 착하기만 해놔서."

재우 어머니가 한숨을 내쉬었다. 과연 위대한 어머니로군. 비웃음의 기색 없이 영광은 그렇게 생각했다. 이런 여자 밑에서 자라난 남자아이가 유괴범이 되는 것이 가능할까. 어쩐지 비현실적인 느낌이었다. 이 세상은 원래 비현실적인 일이 평화로운 일상보다 훨씬 잦은 빈도로 일어나는 곳이긴 했지만.

재우의 어머니는 무슨 결심이라도 한 듯 그를 집안으로 데리고 들어갔다. 집안은 좁고 어수선했다. 어두운 갈색 톤의 마룻바닥 여기저기에 너절한 살림살이들이 아무렇게나 널려 있었다. 바닥은 냉골이었다. 영광은 들어오면서 확인한 집 구조를 머릿속으로 되새겨보았다. 살아 있는 여자아이를 보호 혹은 감금하고 있거나, 죽은 여자아이의 시체를 숨겨두고 있을 만한 공간은 딱히 눈에 뜨이지 않았다. 그것은 또한 온 집안이 구덩이가 될 수 있다는 말이기도 했다. 대부분의 한국식 주택이 그렇듯이.

어머니가 그를 혼자 마루에 앉혀두고 방으로 들어갔다. 잠시 뒤 방문이 열렸다. 그곳에서 놀랍게도 강재우로 추정되는 젊은 사내가 나왔다. 저보다 머리 하나는 더 작은 어머니가 아들의 팔을 꼭 붙들고 있었다. 사내는 영광을 보자마자 어머니의 팔을 냅다 뿌리치고 현관 쪽으로 달아났다. 영광이 쏜살같이 그를 따라 몸을 날렸다. 좁다란 마당 한가운데에서 그들의 몸이 한데 뒤엉켰다. 강재우는 한심할 정도로 허약했다. 영광이 그의 뒷덜미를 낚아채자 그만 바닥에 맥없이 주저앉았다.

"죄송해요. 잘못했어요. 용서해주세요."

그는 숨도 쉬지 않고 그 말들을 한순간에 읊었다. 얼굴에 자포자기의 심경이 역력히 드러났다. 영광은 우선 뒷주머니에서 수갑을 꺼내어 강재우의 팔에 채웠다.

영광의 차 뒷자리에서 강재우는 고개를 잔뜩 떨어뜨리고 있었다. 화장실에서 몰래 담배를 피우다 선도부에 끌려온 중학생 같았다. 영광이 그와 나란히 뒷자리에 앉자 좀 당황하는 것 같기도 했다.

"자, 말해봐. 김유지 어디 있어?"

"네?"

강재우가 의아해 죽겠다는 목소리로 반문했다. 끔뻑끔뻑 느리게 움직거리는 그 눈동자를 보며 사립탐정 문영광은 제 직감이 옳았음을 인정해야 했다. 이 녀석은 아니었다. 고작 이런 녀석일 리가 없었다.

"김은성 알지?"

"은성이. 은성이는 아는데요."

"그 동생 말이야. 배다른 어린 동생. 네가 데려갔잖아!"

"예에?"

"김은성이 네가 그랬을 거라고 하던데? 예전에 아이를 유괴하겠다고 했다며?"

"아, 씨발, 미치겠네. 걔가 그래요? 김은성이가?"

"그래."

"걔 원래 미친년이에요. 지가 그래놓고."

강재우의 증언은 분명했다. 처음 시작한 것은 김은성이라고 했다.

"은성이가 아버지를 굉장히 싫어했어요. 행복한 척한다고, 꼴 보기 싫다고, 다 죽어버렸으면 좋겠다고 만날 징징 짰어요."

그렇지만 처음엔 그저 그녀가 농담을 하는 줄 알았다고 했다.

"아무리 그래도 자기 부몬데, 또 자기 동생인데 그렇게까지 하자고 말할 줄은 몰랐어요."

술을 먹다가 단골안주처럼 '돈 좀 많았으면 좋겠다'는 소리가 나왔고, '그럼 많이 벌면 되지'라는 소리가 연이어 나왔다. 당최 무얼 해야 많이 벌겠느냐는 푸념이 이어지다가, 은성이 눈빛을 반짝이며 중얼거렸다고 했다. "많은 사람 걸 좀 나눠가지면 되지." 그래서 그들은 가창시험 보듯이 한 명씩 돌아가면서 각자 알고 있는 돈 많은 사람 이름을 대기 시작했다. 은성의 차례가 왔을 때 그녀는 "김상호!"라고 말했다. 그러고는 그녀는 손뼉을 치며 깔깔 웃었다. "그게 누군데?" "울 아빠."

부모가 사는 집의 평면도를 구해온 것도, 김유지의 영어유치원이 시작하고 파하는 시간을 알아온 것도, 죄다 김은성이라고 했다. "울 아빠 아주 기절할걸. 한 일억은 금방 내놓을 거야. 아니 한 삼억 달라고 해볼까?" 계획을 왜 실행에 옮기지 않는지에 대해서, 강재

308

우는 대답할 가치도 없다는 말투였다.

"아, 진짜 아니라니까요. 애초에 그럴 생각이 전혀 없었어요. 은성이가 하도 난리를 치니까 그냥 애 마음 좀 풀리라고 같이 장난쳤을 뿐이에요. 저는 정말 아니에요. 저는 진짜 몰라요. 미친년, 괜히."

문영광은 강재우의 집 마당에서 그의 수갑을 풀어주었다. 강재우가 어리벙벙하게 제 뒤통수를 긁었다.

"어머니한테 잘해라."

그의 머릿속에 떠오른 유일한 말이었다.

대한민국과 타이완 정부 간에 체결된 조약에 의하면, 양국 국민의 무비자 체류기간은 상호 한 달씩이었다. 한 달은 짧은 시간일까, 긴 시간일까. 밍은 확신할 수가 없었다. 지나온 한 달은 짧거나 길다는 단순한 표현으로만은 설명하기 힘든 나날이었다. 그는 적어도 하루 한 끼씩 꼬박꼬박 위장으로 밥을 처넣었으며 이삼 일에 한 차례씩은 대변을 보기 위해 화장실에 갔다. 손톱은 무심결에 무럭무럭 자라났고 그는 손톱깎이를 사기 위해 숙소 근처 편의점에 다녀와야 했다. 손톱 끝마다 희미한 반달 모양의 무늬가 함께 자라났다.

밍은 제 여권의 겉표지를 한참이나 물끄러미 들여다보다가는 트렁크 속에 도로 집어넣었다. 타이완에서 온 다른 관광객들이라면 대한민국 영토에 머무는 동안 호주머니 한쪽 혹은 배에 두른 복대지갑 속에 이 카키색 여권을 소지하고 다닐 것이었다. 서울의 길들은 여러 갈래였다. 신분을 보증할 어떠한 증명서도 없이, 그 낯설거나 낯익은 길들을 걸어다니는 동안 밍은 투명한 쾌감과 어쩔 도리

없는 쓸쓸함을 동시에 느꼈다.

옥영은 연락을 해오지 않았다. 그의 전화를 받지도 않았다. 그는 그녀를 이해할 수 있다고 되뇌었으나 정직한 고백이 아님을 스스로도 알고 있었다. 어떤 신념은 종종 기만의 얼굴로 구현된다. 누구보다 잘, 그 여자에 대하여 안다는 믿음 역시 그런 것일지도 몰랐다. 그렇지만 밍은 하루에 두 번씩 그녀에게 전화를 걸었으며, 그녀가 전화를 받지 않는다는 사실을 확인한 뒤에 가만히 수화기를 내려놓는 일을 반복하곤 했다. 제 전화번호를 가리거나, 다른 전화번호로 통화를 시도해보는 행동 따위는 하지 않았다. 더이상 비겁해지고 싶지는 않았다. 지나온 시절의 과오를 견디는 것만으로도 충분했다.

아침이면 습관적으로 유지의 학교 앞을 향했다. 3월의 아침바람은 찼다. 얼얼한 두 손을 문지르며 스쿨버스 밖으로 줄지어 나오는 아이들의 모습을 멀리서 바라보다가 발길을 돌렸다. 옥영이 유지의 교복을 어디에 보관해두었을까 하는 것은 생각하지 않으려고 애썼다. 그맘때 아이들은 한 달이면 키가 얼마나 자랄까. 유지는 지금 얼마만한 아이일까. 도무지 모르는 것투성이였다. 토요일엔 서초동에 있는 국립예술대학에 갔다. 아이는 주말마다 그곳에 개설된 영재학교에 다녔었다.

"최연소래."

거기에 입학하게 되었다는 사실을 알리면서 옥영은 그렇게 말했더랬다. 지나는 말처럼 했으나 감추려야 감출 수 없는 긍지가 배어났다. 그는 어땠던가. 자신이 그때 지었던 표정을 그는 기억해내지 못했다. 단단하게 지은 건물이었다. 아래로 뻗은 계단을 따라 걸음을 옮기자 아담한 로비가 나타났다. 몇 개의 딱딱한 의자들이 군데 군데 흩뿌려져 있고, 한쪽 구석에는 음료수자판기가 놓여 있었다. 밍은 벽에 붙은 포스터들을 천천히 둘러보았다. 바이올린을 품에 그러안은 채 활짝 웃고 있는 소녀가 눈에 들어왔다. 열대여섯쯤 되었을까. 자랑스러움도 부끄러움도 없는 맑고 환한 얼굴이었다. 저런 표정은, 가장 좋아하고 동시에 가장 잘하는 일을 마음껏 하며 살아갈 때에만 나오는 것인지도 몰랐다. 언젠가 유지가 짓는 저토록 맑고 환한 미소를 볼 수 있다면 인생의 전부를 걸 수 있었다. 그는 그것을 아프게 확신했다.

극장의 출입문은 열려 있었다. 안에 들어서는 순간 당황스러워 발을 헛디딜 뻔했다. 왜 암흑의 공간을 상상한 것인가. 극장 안은 봄날의 대낮처럼 아주 밝았다. 밍은 본능적으로 어깨를 움츠렸다. 1층짜리 소극장이었다. 넓지 않은 무대 위로 예닐곱 명의 어린아이들이 앉아 있는 광경이 보였다. 공연 연습중이거나 수업중인 듯했다. 밍은 객석의 맨 뒤에 우두커니 서서 그 모습을 보았다. 검은 그랜드피아노 앞에 앉은 여자아이가 먼저 연주를 시작했다.

밍은 가장 가까운 의자에 무너지듯 주저앉았다. 눈을 감았다. 피아노 선율이 깜깜한 허공을 휘감았다. 아름답거나 감동적이라는 설명으로는 어울리지 않는 느낌이었다. 이를테면 그것은 감각의 영역이었다. 음표 하나하나들이 공중에서 흩어졌다 모아지다가는 곧 그의 몸 구석구석마다 스며들었다. 그는 오랫동안 꼼짝하지 않고 그렇게 있었다. 눈물 같은 것은 나오지 않았다.

제목을 짐작할 만한 곡들과, 처음 들어보는 곡들이 번갈아 연주

되었다. 앞자리에 아이들의 부모로 보이는 사람들이 모여 앉아 있을 뿐 객석은 비어 있었다. 또 한번 눈을 감았다 떴을 때 누군가가 움직이는 기척이 느껴졌다. 키가 훌쩍 크고 몸피가 여윈 젊은 남자가 그와 조금 떨어진 자리에 와 앉았다. 소년이랄 수도, 어른이랄 수도 없는 나이였다. 밍은 시선을 발밑으로 떨어뜨렸다.

그가 누구인지 알 것 같다고, 밍은 생각했다. 사진으로조차 본 일이 없지만 마치 아주 오래 전부터 기억의 그림자 속에 각인된 얼굴인 것처럼, 그 사실을 확신할 수 있었다. 당혹스러움보다 먼저 와락 다가든 건 반갑다는 감정이었다. 사실대로 말하자면 그 소년이 여기, 자신과 같은 장소에 있다는 것을 깨닫는 순간 가슴 밑바닥에서 뜨거운 액체가 북받쳐올랐다. 세상이 불시에 고요해졌다.

소년은 그저 조용히 무대를 응시하고 있었다. 자신처럼 눈을 감는 방식으로 도피하지 않았다. 예민하면서도 강인한 옆모습이었다. 다행이야. 왜인지는 모르지만 밍은 진심으로 그렇게 중얼거렸다. 연주가 끝났다. 앞자리 학부형들이 치는 박수소리가 홀 전체에 공허하게 울려퍼졌다. 아이들이 객석을 향해 인사했다. 쑥스럽고 멋쩍은 제스처들이었다. 소년이 휙 몸을 일으키더니 빠른 걸음으로 휘적휘적 앞으로 나갔다. 그러고는 무대 밑에 선 채 그곳의 학부형들과 무언가 이야기를 나누는 것 같았다. 거리가 멀어서 대화 내용이 무엇인지는 밍에게까지 들리지 않았다. 좀더 가까이 다가가려다가 그만두었다. 대체 자신을 뭐라고 설명할 것인가. 저곳의 모두에게. 그리고 유지의 오빠에게.

밍은 로비로 나왔다. 바이올린을 품에 안은 소녀의 사진 앞에 서

312

서 호흡을 골랐다. 자세히 보니 환하게 웃는 소녀의 입술 위에 누군
가 연필로 팔(八)자 모양의 콧수염을 그렸다 지운 흔적이 남아 있었
다. 아무리 깨끗이 지우개로 박박 문질러 지우려 했대도, 영원히 없
었던 것처럼 만들 수는 없었을 것이다. 순백으로 되돌릴 수는 없었
을 것이다. 십여 분이 흐르고 학부형들이 차례로 나온 뒤에 맨 마지
막에 소년이 홀 밖으로 나왔다. 겨울 코트 차림이었다. 키가 훌쩍
컸고 깡마른 몸피였다. 머리칼이 귀를 덮을 정도로 덥수룩했다. 밍
은 제 머리를 만져보았다. 유지의 실종을 알게 된 뒤 깎을 생각을
하지 못했다. 인간이라면 누구나 주기적으로 머리칼을 잘라주어야
한다는 사실을 까마득히 잊고 지냈다. 소년이 로비를 가로질러 건
물 밖으로 나갔다. 그 뒷모습을 멍하니 바라보다가 밍은 이내 그의
뒤를 쫓았다.

소년은 멀리 가지 않았다. 건물 밖 응달 한 귀퉁이에 쭈그리고 앉
아 담배에 불을 붙이는 중이었다. 3월의 바람이 스산하게 불었다.
일회용 라이터로 담뱃불이 쉽게 점화되지 않는 모양이었다. 라이터
를 켜는 그 단순한 행위를 그는 몇 번이나 반복했으나 불이 붙지 않
았다. 밍은 제 외투 주머니 속의 라이터를 만지작거렸다. 그러곤 자
신도 놀랄 만큼 불쑥 그것을 소년 앞에 내밀었다. 소년이 눈을 끔뻑
끔뻑하면서 올려다보았다.

밍의 라이터는 금세 불을 만들어냈다. 담뱃불을 붙인 소년이 일
어났다. 밍보다 손바닥 하나는 더 컸다.

"고맙습니다."

소년은 맥없이 인사하고는 담배를 빨았다. 얼핏 보아도 능숙한

동작은 아니었다. 밍의 눈시울이 공연히 젖어들었다. 소년이 뿜어낸 어슴푸레한 연기가 둘의 시야를 집어삼켰다.

"저……"

밍은 조심스레 입술을 뗐다. 아아, 내가 무슨 말을 하려는 것인가. 그러나 말을 멈출 수가 없었다.

"유지는."

그는 기어이 그 이름을 입밖에 냈다. 옥영이 아닌, 타인을 향해. 생애 최초로.

"유지한테는, 연락이, 있나요?"

초봄, 흐린 정오의 태양빛이 두 남자가 선 공간에 남몰래 스며들었다. 밍은 소년의 손끝에서 타들어가는 담배를 멀거니 바라다보았다. 시간이 이별을 앞둔 연인들의 말줄임표처럼 흘렀다.

"누구……시죠?"

이윽고 소년이 던진 질문은 타당한 것이었다. 어조는 공손했지만 억양이 바르르 떨리고 물음표가 날카롭게 몸을 세우는 것을 밍은 놓치지 않았다. 피할 수 없는 순간이었다.

"예, 저는……"

헛바닥이 자꾸만 헛돌았다. 저 멀리서 남자아이의 손을 잡은 삼십대 여자가 총총걸음으로 지나갔다.

"학부형입니다. 이곳의."

밍은 질끈 눈을 감고 싶어졌다.

"우리 유지를 아세요?"

혜성이 천천히 말했다.

"······본 적이 있습니다. 예전에."

거짓말이 아니었다. 그리고 그것이 그가 가진 유지와의 추억 전부였다.

"네······"

짧은 침묵이 이어졌다.

"연락이 없네요. 아직."

아직, 이라고 구태여 덧붙이는 마음을 몹시도 명징하게 이해할 수 있었다. 혜성은 담배를 바닥에 버리고는 운동화로 비벼 껐다. 그러곤 댁의 아이가 유지와 친했는지, 혹시 그렇다면 유지의 행적과 관련하여 무언가 실마리가 될 만한 점을 알고 있지 않은지를 더듬더듬 물었다. 밍에게뿐만 아니라 조금 전 홀 안에서도 같은 질문들을 반복했을 터였다. 그러기 위해 여기까지 부러 찾아온 것 같았다. 그런 유지 오빠가 든든하고 고마우면서도, 가슴 한쪽에서는 형언하기 힘든 자괴감이 솟아오르는 것도 사실이었다. 아무것도 하지 못하는 자신이 너무 초라하고 부끄러웠다.

혜성은 어깨에 메고 있던 가방 안에서 한움큼의 종이들을 꺼냈다.

"저, 이거."

전단지였다. 가운데 유지의 사진이 동그랗게 들어가 있었다. 이름 김유지······ 눈가가 흐려져서 더는 읽기 어려웠다. 혜성이 전단지 아랫부분을 손가락으로 가리켰다.

"이쪽으로 연락 부탁드릴게요. 꼭."

간곡한 눈빛이었다. 밍은 가능한 한 가장 세차게 고개를 끄덕였다. 혜성에게 그렇게 보였으면 좋겠다고 생각했다. 그들은 목례를 나누고 뒤돌아섰다.

"참, 저기요."

혜성이 갑자기 밍을 불러세웠다. 아까 건넨 전단지를 도로 받아 들고는 볼펜으로 제 전화번호를 휘갈겨 적었다.

"혹시 저 번호가 연결이 안 되면 이쪽으로 연락 주세요."

밍은 잘 알겠다고 대답했다.

"번거롭게 해드려서 죄송합니다."

소년이 꾸벅 깊게 고개 숙여 인사했다.

"걱정하지 말아요. 돌아올 거예요, 무사히. 꼭."

"고맙습니다."

어깨를 잔뜩 웅크린 채 뒤돌아 걸어가는 소년의 구부정한 뒷모습을 밍은 한없이 바라봤다. 그제야 왜 처음 보자마자 단박에 혜성임을 눈치챘는지 깨달았다. 유지와 참 많이 닮은 소년이었다.

이상하다. 낯선 사내와 헤어진 뒤 혜성은 줄곧 그런 생각에 붙들려 있었다. 한마디로 딱 집어 설명하긴 어렵지만, 그 사내의 얼굴을 본 순간부터 어쩐지 묘한 이물감에 사로잡힌 것만은 분명했다. 그 사내는 그곳의 다른 사람들과 달랐다. 초등학생 연령의 아이에게 클래식 악기를 전문적으로 가르치는 부모들이라면 일반적으로 어떤 풍모를 하고 있는지에 관하여 혜성이 특별한 견해를 가진 것은 아니었다.

그러나 그 남자가 그곳에 어울리지 않는다는 정도는 금방 느낄 수 있었다. 행색이나 입성이 초라하다는 뜻이 아니었다. 남자는 거기 스며들지 않았다. 표준 한국어임에도 어딘지 부자연스러운 억양이 그런 느낌을 한몫 거드는지도 몰랐다. 그래, 남자의 억양에는 높낮이가 없었다고 혜성은 회상했다. 그럼에도, 혜성은 그의 얼굴이 낯설지 않았다. 기이한 기시감이었다.

학교에서 나와 혜성은 지하철역으로 천천히 걸어내려갔다. 틈틈이 걸음을 멈추곤 전단지를 담벽에 붙였다. 구청 직원이 달려와 금세 떼어내버린다는 걸 모르지 않았다. 하지만 그 잠시 동안 유지를 알고 있는 누군가가 기적적으로 나타나주기를 바라는 그 작은 희망을 포기할 수는 없었다. 혜성은 지하철을 타고 서울역으로 갔다. 실종자를 찾아 헤매는 가족들이 전단지를 뿌릴 장소로 왜 서울역 광장을 택하는지 혜성은 그곳에 도착해서야 짐작할 수 있었다. 전국 방방곡곡으로 떠나는 사람들이 모여드는 장소였다. 유지의 얼굴과 인상착의가 담긴 전단지를, 여행객들이 제각각의 고향으로, 멀고 먼 어딘가로 운반해줄 것이다. 또한 그것은 유지가 서울이 아닌 다른 데에 있을지도 모른다는 의미였다. 아이는 스스로 갔을까, 아니면 옮겨졌을까. 그는 가만히 몸을 떨었다. 조그마한 상상도 하고 싶지 않았다.

토요일 오후의 서울역 광장에서, 사람들은 모두 움직이고 있었다. 광장이 그들에겐 길이었다. 네모난 길의 한가운데 서서 행인들에게 전단지를 나누어주었다. 가방 안에 검정색 벙거지모자가 들어 있었으나, 그것을 머리 깊숙이 뒤집어쓰지 않았다. 누군가 자신을 알아볼지 모른다는 불안감이 지난 밤새 그를 괴롭혔던 게 사실이었다. 그러나 막상 이곳에 서니 머릿속이 텅 빈 듯 다른 것은 전혀 떠오르지 않았다.

집에 돌아왔을 때 옥영이 문을 열어주었다. 그때 알았다. 하루 종일 머릿속을 맴돌던 이상한 기시감의 정체를.

"다녀왔습니다."

혜성은 짐짓 커다랗게 목소리를 높였다. 옥영이 고개를 끄덕였다.

"저녁은 먹었어?"

"예, 먹었어요. 드셨어요?"

"응, 대충."

그녀가 말꼬리를 흐렸다. 혜성은 그녀의 얼굴에 더 오래 시선을 두지 않고 2층 계단을 올랐다. 제 뒤통수가 아무런 표정도 만들어내지 않기를 바랐다. 기계적으로 겉옷을 벗고 양말을 벗고 침대에 벌렁 드러눕는 동안, 종일 의식을 짓누르던 잿빛 물음표가 어느 결에 느낌표의 모양으로 바뀌고 있었다.

오늘 그 남자만이 아니었다. 옥영 역시 언제나 높낮이 없는 말투를 사용했다. 가장 편안하게 농담할 때조차 왠지 모르게 조심스러워하고 있다는 기색을 감추지 못했다. 누나는 "재수없어. 좋으면 좋다, 싫으면 싫다, 그런 게 하나도 안 드러나잖아. 겉으론 웃어도 속으론 무슨 생각을 하는지 알 게 뭐야?"라면서 불쾌하다는 반응을 보이곤 했다. 그렇게 느낄 수도 있을 것이다. 누나나 아버지처럼 무언가가 머리에 떠오르는 즉시 입밖으로 토해내야만 직성이 풀리는 부류들에게는 말이다.

그러나 혜성은 어렴풋이 알 것 같았다. 이 세상엔, 하고자 하는 말이 있더라도 컴컴한 동굴 같은 머릿속에서 한번 점검하지 않고서는 도저히 밖으로 뱉지 못하는 사람들이 존재한다는 것을. 생래적인 외국인. 그건 역설적으로, 모국어를 끊임없이 의식하고 살 수밖에 없는 인간이라는 의미였다. 그 남자의 모국어와 옥영의 모국어가 같을 것이리라는, 아무런 근거 없는 망상이 혜성을 덮쳤다.

문영광 형사가 남긴 전화번호가 책상 서랍 안에 있었다. 그는 오래 머뭇대다가 그 번호를 조심스레 눌렀다. 신호음이 울렸다. 혜성은 불에 덴 듯 휴대폰의 폴더를 닫았다. 감정 없이 빛나던 그 남자의 눈빛이 기억났다. 그 남자에게 연락하여 무엇을 하려 하는가. 그 남자에게 무엇을 의논할 수 있을 것인가. 혜성은 천천히 생각을 정리했다. 상념의 가닥을 하나로 모아보려 애썼다. 조금만 따져보아도 의심스러운 점이 한둘이 아니었다. 아버지는 문영광이라는 형사가 어느 경찰서 소속인지조차 가족들에게 제대로 말해주지 않았다. 아버지가 하는 일은 대부분 그런 식이었으므로 별다른 의심을 하지 않았다. 그는 김상호의 직업이 중국을 상대로 하는 무역업이라는 것만 알 뿐, 정확히 무엇을 사고파는지에 대해서는 몰랐다. 항상 합법적인 거래만 하지 않으리라는 것쯤이야 짐작할 만했으나 그건 그의 비즈니스라고만 여겨왔다. 어른의 세계란 원래 더럽고 음험한 것이니, 자신은 적당히 눈을 감고 모르는 척 외면하면 그만이었다. 자신이 상처를 받지 않으면 그뿐이라고 믿어왔다.

관할 경찰서의 대표 전화번호를 인터넷에서 찾았다. 경쾌한 음악과 함께 여자 성우의 지나치게 명랑한 목소리가 흘러나왔다.

"서초경찰서입니다. 무엇을 도와드릴까요? 서초경찰서입니다. 무엇을 도와드릴까요? ……무엇을 도와드릴까요?"

끝없이, 영원히 반복될 것만 같은 그 소리를 혜성은 입술을 꼭 깨문 채 듣고만 있었다. 경찰에서는 실종아동 김유지라는 이름이 확인되지 않았다. 그것이 의미하는 바를 깨닫는 데 그리 오랜 시간이 걸리지 않았다. 다른 방법을 알지 못했으므로 혜성은 황급히 전화기를 내려놓았다. 담당 경찰이 업무에 대한 최소한의 책임감을 지닌 사람이라면, 그의 전화가 곧바로 다시 울릴 것이었다. 지금 혜성의 전화기는 전원이 꺼진 채 제 방 책상 위에 놓여 있었다.

1층 거실에서는 아버지라는 이름의 남자가 소파 등받이에 뒤통수를 기대고 있었다. 깜빡 잠이 든 것 같았다. 혜성은 그 모습을 물끄러미 바라보았다. 거무튀튀한 이마와 광대뼈, 긴 인중, 무방비상태로 살짝 벌어진 입술. 모든 게 낯설었다. 너무도 낯설어서 토할 것같았다. 혜성은 조용한 리듬으로 몸을 틀어 현관 밖으로 나섰다. 오른손 주먹을 꽉 틀어쥐었다.

엘리베이터가 1층에 닿는 순간 옥영의 얼굴이 떠올랐다. 그녀는 어디까지 알고 있을까. 김상호라는 사내의 거짓말에 기만당해온 건 자신과 마찬가지이리라는 확신이 들었다. 혜성은 옥영의 절망을 알고 있었다. 그녀가 겪는 피투성이 지옥을 알고 있었다. 이 세상 누구에게도 타인을 이런 방식으로 해칠 권리는 없었다. 바닥 모를 분노가 치밀었다. 오른손 주먹으로 엘리베이터 벽을 쾅 쳤다. 발 딛고선 자리가 휘청 흔들렸다. 주먹뼈가 얼얼했다. 피는 한 방울도 나지 않았다.

아버지의 집을 나와, 그는 이제 자신이 어디로 가야 하는지 몰랐다. 모르고 싶다고 생각했다. 3월, 저녁이 밤으로 표정을 바꾸는 시간이었다.

한 번만 더.

딱 한 번만 더.

악마의 소리가 귓전을 윙윙댔다. 그는 도리질을 쳤다. 아니다. 절대로 그럴 수는 없었다. 그는 언제나 스스로와 약속하고 또 그 약속을 깨버리기를 반복해왔다. 또다시 그럴 수는 없는 일이었다. 유지가 사라지던 그 밤처럼. 눈물이 흘렀다. 혜성은 걷고 또 걸었다. 이 도시의 길들은 가도가도 멀었다.

시간이 얼마나 지났을까. 정신을 차리고 보니 그는 후미진 언덕길 한구석에 서 있었다. 좁다란 골목길 양쪽으로 자동차들이 드문드문 주차되어 있었다. 가로등도 없는 밤의 골목, 어둠 속에 웅크린 자동차들은 말 못 하는 늙고 병든 짐승 같아 보였다.

딱 한 번만. 딱 한 번만 더.

마지막이야, 정말로. 그는 간절히 되뇌었다. 호주머니 속에서 일회용 라이터가 만져졌다. 그는 천천히 숨을 가다듬었다.

달빛이 뜨거웠다.

골목길의 끝, 은회색 소형차 앞에서 걸음을 멈추었다. 구형 아반떼다. 차는 거기 버려져 있다. 어둠 속에서 가늠 해봐도 차는 온통 뿌연 먼지를 뒤집어쓰고 있다. 혜성은 한쪽 무릎을 구부리고 바닥에 꿇어앉았다. 자동차 바퀴를 가만히 만져보았다. 딱딱하지도 물렁물렁하지도 않다. 기분 나쁜 촉감이 손바닥으로 전해져온다. 바퀴는 한때 제 몸의 무늬를 지우며 길바닥을 굴렀을 것이다. 어디까지 가보았을까. 그 길의 진짜 끝은 어디였을까. 견딜 수 없는 충동, 익숙하고 낯선 충동이 겨드랑이를 타고 오른다. 그는 비틀거리며 일어선다. 가방에서 스프링노트를 꺼낸다. 전국의 문구점이나 24시간 편의점 어디서나 구입할 수 있는 평범한 제품이다. 노트의 낱장을 북 뜯은 다음 손으로 구긴다. 다른 쪽 손으로 일회용 라이터를 잡는다. 엄지손가락을 아래로 세게 당긴다.

불은 금세 붙는다.

그는 눈을 똑바로 치켜뜬다. 자동차의 몸체와 땅바닥 사이, 낡은 고무타이어가 간신히 지탱하고 있는 그 캄캄한 틈새를 노려본다. 불꽃으로 일렁이는 종이뭉치를 그곳, 낮게 웅크린 자동차 밑으로 획 던져넣는다. 그러곤 도망친다.

그는 죽을힘을 다해 달린다. 비현실적인 스피드 속에서 제 머리칼이 휘잉휘잉 공중을 가르는 소리가 들려온다. 의식은 뚜렷하다. 뚜렷하고 팽팽하게 긴장한 영혼이 갈비뼈를 짓누른다. 살아 있다. 헉헉대며, 숨을 몰아쉬며, 분명히 살아 있다. 느낄 수 있다.

목구멍 깊은 곳으로부터 서서히 피냄새가 올라온다. 점점 강렬해진다. 비리고 아리고 구역질나는, 더러운 맛. 바로 이 느낌 때문에 중독을 끊지 못하는지도 몰랐다. 그날 밤에도, 오늘 밤에도, 머나먼 내일의 밤에도. 그는 숨이 멎는 순간까지 뛸 수 있을 것 같았다. 도망칠 수 있을 것 같았다. 우주의 바깥으로. 영원히.

곧 큰길이었다. 혜성은 가로등불이 닿지 않는 곳에 웅크리고 앉아 숨을 가다듬었다. 어깨를 조그맣게 말고서 어둠 속에 스며들려고 애썼다. 조금 전에 저지른 일이 간신히 실감났다. 언제나 그렇듯 그는 부르르 몸을 떨었다. 이번에는 제대로, 큰불이 일어났을지도 모른다. 서늘한 두려움이 엄습했다. 그래도 그는 조금 전에 도망쳐 온 곳을 다시 바라보지 않았다. 이제 다시 현실이었다.

멀리서 택시가 달려왔다. 헤드라이트 불빛이, 덜덜 떨고 있는 한 소년의 모습을 고스란히 비추었다.

18장 새들이 난다

일요일은 일주일 중 하루일 뿐이다.

아이는 선하품도 없이 몸을 일으켰다. 아기도토리처럼 데구르르 침대를 빠져나왔다. 아이는 이불 속에서 뭉그적거리며 잠이 완전히 깰 때까지 기다리는 성격이 아니었다. 그건 습관에 가까울지도 몰랐다. 바이올린을 본격적으로 배우기 시작하면서 제 앞의 시간들을 일정 단위로 딱딱 나누어 사용하는 것을 당연시하게 되었고, 그런 태도는 다른 일상에도 자연스레 스며들었을 것이다.

욕실 문을 열자 연한 술냄새가 났다. 오빠는 요즈음 부쩍 술을 먹고 들어오는 일이 잦았다. 밤 열시에 잠자리에 들어야 했으므로 아이는 술 취해 귀가하는 오빠의 모습을 본 적은 없었으나 아침이면 욕실에 남은 흔적으로 그 사실을 알게 되곤 했다. 그런 날 아침 식탁에 부드러운 국이 올라오지 않으면 아이는 혼자 괜히 조마조마해졌다. 벽에 붙은 환풍기 스위치를 눌렀다. 눈에 보이지 않는 공간 어딘가에 장착된 환풍기가 낮게 윙윙대며 돌아갔다. 세면대에는 세 개의 칫솔과 두 개의 치약이 놓여 있었다. 죽염맛이 나는 성인용 치약과, 딸기맛 나는 어린이용 치약이었다. 아이는 다른 것들보다 키가 작은 흰색 칫솔을 집었다. 언니의 주황색 칫솔은 일 년째 그 자리에 놓여 있기만 했다. 아이는 제 몫의 치약을 쭉 짜서는 야무지게 이를 닦았다. 진짜 딸기향은 아니지만, 그렇다고 딸기향이 아니라고 말할 수도 없는 인공 향기가 입안 가득 남았다.

아침식탁의 분위기는 지난 일요일과 비슷했다. 오빠는 퉁퉁 부운 얼굴을 제대로 감추지도 못한 채 멀쩡하다는 듯 숟가락을 놀렸고, 아빠는 단단히 심통이 났으나 그 이유가 뭔지 본인 스스로도 몰라서 누군가 좀 알려주기를 바라 마지않는 표정이었으며, 엄마는 그 모든 걸 알지 못하는 척 느긋하고 자분자분하게 행동했다. 그러나 지금 엄마는 불안해하고 있었다. 아이는 알 수 있었다. 평소와 달리 무언가가 아주 미묘하게 어색했다. 아이는 흘낏 오빠 쪽을 보았다. 그래도 미역국이라 다행이었다.

엄마가 오빠에게 레슨비를 부탁하는 소리가 들렸다. 일요일부터 집을 비우겠노라고 엄마는 이틀 전에 아이에게 알렸다.

"대전 할머니가 많이 편찮으시거든. 저번 달에 눈길에 미끄러지시고 난 다음에 더 안 좋으시대."

아이가 묻지도 않았는데 엄마는 길다 싶게 설명했다.

"같이 갈래?"

아이는 천천히 고개를 저었다. 엄마가 아이의 동그마한 어깨뼈를 손바닥으로 꾹꾹 눌러주었다.

"뻣뻣해지는 것 좀 봐. 자꾸 이렇게 풀어줘야 돼."

엄마의 손바닥 힘이 아이를 아프게 자극했다.

"네. 참, 운전하실 거예요? 이따 눈 올지 모른다던데."

"응, 뉴스 봤어. 많이는 안 올 것 같더라. 요즘에야 뭐 일찍부터 염화칼슘 뿌리니까 다닐 만하더라고."

엄마와 오빠가 나누는 이야기를 한쪽 귀로 들으며 아이는 천천히 숟가락을 놀렸다. 요새는 밥을 반공기만 먹어도 금세 배가 불러왔다. 엄마가 아이 쪽을 바라보며 짐짓 엄격하게 말했다.

"너는 엄마 없다고 연습 빼먹지 말고, 약도 잘 챙겨먹고."

아이는 그 말에 즉각적인 반응을 보이지 못했다. 그때 아이는 다른 것에 대하여 생각하고 있었다. 눈. 이따가 눈이 올지도 모른단다. 일요일은 일주일 중 하루일 뿐이다. 그리고 그렇지 않은 일요일도 있다.

아이는 눈 내리는 날을 좋아하지도 싫어하지도 않았다. 무엇을 좋아한다, 혹은 싫어한다고 말하는 것은 이를테면 취향에 관한 선언이었다. 그런데 아이는 제 취향을 판단할 충분한 근거를 가지고 있지 않았다. 눈 내리는 날, 실내가 아닌 바깥세상에서 눈과 뒹굴었던 기억이 아이에겐 거의 없었다. 푹 젖은 털실장갑의 축축한 감촉이나 부러뜨린 나뭇가지로 코를 만들어 붙인 눈사람은, 앨리스의 이상한 나라에 사는 토끼만큼이나 비현실적인 상상으로 느껴졌다.

거실 유리창 너머로 바라보이는 하늘은 잔뜩 흐렸다. 눈. 누운. 누우운. 입속으로 발음해보았다. 별안간 가슴이 두근대기 시작했다. 아침식사를 마치고 오빠와 나란히 2층 계단을 올랐다. 계단참에서 오빠가 짧게 하품을 했다.

"죽겠다."

아이더러 들으라는 것보다 혼잣말에 가까웠다. 오빠에게 무언가
를 이야기하려다 그만두었다. 그들은 각각 제 방 안으로 헤어졌다.
아이는 방문을 소리없이 닫았다. 바이올린은 어제 저녁 연습을 마
치고 난 그대로 케이스 안에 들어 있었다. 바이올린에 관해서라면
아마도 명쾌한 어조로 '좋아한다'라고 말할 수도 있을 것이다. 연주
에 몰입해 있는 순간, 그 몰입 안에서 스스로 소리를 만들어내는 순
간에 아이는 미처 계산하지 못한 기쁨을 느꼈다. 요즘 연습하고 있
는 곡은 쇼팽이었다.

한 달 뒤면 영재스쿨의 신학기 음악발표회가 있었다. 몇은 독주
를 하게 될 것이고 나머지는 그렇지 못할 것이다. 아이에게 어떤 역
할이 주어질지는 결정되지 않았다. 내부의 컴피티션이 있을 것이다.
경쟁 결과에 따라 의무와 책임이 정해진다. 음악을 계속하는 이상
영원히 그럴 것이다. 어른이 된 뒤 여전히 바이올린을 연주하는 제
모습이 잘 떠오르지 않았다. 하물며 일 년 뒤의 모습 또한 마찬가지
였다. 아이는 바이올린을 어깨에 갖다댔다가 그냥 내려놓았다.

침대에 반듯하게 누웠다. 잠이 오는 것은 아니었다. 아래층에서
현관문 닫히는 소리가 났다. 엄마가 나가는 기척이었다. 이윽고 오
빠가, 한참의 시간차를 두고 아빠가 밖으로 나갔다. 아이는 천천히
몸을 일으켰다. 아무도 없는 집안은 적요했다. 익숙한 장소가 아니
라 다른 차원으로 공간이동을 한 것 같았다. 아이는 깡충깡충 아래
층으로 내려갔다.

흰색 종이봉투는 거실 테이블 위에 얌전하게 놓여 있었다. 무심

결에 봉투를 집어들었다. 아이는 아직 완성된 계획을 가지고 있지 않았다. 봉투를 집어든 채로 저도 모르게 허리를 곧추세웠다. 모든 게 딱 맞아떨어졌다. 신기할 정도로.

집을 나설 때 시계를 보지는 않았다. 가장 좋아하는 코트와 부츠 차림이 아이의 마음을 안정시켜주었다. 일요일 한낮, 시린 태양이 목덜미 깊숙이 꽂혔다. 기다리는 눈은 아직 대지 위로 흩날리지 않았다. 아이는 큰길 쪽으로 방향을 잡았다.

고속터미널역까지는 아이의 걸음으로 이십 분이 좀 넘게 걸렸다. 날씨는 쌀쌀한 편이었으나 털부츠 안에 발가락을 감추고서는 걸을 만했다. 아이는 한 발 한 발 찬찬히 내디뎠다. 역사에 닿는 것보다 역 안에서 플랫폼까지 가는 길을 찾는 데에 더 오랜 시간이 소요되었다. 지하공간 안에는 사람이 아주 많았다. 혼자 걷는 사람들도 많았다. 혼자인 행인들 중에서 아이의 나이가 가장 어렸다. 아무도 의식하지 않았지만, 아이는 모든 사람들이 다 자기를 쳐다보는 것만 같았다. 그건 부끄러움이나 머뭇거림과는 다른 감정이었다. 어쩌면 이질감에 가까울지도 몰랐다.

승차권 자동발매기 앞에서 지갑을 꺼냈다. 아이는 자기 손으로 지하철 승차권을 끊어본 일이 없었다. 기계 앞에 적혀 있는 대로 따라 하니 어렵잖게 티켓을 살 수 있었다. 오랫동안 맘 졸였던 것에 비해 어이없으리만치 쉬웠기 때문에 외려 좀 당황스러웠다. 어린이, 가 아니라 어른, 을 누른 데 다른 뜻이 있는 건 아니었다. 그저 그러고 싶었을 따름이다. 빳빳한 종이표를 손 안에 쥐고서 숨을 깊이 들이마셨다. 아이가 혼자 지하철을 타는 것은 태어나 처음이었다. 엄마와 같이 마지막으로 지하철을 탄 게 언제인지 어슴푸레했다. 아이는 손 안의 승차권을 골똘히 들여다보았다. 글자들이 조금씩 삐뚜름하게 프린트된 것 같았다.

서울 메트로 7호선 고속터미널역에서 총신대입구역까지는 두 정거장이었다. 그 사실을 머릿속으로 꽉 움켜쥐고 있었으면서도 안내방송이 나올 때까지 조마조마해서 견딜 수가 없었다. 내리실 문은 오른쪽, 오른쪽입니다. 제 몸의 오른쪽이 어디인지 아이는 분명하게 알았다. 바이올린 활을 드는 팔, 그쪽이 오른쪽이었다. 그렇지만 가늠하지 못할 속도로 달리는 열차 안에서는 언뜻 구분하기가 힘들었다. 열차는 앞으로 달리는가, 뒤로 달리는가. 상체가 자꾸만 기우뚱거렸다. 기우뚱 지구가 흔들리는 것이 느껴질 때마다 아이는 두 발로 꾹 중심을 잡았다.

총신대입구역에서 4호선으로 갈아타야 했다. 새로 갈아탄 객차 안에는 아까보다 사람이 더 많았고, 여전히 빈 좌석이 없었다.

"밤에 들어오는 길에 오이도행을 타야 하거든. 근데 아주 가끔은 말이야. 당고개행 열차를 타고 싶어질 때가 있어. 정반대의 저쪽. 저 세계의 끝까지 가면 어떻게 될까, 싶어서."

미아, 수유, 쌍문, 창동, 노원, 상계, 당고개. 아이는 고개를 처들고서 그 한없이 낯선 지명들을 입속으로 가만가만 읽었다.

"그리고 상상해보는 거야. 당고개에 내리면 뭐가 있을까. 거기서 나는 뭘 할까. 그런데 깜깜해. 아무것도 생각나지 않아. 아니. 딱 한 가지만 분명하게 알겠어. 아마 다시 돌아오겠지. 당고개에서 다시 오이도행 열차를 기다려서. 하나하나 원래대로 거꾸로 거슬러올라

올 거야. 그런 생각이 들어서 조금 슬펐어."

금정, 산본, 수리산, 대야미, 반월, 상록수. 그 이름들을 지나 집으로 되돌아가는 '그'의 마음에 대해 생각했다.

아이는 안산 중앙역에서 하차했다.

아이는 휴대전화기를 가지고 있지 않았다. 학생들에게 휴대폰 소지를 허용하지 않는 것은 아이가 다니는 초등학교의 교육방침이었다. 삼십 년 동안 교직에 몸담아온 교장은, 휴대폰 문화야말로 요즘 어린이들의 바른 학교생활에 해악을 끼치는 주범이라고 믿었다. 이에 관한 부모들의 의견은 대략 두 패로 갈렸다. 교장의 교육관이 타당해 마지않는다는 의견과, 이토록 도처에 위험이 널려 있는 세상에서 휴대폰이야말로 최소한의 안전망 구실을 해줄 수 있는 도구이므로 소지를 허용해야 한다는 의견이었다.

아이의 엄마는 그들과는 좀 다른 입장이었는데, 그녀는 학교의 공식적인 방침과는 상관없이 휴대폰이 아이에게 아직 별 쓸 데가 없는 물건이라고 여겼다. 그녀는 아이의 일상적 동선을 다 파악하고 있었을뿐더러, 그녀의 아이는 거의 언제나 엄마의 눈이 닿는 곳에 있었다. 또한 그녀는 제 딸이 아직 세속의 전자기기 같은 것에는 무심하다고, 즉 온전한 한 개인으로서의 의사소통 수단이 불필요한 유아기에 머물고 있다고 생각했다. 눈발이 예고된 어느 늦겨울의 일요일 오후, 아이가 낯선 위성도시의 지하철 역내에서 공중전화를 찾아 빙글빙글 돌아다니게 되리라곤 짐작조차 하지 못했던 것이다.

아이의 앙증맞은 지갑 속에는 오천원짜리 공중전화 카드 한 장

330

이 들어 있었다. 교장이 휴대전화를 금지하는 대신, 준비물을 빼놓고 오거나 갑자기 볼 일이 생긴 학생들을 위해 교정에 두 대의 카드식 공중전화기를 들여놓고, 매점에서 전화카드를 판매했기 때문이다.

"정말 급할 때만 써."

다른 엄마들도 엄마처럼 말했을까. 알 수 없었다. 다른 엄마들은 혹시 '정말 급한 순간'이란 어떤 때인지를 차근차근 설명해주었을까. 알 수 없었다. 중앙역사에는 바깥으로 난 두 개의 출구가 있었다. 아이는 일단 오른쪽으로 방향을 잡았다. 계단이 길게 뻗어 있었다. 반대편에서 젊은 남자 두 명이 껌을 질겅거리며 걸어왔다. 이국에서 온 듯 어글어글한 눈동자에 까만 피부를 가진 사내들이었다. 아이는 반사적으로 어깨를 움츠렸다. 그들은 전에 들어보지 못한 언어로 빠르게 이야기를 나누면서 아이 곁을 스쳐 지나갔다. 막막한 바람이 불어왔다.

오른쪽 출구의 계단을 오르락내리락하고, 다시 역 구내로 들어왔다가, 이번에는 왼쪽 출구로 나서본 뒤에야 전화박스를 발견할 수 있었다. 어느샌가 하늘에서 눈이 내리기 시작했다. 땅에 닿지 못한 눈송이들이 공중에서 어정쩡한 동작으로 반짝거리다가 이내 사라졌다. 아이는 검지에 힘을 주어 숫자판을 눌렀다. 하울카의 컬러링은 빈 필하모닉이 연주한 요한 스트라우스의 〈피치카토 폴카〉였다.

"새들이 폴짝 날아오르는 것 같아요."

"와, 신기하다. 나도 그런 생각했는데. 참, 참 좋아. 하늘 위로 폴짝."

둘이서 신나게 이야기한 적 있는 곡이었다. 전화는 연결되지 않았다. 연거푸 다시 걸어보았지만 마찬가지였다. 아이는 몹시 당황했다. 이런 상황을 왜 한 번도 예상해보지 않았단 말인가. 언니는 어쩌면 생각했던 것보다 훨씬 심하게 아픈 것일지도 모른다. 언니가 정신을 잃고 쓰러진 꽃분홍색 이불 위에서 해피 혼자 컹컹 짖고 있을지도 모른다. 아이의 마음이 조바심으로 겅둥거렸다.

전화는 네 번의 시도 끝에 연결되었다. 거의 포기하고 있던 순간에 음악이 뚝 끊기고 저쪽에서 "여보세요"라는 목소리가 들려왔으므로 아이는 얼떨떨해졌다. 언니의 목소리는 작고 가느다랬다. 언니의 말을 잘 듣기 위해 아이는 더러운 수화기를 고쳐 잡았다.

"어디? 지금 어디 있다고?"

그녀는 아이의 말을 믿지 못하는 눈치였다. 아이는 아주 우렁찬 음성으로 "중앙역 공중전화 앞"이라고 대답하고 싶어졌다. 4호선을 탔다고, 금정, 산본, 수리산, 대야미, 반월, 상록수를 하나도 빠짐없이 순서대로 거쳐 이곳까지 왔노라고 또박또박 알려주고 싶었다.

"여기, 안산이요."

아이의 입술에서 천천한 그리고 자그마한 소리가 새어나왔다. 언니는 잠시 침묵했다. 그녀는 어딘가 시끄러운 곳에 있는가보았다. 수화기 너머로, 정체 모를 배경음이 웅성웅성 들려왔다. 언니와 얇고 투명한 끈으로 연결되어 있다는 역설적인 실감이 오롯해졌다.

"……괜찮아?"

괜찮아, 그녀는 그렇게 물었다. 둥그런 물음표가 메아리처럼 긴 여운으로 남았다. 아이가 묻고 싶었던 질문이다. 아이는 깊게 고개를 *끄덕*였다. 언니에게는 보이지 않았을 것이다.

"날 만나러 온 거야, 정말?"

당연한 사실을 또 물었다.

"……네."

"그래, 그렇구나."

침묵이 그들을 다시 감쌌다. 언니가 들릴 듯 말 듯 낮은 한숨을 뱉었다.

"어떡하니. 내가 지금 바로 나갈 수가 없어. 알바 시간이 바뀌어서 일하고 있는 중이거든."

아이는 휘파람을 부는 것처럼 입술을 오므렸다. 어떤 지저귐도 새나오지 않았다.

"음…… 어떻게 하지……"

언니는 진심으로 고민하는 것 같았다.

"아무리 빨라도 한 시간은 더 있어야 해. 먼저 집에 가 있을래? 거기서 길 건너서 마을버스 타면 되긴 하는데."

'마을버스'라는 운송수단의 이름을 들어본 적은 있으나 직접 타본 적은 없었다.

"돈, 차비 있어?"

"있어요."

아이는 제 가방 속에 두 번 접어넣은 흰 봉투의 존재를 떠올렸다.

"그럼 거기서 일단 횡단보도를 건너. 그러면 신호등이 또 하나가 있거든. 거기서 몇 번 버스를 타야 되냐면……"

아이는 저도 모르게 침을 꿀걱 삼켰다. 언니가 아까보다 조금 더 크게·한숨을 쉬었다.

"아아, 안 되겠다. 그냥 중앙역에서 조금만 기다릴래? 길 건너 광장 앞에 보면 롯데리아가 있어. 알지? 롯데리아."

"네."

"어떡하니. 여기까지 왔는데."

비로소 아이가 아는 언니처럼 느껴졌다.

"정말 미안해. 언니가 어떻게든 최대한 빨리 가볼게."

언니가 알려준 대로 걸으니 롯데리아를 어렵지 않게 발견할 수 있었다. 진눈깨비에 가까운 눈발이 휘날렸다. 아이의 머리칼과 코트가 금세 축축해졌다. 알록달록 로고가 그려진 패스트푸드점의 유리문 앞에서 아이는 쭈뼛거렸다. 선뜻 문을 밀고 안으로 들어설 수가 없었다. 혼자서 지하철을 탈 때와는 또다른 빛깔의 두려움이었다. 용기를 내어 문을 열어보았다. 달콤하고 훈훈한 냄새가 코끝으로 확 몰려왔다. 실내는 사람들로 바글거렸다. 모두들 즐겁고 환하게 웃고 있었다. 아이는 얼른 밖으로 나왔다. 바깥이 더 편했다. 아이는 길 한쪽에 오도카니 선 채 언니를 기다렸다. 아이에겐 지금 시계가 없었다.

많은 것들이 길 위를 지나갔다. 혼자인 사람들은 대부분 종종걸음으로 싸락눈 날리는 허공을 헤치며 걸었다. 혼자가 아닌 사람들은 조금 더 천천히 걸었다. 바람은 자유자재로 불어대는 것 같았으나, 가만 잘 느껴보면 일정한 방향을 향해 움직인다는 걸 알 수 있었다.

"위험해."

엄마는 간혹 말하곤 했다. 길거리, 바깥의 세상이 위험하다고 말할 때 그 목소리 속에는 거칠고 더러운 비밀을 애써 숨기는 듯한 뉘앙스가 풍겼다. 그때마다 불안과 동경이 아이를 동시에 사로잡았다. 그러나 아이가 직접 대면한 길은 그저 길이었다. 아이는 오래도록 꼼짝 않고 서 있었다. 길모퉁이에서 성미 급한 자동차가 뿜어내는 클랙슨 소리가 들려왔다.

패스트푸드점의 유리문은 끊임없이 열렸다가 닫혔다. 밖으로 나서는 사람들보다 안으로 들어서는 이들의 동작이 훨씬 급했다. 젊은 여자가 홀로 출입구로 다가올 때마다 아이는 미묘한 긴장으로 뻣뻣해졌다. 기대감과 불안감, 그리고 실망감이 연이어 밀려들었다. 다시 전화를 걸어보지는 않았다. 공중전화기가 어디 있는지도 몰랐거니와, 설령 찾았다 해도 그렇게 하고 싶지 않았다. 여기서 기다린다는 것. 그것이 약속이었으므로.

시간이 얼마나 지났을까. 털부츠 속의 발가락들이 꽁꽁 얼어 춥다는 감각조차 무뎌졌을 때, 저만치에서 검정색 더플코트를 입은 한 여자가 뛰어왔다. 그녀였다. 골인 지점을 삼십 미터 남긴 장거리 선수처럼 그녀는 정말 도도도 달렸다. 어설피 묶어맨 목도리가 휘날렸다. 아이가 어째볼 새도 없이 그녀는 롯데리아 안으로 쏙 들어가 버렸다.

아이는 창문을 통해 그녀의 뒷모습을 바라보았다. 그녀는 정신없이 실내를 두리번거리고 있었다. 그러나 아이는 선뜻 안으로 따라 들어가지 못했다. 언니이리라는 확신과, 아닐지 모른다는 의심이 반반이었다. 언니가 이렇게 생겼을 거라고, 머릿속에서 구체적인 그림을 그려본 일이 없어서일까. 마침내 실물로 눈앞에 나타난 언니의 존재는 아이를 어리어리하게 만들었다. 길과 마찬가지였다. 언니는 그저 언니였다. 합성섬유로 만든 겨울코트를 입고, 윤기 없는 긴 생머리를 어깨까지 기른, 비쩍 마른 여자아이.

"저기, 혹시……"

언니는 몹시도 조심스럽게 말을 붙였다. 그게 자신보다 열 살이나 어린 꼬마라 해도, 낯선 이에게 먼저 말을 거는 일이 생전 처음인 것처럼 보였다.

"피즈?"

언니가 아이를 불렀다. PIZZ. 그것은 온라인상에서의 아이의 대화명이었다. 모니터 위에 타이핑된 글자가 아니라, 분명한 질감과 양감을 가진 한국어 발음으로 '피즈'라는 낱말이 아이의 귀에 와 박혔다. 아이가 고개를 끄덕이자, 언니의 입가에 환한 미소가 퍼졌다. 올망졸망한 앞니들이 조르르 드러났다. 아이는 안도했다. 가까이서 보니 언니는 생각보다 어린 얼굴을 하고 있었다. 아이는 하울카 언니의 나이가 정확히 몇살인지 물어본 적이 없었다. 궁금해한 적도 없었다. 아이에겐 스무 살, 스물한 살, 스물두 살, 혹은 스물다섯 살이라는 나이의 차이가 확연하게 변별되어 다가오지 않았다.

"많이 추웠지?"

추운데 왜 여기 있었느냐고 나무라지 않았다. 아이는 살그머니 고개를 저어 보였다.

"얼른 가자."

언니가 덥석 아이의 손을 잡았다. 어딜 가자는 건지 묻지 않았다. 두 손을 꼭 마주잡은 채 그들은 그곳을 떠났다.

그들은 마을버스 정류장을 향해 걸었다. 조금 전에 언니가 전화로 설명하다 그만뒀던 그 루트인 것 같았다. 거리에는 몇 개의 상점들이 늘어서 있었다. 이동통신 대리점, 김밥집, 캐주얼 의류점 등 아이의 눈에도 익숙한 체인점들이었다. 언니는 편의점에서 삼천원짜리 우산을 하나 샀다. 비닐 재질로 만든, 흰색 반투명 우산이었다. 우산을 펴자, 뽀얗게 김 서린 유리창에 손가락 끝으로 아무렇게나 쓱쓱 문질러 그린 것 같은 무늬들이 모습을 드러냈다. 아이는 하마터면 탄성을 지를 뻔했다. 은회색 진눈깨비들이 둥그런 비닐지붕 위로 사뿐 내려앉았다. 걷는 내내 언니는 아이 쪽으로 우산대를 기울였다. 그들은 피자집의 쇼윈도 앞에서 발을 멈추었다.

"배고프지?"

좀 이른 아침을 먹은 이후 지금껏 속이 비어 있었으나 배가 고프다는 생각은 들지 않았다.

"그래도 먹고 가자. 피자, 안 좋아해?"

피자는 아이가 특별히 좋아하는 음식은 아니었다. 아이는 햄이나 토마토 같은 토핑 부분을 다 긁어먹고 나서 마지막의 딱딱한 빵 부분을 항상 남기곤 했다. 엄마는 미간을 찌푸렸지만 대개는 그냥 내버려두었다.

"여기서는 그래도 이게 제일 맛있는데."

언니가 혼잣말처럼 중얼거렸다.

"아니면 뭐 다른 거 먹고 싶은 거 없니? 내가 사줄게."

내가 사줄게. 언니는 그 말을 간절한 어조로 했다. 아이는 유순히 고개를 저었다.

"해피 보고 싶어요."

언니의 눈빛이 조금 흔들렸다. 어쩐지 좀 당황하는 것 같았다. 언니가 무엇을 생각하는지 아이는 알지 못했다. 언니가 새삼스런 눈길로 아이를 바라보았다.

"많이 젖었네, 정말. 미안해. 내가 늦게 와서."

그들은 마을버스에 올라탔다. 언니의 집은 길 위에 있었다. 길은, 대로를 의미했다. 아이의 머릿속에서 집이라는 개념은 널따란 도로가 아닌 겹겹의 골목 안에 숨어 있는 것이었다. 하지만 그런 내색은 하지 않았다. 언니가 아이의 손을 잡고 들어간 건물의 1층 입구에는 '24시간 뼈해장국집'이라는 간판이 요란했다. 가게 앞에는 불 꺼진 택시 서너 대가 정차되어 있었다. 시속 팔십 킬로미터로 주행하다가 불현듯 시장기를 느낀 택시기사들이 대놓은 차들이었다. 언니는 식당이 아니라 그 옆으로 난 긴 계단을 따라 올라갔다. 계단은 폭이 좁았고 가팔랐다. 언니는 한 손에는 접은 우산을, 또 한 손에는 아이의 손을 잡았다. 숨이 찼다.

"다 왔어."

계단 끄트머리에서 언니가 말했다. 해가 들지 않아 어두컴컴한 복도에 꼭 닫힌 하나의 더러운 문 말고는 아무것도 없었다. 그 문을 밀자 아주 조그만 마당이 나타났다. 옥상이었다. 거기 문이 하나 더 있었다. 언니가 몸을 수그리고서 열쇠로 문을 땄다.

한 평이 채 될까 말까 한 공간을 마루라고 불러야 할지 주방이라고 불러야 할지 현관이라고 불러야 할지 알 수 없었다. 바닥에는 누런 장판이 깔려 있었다. 신발을 어디다 벗어놔야 할지 몰라 아이는 당황했다. 제 당황을 어떻게 감춰야 하는지 몰라 더욱 당혹스러웠다. 다행히 언니가 먼저 운동화를 벗었다. 캔버스 천의 얇은 운동화였다. 그 파란색 앞코를 내려다보며 아이는 제 부츠를 벗었다. 타이츠 발바닥이 축축했다. 안쪽의 방에서 해피가 강중강중 뛰어나왔다. 사진으로 본 것과 다르지 않은, 평범한 몰티즈였다. 해피는 언니를 향해 뛰어올라 제 몸을 휘감았다. 잠시 아이의 존재를 잊은 듯 언니는 해피를 품에 안고서 마구 얼굴을 비벼댔다. 뒤늦게 아이를 발견한 강아지가 눈동자를 굴리며 으르렁거리기 시작했다. 짖어대는 품새가 제법 사나웠다.

방안은 단출하고 또 어수선했다. 가구라곤 한 자짜리 나무옷장과 앉은뱅이책상, 그 위에 컴퓨터뿐인데도 왠지 깔끔하게 정돈되었다는 느낌이 들지 않았다. 방 여기저기에 오래된 살림살이가 널브러져 있는 것도 아닌데 그랬다. 군데군데 싯누렇게 바랜 꽃무늬 벽지 때문인지도 몰랐다. 아이는 휘둥그레한 눈빛으로 실내를 두리번거리지 않았다. 어쩐지 그래선 안 될 것 같았다. 언니가 치마 하나를 건네주었다. 허리가 고무줄로 된 벙벙한 면치마였다. 아이가 옷을 갈아입는 동안 언니는 주전자에 물을 받아 가스레인지에 올렸다. 언니의 치마를 아이가 입으니 밑단이 발목께까지 내려왔다. 치렁치렁한 폼이 꼭 커튼을 몸에 두른 것 같았다. 언니가 컵 두 잔을 가져왔다. 김이 모락모락 피어올랐다.

"따뜻해서 금방 녹을 거야."

언니가 서랍장에서 둥글게 만 양말 한 켤레를 꺼내며 말했다. 아닌 게 아니라 정말 방바닥이 훈훈했다.

"해피 혼자 있을 때 추운 게 싫어서……"

언니가 좀 멋쩍어하면서 말꼬리를 흐렸다.

"얘가 나보다 추위를 훨씬 더 많이 타거든."

이번에는 오랜 비밀을 털어놓는 듯 진지한 목소리였다. 아이는 조금 웃음이 났다. 개는 아이에 대한 경계 어린 태도를 멈추지 않았다. 아이와 눈이 마주치기만 해도 숨을 씩씩댔고, 언니와 아이의 손끝이 슬쩍 닿기라도 할라치면 바로 누런 이빨을 드러내며 짖어댔다. 언니가 해피의 털을 쓰다듬었다.

"세상에서 날 생각해주는 건 해피뿐이야."

아이는 언니처럼 양반다리로 앉아 컵을 입술로 가져갔다. 코코아였다. 달착지근하고 뜨뜻한 액체가 온몸의 실핏줄을 타고 쫘악 퍼졌다. 막막하게도 졸음이 몰려왔다. 아이는 눈을 깜빡여보았다. 이곳이 어디인지, 그리고 제가 여기에 왜 와 있는지 갑자기 아무것도 설명할 수 없는 기분이었다. 주소 모를 공간에 앉아 코코아를 홀짝이고 있다는 사실 외에는 모든 게 다 불분명했다. 집으로 돌아가고 싶다는 뜻은 아니었다.

방에 붙어 있는 화장실은 아주 좁았다. 양변기와 수도꼭지 말고는 아무것도 없었다. 아이는 긴 치마를 걷어 올리고 참았던 오줌을 누었다. 밖에 아직도 눈이 내리고 있을까 궁금했다. 이 방 어디에도 창문이 없다는 걸 깨달았다. 거울도 없었다. 화장실 밖으로 나오는 순간, 익숙한 음악소리가 울려퍼졌다. 타르티니의 G단조 바이올린 소나타, 〈악마의 트릴〉이었다. 방 한구석의 미니 컴퍼넌트 오디오에서 흘러나오는 음악이었다. 그 곁에 가지런히 일렬로 꽂힌 CD들이 그제야 눈에 들어왔다. 훅 마음이 놓였다. 하울카. 하울카 언니가 맞았다. 언니는 아이에게 기어이 피자를 시켜주고 싶어했다. 둘은 따뜻한 방바닥에서 발가락을 까딱이며 피자를 나눠 먹었다. 피자는 그다지 맛있지는 않았다. 토핑은 빈약하고 빵은 너무 두꺼웠다. 언니가 빵 부분을 손으로 얇게 떼어내어 해피에게 먹였다. 정작 자신은 한 조각밖에 먹지 못했다.

"나는 이런 건 많이 안 들어가더라. 되게 촌스럽지?"

"아니요."

아이가 피클을 우물거리며 대답했다. 신 피클을 능숙하게 목구멍으로 삼키자 불현듯 훌쩍 큰 어른이 된 것 같았다.

"우리, 이제 어디 갈까?"

언니가 퍽 자신 없는 음성으로 물었다.

"바다, 가봤지?"

아이는 몇 번인가 바다를 본 적이 있었다. 대개 일이 년에 한 번 꼴이었고, 부모 아니면 엄마와 함께였다. 가장 멀리 가서 본 바다는 괌이었다. 재작년 여름휴가였다. 아빠와 엄마는 출발하는 공항에서부터 싸우기 시작하여 귀국 비행기를 탈 때까지 아이를 가운데 두지 않고서는 서로 한마디도 하지 않았다. 괌의 바다도, 제주도의 바다도, 경포대의 바다도, 지금 이 순간에는 까마득했다. 아이는 살짝 고개를 저었다.

"정말?"

"......"

"그럼 우리 바다 보러 갈래?"

바다, 라는 발음이 귓전에 휘감겼다.

"여기서 무지 가까워."

언니가 자랑스럽게 웃었다. 아이도 조심스레 따라 웃었다.

19장 가려진 부분들

사무실 복도는 이전에 방문했을 때와 똑같았다. 긴 복도 양편으로 똑같은 모양의 문짝들이 다닥다닥 붙어 있었다. 문영광은 케이 앤케이 통상 앞에서 발을 멈추었다. 아크릴 현판이 오른쪽으로 조금 기울어져 있었다. 그는 두 손으로 살짝 그것을 바로잡았다.

김사장이 문을 열어주었다. 그들은 악수를 나누지 않고 의자에 앉았다. 오랜 불면증 환자가 대개 그렇듯 김상호의 피부는 정체 모를 거뭇거뭇한 그림자로 뒤덮여 있었고 눈동자를 느리게 껌뻑였다. 그렇지만 적어도 처음 그를 찾아왔던 그때보다는 여러모로 더 나아 보였다. 불행도 안정기에 접어들면 그렇게 되는가보았다. 영광이 가방에서 브리핑할 자료를 막 꺼내들었을 때 전화벨이 요란하게 울렸다.

액정화면을 들여다보는 김사장의 표정은 복잡미묘했다. 전화를 받을까 말까 갈등하고 있다는 걸 알 수 있었다.

"받으십시오."

영광이 말했다.

"모르는 번호라서."

김사장이 혼잣말처럼 중얼거렸다. 문영광은 자세를 고쳐 앉았다. 순간적으로 플라스틱 망치로 뒤통수를 한 대 가격당한 것 같았다. 딸을 잃어버린 남자, 제 딸이 어디 가서 살았는지 죽었는지 생사조차 알지 못하는 남자가 지금 걸려오는 전화를 가려 받고 있는 것이다.

몇 가지 가설을 세우는 것이 가능했다. 첫째, 그가 지금 거짓말을 하고 있다는 것. 실은 본인 주장처럼 모르는 번호가 아니라 아는 이에게서 걸려온 전화지만 타인 앞에서 받을 수 없기에 거짓으로 둘러대고 있을지도 모른다. 그런 경우 누구에게서 걸려온 전화인지가 관건일 것이다.

둘째, 모르는 번호가 맞지만, 어쩌면 모르는 번호라서 타인 앞에서 함부로 받을 수 없다는 것. 그렇다면 그는 실종된 아이에 관한 새 소식보다 '다른 어떤 가치'가 더 중요한 세계에 살고 있다는 증거가 된다. '다른 어떤 가치'란 무엇일까. 아니 그것과, 김유지의 실종은 어떻게 연결되어 있을까. 탐정인 자신이 밝혀내야 하는 것은 어쩌면 바로 그 부분인지도 몰랐다.

셋째, 김유지 실종사건과, 이 사내 사이에 모종의 관계가 있다는 것.

그는 거기서 생각을 멈추었다. 끊겼나 싶던 전화벨이 삼 초의 정적 후 다시 울리기 시작했다.

"아, 잠깐만 실례하겠습니다."

안 되겠다 싶었는지 김사장이 전화기를 들고 사무실 문밖으로 나갔다. 그 허둥거리는 뒷모습을 지그시 바라보면서 문영광은 조그맣

게 재채기를 했다. 문영광의 중간보고에서 중심이 되는 것은 아이
의 인터넷 접속 내역이었다. 얼마 전 방배동에서 수거해왔던 아이
의 전용 컴퓨터를 전문업체에게 맡겼다. 그러나 말만 전문업체이
지, 실은 동네 컴퓨터 수리기사의 실력보다 못하다는 걸 몇 번의 경
험으로 알고 있었다. 프로페셔널의 흉내를 내는 아마추어들이 대개
그렇듯 이런저런 변명이나 핑계가 많았다. 비밀스럽게 진행되어야
한다는 대전제를, 불성실해도 된다는 신호로 받아들이는 것이다. 그
러나 그런 문제에 대해 문영광은 대놓고 투덜거리지 못했다. 그는
개인 메일, 그리고 필요에 따라 가끔씩 검색서비스를 이용하는 것
말고는 컴퓨터 앞에 앉아 있는 시간이 거의 없다고 봐도 좋을 정도
였다. 네모난 모니터 앞에 어깨를 웅크리고 앉아 무언가에 몰두하
고 있는 사람들을 결코 이해할 수 없었다. 그에게 세상은 그런 것이
아니었다. 그런 식으로 시간을 탕진해버리는 것보다야, 텔레비전 심
야영화를 틀어놓은 채 빈방에서 홀로 컵라면을 먹는 것이 나았다.

아이의 컴퓨터 윈도에는 패스워드가 걸려 있었다. 업체의 담당자
는 대번에 번거로워하는 기색을 보였다. 영광은, 그게 바로 너희의
업무가 아니냐고 따져묻고 싶은 걸 참았다. 요즘 젊은 애들에겐 도
무지 책임감이랄 게 없었다. 그들은 기일을 한참 넘기고 난 뒤에야
결과물을 보내왔다. 그의 감각으로는 빈약한 내용이었다. 인터넷 사
이트 방문내역, 브라우저 사용내역 따위들이 전부였다.

"원래 그게 답니다."

담당자는 짜증스러움을 감추지 않았다.

"그 이상은 우리도 몰라요."

"메신저 비번은?"

"요즘이 어떤 세상인데. 그런 거 잘못 건드렸다가 오지게 혼나요. 경찰이면 또 모를까."

기가 막혀서 입이 딱 벌어졌다. 이게 선금을 받아 처먹은 인간들이 아무렇잖게 내뱉을 소리인가. 정당한 책임의식이 실종된 현실이 개탄스러웠다.

아이의 지난 시간들은 몇 장의 A4용지로 압축되어 여기 놓여 있었다. 자살한 여간첩의 난수표처럼 어지러웠다. 아이를 진심으로 사랑했던 사람이라면 슬픔이 복받쳐오를지도 모르겠다. 김상호는 정확히 십육 분 삼십오 초 만에 낯빛이 붉게 상기되어 돌아왔다. 손님을 앉혀놓고서 십오 분이 넘게 자리를 비우다니. 예사로운 행동은 아니었다. 그는 눈에 띄게 허둥대고 있었다. 문영광은 일단 아이의 인터넷 사용 흔적에 대해 길지 않게 요약하여 말했다.

"그러니까 메신저를 이용한 시간이 가장 많습니다. 버디버디라는 메신저를 주로 썼는데, 혹시 아이가 주로 사용하는 비밀번호를 모르십니까?"

마지막 질문은 더욱 사무적으로 들리도록 노력했다. 예민한 의뢰인이라면 그깟 메신저 비밀번호조차 알아내지 못했다는 사실에 대해 비난을 퍼부을 가능성이 꽤 높았다. 이럴 땐 상대편에게 쓱 공을 넘기는 기술을 발휘해야 했다. 김사장이 얼떨떨하게 고개를 흔들었다.

"그런 건 애엄마가 알 텐데."

아이의 컴퓨터에 비밀번호가 걸려 있다는 것조차 몰라 당황하던 여자의 얼굴이 떠올랐다. 집안 꼴 하고는. 김유지 실종사건을 맡은 이래 처음으로 그는 혀를 찼다. 어찌할 수 없는 경멸의 감정을 얼른 수습했다. 아무리 그렇대도, 어떤 주관적 판단도 금물이었다. 영광은 아무 말 없이, A4용지를 아이 아버지 앞으로 밀어놓았다.

"수고하셨습니다."

김사장이 그를 똑바로 쳐다보지 않은 채 말을 이었다.

"그런데 당분간은 가만히 있었으면 합니다."

"예?"

"이쪽에서 금방 다시 연락드릴게요. 당분간은 조용히."

김상호가 잠시의 틈을 두고는 말을 이었다.

"저 혹시 말입니다. 이상한 전화 같은 것 걸려온 적 없었습니까?"

영광이 단번에 못 알아듣는 듯하자 김사장은 덫에 걸린 산짐승처럼 킁, 무의미한 입김을 내뿜었다.

"그러니까 낯선 이가 우리 집 얘기를 물어본다거나, 아니면 누군가 몰래 뒤를 따라온 적 있다거나."

그건 탐정인 자신이 의뢰인에게 물어야 할 사안이었다. 난방도 들어오지 않는 오피스텔에서 그의 의뢰인은 이마의 식은땀을 몇 번이고 훔쳤다. 누르스름한 낯빛이 형광등 불 아래 적나라하게 드러났다. 김상호는 혹시나 그런 유의 일이 있으면 자기에게 꼭 알려달라고 신신당부했다. 그게 누구든 상대편한테는 아무 얘기도 하지 말아달라는 부탁도 했다. 영광은 "알겠습니다"라는 모범적인 대답을 했다. 이유를 캐묻지는 않았다. 거기까지가 그의 역할이었다. 김유지의 이복언니 김은성이 오래 전 꾸몄던 계획에 대해 듣는다면 이 남자는 어떤 낯빛을 할지 궁금해졌다.

우편함은 지하 1층 주차장 입구에 위치해 있었다. 빌라의 설계자는, 1층이 아닌 지하 1층에 우편함을 만들면서 입주자들이 걸어다니는 것보다 자동차를 타고 드나드는 빈도가 더 높으리라는 예상을 했을 것이다. 그러나 그 예상이 반드시 적중한 건 아니었다. 주차를 하기 위해 지하 2층과 3층까지 내려가는 사람들이 적잖았으며, 그런 경우 우편함 칸에는 한 주 지난 우편물들이 쌓여 있기 일쑤였다.

어제 오후, 몇 주간 밀렸던 우편물을 수거해온 이는 일하는 아주머니였다. 유지가 사라진 뒤에도 그녀는 일주일에 두 번씩 꼬박꼬박 그곳에 왔다. 전기밥솥의 스위치를 누르려다 말고 눈물을 뚝뚝 떨어뜨리는 안주인을 대신해 집안일을 했다. 집안의 남자들은 여전히 사용한 수건이나 벗어놓은 속옷 등을 방 한구석에 접어놓았고, 그것들이 어느새 깨끗이 세탁되어 서랍에 착착 개켜져 있다는 사실에 대해 특별히 신경쓰지 않았다. 그녀가 김상호의 검정색 양말 한 짝을 둥그렇게 말고 있을 때 인터폰이 울렸다.

"아, 편지 안 찾아갈 거예요? 우편함이 꽉 차서 봉투들이 막 삐져나오고 있는데."

경비원은, 그녀가 옥영이 아니라 가정부라는 사실을 인지하고 나서 조금은 조심성 없는 어조로 말했다. 가정부는 땍땍거리는 말투에 기분이 상했다. 인정머리도 없는 놈, 이라고 생각했다. 지금 이 집에서 그런 걸 챙길 정신이 대체 누구한테 있단 말인가. 자신조차도 이렇게 마음이 심란한데. 유지를 떠올리면서 그녀는 깊은 한숨을 내쉬었다.

유지는 어른에게 살갑게 굴거나 애교 섞인 미소를 보내던 아이는 아니었다. 그럼에도 그녀는 아이를 좋아했다. 냉장고에서 제 몫의 주스를 따라 마실 때면, 아이는 꼭 한 컵을 더 따라 식탁 위에 올려두었다. 제 엄마가 시킨 대로 사과 한 알을 껍데기 벗겨 팔 등분으로 쪼개주자, 그중 가장 큰 조각 하나에 포크를 꽂아 말없이 그녀 앞에 내민 적도 있었다.

거실 탁자 위에 수북하게 쌓인 갖가지 종이봉투들 중에서, 하필 왜 그 규격봉투가 은성의 시선을 끌었는지는 모를 일이었다. 사실 은성이 처음 뜯은 봉투는 갤러리아백화점의 로고가 박힌 것이었다. 카드 사용내역서가 들어 있었다. 김상호라는 이름으로 되어 있었지만, 아빠가 여성복 매장에서 카드를 줄줄이 그어댔을 리는 없을 테니 새엄마의 흔적일 터였다. 은성은 내역서를 훑어보다 그만두었다. 중간에 그녀도 이름을 알 만한 아동복 브랜드가 끼어 있었기 때문이다. 어떤 옷이었을까. 그 옷은 아이의 옷장 어디에 들어 있을까. 갑자기 눈앞이 흐려져 왔다. 그녀는 동생의 옷들을 하나도 몰랐다. 그녀는 황급히 소맷부리로 눈가를 찍어눌렀다. 그리고 그 봉투를 발견했다.

봉투의 겉봉에는 발신인의 이름이 없었다. 찬찬히 보니 수신 주소만 있을 뿐 수신인의 이름이 없었다. 우체국 소인도 찍혀 있지 않았다. 광고지일까? 하지만 좀 이상했다. 손에 들어보니 제법 부피감이 느껴졌다. 은성은 망설임 없이 그것을 북 뜯었다. 안에 든 것은 USB였다. USB 한 개가 흰색 종이로 한 겹 싸인 채 봉투 속에 들어 있었다. 외장은 무광의 검정색이었고 아주 작았다.

얼른 주위를 둘러본 다음 2층에 올라가 방의 문을 닫은 것, 그리고 컴퓨터 본체에 그것을 꽂고 파워버튼을 누른 것에 대해 은성은 아무런 죄책감도 갖고 있지 않았다. 누구라도 그러했을 거라고 그녀는 믿어 의심치 않았다. USB 안에는 단 하나의 파일뿐이었다. 파일은 '한글 2005'로 작성된 것이었다.

형사와의 약속시간을 한 시간 앞두고서 은성은 제 집 거울 앞에서 제 충동적인 결정을 다시금 후회했다. 아무래도 짧은 머리는 어울리지 않는다. 성인의 머리칼은 평균적으로 한 달에 일 센티미터씩 자란다고 한다. 귀가 가려지지 않는 이 머리 스타일이 어깨에 찰랑이는 단발로 바뀌려면 얼마의 시간이 흘러야 할까. 새봄, 여름, 가을, 그리고 겨울. 그날들은 하루하루 천천히 왔다 갈 것이다. 자신이 어떤 표정으로 그 나날들에 합류하게 되는지 짐작할 수가 없었다.

거울 앞에서 은성은 입술을 앙다물었다. 제법 야무져 보였다. 평소 노숙해 뵐까봐 잘 입지 않던 스리버튼의 감색 재킷을 꺼내어 팔을 꿰고, 콧등에는 사각의 무테안경을 걸쳤다. 한 사람의 가치는 많은 부분 남의 눈에 어떻게 보이는지에 따라 결정된다는 것이 그녀의 견해였다. 이만하면 적어도 헛소리를 늘어놓는 과대망상증 환자처럼 보이지는 않을 것이다.

신발장엔 마땅한 신발이 없었다. 나이키의 핑크색 코르테즈나 캔버스 운동화 따위들 아니면 십일 센티미터 킬힐이나 종아리를 꽉 조이는 롱부츠가 전부였다. 검정색 단화 같은 것이 어떤 차림에도 무난하다는 걸 알면서도 좀처럼 구입하게 되지 않았다. 신발장 앞에서 종종 아쉬워하곤 했지만, 구둣가게에 가면 왜 프루츠캔디처럼 알록달록한 하이힐에만 시선이 꽂히는지 모를 일이었다. 은성은 좀 망설이다가 샛노란 빛깔의 뾰족한 에나멜 구두에 맨발을 밀어넣었다. 그 행위는 그녀에게 이상한 안정감을 주었다.

약속장소는 원룸 근처의 일본식 술집으로 정했다. 생각난 곳이 거기였을 뿐인데 형사는 조금 당황한 눈치였다. 수화기 너머로 침묵이 감돌았다. 그녀가 유독 못 견뎌하는 순간이었다.

"그냥 집도 가깝고 조용한 방도 있고 저는 거기가 편해서요. 아니면 다른 데, 형사님 아시는 데 있으면 거기 가도 돼요. 아니면 어디 커피숍에서 볼까요?"

그녀는 어쩌면 좀 필사적으로 말했다. 내심 경찰서만 아니면 다 괜찮다고 생각하고 있었기 때문이다. 남자는 알겠다고 말했다. 그러면서 또박또박한 발음으로 술집 상호를 다시 확인하고서 전화를 끊었다. 무슨 건물을 끼고 우회전한 다음 어떤 골목으로 들어와야 한다고, 일일이 설명해줘야 하는 다른 남자들과는 역시 여러모로 달랐다.

여자는 잠들어 있다.

삼류영화의 한 장면이로군. 그는 소리내지 않고 중얼거려보았다. 기분이 나아지지 않았다. 묵지근하고 불쾌한 통증이 관자놀이를 내리눌렀다. 이른 아침의 햇살 한 줄기가 방안의 풍경을 잔인하게 드러냈다. 저걸로 겨울을 났다고 생각하기에는 지나치게 얇은 이불 속에서 여자가 몸을 뒤챘다. 여자는 벨벳 소재의 트레이닝복을 입고 있었다. 그나마 다행이었다. 김은성은 쌕쌕 낮은 숨을 뱉으며 제법 깊이 잠든 것 같았다. 문영광은 발끝을 들고서 방을 빠져나왔다.

미닫이문 너머의 거실은 엉망진창이었다. 족히 예닐곱 개는 되어 보이는 맥주캔들과, 싸구려 와인병 하나가 텅 빈 채로 여기저기 널브러져 있었다. 어젯밤 편의점에서 사들고 온 기억이 났다. 여자는 꽤나 노골적으로 굴었다. 그가 느끼기에는 분명히 그랬다. 술이 그만큼 취해 제 집으로 2차를 하러 가자고 주장하는 여자에 대해, 세상 모든 남자들이 비슷한 생각을 품고 있을 것이다.

만나자고 한 용건이 무엇인지 그녀는 제대로 밝히지 않았다. 어쩌면 처음부터 아예 용건 따위는 없었던 것처럼 보이기도 했다. 경계성인격장애 확실함. 여자가 비틀비틀 화장실에 간 틈을 타 문영광이 까만 수첩에 적은 내용이었다. 1차 술집에서의 계산은 그가 치렀다. 여자가 가게 밖에서 남자를 기다렸다. 이미 상당히 취한 상태였다. 여자가 불쑥 외투 주머니에서 무언가를 꺼내어 문영광의 코앞에 디밀었다. 그는 술이 확 깼다. 그게 아니었다면 구태여 이 집까지 따라오지 않았을 것이다. 아무도 믿지 않을지 모르지만 그는 스스로 확신했다. 여자의 외투는 현관과 가까운 마룻바닥에 떨어져 있었다. 그는 그것을 집어올렸다. 왼쪽 주머니였다. 그리고 제 코트를 손에 들고 조심조심 집을 빠져나왔다.

큰길로 나오자마자 바로 PC방 간판이 보였다.

파일 용량은 크지 않다.

200080578-RK00092

11M

M

5.5KG

B-Type Rh$^+$O

20080581-DK0003

8M

F

7.0KG

B-Type Rh$^+$A

이런 형식으로 문자들이 나열되어 있었다. 번호가 매겨져 있지는 않았다. 하나하나 세어보니 모두 서른두 개였다. 그리고 맨 마지막에 010으로 시작되는 열한 개의 숫자가 쓰여 있었다. 누군가의 휴대폰 번호로 추정되었다.

그는 화면을 뚫어져라 바라보았다. 열한 개의 숫자들이 머릿속에서 어지러이 춤을 추었다. 발신번호를 감추고 전화를 걸어볼 수도 있을 것이다. 아니면 외려 이쪽의 번호를 드러내고 전화를 하는 방법도 있을 수 있을 것이다. 그러나 문영광은 전화를 하지 않는 편을 택했다. 그 판단은 본능에 가까웠다. 어떤 일에 부닥치더라도 일단 기본 준비를 마친 다음이어야 했다. 이른 아침의 PC방 안에는 반쯤 졸고 있는 중년의 주인 사내 말곤 아무도 없었다. 그래도 혹시 몰라 화장실 안으로 들어가, 그 번호의 명의자를 찾아달라는 통화를 했다.

곧이어 전화벨이 울렸다. 김은성이었다. 그녀는 다짜고짜 새된 음성으로 소리쳤다.

"어떻게 이럴 수가 있어요?"

USB가 사라졌다는 사실 때문이리라는 문영광의 짐작은 정면으로 어긋났다.

"말은 하고 가야 되잖아요. 어떻게 사람 자고 있는데 그렇게 몰래 가버릴 수가 있어. 이건 진짜 예의가 아닌 거 아니에요?"

그녀는 마치 불성실한 남편에게 화를 내는 조강지처처럼 당당했다. 그의 부재에 대해서만 잔뜩 흥분했을 뿐 USB가 없어진 사실조차 모르는 것 같았다. 그는 조강지처에게 꼼짝 못 하는 불성실한 남편처럼 그녀의 집으로 되돌아갔다.

여자는 그사이 옅게 화장이라도 한 듯 뽀얀 얼굴이었다.

"설마 다시 올 줄은 몰랐는데. 고마워요."

퍽 감격한 눈치였다. 그는 USB를 제 손바닥 위에 꺼내놓았다. 여자를 실망시키고 싶진 않았으나 어쩔 수 없었다.

"뭡니까, 이게."

"몰라요."

여자가 뾰로통하게 입술을 내밀었다. 점입가경은 이럴 때 쓰라고 있는 말인지도 몰랐다. 문영광은 한숨을 안으로 삼켰다. 이런 부류의 여자를 가끔 보았다. 다른 모든 것은 안중에 없고 오로지 자신의 순간적인 감정만을 최우선 순위에 두는 것들. 독기 어린 혀를 날름거리며 종일 제 몸을 쓰다듬는 것들. 새삼 구역질이 났다. 강재우가 한 이야기들을 이 여자 앞에서 도로 풀어놓으면 어떻게 될까. 그러나 부질없는 짓일 터였다.

"지금 애들 장난인 줄 아십니까. 중요한 단서라는 걸 김은성씨는 알고 있습니다."

이런 여자들에게는 똑같은 방식으로 응수해야 했다.

"수사에 협조하지 않을 때는 처벌을 받을 수 있습니다."

"그래도, 어젯밤엔."

그는 귀를 막고 싶어졌다. 다행히 여자는 거기서 입을 닫았다. 눈빛에 체념 같은 것이 어렸다.

"집에 우편으로 도착해 있는 걸 그냥 우연히 봤어요. 받는 사람 이름이 없기에 무슨 광고인 줄 알고. 그런데."

"그런데?"

"봤으면 아시잖아요. 이상하잖아요, 누가 봐도. 잘못 온 것 같기도 하고. 그래서 전화 걸어봤어요. 거기 전화번호 같은 게 있기에."

신호음이 딱 두 번 울리자마자 누군가 전화를 받았다고 한다. 대충 사십대 중후반에서 오십대 정도로 추정되는 목소리였다.

"내가 '여보세요'라고 했거든요. 그거 말고 아무 말 안 했는데 대번에 그러는 거예요. '아, 김사장 큰따님이구먼'."

"아버지는 안녕하시고?"

그 남자의 두번째 말이었다.

남자는 은성의 대답을 기다리지도 않고 곧이어 중얼거렸다.

"하긴 안녕할 리가 없겠네. 제정신이라면."

비아냥거리거나 느물거린다는 느낌은 들지 않았다. 그래서 온몸에 소름이 끼쳤다.

"누구, 세요?"

"나? 아버지 친구야. 가까운 친구."

"……"

"그거 아버지께 전해드려요. 내가 안부 전하더란 말도 꼭 하고."

남자는 그만 전화를 끊으려는 기색이었다.

"저, 저기요?"

은성이 황급히 그를 붙잡았다. 수천 가지의 단어들이 입속을 맴돌았다.

"그게, 뭐예요?"

남자가 크게 웃었다. 껄껄 소리가 나는 웃음이었다.

"글쎄, 그걸 뭐라고 해야 하나. 그냥 그거지 뭐. 그거. 아버지의 비즈니스. 내가 딸내미한테 구구절절 설명했다는 걸 알면 나중에 아가씨 아버지가 화를 낼 거야. 아버지란 원래 그런 존재거든. 아, 정 궁금하거든 아가씨가 재주껏 알아보고."

"저기요, 근데요."

그녀는 간신히 입술을 뗐다.

"좀 많이 이상하잖아요, 전부 다."

남자는 이번에는 웃지 않았다.

"거참 아버지랑 다르게 귀여운 아가씨네. 좋은 자세야. 김은성씨."

남자는 그녀의 이름을 정확히 발음했다.

"한번 잘 따져보라고. 이상하다는 표현 자체가 이미 편견으로 가득한 거지. 그렇게 보면 세상에 이상하지 않을 일이 있나. 아무튼 아버지한테 꼭 말씀드려요. 쓸데없는 짓 하지 말고 얌전히 기다리라고. 우리도 다 생각이 있으니까."

우리, 라고 했다는 부분에서 문영광은 예민한 반응을 보였다.

"그러면 조직이라는 얘긴데."

혼잣말처럼 중얼거렸다.

"잘못 들은 거 아니죠?"

재차 확인하려 드는 그의 표정에는 지난밤의 열정 따위는 한 움큼도 남아 있지 않았다. 은성은 약이 올랐다.

"모르겠어요. 잘못 들었는지도."

그의 동공이 커다래졌다.

"워낙 정신이 없어서요. 당황스럽기도 했고."

가능한 가장 가련한 음성을 쥐어짜냈다. 이럴 때 눈물이라도 한 방울 도르르 굴러떨어지면 좋으련만. 그녀는 애꿎은 콧물만 훌쩍 들이마셨다.

"그 사람이 김유지 이름은 말하지 않았습니까."

그녀는 조금 뜸을 들였다. 대답을 기다리는 형사의 눈빛이 제법 간곡해 보였다. 믿을 만한 남자였다.

"김유지 실종에 대한 어떤 단서라도."

은성은 말없이 그의 어깨에 이마를 묻었다. 남자가 가만히 있었다. 그녀는 눈을 천천히 깜빡여보았다. 유지. 단 한 번도 안아주지 못한 여동생. 유지를 찾고 싶었다. 참 간절히. 이 남자를 가지고 싶었다. 아니, 지금 이 순간 이 남자에게 안겨서 위로받고 싶었다. 다 괜찮다고. 오늘도 내일도 아무 일도 일어나지 않을 거라고. 이 남자를 위로하고 싶었다. 다 괜찮다고. 우리 모두 다 무사할 거라고. 그 것 또한 간절한 진실이었다.

"말한 것 같아요. 아이가……"

"아이가?"

"잘, 있을 거래요."

"그래서 어떻게 할 건가요?"

형사가 물었다.

"네?"

은성은 멀거니 되물었다. 남자가 어느새 슬그머니 몸을 떼어냈다 는 데 신경쓰느라 질문의 의도를 제대로 파악하지 못했던 탓이다.

"김상호씨, 아니 아버지에게 이 사실을 알릴 겁니까."

"모르겠어요."

"제 판단으로는 그러지 않아야 될 것 같습니다만."

남자가 단단하게 제 팔짱을 끼며 말했다. 그녀의 자격지심일지도 모르지만, 전방 일 미터 거리의 여자로부터 스스로를 보호해야겠다는 강렬한 의지 같은 것이 느껴졌다. 그녀는 풀이 죽었고, 동시에 반항심 이랄 수도 없고 승부욕이랄 수도 없는 기묘한 감정으로 타올랐다.

"왜요?"

그것은 솔직한 심정이기도 했다. 지나치게 당돌하게 들렸을까. 넓지 않은 남자의 이마가 그의 바지 주름처럼 우그러졌다.

"부탁입니다. 당분간은 비밀로 해주세요."

"내가 왜 그래야 되는지 잘 모르겠는데요."

남자가 뭐라 입을 열려다 멈추곤 그녀의 얼굴을 물끄러미 바라보

358

았다. 난감함과 경멸, 한심스러움과 짜증이 한데 뒤섞인 눈이었다. 괜찮았다. 참을 수 있었다. 충분히 익숙한 눈빛이었다. 심장이라도 꺼내줄 듯 호들갑스레 다가왔던 남자들은 모두 오래지 않아 그런 눈빛을 보내곤 했다. 이별의 신호였다.

"간단해요. 나를 이해시키면 되잖아요."

"김은성씨!"

남자는 기막히다는 기색을 숨기지 않았다.

"착각하는 것 같은데 이건 부탁이 아니라,"

은성이 남자의 말을 잘랐다.

"명령이란 말인가요? 지금 나한테 명령하는 건가요? 그래요?"

"그렇습니다. 수사에 아주 중요한 단서가 될 수도 있는 사안입니다."

남자가 직업적인 엄격함을 노골적으로 드러냈다. 그것이 그녀의 심기를 결정적으로 뒤틀리게 만들었다.

"흥. 웃기네, 정말. 그거 원래 내 거였잖아요. 남의 옷 막 뒤져서 훔쳐가놓고선 어떻게 그래요? 원래 경찰이면 그래도 되는 거예요?"

남자는 벌써 현관 가까이 가 있었다. 그녀의 목소리가 높아졌다.

"내가 다 말할 거예요! 고발할 거라고요!"

남자가 뒤를 돌아보았다. 좀 전에 한번 되돌아온 사람, 마음 약한 사람이었다. 아직 가능성이 남아 있었다. 그녀는 더욱 커다랗게 소리쳤다.

"어젯밤에 무슨 일이 있었는지. 아저씨가 나한테 어떻게 했는지."

쾅, 문이 닫혔다. 휑뎅그렁한 공간에 타인의 체온이 아직 남아 있

었다. 은성은 입술을 앙다물었다. 그저 혼자 있고 싶지 않았던 것뿐
인데. 그 말은 입속으로 꿀꺽 삼켜버렸다.

그녀는 다시 거기 홀로 남겨졌다.

20장 검은 봄

3월이 더디고 뒤숭숭하게 흘렀다. 그 동안 김상호는 중국에 두 번 다녀왔다.

예순다섯 살 남성인 그의 새로운 고객이 북경의 한 대형 병원 특실에 누워 있었다. 확장성 심근증을 앓고 있는 환자는 취향이 몹시 까다로웠다. 오백원짜리 동전이 가득 든 가죽주머니처럼 축축 늘어지는 심장을 달고서도 제 맘에 꼭 드는 물건이 나올 때까지 무작정 기다리겠다는 자세를 견지하는 중이었다. 그들이 처음 가져온 심장의 공여자가 사십대라는 이유로 단칼에 퇴짜놓았다.

"허, 그 노인네 참. 스물일곱 살 아래로 가져오랍니다."

대책 없이 호화롭게 꾸며놓은 특실을 나와 입원실 복도를 걸으면서 강이 한숨을 내쉬었다. 짜증과 경멸이 묻어났다.

"술 담배 안 하고 체격도 좋아야 된다는데요. 이거야 원 사윗감을 찾는 건지 심장을 찾는 건지."

"조심해라."

김상호가 반사적으로 강을 날카롭게 노려보았다.

"아이고 한국말인데 어때요."

심장이라는 단어 때문임을 눈치채고 강이 말했다. 김상호는 건성으로 고개를 끄덕이곤 창밖을 바라보았다. 오후 두시의 하늘은 높고 뿌옇게 흐렸다. 그는 무얼 생각해야 하는지 몰라 아무것도 생각하지 않았다.

"형님."

고속으로 수직낙하하는 승강기 속에서 강이 그의 어깨를 툭 건드렸다.

"뭘 그렇게 골똘하세요? 설마 서서 주무시는 건 아닐 테고."

"으응."

김상호는 말끝을 얼버무렸다. 강은, 그의 아이가 없어졌다는 사실을 잘 알고 있었다. 그러나 그 사실을 모르는 사람처럼 굴었다. 지나가는 말로라도 아이가 돌아왔느냐는 질문을 하지도 않았다.

하긴, 감출 수 없겠지. 내 얼굴에 고스란히 드러나 있겠지. 원기왕성하게 번성하는 불행의 그림자…… 그는 저도 모르게 절레절레 고개를 저었다.

"점심, 하셔야죠?"

아침에 집을 떠나기 전에 아무것도 먹지 않았으니 그의 위장은 꽤 오랫동안 비어 있는 상태였다. 그래야지, 라고 뇌까렸지만 시장기는 돌지 않았다. 김상호는 강의 뒤를 따라 묵묵히 걸었다. 대형병원 정문을 나서면 바로 택시 정거장이었다. 어느 나라나 다 똑같은 풍경일 터였다. 사람들은 황망한 표정으로 차에서 내리고, 지친

표정으로 차를 기다렸다. 줄은 길지 않았다. 아직은 쌀쌀하다는 느낌과, 지난번에 이 자리에 서 있을 때보다 많이 따뜻해졌다는 느낌이 동시에 왔다. 김상호는 말없이 트렌치코트 주머니 속에 두 손을 넣었다. 강이 택시기사에게 왕징 쪽으로 가자고 말했다. 코리아타운이 있는 곳이었다.

"거기 고기가 괜찮더라고요."

강이 말하는 '거기'가 어디인지, 어떤 고기를 얘기하는 건지 모두 불분명했다. 무엇이든 상관없는 일이었다. 그의 귀국편은 오후 여섯시 삼십분이었고, 앞으로 서너 시간은 어떤 식으로든 때워야 했다. 있어도 그만, 없어도 그만인, 그저 그런 시간을 뭐라 불러야 할까. 김상호의 머릿속에 엉뚱한 궁금증이 짧게 스쳐 지나갔다.

그들은 왕징 거리의 끝에서 택시를 내렸다. 한글로 된, 술집과 노래방 간판들이 다닥다닥 붙어 있었다. 강이 그를 데리고 간 식당은 높지 않은 건물 2층이었다. 입구에 드라마 〈대장금〉의 캐릭터로 분장한 이영애의 사진을 걸어놓은, 전형적인 한식당이었다. 전에 한번 와봤던 것 같기도 했고 아닌 것 같기도 했다.

"오셨습까."

건장한 남자 종업원이 북쪽 말투로 인사했다. 강과 잘 아는 사이인 듯했다. 강이 여유로운 자세로 한 팔을 들어 화답했다. 식당 안은 생각보다 넓고 복잡했다. 종업원은 그들을 가장 안쪽의 별실로 안내했다. 마치 B급 룸살롱처럼 장식된 방이었다. 벽에는 진한 자주색의 벽지를 발랐고, 의자도 긴 소파 형태로 된 것이었다. 그리고 삼 인분의 테이블 세팅이 되어 있었다. 소파 등받이에 기대어 앉아서야 비로소 조금 이상하다는 느낌이 들었다.

"누가 또 와?"

"아, 형님."

강이 입술을 찢으며 히죽 웃었다.

"제가 말씀 안 드렸던가요?"

그때 문이 열리고 한 남자가 천천히 방 안으로 들어섰다. 한선생이었다.

"어이구 저 얼굴 상한 것 좀 봐라."

한선생이 건넨 첫마디였다. 밖에서 딸깍 문 잠기는 소리가 환청처럼 들려왔다. 창문이 없다. 이 방에 창문이 없는 것이 자명한 사실이었다. 그는 현실을 얼얼하게 자각했다. 한선생은 퇴근 뒤 제 집 저녁식탁에 앉은 가장처럼 느긋해 보였다.

"많이 힘들지요, 요새."

존대와 반말을 섞어 하는 한선생 특유의 어투가 그대로였다. 남들의 평가가 어떻든 간에 김상호는 자신이 비교적 합리적인 인간이라고 믿어왔다. 뭐라 답해야 할지 모르는 상황에 닥치면 사회적이고 유연한 제스처로 순발력 있게 대처할 줄 안다고 자부했다. 그런데 지금은 대체 눈꺼풀을 어떤 속도로 깜빡여야 하며 콧등에는 몇 줄의 주름을 잡아야 한단 말인가. 커피 얼룩일까. 한선생이 입고 온 연회색 셔츠 옷깃에 개미 시체 같은 몇 점의 얼룩이 묻어 있었다. 그는 그곳에 우두망찰한 시선을 꽂았다.

"나이들수록 느끼는 거지만 살면서 새삼 감탄하는 게 말이야, 옛말이 그른 거 하나도 없어요. 뭐 나도 참 남 얘기할 계제는 아니지만, 자식이 웬수라는 말 딱 맞아. 한번 싸질러놓으면 그때부터 시작이야. 아주 평생, 죽을 때까지 이놈의 임무가 끝나질 않아. 보통 업이 아니라고."

"그러게나 말입니다."

한선생과 강이 주거니 받거니 지껄였다. 함부로 지껄였다. 김상호의 의식이 천천히 되살아났다. 비로소 해일 같은 분노가 치솟았다. 그는 탁자 위의 쇠젓가락을 빠르게 움켜쥐었다.

"당신이야?"

목소리가 잘 나오지 않았다.

"대답해!"

그러나 김상호가 한선생의 목을 겨냥한 것보다, 강이 김상호의 팔을 잡아 제압시킨 것이 먼저였다. 비실비실한 줄만 알았던 강의 손아귀 힘은 굉장히 셌다. 강이 김상호의 두 손을 수갑 채운 것처럼 뒤로 돌려 꽉 잡았다.

"카오스야. 이 세상이 온통."

아무렇지도 않다는 듯 한선생이 뇌까렸다.

"사람끼리 서로 기대고 살아야 하는 건데 말이야. 이거야 원 누굴 믿어야 할지 통 모르겠다니까. 안 그래요, 김사장?"

"애 어디 있어? 원하는 게 뭐야? 다 해줄게. 내가 다 들어줄게."

김상호의 토해내는 절규를 들었는지 못 들었는지 한선생이 제 옷자락을 툭툭 털어내는 시늉을 했다. 셔츠의 얼룩은 그대로였다.

"어디 있어요? 정말 어디 있어요?"

그는 협박과 애원을 반복했다. 심장 박동이 불규칙하게 뛰었다.

"무사한 거죠? 잘, 데리고 있는 거죠?"

절박한 희망과, 시궁창 같은 절망, 그리고 다시 희망이 그를 번갈아 덮쳤다. 그의 영육을 뒤흔들었다. 아이가 무사한지 확인할 수만 있다면 늙은 개처럼 바닥에 엎드려 컹컹 짖을 수도 있을 것 같았다. 한선생이 쯧쯧, 낮게 혀를 찼다.

"글쎄, 어떨 거 같아? 당신 생각엔?"

한선생이 심상하게 말을 이었다.

"우리가 일을 좀 확장하게 됐어. 세계적으로 불경기라고 난리들인데 참 감사한 일이지. 은혜로운 일이야. 그래서 말인데, 우리 김사장님도 겸사겸사 동참해주셨으면 해서."

김상호는 어금니를 꽉 물었다.

"아, 복잡하게 생각할 거 하나도 없어요. 보직 변경 개념이라고 이해하면 쉬울 거야. 직장인이 평생 한 부서에서만 근무할 수는 없지 않나. 기획실에 몇 년 있다가 영업부로 가는 거고, 또 그러다가 인사발령나면 총무부로 갈 수도 있는 거고. 돌고 도는 게 인생이지. 그게 사는 맛이고. 어때, 내 말이 틀려요?"

"틀리실 리가 있습니까."

강이 재빨리 대답했다. 김상호는 대답하지 않았다. 한선생의 말속에 숨어 있는 뼈를 쉽사리 파악할 수 없었다. 차디찬 물 한 컵을 벌컥벌컥 들이켜고 싶었다.

"이거 내가 말을 너무 돌려서 했나, 영 아리까리한 표정이신데. 안 되겠다. 좀더 구체적으로 설명할게요. 이제부터 김사장님이 중책을 맡아줘야겠어요."

366

"……………………"

한선생이 음성을 한 톤 낮추었다.

"도너에 관해서 말이야."

도너. donor. 장기공여자를 뜻했다.

"페디아트릭스."

페디아트릭스. pediatrics. 소아과.

"우리가 그 동안 너무 소극적인 자세로 일관해왔잖아. 그런데 이
제는 그런 시대가 아니라는 거지. 보다 적극적인 전략이 필요하다
는 게 내부의 판단이야. 언제나 수요 과잉이라고 간주돼왔던 시장
시스템을 한번 바꿔보자는 거지. 수요자에게 가능한 최대한의 선택
권을 주는 일. 그게 바로 훌륭한 공급자의 태도 아닐까."

"……………………"

"그 핵심 역할을 김사장에게 부탁드리려고. 아무리 따져봐도 김
상호 사장님 같은 분이 없더라고."

스무 개가 필요하다고 했다. 열 살 이하의 심장. 아니, 팔딱팔
딱 뛰는 작은 심장을 가슴속에 품고 있는 스무 명의 아이가.

"열흘 줄게. 딱."

한선생이 천천히 말을 이었다.

"베스트 컨디션으로 만들어 와. 어련히 알아서 잘하겠지만."

베스트 컨디션. 최상의 상태. 절대로 죽여서도 안 되고, 의식이
있어서도 안 된다. 그 팔딱팔딱 뛰는 심장을, 필요할 때마다 얼른
꺼내 사용할 수 있도록.

"유지………… 우리 유지는."

"열흘 뒤에 얘기해요."

"잘, 있습니까. 그것만이라도……………"

"어허, 그거야 우리도 모르지. 이제부터 최선을 다해 알아봐야지. 애들 싹 풀어서."

"당신들이 데려갔잖아!"

"허허, 이 사람 참. 불신이 아주 깊네. 우리가 이런 사이가 아닌데 말이야. 그런데 누가 데려간 게 대체 뭐가 중요하지? 어쨌든 눈앞에 데려다주면 되는 거잖아."

"…………………………"

"잊지 마. 앞으로 열흘이야."

"김사장님이 하던 일은 당분간 우리 강사장이 맡아서 할 거야."

한선생은 우리, 라는 부분에 의도적인 강세를 두어 발음했다.

"그러니 신경 분산하지 말고, 한쪽에만 집중해요. 그 뭐냐, 원래 라디오 들으면서 공부하는 애 치고 성적 좋은 놈 없잖아."

"맞는 말씀입니다."

강이 입꼬리를 올리며 웃었다.

"악어 기억나시죠? 형님. 불시의 시스템 점검에는 역시 약하셔서."

알듯 모를 듯한 말이었다. 김상호는 입술을 깨물었다.

"이거 우리 김사장님 아직 몽롱하신가보네. 어디 강사장이 어드바이스 좀 드려봐."

"제가 뭘 알아야죠. 그래도 국경 쪽으로 나가면 특별히 어려울 것도 없다 싶습니다만."

그들의 얘기가 멀리서 울리는 북소리처럼 둥둥 귓전을 자극했다.

"자, 그럼 밥 먹고 천천히 와요."

한선생이 자리에서 일어섰다. 김상호는 한선생이 허공에 내민 오른손을 내려다보았다. 손가락이 다섯 개 달린 평범한 손이었다. 그가 자신의 오른손을 내밀어 그 손을 마주 잡았던가. 만약 그렇게 했다면 그의 무의식이 시킨 일이었을 것이다.

"같이 식사하면 좋겠는데 내가 다른 약속이 있어서 말이야. 이거 아쉬워서 어쩌나."

한선생이 문고리를 잡아당겼다. 밖에서 잠긴 줄만 알았던 문이 아무렇지도 않게 쓱 열렸다. 강이 김상호를 향해 꾸벅 인사하고는 한선생을 따라 나갔다. 문이 닫히자 김상호는 의자에 털썩 주저앉았다. 이 방에 들어온 지 고작 십 분이 지나 있었다.

잊지 마. 열흘이야.

열흘. 실감나지 않는 숫자였다.

그는 아까의 길고 정신없는 복도를 혼자 걸어나왔다. 한 걸음씩 내디딜 때마다 무릎이 가늘게 떨렸다. 지상을 향한 마지막 계단 아래로 내려섰을 때 전화벨이 울렸다. 그는 허둥허둥 전화기를 찾아 들었다.

"아, 아까 잊어버린 게 좀 있어서."

한선생은 차분했다.

"그 애타는 심정 내가 알고도 남는데 말이야. 그럴수록 냉철한 판단력을 잃지 말아야지. 안 그래? 괜히 허튼 짓 하지 말아요. 어설픈 애송이 데려다가 여기저기 헤집고 다닐 시간에, 남아 있는 큰딸내미나 단속 잘 하라고. 아무리 세상이 바뀌었다고 해도 그렇지, 고만

한 여자애들 밖으로 돌리다가는 아주 큰코 다쳐요. 친엄마를 닮았나, 얼굴도 제법 예쁘장하던데.”

“……………………”

“그러고 보면 우리 김사장님이 참 박애주의자야. 뭐가 더 소중한 줄을 모르고서 말이야.”

수화기 너머의 남자는 껄껄 호탕하게 웃었다. 아무리 곱씹어도 무슨 뜻인지 알아들을 수가 없었다.

김상호는 길모퉁이에 우두커니 섰다. 먼 사막에서 불어온 먼지바람 몇 올이 그의 속눈썹에 가만히 닿았다. 어느새 봄. 다시 봄이었다.

점쟁이는 소녀였다. 갓 스물이나 넘었을까. 위아래로 연분홍빛 한복을 갖춰입고 있었다. 저고리 깃에 달린 희디흰 동정이 눈부셨다. 여린 솜털이 보송하게 내려앉은 흰 얼굴에 일체의 희로애락이 드러나지 않았다. 옥영을 방석에 앉혀둔 채 소녀는 자리에서 일어섰다. 방 한편에 차려놓은 신당 앞으로 가 촛불을 켜고는 두 손을 모으고 허리를 굽혔다. 연분홍 치마 뒷자락에 새끼손톱만한 우윳빛 얼룩이 묻어 있었다. 옥영은 어정쩡하게 무릎을 꿇고서 그것을 보았다. 창문이 없는 방이었다. 코끼리 한 마리가 심장을 지그시 밟고 지나가는 것 같았다.

“아프네요.”

옥영이 내민 아이의 사주를 받아본 뒤 소녀 점쟁이가 뱉은 첫마디였다. 다행이다, 라는 감정이 맨 먼저 엄습했다. 아이는 살아 있는 것이다. 어딘가에.

"괜, 찮, 나요?"

다른 어떤 문장도 떠오르지 않았다.

"……………………"

긴 침묵이 이어졌다.

"깜깜해요."

소녀의 음성이 떨려서 나왔다.

"어둡네. 빛이 하나도 안 들어요. 그런데,"

옥영은 숨을 참았다.

"그런데, 움직여요. 손도 발도 손가락도 발가락도 다 움직여."

"어디, 어디 있나요. 거기가, 어딘가요."

소녀가 눈을 감고 이맛살을 우그러뜨렸다. 곧이어 백살이 넘는 노파처럼 는적는적 중얼거렸다.

"집. 기와집이야. 옛날 집. 앞마당에 감나무가 있네. 잘생겼어. 아주 잘생겼어요."

"거기 있나요? 우리 유지가. 정말?"

소녀가 갑자기 확 눈을 떴다.

"안 보여? 애기가?"

새된 목소리가 방안을 쩌렁쩌렁 울렸다.

"엄마, 보고 싶어요. 추워요. 추워요. 애기가 애원하는데 소리가 안 들려? 엄마가? 응?"

옥영의 눈에서 어느새 뚝뚝 눈물이 떨어졌다. 기막힌 울음이었다. 제 귀에는 아무것도 들리지 않았다. 아이가 애원하는 소리도, 울부짖는 소리도, 아무것도. 앞마당에 감나무가 있는 작은 집, 빛

없는 작은 방이 어디인지 도무지 알 수가 없었다. 알 도리가 없었다. 왼쪽 복사뼈가 저려왔다. 민망한 통증, 참혹한 한낮이었다.

앞이 보이지 않는다.

옥영은 의지 없이 눈을 껌뻑였다. 공중에 매달린 녹색 표지판들이 휙휙 달려들었다 멀어져갔다. 그녀는 가속페달도 브레이크도 밟지 않았다. 그녀의 오른발은 그 사이 어딘가에 붕 뜬 채, 차와 함께 흘러갔다. 그녀는 감나무에 대해 생각했다. 잘생긴 감나무란 어떻게 생긴 나무인지, 잎사귀의 모양과 밑동, 가지에 매달린 단단하고 탐스런 과일에 대해 생각했다. 실은 아무것도 생각하지 않았다.

몇 시간째 길 위를 달리고 있는지 그녀는 의식하지 못했다. 소녀 점쟁이에게 지갑 속에 있던 지폐를 되는 대로 집어 허둥허둥 건네고 나와 차에 올라탔을 때까지의 기억만 어렴풋 났다.

"어떻게 하죠…………"

마지막에 그녀는 절박하게 물었다. 그건 점쟁이 혹은 그 육체를 빌려 현현하신 전지전능한 신을 향한 탄식이 아니었을 것이다. 소녀는 대답 대신 옥영의 눈동자를 말끄러미 바라보았다. 턱을 한 번 아래로 까닥 무의미하게 움직였는지도 모른다.

그녀는 습관적으로 시동을 걸고 자동변속기를 드라이브 모드에 놓았다. 집으로 가야겠다는 의지는 본능이었다. 구두를 벗고, 맨발이 되고 싶었다. 식구들의 입술 자국이 묻어 얼룩덜룩한 양치컵으로 입안을 헹구곤 허리를 길게 펴고 아무렇게나 드러눕고 싶었다. 무엇도 설명하지 않고서 죽음처럼 깊은 잠 속으로 빠져들고 싶었다. 옥영은 방배동 쪽으로 핸들을 돌리지 않았다. 목적지 없이 달렸다. 길의 끝을 향해 아무리 달려도 세상 밖으로 빠져나가지 못했다.

조수석에 던져둔 핸드백 속에서 전화기가 몇 차례나 울었다. 그대로 내버려두었다. 아이가 사라지고 난 뒤 전화벨이 세 번 이상 울릴 때까지 방치한 적이 없었다. 벨소리가 아이를 찾았다는 전갈이리라는 실낱같은 믿음이 어쩌면 그녀를 이제껏 지탱해왔다. 지금이 순간, 그녀는 죽음에 이르기까지 절대로 다시 행복해질 수 없음을 깨달았다.

검은색 자동차 한 대가 서슴없이 그녀를 앞질러갔다. 그때 무언가 낯선 물체가 눈앞으로 확 뛰어들었다. 그 물체가 동물이라는 걸 인지하는 데 걸린 시간은 일 초에 불과했다. 전신의 체중을 실어 브레이크를 내려밟는 순간에 이미 옥영은 그것이 피할 수 없는 일임을 알았다. 정말로, 픽— 소리가 났다. 여리고 물컹한 존재가 시속 팔십 킬로미터로 달리는 금속덩어리에 짓이겨지는 소리였다. 국도변에는 아무도 없었다. 한지에 먹물을 떨어뜨린 것처럼 어두운 정적이 지구로 스며들고 있었다. 옥영은 핸들에 이마를 묻었다.

차에서 내리기 전에 비상등을 켰다. 고양이였다. 갈색 털의 고양이가 작은 알몸을 까뒤집은 채 누워 있었다. 핏물이 아스팔트 바닥에 흥건했다. 옥영은 그 옆에 쪼그려앉았다. 어떻게 해야 할지 알 수가 없었다. 고양이를 향해 손을 뻗어보았다. 그때 고양이의 앞발이 푸드득 움직였다. 숨이 붙어 있는 모양이었다. 하늘을 향해 치켜뜬 두 눈이 조금 흔들리는 것도 같았다. 목구멍 깊은 데에서 가릉거리는 소리가 나는 것도 같았다. 짐승은 죽지 않기 위해 안간힘 다해 꿈틀대고 있었다.

옥영은 동물을 향해 뻗었던 손을 거두었다. 맞은편 차선에서 덤프트럭 한 대가 지나갔다. 그녀는 허겁지겁 운전석에 올라탔다. 핸드백 속에서 전화벨이 끈질기게 울어대고 있었다. 밍이었다.

"여보세요."

귀에 닿는 제 목소리가 지옥에서 들리는 것 같았다.

"어·············· 나야."

밍은 그녀가 전화를 받았다는 사실에 당황하는 눈치였다.

"그래. 알아."

"괜찮아? 괜찮아?"

그는 연달아 두 번을 물었다. 할 수만 있다면 스무 번도 더 반복했을 것이다.

"·······················"

침묵의 의미를 그들은 너무도 잘 알았다.

"신경쓰지 마."

그녀는 천천히 또박또박 말을 이었다.

"고맙긴 하지만, 네가 신경쓸 일 아니야."

밍이 깊은 한숨을 토했다.

"위링. 그렇게 말하지 마. 어떻게, 어떻게 내가 그럴 수 있니."

"혹시."

옥영은 밍의 말을 잘랐다.

"오해하고 있는지도 모르겠는데."

그녀는 힘껏 시동을 걸었다. 익숙한 굉음이 들렸다.

"네 아이가 아니야. 유지는."

374

머릿속이 텅텅 울렸다. 몸부림치던 고양이는 이제쯤 숨이 끊어졌을 것이다. 그녀는 다시 가속페달 위에 발을 얹었다. 차들이 저마다의 속도로 그녀 곁을 흘러갔다. 밤 열시가 다 되어서야 대전 톨게이트에 도착했다. 옥영은 망설임 없이 차를 몰았다. 엄마의 집. 다른 생각은 아무것도 나지 않았다.

오래된 아파트 주차장은 혼잡했다. 차들이 겹겹이 이중으로 주차되어 있었다. 경비원이 그녀의 차를 알아보고 달려와 자리를 만들어주었다.

"오랜만이시네요. 요즘 통 안 들르시더니."

경비원이 자신을 알아본다는 사실이 그녀의 마음을 이유 없이 찜찜하게 만들었다. 그의 말대로 얼마나 오랜만에 이곳에 왔는지 헤아려보겠다는 의지는 생기지 않았다. 오랜만일 것이다. 잠깐이나마 육체가 여기 머무는 동안에도 얼른 벗어나고 싶어 안절부절못하곤 했으니.

엄마가 내복 바람으로 문을 열었다. 미리 연락을 하지 않았는데도 아침에 나간 딸이 귀가하는 것처럼 막내를 맞았다. 원래 작고 마른 사람이었지만 그새 더 작고 더 마르고 더 늙은 것처럼 보였다. 엄마는 산둥성에서 태어났다. 네 돌이 지나기 전에 가족을 따라 한국에 왔고, 충청도 일대에서 유년기를 보냈다. 그럼에도 엄마의 한국어가 완벽하지 않다는 데 대해 옥영은 늘 의아하게 생각했다. 열 살 연상의 남편과 대화할 때는 언제나, 네 명의 아이들과 대화할 때는 대부분, 엄마는 중국어를 사용했다. 친구들도 거의 화교들뿐이었다. 중국 남자와 결혼해 한국에서 살아온 중국 여자들이었다. 대만에 사는 그 또래 노파들이 삼삼오오 둘러앉아 마작을 하는 것과 달리, 엄마의 늙은 벗들은 심심풀이 삼아 고스톱을 쳤다.

"그러지들 좀 마."

지난번 왔을 때 할머니들의 화투판을 보고서 옥영은 대놓고 짜증을 부렸었다.

"남들이 흉하다고 해!"

엄마의 친구들은 허둥허둥 집으로 돌아갔고, 엄마는 말없이 마룻바닥에 펴놓은 담요를 치웠더랬다.

"밥은 먹었어?"

엄마가 중국어로 물어왔다. 평생을 써온 엄마의 중국어 억양이 엄마의 고향 사람들에게는 퍽 어눌하게 들릴 것이다. 재일교포 2세들이 한국어로 이야기하는 텔레비전 다큐멘터리를 시청하는 것처럼. 그녀는 고개를 저었다. 엄마가 그녀의 어깨를 그러안았다. 키가 작은 엄마가 마치 그녀에게 안긴 것 같은 모양새가 되었다. 엄마의 두 손이 옥영의 등을 도닥였다. 엄마의 품에서는 익숙한 냄새, 정갈하게 마른 행주의 냄새, 뒤주 가득한 생쌀의 냄새, 늦가을 사과 껍질의 냄새가 났다. 그녀는 천천히 숨을 들이마셨다. 술래가 잊어버린 숨바꼭질 멤버처럼 거기 꼭 숨겨지기를 바라면서.

식탁은 간소하다. 녹말가루에 묻혀 튀긴 돼지고기와, 계란을 풀어 끓인 맑은국, 얇게 채 썰어 소금 간을 한 감자볶음과, 마늘종볶음이 전부였다. 그리고 한쪽에 배추김치가 놓여 있었다. 어릴 적부터 식구들의 밥상에서 김치가 빠진 적은 없었다.

"집에서 김치도 먹나요?"

그녀가 화교인 줄을 알게 된 사람들은 종종 호기심 가득한 표정으로 묻곤 했다. 정통 중국식으로 차린 정찬을 먹을 때에도 라면을 먹을 때에도 언제나 식탁 한쪽에 김치보시기가 놓인 것이 자연스러웠다.

붉디붉은 고춧가루가 점점이 흩뿌려진 배추 이파리를 입으로 가져가보았다. 시고 늙은 채소가 어금니 아래에서 뭉그러졌다. 엄마가 고기튀김 한 점을 집어 딸의 밥공기에 올려놔주었다. 엄마는 유지라는 이름조차 입밖에 내지 않고 있었다. 그녀를 붙들고 울지도 않고, 땅이 꺼져라 한숨을 토하지도 않았다. 아이를 잃어버린 뒤 처음으로 옥영은 한 공기의 밥을 천천히 거의 다 비워갔다. 포만감도, 상실감도, 인간의 어떤 감정도 느껴지지 않았다.

"걱정이다."

그녀가 밥을 다 먹었을 때에야 엄마는 입술을 뗐다.

"몸이 이렇게 상해서."

엄마는 지금 자신의 딸을 무엇보다 먼저 염려하고 있는 것이다. 옥영은 대답 없이 물을 들이켰다. 강해져야 한다, 버티려면. 그러니 네 몸을 돌보아라, 라는 내용의 중국어들이 귓가에서 부서졌다. 옥영은 맥없이 젓가락질을 계속했다. 무기력하게 음식을 씹는 행위가 그녀의 의식을 순간적인 진공상태로 만들어주었다. 다행이었다.

엄마가, 네가 버텨야 유지 아빠도 버틴다, 얼마나 정신이 어지럽겠니, 라는 말을 했을 때 옥영은 고개를 들었다.

"마마."

마마. 유지는 자신을 한 번도 그렇게 부른 적이 없었다.

"엄마."

그녀는 한국어로 고쳐 말했다. 아주 가까운 곳에서 유지의 목소리가 살랑이며 숨결을 불어넣는 것 같았다.

"엄마, 유지는."

엄마의 눈동자가 커졌다. 그녀는 자신이 뭐라고 말할지 알지 못했다. 그 사람 김상호의 아이가 아니야. 그러면 엄마는 어떻게 할까. 엄마. 유지는 내 아이야. 그녀는 식탁에 이마를 묻었다. 엄마가 소리없이 자리에서 일어나는 기척이 느껴졌다. 엄마는 가스레인지 위의 냄비를 들어 그녀의 빈 국그릇 위에 쏟아부었다. 국은 이미 차게 식어 있었다.

21장 두 세계

어둠 속에서 그 집은 몰락한 왕족의 고성처럼 우뚝 서 있었다. 그제 밤에도, 어젯밤에도 그는 이곳에 왔다. 자동차 전용 출입구로 이따금 무채색의 차들이 들락거렸다. 두 발로 걸어서 현관을 통과하는 이들은, 강아지를 산책시키려는 운동복 차림의 중년 여자들이 대부분이었다. 비틀거리며 마지못한 듯 발길을 재촉하는 취객도 하룻밤에 하나씩은 있었다. 밍은 아무런 자의식 없이 그 광경들을 바라보았다. 그녀를 보지는 못했다.

그녀에게 다시 전화를 걸지는 않았다. 전화를 걸어야겠다는 마음을 먹지 않은 건 아니었다. 다만 그는 이제 전화라는 소통수단, 보이지 않는 끈으로 연결된 그것의 힘이 너무도 미약하다고 생각하게 되었다. 인류가 만든 모든 인위적인 방법들이 다 그렇게 느껴졌다.

3월 밤의 바람은 찼다. 바람이 북동쪽으로 불었다. 그는 오래된 가로수처럼 그 자리에 머물렀다. 경비초소 안에는 감색 유니폼을 입은 경비원이 어슬렁거렸다. 그렇지만 그를 수상해하며 다가오지는 않았다. 어쩌면 자신은 투명인간인지도, 누구의 눈에도 목격되지 않는 존재인지도 모르겠다고 그는 자조했다.

"네 아이가 아니야."

그녀는 그 말을 서슴없이 했다. 서슴없다기보다는 갑작스러웠다는 것이 옳은 표현일지도 몰랐다. 듣는 이만이 아니라, 말하는 이에게도 그랬다. 적어도 그녀는 그 말을 입속에서 오래 삭이거나 곱씹은 것이 아니었다. 아무래도 좋다는 듯 툭 내뱉을 수밖에 없었던 그녀의 마음, 그 마음결에 지그재그로 팼을 상처 자국 때문에 밍의 가슴은 찢어질 것처럼 아팠다. 그가 지금 이곳을 서성이는 이유는, 그녀의 이마를 가만히 짚어주고 싶은 마음, 그 한 가지뿐이었다.

소년이 밖으로 나온 시간은 밤 열한시가 다 되어서였다. 소년은 그의 앞을 휙 빠르게 스쳐갔다. 걷는 것도, 뛰는 것도 아니었다. 앞을 향해 나아가는 자의 보폭이었다. 제가 가는 곳이 어디인지 알지 못하는 자, 알게 될까봐 두려워하는 자의 걸음이었다. 처음 봤을 때보다 더 여윈 뒷모습이었다. 밍은 저도 모르게 그의 뒤를 따랐다.

충동은 또다시 아랫도리를 근질이며 왔다. 바지춤에 손을 넣었다가 이내 거두어들였다. 어떻게 해도 억눌러지지 않는 욕망이었다. 그는 옷장을 열어 손에 잡히는 대로 아무 겉옷이나 꺼냈다. 한겨울 내내 입었던 모직코트였다. 어떤 두께의 옷을 입어야 할는지 도무지 모를 계절이었다. 아침과 밤, 그리고 한낮의 기온이 10도 가까이 차이나는 날들이 계속되고 있었다. 거실은 깜깜했다. 전등을 켜지 않고서 발끝으로 바닥을 더듬으며 2층 계단을 내려왔다.

집에는 아무도 없었다. 아버지는 집에 들어오지 않고 있었다. 사흘째였다.

"나간다."

거실의 긴 소파 위에 죽은 듯 널브러진 옥영을 향해 그렇게 중얼거리는 아버지의 모습을 목격한 게 사흘 전 아침이었다.

새엄마는 눈꺼풀조차 까닥이지 않았다. 아버지의 시선이 그 옆에 어정쩡하게 서 있던 혜성에게 아주 잠깐 머물렀다. 그 짧은 순간에도 그는 아버지의 눈길을 피했다. 아버지가 그걸 알아챘을까. 그랬으면 좋겠다고 그 순간의 그는 바랐다. 사업상의 약속이라도 있는 듯 아버지는 쥐색 슈트 차림이었다. 화사한 병아릿빛 넥타이만이 뇌리에 남았다. 그것은 아버지의 스산한 표정과 도무지 어울리지 않았다. 그때의 아버지 역시 손에 잡히는 대로 아무 타이나 꺼내어 목에 둘렀을 거라고 이제 혜성은 짐작하였다.

그날 밤, 어젯밤, 그리고 오늘 밤에도 아버지는 돌아오지 않고 있었다. 오래 주저하다가 딱 한 번 통화를 시도해보았다. 전화기가 꺼져 있다는 안내음성이 흘러나왔다.

어제부터 집을 비운 새엄마에게선 간간이 연락이 왔다.

"친정에 와 있어. 걱정하지 말고."

목소리가 마른 종잇장처럼 바스락거렸다.

"예."

고분고분 대답하다 말고, 혜성은 불쑥 덧붙였다.

"조심, 하세요."

진심이었다. 무엇에 관한 조심을 이야기하는 것인지 자신도 몰랐다. 새엄마도 모를 터였다. 침이라도 삼키는가. 새엄마는 대꾸가 없었다. 목구멍이 콱 메어왔다. "끊을게요"라는 말을 하지 못하고 수화기를 내려놓았다.

새엄마와 아버지, 유지가 없는 집. 그 집의 견고한 대문을 혜성은 막 빠져나왔다. 또다시 길, 두려운, 길이었다. 혜성의 두 발이 후들거렸다. 집 앞 골목을 벗어나기도 전에 후회가 닥쳤다. 하지만 멈춰지지 않았다. 그는 휘적휘적 나아갔다.

소년은 뒤를 돌아보지 않았다. 뒤따라오는 것이 시커먼 망토를 휘날리는 악마이거나, 날카로운 흉기를 마지막 패처럼 감추고 있는 살인자라 해도 괘념치 않는 듯이 보였다. 소년의 걸음이 빨라지면 빨라지는 대로 밍은 그를 따라갔다.

"나쁘지 않아. 다행이야."

옥영이 최초로 그 소년에 대해 언급한 순간을 밍은 기억하고 있었다. 옥영과 다시 연락이 닿기 시작했을 때이니 아마도 소년이 열서너 살쯤 되었을 무렵일 것이다. 그녀는 남매 중 누나에 대해서는 여간해서 입에 올리지 않았지만 소년의 이름은 종종 말하곤 했다. '남편의 아들'이 아니라 '혜성이'라고 발음할 때 옥영의 표정은 꽤 편안해 보였다. 신병훈련소에서 마음을 터놓을 친구를 사귀기라도 한 것처럼.

"쿨해. 그 집 식구 중에서 유일하게."

옥영이 그렇게 말할 때 밍은 소년의 모습을 떠올려보곤 했다. 유지를 만나기 전에, 유지의 얼굴을 떠올리는 것보다 이상하게 그쪽이 더 쉽고 안심이 되었다.

소년은 반포의 한 아파트 공사장 쪽으로 향했다. 낮고 오래된 주공아파트를 헐고 그 자리에 대규모의 아파트 단지를 짓고 있었다. 밤의 공사장은 낮보다 더 거대하고 또 안이 텅 빈 것처럼 느껴졌다. 공사장 입구로 들어가는 길은 하나뿐이었다. 양옆으로 자동차들이 쭉 늘어서 주차되어 있었다. 밍이 잠시 방향을 가늠하는 사이, 소년이 사라졌다.

그리고 잠시 후, 그리 멀지 않은 곳에서 펑— 소리가 들렸다. 거의 동시에 하늘로 연기가 솟아올랐다.

불,

불이었다.

"훠(火)!! 훠(火)!!"

밍은 정신없이 소리쳤다. 그 순간 어떤 한국어도 떠오르지 않았다. 불길이 시작되는 곳으로 달려갈 것인지, 아니면 그 반대편으로 도망칠 것인지 몸이 먼저 결정해야 했다. 그의 몸은 주저하지 않고, 불길이 솟는 방향으로 움직였다. 그때였다. 불길이 솟는 바로 그쪽으로부터 검은 그림자 하나가 빠르게 뛰어나왔다.

밍은 사력을 다하여 그 어깨를 붙잡았다. 밍의 손아귀에 잡힌 그가 포획된 사슴처럼 버둥거렸다. 소년이었다. 어둠 속에서 그들의 눈빛이 정면으로 마주쳤다.

혜성은 밍을 즉각 알아보지 못했다. 그는 진공상태 속에 있었다. 제게 닥친 상황을 파악하는 순간 오싹한 기운이 등골을 타고 올랐다. 올 것이 왔다. 도망쳐야 했다. 그것은 본능이었다. 그는 남자에게서 벗어나고자 몸부림쳤다. 남자는 혜성보다 키가 한 뼘 작았으나 힘은 만만치 않았다. 남자가 혜성의 몸을 붙들기 위해 사력을 다하고 있음이 그대로 전해졌다. 어둠이 흉물스런 짐승처럼 사지를 웅크린 채 그들을 지켜보았다. 저 너머에서 불길이 훅훅 타올랐다.

"휘…… 휘……"

남자의 입에서 쏟아지는 낯선 고함이 중국어라는 걸 깨닫는 찰나, 자동차의 헤드라이트 불빛이 느껴졌다. 그들은 동시에 동작을 멈추었다. 무릎 힘이 스르르 풀렸다. 혜성은 땅에 주저앉았다. 남자도 어찌할 바를 모르는 것 같았다. 뒤이어 사람들이 다급하게 뛰어오는 발소리가 났다.

남자가 혜성을 억지로 일으켜세웠다. 그러곤 옷깃을 움켜쥐고 끌다시피 하여 공사장의 철골더미 뒤로 몸을 피했다. 혜성은 다만 이끌려갔다. 그들은 숨을 몰아쉬며 나란히 쭈그려앉았다. 환각 속에서처럼 멀리서 사이렌이 울었다. 매캐한 바람이 이마를 스쳤다. 제게서 시너 냄새가 풍길 것이다. 틀림없었다. 시너를 붓고 라이터를 켠 것은 오늘이 처음이었다. 그런데 왜 꼼짝할 수 없는지 모를 일이었다. 남자가 누구인지, 자신에게 왜 이러는지도 모를 일이었다. 혜성은 주춤주춤 허리를 일으켰다.

"나가지 마."

남자가 나지막하게 말하였다.

"위험해."

혜성은 남자를 쏘아보았다. 그 사내였다. 유지의 학교에서 만났던 사내. 뒤죽박죽으로 흩어진 파편적인 조각들이 머릿속에서 마구 흔들리며 뒤섞였다. 우연의 일치는 이런 방식으로 일어나지 않는다. 그는 전율했다. 이 수상한 남자의 정체를 설명할 길이 없었다.

"유지……………"

혜성은 동생의 이름을 부르짖었다. 말들이 더듬대며 분출되었다.

"우리 유지, 어디 있어요?"

남자의 등이 움찔 움직였다.

혜성은 전화를 받지 않았다. 김상호는 조금 전 서울에서부터 로밍해 가져온 휴대전화기를 켰다. 여기서 업무에 사용하는 전화기는 바지 뒷주머니에 들어 있었다. 그것을 건네준 남자는 어젯밤부터 그가 머물고 있는 연길의 연변자치구 민박집 주인이었다. 강이 소개한 곳이니 주인 남자도 분명 한선생의 끄나풀일 것이다.

혜성의 컬러링은 시끄러운 록음악이었다. 유지를 잃어버리던 날 들었던 그 음악 그대로였다. 컬러링 따위를 바꿀 여력은 녀석에게 도 없었을 것이다. 노래의 제목은 여전히 알 수 없었다. 그가 전화기를 꺼둔 사이 혜성이 왜 전화를 걸어온 것일까. 여간해서는 이런 적이 없는 아들이었다. 평소 그 점을 이상하다거나 섭섭하다고 생각해보지 않았다. 떨어져 사는 은성의 연락이 뜸해지거나 하면 은근히 신경이 쓰이곤 했으나 혜성에게는 달랐다. 한집에 사는 사이인 탓일까. 혜성에 대해서는 늘 짐짓 더 무심한 듯 행동하게 되었다. 혹시 유지의 소식이 와서, 그래서 혜성이 전화를 걸었는지도 모른다. 부질없으리라는 걸 익히 알면서도 그는 한 가닥 실오라기 같은 희망을 버리기 힘들었다.

집 전화도 받지 않았다. 가슴이 덜컥 내려앉았다. 혹여 유지에 관한 연락을 놓칠까 두려워하는 아내는 요즈음 항상 전화기 옆에 붙어 있었다. 그는 두근거리는 가슴을 억누르며 이번엔 옥영의 휴대전화번호를 눌러보았다.

"여보세요."

아내는 금방이라도 바스러져내릴 것만 같다. 상호는 한숨을 삼키고 전화기를 고쳐쥐었다.

"나야."

"응. 그래요."

"왜 안 받아, 집에."

그러려던 건 아닌데 목소리가 꼭 추궁하는 것처럼 들렸을 것이다.

"나와 있어요. 대전이야."

아내가 억양의 변화 없이 말했다. 대전이라면 그녀의 친정을 뜻할 터였다.

"그래. 대전."

그는 중얼거렸다.

"장모님은 안녕하시고?"

아내가 침묵 속으로 침잠했다. 그녀의 반응이 이해가 되기도 했다. 그 도시 변두리의 작고 낡은 아파트에서 아내의 어머니가 어떻게 지내고 있는지에 대해 그는 여태껏 아무런 관심을 기울이지 않고 살아왔던 것이다.

"미안해."

뜬금없는 그의 말에 아내는 아무 대꾸도 하지 않는다.

"출장이 좀 길어질 것 같아. 복잡한 일이 좀 생겨서."

"…………알겠어요."

어서 전화를 끊고 싶다는 그녀의 바람이 그에게까지 여실히 전달됐다. 그는 어쩐지 조바심이 났다. 이 여자를 조금이라도 기쁘게 해주고 싶었다.

"확실한 건 아닌데…………… 어쩌면 실마리가 풀릴지도 몰라."

"응? 그게 무슨 말이에요?"

아내의 숨소리가 달라졌다. 김상호는 질끈 눈을 감았다.

"좋은 일이 생길지도 모른다고."

좋은 일. 이미 그렇게 내뱉어버린 혀를 잘라버릴 수는 없는 노릇이었다. 옥영이 기뻐했던가. 그녀는 차라리 숨을 멈춘 듯했다. 황황히 전화를 끊고서 김상호는 방 밖으로 나왔다. 민박집의 콧구멍만한 방에서는 도무지 견딜 수 없는 날씨였다.

민박집은 아파트 형태의 공동주택이었다. 거실에는 비싸지 않은 가죽소파 세트와 삼성 로고가 박힌 텔레비전이 놓여 있었다. 한국의 대형 아파트 단지에서 아무 집이나 무작위로 골라 현관문을 열어본대도 비슷한 풍경이 펼쳐질 것이다. 베란다는 텅 비어 있었다. 가정집처럼 꾸며놓았지만 가정집이 아닌 곳. 빈 빨래건조대라도 하나 놓여 있으면 나쁘지 않으련만. 그는 공연히 그런 엉뚱한 생각을 하며 담배 한 대를 피웠다.

"답답하심까?"

주인 사내가 곁으로 다가왔다. 김상호는 얼결에 입술에서 담배를 떴다.

"아 괜찮습다. 계속 태우십쇼."

사내도 제 바짓주머니에서 담배를 꺼내 입에 물었다. 상호가 습관적으로 불을 붙여주었다.

"끊어야지 끊어야지 매번 다짐만 하는데 잘 안 됩다. 그게 참 어렵단 말입다."

사내가 휑한 대머리를 긁적이며 웃었다.

"한잔하시겠습까?"

그가 이끈 곳은 민박집 바로 앞의 꼬치구이 식당이었다. 빠글빠글한 파마머리의 여자 종업원이 맥주를 가지고 왔다. 맥주는 미지근했다. 뭐라 표현할 수 없는 불쾌한 맛의 액체가 목울대를 타고 넘어갔다. 김상호는 방금 유리잔에 따른 맥주병을 흘끔 바라봤다. 중국 대륙 어디에나 흔하게 널려 있는 맥주였다. 겉으로 드러난 라벨에는 이상이 없었다. 가짜가 틀림없군. 그는 소리내지 않고서 꿍얼거렸다. 앞자리의 사내는 세상에서 가장 맛있는 술을 마신다는 듯 잔을 벌컥벌컥 들이켰다. 그리고 사내는 숯불에 그슬려 뾰족한 창에 꽂힌 고깃점을 어금니로 가져갔다. 용건은 이쪽에서 먼저 꺼내야 했다.

"몇개나 됩니까. 긴급으로."

"일단 두 개는 있습다."

남자가 질겅질겅 고기를 씹으며 대꾸했다. 살아 있는 인간이 아니라, 죽은 풍뎅이라도 거래하고 있다는 투였다.

"둘 다 곧 브레인 데스(brain death) 판정이 난다고 함다. 벤틸레이터(ventilator)만 떼면 바로 쓸 순 있는데."

남자의 입에서 자연스럽게 의학용어가 흘러나왔다. 머잖아 뇌사판정이 날 환자가 둘 있고, 그후에 곧바로 장기이식이 가능하다는 의미였다.

"그런데 문제가 좀 있슴다. 하나는 부모가 동의했는데, 또하나는 보호자를 모른단 말이지요. 아예 근본을 모름다. 일고여덟 살쯤인 모양인데 꽃제비 출신인가. 길가에서 그 상태로 발견된 지 한 달째 람다."

입안 가득 고인 육즙 때문일까. 욕지기가 치밀어올랐다. 김상호는 화장실로 달려가 헛구역질을 했다. 플라스틱 변기통이 몹시 더러웠다.

중환자실 입구에는 철판으로 만든 널따란 세면대가 설치되어 있다. 그곳에서 손을 씻고 나면, 바지 제복을 입은 여자 간호사가 다가와 짙푸른색의 마스크와 모자를 내민다. 같은 색깔의 가운을 입고 간 옷 위에 걸치고 나서야 중환자실 안으로 들어설 수 있다.

넓은 홀에 환자용 침상들이 점점이 흩뿌려져 있고, 여기저기서 쉭쉭 인공호흡기 가동되는 소리가 들려왔다. 마치 파란색과 하얀색으로만 구성된 낡은 영화필름이 눈앞에서 돌아가는 듯한 느낌이 들었다. 낯설지만 또렷한 그 느낌은 한국에서나 중국에서나 마찬가지였다. 민박집 사내가 앞장을 섰고 김상호가 뒤를 따랐다. 그들이 발을 멈춘 곳은 한 아이의 침대 옆이었다.

아이는 머리를 박박 깎은 채였다. 육안으로 보아선 남자아이인지 여자아이인지 언뜻 판별하기 힘들었다. 정말 일곱 살일까. 눈을 꼭

감고 있는 아이는 그 나이보다 작고 말라 보였다. 아이가 누운 침상
은, 아이에게는 조금 컸다. 등이 딱딱하지는 않을지 이상한 걱정이
되었다. 아기 새처럼 가느다란 팔과 다리로 아이는 세상의 여러 곳
들을 떠돌아다녔을 것이다. 한순간, 김상호는 아이가 거쳐온 수많은
밤과 낮의 길들을 생각했다. 명치가 쿡 저려왔다.

반쯤 벌어진 입안으로 인공호흡기가 연결되어 있었다. 아이는 스
스로 숨을 쉬지 못한다. 기계가 대신 몸속으로 공기를 밀어넣어주
는 순간에 아이의 가슴은 위로 부풀어올랐다가 곧 밑으로 꺼졌다.
김상호는 슬쩍 고개를 돌렸다. 인공호흡기의 동작에 따라 오르락내
리락 반복하여 움직이는 그 작은 몸을 왠지 오랫동안 보고 있을 수
가 없었다. 저만할 때의 유지 모습이 자꾸만 겹쳐져 떠올랐다.

머리칼이 덥수룩한 젊은 의사가 그들 곁으로 다가왔다. 의사가
서류를 내밀자, 민박집 사내가 김상호더러 어서 읽으라는 의미의
손짓을 했다. 다소 과장된 동작이었다. 김상호는 콧등을 찌푸리고서
그것을 들여다봤다. 알 수 없는 한자어들이 빼곡하게 적힌 문서였
다. 의사가 검지 끝으로 종이의 맨 아랫부분을 가리켰다. 보호자 이
름을 쓰는 곳이었다. 김상호는 그곳에다 '父'라고 썼다. 그리고 아
까 연습한 낯선 한자 이름을 그 옆에 천천히 적었다.

이 아이의 육체를 마음대로 사용해도 좋습니다. 보호자 아버지 백.

혹여 그런 문장이 인쇄되어 있다 하더라도 어쩌겠는가, 이제 와
서. 김상호라는 남자가 누군가의 아버지라는 것. 그것만이 이 순간
의 유일한 진실이었다.

서류에 사인을 한 뒤 김상호는 복도 대기실에 앉았다. 남아 있는

제반 절차들은 민박집 사내가 처리할 것이다. 이번 건(件)은 여기서 바로 적출이 이루어질 예정이었다. 심장과 폐, 그리고 신장이었다.

"공안이 와 있는 것 같습다."

잠시 후 민박집 사내가 다가와 상호의 귓전에 속삭였다. 공안이라는 단도직입적인 단어가 무감각하게 와 닿았다. 작년 무렵부터 정부 차원의 단속이 강화된 건 사실이었다. 여름에 열릴 북경올림픽을 앞두고 정부는 중국이라는 나라가 이 세상 모든 만물을 밀거래하는 곳으로 낙인찍힐까 두려워하고 있었다. 당연한 일일 것이다.

"아무래도 꽃제비 같다보니. 냄새를 맡아가지고."

"……………………………"

"뇌사 판정이 금방 나면, 바로 수술 들어가야 되는데. 마지막 시체 나갈 때 부모가 있는 모습을 보여야 할 것 같습다. 딱히 원칙이 그런 건 아닌데 부모라면 대개 그렇게 하니까."

그는 김상호의 침묵을 다른 의미로 해석한 모양이었다.

"아, 시간은 지체되지 않도록 최선을 다하고 있슴다. 어떻게든 오늘 안에 다 해야 되지 않겠슴까. 싱싱할 때."

김상호는 저도 모르게 부르르 몸을 떨었다. 사내는 과연 프로페셔널이었다. 무얼 어떻게 했는지 두 시간 만에 뇌사 판정이 났고, 곧이어 적출수술이 시작되었다. 김상호는 사내의 지시대로 병원 바로 앞의 술집에서 수술이 끝나기를 기다렸다.

맥주는 여전히 미지근했으며 땅콩 안주에서는 짐승의 비릿한 핏내가 풍겼다. 김상호는 구역질을 하지 않고 유리잔의 바닥이 보일 때까지 꾸역꾸역 술을 마셨다. 언젠가 이것과 똑같은 경험을 한 적이 있다는 생각이 들었다. 기억 저만치에 묻어두었던 풍경 하나가 떠올랐다. 첫 아내가 은성을 낳던 날이었다. 서울 변두리 산부인과의 분만실 복도는 만원이었다. 이미 그곳은 어린 남편보다 몇 배는 더 비장한 표정을 한 친정붙이들이 차지하고 있었다. 김상호는 바짓주머니에 손을 넣고서 터덜터덜 밖으로 걸어나왔다. 그리고 지금과 다르지 않은 술집에서 어설픈 포즈로 맥주를 마시며 아이가 태어나기를 기다렸다. 그때 아기가 처음으로 터뜨렸던 울음소리는 전혀 기억에 남아 있지 않았다. 도망치고 싶다는 간절한 바람은 그때나 지금이나 마찬가지였다.

"무사히 끝났습다."

무사한 끝이란, 어떤 끝인가. 김상호는 그러나 사내에게 묻지 않았다. 아이는 침대에 누운 채 흰 시트로 목 아래를 가리고 있었다. 의사들은 아이의 몸을 열고, 신장과 폐 그리고 심장을 꺼내고서 다시 얼기설기 피부를 꿰매었을 것이다. 아이는 아까보다 훨씬 더 작고 창백해져 있었다. 몸 안에 피라곤 한 톨도 없는 것 같군, 이라고 생각하다 말고 김상호는 입술을 깨물었다. 규칙적으로 오르락내리락하던 가슴의 움직임이 사라졌다는 사실이 그제야 보였다. 아이는 두 눈을 꼭 감고 있었다. 안구를 적출하지 않게 된 것에 감사했다. 마지막으로 그는 오른손을 들어 아이의 이마를 짚었다. 아무런 감촉도 느껴지지 않았다.

22장 저녁, 카니발

아이는 제가 탄 버스의 번호를 기억했다. 123번이었다.

그들은 차를 오래 기다렸다. 언니는 버스카드를 판독기에 가져다대며, '두 명이요'라고 말했다. 제법 야무졌다. 그 목소리가 아이의 가슴에 남았다. 그 저녁의 어떤 시간들은 아이의 뇌리 속에서 거짓말처럼 휘발되어버렸다. 그 시간들은 무방비로 방치된 낡고 얇은 옷감에 남은 좀벌레의 흔적처럼 군데군데 구멍이 나 있다. 그러나 반대로, 암흑의 밤하늘 위에 터진 축포처럼 환하고 선명한 순간들도 있었다. 버스 안에서 보낸 시간이 그렇듯이.

차에 오르자마자 언니는 아이의 손을 끌고서 맨 뒷자리로 갔다. 차는 금세 출발했다. 한 걸음 한 걸음 옮길 때마다 아이의 발바닥이 위태위태 흔들렸다. 언니는 아이를 창가에 앉혔다. 낯선 거리들이 유리창 너머로 휙휙 지나갔다.

버스는 대부도를 향해 달렸다. 대부도라는 지명을 아이는 그날 처음 들어보았다. 대한민국 지리부도 속 무수한 섬 이름들 중에서 아이가 알고 있는 것은 제주도와 울릉도, 독도 정도가 전부였다. 아이의 지식으로, '섬'이란 사방이 바다로 이루어진 곳, 그러니까 육지로부터 뚝 떨어진 곳이었다. 그리로 가려면 배를 타야 하는 것이 당연한 줄로만 알았다. 자동차를 타고 당도하는 섬이란 어떤 델까.

"참 좋아."

아이의 속마음을 읽었는지, 언니가 말했다. 입가에 묻은 달콤한 푸딩을 몰래 핥아먹는 소녀 같았다.

"바다가 넓게 펼쳐져 있고, 저녁이 되면 해가 주황색으로 진다."

모든 바다는 막막하도록 넓게 펼쳐져 있고, 모든 해는 저물녘에 주황색이 된다. 하지만 아이는 언니의 말에 토를 달지 않았다.

"좀 이따가 보여줄게. 전부 다."

고개를 끄덕였다. 꼭 잡은 손을 빼지 않았다. 어느새 눈발이 그쳤다. 버스의 네 바퀴들이 밟고 나아가는 맨땅이 혹시 질척질척하지 않을까, 아이는 조금 걱정이 됐다. 집을 떠올리다가 이내 멈췄다. 아무도 없을 거였다. 누군가 있다 해도, 아이가 없어진 것을 알아채지 못했을 거였다. 몇 점의 먹장구름들이 서쪽 방향으로 소리없이 떠내려갔다.

"내리자."

언니가 다시 아이의 손을 잡아끌었다.

버스에서 내려 처음 본 것이 바다는 아니었다. 그들을 맞이한 것은, 어깨를 맞대고서 쭉 늘어선 콘크리트 건물들이었다. 명도와 채도를 고려하지 않은 간판에, 생선회, 바지락칼국수, 노래방 등의 한글이 어지러이 적혀 있었다. 그리고 길, 앞으로 뻗은 좁은 길들이 여전히 느리게 펼쳐져 있었다. 길의 양옆으로는 무슨 꽃을 피워낼지 모를 키 작은 잡초들이 바람에 몸을 떨었다. 저 너머로는 밭인지 논인지 짐작할 수 없는 들판들이 보였다.

무엇보다, 그곳은 추웠다. 도시와는 다른 맵싸한 바람이 목덜미를 파고들었다.

"어, 이상하다."

언니가 고개를 갸우뚱했다.

"전에는 이렇지 않았던 것 같은데. 다음 정거장에서 내렸어야 되나."

괜찮다는 표시로 아이는 어깨를 쫙 펴고 미소를 지어 보였다.

"가볼까, 저리로, 한번."

꼭 그러려는 의도는 아니었겠으나, 언니의 목소리는 어른스러움을 가장하는 듯이 들렸다. 아이는 괜스레 미안해졌다. 그들은 아스팔트길을 따라서 걸었다. 송도횟집과 만선횟집, 블루오션노래방 같은 이름들을 천천히 지나쳤다.

"어머, 이것 좀 봐!"

언니가 별안간 호들갑스런 소리를 내질렀다. 그녀의 걸음이 멈춘 곳은 횟집의 수족관 앞이었다. 얼룩덜룩한 투명수조 속에 이름 모를 물고기들이 느릿느릿 헤엄을 치고 있었다. 아니, 아이의 눈에는 그애들이 헤엄을 치는 것이 아니라 그저 둥둥 떠다니고 있다고 느껴졌다.

가끔씩 생선회를 먹어야 하는 순간이 들이닥치곤 했다.

"촌스럽기는. 이 맛있는 걸 왜 못 먹냐."

그쪽으로 젓가락을 대지 않는 엄마에게 아빠는 면박을 주었다.

"많이 먹어. 얼른."

자신은 먹지 않지만 엄마는 아이에게만은 열심히 그것을 권유했다. 엄마의 입맛 때문에 아이가 편식을 하게 될까봐 두려웠는지도 모른다. 아니면 자신과는 달리 아이가 이 세상 모든 것에 비위 좋게 적응하는 어른으로 자라나기를 바라 마지않았는지도 모른다. 한 입 감으로 착착 썰린 채 사기접시 위에 오른 살점들과, 이 더러운 어항을 부유하는 물고기들의 관계가 아이의 머릿속에서는 매끄럽게 잘 연결되지 않았다.

"광어다. 저거 저거. 몸이 납작한 애 말이야."

언니가 손가락을 들어 물고기들을 마구 짚어댔다.

"알아? 광어?"

아이가 고개를 저었다.

"저거는 우럭. 우럭, 아마 맞을 거야. 근데 이름이 쫌 징그럽지?"

언니가 어쩐지 뽐내듯 말을 이었다.

"저기 저거 밑바닥에 가라앉은 건 조개야. 조개가 되게 크네."

아이가 조금 웃었다. 건물들 뒤쪽으로, 멀지 않은 곳에 바다가 숨겨져 있었다. 파도가 없는 바다였다.

"바다다!"

언니가 탄성을 질렀다. 바다는 거대한 웅덩이처럼 고여 있었다. 아이는 따로 소리를 지르지는 않았다. 그것은 아이가 보아온 어떤 바다와도 달랐다. 여러 마리의 갈매기들이 공중을 사선으로 낮게 선회했다. 서로 부딪치지 않는 것이 신기했다.

바닷가에는 두어 무리의 사람들이 있었다. 한쪽은 아이보다 조금 작은 남자애 둘이 포함된 대가족이었고, 또 한쪽은 언니보다 조금 나이 들어 뵈는 젊은이들 예닐곱이었다. 성별이 반반씩 섞인 젊은 이들은 뭐가 그리 재미나는지 바람이 불어올 때마다 우르르 발을 구르고 까르르 웃어젖혔다. 그들 중 하나가 가방에서 과자봉지를 꺼냈다. 새들이 그리로 몰려들었다. 거침없는 웃음소리들이 연신 터져나왔다.

아이와 언니는 조금 멀찍이 떨어져 선 채 그것을 보았다.

"하고 싶어?"

언니가 갑자기 물어왔다. 아이는 당혹스러웠다. 어떻게 대답해야 할지 몰랐다. 날아다니는 새를 싫어한다고도 좋아한다고도 생각해본 적 없었다.

"네."

아이는 얼결에 대답했다. 언니의 눈동자가 반짝였다.

"기다려봐, 그럼."

언니가 저쪽 무리로 다가갔다. 쭈뼛거리는 뒷모습이었다. 아이는 바다로 시선을 돌렸다. 수평선, 이라는 단어는 알고 있었다. 평평하게 끝없이 이어진 저 너머를 향해 한 손을 쭉 뻗어보았다. 조금만 더 키가 자라고 팔이 길어진다면, 저 끝자락에 닿을 수 있을지도 몰랐다.

언니가 금방 돌아왔다. 다소 상기된 표정이었다.

"이거 봐라."

언니의 손 안에는 몇 알의 새우깡이 들려 있었다. 언니가 아이의 손에 자랑스레 그것을 쥐여주었다. 아이는 언니가 시키는 대로 엄지와 검지로 과자 끝을 잡아 허공에 내밀었다. 몸이 흰 갈매기 한 마리가 스륵 다가왔다. 까맣고 뾰족한 부리를 내밀어 그것을 휙 채갔다. 순식간이었다. 저도 모르게 아이는 까륵 소리내 웃었다. 한 뼘 떨어진 곳에서 언니도 똑같은 소리로 웃고 있었다.

일요일 오후가, 구멍 난 자루 속의 설탕가루들처럼 솔솔 새나갔다.

강렬한 주황색으로 지붕을 만든 천막이었다. 그것을 먼저 발견한 건 아이였고, "들어가보자"고 호기롭게 말한 건 언니였다.

쇠락해가는 유원지라면 전국 어디에서나 흔히 볼 수 있을 법한 인형 사격장이었다. 장총 네 자루와 권총 두 자루가 총구를 바닥으로 향한 채 꽂혀 있었다. '다섯 발―2,000원'이라는 글씨가 굵은 매직으로 성의 없이 휘갈겨 쓰여 있었다. 부스스한 파마머리를 하나로 동여맨 중년 여자가 어디선가 나왔다. 언니가 지갑을 꺼냈다.

"처음 해봐, 나 이런 거."

주춤주춤 장총을 집어든 언니가 아이의 귀에 속삭였다. 구태여 말하지 않더라도 그녀의 어색한 태도가 그 사실을 잘 알려주었다.

"어…… 어……"

총알이 발사되는 소리보다 언니 입에서 저절로 터져나오는 목소리가 더 컸다. 연달아 발사된 플라스틱 총알 중 두 개는 중앙의 인형 판까지 닿지도 못했고, 두 개는 간신히 인형을 맞혔다. 하나는 노란 조끼를 입은 아기곰 푸 인형이었고, 다른 하나는 방석으로 제작된 키티 인형이었다. 그러나 인형을 건드리기만 했을 뿐 바닥에 떨어뜨릴 만큼 위력이 세지는 못했다. 제법 신경써 조준한 마지막

398

한 발은 정가운데의 빨간 풍선에 맞았다. 요란한 굉음을 내며 풍선의 바람이 빠졌다. 언니가 혓바닥을 쪽 내밀었다. 언니가 새삼 아주 어려 보였다. 어쩌면 은성 언니보다도, 아니 혜성 오빠보다도 어린 나이일지 몰랐다.

언니가 아이에게 묻지도 않고서 다시 이천원을 꺼냈다. 게임장 어디에도 '어린이는 하지 마시오' 따위의 문구는 붙어 있지 않았다. 장총은 생각보다 많이 무거웠다. 아이는 장총 대신 권총을 택했다. 방아쇠에 검지를 댔다. 금속의 느낌이 피부에 서늘하게 와 닿았다. 아이는 아랫배를 바싹 조였다. 호흡을 천천히 가다듬고서 방아쇠를 당겼다. 총알은 예측하지 못한 방향으로 날아갔다. 맨 아래쪽에 멀뚱히 놓여 있던 원숭이 인형이 거짓말처럼 툭 떨어졌다.

"어머머머. 어떡해. 어떡해."

언니가 좋아서인지 놀라서인지 모를 호들갑스런 비명을 질렀다. 원숭이는 두 눈과 코가 얼굴 가운데에 모여 있었고, 입은 없었다. 크림색 털이 복슬복슬한 녀석이었다. 팔이 유난히 길었다.

"이렇게 하는 거야."

언니가 원숭이의 긴 팔을 아이의 목에 목걸이처럼 둘러주었다. 몸이 따뜻해졌다. 그들은 다시 손을 잡고서 천막 밖으로 나왔다.

길의 왼쪽은 바다였고, 길의 오른쪽은 식당들이었다. 아이와 언니는 손을 잡고서 그 사이로 난 길을 따라 걸었다. 바다는 남들이 알아채지 못할 만큼 가만히 몸을 뒤척였다. 언니는 빠르게 걷는 것이 습관이 된 듯했다. 아이에게는 좀 벅찬 속도였지만 불평 없이 따라 걸었다. 하늘이 희뿌옜다.

"눈 오면 좋겠다. 바다에 눈이 송이송이 떨어지면."

언니가 말했다. 정말 그랬으면 좋겠다는 생각이 들었다. '을왕 조개구이'와 '모래횟집' 사이에 두 대의 자동판매기가 세워져 있었다. 언니가 그 앞에서 걸음을 멈추고 밀크커피 한 잔을 뽑았다. 언니가 먼저 아이에게 종이컵을 내밀었다. 아이는 본능적으로 고개를 저었다.

커피는 금단의 음료였다. 엄마는 아이에게 장난으로라도 커피를 입에 대지 못하게 했다. 그 나이의 자녀를 키우는 집이라면 대부분 그렇게 할 터였다. 딱 한 번, 커피를 혀끝에 대본 적이 있었다. 집에 아무도 없는 오후였다. 싱크대 위에 커피가 조금 남은 머그잔이 올려져 있었다. 아마도 엄마 아니면 오빠가 마시다 둔 것 같았다. 아이는 소심하게 사방을 두리번거리고는 황급히 컵을 입술로 가져갔다. 처음 마셔본 반모금의 커피는 혀가 아릴 만큼 썼고 아주 차가웠다.

"그럼 콜라 마실래?"

언니가 다른 한 대의 자판기 앞에 서서 주머니를 뒤지다가 난감한 표정을 지었다. 동전이 없는가보았다. 지갑을 열어보고는 얕게 한숨을 쉬었다.

"어쩌니. 잔돈이 없네."

아이보리색 지갑은 때가 꼬질꼬질 탔고 한눈에 보기에도 조악한 인조가죽으로 만든 것이었다. 아이는 괜스레 제 신발코만 내려다봤다. 제 가방 속에 넣고 나온 흰 봉투의 존재가 떠올랐다. 그러나 그 안에도 천원짜리나 오백원짜리는 들어 있지 않을 것이다.

아이가 말없이 언니의 종이컵을 두 손으로 받아들었다. 언니가 미소를 지었다. 안도의 기색이 비쳤다. 두번째 커피의 맛은, 전에 먹었던 것과 전혀 달랐다. 뜨겁고 달달했다. 익숙해질까 두려운 맛이었다. 아이는 그 갈색 액체를 입속에 오래 머금지 않고 얼른 꿀꺽 삼켜버렸다.

언니가 물어왔다.

"몇시까지 가야 돼?"

"……괜찮은데."

아이가 조그맣게 대답했다. 언니는 눈자위를 잠깐 치켜떴으나 더는 묻지 않았다. 그녀는 주머니 속에서 전화기를 꺼내어 시간을 확인했다.

"벌써 이렇게 됐네."

뒤에 이어진 말은 "그러니 이제 가자"가 아니라 "배고프다"였다. 피자를 겨우 한 조각 먹고 말았으니 시장하기도 할 것이다. 아이는 "나도"라고 대꾸했다. 그렇게 말하고 나니 갑자기 뱃속이 텅 빈 듯이 느껴졌다.

"어머, 정말? 배 많이 고파?"

언니가 아이를 걱정했다. 근처의 식당들은 대개 조개구이집이거나 해물칼국수와 생선회를 동시에 취급하는 가게들이었다.

"뭘 먹긴 해야 할 텐데."

언니가 혼잣말처럼 중얼거렸다. 식당들은 모두 비슷했다. 유리창에 빨간색과 파란색 글자로 메뉴를 나열해놓았고, 입구에는 얼룩덜룩한 유리수조를 두었다. 이파리가 누렇게 변색된 대형 화분을 놔둔 곳도 있었다. 어느 곳이든 밖에서는 가격표를 볼 수가 없었다.

길의 *끄트머리*에 자그만 편의점이 있었다. 편의점이라 하기에도 슈퍼마켓이라 하기에도 애매했다. 바다 같은 것에는 전혀 관심 없어 보이는 무료한 눈빛의 중년 사내가 카운터를 지키고 있었다. 언니는 가게 안을 천천히 빙빙 돌았다. 그들은 빵봉지 앞을 지나쳤고 컵라면 앞을 지나쳤다. 아이는 그런 것을 먹어도 좋다고 말하고 싶었으나 언니가 뭔가를 곰곰이 생각하는 것 같아서 입밖에 내지 않았다. 언니가 카운터에 다가갔다.

"저 여기 현금인출기 없나요?"

현금을 꺼내려는 사람이 아니라, 훔치다 걸린 사람처럼 우물쭈물하는 음성이었다. 남자가 불친절하게 고개를 가로저었다. 아이는 진열대를 둘러보며 짐짓 딴청을 피웠다. 남자와 짧게 이야기를 나누던 언니가 아이의 등을 툭 쳤다.

"따라와."

언니는 아까 지나온 식당 중 하나로 들어갔다. 실내에 들어서면 무조건 신발을 벗고 들어가야 하는 구조였다. 털부츠를 벗으면서야 아이는 제 발이 꽁꽁 얼었음을 깨달았다. 언니가 아이를 구석의 테이블에 앉혔다.

"추우니까 여기서 기다리고 있어. 금방 갔다 올게."

어딜 다녀온다는 건지는 정확히 몰랐지만, 금방 온다는 말은 믿을 수 있었다. 언니가 아이 몫의 해물칼국수를 주문하려고 했다.

"이따……"

아이가 말했다.

"이따가 먹을래요. 이따가 같이."

"그럴래, 그럼?"

언니가 양쪽 눈꼬리에 주름을 잡으며 웃었다. 홀 안에는 시계가 걸려 있지 않았다. 언니는 오지 않았다. 금방, 이라는 시간의 단위에 대해 아이는 생각하고 또 생각했다. 다른 테이블들이 연달아 차기 시작했다. 바로 옆자리에는 등산복 차림의 아저씨들 너덧이 앉았다. 이미 얼굴이 불콰하게 달아오른 상태였다. 아이는 어깨를 동그마하게 움츠렸다. 새끼발가락 끝이 서서히 저려왔다.

"뭐 시킬 거야?"

초록색 에이프런을 두른 아주머니가 퉁명스레 물었다. 좀 전에 언니와 아이가 함께 있는 모습을 보았던 사람이었다.

"조금 이따가요."

아이는 야무져 보이려고 애쓰면서 발음했다. 아주머니는 더러운 행주를 움켜쥔 채 다른 자리로 갔지만, 탁자를 닦는 틈틈이 아이 쪽을 눈여겨보는 눈치였다. 잠시 후 똑같은 앞치마에 똑같은 머리모양을 한 다른 아주머니가 다가왔다.

"엄마 언제 오시니?"

"…………엄마 아니고 언닌데요."

그다음엔 뭐라 해야 할지 몰라 입술만 옴짝거렸다.

"그래, 아무튼. 너희 언니 어디 갔는데?"

잠깐, 저기, 금방, 같은 불연속적인 단어들이 떠올랐다 사라졌다. 아이는 혀를 안으로 말았다.

"아까 그 학생이 언니야?"

좀 전의 아주머니가 끼어들었다. 어쩐지 미심쩍어하는 말투처럼 들려서 아이는 힘차게 고개를 끄덕였다.

"자리 없어 죽겠는데."

"그러게. 이렇게 손님 많은 시간에 여기 앉아서 기다리게 하면 안
되지."

그녀들의 힐난이 자신을 향한 것인지 언니를 향한 것인지 알 수
없었다.

"지금 자리가 없어서 그러는데 그럼 너 언니 올 때까지 잠깐 저기
서 기다릴래?"

한 아주머니가 턱짓으로 가리킨 곳은 가게 입구의 신발장 앞이었
다. 그 앞엔 이미 신발을 벗고 올라선 한 무리의 손님들이 왁자지껄
하게 떠들며 차례를 기다리고 있었다. 일행에는 서너 살짜리 꼬마
애들도 끼어 있었다. 아이 역시 부모를 따라 여러 식당들에 가보았
다. 그러나 부모 옆의 아이에게 이런 방식으로 말하는 어른은 하나
도 없었다. 아이의 외투는 온종일 진눈깨비에 젖었다 말랐다를 반
복했고, 바람 부는 바닷가를 아무렇게나 헤매다 온 머리칼은 잔뜩
흐트러져 있을 것이었다. 아이는 주춤주춤 일어섰다.

유리문을 밀고 밖으로 나온 건, 혹시 언니가 가게를 못 찾고 있는
게 아닐까 싶어서였다. 이 거리엔 비슷비슷한 이름의 음식점들이
쭉 늘어서 있으니 충분히 가질 만한 의심이었다.

"저희 언니가 오면요, 제가 금방 다시 올 거라고 전해주세요."

식당을 나오기 전에 아까의 아주머니에게 또박또박 말했다. 아이
의 얘기가 다 끝나기도 전에 한 남자 손님이 "여기 화장실 어디에
요?"라고 물어왔으므로, 그녀가 아이의 말을 온전히 알아들었는지

는 알 수 없었다. 바깥바람은 각오한 만큼 차갑지는 않았다. 아이는 막 나온 가게의 간판을 눈에 담고서, 길을 향해 천천한 걸음을 떼었다.

길의 모퉁이들까지 기웃거렸으나 언니의 모습은 보이지 않았다. 혹시 휙 지나쳐가는 언니를 놓칠까봐서 눈도 깜빡거리지 않았다. 길에는 미심쩍은 어둠이 깔리려는 중이었다. 아까 언니와 걸을 때는 의식하지 못했는데, 길을 걷는 사람은 거의 없었다. 재미없는 사파리를 즐기듯 한껏 속도를 늦추어 지나가는 자동차들과, 그 자동차들을 어떻게든 끌어들여보려는 호객꾼들뿐이었다. 아이에게 눈길을 보내는 이는 아무도 없었다. 길의 중간쯤에서 아이는 문득 걸음을 멈추었다. 온 길을 되짚어 돌아갈 것인가, 주저 없이 앞으로 나아갈 것인가.

언니의 전화번호는 알고 있었다. 낮에 중앙역에서 공중전화를 찾기 위해 애태웠던 일이 떠올랐다. 여기도 마찬가지일 것이다. 세상의 모든 어른들은 전화기를 하나씩 들고 다녔다. 횟집 앞에 선 채 지나는 차들을 향해 연신 손짓을 하는 아주머니도, 물이 뚝뚝 떨어지는 커다란 그물망에다 이름 모를 물고기를 담아서 들어가는 젊은 사내도, 모두 바지 뒷주머니쯤에 휴대폰이 들어 있을 터였다. 그러나 그들에게 다가갈 용기가 나지 않았다.

아이는 가방을 살며시 열어보았다. 잔액이 얼마 남았는지 분명히 기억나지 않는 전화카드와, 흰 봉투가 온전히 그 안에 들어 있었다. 봉투 속에 손을 집어넣자 빳빳한 종이가 만져졌다.

조금 전 언니와 들어갔던 편의점 불빛이 보였다. 아이는 그리로 들어갔다. 아까의 주인 사내가 아닌, 여드름이 숭숭 난 얼굴의 남자 아르바이트생이 카운터 앞에 앉아 있었다.

"저기, 죄송한데요."

아이는 공손하게 입을 열었다. 낯선 이에게 말을 붙여야 하는 상황에서 엄마가 주로 사용하는 말투였다.

"혹시 여기 전화기 없나요?"

"모르겠는데."

아르바이트생이 심드렁히 대답했다.

"아마 없을걸."

"저기………… 그럼."

아이가 카운터에 내민 것은 십만원짜리 수표 한 장이었다. 아르바이트생이 양미간을 확 좁혔다.

"뭘 살 건데?"

"……아니요. 그게 아니라."

가슴이 두방망이질쳤다.

"전화기 좀 빌려주시면……"

아이가 말을 채 맺기도 전에 그가 언성을 높였다.

"허 참, 요즘 애들 장난 아니네. 지금 십만원 줄 테니 전화 한 통만 쓰자고?"

"………………"

갑자기 그의 표정이 심각하게 바뀌었다.

"야, 근데 너 이 돈 어디서 났어? 응?"

남자가 긴 눈을 더 길게 찢었다.

"너 혹시……"

그는 화가 아주 많이 난 것 같았다. 화를 내는 남자는 『빨간 두건』에 나오는 주둥이가 뾰족한 늑대처럼 보였다.

"집 나왔어?"

아이는 그 말을 얼른 알아듣지 못했다.

"이거 훔쳐서 나왔어? 그런 거야?"

남자가 연달아 다그쳤다. 아이는 눈을 껌뻑껌뻑했다.

"………………"

아니라고 선뜻 소리칠 수 없었다. 땅바닥이 흔들흔들했다.

"집이 어디야? 응?"

시급 사천원의 아르바이트생에게는 어쩌면 다른 악의 같은 건 없었을지도 몰랐다. 평범한 윤리의식을 가진 한 시민으로, 길을 떠도는 어린 여자아이를 발견한 순간 나름의 방법으로 그 윤리의식이 발동했을지도 몰랐다. 그러나 아이는 그곳을 뛰쳐나왔다. 왼쪽인지 오른쪽인지 모를 방향으로 한참을 달리고 난 뒤에야 십만원짜리 수표 한 장을 카운터에 그대로 두고 왔다는 것을 깨달았다.

아이는 길 한가운데 오도카니 섰다. 동서남북. 사방 어디로도 갈 수 있었다. 아무 데로도 갈 수 없었다. 언니를 기다렸던 식당이 어느 쪽인지, 언니와 손을 잡고 내렸던 버스정류장이 어느 쪽인지, 집이 어느 쪽인지 아무것도 알 수가 없었다. 차들은 느릿느릿 아이의 곁을 통과해갔다. 차 안에 탄 사람들은 아무도 아이를 눈여겨보지 않았다. 온전한 혼자 힘으로 방향을 결정해야 했다. 아이는 천천히 눈을 감았다 떴다. 목에 매달린 원숭이의 팔을 쓰다듬어보았다. 다시 걷기 시작했다. 아무리 걸어도, 아까의 그 이상한 횟집들은 다시 나타나지 않았다.

겨우 발견한 공중전화는 하늘에 간당간당 매달려 있었다. 수화기를 들기 위해 까치발을 해야 했다. 카드 잔액은 삼백원이었다. 아이는 집에서부터 적어온 언니의 전화번호를 꾹꾹 눌렀다. 전화를 받지 않았다. 한 번. 그리고 두 번. 세 번. 세번째는 음성메시지를 남겼다.

"언니, 전데요……"

비로소 목이 막혀왔다.

"여기가 어딘지 모르겠어요. 공중전화기 앞인데…………… 여기 있을게요."

어디선가 개의 오줌 냄새가 스멀스멀 올라왔다. 아이는 바닥에 쪼그리고 앉았다. 팔꿈치를 무릎에 꼭 붙였다. 그리고 조금 뒤 아이는 다시 일어서서 수화기를 들었다. 머릿속에 제일 먼저 떠오르는 번호를 눌렀다. 집이었다. 아무도 전화를 받지 않았다. 그다음에 엄마의 번호를 눌렀다. 신호음이 천천히 울렸다.

"……여보세요."

엄마 목소리였다. 그 목소리는 아주 멀리서 들리는 것 같았다. 저쪽에선 이쪽의 음성이 잘 안 들리는 듯했다.

"여보세요? 여보세요?"

엄마가 점점 아득해졌다. 전화가 뚝 끊겼다. 일요일 오후 여섯시 반을 막 넘어서고 있었다.

23장 바람은 등뒤에서

김사장과 사흘째 연락이 닿지 않고 있었다. 김상호는 그의 의뢰인이었다. '좀 기다려보라'는 것이 그 남자의 마지막 전언이었다. 이럴 때 어떻게 하는 것이 옳은가. 지독히도 뜨거운 위스키 한 모금을 입안에 머금은 심정으로 문영광은 제 의뢰인의 지난 삼 개월간 휴대전화 통화 내역서를 들여다보았다.

자료를 구해온 건 이쪽 방면의 전문가들이었다. 그들은 김상호뿐 아니라 그 아내의 것도 똑같이 생긴 봉투에 넣어가지고 왔다. 얼마 전, 아내의 통화내역서를 직접 떼어오라는 요구를 하자 김사장은 깊은 한숨을 노골적으로 뱉으며 그에 상응하는 현금을 지갑에서 꺼냈었다.

"집사람 것만 필요한 거요?"

수표의 매수를 손끝으로 가늠하며 그는 그렇게 말했었다.

"아직은요."

그것이 자신의 대답이었다. 그때는 그렇다고 생각했다. 그러나 지금은 꼭 그렇지만도 않았다.

문영광은, 김유지 부모의 지난 삼 개월간 휴대전화 발신내역을 곰곰이 들여다보았다. 두 사람 다 하루에 몇 차례씩 자주 이용한 특정번호는 없는 듯싶었다. 서로에게 전화를 건 일도 거의 없었지만, 아무튼. 그렇다고 치정 문제에 대해 안심해도 좋다는 의미는 아니었다. 이것은 반쪽짜리 보고서였다. 정확하게는 반의반쪽짜리라고 해도 좋았다. 정말로 감추고 싶은 게 있다면, 개인 전화를 이용한 통화시도를 외려 자제할 가능성이 농후했다. 보다 중요한 건, 어디서 걸려온 전화를 받았느냐의 문제였다.

남의 뒷조사에 관하여 타의 추종을 불허한다고 주장하는 놈들도, 개인의 수신내역서를 뽑는 행위는 만만하게 할 수 있는 게 아니었다. 타인의 개인 휴대전화의 수신내역 조회는 반드시 법원이 발부한 압수수색영장이 있어야만 가능했다. 열람 기록도 남았다. 김유지 부모 두 사람의 휴대전화 수신내역을 온전히 구하기 위해서는 그만큼의 시간과 대가를 들여야 했다.

특기할 만한 점은, 김유지가 없어지던 날 진옥영이 제 휴대폰으로 단 한 통의 전화도 걸지 않았다는 거였다. 그녀가 대전 친정에 내려가는 대신, 어딜 갔는지에 대한 의문은 곧 풀렸다. 김유지가 사라진 다음날 오전. 그녀는 한 통의 전화를 걸었다. 수신처는 집이었다.

확실히 알기 위하여 몇 군데 연락을 취했다. 잠시 후, 그 전화의 발신지가 대만이라는 것을 어렵잖게 확인할 수 있었다. 아이가 사라진 것은 일요일, 그리고 그 다음날인 월요일 오전에 아이의 엄마는 대만에 있었다. 대전 친정에 내려가지 않았으리라는 추론이 들어맞는 결과였다. 문영광은 호텔방의 소형 냉장고에서 맥주 한 캔을 꺼내 소리없이 땄다. 업무중의 음주는 금물이었으나 이런 식의 조촐한 축하주 한 잔 정도는 괜찮을 것이다.

컴퓨터 모니터 한쪽에 김유지의 일곱 살 무렵 사진이 붙어 있었다. 아이의 엄마가 건네준 사진들 중 하나였다. 뒷배경은 유치원인 것 같았다. 아이는 머리에 앙증맞은 왕관을 쓰고, 웨딩드레스를 줄여놓은 듯 잔잔한 레이스가 달린 흰 원피스를 입고 있었다. 그는 아이와 눈을 맞추면서, 가볍게 캔을 들어 건배하는 시늉을 했다. 실제로 이렇게 할 수 있는 날이 올까. 그는 픽 실소했다. 사진 속의 아이는 울지도 찌푸리지도 않는 표정이었다. 그날 너에게 무슨 일이 있었던 거니, 유지야.

맥주 한 캔을 비우는 사이 문영광은 김사장에게 열 통의 전화를 걸었고, 진옥영에게 비슷한 횟수로 전화를 걸었다. 김사장의 전화는 꺼져 있었으며, 진옥영은 전화를 받지 않았다. 한참을 망설이다가 김은성에게는 전화를 하지 않았다. 어차피 제 부모가 어디에 있는지 알지도 못할 여자였다. 설령 야산에서 굶주린 살쾡이에게 반쯤 뜯어먹힌 시체로 발견된다 해도 말이다.

"여보세요."

김상호의 아들 김혜성은 말투가 느리고 목소리도 작았다. 꼭 양 볼 가득 쓰디쓴 사탕을 우물거리고 있는 것 같았다. 겸손한 건지 비굴한 건지 판단내리기 어려운. 그가 불편해하는 인간형이었다.

"문영광입니다."

"아, 네……………………"

저편의 침묵이 길었다.

"부모님이 다 연락이 안 되셔서 말입니다. 혹시 집안에 다른 무슨 일이 있습니까?"

"아니요."

김혜성의 대답은 뜻밖에 단호했다. 문영광은 좀 당황했다.

"그러면 부모님은 어디에?"

"집을 잠시 비우셨습니다."

"어딜?"

"……………………"

"아 그래도 제가 알아야…………"

영광은 말끝을 흐렸다. 저쪽에서는 아무 반응이 없었다. 그는 꼬리를 내렸다.

"알겠습니다. 제가 다시 연락을 드리죠. 그럼."

수화기를 내려놓으려는 순간, 김혜성이 그를 불렀다.

"저기, 잠깐만요."

"네?"

"그런데…… 누구시죠?"

왜 입도 뻥긋하지 못했을까. 사립탐정 제임스 문, 문영광입니다, 댁의 여동생을 찾느라 불철주야 애쓰고 있지요, 라고 당당히 대꾸하지 못했을까. 그러기엔 소년의 목소리가 무엇엔가 잔뜩 사무쳐 있었노라고 후에 그는 쓸쓸하게 자위했다.

김유지 가족의 휴대전화 수신내역서는 다음날 오후에 도착했다.

수신내역서에 남은 전화번호로 추정할 수 있는 건, 안산 대부도 지역의 공중전화가 발신처라는 것, 그것이 전부였다. 과연 그 일요일 저녁의 전화 한 통이 이 실종사건을 푸는 데 작은 실마리라도 될 수 있을지, 그에 관해서는 어떤 확신도 없었다.

공중전화기는 화산 폭발 뒤에 외로이 살아남은 유물처럼 거기 매달려 있었다. 왜 이런 곳에 전화기를 설치해두었을까. 21세기가 시작되던 어느 날 전국의 공중전화기를 철거하는 임무를 맡은 한국통신 직원이 깜빡 잊어버리고서 그냥 지나쳤는지도 몰랐다.

카드 전용 전화기였다. 전화카드 같은 것은 그의 지갑 안에 들어 있지 않았다. 전화기 앞에 까만 사인펜으로 몇 개의 숫자들이 휘갈겨 적혀 있었다. 그 뒤쪽의 네 자리와, 그날 저녁 진옥영의 휴대전화 수신내역서에 찍힌 번호의 뒷자리가 일치했다.

김상호, 진옥영, 김은성, 김혜성.

차 안 조수석에는 그 이름들이 제가끔 프린트된 종이뭉치들이 놓여 있었다. 그것을 바라보며 영광은 다시금 생각에 잠겼다. 사람은 왜 사람과 닿고 싶어할까. 목소리와 목소리가 닿는 순간 무엇이 닿았다고 믿는 것일까. 그 아주 잠깐의 찰나 동안. 냉기 섞인 바람이 유리차창 안으로 새들어왔다. 그들의 최근 수신번호 중 겹치는 게 있는지 크로스 체크한 결과, 별다른 번호가 발견되지 않았었다. 김상호에게 걸려온 번호들은 아주 다양했다. 그것이 도리어 수상한 느낌을 자아냈다. 일단은 그중에서 눈에 뜨이는 번호들을 따로 표시해두었다.

김은성의 수신내역서는 헛웃음을 불러일으켰다. 걸려온 전화 자체가 거의 없었던 것이다. 밤 열한시 이후 여기저기 통화를 시도한 흔적이 빼곡한 발신내역서와 비교해보면 안쓰러울 지경이었다. 김혜성의 경우는 반대였다. 발신내역서는 깨끗한 반면, 수신내역서에는 여자친구의 번호와 누나의 번호가 단조롭게 반복되고 있었다. 여자친구와의 통화시간이 누나와의 것보다 상대적으로 길다는 특징이 있었다.

그리고 진옥영, 그녀의 내역서에는 최근 이 주일 동안 하나의 번호가 몇 차례나 찍혀 있었다. 김유지가 실종되기 전에는 전혀 발견된 적 없던 번호였기에 수상하다는 생각을 떨칠 수 없었다. 최근 통화시간은 대부분 일 초나 이 초였다. 전화를 받은 즉시 끊었다는 뜻일까. 혹시 둘만 아는 모종의 신호는 아닐까. 대만행을 숨겨온 진옥영의 거짓말과 어떤 관계가 있는 걸까. 생각이 꼬리를 물었다. 어쩌면 지금 그녀의 급작스러운 부재와도 관련이 있을지 모른다.

대부도 다리를 건너자 바다가 끝나고 곧 뭍이었다.

소년은 술이 약한 듯했다. 소주잔을 한 잔 비웠을 뿐인데 목덜미까지 불그스름하게 달아올랐다. 침침한 형광등 조명이었지만 밍은 그것을 느낄 수 있었다. 그는 혜성의 빈 잔에 술 대신 물을 따라 채웠다. 소년은 눈을 내리깐 채 물끄러미 그 모습을 보고 있었다. 보고 있어도 보이지 않는 상태. 그것이 어떤 것인지 밍 역시 잘 알았다. 그는 제 앞의 술잔을 쭉 들이켠 다음 거기에다 물을 따랐다. 두 잔의 투명한 물이 유리잔 속에서 찰랑였다.

주인 여자가 분필처럼 썬 오이와 당근 접시를 테이블에 내려놓고

갔다. 주방의 가스불 위에선 그들을 위한 조개탕 냄비가 끓고 있을 것이다. 이상하지만, 이상하게, 마음 한구석이 따뜻해졌다. 서래마을 골목 구석의 실내포장마차는 옥영을 처음 데려다주던 날 우연히 발견한 곳이었다. 오 분쯤 걸어가면 그녀와 그녀의 가족이 사는 집이었다. 그는 늘 혼자 이곳에 왔다.

"가끔 왔어. 여기에."

그는 자신이 반말로 말하고 있음을 의식하지 못했다. 처음엔 스치듯 지나갔고, 오늘에야 겨우 두번째 만났는데도 이 아이를 아주 오래 알아온 것 같았다. 그만의 착각일지도 몰랐다. 조개탕이 나왔다. 주인 여자가 숟가락과 젓가락을 탁자 위에 대충 부려놨다. 여전히 눈을 내리깐 소년이 그것을 집어 밍의 앞에 먼저 놓아주었다. 무의식적이지만 얌전한 손놀림이었다. 술잔 옆에 한 쌍의 수저가 가지런했다.

"뭐 더 먹을래?"

소년이 고개를 저었다. 그는 벽에 붙은 메뉴판을 훑어보았다. 시야가 자꾸만 흐렸다.

"달걀 좋아해?"

"...................."

소년은 대답이 없다. 자신의 발음이 괴상했을지도 모른다. 그는 다시 또박또박 말하려고 애썼다.

"계란. 계란 좋아하면 계란말이 시키려고."

".................네."

이곳에 들어온 후 처음으로 소년이 입을 열었다.

"좋아해요, 계란말이."

커다랗고 푸짐한 계란말이가 나왔으면 좋겠다고 밍은 생각했다. 주문을 추가하고서 그는 소주잔에 담긴 물로 입술을 축였다. 쓰고 맑은 맛이었다.

"내가 누군지 궁금하지?"

소년이 아주 잠깐 얼굴을 들었다가 다시 내렸다.

"나는⋯⋯⋯⋯"

어디서부터 시작해야 좋을까.

"나는 타이베이에 살아. 거기서 왔어."

그는 창백한 용기에 자신을 맡겼다. 시간이 쭉쭉 미끄러졌다.

"나에 대해서 들은 적이 없겠지만⋯⋯⋯⋯⋯ 나는 위링, 아 그러니까⋯⋯ 엄마의 친구야."

엄마. 소년에게 그는 옥영을 '엄마'라고 했다. 이 단어를 뱉기 위해 참 멀리 돌아왔다. 어쩌면 사십 해의 생애 전체를.

"같은 학교를 다녔지. ⋯⋯위링은 내 친한 친구였어."

그는 더듬더듬 말했다. '친한'보다 더 적확한 한국어 형용사를 떠올릴 수 없었다. 자신의 이야기를 소년이 다 알아들었을까. 그럴 리는 없을 것이다. 그것은 제삼자가 완벽히 이해할 수 있는 그런 종류의 이야기가 아니라고 밍은 생각했다. 그가 제 삶의 모든 것들, 그 작았던 희망과 거대한 절망, 어영부영 살아오는 동안 돌이킬 수 없이 팬 흉터에 관하여 다 발설한 것은 아니었다.

그러나 말을 하지 않는 것과, 거짓말을 하는 것은 다르다. 그는 적어도 제가 믿는 사실을 비틀지는 않았다. 그것이 그를 부끄럽지 않도록 만들었다. 물론 어떤 쪽이 더 비겁한가 하는 건 스스로 판단할 수 있는 문제가 아니었다.

그가 말하는 동안 소년은 어떤 제스처도 취하지 않았는데, 그런 태도는 밍을 불안하게 하는 동시에 편안하게 했다. 그는 그 양면적인 느낌을 달리 표현할 방법이 없었다. 소년이 고개를 들었다. 눈가에 잿빛 그림자가 어룽져 있었다. 밍은 소년의 길고 야윈 목선을 바라보았다. 소년이 만들었던 불꽃, 어린 광기로 일렁이던 그 세계가 떠올랐다.

"그러니까 전부 두 번 보셨다는 건가요?"

유지를, 지금껏, 이라는 말들이 생략되어 있었다. 밍은 엉거주춤 고개를 끄덕였다.

"……………………그렇군요."

혜성이 시선을 다시 아래로 떨어뜨렸다. 그러다 이내 조심스럽게 입을 열었다.

"그럼 마지막으로 보신 게 정확히 언제인지?"

지금 이 아이는 발가락 끄트머리까지 동생에 대한 걱정으로 가득 차 있음을 알 수 있었다. 밍은 부끄러웠다. 아마도 소년은 여전히 자신에 대한 최소한의 의심을 떨쳐버리지 못했으리라. 어쩌면 당연한 일일 것이다. 밍은 차라리 유지를 데려간 사람이 자신이었으면 좋겠다고 생각했다. 그러면 지금 유지가 어디에 있는지 알고 있을 텐데. 눈앞의 이 소년을 기쁘게 해줄 수 있을 텐데.

그는 소년이 기다리는 대답을 해주었다. 기억을 끄집어내기 위하여 이맛살을 찌푸릴 필요는 없었다. 날짜와 요일, 그날 아침 불었던 바람의 세기까지 낱낱이 그의 가슴속에 새겨져 있었으므로.

남자가 들려준 이야기는 감동적이지 않았다. 사실은 이해가 될
듯 말 듯했다. 분명한 건, 이 수상한 사내는 유지의 유괴범이 아니
라고 주장하고 있다는 거였다. 이 남자, 좁은 어깨를 잔뜩 웅숭그리
고 있는 눈앞의 남자를 믿을 수 있을까. 혜성은 자문했다. 아니다.
세상에 믿을 수 있는 사람은 없다. 눈빛끼리 닿았다고 느끼는 아주
짧은 찰나, 하지만 뒤돌아서고 나면 그뿐이다. 손바닥 안에는 아무
것도 남아 있지 않다.

그러나 유지에 대해 말할 때 짓는 남자의 표정. 그 표정이 자꾸
그를 머뭇거리게 만들었다. 그것만이 혜성으로 하여금 결정적인 의
심을 거둘 수 있게 한 유일한 증거인지도 몰랐다. 남자가 주머니에
서 반으로 접힌 종이 한 장을 꺼냈다. 혜성이 나누어준, 유지 얼굴
이 인쇄된 전단지였다. 저도 모르게 한숨이 나왔다.

"어떻게, 연락은 좀 왔는지…………?"

남자가 말끝을 흐리며 물었다. 가슴에서 뜨거운 물방울 같은 것
이 치밀었다. 혜성은 동생의 얼굴에서 얼른 시선을 거뒀다. 울게 될
까 겁이 났기 때문이다.

그동안 아이를 보았다는 전화가 열 통 좀 못 되게 걸려왔다. '비
슷한' 아이가 아니라, '바로 그' 아이라고들 했다. 대부분은 먼저
돈을 보내라고 했다. 아이가 지난 꿈에 보였는데, 더 잘 보게 되려
면 굿을 해야 한다고 주장하는 여자도 있었다. 어딘지 캐물었더니
전라남도 해남 근처라고 했다. 혜성은 알겠다고 말하곤 전화를 끊

었다. 제 혼자 힘으로는 어떻게 해야 좋을지 알 수가 없었다. 아버지도, 새엄마도 모두 연락이 닿지 않고 있었다. 경찰인 줄로만 알고 믿었던 사내는 경찰이 아니었다. 처절히 혼자라고 생각했을 때 이 남자가 눈앞에 나타났다.

"⋯⋯⋯⋯⋯⋯모르겠어요."

그는 제 입술이 움직이는 대로 내버려두었다.

"어떻게 해야 좋을지⋯⋯⋯⋯⋯⋯ 모르겠어요. 도무지."

남자는 혜성의 다음 말을 채근하는 대신, 주방에 따뜻한 물 한 잔을 청했다. 플라스틱 컵에 담긴 물의 온도는 뜨뜻미지근했으며, 아무 맛도 나지 않았고, 혜성의 마음을 어느 정도 진정시켜주었다.

"실종신고가 아예 안 되어 있어요."

"응?"

"처음부터 지금까지. 했다고 했는데, 다 거짓말이었어요."

그는 더듬더듬 말했다. 뒤에 이어진 자신의 이야기를 이 남자가 다 알아들었을까. 그것은 제삼자가 완벽히 이해할 수 있는 그런 종류의 이야기가 아니라고 혜성은 생각했다.

"생각해봤어요. 왜일까. 왜 그랬을까."

"⋯⋯⋯⋯⋯⋯"

"사정이 있었겠죠. 내가 모르는."

"그래. 그렇겠지."

남자의 목소리는 아주 작았고, 그들의 눈빛은 허공에서 맞부딪치지 않았다.

"어른들은 항상 그러니까."

꾹꾹 누르기만 했던 돌맹이가 위로 솟구쳐올랐다.

"그래도 이해할 수가 없어요. 어떻게 해야 좋을지 알 수가 없어서, 그래서⋯⋯⋯⋯"

힘겹다, 라는 말은 안으로 삼켜졌다. 남자는 대답하지 않았다. 남자가 들이켠 것은 물이 아니라 술이었다.

펄펄 끓던 조개탕 국물도, 플라스틱 컵 속의 뜨뜻한 물도 차게 식었다. 이제 이만하면 됐다고, 혜성은 생각했다. 어떤 것을 해결하고자 했던 게 아니었다. 어깨를 짓뭉갤 것 같은 무거운 짐을 내려놓는 게 불가능하리라는 것도 잘 알았다.

"그럼 먼저,"

빈 숟가락을 공연히 만지작대던 남자가 천천히 입을 열었다.

"신고부터 해야겠구나."

신고라는 말에 혜성은 반사적으로 움찔 놀랐다. 이 남자는 그가 불을 지르는 장면을 본 목격자였다. 남자가 눈을 감았다 뜨면서 호흡을 가다듬었다. 단호한 동작이었다.

"다른 방법이 없을 것 같다. 나는 그렇게 생각해."

이어지는 그의 목소리는 차분했다.

"어떻게든 그것만은 피하고 싶어 애쓰던 일이 있겠지. 누구에게나."

"⋯⋯⋯⋯⋯⋯⋯⋯⋯⋯"

"그렇지만, 정면으로 맞서야 하는 순간이 꼭 온다. 누구에게나 그래. 공평하게."

이럴 땐 어떤 대답을 해야 하는 걸까. 남자가 되새김질하듯 중얼거렸다.

"신은 공평하니까. 반드시, 꼭 그럴 거야."

그 나직한 음성을 스스로에게 들려주고 있다는 사실을, 혜성은 결코 몰랐다.

현관벨이 울렸을 때 은성은 살짝 잠이 들어 있다가 소스라쳐 깨어났다. 꿈속에서 나는 줄로만 알았던 초인종 소리가 현실에서 나고 있었다. 비척비척 현관까지 다가가는 짧은 동안, 심장이 빠르게 두근거렸다. "누구세요?"라는, 기대를 반감시킬 질문은 불필요했다.

문 앞에 우뚝 선 사람은, 그러나 문영광 형사가 아니라 혜성이었다. 혜성의 무채색 코트 어깨에 내려앉은 허연 비듬 가루들과 근원을 알 수 없는 먼지들이, 은성의 가슴을 후벼팠다. 3월이 깊어가고 있었다. 행인들은 아무도 겨울 코트를 입고 다니지 않았다. 기온의 문제가 아니었다. 모두들 해묵은 계절을 서둘러서 버리고 싶어했다. 현관의 비상등이 깜빡 꺼졌다가 다시 밝아졌다.

"어우 야, 넌 덥지도 않니?"

동생과 눈이 마주치자마자 첫마디를 뱉어버렸고, 늘 그렇듯 제 말이 끝나기도 전에 후회했다. 그러려던 게 아닌데, 또다시 제 의도와 거리가 먼 어리석은 화법이었다. 혜성은 대답 없이 코트를 벗었다. 라운드넥의 낡은 반팔 티셔츠가 드러났다. 동생의 표정은 평소보다 더 어두웠다. 핏기라곤 찾아볼 수 없는 낯빛이었다. 은성은 혜성 곁으로 바짝 다가앉았다. 채 휘발되지 않은 알코올 냄새가 풍겨왔다.

"무슨 안 좋은 일 있어? 이 시간에…………"

은성은 말을 멈췄다. 안 좋은 일이라니. 결단코, 안 좋은 일이 아닌 것이 하나도 없었다. 밤과 새벽, 아침과 낮이 반복되는 나날들을 하염없이 살아갈 뿐이다. 무력하게.

"………………누나야."

동생이 그녀를 불렀다. 쩡쩡이라고 불리던 그 시절과 똑같은 목소리였다. 그녀의 귀에는 그랬다. 별안간 우울하고 격렬한 예감이 은성을 뒤흔들었다. 괜찮아, 내 예상은 항상 틀리니까, 그러니까, 괜찮아. 그녀는 황급히 제게 귀엣말을 속삭였다.

혜성이 가방 안에서 무언가를 꺼내어 내밀었다. 반으로 접힌 전단지였다. 은성은 얼결에 받아들었다. 유지의 이름과 얼굴이 프린트되어 있었다. 맨 먼저 생소하다는 느낌이 왔다. 그것은 그녀가 모르는 아이의 표정이었다.

"이걸 네가 만든 거야?"

동생이 고개를 한 번 까닥였다.

"네가 직접 뿌리고 다니는 거야? 길바닥에다?"

이번에는 동생의 고개가 아래로 푹 수그려졌다.

"아휴, 세상에……"

자신도 모르게, 걱정 어린 감탄사가 나왔다. 안쓰럽고 속상해서 견딜 수 없었다.

"아무것도 아니야, 이런 건."

혜성이 혼잣말처럼 중얼거렸다. 평소와 달리 발음이 부정확했으나 은성은 단번에 알아들을 수 있었다. 무슨 뜻인지는 알 수 없었다.

"네가 계속 그러고 다녀서 어떡하니. 바보야, 좀 살살해."

그녀의 말에 혜성이 낮게 한숨을 몰아쉬었다.

"아니, 내 말은 다른 뜻이 아니라……"

은성은 제가 뱉은 말을 또다시 허겁지겁 주워담으려 했다.

"너 지금 한창 공부 많이 해야 될 때잖아. 이제 예과 2학년인데."

기어들어가는 소리로 말했지만 그녀의 진심이었다. 은성은 자기가 혜성을 맘 깊은 곳에서부터 얼마나 자랑스러워하는지 그는 차마 짐작도 못 할 거라고 생각했다.

"이래서 어디 학교는 제대로 다니겠어? 수업은 잘 들어가는 거야? 그래야 되는 거 알지?"

제법 누나다운 목소리로 들렸으면 좋겠다고 바랐다. 아니, 적어도 주제넘은 충고로 들리지만 않는다면 좋았다.

"나 원래."

혜성이 나직하게 말을 이었다. 어떤 굳건한 결의 같은 것은 느껴지지 않았다.

"안 다녔어, 학교."

동생은 마치, 옆집 고양이가 죽었다는 전보를 전하는 우체부처럼 그 말을 했다. 일말의 감동이나 후회 없이, 조그맣고 무미건조하게.

"야, 그게 무슨 소리야? 합격자 발표 난 거 내 눈으로 확인도 했는데."

"그게 다야."

"자퇴했다는 거야?"

"아니. 그냥, 조금 다니다가, 안 나갔어."

"지금껏 쭉?"

"응."

동생의 음성은 다만 담담했다.

"그럼 여태까지 다니는 척했단 말이야? 세상에. 아빠도 알아?"

"……………"

"혜성아, 너 그러면 안 돼. 정말 안 돼. 넌 나랑 다르잖아, 응?"

은성은 동생에게 애원하듯 매달렸다.

"야, 나 좀 봐. 내 꼴을 좀 보라고. 우물쭈물하다가 나처럼 이렇게 되는 거야. 네가 얼마나 똑똑한 앤데. 넌 절대 안 돼. 무슨 일이 있어도."

동생의 낮은 숨소리가 실내에 울려퍼졌다. 혜성이 어느새 소파 팔걸이에 이마를 묻은 채 잠들어 있었다. 잠결에조차 조심스럽게 코를 고는 녀석이었다. 은성은 집 안에서 가장 따듯한 담요를 가져와 동생의 어깨까지 덮어주었다.

동생은 오래 잤다. 눈치 없는 해가 창가에 머뭇머뭇 비쳐들었다. 은성은 블라인드를 꼭 닫고, 혜성의 허리께에 흐트러진 담요자락을 잘 여며주었다. 집 앞 편의점에서 1.5리터짜리 생수 한 통과 햇반 두 개, 김치, 그리고 삼 분 북엇국을 사서 돌아왔다. 혜성은 그새 일어나 멍한 표정으로 소파에 앉아 있었다. 이렇게 단둘이 마주한 아침상이 얼마 만인지 헤아려지지도 않았다.

"어때? 먹을 만해?"

국을 한 숟가락 떠먹는 혜성을 향해 은성이 물었다. 포장지 뒷면에 쓰인 조리법대로 끓였을 뿐인데 맛이 없을까봐서 조바심이 났다.

"응"이라는 혜성의 짧은 대답이 더없는 위로가 되는 기분이었다.

"내가 밤새 생각해봤는데 말이야. 두 번 고민할 것도 없어. 혜성아, 하늘이 두 쪽이 나도 학교는 다녀야 되는 거야."

동생은 잠시 멈칫했으나 못 들은 척 짐짓 숟가락질을 계속했다.

"남들은 다들 부러워서 안달인 학곤데 대체 왜 안 다니니, 응?"

"················"

"정 힘들면 휴학을 하고 군대 갈 수도 있잖아. 한번 생각해봐, 응?"

"···············"

"너, 만약 아빠가 알면 진짜 뒤집힐지도 몰라. 아빠가 너 의대 갔다고 얼마나··············"

"누나."

혜성이 그녀의 말을 잘랐다.

"아빠를 알아?"

"뭐?"

"우리 아빠, 아빠가 어떤 사람인지 아느냐고. 어떤 일을 하는 사람인지. 누구를 만나는지. 어떻게 사는 사람인지."

동생의 질문은 뜬금없고 당혹스러웠다. 모르는 사람이 높은 데서 던진 유리재떨이에 정수리를 맞은 것처럼 날카로운 통증이 느껴졌다. "김사장 큰따님이신가?" 느물거리던 사내의 음성이 떠올랐다.

"너도, 너도 아는 게 있는 거구나."

은성의 떨리는 어조에 혜성의 눈빛이 번쩍였다.

"그게 뭔데? 엉? 누나가 아는 걸 다 얘기해봐."

평소 온순하고 조용하던 혜성답지 않게 무서운 기운이 뿜어져나왔다. 은성은 더듬더듬 제가 아는 일들을 말했다. 형사가 USB를 가져갔다는 부분에 대해 이야기할 때는 별안간 몹시 억울해져서 울먹거리기도 했다. 그 형사와 잤다는 말은 하지 않았다. 아직도 그 사람이 돌아오기를 내심 기다리고 있다는 말 또한 하지 않았다.

혜성은 그녀의 이야기를 가만히 듣기만 했다. 그러다 딱 한마디만을 물었다.

"거기 써 있는 내용이 뭐였어?"

은성은 자리에서 일어나 주방으로 들어갔다. 싱크대 서랍을 열고 무언가를 주섬주섬 찾았다. 혹시 몰라, 한 장을 프린트해두었다는 사실을 저조차도 잠시 잊고 있었다. A4용지를 동생이 암호풀이를 하듯 찡그리며 들여다보았다.

24장 신호등 없음

　캠퍼스는 그대로였다. 교문 앞에는 활기차 보이려고 기를 쓰고 노력하는 듯한 표정의 아이들이 와글거렸다. 교문 입구를 지나자마자 완만하게 뻗은 언덕이 나타난다. 언덕을 따라 교정에 오르는 동안 혜성은 땅만 보고 걸었다. 이 길을 걸을 때면 항상 그래왔다. 한 번도 짧다고는 여겨본 적 없는 길이었으나 오늘따라 유독 영원히 끝나지 않을 것처럼 길게 느껴졌다.

　예과 학생들을 위한 학과실은 자연대 건물 안에 있었다. 닫힌 방 문 앞에서 잠시 숨을 고르고 있는데 문이 홱 열렸다. 안에서 여자 조교가 나왔다. 입학 직후, 서너 번 얼굴을 본 기억이 났다. 1학년 1학기 기말고사 기간에 단 하루도 학교에 나가지 않았을 때, 그리고 1학년 2학기의 등록을 하지 않았을 때 전화를 걸어와 어떻게 된 일인지 묻던 것도 그녀의 목소리였을까.

　"다시 수능 준비하는데요."

　휴학신청을 할 거냐고 묻는 사무적인 목소리를 향하여, 그는 그렇게 대답했었다. 아무것도 생각해두지 않았는데 입을 열자 그런 말이 술술 흘러나왔더랬다. 여자는 예의 사무적인 태도로, 그렇다 해도 만약을 위해 휴학절차는 밟아두어야 한다고 말했다. 소리 소문 없이 학교에서 사라져버린 학생을 위해 충고하는 것이 아니라, 아무런 뒤탈이 없도록 명확하게 업무처리를 하는 거였다. 그는 그 정도쯤은 구별할 줄 알았다. 그는, 잘 알겠다고, 감사하다고 말하곤 전화를 끊었다.

"왜, 무슨 볼일 있어요? 어쩌지. 나 잠깐 나갔다 와야 되는데."

조교는 그를 새로 입학한 1학년생쯤으로 아는 것 같았다.

"아, 아니요. 저⋯⋯⋯⋯"

혜성은 급하게 용건을 이야기했다. 다행히 그녀는 그 선배를 정확히 기억하고 있었다.

"아, 본3 홍민구씨 말이구나. 본과 선배 만나려면 여기가 아니라 저쪽 병원으로 가야 해요. 거기 강의실이나 도서관에 있을 거예요. 실습 안 나갔으면."

전화번호까지는 차마 물어보지 못했다. 홍민구는 같은 고등학교를 졸업한 선배였다. 작년 이맘때 혜성이 입학하자마자 일부러 전화를 걸어와 동문회에 나오라고 강권했다. 쭈뼛대며 억지로 한번 참석한 혜성이 구석자리에서 눈만 내리깔고 앉아 있자 제 나름의 방식으로 챙겨주려 애썼다. 그뒤로도 복도나 학교식당 등에서 한 두어 번 마주쳤다. 그때마다 멀리서 커다랗게 그의 이름을 부르며 친한 척을 했다. 처음이자 마지막으로 참석한 동문회 날 혜성이 1차 술자리가 파하고 2차 노래방으로 이동하는 동안 도망

처버린 것도 모르는 눈치였다. 만날 때마다 어깨를 턱턱 두드리는 손길은 과히 맘에 들지 않았지만, 나쁜 사람은 아니라는 생각이 들었다.

어쨌거나 홍민구는 그와 안면이 있는 유일한 과 선배였다. 그것을 부탁할 수 있는, 혜성의 머릿속에 떠오른 유일한 한 사람이었다. 계단식으로 된 대형 강의실 안에는 아무도 없었다. 책상 위에는 아무렇게나들 던져두고 간 책가방이 여럿 보였고, 하드커버의 두꺼운 책들도 군데군데 놓여 있었다. 혜성은 출입문에서 가장 가까운 의자에 무너지듯 주저앉았다. 시간이 지날수록 가슴이 심하게 두방망이질쳤다. 미친놈처럼 허위허위 여기까지 달려온 것이 과연 옳은 선택인지, 잘하고 있는 일인지 확신이 서지 않았다.

민구 형이 과연 이 암호 같은 글자들을 온전히 해독할 수 있을는지. 동문회 자리에서 지나가는 말처럼 들려왔던 "저 녀석 이번에 또 장학금 탔잖아"라는 말에 의지해볼 수밖에 없었다. 그렇지만, 그렇다 해도, 타인에게 이것을 내보여도 될까?

품에 간직하고 온 종잇장을 다시 펼쳐볼 용기는 나지 않았다. 몇 개의 단어들만이 머릿속을 어지러이 부유했다. DM, Trauma, Drowning………… 의예과의 1학년 1학기 의학용어 강의를 불성실하게 수강했던 실력으로 파악할 수 있는 용어는 고작 그 정도뿐이었다. 당뇨, 외상, 익사………… 불길한 의학용어들이었다.

의사가운을 걸친 한 떼의 학생들이 강의실 안으로 몰려들어왔다. 혜성은 주춤주춤 복도로 나왔다.

"민구? 내과 실습인데, 끝났으니까 금방 올 거예요."

종종걸음으로 지나치던 여학생이 일러주었다. 그러고도 한참을 기다려서야 민구 선배를 만날 수 있었다. 선배는 어딘지 어설퍼 보이는 흰 가운 차림이었다.

"어·························· 혜성!"

어슬렁어슬렁 다가오던 선배가 그의 이름을 정확하게 불렀다. 꼭 그 때문은 아니겠지만, 눈가로 피가 확 몰리는 느낌이 들었다. 혜성은 꾸벅 깊숙이 고개 숙여 인사했다.

선배가 안경을 추켜올리며 그가 내민 종이를 들여다보았다.

1	20080578-RK00092	m	11m	5.5kg	B-Type Rh+O	A1, A29; B5, B7 ; DR1, DR4	AGN/ESRD
2	20080578-RK00093	m	4	12kg	B-Type Rh+A	A2, A3 ; B8, B14; DR3, DR1	Alport/ESRD
3	20080578-RK00094	m	52	52kg	B-Type Rh+A	A2, A24; B27,B13; DR3, DR4	DM/ESRD
4	20080578-RK00095	m	60	48kg	B-Type Rh+B	A11,A29; B44,B62; DR4, DR9	DM/ESRD
5	20080578-RK00096	m	68	72kg	B-Type Rh+O	A2,A24 ; B44,B7 ; DR7, DR9	HTN/ESRD
6	20080578-RL00099	m	5m	4.2kg	B-Type Rh+B	—	BA
7	20080578-RL00098	m	55	42kg	B-Type Rh+O	—	HBV/LC
8	20080578-RL00100	m	60	62kg	B-Type Rh+O	—	HCV/LC
9	20080578-RL00101	f	5m	3.8kg	B-Type Rh+B	—	Wilson
10	20000578-RL00102	f	32	42kg	B-Type Rh+O	—	HBV/LC
11	20000578-RL00103	f	52	51kg	B-Type Rh+O	—	HBV/LCn
12	20080578-RH00104	m	3m	3.1kg	B-Type Rh+B	—	HLHS
13	20000578-RH00105	m	33	55kg	B-Type Rh+A	—	ICMP
14	20080578-RH00106	f	42	51kg	B-Type Rh+B	—	DCMP
15	20080578-RH00107	f	52	65kg	B-Type Rh+A	—	DCMP
16	20080578-RH00108	f	55	75kg	B-Type Rh+B	—	ICMP
17	20080581-DK0003	f	8m	7kg	B-Type Rh+O	A2, A3 ; B5, B7 ; DR1, DR4	Drowning
18	20080581-DK0004	f	6	17kg	B-Type Rh+A	A2, A24; B8, B62; DR3, DR1	Unknown
19	20080581-DK0005	m	45	58kg	B-Type Rh+A	A2, A33; B27,B13; DR3, DR4	LD
20	20080581-DK0006	f	50	52kg	B-Type Rh+B	A11,A1 ; B44,B62; DR4, DR9	TA

21	20080581-DK0007	m	52	77kg	B-Type Rh+O	A1, A11; B44,B7 ; DR7, DR9	ICH
22	20080581-DL0008	f	4m	8.0kg	B-Type Rh+B	—	LD
23	20080581-DL0009	m	60	60kg	B-Type Rh+O	—	Trauma
24	20080581-DL00010	m	42	65kg	B-Type Rh+O	—	SDH
25	20080581-DL00011	m	4	10.0kg	B-Type Rh+B	—	LD
26	20080581-DL00012	f	38	55kg	B-Type Rh+O	—	LD
27	20080581-DL00013	m	45	60kg	B-Type Rh+O	—	Unknown
28	20080581-DH00014	f	4m	4.1kg	B-Type Rh+B	—	Unknown
29	20080581-DH00015	f	40	60kg	B-Type Rh+A	—	SDH
30	20080581-DH00016	f	51	66kg	B-Type Rh+B	—	ICH
31	20080581-DH00017	m	55	70kg	B-Type Rh+A	—	Unknown
32	20080581-DH00018	m	60	80kg	B-Type Rh+B	—	ICH

"누가 TPL하니?"

그것이 민구 선배의 첫마디였다.

"네?"

"새끼야, 예과 2학년이 것도 모르냐? 그러니까 학교 좀 나오지…………."

"…………."

"트랜스플랜테이션. 이식. 신장 같은 거 말이야."

지하철은 더디게 왔다. 열차를 기다리는 승객들이 플랫폼에 가득했다. 혜성은 낯모르는 사람들 틈에 서 있었다. 발바닥이 기우뚱 흔들렸다. 주변의 다른 모든 것은 움직임을 멈춘 것 같았다. 민구 선배의 목소리가 지구 끝까지 따라올 것 같았다.

"어디 보자. 1번. 11개월에 5.5kg. 되게 조그만 아기네. A1, A2, 이런 건 신장 이식할 때 필요한 검사 결과거든. ESRD는 신장이 아주 많이 망가졌다는 뜻이고. 아기가 신장이 나빠서 이식하려나보다."

혜성은 아무런 대꾸도 할 수가 없었다.

"1번부터 5번까지, 그리고 17번부터 21번까지 HLA 타입이 거의 일치하네. 앞번호는 RK 뒷번호는 DK. 레시피언트 키드니랑 도너 키드니잖아. 신장 받는 사람, 신장 주는 사람. 어, 재밌네. 이거 봐 봐. 짝이 딱딱 맞잖아. 1번이랑 17번, 2번이랑 18번."

혜성이 대답 없이 눈을 끔뻑이는 모습을 보곤 선배가 기막히다는 듯이 웃었다.

"야, 너 2학년 맞냐? 이 간단한 걸 못 읽는단 말이야?"

"……………………"

"17번부터는 사인(死因)이 나와 있잖아. ICH, SDH 이런 건 뇌출혈을 뜻하는 거니까."

선배가 코끝을 찡그리며 안경을 다시 한번 추켜올렸다.

"어, 근데 여기 LD는 뭐지?"

그는 곧 고개를 주억거렸다.

"아……………… 리빙 도너……………"

살아 있는 공여자라는 의미일 것이다. 혜성은 종잇장을 휙 낚아채듯 뺏어들었다. 고맙습니다, 라고 인사했던가. 그다음 일은 제대로 기억나지 않았다.

열차가 도착했다. 목적지에 도착한 사람들이 우르르 쏟아져나왔고, 행선지로 향하는 사람들이 그 자리에 올라탔다. 혜성은 움직이지 않았다. 한 발자국도 뗄 수가 없었다. 열차가 지나가고 다음 열차, 그리고 또 그다음 열차가 사람들을 싣고 떠났을 때에야 그는 비로소 뒤로 돌아섰다. 승강장을 빠르게 빠져나왔다.

남자화장실의 제일 안쪽 딱 한 칸이 비어 있었다. 그는 변기를 마주 보고 선 채 그 종이를 다시 꺼내들었다. 선배의 말이 틀리지 않았다. 1번과 17번, 2번과 18번, 3번과 19번이 각각 대구를 이루고 있었다. 생후 팔 개월 몸무게 7킬로그램의 여자아기는 물에 빠져 죽었으며, 그 신장은 생후 십일 개월 5.5킬로그램의 다른 아기에게 간다. 단지 그것뿐이다. 그 종이 안의 글자와 숫자 들은 그 외에 어떤 이야기도 하고 있지 않았다. 어떤 확증도 존재하지 않았다.

그런데 무릎이 왜 이토록 후들거리는 것일까.

아버지는 지금, 어디에 있을까.

나흘 남았다.

김상호는 4라는 숫자를 좋아하지 않았다. 아니, 더 정직하게 말하자면, 몹시 불길하게 생각해왔다. '넉 사(四)'자와 같은 발음이라는 이유로 '죽을 사(死)'자를 연상시키는 대다수 한국인들의 뿌리깊은 미신과 관련이 있을 것이다. 병신같이. 그까짓 게 뭐라고. 그는 짐짓 호기롭게 중얼거려보았다. 기분은 그다지 나아지지 않았다.

오늘이 지나고 내일이 되면 행운의 수라고 일컫는 '3'이 된다. 그는 픽 자조했다. 그러면 하루가 줄어드는 것이다. 정신 나간 놈. 제가 아는 가장 모욕적인 욕설을 자신에게 퍼부어도 모자랄 것이다. 어쩌면 지난 일주일 사이에 머리가 어떻게 된 건지도 모른다. 그는 힘껏 수도꼭지를 틀었다. 공중에 매달린 샤워기에서 찬물이 쏴아 떨어져내렸다. 오싹한 냉기가 온몸을 휘감았다.

엿새째, 지금까지 모두 열두 건을 처리했다. 폐와 심장, 신장을 현장에서 곧바로 적출한 케이스들을 빼고 모두 열 명의 환자가 북경으로 이송되었다. 약속한 데에서 여덟이 모자랐다. 구할 수 있는 한, 다 했다. 필요한 게 신장만이라면 어떻게든 더 해볼 수 있을 터였다. 하지만 심장과 폐는 다르다. 공여자가 죽어야만, 아니 적어도 죽음을 앞둔 혼수상태여야만 떼어낼 수 있는 것이다. 이 짧은 기간 동안 그가 동원할 수 있는 것은 그 정도가 한계였다. 이만해도 기적적이었다. 인정하고 싶지 않지만 어쩔 수가 없었다.

민박집 식탁 위엔 우유가 담긴 우묵한 그릇과 시리얼 한 상자가 놓여 있었다. 그는 그릇 속에 시리얼을 부어 우걱우걱 먹기 시작했다.

"식욕이 나시나봄다."

민박집 사내가 슬그머니 다가와 앉았다. 상호는 대꾸하지 않았다. 자고 일어났더니 한국에서 가져온 휴대전화기가 사라진 것이 이틀 전 일이었다.

"회장님이 시키셔서 말임다. 일 끝난 뒤 돌려드리랍다. 무사히."

사내는 그에게 헤벌쭉 웃어 보였더랬다. 그는 한선생을 회장님이라 부르고 있었다. 아무려나, 그들의 비즈니스였다. 그날이나 오늘이나 아침식사는 한줌의 시리얼이었다.

"고아원엘 좀 가야겠는데."

그의 목소리가 너무 작았던 걸까. 사내가 "에?" 하고 반문했다. 나흘에 여덟. 그는 오로지 그 아득한 숫자들만을 생각했다.

"과연⋯⋯⋯⋯⋯ 다르심다."

민박집 사내의 얼굴에 떠오른 건 경외의 표정이었을까 아니면 경멸의 표정이었을까. 무어든 상관없었다. 지금 김상호에겐 그런 따위를 살필 여력이 없었다.

"여기가 그 정도로 무법천지는 아닙니다."

사내가 표정을 수습하며 말했다.

"하지만 세상에 꼭 큰길만 있는 거는 아니니까."

날씨는 맑았다. 갑자기 진짜 봄이 왔나보다, 고 운전하던 민박집 남자가 감탄할 만큼 공기가 훈훈했다. 남자가 브레이크를 밟을 때마다 차체가 불균형적으로 흔들렸다. 자동차는 한 시간여를 달렸다. 도착한 곳은 시내에서 꽤 떨어진 외곽의 마을이었다.

남자가 안다는 보육시설은 마을 중심에서도 좀 떨어진 야트막한 동산 위에 있었다. 건물 외벽은 잿빛이었다. 김상호는 선글라스를 벗지 않았다. 볼품없는 긴 복도를 지나 그들은 원장실로 안내되었다. 키가 작고 동글동글한 체형이 꼭 닮은 오십대 남녀가 그들을 맞이했다. 인상 좋은 한 쌍의 부부로 보였다.

김상호를 뺀 모두는 중국어로 이야기했다. 몇 마디를 나누다 말고 아내로 보이는 여자가 자리에서 일어나더니 살짝 열린 방문을 꼭 닫고 왔다. 커피는 남편으로 보이는 남자가 탔다. 싸구려 찻잔에 담긴 갈색 커피는 국산 커피믹스의 맛과 똑같았다. 그들의 대화를 한마디도 알아들을 수 없었다. 귓전에 닿지 못하고 바스러지는 이국의 언어들.

그는 그저 창문 너머 손바닥만한 운동장만 바라봤다. 운동장에는 낡은 농구 골대 두 개가 덩그마니 놓여 있었다. 장애를 가진, 3세 이하의 영아들만이 살고 있다는 이곳에서 누가 농구를 하는 것일까. 반사적으로 아들 혜성의 존재가 떠올랐다 사라졌다.

잠시 후 남자가 상호에게 잠시 복도로 나가자고 했다.

"큰 거 한 장을 부릅다. 어찌할까요?"

"………………………………"

"아, 하나당 말입다."

김상호는 얼른 대꾸를 하지 못했다. 큰 액수인지, 크지 않은 액수인지 쉬 판별하기 힘들었다. 기준이 없는 탓일 것이다. 전에 해본 적이 없는 일이니.

"네고는?"

"아, 협상은 해본다고 해봤는데. 이가 안 들어감다."

이 사내가 아까의 부부와 한편일지도 모른다는 의심이 들었다. 그러거나 말거나, 그에겐 다 똑같은 일일지도 몰랐다. 셈은 내일, 현금으로 치르기로 했다. 물건과 맞바꾸는 것이다. 부부는 문밖까지 나와 그들을 배웅했다. 거래는 무사히 성사된 듯했다.

"헤이하이즈(黑孩子)들이라서 뒤탈은 없을 겁다."

사내가 주절거리는 소리가 들려왔다. 한 자녀만을 가지도록 하는 중국 정부의 방침에 따라, 많은 가구에서 둘째아이를 호적에 올리지 못하는 경우가 생긴다. 무적으로 떠도는 아이들, 숨겨진 아이들을 헤이하이즈라고 부른다는 건 김상호도 익히 알고 있었다. 그중에서도 선천적 장애를 가지고 태어난 애들이었다. 김상호는 입을 닫았다.

"일단 넷은 확보했으니 나머지가 문젠데."

사내가 핸들을 돌리며 숫자놀음을 하고 있었다.

"어떻게든 해봐야 되지 않습까. 제가 큰맘 먹고 한번 도와드리겠습다. 이거 참 우리 서울 사장님 겪어보니까 워낙 인품도 좋으시고 또 나도 딸년을 키우는 입장에서 남 일 같지 않아서."

사내는 안 해도 좋을 공치사를 늘어났다. 하마터면 사내의 멱살을 잡을 뻔했다. 그러나 김상호는 미동도 하지 않았다. 선글라스 너머의 세상은 여전히 푸르렀다. 들판 가장자리의 풀들이 꼬물거리며 기지개를 켰다.

"낼 모레까지 큰 거 두 장만 더 준비해주시면 숫자를 한번 맞춰볼 수 있습다."

"……………………………………"

"둘은 사업을 하다가 크게 망했고, 또 둘은 애가 많이 아프다 하고, 여하튼 급전이 필요한 치들을 찾아났습다."

둘만 있는 차 안인데도 갑자기 목소리를 낮췄다. 사내는 어쩐지 좀 뻐기는 듯도 했다.

"아, 다들 건강함다. 마흔에서 마흔다섯 안팎이고. 어디서 굴러먹던 놈인지 모르는 사형수보다야 여러모로…………"

김상호가 대꾸를 하지 않는 것이 맘에 걸렸는지 그쯤에서 멈추었다.

"물론 결정은 사장님이 하시는 거지만 말임다."

살아 있는 영아 넷과, 살아 있는 중년 남자 넷이라. 네 명의 남자가 아기 하나씩을 맡아 이송하면 되겠군. 가슴에 아기포대 하나씩을 두르고. 처참한 농담이었다. 남자가 길거리에 차를 세웠다.

"점심이나 하십시다. 이 집 오리탕이 아주 좋습다."

"그냥 가죠."

"아이고, 다 먹고살자고 하는 짓인데 배는 채워야⋯⋯⋯⋯⋯⋯"

"아, 씨발 그냥 가자니까!"

그는 버럭 소리를 질렀다.

"아니, 나는 그냥 시장해서⋯⋯⋯⋯⋯"

남자가 황당해했다. 김상호는 눈을 감았다. 여기가 어디인가. 모두 다 미친 짓거리일지도 몰랐다. 알고 있었다. 하지만 누군들 다를 바 있겠는가. 누군들 다르겠는가. 삶에 어떤 목적이 있다고 믿은 적은 한 번도 없었다. 수백 개의 신장을 밀수했고, 미성년자임이 분명해 뵈는 여자애와 술집 2차를 나갔으며, 조금이라도 싱싱한 심장과 폐를 구하기 위해 중국인 교도관에게 적잖은 뇌물을 주었다. 무엇이 어디에서 잘못되었단 말인가. 수입의 절반 이상은 아내에게 생활비로 주었으며, 전처의 아이들을 보듬기 위해 최선을 다했다. 유지가 원한다면 미국, 영국 아니 아프리카까지라도 유학을 보낼 결심이 서 있었다. 자신이 아니라, 가족을 위해서였다. 그의 인생은 그렇게 굴러갔다. 그런데, 왜?

아무 일도 없었다는 듯 차는 다시 출발했다.

"그러지요. 넷, 넷. 그럼 여덟, 내일모레까지."

김상호는 조그맣게 뇌까렸다. 배고픈 사내가 온전히 알아들었는지는 알 수 없었다.

25장 그들의 선택

새벽 열두시 오십분. 경부고속도로 상행선 죽전휴게소의 주차장은 삼분의 이가량 차 있었다. 여성 전용 화장실로 가려면 밖으로 난 계단을 올라가야 했다. 고속도로를 달릴 때에는 방광이 당장이라도 터져버릴 듯 급박한 요의가 몰려들었으나, 소변의 양은 많지 않았다. 소변을 보고 난 뒤에도 아랫배를 꺼림칙하게 내리누르는 잔뇨감은 사라지지 않았다.

계단을 다시 내려와 옥영은 휴게소 건물 뒤편으로 걸어갔다. 마지막으로 가보았던 점쟁이는 종이부적을 써주었다. 누런 닥종이에 붉은 펜으로 흘려쓴 글자들은 틀림없이 한자인데 쉬이 알아보기 어려웠다. 점쟁이는 그것을 길 위에서 태우라고 신신당부했다. 꼭 한밤중이어야 한다는 점도 강조했다. 그녀는 주머니에서 미리 준비해온 라이터를 꺼냈다. 전사통지서보다 늦게 도착한 젊은 병사의 마지막 편지처럼 종이는 활활 타올랐다. 옥영은 눈을 부릅뜨고 그것을 보았다.

"좋은 일이 생길지도 모른다고."

남편은 분명 그렇게 말했었다.

"기다려봐·················· 조금만."

"유지는? 유지는? 확실해? 정말?"

옥영은 짐승의 숨소리를 토해내었다.

"그럴 거야. 그래야지."

그 남자의 목소리는 무겁고 진중했다. 온 우주의 무게가 다 어깨 위에 내려앉은 것 같았다. 그렇지 않다 하더라도 그녀가 남편을 믿지 않을 도리는 없었을 것이다. 그뒤로 남편과는 한 차례 더 통화했다.

"왜? 왜 그래야 되는데? 내가 왜, 우리 유지가 왜."

옥영이 눈물 섞인 절규를 쏟아내자 남편이 달랬다.

"아 정말. 지금 다 설명할 순 없는데·········· 그런 게 있어. 서울 가서 다 말해줄게. 날 믿고, 조금만 기다려줘. 며칠 안에 해결할 거야."

'날 믿고'라는 부분에서 남편의 음성은 확 작아졌다가 '해결할 거야'라는 부분에서 다시 커졌다. 콧물을 훌쩍이며 옥영은 생각했다. 이 남자와 살면서 단 한 번도 이 남자를 믿지 않은 적 없었다고. 그것은 세속의 사랑 혹은 열정과는 다른 감정이었다. 모든 사람들이 가족에 대해 가지는 마음과 크게 다르지 않을 거였다. 그것을 일일이 의식하지 않고 살아왔다는 측면에서도 분명히 그랬다.

"당분간 거기 있어. 가만히 숨죽이고."

남편의 목소리가 숨통을 짓눌렀다.

"마음 강하게 먹어. 제발. 우리 유지………… 괜찮아."

그것이 마지막이었다. 그다음에는 남편과 통화가 되지 않았다. 휴대전화는 꺼져 있었고, 서울 사무실에는 자동응답기만 돌아갔다.

종이가 다 탔다. 옥영은 바닥의 나뭇가지를 주워 타다 남은 재를 쏘삭였다. 그리고 주위의 흙으로 그것을 잘 덮었다. 사방이 캄캄했다. 무섭다는 느낌은 들지 않았다. 그때 어둠을 가르며 전화벨이 울렸다. 그녀는 눈을 찌푸리며 액정을 들여다봤다. 모르는 번호였다.

"어딨니."

밍이었다. 그녀는 대답하지 않았다.

"만나자. 꼭 만나야 할 일이 있어."

그는 단도직입적이었다.

"유지하고 관계있는 일이야. 결정은 네가 내려."

밍은 그대로였다. 면도를 하지 않은 지 며칠이 흘렀는지 턱수염이 제법 자랐고, 볼이 꽤 야위었는데도 옥영은 밍이 변하지 않았다고 생각했다. 그녀의 눈 속에 각인된 밍의 얼굴은, 이십 년 전의 한 순간에서 정지한 채 멈춰버렸는지도 몰랐다. 이렇게 마주 앉은 것이 꽤 오랜만인데도 어제 헤어진 듯 아무런 이물감도 들지 않았다.

지난번에 함께 온 적 있는 아파트 상가 2층의 카페였다. 소파는 여전히 군데군데 때가 탄 채 무심히 그 자리에 놓여 있었다. 그러나 그때보다 한층 무거운 시간의 더께가 내려앉았을 것이다. 이번에 밍은 술을 시키지 않았다. '힘들지?' 같은 인사말을 건네는 대신 그는 바로 본론으로 진입했다.

"그 아이를 만났어. 유지 오빠."

유지 오빠라니. 그것이 혜성을 칭한다는 사실을 깨닫자 잠시 멍했다.

"네가 왜?"

본능적으로 중국어가 튀어나왔다.

"그냥 우연히 그렇게 됐어. 만나보고 싶기도 했었는데."

밍이 담담한 한국어로 되받았다. 그 침착한 눈빛이 옥영을 더욱 자극했다.

"그래서? 둘이 만나서 무슨 얘길 했는데?"

"이런저런 얘기들. 유지에 대한."

옥영은 더 참지 못하고 그의 말을 잘랐다.

"미쳤구나."

".............................."

"어떻게 그러니? 이제 나한테 이렇게까지 하니? 도대체 무슨 권리로 네가 왜 개랑 우리 애 얘길 해?"

옥영은 두 손바닥으로 제 이마를 짓이겼다. 상상도 하지 못했던 일이었다. 눈앞의 이 남자는 그녀가 알던 사람이 아니었다. 낯선 광장에 홀로 내동댕이쳐진 느낌으로 옥영은 몸부림쳤다.

"또 무슨 얘길 했는데? 개한테 네가 누구라고 말했어? 개가 얼마나 이상했겠어, 응?"

"위링."

남자가 나직이 그녀의 이름을 불렀다. 한없이 익숙한 발음으로.

"그런 게 그토록 중요하니. 너한테는?"

그녀는 빳빳하게 굳었다.

"그렇다면 미안해. 하지만 그 아이, 속 깊은 친구니까 다른 일 없을 거야."

".........................."

"유지, 아직 경찰에 실종신고도 되어 있지 않다더라. 아이 아버지가 아마 거짓말을 했나봐, 모두에게. 그랬어야 할 사정은 나도 모르지만."

아이 아버지, 라고 말할 때 밍의 가슴속에서 무엇이 후드득 떨어졌는지 옥영은 영원히 모를 것이다.

"네가 알아야 할 것 같아서 말하는 거다. 혜성이 허락도 받지 않고. 그 아이 혼자 짊어지고 가기에는 짐이 너무 무겁잖아."

"..........난.......... 난.........."

한국어도 모국어도, 온전한 문장이 되어 나오지 않았다. 밍의 손이 그녀의 손등을 비껴 탁자 위의 물잔을 꽉 쥐었다. 밍이 말했다.

"시간이 없어."

이제 그녀가 대답할 차례였다. 창 너머로 길을 걷는 이들의 머리꼭지가 내려다보였다. 가슴속에 고통이 뻐근하게 차올랐다.

"무슨 착오가 있을 거야."

마침내 여자의 입에서 나온 그 소리는 몹시 작았다.

"그럴 리가 없어. 경찰이 왔다 갔고, 수사를 하고 있고, 또 애 아빠가 백방으로 알아보고 있어. 금방 해결된다고 했어."

"위링."

"설령 그들이 경찰이 아니라 해도 경찰보다 더 나아서 그랬을 거야. 더 믿을 만해서."

급하게 깍지를 낀 옥영의 두 손이 바들바들 떨렸다. 그때 어쩌면 옥영은 간절히 바라고 있었다. 이 사람이 손가락 끝을 뻗어 제 손을 쓰다듬어주기를. 뱀처럼 싸늘한 체온을 데워주기를. 괜찮아, 겁먹지 마, 내 아기. 뼛속 깊이 각인된 구차한 습관 같은 것인가. 더러운 모순이었다. 그러나 밍은 손 하나 까딱하지 않았다.

"어떤 사정인지는 잘 모르겠다. 그래. 그 이상은 내가 참견할 수 없는 거겠지."

".................."

"하지만, 잘 생각해봐. 넌, 엄마잖아."

밍이 먼저 일어섰다. 여자는 따라나서지 않았다. 여자는 그저 그의 뒷모습을 바라봤다. 남자는 뒤돌아보지 않았다. 꾹꾹 땅을 밟고 천천히 걸었다. 여자가 앉은 자리에서 길이 내려다보인다는 걸 전혀 의식하지 않는 몸짓이었다. 금방이라도 비가 내릴 것처럼 거리가 갑자기 뿌예졌다. 여자는 유리창의 얼룩 대신 제 눈을 닦았다.

남자의 목소리를 듣자 혜성의 가슴이 쿵 내려앉았다. 전화상으로 들으니 분명치 않은 발음이 도드라졌다.

"엄마에게 이야기해두었어."

남자가 말하는 '엄마'는 유지 엄마일 것이다. 혜성의 입가가 경직되었다. 유지 엄마를, 아무런 부연설명도 없이 온전하게 엄마로 생각해본 적이 있던가. 없었다. 앞으로도 없을 것이다. 그것은 그가 그 여자와 얼마나 가까운 사이인지 또는 그 여자에게 어떤 연민을 품고 있는지와는 다른 문제였다.

"아마도 곧 집으로 가실 거다. 아니라도 일단 너에게 연락을 하겠지. 그래도 놀라지 마라."

"··············네."

"결정은 함께 의논해서 내리는 것이 옳다고 생각해. 너희 가족 모두가."

"··················"

"혜성아. 나는 잘 모르지만, 내가 아는 건, 너는 참 강한 사람이라는 거야."

이상하게 목이 칼칼해져왔다. 혜성은 헛기침을 했다.

"어떤 상황이 닥쳐와도 너를 지켜라. 그리고 미안한 부탁이지만,"

남자의 소리가 거기서부터 점점이 뭉개져갔다.

"엄마를 지켜드려라."

혜성이 대답을 하기 전에 전화가 끊겼다. 지금 남자가 서 있는 곳은 어디일까. 남자의 구부정하게 야윈 등허리가 눈앞에 어른거렸다.

옥영은 한 시간쯤 뒤에 집에 들어왔다. 화장기라곤 찾아볼 수 없는 파리한 낯빛이었다. 퀭한 눈이었지만 조금 전 흘린 눈물의 흔적 같은 것은 남아 있지 않았다. 난수표와 같은 종잇장을 내밀기 전에 혜성은 여러 번 심호흡을 거듭했다. 옥영이 낮게 가라앉은 음성으로 물었다.

"이게 뭐니?"

혜성은 민구 선배에게서 들었던 해석을 조심스럽게 풀어놓았다. 옥영의 반응은 예상 밖이었다.

"그런데, 이게 우리 유지랑 무슨 상관이지?"

"어, 저, 그게…………"

"난 도무지 무슨 얘긴지 알 수가 없구나. 그래서 이걸 보면 유지를 찾을 수 있어?"

"아버지한테 온 거잖아요. 아버지가 하는 일이라는 것이,"

더는 뱉어낼 수 없었다. 옥영이 혜성을 똑바로 보았다.

"아버지가 하시는 일이 뭐든, 이제 그런 건 하나도 중요하지 않아. 이 일과 그 일은 관계도 없고."

"중요해요. 중요할지도 몰라요!"

"혜성아……"

"아버지는 떳떳하지 못한 일을 하고 있고, 그것 때문에 경찰에 신고도 하지 못했어요. 가짜 경찰을 집에 데려왔어요. 아버지는 알고 있는 거예요. 왜 유지가……"

"그만해."

옥영이 날카롭게 소리쳤다.

"그래. 그럴지도 몰라. 만에 하나 그렇다고 쳐. 그래도 지금 우리가 할 수 있는 건 없어. 아빠가 알아서 할 거야. 기다리라고 했어. 금방 해결할 거야. 믿어야 돼."

"말도 안 돼요. 거짓말이에요. 늦었어요. 일단 신고부터 할게요."

"아니. 아니야, 아직은 안 돼. 한국 경찰을 어떻게 믿을 수 있니. 그 사람들, 절대로 못 찾을 거야. 절대로 도움 안 돼. 온통 시끄럽게 헤집어놓기만 할 거라고."

권한은 누가 정하는가. 배달된 피자를 조각조각 육 등분하듯, 여기까지는 너의 권리, 그러나 여기부터는 나의 권리라고 정확하게 나눌 수 있는 자 누구인가. 옥영은 그렇다고 믿는 듯했다. 그녀는 강경했다. "복잡해지면 안 돼. 가만히 있어야 해. 기다려봐야 해"라는 요지의 말들을 되풀이했다. 제 결정을 옹호하는 데에만 몰두하여 이미 자신이 무슨 말을 하고 있는지 잊어버린 것도 같았다. 혜성은 그녀에게서 눈을 떼지 않았다. 보이스카우트 소년처럼 이마를 반쯤 드러내도록 세련되게 자른 그녀의 머리칼이 어느새 눈썹을 덮었다.

알고 있었구나. 그랬구나.

그녀는 알고 있었던 것이다. 아버지가 왜 그렇게밖에 할 수 없었는지를. 그리고 지금껏 그 남자가 무슨 짓을 하여 그들을 부양해왔는지를. 가슴 한복판에 뻐근한 통증이 느껴졌다. 배신감은 아니었다. 그저 아기코끼리가 장난처럼 한 발로 그곳을 지그시 밟고 선 것 같았다. 혜성은 심장을 움켜쥐었다. 눈을 감은 건 옥영이 먼저였다. 그녀는 비스듬히 앉아 있던 소파 그 자리에 그대로 스르르 쓰러졌다. 눈꺼풀을 움직이지 못했다. 이마가 불덩이처럼 뜨거웠다.

"병원에 가야겠어요."

"아니야."

119에 전화하려는 혜성을 옥영이 제지했다.

"어딜 가니. 내가 지금. 감히."

찬물에 적신 수건을 꼭 짜서 그녀의 이마에 얹어주었다.

"고마워."

옥영이 메마른 입술을 달싹였다.

"약을 사올게요."

"잠깐만…… 그냥 여기 있을래?"

"…………"

"내가 좀………… 무서워서."

그는 다시 주저앉았다. 잔뜩 몸을 웅크린 침묵만이 그들을 뒤덮었다. 혜성은 새삼 사방을 둘러보았다. 집. 그들의 집이었다. 옥영이 누운 소파는 사 인용, 혜성이 앉은 소파는 일 인용이었다. 저 먼 대륙에 살던 물소의 가죽을 벗겨 무두질한 뒤 블루블랙 색상으로 염색한 것이었다. 아버지와 새엄마는 논현동의 한 수입가구 전시장에서 이것을 샀다. 손바닥으로 팔걸이를 쓸어보았다. 차가웠다. 오싹한 한기였다.

버려야 할 것은 무엇인가. 지켜야 할 것은 무엇인가. 무엇을 할 수 있는가. 무엇을 해야 하는가.

혜성은 다음날 아침 일찍 집을 나섰다.

한선생과는 강을 통해서만 이야기할 수 있었다.

"일단 약속일 뒤에 얘기하시지요."

유지가 안전하게 있는지 확인해달라는 김상호의 애원에 대해 강은 다만 이렇게 대꾸하곤 했다.

"선생님이 섭섭해하십니다. 그 동안 쌓아온 세월이 얼만데 이렇게 못 믿어서 어떻게 하느냐고요."

아랫입술 안쪽 한가운데에 궤양이 두 개 생겼다. 동그란 모양으로 벌어진 환부는 허옇게 헐어가고 있었다. 김상호는 제 혓바닥을 환부에 가져다대고서 지그시 눌렀다. 따갑고 아린 통증이 그의 마음을 한결 달래주었다.

디데이 사흘 전, 그는 한국에 다녀왔다. 정확히 말하면 인천공항 입국장에 내려, 주차장에서 미리 약속한 대로 수표뭉치를 건네받고 다시 출국장에 들어설 때까지 백구십 분가량이 소요되었다. 그것이 그의 머리로 짜낼 수 있는 가장 깔끔한 방법이었다.

연길공항 세관검색대를 통과할 때에 본능적으로 조마조마한 느낌이 들었다. 그것은 들킬까봐서 두려워하는 것과는 조금 다른 감정이었다. 무표정한 젊은 공안 사내가 돌연 그의 뒷덜미를 낚아채며 어디론가 질질 끌고 가는 일이 벌어진다면, 김상호는 끝까지 저항할 각오가 되어 있었다. 그는 고래고래 소리를 지를 것이었다. 두 다리가 끊어지는 한이 있어도 죽을힘을 다해 멀리멀리 도망칠 것이었다. 그러나 아무 일도 일어나지 않았다. 대개의 불안이 그런 식의 비실비실한 결론으로 마무리되는 것처럼.

갈색의 낮은 청사를 나오자 민박집 사내가 차를 대기시켜놓고 있었다.

"아, 간신히 시간 안에 도착했슴다. 별 쓰잘데없는 종자가 집 앞까지 찾아와서는."

사내를 투덜거리게 한 대상이 누구인지 곧 눈으로 확인할 수 있었다. 민박집 맨션의 주차장 진입로에서 웬 남자 하나가 그들의 차 앞을 가로막았다. 긴뼈가 걸어다니는 것처럼 깡마른 중년 남자가 갑자기 땅바닥에 무릎을 꿇었다.

민박집 사내가 창문을 열더니 중국어로 욕설을 뱉었다. 한국말로 하면 "이 미친 새끼" 정도가 될 것이다. 무릎을 꿇은 남자는 아랑곳없이 그들을 향해 두 손을 모으고 무어라 애원하기 시작했다. 그토록 절실하게 회구하는 눈동자를, 김상호는 일찍이 본 적이 없었다.

"별게 다 속을 썩이지 말임다. 바빠 죽겠는데."

민박집 사내가 차창 밖으로 고개를 내밀곤 중국어로 무어라 쏴붙였다. 그 남자가 타이어로 짓밟고 지나가도 되는 벌레가 아니라 안타깝다는 기세였다.

"그냥 놔두십쇼."

민박집 사내의 못마땅해하는 음성을 무시하고 김상호가 차 문을 열었다. 바닥에 엎드린 남자가 머리를 더욱 조아렸다. 이마를 몇 번이고 땅바닥에 짓찧었다. 그가 내뱉는 이국의 언어가 올무에 걸린 당나귀의 울부짖음처럼 들렸다.

"자기를 사달라고 저러는 검다."

어느새 따라 내린 민박집 사내가 설명했다.

"아무리 가진 게 몸뚱어리뿐이라지만, 그것도 어디 실한 몸이어야 말이지."

북쪽 지방에서 사업을 벌이다 크게 망하곤 고향으로 돌아왔다고 했다. 처와 어린 딸이 많이 아프다고 했다. 돈이 필요하다고 했다. 황달과 폐렴이 심하지만, 심장만은 쿵쿵 규칙적으로 뛰고 있다고 했다. 그것을 팔고 싶다고 했다.

제 얘기 하는 줄을 아는지 여윈 남자가 고개를 쳐들었다. 그러고 보니 얼굴빛이 싯누렇게 떴고, 눈동자의 흰자위가 번들거리고 있었다.

450

"어떻게 할까요?"

민박집 사내가 물어왔다. 하늘엔 해가 기우뚱 남아 있었다. 김상호의 온몸에 소름이 돋았다.

"도대체 일을 어떻게 하는 거요?"

그는 버럭 소리를 내질렀다. 두 사내의 어깨가 동시에 움찔거렸다.

"저런 사람이 이렇게 찾아올 정도면, 어디까지 소문이 났다는 거요? 저치가 아는데 공안이 모른다는 게 말이 돼? 앞으로 저 남자가 어디 가서 뭐라고 떠들고 다닐지 알 게 뭐요?"

김상호는 바지 뒷주머니에 손을 넣어 지갑을 꺼냈다. 잡히는 대로 지폐 몇 장을 빼냈다. 마오쩌둥과 저우언라이, 류사오치와 주더, 중국 정치인 네 명의 얼굴이 겹치듯 인쇄돼 있는 백 위안짜리 인민폐들을 민박집 사내에게 건네주었다. 잠시 멍하니 있던 민박집 사내가 곧 눈치챘다는 듯, 바닥에 엎드린 남자의 머리맡에 그것을 놓았다. 그들은 모두 아무 말도 하지 않았다.

남자의 얼굴근육이 일그러졌다. 그 메마른 얼굴에 절망의 기색이 떠오르는 것을 김상호는 똑똑히 보았다. 남자가 슬픈 눈길로 그를 바라보았다. 김상호는 시선을 돌렸다. 그는 다시 차에 올라타지 않고 뚜벅뚜벅 걸어 맨션 현관으로 들어갔다.

인천역 역사 밖으로 나서자마자 정면으로 '차이나타운'이라는 간판이 보였다. 무엇을 본따 지었는지 짐작하기 어려운, 커다란 성문(城門) 조형물이 우뚝 서 있었다. 거기서부터 새로 조성된 인천 차이나타운이었다. 완만한 언덕을 오르며 밍은 오랫동안 몸에 밴 조심성으로 사방을 둘러보았다.

대형 중국음식점들이 큰 골목 양옆으로 늘어서 있었다. 공화춘, 자금성, 북경루 같은 간판들을 천천히 지나쳤다. 여기가 어디쯤인가. 미로를 헤매는 듯 머릿속은 혼란스럽기만 한데, 발이 본능적으로 앞으로 나아갔다. 태어나 스무 해를 자라온 길이었다.

관광객으로 보이는 행인들이 제법 많았다. 일요일이기 때문일 것이다. 날은 맑지도 흐리지도 않았다. 광장 한편에 사람들이 제법 많이 모여 있었다. 작은 공연이 벌어지는 중이었다. 보랏빛 스팽글이 달린 양복을 위아래로 떨쳐입은 늙은 코미디언이 마이크를 들고서 무어라 떠들어댔다. 귀가 쩡쩡 울릴 정도로 커다란 한국말이었다. 그에게 오늘 할당된 약상자들이 바닥에 수북했다.

"애들은 귀 막아!"

늙은 코미디언이 남자의 성기 크기에 관한 유치한 농담을 했다. 둘러선 사람들이 뜨뜻미지근하게 웃었다. 밍도 쿡쿡 따라 웃어보았다. 그러지 않으면 달리 할 일이 없는 사람처럼. 잠시 후 관광버스 한 대가 서더니 한 떼의 청소년들이 우르르 내렸다. 타이완에서 온 수학여행단인 것 같았다. 한국어와 푸퉁화(普通語)가 한데 뒤섞여 그의 달팽이관 가장 깊숙한 곳에 울려퍼졌다. 그만 주저앉고 싶다고 그는 생각했다.

메인스트리트를 조금 벗어나 안쪽으로 들어가면 예전의 골목들이 그대로 있었다. 아니, 옳지 않은 문장이라고 밍은 생각했다. 골목들은 시간의 풍화작용을 온몸으로 증거하며 퇴락해 있었다. 꼬불꼬불 하늘을 향해 이어진 돌계단들과, 허물어져가는 담벼락들, 폐타

이어들을 얹어놓은 주황색 지붕들. 그는 눈꺼풀을 깜빡였다. 수없이 오르내리던 길이었다. 뛰고 걷고 노래하고 울었으며 꿈을 꾸었다. 벗어나고 싶어서, 도망치고 싶어서, 하루에도 몇 번씩 주먹을 꼭 쥐곤 했다.

옛집 앞에 발을 멈췄다. 이제는 초라하다는 말로밖에 형용할 수 없는 작은 이층집이었다. 형제들이 뿔뿔이 떠나고, 한국 여자와 살림을 차렸던 아버지가 죽고 나서는 이 집에 올 생각조차 하지 않았다. 알량한 집 한 채를 놓고 형들 사이에 다툼이 벌어졌다는 소식이 들려왔었다. 문패에는 전혀 모르는 사람의 이름이 적혀 있었다. 한국인의 이름인 것 같았다. 2층 베란다를 올려다봤다. 덜 마른 빨래들이 바람에 너풀거렸다. 낡은 세수수건과 검정 추리닝 사이사이에 손바닥만한 아기 내복들이 걸려 있었다.

좋다.

다시 한국에 온 뒤 처음으로 그의 입가에 진심 어린 미소가 번졌다. 그는 뒤돌아 그곳을 떠났다. 한줌의 미련도 없었다.

26장 일요일은 모른다

대한민국에서는 하루 평균 164명의 사람들이 사라진다.

2008년 기준, 대한민국 경찰에 접수되는 실종사건은 연간 6만 건에 이른다. 경찰은 접수된 사건 중 14세 미만의 아동과 정신지체장애인 및 치매노인 등의 경우에는 '실종'으로 분류하고, 14세 이상의 청소년과 성인은 '가출'로 분류한다. 실종과 가출을 나누는 중요한 기준은 자발적 의사의 유무다. 집을 나가는 데 자발적 의사를 가지고 있다고 인정되는 나이가 열네 살인 셈이다.

서울 S경찰서 형사과에 소속된 담당 경찰관은 직감적으로 이상하다고 생각했다. 그러지 않을 수가 없었다. 열한 살짜리 여자아이가 사라졌는데, 실종일로부터 무려 한 달 뒤에 실종신고를 하러 오는 가족은 없을 것이다. 한 달 월급을 걸고 내기를 해도 좋았다.

최초 신고자는 실종자의 친오빠였다. 만20세의 대학생이었고, 담당자가 출근하기 전인 이른 아침 경찰서를 내방하여 당직 순경에게 신고를 했다. 먼저 관련서류를 작성한 뒤 담당 경관에게 인계된 그는 실종 당일의 상황을 비교적 차분히 진술하였다. 또한 그는 아이의 신체 특징과 인상착의가 적힌 전단지를 가지고 있었는데, 전단지는 공들여 만든 티가 역력했다. 하단에 신고자 본인의 휴대전화 번호가 커다랗게 인쇄되어 있었다.

많은 수의 실종자 가족이 개인적인 방법으로 길 위에 나서는 것이 사실이었다. 초등학교 학령 이하의 아동이 없어진 경우에는 거의 모든 가족들이 그렇게 했다. 생업을 던져버린 가장은 부지기수였고, 아이를 찾아 전국 방방곡곡의 산하를 헤매고 다녔다. 그러나 일단 경찰에 공식적인 실종신고를 하고 난 다음의 일이었다. 누구라도 제일 먼저 경찰에 연락했다. 피치 못할 사연을 가진 게 아니고서는.

이를테면 신고하면 가만두지 않겠다는 유괴범의 협박 같은 것 말이다. 금품을 요구하는 협박전화가 걸려온 적 있느냐고 묻자, 신고자 김혜성은 잠시 뭔가를 생각하더니 이내 그런 적 없다고 대답했다. 모기만한 목소리여서 잘 들리지 않았다. 경찰은 그 짧은 침묵의 틈새에 주목했다.

먼저 김유지의 모친인 진옥영이 조사를 받았다. 진옥영. 만40세. 충남 서산 출생. 대만 국적자로 태어났으나, 1997년 대한민국으로 귀화하여 대한민국 국적을 취득하였다. 김유지의 부친인 김상호와 혼인신고를 한 다음 달의 일이었다. 진옥영에게는 첫 결혼이었으나 김상호는 재혼이었다. 이 혼인이 이루어지기 전에 김상호는 각각 현재 만24세와 만20세인 딸과 아들을 두고 있었다. 그렇다면 최초 신고자인 김혜성은 김유지의 이복오빠가 되는 셈이다. 처음부터 정상적인 결합이라고 볼 수는 없었다고 담당 경찰관은 생각했다. 대대수의 아동범죄가 가족 내부에서 일어난다는 것은 주지의 사실이었다. 이번 경우는 어떨 것인가. 누가 봐도 단순 아동실종사건이 아니라는 것만은 알 수 있을 것이다.

진옥영이 조사를 받기 위해 경찰서에 나타났다. 강남 생활권인 S경찰서에서 오 년째 근무하고 있는 경찰관의 눈으로 보기에 그녀는 '전형적인 강남 젊은 엄마' 스타일로 나타났다. 나이를 종잡을 수 없는 몸매와 헤어스타일, 일부러 공들여 멋 내지 않았는데 절로 우러나오는 세련미 같은 것. 이 근처의 아파트 단지에서, 쇼핑몰에서, 초등학교 앞에서 종종 볼 수 있는 스타일의 여자였다. 언젠가 동료 여순경들에게 이런 이야기를 하자 "시장 갈 때도 이백만원짜리 가방 들고, 백만원짜리 구두 신고 가면 누구나 그렇게 보여요"라는 싸늘한 반응이 돌아왔다. 어쨌거나 경찰관의 시선에 그녀가 썩 믿음직하고 신실한 주부로 비치지는 않았다.

그녀는 남편, 즉 김유지의 부친 김상호가 중국 출장중이라고 말했다. 작은 무역업을 한다는 것이 아내의 진술이었다. 출입국관리소에 의뢰한 결과, 바로 어제 그 남자가 연길-인천-연길을 두 시간 간격으로 왕복했다는 사실이 드러났다. 아내는 모르는 눈치였다. 아이가 한 달째 실종중인 상태인데 한가로이 비즈니스에 몰두하고 있단 말인가.

"왜 이렇게 신고를 늦게 하신 겁니까?"

입술을 꼭 다물고 있던 여자가 손바닥으로 제 입가를 매만졌다. 무언가 숨길 게 있는 자들의 전형적인 태도였다.

456

"…………경황이 없었어요."

안으로 기어들어가는 목소리였다. 이 여자를 요주의 리스트 1순위에 올려야겠다고 생각한 순간이었다. 별안간 그녀가 울음을 터뜨렸다. 강둑이 와르르 무너지는 것 같은 울음이었다.

김유지의 언니 김은성은 모교 학생주임에게 끌려온 퇴학생 같은 태도였다.

"전에 다 말했잖아요. 여러 번이나."

새삼스럽게 왜 또 이러느냐는 투였다. 그녀가 이미 조사를 받았다고 주장하는 '문영광'이라는 이름의 경찰은 존재하지 않았다. 그 사실을 알게 되자 그녀는 극도로 흥분했다.

"정말이에요? 정말? 정말? …………………나쁜 놈."

김은성은 '그놈'이 자신에게 어떻게 했는지를 진술했다. 몹시 흥분한 나머지 앞뒤관계들이 엉망으로 뒤엉켜 있었지만 결국 결론은 간단명료했다. 그 남자가 대한민국 경찰을 사칭하였으며 수사를 하겠다는 명분으로 비탄에 빠진 가족 내부를 이리저리 들쑤시고 다녔다는 것이다.

"그러면서 사람을 가지고 놀고…………"

담당경찰관이 '가지고 놀았다'는 그녀의 표현에 의문을 제기하자, 김은성의 눈에 순간적으로 물기가 반짝였다.

"아시잖아요. 그런 거. 연약한 여자한테 어떻게 그렇게 할 수가 있는지. 자기 말을 들어야 유지를 쉽게 찾아준다면서…………… 어쩔 수 없이, 저는……………"

경찰 두 명이 문영광의 숙소에 들이닥쳤을 때 그는 트렁크팬티 바람이었다. 흡사 마스터베이션이라도 하다 나온 품새였다. TV 화면 속에서는 맨유와 바르셀로나의 경기가 종반전을 향해 치닫고 있었다.

그는 의뢰인인 김상호의 부탁을 받은 대로 했을 뿐 제 의도는 아니었다고 주장했다. 적극적으로 경찰이라고 떠들고 다닌 일은 맹세코 단 한 차례도 없다는 거였다. 또한 그는 자신이 김유지를 찾기 위해 얼마나 열심히 노력했는지를 항변했으며, 그 동안 자신이 긁어모아온 정보를 제공하여 김유지 실종사건 수사에 협조하겠다는 뜻을 전달하고자 안간힘을 썼다. '진짜 경찰'이 경찰을 사칭하는 범죄에 대해 얼마나 특별한 반감을 가지고 있는지 명확히 알고 있는 자의 행동이었다.

김상호 가족과 인연이 닿게 된 계기를 설명하는 그의 진술에는 어느 정도의 일관성이 있었다. 김상호가 그를 직접 찾아왔고 이 사안에 대해 특별히 비밀을 지켜달라고 부탁했으며, 어느 순간에는 당분간 관심을 거두라고 말했다는 것. 그리고 최근 얼마간은 아예 연락이 두절되었다는 것이다.

"손님이 됐다는데, 왜 안 그만두고 계속 일했어?"

경찰의 물음에, 그곳에 온 뒤 처음으로 문영광은 눈을 똑바로 치켜떴다.

"임무니까요. 듀티."

"풋, 놀고 있네."

경찰의 조소 어린 반응에 문영광은 어금니를 꽉 물었다. 이어, 경찰이 김은성을 성폭행한 혐의에 대해 언급하자 문영광은 극렬히 부인하였다.

"누가 그런 소리를 합니까? 내가 그렇게 파렴치한 인간으로 보입니까?"

그러고서 그는 갑자기 영어를 사용하여 말하기 시작했다. 미국 시민권자인 자신을 수사할 권리는 한국 경찰에 없으며, 국제 변호사가 선임될 때까지 묵비권을 행사하겠다는 내용이었다.

이 사건에 대한 수사관들 내부의 반응은 크게 두 가지로 나뉘었다. 첫째, 가족 내부의 범죄라는 것. 둘째, 가족 외부의 범죄라는 것.

범인이 가족 밖에 있다면 소아성애자의 소행일 확률이 높다는 것이 공통된 의견이었다. 성욕을 채울 목적으로 어린아이를 납치하여 살해 유기하는 형태의 범행은 해마다 가파르게 증가하고 있었다. 우선 서울 시내 거주 동종 전과자를 대상으로 탐문수사에 돌입하기로 했다. 금품을 목적으로 하는 일반유괴가 아니라는 유력한 근거는 일체의 협박전화가 없었다는 점이었다. 물론 가족들의 진술이 거짓이 아니라는 대전제하에서 말이다. 여하튼 이것이 강력사건이라는 것을 의심할 여지는 거의 없어 보였다.

공개수사로 전환할 것인지에 대한 논의도 대두되었다. 비슷한 전례에, 공개수사를 실시한 경우가 꽤 되었기 때문이다. 그러나 이런 경우, 지나치게 커다란 사회적 화제를 모으게 될 수도 있고, 그렇다면 수사관들 입장에서는 적잖은 부담요소로 작용하는 것도 사실이었다. 안양 여자 초등학생 실종사건이 엄청난 사회적 파장을 일으킨 것이 불과 얼마 전이었다. 무엇보다 먼저 가족 내부의 범행이 아니라는 점이 명료해졌을 때에야 결정할 수 있는 문제였다.

그러나 그러기엔 수상한 구석이 몹시도 많은 가족이라는 것이, 김혜성과 진옥영, 김은성 등을 차례로 만나본 담당 경찰관의 견해였다. 그가 생각하기에 가장 의심스러운 인물은 뭐니뭐니 해도, 중국으로 도피한 부(父) 김상호였다. 김상호에 대한 가족구성원들의 진술을 듣고 나면 속이 빈, 동그라미가 잔상으로 남았다. 잡으려 해도 잡히지 않는 흐릿한 원이었다.

그 남자의 중국 연길에서의 거취는 파악되지 않고 있었다. 아내 진옥영은 남편 김상호가 중국 어느 도시에 있는지조차 모른다고 주장했으며, 딸 김은성은 "아빠가 지금 중국에 있어요?"라고 되물었다. 아들 김혜성이 쭈뼛쭈뼛 내민 것은, 구겨진 종이 한 장이었다. 깊다란 목구멍 안에 오랫동안 가두어 연습해온 말인 듯 그는 더듬거리지 않았으며 침착하게 진술을 이어갔다.

저녁 여섯시 삼십분. 강남역 사거리의 커피전문점 안은 몹시 소란스러웠다.

봄을 한껏 즐기는 듯 화사한 옷차림의 젊은이들과, 퇴근길에 들른 것 같은 여러 무리의 넥타이부대들로 바글거렸다. 남자는 천천히 2층으로 향하는 계단을 올랐다. 서두르지 마. 여자가 그렇게 당부했기 때문만은 아니었다. 목적지를 향해 최고의 속도로 돌진할 의지는 그의 영육에 남아 있지 않았다.

창가에는 일인용 의자들이 일자로 쭉 늘어서 있었다. 넓고 좁고 크고 작은 수많은 뒷모습들. 망설임 없이 옥영의 등뒤로 다가갔다.

옥영이 옆자리에 놔두었던 작은 가방을 치웠다. 그러곤 여자는 제 머그잔을 다시 두 손바닥으로 감쌌다. 고개조차 옆으로 돌리지 않았다. 아직 도착하지 않은 누군가를 기다리는 사람처럼 그녀는 여전히 창밖에 시선을 두었다. 우연하게 옆자리에 앉은 타인처럼 그들은 들끓는 침묵 속에서 한동안 아무 말도 하지 않았다.

"상황이 복잡해질 것 같아."

그녀가 먼저 입술을 뗐다. 한국어였다. 둘만의 언어. 비밀 속의 언어. 혼잣말처럼 아주 작은 음성이었다. 역시 시선은 저 먼 곳을 바라보고 있었다. 그곳이 어디인지, 밍은 함께 바라보지 않았다.

"돌아가. 빨리."

"............................."

"경찰이 너까지 찾아가는 일이 꼭 일어나진 않겠지만 그래도 그럴 가능성은 있어."

혜성이 경찰에 신고했구나. 다행이었다. 그는 안도했다. 그럴 수밖에 없었다.

"그날 타이베이에서 아무도 만나지 않았다고 했어. 그냥 혼자 바람을 쐬고 싶고 생각을 정리하고 싶어서 갔던 거라고 말해뒀어. 네 얘기를 하면 아무도 이해하지 못할 테니까. 의심부터 하겠지."

그녀는 더할나위없이 간결하게 단정짓고 있었다.

"너까지 경찰에 불려오고, 그러면 모든 게 다 드러나겠지. 길거리 한복판에 우리 관계도."

우리 관계. 그녀에게서 나온 그 말이 너무도 통속적이어서 하마터면 그는 웃음을 터뜨릴 뻔했다. 그래. 우리가 무슨 관계인가. 너는 우리가 무슨 관계라고, 무슨 관계였다고 생각하는가.

"네가 가지고 있는 내 카드는 좀 전에 분실신고 했어. 혹시 물어보면, 예전에 잃어버리고 경황이 없어서 그냥 놔뒀다고 할 테니까 그런 줄 알고 있어."

무엇이 그녀를 이토록 조바심나게 하는 것인가. 마지막까지 이 여자는 무엇을 지키고 싶어 이토록 안달하는 것인가. 그는 거의 절망에 가까운 무력함으로 그 시간을 견뎠다.

"그러니까 빨리 돌아가. 내일 아침 비행기로."

"⋯⋯⋯⋯⋯⋯그래. 그럴게."

그가 대답했을 때 그녀는 이미 그곳을 떠난 뒤였다. 걸음을 내디딜 때 그녀의 다리근육이 어떤 식으로 움직이는가, 그녀의 어깨가 어떻게 흔들리는가, 마지막으로 눈에 담고 싶었는데 역시 불가능한 바람이었다.

"안녕."

그는 기어코 소리내 인사했다. 아무도 듣지 못했을 것이다. 밍은 입술을 지그시 깨물었다. 아스라한 핏물이 혀끝을 스치고 지나갔다.

밖의 창공은 맑았다. 서울의 거리는 여전히 익숙하고 또 낯설게 꼬불꼬불 펼쳐져 있었다. 마치 사방이 희뿌연 안개로 둘러싸인 언덕을 오르는 것처럼 숨이 찼다. 이제 다 했다. 자신의 역할은 여기서 끝났다. 사소하고 초라한 외마디 비명을 지르곤 무대에서 금세 퇴장하는 엑스트라 배우가 주어진 제 몫의 전부였던 것이다. 예상치 못한 햇빛이 이마 위로 푸지게 쏟아졌다. 이 도시는 이미 봄이었다.

담당 경찰관이 처음부터 일을 확대시키려는 의도를 품은 것은 아니었다. 그러나 상부의 의중은 달랐다. 임기가 끝나가는 경찰서장에게는 어떤 전환점이 필요했다. 무색무취하게 이어져온 임기 마지막에 터뜨리는 한 방의 신성한 축포.

아이를 찾는 작업과, 장기밀매조직에 대한 수사가 동시에 진행되었다. 압수수색영장을 소지한 경찰들이 역삼동의 케이앤케이 통상 사무실에 들이닥쳤을 때, 사무실 안에는 개미 한 마리 보이지 않았다. 대표 김상호의 업무용 컴퓨터 하드웨어를 압수하는 데에는 아무런 문제도 없었다.

방배동 자택에서는 가정부가 문을 열어주었다. 경찰이 서재의 책상서랍을 뒤지고 있는데 안주인이 귀가했다. 외출복 차림이었다. 집 안의 모든 컴퓨터를 수거해가야 한다고 하자 그녀가 "유지 컴퓨터는 지난번 그 사람이 가져갔어요"라고 대답했다. 그 외엔 어떤 말도 덧붙이지 않았다.

김유지의 컴퓨터는 문영광의 숙소에서 발견되었다. 문영광은 경찰서 유치장에 구금되어 있었다. 현행법상 체포영장 없이 구금이 가능한 시간은 48시간이었다. 이것을 아는지 모르는지, 수감 후 문영광의 태도는 눈에 띄게 수그러들었다.

"한 명만 꼽으라면 여러 정황상 엄마가 영순위라고 봅니다. 남편 말고 다른 남자도 있는 것 같고."

문영광은 대단한 기밀을 털어놓는다는 듯 그 말을 했다.

"큰딸도 용의선상에서 완전히 제외하기는 어려워요. 오래 전이지만, 이복동생 납치사건을 모의한 적 있다는 증언도 있습니다."

사이버수사대는 김유지의 인터넷 사용 내역을 하루 만에 분석해 냈다. 김유지는 포털사이트에 블로그를 개설해두고 있었으며, 많은 포스트들을 비공개로 돌려두고 있었다. 댓글을 다는 사람은 'hálka'라는 이용자뿐이었고, 주기적으로 다른 블로그를 방문한 기록도 그뿐이었다.

아이디 hálka. 본명 이영선. 22세. 현 주소 경기도 안산시 상록구 사동.

안산으로 수사대가 급파되었다. 이영선은 안산 시내의 한 분식체인점에서 시간제로 일하고 있었다. 바싹 마른 몸피에 헐렁하고 더러운 초록빛 앞치마를 두르고 있었다. 경찰이라는 말에, 그녀는 귀신을 본 듯 놀라 얼굴이 하얗게 질렸다.

"김유지 어린이 때문에 왔습니다. 아시죠?"

"⋯⋯⋯⋯김, 유, 지."

그녀가 어눌하게 한 글자씩 끊어서 발음했다.

"잘, 모르겠는데요."

"피즈. 피 아이 제트 제트! 몰라?"

경찰관이 다짜고짜 반말로 내지르자 이영선은 커다란 눈을 끔뻑끔뻑했다.

"무슨 일 있나요?"

그녀의 목소리는 두려움으로 떨리고 있었다. 경찰의 설명을 절반도 듣기 전에 그녀는 눈물을 뚝뚝 떨어뜨렸다.

"그애가 먼저 찾아왔던 거예요. 정말이에요. 저는 정말 그애가 여기까지 찾아올 줄은 상상도 못 했는데⋯⋯⋯⋯⋯⋯"

그녀의 고백은 더듬더듬 이어졌다. 대부도, 라는 지명은 문영광의 진술과 일치하는 장소였다.

"돈이 하나도 없었어요……… 현금카드밖에 없는데………… 막 헤매다가 인출기를 겨우 찾았는데 고장이 나 있어서……… 핸드폰 배터리도 떨어지고……………… 시간이 그렇게 많이 지나지 않은 거 같은데………"

뒤늦게 음식점에 도착했을 때, 그 아이는 이미 사라지고 없었다고 했다. "꼬마? 좀 전까지 있었는데." 음식점 종업원들은 그렇게 말했고, 그녀는 아이를 찾아 일대를 샅샅이 뒤졌다고 했다.

"없었어요. 안 보였어요."

"그래서, 그냥 왔단 말이야?"

"…………막차시간이 다 되어서………… 차가 끊기면 나올 수가 없어서……………"

듣고 있던 경찰관이 혀를 찼다.

"집에 간 줄 알았어요. 혼자서도 잘 찾아왔으니까 혼자서 잘 갔을 줄 알았어요. 똑똑한 아이라서……………"

이영선은 연신 울먹여댔다. 작고 마르고 어린 여자아이였다. 너무 울어서 나중에는 몸 안의 수분이 다 빠져나갈까 염려될 지경이었다. 담당 경찰관은 김유지의 사진을 다시 한번 꺼내보았다. '은수저를 입에 물고 태어났다'는 것이 어느 나라의 속담이더라. 태어나면서부터 흙 한번 제대로 밟지 않고 자랐을 것 같은 김유지와, 이영선은 평생 단 한순간도 서로 연결될 일이 없는 사람들처럼 보였다. 그런데 그 작은 소녀가 혼자서 지하철과 버스를 갈아타고 이 아이를 만나러 왔다고? 그걸 믿으란 말인가. 대체 무엇이 진실이란 말인가.

거짓말탐지기 조사 결과, 이영선이 거짓말을 하고 있지 않다는 결과가 나왔다. 이영선의 진술을 바탕으로 대부도 지역에서 탐문수사가 시작되었다. 아이가 소지하고 있었다는 십만원권 수표의 흐름에 대한 추적도 함께 진행되었다. 그러나 거기서부터 아이의 종적을 찾을 수가 없었다. 그 섬 아닌 섬에서 아이는 어디로 간 것일까. 아이가 사라진 상태라는 것은 처음과 다를 바 없는 사실이었다.

중국으로 도피한 김상호의 거취는 여전히 오리무중이었다. 그의 한국 휴대전화번호는 다른 사람 명의로 개설된 대포폰이었다. 김혜성이 제공한 증거품에 기재된 전화번호는 이미 지상에서 사라진 번호였다. 그 역시 대포폰으로 밝혀졌다.

수사가 진행되는 동안 진옥영과 김혜성은 여전히 방배동 집에서 지냈다. 그들은 한 집의 위아래층에서 각각 꼼짝도 하지 못하고 있었다. 복도나 계단참에서도 그들은 의식적으로 맞부딪치지 않았다. 지금은 견뎌야만 하는 시간이었다. 생으로 썩어가는 살아 있는 시체의 냄새일지라도.

김상호와의 통화를 수없이 시도했지만 연락이 닿지 않았다.

466

27장 머나먼 집

　연길공항 청사에 택시를 타고 도착했다. 민박집 사내가 마치 오랜 친구와 헤어지기라도 하는 것처럼 공항까지 데려다주겠다고 제안해왔지만 일언지하에 거절했다. 잠시라도 혼자이고 싶었다. 연길에서 북경까지는 국내선 항공을 이용할 예정이었다. 오늘 저녁 여섯시 지난번 그 음식점에서 보자는 것이 강이 보낸 마지막 전갈이었다. 숫자를 다 채웠다는 김상호의 전언에 대한 저쪽의 답신이기도 했다.

　체크인 카운터의 대기줄은 길지 않았다. 창구에 감색 유니폼 차림의 젊은 남자가 앉아 있었다. 김상호가 여권을 내밀었다. 남자가 그것을 습관적인 눈짓으로 훑어보았다. 김상호는 바짝 말라붙은 식도에 한줌의 침을 흘려보냈다. 짧은 시간이 흘렀다. 직원이 전화기를 들고서 버튼을 누르더니 누군가와 짧게 통화했다. 빠른 중국어였다. 조사 외에는 한마디도 알아들을 수 없었다. 중국어 공부를 좀 열심히 해둘걸. 하릴없이 그런 생각이 스쳐갔다.

피곤했다. 그들이 정한 숫자를 간신히 채웠다는 홀가분함 따위는 느껴지지 않았다. 가슴 전체를 짓누르는 답답함은 그대로였다. 항공권을 받자마자 아무 의자에나 가서 좀 주저앉아야겠다고 생각했다. 그 찰나, 갑자기 누군가가 뒤에서 그의 양팔을 획 낚아챘다.

올 게 왔다. 가장 먼저 든 생각은 그것이었다. 정복을 입은 두 명의 공안이었다. 그는 본능적으로 몸을 뒤흔들었다. 공안들이 그의 몸을 더욱 단단하게 결박했다. 카운터 직원과 그들이 번갈아가며 뭐라고 지껄여댔다. 역시 한마디도 알아들을 수 없었다. 거대한 비닐랩으로 이 공간 전체를 뒤덮어 밀폐시킨 것처럼 귓전이 벙벙했다. 행인들이 일부는 멀뚱한 표정으로, 나머지는 심드렁한 표정으로 그 곁을 바삐 지나갔다.

공안들이 그를 어디론가 끌고 가려 했다. 목 위만이 자유로웠다. 김상호는 머리통을 살짝 돌려 둘 중 좀 작아 보이는 남자의 이마를 가격했다. 얼떨결에 당한 남자가 비명과 함께 두 손으로 이마를 감싸쥐었다. 틈을 놓치지 않고 김상호는 재빨리 도망쳤다.

그는 쏜살같이 허방을 갈랐다. 저들의 발소리가 빠르게 뒤따라왔다. 호루라기 소리도 요란했다. 머지않아 잡힐 것이다. 패배의 예감이 선명하게 엄습했다. 그는 다리와 다리를 더욱 넓게 벌리며 뛰었다. 끝. 삶이 여기서 끝일 수 있을까. 저도 모르게 쿡쿡 웃음이 나왔다.

포기하면 다 끝나리라는 꿈은 얼마나 헛된 희망인가. 숨이 가빠왔다. 그래도 그는 달렸다. 웃으며 달렸다. 물줄기를 거슬러올라가는 늙은 물고기처럼, 김상호는 길 속으로 빨려들어갔다.

대한민국 여권 소지자 김상호가 중국 공안에 체포되었다는 소식이 이틀 뒤 중국 주재 대사관을 통해 한국 경찰에 전해졌다. 한국 경찰이 내린 수배령과는 다른 경로였다. 현지 공안당국이 오래 공들여온 장기밀매조직 소탕작전의 일환이었고, 그는 한국과 중국을 오가는 거대 조직의 책임자라는 혐의를 받고 현지 감옥에 수감되었다. 공안은 공식적으로 밝힐 수 없는 믿을 만한 정보통을 통해 그의 신병을 확보했다. 본인은 하나의 점(點)일 뿐이며 그저 위의 지시를 받은 조직원일 뿐이라는 김상호의 주장은 받아들여지지 않았다.

옥영은 태어나서 처음으로 자신이 화교라는 사실에 대해 감사했다. 죽은 아버지와 어머니의 친척들 중 중국에 터를 잡고 사는 이들이 꽤 많았다. 1992년 대한민국이 중화민국 대만과 단교하고 중화인민공화국과 수교를 맺은 이후, 대만 국적 대신 중국 국적을 선택한 경우였다. 사촌형제 중 두엇은 베이징에서도 꽤 자리를 잡은 축에 속했다. 중국에서 체포된 한국인 피의자를 전문적으로 담당한다는 조선족 출신 변호사와 연결해준 것도 그녀의 사촌오빠였다.

"유지?"

그녀를 보자마자 남편이 외마디 신음처럼 토해낸 첫마디였다. 옥영은 고개를 떨어뜨렸다. 눈에 초점을 맞추어 그의 얼굴을 마주 볼 수가 없었다.

"으아⋯⋯⋯⋯⋯"

그는 깊고 긴 탄식을 터뜨렸다. 팔꿈치를 괸 탁자에 제 이마를 쿵쿵 찧었다. 옆에 선 공안이 눈동자를 매섭게 치켜떴다.

"내 말 잘 들어."

그가 아주 빠르게 중얼거렸다.

"경찰이 뭘 하든 다 삽질이야. 일단 부산 한선생을 찾아야 해. 절대로 경찰이 눈치채게 해서는 안 돼. 한철수라고 알려져 있는데 본명이 아닐지도 몰라. 서울에 반, 부산에 반 있고, 나머지는 일본과 중국을 오가. 어떻게든 꼭 찾아야 해. 경상도 일대의 큰 병원에 가서 브로커들을 닦달해봐. 어떻게든 끈이 닿는 놈이 있을 거야."

남편의 입에서 방언처럼 쏟아져나오는 한국어들을 옥영은 멀거니 들었다. 타국 구치소의 면회실이라는 공간보다, 십 년 동안 같이 살아온 이 남자가 더욱 낯설어서, 한없이 낯설어서, 온몸의 뼈가 시렸다.

"그 사람이 유지 찾아줄 거야. 설사 개들이 유지 안 데려갔대도 찾아낼 수는 있어. 만나면 다른 말 아무것도 하지 마. 원하는 대로 다 해준다고 해. 애만 찾아주면 너희들 원하는 대로 다! 그래. 그렇게 중국 일은 내가 다 뒤집어쓸 테니까 제발 아이만 돌아오게 해달라고."

그녀는 마침내 고개를 들어 남편을 보았다. 남편의 눈썹이 꿈틀거리고 있었다. 그의 눈 속에서 일렁이는 것은 절망의 불꽃이었다.

"경찰한테도, 그 누구한테도 말하지 마. 누구도 이해 못 해. 그놈들이 애를 가만두지 않을 거야."

알았다고, 꼭 그러겠다고 옥영은 대답했다. 당신을 빨리 꺼내주겠다는 약속, 혹은 누명을 벗겨주겠다는 약속 따위는 하지 않았다.

"시간이 없어. 얼른 가."

"금방 다시 올게."

지금 그들이 나눌 수 있는 유일한 작별인사였다.

470

어떤 수단과 방법을 총동원해서라도 빠른 시일 내에 한국으로 이송되도록 애써야 한다는 것이 변호사의 주장이었다. 미결일 때 해결을 봐야지, 재판을 받고 기결로 넘어가게 되면 끝장이라고 했다. 끝장. 그 단어를 조선족 변호사가 어디서 배웠는지 알 수 없었다. 면회실 문을 나서자 천 길 낭떠러지 앞에 선 것처럼 비로소 그녀의 무릎이 꺾였다.

앞으로 이 길을 얼마나 많이 오가게 될까. 인천공항고속도로를 달려 서울로 돌아오는 차 안에서 그녀는 나직이 자문했다. 경찰이 유지의 실종과 관련하여 자신도 용의선상에 올려놓고 있음을 알고 있었다. 출국금지가 되지 않기만을 바랄 수밖에 지금은 다른 도리가 없었다. 지극히 현실적인 바람이었다. 청회색 안개가 자욱한 오후였다.

4월의 어느 저녁, 서울경기지역에는 오래 전부터 예고되어 있던 비가 내렸다. 강우량은 10~12밀리미터. 다디단 봄비라고 교통방송 라디오 채널의 진행자가 호들갑 떨었다. 뒤이어 빗길 교통사고 소식이 이어졌다.

"조심하셔서 안전운전하셔야 하겠습니다."

여자 진행자가 존칭어간을 연거푸 사용하며 당부했다. 귀에 거슬렸지만 불쾌하지는 않았다. 버스 기사가 급브레이크를 밟았다. 혜성의 긴 몸이 휘청 흔들렸다. 서 있던 승객들이 제각각 높고 낮은 비명을 터뜨렸다. 혜성은 소리를 지르는 대신 침을 삼켰다. 이따위에 비명을 질렀다면 부끄러웠을 것이다. 가슴에 맺힌 것들은 언젠가부터 입밖으로 소리가 되어 나오지 않았다.

중국에 다녀온 새엄마는 평소와 달리 부쩍 혼잣말을 하는 시간이 늘었다. 그녀가 자신에게 솔직하게 의논을 해온 것은 어쩌면 의외였다. 그는 내심 그녀가 자신을 미워하리라고 생각하고 있었다. 자신의 청을 어기고 경찰에 신고한 그를 용서하지 않을 줄 알았다.

"그럴 리 없어야겠지만, 어쩜 오시기 힘들지도 몰라."

'아버지'라는 주어가 빠져 있었다. 혜성은 가책으로 온몸의 뼈와 근육이 마비되는 것만 같았다. 새엄마는 바삐 움직였다. 아버지가 부탁한 한철수를 찾기 위해서였다. 화교 출신들끼리는 화교학교 동창들을 중심으로 긴밀한 네트워크를 형성하고 있다고 했다.

"본토를 왔다갔다하며 무역을 하는 이라면 어떻게든 끈이 닿는 사람이 있을 거야. 틀림없어."

그를 찾아헤매는 동안 새엄마는 마치 정신이 완전히 나간 사람처럼 보였다. 그러던 새엄마가 몹시 흥분된 어조로 "찾았어!"라고 말한 것은 오늘 아침이었다.

"만나기로 했어. 만나주겠다는구나."

김상호 사장 집이라고 이쪽의 신분을 밝혔더니, 곧바로 심려가 크시겠다는 답이 돌아왔다. 유지 이름을 대고 제발 만나달라고 했더니 좀 망설이는 듯하다가 곧 승낙했다고 했다. 그렇게 나쁜 사람들 같지는 않아. 그녀가 혼잣말처럼 중얼거렸다. 가지 마세요. 그녀에게 그 말을 할 수가 없었다.

"내일 밤 열시. 양평 종합촬영소 부근이야."

"제가, 갈게요."

"아니야, 혜성아."

그녀가 새삼스럽게 혜성의 이름을 불렀다.

"어떻게 가니. 네가 거기까지."

새엄마는 흡사 어린 소년 대하듯 말했다. 갑자기 그녀를 처음 만났던 열 살 무렵으로 돌아간 것 같았다.

"혹시 모르니까 알고나 있으라고. 혹시 무슨 일이 생기면……"

"같이 가요. 제가 따라 갈게요."

옥영이 설핏 웃었다. 분홍빛 잇몸이 힘없이 조금 드러났다. 십 년 전 유지를 낳던 날 산부인과 병실에서 짓던 그 미소였다.

"고맙다. 말이라도. 하지만."

"……………………"

"괜찮아. 무섭지 않아."

새엄마는 의연했다.

버스가 목적지에 다다랐다. 차창 밖 비 오는 풍경 속에 뛰어들기 전에 혜성은 후드티에 달린 모자를 뒤집어썼다. 이 정거장에서 내리는 이는 아무도 없었다. 이 비는 머잖아 그칠 것이다. 비가 그치면 봄이 더욱 깊을 것이다. 깊은 봄도 비정상적인 속도로 지나갈 것이다. 그러나 비정상적인 속도와 정상적인 속도는 어떻게 다른가.

정류장에 내리자 그 남자가 어디선가 나타나 혜성의 머리 위에 우산을 씌워주었다. 남자가 우산을 혜성 쪽으로 기울여 들었다. 혜성의 어깨와 닿지 않는 반대쪽 어깨가 빗물에 젖었다. 그들은 인도의 가장자리를 따라 걸었다. 보도블록에 팬 홈의 무늬를 따라 빗물들이 어디론가 속절없이 흘러갔다. 먼 곳으로부터 옅게 수챗구멍 냄새가 났다.

상가 건물의 처마 밑에 나란히 섰다. 남자는 우산을 접지 않고 바닥에 그대로 펼쳐놓았다. 바람이 불 때마다 가느다란 철사로 이어진 우산살이 후드득 떨렸다. 그 불안정한 직선의 움직임을 둘은 한동안 말없이 바라봤다.

"전화받으셔서 좀 놀랐어요. 대만으로 가신 줄 알았는데."

"갈 수가 없었어."

남자의 눈자위에 그늘이 짙었다.

"사실은, 갈 데가 없는 것 같기도 하고."

남자가 조금 웃으며 덧붙였다. 고단해 뵈는 미소였다. 혜성은 따라 웃지 않았다. 이 사람의 집은 타이베이라고 했었다. 이십 년 전에 떠났던 학교 앞에 다시 돌아가 살고 있다 했다. "어디든 똑같아." 처음 만난 어린 남자아이에게 그렇게 말하면서 남자는 맑은 소주잔을 마냥 내려다보고만 있었더랬다. 그 방은 주인 없이 오래 비워져 있을 것이다. 창틀에 부옇게 내려앉은 먼지, 머리카락 한 올만이 습관처럼 묻어 있는 베갯잇, 메마른 화분 위에 머물다가는 적요한 햇살에 대하여 혜성은 상상했다. 또하나의 빈 곳, 유지의 방이 떠올랐다.

"도와주세요."

혜성이 탄식처럼 내뱉었다.

"엄마를 말려야 해요."

혜성의 이야기를 듣는 동안 주머니에 두 손을 집어넣은 채로 남자는 꼼짝도 하지 않았다.

"그런다고 될 일이 아닌데…… 될 수 없을 텐데…… 내 말은 듣지 않아요, 아무도."

잠깐의 침묵 뒤에 남자가 대답했다.

"될 수 없다는 걸 알아도, 그렇게밖에 할 수 없는 일이 있단다."

"바보 같아요. 어리석어요."

"어리석더라도."

"희망이 거의 없어요."

"그렇게 생각하지 않을 거다. 그래도 희망이 있다고 믿을 거야."

남자가 조금 사이를 두었다가 마저 말하였다.

"부모니까."

어느새 사위가 어둑해지고 빗발은 조금씩 잦아들고 있었다.

"내일밤이라고 했지?"

혜성이 고개를 끄덕였다.

아주 쉬운 방법이 생각났다는 듯 남자가 말했다.

"내가 갈게."

혜성은 그 자리에서 얼어붙었다.

"……왜요?"

남자는 이슬비 내리는 저녁의 거리를 묵묵히 바라보기만 했다.

"왜 아저씨가?"

"그게 맞는 것 같아. ……네 아버지에게, 빚을 졌기도 하고."

"빚, 이요?"

남자가 설핏 웃었다.

"그래. 갚고 싶다."

무슨 의미인지 알 수가 없었다.

"유지 소식을 알 수 있는 유일한 길이니, 엄마는 반드시 직접 가려고 할 거야."

"……………………"

"약속해줄 수 있겠니? 엄마 한 사람에게만 전해라. 내가 대신 갔다고 말이야."

그때 이 사람을 말릴 수 없다는 것을 알았다.

"그러면 아마 괜찮을 거다. 내가 간다면 엄마도 마음을 놓을 거야."

남자가 조금은 장난스럽게 어깨를 으쓱하는 시늉을 했다.

"이래뵈도 나 꽤 믿을 만한 사람이거든. 그런 표정 짓지 마라. 기뻐. 나한테도 할 수 있는 일이 생겨서."

"만약에…… 더 나쁜 일이라도 생기면……"

"괜찮아. 나 힘세다."

그의 입가에 설핏 미소가 떠올랐다 사라졌다.

"어차피 나는, 아무도 모르는 사람이니까."

남자가 비 그치지 않은 하늘 아래로 문득 뛰어들었다. 바닥에 펼쳐놓은 우산은 그대로 두었다. 뒤를 돌아보지 않고서 그가 한번 손을 흔들어 보였다. 혜성에게 하는 인사였을 것이다. 그의 뒷모습이 푸르스름한 어둠 속으로 잠겨갔다. 혜성은 손등으로 눈을 비볐다. 점점 흐릿하게 남자가 혜성의 시야 밖으로 사라졌다. 마지막으로 목격된 그 남자의 모습이었다.

28장 끝의 시작

대한민국 곳곳의 하천과 호수, 바다에서는 연평균 천 구가 넘는 표류사체가 발견된다.

2008년 5월의 마지막 일요일, 경기도 Y대교 상단에서 발견된 남성 사체도 그중 하나였다. 부검 결과, 사체의 직접적 사인은 익사로 밝혀졌다. 사체의 위와 폐 내부에서 다량의 플랑크톤이 검출되었다. 숨이 붙어 있을 때 물속에 들어갔다는 의미였다. 외부에 드러난 상처는 없지만 복부 내에 응고된 혈액이 상당량 고여 있고 간과 비장의 일부에서도 출혈의 흔적이 보였다. 타살의 가능성도 있지만, 자살의 가능성도 배제할 수는 없었다.

표류사체는 발견 당시 주먹을 꼭 쥐고 있었는데, 부패가 심하여 손가락 지문 대부분이 훼손된 상태였다. 국립과학수사연구소에서 지문의 일부를 채취하는 데 간신히 성공하였으나 사체의 신원을 밝히는 데에는 도움이 되지 않았다. 사체의 것과 일치하는 지문은 대한민국 국민들의 지문 데이터베이스 안에 존재하지 않았다. 알몸의 사체는 또한 본인의 신분을 증명할 만한 어떠한 물품도 소지하고 있지 않았으므로, 수사는 시작되기도 전에 답보상태에 빠졌다.

시간이 꿈틀꿈틀 흘러갔다. 한 달여 동안 남한강변의 Y경찰서 관할구역에서만 세 구의 표류사체가 더 발견되었다. 하나는 우울증을 앓던 젊은 여자였고, 나머지 둘은 생활고를 비관한 삼십대 남자와 그의 세 살짜리 아들이었다. 부자(父子)는 낡은 자동차의 뒷자리에서 꽉 껴안은 채 발견되었다. 이 동반자살사건은 몇 개 일간지에 토막기사로 보도되었다. 이들이 국과수의 냉동안치소에 누운 신원미상의 남성사체와 다른 점이 있다면 비교적 어렵지 않게 신원이 밝혀졌다는 것이었다. 죽어서 발견된 남자는 서서히 잊혀져갔다. 흔한 일이었다.

7월은 무더웠다.

좁은 골목길을 따라 걸어갈수록 점점 더 좁다란 길로 한없이, 한없이 이어진 것 같았다. 극심한 열대야가 이 도시를 습격하고 간 아침이면 집집마다 어항 속의 물고기들이 수면 위로 둥둥 떠오르곤 했다.

태양이 부글거리며 끓어오르던 한낮, 한 통의 전화가 걸려왔다.

"P경찰섭니다."

늦봄과 초여름 사이 전국 각지의 경찰서로부터 몇 통의 전화를 받았다. 여자아이의 사체가 발견되었는데 혹시 유지가 아닌지 확인해달라는 내용이 대부분이었다. 모두 유지가 아니었다. 그렇지만 이번에는 달랐다. 통화가 끊어지고 나서도 한참 동안 혜성은 왼쪽 귀에 수화기를 대고 있을 수밖에 없었다. "김유지로 추정되는 어린이를 보호하고 있다는 제보가 들어왔습니다. 여러 정황상 꽤 신빙성이 있다고 보입니다. 가족분이 직접 확인해주십시오." 달팽이관 깊은 곳으로부터 가느다랗고 날카로운 쇳소리가 울렸다.

새엄마는 집에 없었다. 중국 교도소에 수감중인 아버지의 첫번째 공판이 곧 열릴 예정이었다.

"안 돼. 아직은 얘기하지 말자."

비장하게 제안한 것은 은성이었다.

"아니면 어떡하니. 얼마나 끔찍하겠어."

누나는 새엄마에게 닥칠 참혹을 배려하며 말하고 있었다. 사람은 조금씩 변해간다는 사실을 인정해야 했다. 작은 그늘 한 점 찾기 힘든 날씨였다. 고속버스의 실내온도는 지나치게 낮았다. 달리는 버스 안에서 은성은 내내 덜덜 몸을 떨었다. 혜성은 걸치고 온 반팔 남방 셔츠를 누나의 무릎 위에 덮어주었다. 버스터미널에서부터 그는 목구멍이 훅훅 불타오르는 것만 같은 극심한 갈증에 시달렸다. 터미널 매점에서 물을 살 경황조차 없었다.

아이가 발견된 병원은 시내에서 멀지 않은 지역이라 들었는데, 청주터미널에서 택시를 타고도 삼십 분이 넘게 가야 했다. 병원은 동그마한 언덕 위에 있었다. 외벽은 잿빛에 가까운 흰색이었다. 주로 무연고 환자들이 입원해 있는 요양병원이라고 했다.

뱅글뱅글 이어진 나선형 계단 중간쯤에서 은성이 주저앉았다. 혜성도 그 곁에서 걸음을 멈추었다. 싸구려 소독약 냄새가 빈속을 어지러이 자극했다. 치받혀오는 토기(吐氣)를 억지로 눌러삼켰다.

병실은 육 인용이었다. 대부분의 환자는 노파들이었다. 입구에서 가장 먼 침상 옆에 경찰 제복을 입은 남자가 서 있었다. 경찰은 한 중년 여인과 얘기를 나누는 중이었다. 종교단체를 통해 봉사활동을 하는 무료 간병인이었다.

간병인 아주머니는 침상에 누운 아이를 '사랑이'라고 불렀다.

"우리 사랑이는 오직 나만 알아봐요. 매일 주사 놔주는 간호사들이 와도 멍하니 보기만 하는데, 내가 오면 아주 애가 요렇게 눈꼬리를 실룩이면서 빤히 쳐다봐요. 반갑다고 인사하는 거야."

누나가 혜성의 손을 잡았다. 누나의 손바닥은 뜨겁고 축축했다.

"애가 여기 처음 왔을 때만 해도 상상도 못 하던 일이라니까."

아이가 최초로 발견된 곳은 청주와 조치원 사이의 국도변. 유지가 사라진 날로부터 이틀이 지난 새벽이었다. 이미 생명이 흔들리는 상태였다. 근처 대학병원에서 응급 뇌수술을 받았다. 수술이 끝나고 중환자실에서 목숨을 버텨내는 동안 보호자는 나타나지 않았다. 이곳은 아이가 옮겨진 세번째 의료기관이라고 했다.

아이는 말랐다. 인간의 육체가 뼈대만으로 이루어지는 것이 가능하다는 사실을 온몸으로 증거하는 것 같았다. 빡빡 깎은 머리통에 밤송이처럼 짧은 털이 삐죽삐죽 볼품없이 돋아나 있었다. 오른쪽 뺨에서부터 귓바퀴를 따라 머리 뒤편으로, 얼기설기 꿰맨 자줏빛의 긴 흉터가 선연했다.

"확인해보십시오. 실종된 김유지 어린이 맞습니까?"

경찰이 건조하게 물어왔다.

"맞아?"

은성이 차마 큰 소리를 내지 못하고 혜성의 귀에 속삭이듯 중얼거렸다.

"혜성아. 우리 유지, 맞아?"

누나의 눈에 그렁그렁 맺힌 눈물이 뺨을 타고 흘렀다. 맹목적인 눈물이었다.

"모르겠어. 아아, 나는, 도저히 모르겠어."

은성이 속삭이는 절규를 혜성만이 알아들을 수 있었다. 간병인 아주머니가 대견하다는 듯 아이의 머리를 쓰다듬었다.

"엊그제까지만 해도 콧줄로 밥을 먹었는데 이젠 입으로 먹어요. 이게 다 놀라운 기적이지 뭐야."

기적. 완전무결한 단어였다. 혜성은 혀끝으로 그 단어를 천천히 되뇌어보았다. 낯선 이들 때문에 불안한 것인지 침상에 누운 아이가 거친 숨소리를 냈다. 아이는 콧등을 잔뜩 찡그린 채로, 움푹 파인 동공을 연신 두리번댔다. 아이가 입은 환자복은 긴소매였다. 유지의 오른쪽 팔꿈치 뒤쪽에는 동전크기만한 갈색 점이 있었다. 환자복 소매를 걷어올릴 필요는 없을 것이다. 혜성은 시선을 아래로 내리깔았다. 홑이불 밖으로 아이의 메마른 두 발이 빠져나와 있었다. 하늘을 향해 뻗은 작은 발가락들이 꼼지락꼼지락 움직이는 듯도 했다.

"진짜 김유지양, 맞습니까?"

경찰이 채근했다.

입술을 벌리는 대신 혜성은 아이의 새끼발톱을 향해 주춤주춤 손을 뻗었다. 유지. 죽어도 잊지 못할 이름. 저 아이의 발톱 끝에 가

닿을 수 있을까. 저 아이의 체온을 이 손끝의 피부로 생생히 느낄 수 있을까. 천장에 매달린 선풍기가 후덥지근한 먼지를 내뿜으며 열심히 돌아가고 있었다.

자비롭고 잔인한 여름이었다. 계절이 바뀌려면 아직 멀고멀다고 혜성은 생각했다. 떨리는 손가락들이 아주 오래 허공에 머물렀다.

에필로그

*

　다시 겨울이다.

　아버지의 재판은 아직 진행중이다. 어떤 변호사들은 어쩌면 한국에 송환되는 것보다 차라리 중국에서 최종 선고를 받고 형기를 마치는 편이 낫다는 의견을 개진하였다. 상대적으로 감형이 쉽다는 측면에서다. 물론 사형을 언도받지 않는다는 가정하에서의 얘기일 것이다. 어떤 수단 방법을 동원해서라도 최종선고 날짜를 미룰 수 있을 만큼 미루는 것만이 지금 할 수 있는 최선이라고 새엄마는 말한다. 나는 아직 면회를 가지 못했다. 아버지를 미워하는 것은 아니다. 이해하는 것도 아니다. 아버지를 만난다면 죄송하다고 말할 수 있을지도 모르고, 어쩌면 없을지도 모른다. 아직은 어느 쪽도 자신이 없다.

　누나는 여전히 야채를 먹지 않고 여전히 감정기복이 심하며 여전히 학교 앞 원룸에서 혼자 산다. 임대계약 기한이 아직 한참 남았다고 한다. 하지만 예전과 비교할 수 없을 정도로 자주 방배동 집에 들른다. 처음에는 새엄마가 중국에 갔을 때를 틈타 왔지만 점점 여기 머무는 시간이 늘어나고 있다. 누나가 유지를 돌보는 일을 기꺼이 하리라곤 누구도 예상치 못했다. 아이를 목욕시키거나 숟가락으로 죽을 떠서 아이의 입에 들이미는 손길이 서투르지만 어쨌든 그 일을 자발적으로 하고 있다. 언젠가는 환자용 침대에 누워 잠든 아이를 들여다보다가 작은 탄성을 뱉어내기도 했다. "애가 이렇게 예쁜 애였구나." 아버지의 일에 대하여 누나와 이야기를 나눠본 적은 없다. 누나가 가진 생각은 나와는 다를 것이다. 그렇지만 우리는 서로에게 아무것도 말하지 않는다.

새엄마는 바쁘다. 유지를 책임지는 일 대부분이 그녀의 몫일뿐더러, 일주일에 한 번씩은 꼭 중국에 가기 때문이다. 아침 비행기를 타고 가서는 저녁 비행기로 서울에 온다. 유지가 돌아오고 나서 확실히 새엄마는 수백 배 더 씩씩해졌다. 그렇게 보인다. 그러지 않으면 현실을 견뎌낼 수 없기 때문이리라 짐작했는데 어느 날 그녀가 유지의 침대머리에 앉아 낮게 콧노래를 부르는 걸 듣고 나서부터 생각이 바뀌었다. 어떤 모습으로든 아이가 살아돌아왔다는 사실만으로 그녀는 불행하지 않다. 아이를 다시 품에 안을 수 있다는 것만으로.

유지는 좋아지지도 나빠지지도 않는다. 아직은 갈 길이 멀다고 소아재활 담당의는 말한다. 얼마나 호전될 수 있을지는 향후 경과를 지켜보는 것밖에 다른 방법이 없단다. 시간만이 희망이다. 매주

수요일에는 시내의 대학병원으로 물리치료를 받으러 간다. 나는 유지의 몸을 번쩍 들어 새엄마의 자동차 시트에 앉히고, 목적지에 도착하면 다시 아이를 꺼내어 휠체어에 내려놓는다. 아이의 무게가 처음보다는 조금 묵직해진 것 같기도 하다. 아이의 방에선 바이올린 연주곡 소리가 자주 들려온다. 바이올린 곡을 들려줄 때 유난히 아이의 컨디션이 좋아지는 것 같다고 새엄마는 주장한다. 직접적으로 말한 적은 없지만 유지가 언젠가는 다시 활을 쥘 수 있게 되리라고 몰래 바라는 눈치다. 나의 의견을 물었더라면 고개를 크게 끄덕여주었을 텐데.

밍 아저씨에게서는 그 동안 아무 연락도 오지 않았다. 나는 우리의 마지막 약속을 잊지 않고 있다. 아무한테도 발설하지 않았지만, 아저씨가 유지를 집으로 돌려보내주었다고 나는 믿는다. 그날의 일에 대해 내 앞에서 한마디도 하지 않지만 새엄마도 나와 같은 생각일 거라고 믿는다.

새엄마가 10월 즈음에 부동산에 이 집을 내놓았다는데 아직 보러 오는 사람은 없다. "어떻게 되겠지." 비관도 낙관도 섞이지 않은 그녀의 어투가 듣기 싫지 않다. 나도 하루하루 살아가고 있다. 밤 외출은 하지 않는다. 봄. 새봄이 되기 전에 결정을 내려야 한다고 생각한다. 학교로 돌아가지 않는다면 입대를 미루긴 어려울 것이다. 집을 떠날 수 있을까, 혼자서. 오랫동안 꿈꿔오던 장면인데 머릿속에 그려지지 않는다. 그건 어떤 종류의 용기와 관계있는 일일까.

"유지야! 이것 좀 봐."

현관에 들어서자마자 누나는 호들갑을 떤다. 누나가 손바닥을 펼친다. 물고기 모양의 플라스틱 귀고리가 놓여 있다. 물고기는 붉디붉은 석류색이다. 얇은 담요를 덮은 채 거실 소파에 누웠던 유지가 꿈틀 깨어난다. 한겨울답지 않게 볕이 좋은 오후다.

"언니가 우리 유지 주려고 사왔지."

누나가 아이 곁에 다가앉는다. 아이가 입을 벌리며 웃는다. 올망졸망 흰 이가 드러난다.

"어머, 유지 귀 안 뚫었잖아. 내일 당장 뚫으러 가야겠다."

누나가 유지의 귓불에 귀고리를 가져다대고서 달랑달랑 흔드는 시늉을 한다.

"예쁘네."

옆에서 지켜보던 새엄마가 한마디 한다.

"혜성아."

누나가 내 이름을 부른다.

"어때? 유지 진짜 잘 어울리지?"

나는 소파 뒤에 서서 물끄러미 그들을 바라보고 있다. 조용한 세계다. 문득 내가 이들을 영원토록 알 수 없으리라는 예감이 든다.

그곳을 향해 나는 가만히 한 발을 내딛는다. ■

작가의 말

 '작가의 말'을 쓰는 일은 아무리해도 익숙해지지 않는다.

 진심을 다해 소설을 썼고, 세상에 내놓는다. 그것이 전부다. 어떤 변명도 통하지 않는 세계라는 것을 알고 있다. 그래도 조금 두렵다.

 존경하는 쉼보르스카 여사는 일찍이 말씀하셨다.

 '내가 지금 그들을 위해 할 수 있는 건 단 두 가지뿐. 그들의 수직 비행에 대해 구구절절 묘사하거나, 아니면 마지막 문장을 보태지 않고 과감히 끝을 맺는 것.'

 나의 인물들이, 마지막 문장 너머의 그곳에서도 그들의 생을 충실히 살아가기만을 바랄 뿐.

 이 소설을 쓰는 동안 내 일상에도 몇 가지 사건이 일어났다. 여러 가지 의미에서 그날들을 잊지 못할 것이다. 늘 지켜봐주시는 독자들에게, 그리고 첫 독자 PiZ와 Leo에게 사랑의 인사를 전한다.

2009년 초겨울, 정이현

문학동네 장편소설
너는 모른다
ⓒ 정이현 2009

1판 1쇄 │ 2009년 12월 10일
1판 15쇄 │ 2019년 7월 5일

지은이 정이현
펴낸이 염현숙
책임편집 조연주 최유미 │ 디자인 엄혜리 유현아
마케팅 정민호 박보람 나혜진 최원석 우상욱 │ 홍보 김희숙 김상만 이천희 오혜림
제작 강신은 김동욱 임현식 │ 제작처 (주)상지사P&B

펴낸곳 (주)문학동네
출판등록 1993년 10월 22일 제406-2003-000045호
주소 10881 경기도 파주시 회동길 210
전자우편 editor@munhak.com │ 대표전화 031)955-8888 │ 팩스 031)955-8855
문의전화 031) 955-3576(마케팅) 031) 955-8864(편집)
문학동네카페 http://cafe.naver.com/mhdn

ISBN   978-89-546-0964-7 03810

www.munhak.com